W0311443

Zu diesem Buch

Weder die Gefahr noch die Leiden haben den Stolz Angéliques zu besiegen vermocht. Den Befehl Ludwigs XIV., sich auf ihr Schloß Plessis zurückzuziehen, akzeptierte die einstige Favoritin des Königs. Aber sie verweigert leidenschaftlich, sich dem selbstherrlichen Herrscher zu unterwerfen. Als sich in ihrer heimatlichen Provinz Poitou ein Aufstand der protestantischen Bauern zu einem blutigen Religionskrieg ausweitet, stellt sich die schöne Marquise unerschrocken und das persönliche Glück mit ihrer Familie opfernd vor die bedrängten Landsleute. Von neuem verfolgt und gejagt, will sie sich schließlich auf ein Piratenschiff mit Kurs nach Amerika einschiffen.

Anne Golon, unter ihrem Mädchennamen Simone Changeux am 19. Dezember 1927 in Toulon als Tochter eines Marineoffiziers geboren, wurde Journalistin, schrieb Film-Drehbücher und bekam schon mit neunzehn Jahren für ein Jugendbuch einen Preis. Damit finanzierte sie eine Reportagereise nach Afrika. Im Kongo interviewte sie einen französischen Mineningenieur russischer Abstammung, Serge Golonbinoff, den sie wenig später heiratete. Beide zusammen verfaßten eine Tiergeschichte, die ein Pariser Verlag verlegte. Das Paar nannte sich dabei erstmals Serge und Anne Golon. Der Verlagsleiter gab ihnen den Rat, historisch-abenteuerliche Frauenromane zu schreiben, den sie mit ungewöhnlichem Erfolg verwirklichten. Nach dreijährigem Milieu- und Quellenstudium in Versailles schrieben sie den ersten Band ihrer Fortsetzungssaga aus der Zeit Ludwigs XIV. mit dem Titel «Angélique». Die Buchausgabe erschien übrigens nicht zuerst in Frankreich, sondern 1956 im Berliner Lothar Blanvalet Verlag. Von Anne Golon erschienen als rororo-Taschenbücher: «Angélique» (Nr. 1883 und 1884), «Angélique und der König» (Nr. 1904), «Unbezähmbare Angélique» (Nr. 1963), «Angélique und ihre Liebe» (Nr. 4018), «Angélique und Joffrey» (Nr. 4041), «Angélique und die Versuchung» (Nr. 4076) und «Angélique und die Dämonin» (Nr. 4108).

Anne Golon

Angélique, die Rebellin

Roman

Rowohlt

Die Originalausgabe erschien unter dem Titel
«Angélique se révolte» bei Opera Mundi, Paris
Aus dem Französischen übertragen von Hans Nicklisch
Umschlagentwurf Werner Rebhuhn (Szenenfoto aus der
Verfilmung mit Michèle Mercier / Gloria-Film)

129.–133. Tausend März 1989

Veröffentlicht im Rowohlt Taschenbuch Verlag GmbH,
Reinbek bei Hamburg, Oktober 1976
mit Genehmigung der Blanvalet Verlag GmbH, München
«Angélique se révolte» Copyright © 1962 by
Opera Mundi, Paris
Alle deutschsprachigen Rechte besitzt die
Blanvalet Verlag GmbH, München
Jeder Nachdruck, jede Übersetzung oder Bearbeitung,
gleich welcher Form, auch teilweise,
ist in allen Ländern untersagt
Satz Aldus (Linotron 505 C)
Gesamtherstellung Clausen & Bosse, Leck
Printed in Germany
980-ISBN 3 499 11999 4

Erster Teil

Verborgene Glut

1

Ein strahlend blauer Himmel breitete sich über Meer und Küste, ein Himmel wie Seide. Die Küste war noch fern, ein schmaler, dunkler Streifen im Dunst des Horizonts, kaum erkennbar im flirrenden Licht, gegen das Angélique ihre an die Dämmerung der Kabine gewöhnten Augen schützen mußte. Hinter sich wußte sie die untersetzte, reglose Gestalt des Matrosen, den Monsieur de Breteuil, Gesandter des Königs von Frankreich, während der Stunden, die sie täglich an Bord verbringen durfte, um die frische Meeresbrise zu atmen und sich von der stickigen Hitze der engen Kabine zu erholen, mit ihrer Bewachung betraut hatte. Er folgte ihr wie ein Schatten, lautlos in seinen Segeltuchschuhen, schweigend und aufmerksam jede ihrer Bewegungen beobachtend, obwohl das Meer ihr keine Fluchtmöglichkeit bot.

Unter der die Augen beschattenden Hand spähte sie nach dem fernen Küstenstreifen hinüber, der sich allmählich deutlicher am Horizont abzuzeichnen begann.

Schon glaubte sie im Grün der Hügel weiße Häuser, einen Kirchturm zu erkennen, oder war es nur täuschende Vorspiegelung, Blendwerk der in der Sonnenglut zitternden Luft, wie sie es oftmals in der Wüste erlebt hatte?

Was mochte sie dort drüben, in der Heimat, erwarten? Mutlos wandte sie sich um. Was ihr an Gewißheit geblieben war, lag hinter ihr. Alles, was sie unternommen hatte, um Joffrey wiederzufinden, war vergeblich geblieben. Unbesonnen, dem Befehl des Königs zum Trotz, hatte sie sich in tödliche Gefahren gestürzt. Sie war in die gierigen Hände des Piraten d'Escrainville gefallen, hatte im Batistan von Kandia hüllenlos die lüsternen Blicke der Männer erdulden müssen, war von den Haremswächtern Moulay Ismaëls bis aufs Blut gepeitscht worden und schließlich in einer Odyssee ohnegleichen, jeden Augenblick der grausamen Vernichtung durch ihre Verfolger, reißende Tiere der Wildnis, Erschöpfung, Hunger und Durst gewärtig, wie durch ein Wunder in die Freiheit gelangt, die sie alsbald wieder verloren hatte. Und das alles, weil sie mit leidenschaftlicher Ungeduld einem Phantom nachgejagt war, das immer wieder vor ihren Augen Gestalt anzunehmen schien und dennoch ein Schatten blieb, ein Spukbild, trügerisch vor ihr aufgerichtet und ins Nichts zerfließend, sobald sie nach ihm zu greifen suchte.

Das war die zu schmerzender Gewißheit sich steigernde Ahnung: daß Joffrey nicht mehr lebte. Der geheimnisvolle, riesige Kontinent, der sich jenseits der Sonnenblitze sprühenden, wogenden Ebene des Meeres, jenseits des Horizonts ihrem Blick entzog, hatte ihn spurlos verschlungen. Mit einer ungewissen, doch störrisch gehüteten Hoffnung war sie von Marseille aufgebrochen. Mit leeren Händen, leerem Herzen kehrte sie zurück . . .

Eine Hand berührte ihre Schulter. Sie schrak aus ihren Gedanken auf. Der Matrose hatte sich ihr genähert.

«Eure Zeit ist um, Madame», sagte er rauh.

Sie horchte seinen Worten nach, die unversehens eine neue Bedeutung gewannen.

Vielleicht, dachte sie. Vielleicht . . .

In Marseille angelangt, ließ Monsieur de Breteuil Angélique, die er in Ceuta verhaftet hatte, im Fort der Admiralität festsetzen.

Solange man sich in dieser Stadt aufhielt, in der einstmals die Marquise du Plessis-Bellière die Polizei des Königreichs so erfolgreich an der Nase herumgeführt hatte, ließ die Sorge den Edelmann nicht los.

So geschah es, daß die einstige Gefangene der Berberesken, die unter so vielen Leiden aus dem Harem Moulay Ismaëls geflohen war, in einer düsteren, engen Zelle die Gewißheit gewann, daß sie ein Kind erwartete.

Dieser Gedanke kam ihr am Tage nach ihrer Einkerkerung in der Zitadelle, als ihr beim Erwachen bewußt wurde, daß sie von neuem wie ein Tier in der Falle gefangen saß.

Das Gefängnis der Admiralität war bar jeder Bequemlichkeit. Trotz des winzigen Stücks blauen Himmels, das durch das Eisengitter des hoch oben in die Mauer eingelassenen Fensters zu sehen war, glaubte Angélique ersticken zu müssen. Die ganze Nacht hindurch hatte sie gegen das schreckliche Gefühl angekämpft, lebendig begraben zu sein, das sie überfiel, sobald sie die Augen schloß, und bei Morgengrauen war sie mit ihrer Nervenkraft am Ende.

Ein Anfall panischer Angst warf sie gegen die Tür, ließ ihre Hände gegen das harte Holz trommeln, ohne Schrei, aber mit einer durch die Furcht entfesselten Kraft.

Der Himmel! Der Himmel! Die reine Luft! Man hatte sie in diesem Grab eingeschlossen, sie, die ihre Tage und Nächte in dem ungeheuren, magischen Raum der Wüste verbracht hatte.

Sie litt an diesem Eingeschlossensein bis zur Agonie. Und wie ein Vogel, den sein Käfig toll gemacht hat, preßte sie sich gegen das unerschütterliche Hindernis aus Holz und Eisen, schlug, schlug zu in fast lautloser Stille. Denn ihre schmalen, blassen Hände, die noch die Spuren der während ihrer Flucht erduldeten Leiden trugen, verursachten an der massiven Pforte weniger Lärm als das Schlagen der Flügel eines Vogels. Als sie den Schmerz ihrer geschundenen Hände spürte, hörte sie auf zu trommeln und wich bis zur Mauer zurück, um sich anzulehnen.

Ihre Blicke glitten von der Tür zur vergitterten Luke. Das Blau des Himmels war wie klares Wasser, nach dem sie dürstete.

Doch Osman Ferradji würde nicht kommen, um sie auf die flachen Dächer zu führen und ihre Augen mit der trügerischen Vision des endlosen Himmelsraums zu füllen.

Die, die sie umgaben, waren Fremde, deren finstere Blicke ihren Argwohn verrieten. Von Paris aus hatte der Duc de Vivonne, um seine früheren Vergehen wiedergutzumachen, drakonische Anweisungen für ihre Überwachung gegeben. Die Admiralität von Marseille war angewiesen, Monsieur de Breteuil in jeder Weise zu unterstützen. Der Versuch, jemand für sich zu gewinnen, wäre von vornherein vergeblich gewesen, selbst wenn Angélique sich fähig gefühlt hätte, ihre Waffen zu nutzen. Ohnmächtige Müdigkeit lähmte sie, und zuweilen schien es ihr, als habe sie sich nicht einmal auf den Pfaden des Rifs so zerschlagen gefühlt.

Die Fahrt übers Meer von Ceuta nach Marseille, mit einem Aufenthalt in Cádiz, war ein Martyrium gewesen, in dessen Ablauf sie jeden Tag ein wenig mehr von ihrem Mut verloren hatte. Hatte Monsieur de Breteuil, als er sie im Namen des Königs verhaftete, die innere Feder zerbrochen, die sie hätte wieder aufrichten können . . .?

Sie schleppte sich bis zu ihrem Lager. Es war ein harter Strohsack auf einer Pritsche, aber darüber beklagte sich Angélique nicht. Sie schlief dort besser als auf weichen Kissen, und das einzige Lager, nach dem sie sich gesehnt hätte, um ihre müden Glieder auszuruhen, wäre ein Stück des kurzgeschorenen Rasens gewesen, irgendwo da unten unter den Zedern.

Ihr Blick kehrte zur Tür zurück. Wieviel Türen hatten sich im Laufe ihres Lebens hinter ihr geschlossen, dachte sie. Jedesmal schwerere, jedesmal blindere. War es ein Spiel, das das Schicksal mit ihr trieb, um sie dafür zu bestrafen, daß sie jenes Kind aus Monteloup gewesen war, das mit bloßen Füßen über Wiesen und Felder sprang, so leidenschaftlich verliebt in die Freiheit, daß die Bauern in ihr so etwas wie eine Fee gesehen hatten?

«Du entkommst uns nicht», sagten die Türen. Und jedesmal, wenn es ihr gelang zu entkommen, richtete sich eine andere, undurchdringlichere vor ihr auf. Nach der Tür der Tour de Nesle die des Königs von Frankreich, die Haremsgitter Moulay Ismaëls und nun von neuem die des Königs.

Würde er der Stärkere sein?

Sie dachte an Fouquet, an den Marquis de Vardes, an den amüsanten Tollkopf Lauzun, die nicht weit entfernt in der Festung Pignerol eingekerkert waren, an alle die, die Jahre hindurch hinter Gefängnisgittern weit weniger ernste Verstöße büßten als die, die sie begangen hatte.

Das Gefühl ihrer Einsamkeit und Schwäche bedrückte sie. Mit dem ersten Schritt auf französischem Boden hatte sie eine Welt betreten, in der die Menschen nur nach zwei Kriterien handelten: aus Furcht vor dem König oder aus Liebe zu ihm. Was von beiden auch immer, es galt nur das Gesetz des Herrn.

Auf diesen Gestaden waren die physische und moralische Kraft eines Colin Paturel, seine grenzenlose Güte, seine scharfe Intelligenz wertlose Dinge. Jeder Narr konnte ihn verachten, vorausgesetzt, daß er Spitzenmanschetten und Perücke trug.

Auf diesen Gestaden war Colin Paturel ohne Macht. Er war nur ein armer Seemann. Selbst die Erinnerung an ihn vermochte Angélique nicht aufzurichten. Endgültiger als durch den Tod war er aus ihrem Leben verschwunden.

Sie rief ihn mit halber Stimme:

«Colin! Colin, mein Bruder!»

Und ihre Not wurde so groß, daß sie in kalten Schweiß ausbrach und gegen eine Ohnmacht ankämpfen mußte.

In diesem Augenblick wurde die Ahnung in ihr wach, daß sie vielleicht von ihm schwanger war.

In Ceuta hatte sie das Ausbleiben gewisser natürlicher Vorgänge ihrer durch übermenschliche Anstrengungen angegriffenen Gesundheit zugeschrieben, aber nun, nach so langer Zeit, drängte sich eine andere Erklärung auf.

Sie erwartete ein Kind.

Ein Kind Colin Paturels! Ein Kind der Einöde! Reglos auf ihrem Lager ausgestreckt, ließ sie in sich den Zweifel zur Gewißheit werden, ließ sie sich von der unglaublichen Entdeckung überwältigen . . .

Erstaunen zuerst, dann ein seltsamer Friede und endlich Freude.

Es hätte Verdruß sein können, das Gefühl der Schande, ein Übermaß an Entmutigung.

Es war Freude.

Sie war noch zu nahe der Einöde, zu nahe dem Burnus der entflohenen Gefangenen, um schon wieder ganz in die Livree der großen Dame des Hofes hineingewachsen zu sein. Ein Teil von ihr preßte sich noch gegen das Herz des Normanen wie in jenen lichtdurchwirkten, goldflimmernden Nächten, in denen die Liebe, die sie zueinander trieb, gesättigt gewesen war vom Geschmack des Todes und der Ewigkeit.

Unter den eng geschnürten Roben nach französischer Mode, unter den bestickten Mänteln, unter dem in Ceuta wiedergefundenen Schmuck verbargen sich noch ihre rauhe Haut, die Spuren der Brandwunde an ihrem Bein, die verheilten Narben ihres gepeitschten Rückens.

Die Sohlen ihrer in eleganten Schuhen steckenden Füße trugen noch die Hornhaut, die sich auf den steinigen Pfaden des Rifs gebildet hatte.

Sie dachte, freudig erregt, daß von nun an die Spur der unglaublichen

Odyssee unverwischbar sein würde, durch dieses Kind, das in ihr wuchs. Es würde blond sein, stämmig und kraftvoll.

Was tat es, daß es ein Bastard war. Der Adel dessen, den sie den «König» der Gefangenen genannt hatten, verband sich mit den Tugenden der Kreuzritter, deren Blut in den Adern Angéliques de Sancé de Monteloup floß.

Ihr Sohn würde seine blauen Augen und seine Kraft besitzen. Ein kleiner, göttlicher Herkules, vom Strahlenglanz der Sonne des Mittelmeers wie von einer Aureole umgeben!

Er würde schön sein wie das erste auf Erden geborene Kind.

Sie sah ihn vor sich. Für ihn, durch ihn würde sie zu ihrer Kraft zurückfinden und kämpfen, um ihm die Freiheit zu gewinnen.

Lange lag sie so, ganz ihrer ein wenig närrischen Träumerei hingegeben, und sprach zuweilen halblaut vor sich hin.

«Du bist vergebens von mir geflohen, Colin», sagte sie. «Du hast mich vergebens verschmäht und zurückgestoßen. Du wirst trotzdem ein wenig bei mir bleiben, Colin, mein Kamerad, mein Freund . . .»

Einige Tage später verließ eine Karosse mit vergitterten Türen und mit von schwarzen Vorhängen verhängten Fenstern Marseille und schlug die Straße nach Avignon ein. Eine stattliche Eskorte von zehn Musketieren begleitete sie.

Monsieur de Breteuil, der drinnen neben Angélique saß, drängte zur Eile.

Man hatte ihm soviel von der unglaublichen Geschicklichkeit und Bosheit Madame du Plessis-Bellières erzählt, daß er unaufhörlich darauf gefaßt war, sie sich jäh in ein Nichts auflösen zu sehen, und ihn plagte nur ein Gedanke: sich möglichst schnell seines Auftrags zu entledigen.

Daß die junge Frau ihre Erschöpfung überwunden zu haben schien, beunruhigte ihn. Daß sie sich aufrecht hielt und sich zuweilen unverschämt gegen ihn benahm, ließ ihn das Schlimmste fürchten. Erwartete sie etwa Hilfe von ihren Komplicen?

Es war nicht zuviel gesagt, daß er sich während der Übernachtungen quer vor ihrer Tür ausstreckte und nur mit einem Auge schlief.

Vor der Durchquerung jedes Waldes, in dem man Gefahr lief, von zur Befreiung der Gefangenen entschlossenen Banden angegriffen zu werden, schlug er sich mit dem Gouverneur der nächstgelegenen Stadt wegen Gestellung zusätzlicher Begleitmannschaften herum. Die Kavalkade glich immer mehr einer militärischen Expedition. Müßiggänger drängten sich in den Städten um die Karosse, um herauszufinden, wer soviel Aufwand benötigte.

Monsieur de Breteuil tobte und bezahlte Gendarmen, die die Menge mit Hellebardenstößen zerstreuen mußten, was die Neugier und die

Ansammlungen nur noch vermehrte.

Da er nicht mehr schlief und ständig von Unruhe gepeinigt wurde, sah Monsieur de Breteuil nur noch einen Ausweg aus seinen Qualen: Eile. Kaum daß man nachts die Fahrt für einige Stunden in einer Herberge unterbrach, deren Gäste man ausquartierte und deren Wirtsleute man nicht aus den Augen ließ. Tagsüber wurden die abgetriebenen Pferde unaufhörlich durch neue ersetzt, die ein vorausgeschickter Kurier bestellte, um Wartezeiten auf den Poststationen zu vermeiden.

Von den Stößen des Wagens auf den holprigen Straßen durchgeschüttelt und erschöpft von der unsinnigen, unaufhörlichen Hast, protestierte Angélique:

«Wollt Ihr mich töten, Monsieur? Ich brauche ein paar Stunden Ruhe. Ich kann nicht mehr.»

«Plötzlich so zart, Madame?» spottete Monsieur de Breteuil. «Habt Ihr im Königreich Marokko nicht schlimmere Anstrengungen überstanden?»

Sie wagte ihm nicht zu sagen, daß sie schwanger war.

An die Bank oder den Türgriff geklammert, halb erstickt vom Staub, wünschte sie sich nichts anderes als endlich am Ziel dieser teuflischen Reise anzulangen.

Am Abend eines besonders aufreibenden Tages – sie nahmen eben in vollem Galopp eine Kurve auf der Kuppe eines Hügels – schien der Wagen plötzlich nur noch auf zwei Rädern zu rollen, dann schwankte er und stürzte um. Dem Kutscher, der den Unfall hatte kommen sehen, war eben noch Zeit geblieben, sein Gespann zu zügeln. Der Schock war weniger heftig als befürchtet, aber Angélique, die der Aufprall von ihrem Sitz geschleudert und zwischen Wagenwand und der losgerissenen Bank eingekeilt hatte, begriff sofort, was ihr geschehen war.

Man zog sie rasch aus der Karosse und bettete sie ins Gras zu seiten der Straße.

Monsieur de Breteuil beugte sich mit bleichem Gesicht über sie. Wenn Madame du Plessis starb, war ihm der Zorn des Königs gewiß. In einer jähen Ahnung wurde ihm klar, daß es um seinen Kopf ging, und er glaubte schon die Schneide der Axt des Henkers kalt in seinem Nacken zu spüren.

«Es ist Euch doch nichts geschehen, Madame?» flehte er. «Der Sturz war nicht der Rede wert!»

Mit völlig veränderter, verzweifelter, verstörter Stimme schrie sie ihm zu:

«Ihr seid schuld! Ihr und Euer sinnloses Jagen! Ihr habt mir alles genommen! Ich habe alles verloren durch Eure Schuld, Elender!»

Ihre Hände schnellten vor, und ihre Fingernägel zerrissen seine Wangen.

Auf einer improvisierten Bahre wurde sie von Soldaten ins nächste Dorf geschafft. Die bestürzten Männer sahen die Blutflecken auf ihrem Kleid und hielten sie für ernstlich verletzt. Doch der Chirurg, den man zu Rate zog, erklärte nach der Untersuchung, daß der Fall ihn nicht betreffe und daß man eine Hebamme holen solle.

Angélique lag im Hause des Bürgermeisters. Sie fühlte ihre Lebenskräfte mit jenem anderen Leben schwinden.

Ein Geruch nach Kohlsuppe durchzog die Räume des großen, bürgerlichen Hauses und steigerte ihre Übelkeit und ihren Ekel. Das rote, schwitzende, von einer bäuerlichen Haube umrahmte Gesicht der Hebamme neigte sich von Zeit zu Zeit über sie und ließ sie die Augen schließen. Die ganze Nacht kämpfte die gute Frau hartnäckig, um dieses seltsame, seiner Körperlichkeit fast schon entflohene Wesen mit dem von honigfarbenem Haar umflossenen, wunderlich gebeizten Gesicht zu retten. Der Sonnenbrand hob sich in bräunlichen Flecken von dem wachsigen Teint ab, die Augen verloren ihren Glanz, und in den Mundwinkeln sammelte sich malvenfarbener Schleim. Die Hebamme erkannte die Zeichen des Todes.

«Nicht, meine Kleine», flüsterte sie, über die halb bewußtlose Angélique gebeugt, «Ihr dürft nicht . . .»

Angélique verfolgte die Bewegungen der Schatten um ihr Lager wie etwas, das sie nicht mehr betraf.

Sie fühlte, daß jemand sie anhob, daß frische Laken unter sie gebreitet wurden, und das Kupferoval der Wärmflasche vollführte einen lauwarmen, besänftigenden Tanz.

Sie fühlte sich besser, die Kälte, die ihre Glieder hatte erstarren lassen, wich von ihr. Man rieb sie ab und gab ihr warmen, gewürzten Wein zu trinken.

«Trink, meine Kleine. Ihr müßt wieder Blut in die Adern kriegen. Ihr habt schon zuviel verloren.»

Sie begann den herben Geruch des Weins wahrzunehmen, den Duft von Zimt und Ingwer . . .

Oh, der Duft der Gewürze . . . der Duft glücklicher Reisen! . . . Mit diesen Worten war der alte Savary gestorben.

Angélique öffnete die Augen. Vor ihr ein großes Fenster zwischen schweren Vorhängen. Vor den Scheiben dichter, rauchfarbener Nebel.

«Wann wird es Tag werden?» murmelte sie.

Die derbe, rotwangige Frau an ihrem Bett betrachtete sie befriedigt.

«Er ist schon da», meinte sie jovial. «Das da draußen ist nur der Nebel vom Fluß. Heute ist es frisch. Die richtige Zeit, um in den Federn zu bleiben und nicht mit der Postkutsche herumzukutschieren. Besser hättet Ihr's gar nicht abpassen können.»

Sie schwieg, dann fügte sie vertraulich hinzu:

«Jetzt, wo Ihr aus dem Gröbsten raus seid, kann man ja sagen, daß es ein wahres Glück gewesen ist. Ihr habt es wenigstens hinter Euch.»

Der wilde Blick, der ihr antwortete, überraschte sie:

«Was denn? Für eine große Dame in Eurer Lage ist ein Kind immer unwillkommen. Ich weiß, wovon ich rede. Es gibt genug, die zu mir kommen, um sich ihrs wegbringen zu lassen. Ihr braucht Euch keine Sorgen mehr zu machen. Und es war nicht einmal so schlimm, obwohl Ihr mir ganz schön Angst gemacht habt.»

Verwirrt durch das Schweigen ihrer Patientin fuhr sie fort:

«Glaubt mir, meine Kleine, man darf nichts bedauern. Kinder machen alles nur schwierig. Wenn man sie nicht liebt, weiß man nicht, was man mit ihnen anfangen soll. Wenn man sie liebt, machen sie einen schwach.»

Sie schloß mit einem Schulterzucken:

«Und wenn's Euch wirklich so bekümmert, wird Euch, schön wie Ihr seid, die Gelegenheit nicht fehlen, ein anderes zu bekommen.»

Angélique preßte die Zähne zusammen, bis sie ihr weh taten.

Das Kind Colin Paturels würde nicht zur Welt kommen.

Sie fühlte sich nun wirklich um alles gebracht.

Alles! Ein heftiges Gefühl, dem Haß verwandt, stieg in ihr auf und rettete sie vor der Verzweiflung. Es war wie ein reißender Strom, der noch nicht sein Ziel gewählt hatte, der aber das Verlangen nach Kampf in ihr löste. Ein rasendes Verlangen zu überleben, um sich zu rächen, zu rächen für alles.

Denn trotz allem, was sie erduldet hatte, war sie hellsichtig genug, um die Größe der Gefahr zu begreifen, die ihre Freiheit bedrohte. Bald würde sie, wie eine Verbrecherin von bewaffneten Soldaten bewacht, ihre vom Herrn des Königreichs befohlene Reise fortsetzen müssen. Welcher endgültigen Strafe, welchem Kerker würde sie entgegenfahren?

2

Ein zitternder Ruf stieg in die Nacht, schwebte in der Stille und erlosch wie erschöpft.

«Ein Käuzchen», dachte Angélique. «Es jagt auf Beute . . .» Wieder ließ der Vogel seinen samtenen Schrei vernehmen, zart und fern, gedämpft durch den vom Mondlicht durchwirkten Nebel.

Angélique stützte sich auf einem Ellbogen hoch. Vor sich, nahe der Stelle, wo sie auf dem Boden ausgestreckt lag, sah sie einen Ausschnitt des schwarz-weiß gemusterten Marmor-Estrichs leuchten, in dem sich die Umrisse von Möbeln spiegelten.

Im Hintergrund des Raums fiel sanftes, milchiges Licht durch das offene Fenster und trug, sich ausbreitend und die Dunkelheit durchdringend, den ganzen Zauber einer Frühlingsnacht ins Zimmer. Angezogen von diesem Schein gelang es der jungen Frau, sich aufzurichten und mit unsicheren, taumelnden Schritten das Fenster zu erreichen. Eingesponnen vom silbrigen Licht und angesichts des voll ausgerundeten Mondes, der eben aufgegangen war, überfiel sie von neuem ein Schwächeanfall, so daß sie sich auf die Fensterbank stützen mußte.

Vor ihr, unter dem nächtlichen Himmel, erhob sich der Schattenwall reglos aneinandergedrängter Bäume mit dichten Kronen, deren von königlichem Blätterprunk umhüllte Äste wie Kandelaber ragten, mächtige Stämme, den dunklen Tempel tragende Säulen, die von dem durch eine Lichtung einfallenden Schimmer des Mondes aus der Nacht gehoben wurden.

«Du . . .!» flüsterte sie.

Von einer nahen Eiche erhob sich von neuem der Ruf des Käuzchens, nun klar, durchdringend, und schien den Gruß der Landschaft Nieuls bis zu ihr zu tragen.

«Du», wiederholte sie, «du! Mein Wald! Mein wilder Forst!»

Ein sanfter Wind, kaum spürbar und von unvergleichlicher Zärtlichkeit, strich in langsamen Zügen seines Atems vorbei, die sich zuweilen nur durch den intensiver werdenden Duft blühenden Weißdorns verrieten. Angélique sog die Luft ein. Ihre ausgedörrten Lungen fanden wie in einem Rausch die heilsame Feuchtigkeit wieder, die strömend zu ihr aufstieg, genetzt durch die Frische all der Quellen und den Weihrauch der steigenden Säfte.

Ihre Schwäche verließ sie, sie konnte den Halt der Fensterbank entbehren und um sich blicken. Über dem Alkoven tummelte sich in einem Rahmen aus vergoldetem Holz ein junger Gott des Olymps unter den Göttinnen. Sie war in Plessis. Es war dasselbe Zimmer, in dem sie einstmals – es war sehr lange her, sie war damals sechzehn Jahre alt gewesen, ein ungezügeltes, neugieriges Mädchen – das Liebesspiel des Fürsten Condé und der Herzogin von Beaufort beobachtet hatte.

Auf demselben Fußboden aus schwarzen und weißen Marmorfliesen, in dem sich die schönen Möbel spiegelten, hatte sie wie heute gelegen, von Schmerz gepeinigt, erschöpft und besiegt, während sich in den Korridoren des Schlosses die taumelnden Schritte des schönen Philippe, ihres zweiten Gatten, entfernten, der so grausam seine Hochzeitsnacht gefeiert hatte.

Dorthin hatte sie sich mit dem Kummer und den Widrigkeiten ihrer zweiten Witwenschaft geflüchtet, bevor sie von neuem der faszinierenden Verlockung des Hofes von Versailles gefolgt war.

Angélique kehrte zu ihrem Lager zurück, streckte sich aus, die Härte des Bodens genußvoll spürend. Mit jenem tierhaften Zusammenrollen, das ihr in der Einöde zur zweiten Natur geworden war, wickelte sie sich in die Decke wie in einen Burnus. Tiefe Zufriedenheit verdrängte die Angst, die sie im Halbbewußtsein ihres Krankheitszustandes unablässig verfolgt hatte.

«Bei mir», dachte sie erleichtert. «Ich bin zu mir zurückgekommen ... nun ist alles möglich.»

Als sie erwachte, stand die Sonne am Himmel, und die jammernde Stimme ihrer Dienerin Barbe drang mit den gewohnten Klageliedern an ihr Ohr:

«Da, sehen Sie nur, die arme Dame ... Es ist immer dasselbe! Auf der bloßen Erde wie ein Hund! Ich kann sie abends noch so fest einwickeln, sie findet, kaum daß ich ihr den Rücken wende, immer noch genug Kraft, um sich mit ihrer Decke wie ein krankes Tier auf den Boden zu legen. ‹Wenn du wüßtest, wie gut es sich auf der Erde schläft, Barbe›, sagt sie zu mir, ‹wenn du wüßtest, wie gut es tut.› Was für ein Jammer! Sie, die so ihre Bequemlichkeit liebte, die niemals genug Federbetten über sich haben konnte, weil sie immer so fröstelig war. Kaum zu glauben, was diese Leute in der Berberei in weniger als einem Jahr aus ihr gemacht haben! Ihr müßt es dem König sagen, Messieurs! ... Oh, meine schöne, gepflegte Herrin! Ihr habt sie vor noch nicht gar so langer Zeit in Versailles gesehen, und man möchte heulen, wenn man sie heute betrachtet. Ich würde nicht glauben, daß sie es ist, wenn es nicht genauso wie früher immer nach ihrem Kopf gehen müßte, trotz allem, was man ihr sagt. Solche Wilden wie die verdienen gar nicht zu leben. Der König müßte sie bestrafen, Messieurs!»

Drei Paar Halbschuhe und ein Paar Stiefel hatten sich am Rande von Angéliques Lager aufgereiht. Sie wußte, daß die Halbschuhe mit roten Hacken und Schnallen aus vergoldetem Silber Monsieur de Breteuil gehörten, aber die andern waren ihr unbekannt.

Sie hob die Augen. Die Beine in den Stiefeln trugen eine dickbäuchige, in eine blaue Offizierskasacke gezwängte Erscheinung mit hochrotem, schnurrbärtigem Gesicht und rotem Haar.

Die Kastorschuhe mit silbernen Schnallen, schmucklos, wie es die Regel vorschrieb, in denen schwarze Beine mit mageren Waden steckten, wären auch dann ein untrügliches Zeichen der Anwesenheit eines zum Hof gehörenden Muckers gewesen, hätte Angélique in ihrem Eigentümer nicht sofort den Marquis de Solignac erkannt.

Die vierte Person, gleichfalls durch rote Hacken und zudem noch durch diamantbesetzte Schnallen ausgezeichnet, trug über einem breiten, ein wenig altmodischen Spitzenkragen das scharfgeschnittene, trockene Gesicht eines hohen Militärs, dessen Strenge noch durch einen gestutzten grauen Zwickelbart betont wurde. Diese letztere Person war es, die nach einer Verbeugung vor der zu seinen Füßen ausgestreckten jungen Frau das Wort ergriff.

«Ich habe die Ehre, mich vorzustellen, Madame. Ich bin der Marquis de Marillac, Gouverneur des Poitou und von Seiner Majestät beauftragt, Euch ihre Entschließungen zu übermitteln.»

«Könnt Ihr nicht ein wenig lauter sprechen, Monsieur», sagte Angélique, ihre Schwäche unterstreichend. «Eure Worte gelangen kaum zu mir.»

Monsieur de Marillac blieb nichts anderes übrig als niederzuknien, um sich verständlich zu machen, und seine Begleiter mußten wohl oder übel seinem Beispiel folgen.

Angélique genoß hinter halbgeschlossenen Lidern das Vergnügen, die vier grotesken Gestalten kniend um sich versammelt zu sehen, und ihre Befriedigung wuchs noch, als sie feststellte, daß das Gesicht de Breteuils noch die roten, geschwollenen Spuren trug, die ihre Nägel hinterlassen hatten.

Währenddessen entfaltete der Gouverneur ein Pergament, nachdem er dessen Wachssiegel aufgebrochen hatte, und kratzte sich den Hals. «An Madame du Plessis-Bellière, Unsere Untertanin, die, schuldig einer schweren Widersetzlichkeit gegen Uns, Unseren Zorn hervorgerufen hat. Wir, König von Frankreich, sind es Uns schuldig, diese Zeilen zu schreiben, um ihr Unsere Gefühle anzuzeigen, die sie vorgeben könnte nicht zu kennen, und sie zum Ausdruck ihrer Unterwerfung zu führen.

Madame,

Unser Schmerz ist groß gewesen, als Ihr vor einigen Monaten durch Undankbarkeit und Ungehorsam auf die Wohltaten geantwortet habt, mit denen Euch sowie die Euren zu überschütten es Uns gefiel. Trotz ausdrücklichen Befehls habt Ihr Paris verlassen, obwohl dieser Befehl durch den Wunsch diktiert war, Euch, deren impulsive Natur Wir kennen, vor Euch selbst und den unüberlegten Handlungen zu bewahren, die zu begehen Ihr hättet versucht sein können. Ihr habt sie begangen, habt Euch in Gefahren und Enttäuschungen gestürzt, vor denen Wir Euch schützen wollten, und seid deshalb unbarmherzig gestraft worden. Der verzweifelte Hilferuf, den Ihr uns durch den Superior des Redemptionistenordens, den R. P. de Valombreuze, nach seiner Rückkehr aus Marokko habt zukommen lassen, hat Uns in Kenntnis der traurigen Lage gesetzt, in die Euch Eure Irrtümer gebracht hatten. Als Gefangene der Berber habt Ihr das Ausmaß Eurer Verirrungen ermessen können und Euch mit der üblichen Leichtfertigkeit Eures Geschlechts an den Souverän gewandt, den Ihr zuvor verhöhnt hattet, um seine Hilfe zu erflehen.

Mit Rücksicht auf den großen Namen, den Ihr tragt, und auf die Freundschaft, die Uns dem Marschall du Plessis verband, schließlich aus Mitleid mit Euch selbst, die Wir noch immer zu Unseren geliebten

Untertanen zählen, haben Wir, um Euch nicht die ganze Schwere der Züchtigung tragen zu lassen, indem Wir Euch jenen grausamen Barbaren überließen, auf Euren Ruf geantwortet.

Ihr befindet Euch nun gesund und wohlbehalten auf dem Boden Frankreichs. Wir sind darüber erfreut.

Indessen scheint es Uns gerecht, daß Ihr Uns um Vergebung bittet. Wir hätten Euch eine Zeitspanne notwendigen Insichgehens in der Zurückgezogenheit eines Klosters auferlegen können. Der Gedanke an die Leiden, denen Ihr unterworfen wart, hat Uns diese Möglichkeit jedoch verwerfen lassen. Wir haben es vorgezogen, Euch im Bewußtsein, daß die heimatliche Umgebung die Besinnung zu fördern vermag, auf Euer Besitztum zu schicken. Ihr befindet Euch dort nicht in der Verbannung. Ihr braucht dort nur bis zu dem Tage zu bleiben, an dem Ihr aus eigenem Entschluß den Weg nach Versailles wählt, um Euch zu unterwerfen. In Erwartung dieses Tages, den Wir nahe wünschen, wird ein von Monsieur de Marillac, Gouverneur der Provinz, ausgewählter Offizier mit Eurer Überwachung beauftragt . . .»

Monsieur de Marillac unterbrach sich, hob die Augen und wies auf den dicken Militär:

«Madame, ich stelle Euch den Kapitän Montadour vor, dem ich die Ehre Eurer Bewachung anvertraut habe.»

Der Kapitän war eben in dem Versuch begriffen, unauffällig von einem Knie aufs andere zu wechseln, um die schmerzlichen Unzuträglichkeiten einer Stellung zu mildern, an die seine umfängliche Person nicht gewöhnt war. Fast wäre er gefallen, raffte sich jedoch im letzten Augenblick hoch und versicherte mit Stentorstimme, daß er der Marquise du Plessis zu Diensten sei.

Noch immer unter ihrer Decke zusammengerollt, hielt Angélique die Lider geschlossen und schien zu schlafen.

Heroisch setzte Monsieur de Marillac das Verlesen der königlichen Botschaft fort:

«Unter folgenden Bedingungen wird die Unterwerfung Madame du Plessis-Bellières erfolgen müssen. Das Ungestüm der Mitglieder ihrer Familie, deren eines sich kürzlich sogar des Majestätsverbrechens schuldig gemacht hat, ist allzu bekannt, als daß die Unterwerfung nicht einer besonders nachhaltigen Form bedürfte, die durch beklagenswerte Beispiele auf die Bahn der Rebellion verlockte Geister zum Nachdenken veranlassen soll.

Da Madame du Plessis Uns öffentlich widersetzlich gewesen ist, hat die Sühne öffentlich zu erfolgen.

Sie wird sich in einer Kutsche mit schwarzbebänderter Peitsche nach Versailles begeben. Die Kutsche wird außerhalb des Gitters halten und nicht in den Ehrenhof einfahren dürfen.

Madame du Plessis wird bescheiden und in dunkle Farben gekleidet sein.

In Gegenwart des gesamtes Hofes wird sie vor den König treten, vor ihm niederknien, seine Hand küssen und ihren Lehns- und Vasalleneid erneuern.

Darüber hinaus wird sie aufgefordert werden, der Krone eines ihrer Lehnsgüter in der Touraine zu schenken. Die Urkunden und Verträge dieser Übereignung müssen Unserem Großkämmerer als Zeichen der Huldigung und Abbitte im Laufe dieser Zeremonie überreicht werden.

Von nun an wird Madame du Plessis-Bellière es sich angelegen sein lassen, ihrem Souverän mit einer Treue zu dienen, die wir Uns ohne Schatten wünschen. Sie wird in Versailles bleiben, die Titel und Ehren annehmen, mit denen sie zu belehren Wir für richtig halten, was, wie Wir wissen, ihren Stolz härter ankommen wird als kein Amt zu empfangen. Sie wird aufs sorgfältigste ihre Amtspflichten erfüllen, kurzum, sich dem Dienst des Königs mit Ergebenheit widmen, sei es im Königreich, bei Hofe . . .»

«. . . oder in seinem Bett», vollendete Angélique.

Monsieur de Marillac erzitterte. Seit einigen Augenblicken war er von der Vergeblichkeit seiner Ansprache, die er an eine im Halbdämmer hoffnungsloser Krankheit vegetierende Unglückliche richtete, völlig überzeugt.

Der Einwurf Angéliques und der spöttische Blick, der durch ihre Wimpern filterte, bewiesen ihm jedoch, daß sie ausgezeichnet zugehört hatte und keineswegs so kraftlos war, wie sie vorgab. Die pergamentenen Wangen des Gouverneurs röteten sich, und er sagte trocken:

«Das steht nicht im Schreiben Seiner Majestät.»

«Gewiß, aber es ist stillschweigend darin enthalten», erwiderte Angélique sanft.

Monsieur de Marillac kratzte sich den Hals und stotterte ein wenig, bevor er den Faden seiner Lektüre wiederfand:

«. . . bei Hofe oder an welchem Ort auch immer, zu dem sie in seinem Dienst zu schicken es Seiner Majestät gefallen wird.»

«Könnt Ihr nicht zum Schluß kommen, Monsieur? Ich bin müde.»

«Wir auch», bemerkte der Edelmann entrüstet. «Seht Ihr nicht, Madame, in welche Lage Ihr uns bei dieser Lektüre zwingt?»

«Ich sterbe, Monsieur.»

Ein boshafter Ausdruck glitt über das Gesicht des Grandseigneurs.

«Ich rate Euch, nicht zu lange zu sterben, Madame, denn Ihr dürft nicht glauben, daß die Nachsicht Seiner Majestät Euch gegenüber ewig währt. Mit dieser Warnung schließt in der Tat ihr Schreiben. Wißt also, Madame, daß Euch der König in seiner Güte mehrere Monate der Überlegung zubilligt, bevor er Euch endgültig als unverbesserliche Rebellin betrachtet. Ist dieser Zeitraum verstrichen, wird er unbeugsam sein. Wir sind im Mai, Madame. Der König weiß Euch krank, erschöpft. Er ist entschlossen, Geduld zu üben, aber wenn Ihr bis zu den ersten Oktobertagen die Euch auferlegten Bedingungen nicht erfüllt, um seine Verzeihung zu erlangen, wird er Eure Weigerung als offene Rebellion ansehen.»

«Was wird dann geschehen?»

Monsieur de Marillac entfaltete von neuem das Schreiben des Souveräns.

«Madame du Plessis wird arretiert und in eine Festung oder ein Kloster Unserer Wahl überführt werden. Ihre Wohnsitze werden versiegelt, ihre Schlösser, Häuser und Ländereien verkauft werden. Ihr verbleiben als Lehen und erblicher Besitz allein Schloß und Domäne du Plessis, die an Charles-Henri du Plessis, Sohn des Marschalls und Unser Patenkind, dessen Vormundschaft Wir übernehmen, fallen werden.»

«Und mein Sohn Florimond?» fragte Angélique erblassend.

«Er ist hier nicht erwähnt.»

Ein Schweigen breitete sich aus, in dem Angélique die befriedigten Blicke der Männer auf sich ruhen fühlte, die sie kaum kannte, denen sie nichts getan hatte und die dennoch sichtlich ihre Niederlage genossen, weil das Verlangen, die Schönheit am Boden und das gedemütigt zu sehen, was nicht im Staube kriechen will, zu den natürlichen Trieben des armseligen Menschen zählt.

Für lange Zeit würde Madame du Plessis ihren kleinen, stolzen Kopf nicht mehr erheben, würde sie zwischen dem König und den Einflüssen, die andere Geister vergeblich auf ihn auszuüben versuchten, nicht mehr die Schranke ihrer smaragdenen Augen errichten. Sie würde in Versailles nur erscheinen, um sich einer schmerzlichen Prüfung zu unterwerfen, die ihren Hochmut für immer bändigen würde. Sie verlöre so ihre unbezähmbare Kraft, sie würde wie die andern werden: ein gelehriges Instrument, ausgeliefert geschickten Händen, die geschaffen waren, Seelen und Schicksale zu lenken. Hatte man es nicht schlau angefangen, dem König Unnachgiebigkeit zu empfehlen?

Monsieur de Solignac brach als erster das Schweigen mit salbungsvoller, leiser Stimme. Er hatte durch das lange Knien nicht gelitten, denn er war an endlose Gebete in der Verschwiegenheit seines Betzimmers gewöhnt, wenn er von Gott die Kraft zur Fortsetzung und Bewältigung des erschöpfenden und geheimen Werks erflehte, einer verderbten Welt sein göttliches Gesetz aufzuzwingen. Er erklärte, ihm scheine der Augenblick für Madame du Plessis-Bellière gekommen, ihre vergangenen Irrtümer zu überdenken und die Zeit, die ihr die Nachsicht des Königs ließe, zur Beibringung von Beweisen einer nachhaltigen Reue zu nützen. Würde der König ihr nicht für immer verzeihen, wenn sie ihm als Pfand die

Bekehrung seiner Provinz Poitou überbrächte?

«Es ist Euch gewiß nicht entgangen, Madame, daß die sogenannte reformierte Religion in den letzten Zügen liegt. Ihre Anhänger schwören in großer Zahl ihren Irrglauben ab und kehren an den Busen der katholischen und apostolischen Mutterkirche zurück. Allerdings gibt es noch einige Unbelehrbare, besonders in dieser abgelegenen und wilden Region, aus der Ihr stammt und in der Ihr Ländereien besitzt. Kapitän Montadour, einer unserer eifrigsten Bekehrer und zu diesem Zwecke seit mehreren Monaten hier, hat die größte Mühe, die Hugenotten Eurer Domänen dazu zu bringen, von ihren infamen Überzeugungen zu lassen. Wir hoffen, Madame, Eure Unterstützung bei diesem heiligen Werk zu finden. Ihr kennt die Bauern dieser Provinz, kennt ihre Sprache. Ihr seid ihre Lehnsherrin. Ihr habt mehr als ein Mittel, Eure hugenottischen Hörigen zum Verzicht auf ihre sträflichen Ketzereien zu zwingen. Ihr seht, Madame, welch noble Aufgabe Eurer wartet. Bedenkt, wie sehr der König, den Ihr beleidigt habt, Euch für die Hilfe beim Werk der Einigung seines Reiches, das er zum höheren Ruhme Gottes unternommen hat, Dank wissen wird . . .»

Was Monsieur de Marillac durch die königliche Botschaft nicht erreicht hatte, brachten die Mahnungen Monsieur de Solignacs zuwege. Angélique fühlte sich aus ihrem gespielten Dämmerzustand gerissen, setzte sich jäh auf und fixierte die Männer mit weit aufgerissenen, brennenden Augen.

«Ist die Bekehrung meiner Provinz in die Bedingungen Seiner Majestät eingeschlossen?»

Ein sarkastisches Lächeln entblößte die gelblichen Zähne Monsieur de Marillacs.

«Nein, Madame», erwiderte er, «aber sie ist stillschweigend darin enthalten.»

Gleichzeitig und mit derselben Bewegung neigten sich die Herren de Marillac, Solignac und Breteuil über sie. Montadour hätte es ihnen nachgetan, wenn ihn sein Bauch nicht daran gehindert hätte. Er beschränkte sich darauf, sich so weit vorzubeugen, wie es ihm eben möglich war. Eine andere Hoffnung als die, Angélique zu einer heiligen Mission zu bekehren, verursachte ihm heftigen Blutandrang. Er entdeckte nämlich, daß diese Halbtote, die vor ein paar Tagen, fast schon in ihr Leichentuch eingenäht, im Schloß eingetroffen war, verteufelt verführerisch aussah.

Die vier über sie geneigten Gesichter riefen Angélique die Alpträume aus den Tagen ihrer Gefangenschaft ins Gedächtnis zurück, als ihr im Schlaf befreiter Geist sie zu den noch nahen Erinnerungsbildern des Hofs von Frankreich zurückgeführt und sie die bedrückende, von Komplotten und Drohungen genährte Atmosphäre Versailles hatte spüren lassen, in die sich die Angst vor den in geheimen Winkeln ihre schwarzen Messen zelebrierenden Giftmischern und den weihrauchumwölkten Intrigen fanatischer Glaubensverbreiter seltsam mischte. Alles das, wovor sie geflohen war und was sie für immer verworfen hatte, gewann von neuem Gestalt und niederträchtig wirkende Kraft.

«Madame», murmelte Marillac, «gebt uns Beweise Eures Eifers, und wir werden Euch das Schlimmste ersparen. Wir werden uns bemühen, die Gnade des Königs für Euch zu erwirken. Wir könnten ihn, zum Beispiel, dazu bewegen, die Härten der Euch auferlegten Buße zu mildern. Vielleicht ließe sich die Kutsche außerhalb des Gitters vermeiden . . . das schwarze Kleid . . . der Vasalleneid . . .»

Er war nicht ungeschickt. Er wußte, daß eine Frau wie Angélique die demütigenden Kleinigkeiten schlimmer empfinden mußte als etwa die Übereignung einer ihrer Domänen an die Krone. Sie erwarteten ihre Versprechungen und Verpflichtungen, während sie sich schon ihre Instruktionen zurechtlegten.

Doch sie entzog sich ihnen hochmütig.

«Seid Ihr zu Ende, Messieurs?»

Der Gouverneur preßte die Lippen zusammen.

«Nein, wir sind nicht zu Ende, Madame. Ich habe Euch noch eine persönliche Botschaft Seiner Majestät zu überreichen. Hier ist sie.»

Angélique löste das rote Siegel und erkannte die königliche Schrift.

«Bagatellchen, mein unausstehliches, mein unvergeßliches Kind . . .»

Die Buchstaben tanzten vor ihren Augen. Sie wollte nicht weiterlesen und ließ den Brief sinken.

Die Abgesandten des Königs erhoben sich und zogen sich zurück. Monsieur de Marillac warf noch einen Blick auf die in ihre Decke gehüllte Gestalt, dann zuckte er die Schultern. Er würde den König wissen lassen, daß diese Frau gestörten Geistes sei. Sich auf den Fußboden zu legen, wenn man die Königin von Versailles gewesen war! Sie konnte einem leid tun. Er hatte unrecht gehabt, auf Solignac zu hören und sich in diese Angelegenheit zu mischen. Weder für den König noch für ihn oder die Gesellschaft vom Heiligen Sakrament war dabei zu profitieren. Allem Anschein nach lag sie im Sterben.

«Messieurs!»

Angélique rief sie zurück; sie verhielten an der Tür. Während sie sich von neuem aufrichtete, schuf ihr das wirre Haar eine Art fahlen Glorienscheins, der den Glanz ihres Blicks noch unterstrich.

«Messieurs, Ihr werdet dem König sagen, daß er nicht das Recht hat, gut zu mir zu sein.»

«Was soll das heißen, Madame?» fragte Marillac überrascht. «Haltet Ihr Euch der Güte Seiner Majestät für unwürdig?»

«Nein. Ich will damit sagen, daß Güte zwischen uns nichts zu suchen hat. Seine Liebe beleidigt mich. Denn wir sind Feinde, nicht wahr? Zwischen uns kann es nur eines geben: Krieg!»

Der Gouverneur verfärbte sich. Ein Schwindel erfaßte ihn bei der Vorstellung, dem König solche Worte wiederholen zu müssen.

Die drei Edelmänner entfernten sich sorgenvoll.

«Närrin! Närrin, die Ihr seid!» jammerte Barbe und stürzte zum Lager ihrer Herrin. «Welche Tollheit hat Euch nur gepackt, ihnen derlei Dinge an den Kopf zu werfen! Der König hat sie doch geschickt, um alles zu arrangieren! Ah, Ihr habt eine schöne Art, Eure Verzeihung zu erkaufen!»

«Horchst du an den Türen, Barbe?»

Einmal in Schwung fuhr Barbe, von einem heiligen Zorn besessen, fort:

«Es genügt Euch also nicht, ein Wrack, ein Unglückswurm ohne Mumm in den Knochen zu sein! Euer Leben ist wie durch ein Wunder gerettet worden, und jetzt, da Ihr es habt, fällt Euch nichts Besseres ein, es wie einen Firlefanz aufs Spiel zu setzen!»

«Barbe, du hast in meiner Abwesenheit eine bestimmende Art angenommen, die mir nicht gefällt.»

«Wie hätte ich mich sonst mit unserem kleinen Charles-Henri verteidigen sollen, bei all der Gendarmerie, die dauernd kam, diesen Teufelspolizisten, die uns ausfragten, die Papiere durchwühlten und in den Schränken herumstöberten? Hinterher hat man uns in Ruhe gelassen, und es blieb uns nur noch das Warten. Glaubt Ihr, es ist lustig, so zu warten und dabei den Rosenkranz zu beten und Euch dann eines schönen Tages magerer, zerzauster und wilder als eine sträunende Katze wieder auftauchen zu sehen? Und jetzt sind die Soldaten im Park, der dicke Kapitän befiehlt unter Eurem Dach, verschlingt die Vorräte, plagt Eure Dienerinnen. Es war wohl nötig, schreien und sich verteidigen zu lernen!»

Die Heftigkeit ihrer treuen Magd bestürzte Angélique.

«Was soll ich denn tun?» murmelte sie mit schwacher Stimme.

«Geht zum König», flüsterte Barbe, neue Hoffnung fassend. «Alles wird dann wie früher sein. Ihr werdet wieder die Mächtigste im Königreich, Euer Haus und Eure Söhne werden überall geehrt werden. Geht zum König, Madame. Kehrt nach Versailles zurück!»

Über Angélique gebeugt, beobachtete sie auf deren Gesicht Zeichen der Niederlage. Aber unter den zitternden Lidern kehrte der unversöhnliche Glanz der grünen Augen wieder.

«Du weißt nicht, wovon du sprichst, Barbe. Zum König gehen! Für dich Harmlose kann es nichts Besseres geben als bei Hof zu leben. Aber ich weiß es besser. Habe ich nicht dort gelebt? Leben bei Hof? Welcher Hohn! Dort umkommen, ja! Vor Langeweile, vor Ekel und schließlich durch das Gift einer Rivalin.»

«Der König liebt Euch. Ihr vermögt alles über ihn.»

«Er liebt mich nicht. Er will mich. Ich werde niemals dem König gehören. Es ist unmöglich. Höre, Barbe, es gibt etwas, das du nicht weißt. Der König von Frankreich ist allmächtig, aber ich bin aus dem Harem Moulay Ismaëls entflohen . . . Du kannst dir nicht vorstellen, was das bedeutet. Keiner einzigen Frau ist es vor mir geglückt. Es war unmöglich, völlig undenkbar! Warum sollte ich also nicht den König von Frankreich in Schach halten können?»

«Ist das Euer Wille?»

«Ja . . . ich glaube. Ich glaube, daß mir nichts anderes übrig bleibt.»

«Ah! Närrin, Närrin! Gott möge uns schützen», schluchzte Barbe und entfloh, das Gesicht in den Händen verborgen.

3

Der Kapitän Montadour schmauste im großen Speisesaal des Schlosses. Angélique beobachtete ihn von der Schwelle aus. Er aß nicht, er schlang. Mit starrem Blick und gerötetem Gesicht, dessen Färbung der rötliche Schnurrbart noch unterstrich, widmete er sich der Aufgabe, eine Schüssel voller Fettammern zu leeren, die man inmitten einer stattlichen Anzahl von Töpfen vor ihn hingestellt hatte. Mit geübter Hand ergriff er die Ammern, tunkte sie genußvoll in eine Sauciere und schob sie sich ohne viel Federlesens in den aufgerissenen Mund. Er zerbiß die Knochen, saugte sie geräuschvoll ab und wischte sich die Hände an der über seiner Brust wie ein Plastron entfalteten, mit einer Ecke in einem Knopfloch verankerten Serviette.

«Man nennt ihn Gargantua», flüsterte die kleine Dienerin, die hinter Angélique gleichfalls das Schauspiel betrachtete.

Der Offizier erteilte den Dienern Befehle, als handelte es sich um Leute seines eigenen Hauses. Als einer von ihnen sich nicht genügend beeilte, beschimpfte er ihn und warf mit einer Schüssel nach ihm.

Angélique zog sich lautlos zurück.

Daß der König ihr unter ihrem eigenen Dach einen solchen Flegel aufgezwungen hatte, überstieg jede Zumutbarkeit. Zwar wußte er zweifellos nichts von der Auswahl, die Monsieur de Marillac nach reiflicher Überlegung getroffen hatte, aber er war nichtsdestoweniger für diese Demütigung verantwortlich. Der König hatte es seinen Kreaturen überlassen, die Marquise du Plessis zur Vernunft zu bringen.

Im gleichen Maße, in dem ihre Genesung Fortschritte gemacht hatte, war sich Angélique dieser doppelten Schlinge bewußt geworden: gleicherweise dem König wie denen, die im geheimen das Königreich zu lenken versuchten, auf Gnade und Ungnade ausgeliefert zu sein. Solange sie nur von der Stille ihres Zimmers umschlossen gewesen war, hatte sie ihre Situation nicht so klar gesehen. Sie hatte sich darauf beschränkt, sich zum Fenster zu schleppen, um aus dem Anblick des nahen Waldes neue Kräfte zu gewinnen. Sein strotzendes Wuchern, seine Frische, sein Schatten erfüllten sie jedesmal mit dankbarer Freude. Sie sagte sich, daß sie trotz allem lebte, daß ihre Knochen nicht auf irgendeiner Wegspur der Einöde bleichten und daß sie dank einem unglaublichen Wunder ihre Heimat hatte wiedersehen dürfen. So oft hatte sie von den Schattentiefen des Waldes von Nieul geträumt, während sie mit ausgedörrten Lippen und bis aufs Blut zerschundenen Füßen Colin Paturel gefolgt war, daß ihr nun alles einfach und leicht erschien, da sie sie wiedergefunden hatte.

Nach und nach hatte sie den inständigen Bitten Barbes nachgegeben, hatte Nahrung zu sich genommen und sich bereit gefunden, in ihrem Bett zu schlafen. Eines Tages hatte sie sich ankleiden lassen. Es war eine ihrer früheren Roben gewesen, die Barbe aus einer Truhe hervorgeholt hatte, denn die neueren waren ihr alle zu weit geworden.

Auf ihren Gängen durch das Schloß hatte Angélique dann die Kehrseite ihrer Heimkehr entdeckt. Posten bewachten die Türen. In den Gesinderäumen waren Soldaten untergebracht. Andere biwakierten im Park nahe den Toren. Überall war Montadours dröhnende Stimme zu vernehmen.

Angélique, die sich mit den unsicheren Schritten des Rekonvaleszenten durch die Zimmer und Flure bewegte, wurde plötzlich von dem Gefühl überwältigt, von neuem in einen bösen Traum gestürzt zu sein. Die vertrauten Gesichter ihrer Diener schienen ihr wie aus einer anderen, versunkenen Welt aufzutauchen, Teile einer kaum vorstellbaren Realität.

Nacheinander waren sie in ihren kleinen Salon getreten, um sie zu begrüßen und ihre Zufriedenheit auszudrücken, sie wieder bei Gesundheit zu sehen: Lin Poiroux, der Koch, und seine Frau, Tourainer mit stets heiteren Gesichtern, die seit fünfzehn Jahren in Plessis dienten und noch immer untröstlich waren, unter wilden Poitou-Leuten leben zu müssen, La Violette, der einstige Diener Philippes (hatte sie ihn nicht längst hinausgeworfen?), Joseph, der Aufseher des Hundezwingers, Janicou, der Wagenmeister, der Kutscher Hadrien, Malbrant Schwertstreich, ihr weißhaariger Stallmeister, der sich dem Landleben recht gut angepaßt zu haben schien. Er rauchte seine Pfeife, ging gelegentlich in den Stall, um die Pferde zu tätscheln, und brachte, um seine Anwesenheit zu rechtfertigen, dem kleinen Charles-Henri die Anfangsgründe der Fecht- und Reitkunst bei. «Aber der Junge ist nicht so begabt wie sein älterer Bruder», sagte er. «Ah, warum hat man Florimond bei den Jesuiten eingesperrt, während hier gute Degen rosten!» Nur Malbrant, der Landsknecht und Ex-Musketier, der genug von der Welt gesehen hatte, schien sich wohl in seiner Haut zu fühlen. Bei allen anderen spürte sie etwas wie Unruhe, einen unbestimmten Vorwurf. Während ihrer Abwesenheit hatten sie sich grausam verlassen gefühlt. Sie beklagten sich. Die Soldaten quälten sie, spotteten über sie, behandelten sie wie Bewohner eines unterworfenen Landes. Wie ein Mann empfanden sie die ihrer Herrschaft angetane Schmach, Soldaten auf ihrem Besitz dulden zu müssen. Angélique hörte sie an, ohne ein Wort zu sagen, die grünen Augen ihnen zugewandt, ein schwaches Lächeln um die noch bleichen Lippen. «Warum verteidigt ihr euch nicht? Habt ihr nicht eure Messer, eure Beile, eure Peitschen, eure Knüttel aus gutem Holz? Und du, Lin Poiroux, hast du nicht deine Bratspieße?»

Die Dienerschaft stand wie erstarrt. Malbrant Schwertstreich entblößte die Zähne in einer freudigen Grimasse. Janicou stotterte:

«Gewiß, Madame la Marquise, wir wagten es nur nicht ... es sind Soldaten des Königs ...»

«In der Nacht sind alle Katzen grau, sagt ein Sprichwort. Und ein Soldat des Königs läßt sich ebenso verprügeln wie ein diebischer Vagabund.»

Schweigend nickten sie mit den Köpfen, während sich Fältchen um ihre listigen Augen bildeten. Die Diener, noch nahe ihrem bäuerlichen Ursprung, verstanden diese Sprache.

«Warum nicht, Madame la Marquise», brummte Janicou. «Wenn Ihr damit einverstanden seid, soll's an uns nicht fehlen.»

Sie warfen einander verständnisinnige Blicke zu.

Sie hatten recht gehabt, auf ihre Dame zu vertrauen. Sie würde nicht so leicht den Mut sinken lassen. Es würde nicht mehr lange dauern, bis sich der dicke Offizier aus dem Staube machte. Von nun an würde das Dasein für die Soldaten des Königs weniger erfreulich werden.

Wie Kindern oder einfachen Leuten, die es gewohnt sind, alles von einem einzigen Herrn zu erwarten, schien ihnen die Rückkehr der Marquise du Plessis das Ende einer beunruhigenden Ära zu bedeuten, die ihr Schicksal bedroht hatte.

Für Angélique war es weniger einfach. Ihre Zweifel unter einer heiteren Miene verbergend, suchte sie sich klarzuwerden, bevor sie handelte. Und je deutlicher sie sich der Situation bewußt wurde, desto weniger sah sie, was sie tun konnte.

In einen der Salons des Erdgeschosses zurückgezogen, der ihr besonders lieb war, ließ sie die Vergangenheit eine ungewisse Brücke zur Gegenwart schlagen.

In diesem Salon hatte sie damals als Sechzehnjährige dem wütenden Fürsten Condé gegenübergestanden.

Der Grandseigneur war ins Poitou gekommen, um Truppen gegen Mazarin und die Mutter des Königs auszuheben und die Vergiftung des kleinen Königs und seines Bruders vorzubereiten.

Sie glaubte ihn noch zu sehen, wie er die grüne Phiole, die ihm der Mönch Exili überbracht hatte, gegen das Licht hob und die Chancen überschlug, die sich durch das Verschwinden des jungen Ludwigs XIV. für seine ehrgeizigen Pläne ergeben würden.

Spiel der Fürsten! Heute schleppte Condé jeden Abend unter den Deckengemälden von Versailles seine Gicht zum Piquet-Tisch der Königin. Der kleine König war der Stärkere gewesen.

Aber durchzog der giftige Dunst der Komplotte und des Aufruhrs nicht noch immer das weiße, im Teich am Waldrand sich spiegelnde, in einer entlegenen Provinz verlorene Schloß?

Angélique blickte aus dem Fenster. Sie übersah eine Ecke des schlecht instand gehaltenen Parks. Die Pracht der Kastanien mit den rosigen, hohen Kerzen ihrer Blüten ließ die Verwüstung der Rasenflächen nicht übersehen, auf die Montadours Leute ihre Pferde zum Weiden getrieben hatten. Zur Rechten schimmerte der Teich; zwei Schwäne schwammen eilig dem Ufer zu. Offenbar hatten sie Charles-Henri bemerkt, der mit Barbe dort unten spazierenging und sich anschickte, sie mit Brot zu füttern.

Angélique schien der Liebreiz des kleinen Charles-Henri in dieser von bösen Träumen erfüllten Atmosphäre seltsam unwirklich.

Schon bald würde Barbe ihn zu ihr bringen. Er war jetzt fast fünf Jahre alt. Die ihm mit einer wahren Affenliebe ergebene Dienerin kleidete ihn stets in Seide und Satin, als ob er in der nächsten Stunde bei Hofe vorgestellt werden sollte. Er beschmutzte niemals seine Kleidung. In Gegenwart Angéliques verhielt er sich schweigsam, und vergebens versuchte sie, ihn zu ein paar Worten zu ermuntern.

«Dabei ist er ordentlich munter, wenn er nur will», sagte die über seine beharrliche Stummheit verdrossene Barbe. «Ihr solltet ihn nur hören, wenn ich ihn abends zu Bett bringe und ihm das Medaillon mit Eurem Bild gebe. Er spricht mit ihm, er erzählt mir davon. Aber vielleicht erkennt er Euch nicht, weil Ihr Eurem Bild nicht mehr ähnlich seht.»

«Findest du mich sehr verändert?» erkundigte sich Angélique, wider ihren Willen betroffen.

«Ihr seid noch schöner als früher», erklärte Barbe mit grollendem Unterton. «Wenn man sich's recht überlegt, scheint es verrückt, weil es eigentlich Grund dafür gibt, wenn man Euch von nahem betrachtet. Euer Haar ist in einem traurigen Zustand. Und Eure Haut ist ein wahrer Jammer! Aber trotzdem gibt's Augenblicke, in denen Ihr wie zwanzig ausseht, man weiß nicht, warum. Und manchmal wieder sind es Eure Augen, die einen nicht loslassen. Man möchte meinen, Ihr kommt aus einer anderen Welt.»

«So unrecht hast du nicht.»

«Schöner? Ich weiß nicht recht», wiederholte die Dienerin und schüttelte ihre weiße Haube. «Aber was ich weiß . . . was ich fühle, ist, daß Ihr für die Männer noch gefährlicher als früher seid.»

«Laß die Männer aus dem Spiel», sagte Angélique und zuckte die Schultern. Sie betrachtete ihre Hände.

«Meine Fingernägel brechen noch», bemerkte sie. «Ich weiß nicht, wie ich sie pflegen soll, um ihnen wieder Kraft zu geben.»

Sie seufzte und streichelte die seidigen blonden Locken des Kindes. Mit seinen großen blauen Augen, seinen dichten Wimpern, seiner weißen und rosigen Haut, seinen runden, prallen Wangen wäre es ein Modell für die flämischen Maler gewesen. Seine Schönheit bedrängte ihr Herz. Ihr Anblick beschwor unweigerlich das Bild Philippes, ihres zweiten Gatten, herauf und erinnerte sie an den schrecklichen Irrtum des Schicksals, das ihr den Boten Joffrey de Peyracs in dem Augenblick zuführte, als sie wieder geheiratet hatte.

Damals hatte sie sich wie eine vom Teufel Besessene aufgeführt, um den eiskalten Philippe zu dieser Ehe zu veranlassen, so mit eigenen Händen den Graben aushebend, der sie nun für immer von ihrer ersten Liebe trennte. «Ah, warum willst du immer das Schicksal zwingen!» hatte Osman Ferradji gesagt.

Sie seufzte, wandte ihre Augen ab und verlor sich in vage Träumerei. Das Kind zog sich nach ein paar Augenblicken still zurück. Wenigstens um diesen Jungen brauchte sie nicht zu zittern. Charles-Henri du Plessis, Sohn des Marschalls, Patenkind des Königs, würde nicht der Fehler seiner Mutter wegen um sein Erbteil gebracht werden, aber der Älteste, Florimond, legitimer Erbe der prunkliebenden Grafen von Toulouse, aus noblerem Geschlecht und von größerem Reichtum als alle Herren von Plessis zusammen, ging dem bedrohten, ungewissen Schicksal eines Bastards entgegen.

Seit ihrer Rückkehr nach Plessis hatte sie ihn zu sich rufen wollen und mühsam, mit vor Erschöpfung immer wieder versagender Stimme Maître Molines einen Brief für ihren Bruder, den R. P. de Sancé, diktiert. Sie wußte nicht, daß die Botschaft Montadour Anlaß zu erheblichem Verdacht gegeben hatte. Da seine Bildung mehr als lückenhaft war, hatte er sich deren Inhalt durch den Intendanten vorlesen und sie nach sorgfältiger Prüfung seiner Verantwortlichkeiten zunächst an Monsieur de Marillac expedieren lassen. Der Brief hatte nichtsdestotrotz seine Bestimmung erreicht, denn sie erhielt die Antwort des Jesuiten.

Sie erfuhr, daß der R. P. de Sancé vom König angewiesen worden war, den jungen Florimond de Morens im Seminar zu belassen, bis Seine

Majestät selbst es für gut befinden würde, ihn seiner Mutter zurückzugeben. Der R. P. de Sancé hieß die Entscheidung des Souveräns gut, der sich selbst um den Jüngsten seiner Untertanen sorge. Florimond habe in der Tat nichts Gutes vom Einfluß einer Frau zu erwarten, deren Verhalten sich als ebenso undankbar wie unbesonnen erwiesen habe. Sobald sie Beweise aufrichtiger Reue gebe und vom König wieder in Gnaden aufgenommen werde, stehe dem Wiedersehen mit ihrem Sohn, dem sie fortan nicht mehr das beklagenswerte Beispiel aufrührerischer Unüberlegtheit böte, nichts mehr im Wege. Zudem sei das Seminar für einen Knaben von zwölf Jahren ohnehin ein passenderer Ort als die Umgebung einer Mutter, die sich stets seltsam unbeständig und wankelmütig gezeigt habe. Florimond trete in die Jünglingszeit ein. Sein Onkel bekannte, daß er fürs Studium zwar begabt, aber faul, trotz des Anscheins von Offenheit schwer zu durchschauen und, alles in allem, hinterhältig sei. Mit einiger Beharrlichkeit werde man aus ihm vielleicht einen guten Offizier machen können.

Raymond de Sancé schloß mit sibyllinischen Worten, die seine Bitterkeit verrieten. Er sei es müde, schrieb er, die Last der Irrtümer seiner Brüder und Schwestern auf seinen Schultern zu tragen und als einziger den Namen de Sancé de Monteloup vor der königlichen Ungnade zu bewahren. Bald würde auch er sie spüren müssen, obwohl er immer ein treuer Untertan des Königs gewesen sei und es bleiben wolle. Aber wie sollte man der Unzufriedenheit Seiner Majestät entgehen, wenn man sich jahrein, jahraus für schuldig Gewordene einsetzen müsse, deren Starrköpfigkeit nur durch ihre unglaubliche Leichtfertigkeit übertroffen werde. Hatten die harten Lektionen nicht genügt, Angélique zu zähmen? Hatte er selbst sie nicht ständig gewarnt wie auch Gontran, Denis und Albert? Was nützen also alle Vorwürfe und Ermahnungen? Ihr wildes, unbeherrschtes Blut behielt dennoch die Oberhand. Eines Tages würde er überhaupt darauf verzichten, sich noch für sie einzusetzen . . .

Diese Antwort empörte Angélique mehr als alles andere. Es war unwürdig, ihr Florimond zu verweigern. Der vaterlose Florimond gehörte nur ihr. Ihr allein. Er war für sie ein Freund, ein Kamerad. Der einzige lebende Beweis ihrer verlorenen Liebe. Florimond und Cantor, ihre beiden ältesten Söhne, waren ihr während ihrer Irrfahrt durchs Mittelmeer sehr nahegekommen.

Es schien ihr, als habe sie Cantors Liebe wiedergewonnen, indem sie ihm auf seine tollkühne Odyssee gefolgt war und den geheimen Traum des kleinen Pagen geteilt hatte. Er und sie waren ein wenig zu Komplicen geworden, das tote Kind und seine Mutter in derselben Falle gefangen, und seitdem empfand sie ihn weniger fern, weniger ausgelöscht.

Aber sie brauchte Florimond, ihren Ältesten, in dessen Zügen jenes andere Bild wieder Gestalt anzunehmen begann, das die Zeit zu verwischen drohte.

Mit ohnmächtigem Zorn las sie den Brief von neuem. Dann ließen die Vorwürfe ihres Bruders sie innehalten. Warum wandte er sich diesmal gegen die ganze Familie, statt wie gewöhnlich nur sie, Angélique, allein für ihre Schwierigkeiten verantwortlich zu machen? In ihrer Kindheit war es immer Angéliques Schuld gewesen, wenn Katastrophen eintraten. Diesmal aber sprach er in der Mehrzahl.

Sie überlegte. Ein Satz Monsieur de Marillacs kam ihr ins Gedächtnis zurück: «. . . Die Disziplinlosigkeit einer Familie, deren Angehörige sich schwer gegen mich vergangen haben» oder etwas dergleichen. Sie erinnerte sich nicht mehr genau der Worte, da sie in jenem Augenblick nicht sonderlich auf sie geachtet hatte. Erst der Zusammenhang dieses Satzes mit den Andeutungen Raymonds ließ sie sich fragen, ob es sich nicht um Anspielungen auf ein Ereignis handelte, von dem sie nichts wußte.

Sie war noch tief in ihren Überlegungen, als ein Diener eintrat und meldete, daß der Baron de Sancé de Monteloup sie zu sprechen wünsche.

4

Der Vater Angéliques, der Baron de Sancé, war im vergangenen Jahr gestorben, gegen Ende des Winters, der ihrer Abreise nach Marseille vorausgegangen war. Sie richtete sich deshalb bei dieser Ankündigung auf ihrem Ruhebett auf, da sie ihren Ohren nicht traute. Die Gestalt in braunem Rock und derben, lehmigen Schuhen, die die Stufen der Freitreppe erstieg, erinnerte sie an ihren Vater. Sie verfolgte ihr Nahen durch die Galerie und erkannte das verschwiegene, trotzige Gesicht der Sancé-Jungen. Einer ihrer Brüder? Gontran? . . . Nein, Denis.

«Du bist es, Denis?»

«Guten Tag», sagte er.

Er war Offizier in einer Garnison in der Umgebung von Paris gewesen. Nun fand sie ihn unversehens als Krautjunker aus der Provinz wieder, mit dem schwerfälligen Schritt und der sorgenvollen Miene des Barons Armand. Verlegen drehte er einen Zipfel seines Rocks zwischen den Fingern.

«Da bin ic. Monsieur de Marillac, der Gouverneur der Provinz, hat mich gebeten, dir einen Besuch abzustatten. Deshalb bin ich gekommen.»

«Offenbar handelt man nur noch auf Anweisungen anderer in dieser Familie. Wie charmant!»

«Zum Teufel! Die Situation ist schwierig genug.»

«Was ist geschehen?»

«Das fragst du, der die ganze Polizei des Königreichs auf den Fersen gewesen ist und die man wie eine Verbrecherin unter Bewachung zurückgebracht hat? Die ganze Gegend spricht davon!»

«Ich weiß. Aber was geschieht sonst?»

Denis ließ sich bedrückt nieder.

«Stimmt, du weißt es nicht, und ich werde es dir erzählen, denn dazu hat mich Monsieur de Marillac hergeschickt, weil es dich dazu veranlassen könnte, heilsame Überlegungen anzustellen. Das sind seine Worte.»

«Was gibt es also?»

«Sei nicht ungeduldig. Du wirst es früh genug erfahren. Es ist ziemlich scheußlich. Die Schande lastet auf unserer Familie. Ah, Angélique, warum bist du abgereist?»

«Man hat es doch wohl nicht gewagt, sich an meine Familie zu halten, weil es mir gefallen hat, ohne Erlaubnis des Königs eine Reise anzutreten?»

«Nein, das ist es nicht. Aber wenn du da gewesen wärst . . .! Die Geschichte hat sich ein paar Monate nach deiner Abreise zugetragen. Man wußte nicht genau, warum du eigentlich abgereist warst, man erfuhr nur, daß der König fürchterlicher Laune war. Ich nahm es nicht allzu ernst, weil ich mir sagte: ‹Angélique hat schon anderes überstanden. Wenn sie eine Dummheit gemacht hat, ist sie schön genug, um zu wissen, wie man die Angelegenheit wieder in Ordnung bringt.› Was mich am meisten ärgerte, ich gebe es zu, war, daß ich nicht wußte, wo ich dich finden konnte, um mir Geld von dir zu leihen. Ich hatte es mir gerade in den Kopf gesetzt, eine freie Charge im Garderegiment von Versailles zu kaufen. Ich hoffte auf Unterstützung durch deinen Einfluß und . . . deine Silberlinge. Da die Sache schon hübsch vorangekommen war, ging ich zu Albert, von dem ich wußte, daß er am Hofe Monsieurs seinen Weg gemacht hatte. Es erwies sich als eine gute Idee. Er hatte die Taschen voller Gold. Er sagte mir, daß Monsieur einen Narren an ihm gefressen habe und ihn mit Wohltaten überhäufe: Schenkungen, Ämtern, ja er hatte sich sogar die Einkünfte unserer großen Abtei von Nieul verleihen lassen. Eine Idee, die dieser ehrgeizige Bursche seit langem im Kopf gehabt hatte. Auf diese Weise fühlte sich der schlaue Fuchs bis ans Ende seiner Tage der Armut enthoben. Er konnte mit Leichtigkeit mir armseligem Soldaten, der weder den Kopf noch sonstige Talente hatte, seinen Vorgesetzten zu gefallen, ein paar hundert Livres vorschießen. Er ließ sich auch nicht lange bitten, und ich konnte mir meine Charge kaufen. Ich war also in Versailles. Der Dienst war glanzvoller als in Melun; aber auch schwerer. Man war immer gleichsam auf Parade, um dem König angenehm zu sein. Dafür gab es zum Ausgleich die Festivitäten, den Hof, das Spiel. Allerdings auch andere, weniger angenehme Dinge, in die wir uns für meinen Geschmack allzuoft einmischen mußten: die Unterdrükkung der Unruhe unter den Maurern und Handwerkern . . . Man baute damals viel in Versailles, du erinnerst dich.»

«Ich erinnere mich.»

Die eintönige Stimme des jungen Mannes ließ von neuem ein vergessenes Dekor vor ihr erstehen: die Reinheit der Steinblöcke, die unter den mächtigen Sägen knirschten, die Wirrnis der um die beiden zur Erweiterung vorgesehenen Schloßflügel errichteten Gerüste, jenes summende Geräusch der Baustellen, das niemals aufhörte und bis zu den galanten Spaziergängern in den Tiefen des Parks drang – Schreie, Hammerschläge, das Kreischen der Karrenräder, das Schürfen der Spaten . . . eine wimmelnde Armee von Arbeitern.

«Man hat zu viele von ihnen mit Gewalt rekrutiert, wie für die Armee. Sie wurden an Ort und Stelle zusammengepfercht. Ihre Familien durften sie nicht besuchen, aus Furcht, daß sie nicht wiederkämen, wenn man sie gehen ließe. Viele waren deshalb unzufrieden, und es wurde schlimmer, als der König während des Sommers in der Nähe des Waldes ein Wasserbecken ausgraben ließ, genau gegenüber der großen Treppe, die die Orangerie beherrscht. Die Hitze war schrecklich . . . dazu die Stechmükken der Sümpfe, das Fieber. Die Leute krepierten wie die Fliegen. Wir mußten sie einscharren. Und eines Tages . . .»

Denis beschrieb das jähe Aufbegehren, das die Sklaven gegen ihre Wächter getrieben hatte. Vorarbeiter waren von den Gerüsten geworfen worden. Horden in groben Leinwandkitteln, Meißel und Hämmer in den Fäusten, überschwemmten die Rasenflächen, Schweizer wurden brutal gemordet. Zum Glück exerzierte ein Regiment auf dem Paradeplatz. Man hatte die Soldaten sofort Schlachtordnung einnehmen und zum Schloß marschieren lassen. Die Unterdrückung des Aufruhrs hatte zwei Stunden gedauert. Zwei Stunden im Gedröhn der Musketen, in der Hitze, unter den Haß- und Todesschreien. Zurückgeworfen, hatten sich die Elenden von neuem in ihren Gerüsten verbarrikadiert, von denen sie Steinblöcke herunterschleuderten, und Soldaten starben, zerquetscht wie Wanzen. Doch die Musketiere zielten gut. Leichen bedeckten den weißen Sand.

Von den nach Süden blickenden Balkons hatten Madame de Montespan und ihre Damen dem Schauspiel beigewohnt . . .

Schließlich hatten sich die Arbeiter ergeben. Im Morgengrauen des folgenden Tages wurden die Rädelsführer zum Waldrand eskortiert, genau gegenüber dem Schloß nahe dem Wasserbecken, wo sie gehängt werden sollten. Und dort, im selben Augenblick, in dem man ihm die Schlinge um den Hals gelegt, hatte Denis einen von ihnen erkannt: Gontran! Gontran, ihren Bruder! Mit blutiger Stirn, wilden Augen, die armselige, mit Farbe beschmierte Kleidung zerfetzt, die schwieligen Hände von Säuren gebeizt – Gontran de Sancé de Monteloup, ihr Bruder,

der Handwerker!

Der junge Offizier hatte aufgeschrien: «Nicht er!» Er hatte sich vor den Älteren geworfen und ihn mit seinem Körper gedeckt. Diese Ruchlosigkeit durfte man nicht begehen: einen Sancé de Monteloup hängen!

Die Soldaten hielten ihn für verrückt.

Um die Lippen Gontrans spielte ein seltsames, spöttisch-müdes Lächeln.

Man hatte den Oberst herbeigeholt. Atemlos und unter Schwierigkeiten hatte Denis ihm zu erklären versucht, daß dieser Rebell mit den auf dem Rücken gebundenen Händen seinen Namen trage, sein Bruder sei, Bruder auch der Marquise du Plessis-Bellière. Dem berühmten Namen, verbunden mit der unübersehbaren Ähnlichkeit der beiden Brüder, vielleicht auch der arroganten, hochmütigen Haltung des Verurteilten – der Haltung eines Noblen – war es gelungen, den Oberst zu überzeugen und einen Aufschub der Exekution zu bewirken. Allerdings konnte man nicht allzu lange den Befehlen zuwiderhandeln, die besagten, daß vor Sonnenuntergang alle Aufrührer ihre unsinnige Tat gebüßt haben müßten. Denis hatte bis zum Abend Zeit, die Gnade des Königs zu erlangen.

Wie sollte er, der unbekannte Offizier, bis zum König vordringen? Er kannte niemand.

«Wenn du nur dagewesen wärst, Angélique! Zwei Monate vorher warst du noch bei Hof, der König sah nur durch deine Augen, du hättest nur ein Wort zu sagen brauchen. Warum hattest du dich davongemacht, mitten in deinem Aufstieg, mitten aus deinem Ruhm? Ah, wenn du dagewesen wärst!»

Wieder hatte Denis an Albert gedacht, dessen Glück zur Stunde am gesichertsten schien. Den Jesuiten Raymond aufzusuchen, hätte zuviel Zeit gekostet, und außerdem liebten es die Jesuiten nicht, improvisiert zu handeln, wenn ihre Macht auch groß war. Der Oberst hatte jedoch gesagt: bis Sonnenuntergang. Also war Denis mit verhängten Zügeln nach Saint-Cloud galoppiert. Monsieur befand sich auf der Jagd, natürlich von seinem Favoriten begleitet . . . Denis war der Jagdgesellschaft gefolgt. Als er Albert erreichte, war es Mittag. Zudem hatte er noch einige Zeit darauf verwenden müssen, Monsieur von der Notwendigkeit zu überzeugen, ein paar Stunden ohne seinen Begleiter auszukommen.

«Er hat es gern, wenn Albert lächelt und schäkert, schlimmer als eine Frau. Ich sah sie Blicke wechseln und mit ihren Spitzenmanschetten spielen, und ich dachte an Gontran unter seinem Baum. Albert widert mich an, aber man muß ihm zugestehen, daß er nicht feige gewesen ist. Alles, was man machen konnte, hat er getan. In Versailles, wo wir am späten Nachmittag ankamen, hat er an alle Türen geklopft. Alle Welt hat er mit unserer Sache behelligt. Es war ihm gleich, ob er ungelegen kam, ob er bitten und schmeicheln mußte oder barsch abgewiesen wurde. Aber wir mußten überall antichambrieren, warten und immer wieder warten. Ich sah vor den Fenstern die Sonne sinken . . . Endlich empfing uns Monsieur de Brienne. Er entfernte sich für einen Moment, kehrte zurück und sagte uns, daß wir vielleicht die Möglichkeit hätten, den König beim Verlassen seines Kabinetts anzusprechen, wo er heute die Vorsteher der Schöffen von Paris empfange. Wir warteten mit den Hofschranzen im Salon des Krieges, ganz am Ende der großen Galerie . . . du kennst ihn?»

«Ich kenne ihn.»

Der König war ernst und majestätisch erschienen, während bei seinem Anblick die Gespräche verstummten, die Köpfe sich neigten, die Damen seidenknisternd in tiefem Hofknicks versanken.

Albert hatte sich bleich und dramatisch vor ihm auf die Knie geworfen:

«Erbarmen, Sire! Erbarmen für meinen Bruder Gontran de Sancé!»

Der Blick des Königs ruhte schwer auf ihm. Er weiß schon, wer die beiden jungen Männer sind und warum sie als Bittsteller erscheinen. Dennoch fragt er:

«Was hat er getan?»

Sie senken die Köpfe.

«Sire, er befand sich unter den Männern, die gestern rebellierten und während einiger Stunden Euer Palais mit Unruhe erfüllten.»

Der König lächelte ironisch.

«Ein Sancé de Monteloup, ein Edelmann aus alter Familie unter Maurern? Was erzählt Ihr mir da?»

«Es ist wahr, Sire! Unser Bruder ist immer seltsamen Ideen nachgegangen. Um malen zu können, ist er trotz des Zorns unseres Vaters, der ihn enterbte, Handwerker geworden.»

«Eine seltsame Idee, in der Tat.»

«Wir hatten ihn aus den Augen verloren. Erst als man ihn hängen wollte, hat mein Bruder ihn wiedererkannt.»

«Und Ihr habt den Exekutionsbefehl mißachtet?»

Der König hat sich dem Offizier zugewandt.

«Sire . . . es war mein Bruder!»

Der König bleibt eisig. Jedermann weiß, welches Phantom zwischen den Akteuren dieses Dramas aufgetaucht ist, ein Name, den man nicht aussprechen wird, die zarte und hochmütige Silhouette einer Frau, einer Zierde Versailles, die verschwunden ist, entflohen, und den König niedergeschmettert und im Innersten verletzt zurückgelassen hat. Er kann nicht verzeihen. Als er endlich spricht, klingt seine Stimme unerbittlich:

«Messieurs, Ihr gehört zu einer aufsässigen und starrköpfigen Familie, die unter unsere Untertanen zu zählen uns keine Freude bereitet. In Euren Adern fließt das Blut großer Feudalherren, die mehr als einmal unser Königreich erschütterten. Ihr gehört zu denen, die sich allzuoft fragen, ob sie den Befehlen des Königs gehorchen sollen oder nicht und die sich dann für das Nein entscheiden. Wir kennen den Mann, um dessen Absolution Ihr bittet. Ein gefährlicher, gottloser Mensch, der sich zu den einfachen Geistern herabließ, um sie desto leichter ins Verderben zu führen. Wir haben Erkundigungen über ihn eingezogen. Unsere Betroffenheit war groß, als wir seinen Namen und seine Abstammung erfuhren. Ein Sancé de Monteloup, sagt Ihr? Wie hat er es bewiesen? Hat er in unseren Armeen gedient? Hat er den Blutzoll entrichtet, den jeder Abkömmling einer noblen Familie dem Königreich schuldet? Nein, er hat den Degen mißachtet, um den Pinsel des Malers, den Stichel des Handwerkers zu ergreifen, sich zu erniedrigen, die Verantwortlichkeiten zu verwerfen, die sein Name von ihm verlangte, und seine Vorfahren zu verleugnen, indem er das gemeine Volk seiner eigenen Kaste vorzog. Denn hat er nicht erklärt, daß er sich lieber mit einem Maurer als mit einem Fürsten unterhalte? Wir gaben uns der Vermutung hin, daß dieser in ein unerklärliches Geschick verstrickte Mensch ein Kranker sei, ein unverantwortliches Wesen, von seinen Mängeln zu Exzessen getrieben . . . Derlei geschieht in den besten Familien. Aber nein . . . Wir wollten ihn hören, wir haben ihn gehört. Er schien uns intelligent, eigenwillig, von einem seltsamen Haß beseelt. Wir erkannten die hochmütige, von Groll erfüllte, dem König trotzende Sprache . . .»

Ludwig XIV. unterbrach sich. Trotz seiner Beherrschung war in seinem Ton etwas Undefinierbares, Furcht Einflößendes. Ein bohrender Schmerz. Die grauen Augen Albert de Sancés, in deren Klarheit zuweilen ein Grün aufleuchtete, erinnerten ihn an einen anderen Blick. Er sagte mit stumpfer Stimme:

«Er hat wie ein Narr gehandelt, er muß seine Narrheit bezahlen. Er möge durch die den Elenden vorbehaltene schimpfliche Strafe sterben. Gehängt! Träumte er nicht davon, seine Frechheit so weit zu treiben, sich vor dem Parlament hören und uns das Scherbengericht der Tagelöhner aufzwingen zu lassen, wie einstmals Etienne Marcel durch Gewalt und Empörung das der Zünfte unserem Ahnen Karl V. aufzwang?»

Das war für die Schöffen von Paris bestimmt, die Forderungen des Volkes überbracht hatten, denen der König nicht nachgeben wollte.

Die Hand auf dem goldenen Knopf seines Ebenholzstocks setzte der König seinen Weg fort.

Dem jungen Albert de Sancé wurde eine Erleuchtung zuteil.

«Sire», hatte er gerufen, «erhebt Eure Augen. Ihr seht an der Decke das Meisterwerk meines Bruders. Er hat es zu Eurem Ruhm gemalt!»

Ein rötlicher Strahl der sinkenden Sonne fiel durch eines der hohen Fenster und umgab Gott Mars in seinem von Wölfen gezogenen Wagen mit einer leuchtenden Gloriole.

Der König schien nachdenklich. Der Ausdruck der Schönheit, die er liebte, schien ihn für einen Augenblick dem Aufrührer mit den schwieligen Händen nahezubringen, schien ihm in einer flüchtigen Sekunde den Ausblick auf eine Welt zu öffnen, in der der Adel des Menschen andere Perspektiven gewann. Und dann warf sein praktischer Geist ihm plötzlich vor, daß er einen solcher Wunder fähigen Arbeiter hatte verschwinden lassen wollen. Wahre Künstler, die das Maß des Üblichen sprengten, waren selten. Warum hatte Monsieur Pennaut, der Verantwortliche für die Bauten von Versailles, ihn nicht auf das Talent des Mannes aufmerksam gemacht, den man ohne Verhandlung verurteilt hatte? Noch unter dem Schock des Aufruhrs stehend, angesichts des königlichen Zorns, hatte es niemand gewagt, sich für den Aufwiegler einzusetzen. Der König sagte brüsk: «Die Exekution ist aufzuschieben. Wir wollen den Fall dieses Menschen prüfen.»

Er wandte sich an Monsieur de Brienne, um ihm den Aufschubbefehl zu diktieren. Noch immer kniend, hörten die beiden Brüder ihn sagen:

«Man soll ihn in den Ateliers Monsieur Le Bruns arbeiten lassen.»

Die beiden Brüder liefen quer durch die schon dunklen Gärten zum Wasserbecken, zum Saum des Waldes, wo die Gehängten baumelten.

Sie kamen zu spät. Gontran de Sancé de Monteloup war am Ast einer Eiche gestorben, angesichts des Schlosses von Versailles, das wie eine weiße Klippe in die dichte Dämmerung ragte.

Die Brüder hatten die Leiche abgenommen. Albert hatte eine Kutsche, seinen Diener und seinen Kutscher aufgetrieben. Im Morgengrauen hatte der Wagen die Straße nach dem Poitou eingeschlagen. Sie galoppierten ohne anzuhalten unter der flammenden Sommersonne, durch die blaue Klarheit der Nächte, verzehrt von der Ungeduld, diesen großen, dem Leben entrissenen Körper mit den nun leblosen und nutzlos gewordenen Händen in die Erde ihrer Ahnen zu betten, als ob allein die Erde der Heimat seine Wunden heilen und die Bitterkeit besänftigen könne, die sein aufgeschwollenes Gesicht noch immer zeichnete.

Gontran, der Handwerker! Gontran, der Maler! Der Kobolde in den Kupferkesseln von Monteloup sah, der rote Schildläuse und gelbe Tonerde zerdrückte, um damit Mauern zu bemalen, und der trunken wurde vom Grün der Blätter wie von einem berauschenden Elixier.

Gontran und seine wilde, insgeheim prunkliebende Seele.

Weinend wie Kinder hatten ihn Albert und Denis nahe der Dorfkirche von Monteloup in der Grabstätte der Familie beerdigt.

«Danach kam ich ins Schloß», sagte Denis. «Kein Laut mehr im Haus, kein Kind. Nur in der Küche fand ich die Amme Fantine mit ihren Glutaugen und Tante Marthe, fett wie immer, verwachsen, vor ihrer ewigen Stickerei. Zwei alte Feen, die murmelnd Erbsen verlasen.

Ich bin geblieben. Du weißt, unser Vater hat in seinem Testament bestimmt, die Erbschaft falle dem Sohn zu, der sich wieder der Erde zuwende. Ich habe die Maultierzucht aufgenommen, ich bin zu den

Pächtern gegangen, ich habe geheiratet . . . Thérese de La Mailleraie. Keine Mitgift, aber ein guter Ruf und ein hübsches, braves Mädchen. Zur Apfelernte werden wir ein Kind haben.

Das wär's», schloß der neue Baron de Monteloup, «was ich dir im Auftrag Monsieur de Marillacs sagen sollte. Natürlich nicht die Heiratsgeschichte, sondern die Sache mit Gontran. Damit du überlegst und besser begreifst, was du dem König nach all den Kränkungen, die du und die Familie ihm zugefügt haben, schuldest. Aber mir scheint . . .»

Er beobachtete das Gesicht seiner Schwester, vor der er, der Jüngere, immer ein wenig Furcht gehabt hatte: vor ihrer Schönheit, ihrer Kühnheit und vor dem Mysterium ihres immer erneuten Verschwindens. Auch jetzt war sie wiedergekehrt und wieder eine andere, eine Fremde. Die feinen Konturen ihres Kiefers erschienen unter den zarten Flächen ihrer Wangen. Sie war bleich und starr, ins Herz getroffen durch den Bericht, den sie gehört hatte. Denis verspürte Freude und zitterte zugleich.

Angélique würde sich nicht ändern, dachte er. Aber es würden keine Tage des Friedens sein, die vor ihr lagen.

«Monsieur de Marillac kennt dich schlecht», murmelte er. «Mir scheint, wenn er dich Gehorsam lehren wollte, hat er einen Fehler begangen, indem er dich wissen ließ, daß ein Monteloup im Namen des Königs gehängt worden ist.»

5

Molines, der Intendant des Schloßgutes, suchte sie seit ihrer Rückkehr jeden Tag auf. Der alte Mann kam langsam, die Rechnungsbücher unter dem Arm, die große Allee entlang, die von seinem aus Ziegelsteinen errichteten, schiefergedeckten Haus zum Schloß führte.

Unabhängig, gleichsam sein eigener Herr wie früher schon, Bürger mit Vermögen und eigenen Geschäften, blieb Maître Molines trotzdem der ergebene Diener der Plessis-Bellière. Es war sein Lebenszweck, neben dem er im Laufe eines langen, tätigen Daseins seinen eigenen Handel betrieben hatte. Angélique und mehr noch dem Marquis Philippe waren Art und Ausmaß der Unternehmungen Maître Molines' immer unbekannt geblieben. Sie wußten nur eines: daß er stets zur Stelle war, wenn man ihn brauchte. In Paris, wenn die Schloßherrschaft sich bei Hof aufhielt, in Plessis, wenn Zufälle oder Mißgeschicke sie dorthin verschlagen hatten.

So war auch das ernste, strenge Gesicht des Intendanten Molines, dem die Jahre nach und nach einen Ausdruck von Altersweisheit verliehen, eins der ersten gewesen, die sich über die bleiche Gestalt gebeugt hatten, nachdem sie von zwei Musketieren aus der Kutsche in ihr Schlafzimmer geschafft worden war, während Monsieur de Breteuil den herbeigeeilten Dienern zugerufen hatte:

«Ich bringe Madame du Plessis. Sie liegt im Sterben. Sie hat nur noch ein paar Tage zu leben.»

Molines' Gesicht hatte keinerlei Bewegung gezeigt. Er hatte Angélique mit demselben Gleichmut begrüßt, den er zur Schau trug, wenn sie zur Zeit der Pachtgeldzahlungen für einen kurzen Aufenthalt aus Versailles kam, um zur Begleichung ihrer Spielschulden Holzeinschläge oder den Verkauf eines Stück Landes in die Wege zu leiten. Und es war im gleichen Augenblick, in dem sie ihn mit Würde über die Trostlosigkeit der Ernten dieses Jahres berichten hörte, daß sie ganz zu begreifen begann, wo sie sich befand, daß sie spürte, wie die Sicherheit der heimatlichen Erde und ihrer Vergangenheit ihre erschöpften Glieder durchdrang.

Er hatte ihr weder Vorwürfe gemacht noch Fragen gestellt, obwohl die weit zurückreichenden Beziehungen, die sie verbanden, und die besondere Rolle, die er bei der Erziehung der Kinder von Monteloup einstmals gespielt hatte, ihn dazu berechtigt hätten.

Er sagte nichts. Er machte weder Anspielungen auf die Ärgernisse und Sorgen, die Angéliques Abreise ihm verursacht hatte, noch auf die unermüdlich von ihm unternommenen Schritte, ihre vom Sturm des Unheils bedrohten Geschäfte zu retten. Hatte der kalte Atem der Ungnade nicht den Beginn des Ruins angekündigt? Die Ratten, die Raben, die wimmelnden Würmer, die sich von der Unbeständigkeit des Glücks nähren, versammelten sich bereits. Molines hatte Ordnung hineingebracht, hatte Versicherungen gegeben, war Verpflichtungen eingegangen. Madame du Plessis befinde sich auf Reisen, erklärte er. Sie würde zurückkehren. Von Auflösung ihres Besitzes sei keine Rede.

Aber der König? wurde gefragt. Der Zorn des Königs ...? Jedermann wußte davon. Würde Madame du Plessis nicht verhaftet und eingekerkert werden?

Molines hob die Schultern und ließ vernehmen, daß er die Seinen schon erkennen würde, und da er oft genug Beweise seiner Vergeltung und seiner Geschicklichkeit im Ränkeschmieden gegeben hatte, war die Ruhe wieder eingekehrt. Man war bereit zu warten. Während des ganzen langen Jahrs der quälenden Ungewißheit über Angéliques Geschick hatte der Intendant auf diese Weise mit eiserner Hand die gesellschaftliche und finanzielle Basis verteidigt, auf der der Reichtum der flüchtigen Marquise und ihres Erben, des kleinen Charles-Henri, beruhte. Dank ihm war die Dienerschaft im Schloß Plessis wie auch in den Stadthäusern der Rue du Beautreillis und des Faubourg Saint-Antoine zu Paris geblieben.

Nun schickte Molines Botschaften in alle vier Himmelsrichtungen, die

die Rückkehr der Schloßherrin meldeten. Er verschwieg die Bewachung, unter der sie stand, erinnerte nur an die Freundschaft, die sie mit dem König verband, und kündigte an, daß sie sich binnen kurzem selbst mit jenem sachkundigen Verständnis um ihre Angelegenheiten kümmern werde, das ihr die Achtung Monsieur Colberts eingetragen habe. Das letztere war vor allem für die Pariser Kaufleute und die Reeder aus Le Havre bestimmt, an deren Geschäften Angélique beteiligt war.

Auf dem Gut fuhr Molines mit seinen Rundgängen fort. Mit derselben Pünktlichkeit wie früher stellte er sich auf den Pachthöfen und Meiereien ein, forderte Einblick in die Rechnungsführung, überwachte die Bestellung der Felder. Die Protestanten hatten dasselbe Recht auf seine Besuche wie die Katholiken. Man zeigte ihm dabei die Soldaten in den Häusern, die die Vorräte der Speisekammern verzehrten und ihre Pferde im jungen Hafer weiden ließen. Es waren die «Bekehrer» Monsieur de Marillacs. Maître Molines äußerte sich nicht dazu. Er beschränkte sich darauf, den Pächtern die fälligen Zinszahlungen ins Gedächtnis zu rufen, und notierte die Summen in seinen Büchern.

«Was sollen wir tun, Maître Molines? Gehört Ihr nicht wie wir zur Konfession Calvins?» fragten die hugenottischen Bauern, die mit dunklen, fanatischen Augen, die großen schwarzen Hüte zwischen ihren Fingern drehend, vor ihm standen. «Sollen wir abschwören, um unseren Besitz zu bewahren, oder uns ruinieren lassen?»

«Habt Geduld», erwiderte er.

Auch bei ihm waren die Dragoner gewesen, hatten seine behagliche Behausung geplündert, hundert Pfund Kerzen verbrannt und während zweier Tage und Nächte auf seine Kasserollen getrommelt, um ihn am Ausruhen zu hindern: «Schwöre ab, alter Fuchs, schwöre ab!»

Das hatte sich vor Angéliques Rückkehr zugetragen. Seitdem Montadour Bewohner des Schlosses und Hüter einer der schönsten Frauen des Königreichs geworden war, die nicht der reformierten Religion angehörte, hatte Marillac es für geschickter gehalten, ihre Leute in Ruhe zu lassen.

Von seinen Quälern befreit war Molines pünktlich im Schloß erschienen, und Montadour, der ihn seines Einflusses auf die Bauern wegen für einen der schlimmsten Hugenotten der Gegend hielt, schrie ihm zu:

«Wann werden wir dein Credo hören, alter Ketzer?»

Als er Angélique zum erstenmal im Salon des Fürsten Condé sitzend antraf und auf ihren Wangen endlich die Farben der wiederkehrenden Gesundheit entdeckte, seufzte er auf. Seine bleichen Lider senkten sich, und es schien ihr für einen kurzen Augenblick, als dankte er Gott. Es paßte so wenig zu seiner sonstigen Haltung, daß sie statt Rührung etwas wie eine unbestimmte Sorge empfand.

An diesem Tage berichtete ihr Molines zum erstenmal von Unruhen und Hungersnot, die die Region bedrohten, seitdem sich Monsieur de Marillac an die Bekehrung des Poitou gemacht hatte.

«Unsere Provinz soll den Bekehrern als Probefall dienen, Madame. Wenn sich die angewandte Methode, mit den Protestanten aufzuräumen, als schnell und wirksam erweist, wird man sich ihrer im ganzen Königreich bedienen. Trotz des Edikts von Nantes wird der Protestantismus in Frankreich ausgelöscht werden.»

«Was geht's mich an», murmelte Angélique, aus dem offenen Fenster blickend.

«Mehr als Ihr glaubt», erwiderte Molines trocken.

Er öffnete einmal mehr seine Rechnungsbücher und bewies ihr ohne Mühe, daß ihre Pachtgüter, die sich zum größten Teil in den fähigen Händen von Protestanten befanden, bereits schwere Schäden erlitten hatten. Man hinderte die Leute, auf die Felder zu gehen und das Vieh zu versorgen. Mit Zahlen gelang es ihm, ihre Teilnahme zu wecken.

«Man muß sich beklagen. Können Eure Gemeindevorstände nicht höheren Orts an die Vereinbarungen des Edikts erinnern?»

«An wen sollen sie sich wenden? Der Gouverneur der Provinz ist selbst der Anstifter dieser Übergriffe. Und was den König anbelangt . . . Der König hört auf den, der ihm rät, der ihn überzeugt. Ich habe Eure Rückkehr erwartet, Madame, weil Ihr in dieser Hinsicht vieles tun könnt. Ihr geht zum König, Madame. Das ist der einzige Weg, der Euch, die Provinz und, wer weiß, vielleicht auch das Königreich retten kann.»

Das war es also, worauf er hinaus wollte.

Angélique richtete ihre von Trauer erfüllten Augen auf Molines. Sie war so voll von Worten, die sich in ihr drängten, die sie nicht aussprechen konnte, daß ihre geschlossenen Lippen zitterten. Er beeilte sich, ihrer Antwort mit einer eigenen zuvorzukommen, denn seit mehreren Tagen schon hatte er, über ihr leidendes Gesicht gebeugt, ein stummes und herzzerreißendes Zwiegespräch geführt.

So gut kannte er diese seltsame Tochter des Poitou, an deren kindlich-graziösen Gang er sich noch erinnerte – sie hatte ihm bei jeder ihrer Begegnungen einen zugleich kühnen und scheuen Blick zugeworfen –, und dennoch war sie ihm niemals so fern und fremd vorgekommen wie seit ihrer Rückkehr. Er war nicht sicher, ob er sich ihr verständlich machen konnte. Deshalb sprach er hart, kurz, wie an jenem Tage, an dem sie zu ihm gekommen war, um zu erfahren, ob sie den Grafen de Peyrac heiraten müsse.

Heute sagte er ihr: «Geht zum König.»

Aber alle Gründe die er vorbrachte, hatte Angélique längst erwogen, und sie schüttelte verneinend den Kopf.

«Ich kenne Euren Stolz», beharrte der Intendant, «aber auch Euren gesunden Menschenverstand. Vergeßt Euren Groll. Habt Ihr nicht den König angerufen, als Ihr bei den Berberesken gefangen gewesen seid, und ist er Eurem Ruf nicht gefolgt? Ihr vermögt noch alles, wenn Ihr geschickt seid. Sogar Eure Macht über jenen Mann zurückzugewinnen, dem Ihr getrotzt habt.»

Angélique ließ sich nicht überzeugen. Sie sah wieder Mezza-Morte vor sich, den Admiral von Algier in seinem Mantel aus golddurchwebtem Damast, sie hörte sein weibisches Invertiertenlachen, nachdem er ihr zugerufen hatte: «Der Mann, den man Jaff-el-Khaldoum nannte, ist vor drei Jahren an der Pest gestorben», und sie begriff, daß sie in diesem Augenblick begonnen hatte, alle Hoffnung zu verlieren. Sie sah auch die Leiche eines Gehängten, die sich in der Dämmerung von Versailles im Winde drehte. Und, ihr zugewandt, melancholisch und prächtig, ihren zweiten Gatten Philippe du Plessis-Bellière mit jenem Ausdruck in den Augen, den sie am letzten Abend gehabt hatten, bevor er sich aus freien Stücken den feindlichen Kanonen entgegenwarf.

Leb wohl, mein Herz, leb wohl, mein Lieb,
du meine Augenweide.
Da wir dem König untertan,
laß scheiden uns denn beide . . .

Der König hatte ihr alles genommen.

Sie schüttelte erneut den Kopf, und ihr rebellisches Haar, das sich nur mühsam in eine Frisur fügte, ließ sie trotz des edel gemeißelten Königinnengesichts dem Kinde des Waldes nahe erscheinen, das einstmals die Fragen des Intendanten Molines mit hochmütigem Schweigen beantwortet hatte.

Endlich vermochte sie zu sprechen. Sie berichtete, was es mit dieser Reise, mit dieser Flucht aus Paris auf sich hatte. Sie verschwieg ihre Gründe, aber im Laufe des Berichtes sprach sie von «ihm».

«Ich habe ihn nicht gefunden, versteht Ihr, Molines. Vielleicht ist er jetzt auch wirklich tot . . . gestorben an der Pest oder etwas anderem . . . Der Tod ist so leicht im Mittelmeer . . .»

Sie schien zu überlegen, senkte den Kopf und fuhr leiser fort:

«Die Wiederauferstehung auch! Was tut's? Ich bin gescheitert . . . eine Gefangene.»

Ihre noch durchscheinende Hand, an der die zu weit gewordenen Ringe fehlten, glitt vor ihren Augen vorbei, wie um eine hartnäckige Vision zu vertreiben.

«Ich werde den Islam nie vergessen. Alles, was ich durchlebt habe, taucht immer von neuem vor mir auf wie das Muster eines jener großen, vielfarbigen Orientteppiche, auf denen es sich so gut mit nackten Füßen gehen läßt. Kann ich tun, was der König von mir verlangt? Nein. Kann ich nach Versailles zurückkehren? Nein. Es ekelt mich an, wenn ich nur davon träume. Wieder auf das Niveau der Hinterhof-Schwatzereien, der Intrigen und Komplotte hinabsteigen? Ihr wißt nicht, was Ihr von mir fordert, Molines. Es gibt keine Verbindung mehr zwischen dem, was ich bin, was ich fühle, und dem Dasein, in das Ihr mich zurückstoßen wollt.»

«Aber Ihr habt nur die Wahl zwischen Unterwerfung und Rebellion.»

«Ich will mich nicht unterwerfen.»

«Dann also Rebellion», sagte er ironisch. «Wo sind Eure Truppen, wo Eure Waffen?»

Angélique schien von seinem Spott nicht berührt.

«Es gibt Dinge, die selbst der allmächtige König fürchtet: die Rivalität der Großen, die Feindschaft der Provinzen.»

«Derlei Dinge belästigen die Könige erst, wenn viel Blut geflossen ist. Ich kenne Eure Absichten nicht, aber sollte Euer Aufenthalt bei den Berbern Euch gelehrt haben, das menschliche Leben zu verachten?»

«Im Gegenteil. Mir scheint, als ob ich dort erst seinen wahren Wert begriffen hätte.»

Eine Erinnerung brachte sie zum Lachen.

«Moulay Ismaël pflegte jeden Morgen zwei oder drei Köpfe abzuschlagen, um sich Appetit zu machen. Leben und Tod waren so eng verbunden, daß man sich täglich von neuem fragte, was nun eigentlich wichtig sei: leben oder sterben. Auf diese Art lernt man sich kennen.»

Der alte Intendant schüttelte mehrmals den Kopf. Ja, sie kannte sich nun, und gerade das brachte ihn zur Verzweiflung. Solange eine Frau an sich zweifelte, konnte man ihr noch immer Vernunft beibringen. Wenn sie ihre Reife erreicht, wenn sie sich fest in der Hand hatte, mußte man das Schlimmste befürchten. War es einmal soweit, gehorchte sie nur noch ihren eigenen Gesetzen.

Er hatte immer gespürt, daß Angéliques Persönlichkeit zahllose Aspekte besaß, die sich wie einander folgende Wellen zeigen würden, eine nach der anderen durch die sich unablässig erneuernden Erschütterungen ihres Lebens in Bewegung gesetzt. Gern hätte er das Strömen des Schicksals aufgehalten, den eigensinnigen Elan, der ihre Existenz immer weiter von ihrem Ursprung entfernte und dem sich Angélique zu seinem Kummer mit der Geschmeidigkeit der Frauen hingab, die sich nicht so sehr zu erklären suchen, sondern sich jeden Tag in neuer Gestalt begreifen.

Hätte sie nicht in Versailles bleiben können, fragte er sich ärgerlich, dort, wo sie sich alles erobert hatte? In dieser Spanne ihres Lebens war sie zugänglich und doch unangetastet gewesen. Sie hatte Freude an ihrem Besitz gehabt, hatte von den Früchten der Macht, des Reichtums und des

Vergnügens gekostet. Die Welle ihrer mysteriösen Odyssee hatte sie nun über den Schein hinausgetragen. Sie würde sich nicht mehr mit Illusionen begnügen. Ihre Stärke kam aus ihrer Absonderung, aber ihre Schwäche würde aus ihrer Unfähigkeit wachsen, sich nicht mehr mit der gierigen, materiellen Gesellschaft verschmelzen zu können, die der König von Frankreich unter seiner Zuchtrute schuf.

«Wie gut Ihr mich kennt, Molines», murmelte sie, seine Gedanken mit einer Sicherheit erratend, die ihn erzittern ließ. «Gott allein weiß, welche hellsichtige Kraft sie in diesen wilden und seltsamen Ländern erworben hat», sagte er bei sich, unruhiger denn je.

«Es ist wahr. Ich hätte Paris nicht verlassen sollen. Alles wäre viel einfacher gewesen, und ich würde weiter mit verbundenen Augen bei Hofe leben. Der Hof! Bei Hof tut man alles, was man will, ausgenommen leben. Vielleicht liegt es am Älterwerden, aber ich könnte mich nicht mehr mit diesem glänzenden Firlefanz zufriedengeben, der so viele Marionetten in Bewegung setzt. Ah, das Recht auf einen Schemel in Gegenwart des Königs besitzen . . . Welch Triumph! Am Tisch der Königin Karten spielen . . . Welch Genuß! Fruchtlose, kümmerliche Leidenschaften, die einen dennoch in ihrem Bann halten und wie Schlangen erwürgen . . . das Spiel, der Wein, die Juwelen, die Ehren. Vielleicht habe ich nur den Tanz und die Schönheit der Gärten geliebt, aber ich mußte diese Liebe zu teuer bezahlen: mit feigen Kompromissen, mit der Begehrlichkeit der Einfaltspinsel, denen man schließlich sein Fleisch überließ, mit Langeweile, mit immer neuem Lächeln, das man wandelnden Krebsgeschwüren schenken mußte . . . Glauben Sie wirklich, Monsieur Molines, daß ich das Wunder des mir unter so vielen Schmerzen wiedergeschenkten Lebens nur erfuhr, um mich von neuem so tief zu erniedrigen? Nein! Nein! Dann hätte die Wüste mich nichts gelehrt!»

Während er das schöne Antlitz vor ihm betrachtete, über dem noch die Spur ihres Martyriums wie ein Schleier lag, der nur die geläuterten Züge durchscheinen ließ, überkamen den harten Molines zugleich Respekt und Entmutigung. Die Urteilsfähigkeit Angéliques war trotz der über sie verhängten Prüfungen unfehlbar geblieben, aber es war zu bedauern, daß ihr Blick für die Schändlichkeiten der Epoche sie hart und unnachgiebig machte. Molines konnte einen Seufzer nicht unterdrücken. In der Auseinandersetzung mit ihr suchte er sie weniger zu überzeugen als zu retten.

Eine Katastrophe ohne Beispiel stand unmittelbar bevor, in deren Verlauf alles zusammenstürzen würde, was er als sein Lebenswerk ansah. Nicht allein sein Vermögen, dessen Quellen, wie er hoffte, verborgen und verzweigt genug waren, um wenigstens einen Teil davon retten zu können, sondern andere Dinge, die ihm vor allem am Herzen lagen: der Glanz und die Größe der Plessis-Bellière, der Reichtum der Provinz, die mit jedem Jahr gefestigtere Situation der Reformierten, denen die Erde ihre arbeitsamsten und fähigsten Bauern verdankte.

Durch den Einfluß, den sie auf den allmächtigen König ausgeübt hatte, war Angélique zu dem zerbrechlichen Pfeiler geworden, auf dem das geduldig ausbalancierte Gleichgewicht der Kräfte ruhte. Ihre Weigerung mußte ihn zum Einsturz bringen.

«Und Eure Söhne?» fragte er.

Die junge Frau zuckte zusammen und wandte wie so oft ihren Blick zum Fenster, als wollte sie aus der Vision des Waldes Hilfe und eine Antwort auf ihre Besorgnisse schöpfen. Ihre umschatteten Lider zitterten nervös, während ihre Gedanken nicht ohne Mühe Molines' Argument zurückwiesen.

«Ich weiß . . . meine Söhne. Sie zwingen mich zur Unterwerfung. Die Last ihrer jungen Leben lähmt mich.»

Sie warf ihm einen ironischen Blick zu.

«Was für ein Widersinn, Molines, wenn man bedenkt, daß sich die Tugend meiner Kinder bedient, um mich ins Bett des Königs zu stoßen. Aber so ist es nun einmal in den Zeiten, die wir durchleben.»

Der hugenottische Intendant protestierte nicht. Er konnte den Scharfblick ihres Zynismus nicht leugnen.

«Gott weiß, daß ich für meine Söhne gekämpft habe, als sie klein und wehrlos waren», fuhr sie fort, «aber heute ist es anders. Das Mittelmeer hat mir Cantor geraubt, der König und die Jesuiten haben mir Florimond genommen, und zudem ist er zwölf und steht in dem Alter, in dem ein Adliger allein sein Schicksal zu gestalten beginnt. Das Erbe der Plessis-Bellière fällt an Charles-Henri. Der König wird ihm seinen Besitz niemals nehmen. Steht es mir also nicht frei, über meine Person zu verfügen?»

Das pergamentene Gesicht des Intendanten rötete sich vor Zorn. Mit beiden Händen schlug er auf seine mageren Knie. Wenn sie zur Rechtfertigung ihrer Narrheit dieselbe unerschütterliche Logik anwandte wie früher, würde er bei ihr nie zum Ziele kommen.

«Ihr verleugnet Eure Verantwortlichkeit für Eure Söhne, um Eure eigene Existenz zerstören zu können!» rief er.

«Falsch. Um mich nicht verabscheuungswürdigen Trugbildern opfern zu müssen.»

Er wechselte die Taktik.

«Madame, Ihr scheint das Opfer Eurer Tugend für unausweichlich zu halten. Aber was verlangt man tatsächlich von Euch? Nichts weiter als Eure öffentliche Unterwerfung in Gegenwart des Hofs, da Eure Rückkehr in die königliche Gnade sonst als ein Akt der Schwäche seitens des Souveräns angesehen werden könnte. Ist sein Prestige auf diese Weise gewahrt, sollte eine Frau – und eine Frau wie Ihr, Madame – über genügend Schliche und Listen verfügen, um weiteres zu vermeiden . . .»

«Mit dem König?» murmelte sie, von einem plötzlichen Schauder ergriffen. «Unmöglich. So, wie wir miteinander stehen, wird er mir nichts erlassen, und ich selbst . . .»

Ihre Hände bewegten sich wie im Fieber, verkrampften sich ineinander und lösten sich wieder. Er dachte, daß sie unruhevoller geworden sei als je. Und, auf einer anderen Ebene, heiterer und überlegener. Verletzlicher, doch unangreifbarer.

Angélique versuchte sich die lange Galerie vorzustellen, in der sie sich schwarzgekleidet unter den spitzen, spöttischen Blicken der Höflinge dem sie stehend und mit jener einschüchternd-majestätischen Miene erwartenden König nähern würde, die seinem marmornen Antlitz, seinen düsteren Augen so natürlich war. Der Kniefall, die Worte des Vasalleneides, der Kuß der Unterwerfung . . . Danach, wenn sie allein vor ihm stehen und er ihr wie einer Feindin begegnen würde – was hatte sie ihm in diesem Duell entgegenzusetzen, das mit allen Mitteln zu gewinnen er entschlossen war?

Sie würde nicht einmal mehr den dummen Stolz der Jugend besitzen, jene aus Unwissenheit geschmiedete Rüstung, die zuweilen gegen den Angriff der Sinne Schutz zu bieten vermag.

Sie hatte zu viele fleischliche Erfahrungen hinter sich, um nicht die geheimen Übereinstimmungen im erotischen Bereich mit allen Abwandlungen zu kennen, und sie wußte, daß sie dem schwebenden Einklang erliegen würde, der die nach dem Joch der Unterwerfung verlangende Frau dem Mann, der sie besiegt, in die Arme treibt.

Zahllose Männerzärtlichkeiten, zahllose Wünsche und Kämpfe um ihren schönen Körper hatten sie bis ins Mark zum Weibe gemacht.

In einem Maße, das sie befähigte, selbst eine köstliche Demütigung zu genießen.

Ludwig XIV., dieser Taktiker des Geistes, mußte sich darüber im klaren sein.

Um seine glanzvolle Rebellin an sich zu fesseln, würde er sie mit seinem glühenden Siegel zeichnen, wie man den Parias des Königreichs die königliche Lilie einbrannte.

Aus Scham verschwieg sie Molines die Visionen, die sie bedrängten.

«Der König ist kein Dummkopf», sagte sie mit einem ernüchternden Lachen. «Er läßt sich nur schwer erklären, Molines. Aber ich kann dem König nicht begegnen, ohne daß etwas zwischen uns geschähe . . . und das darf nicht sein. Ihr wißt, warum, Molines . . . Der Mann, den ich liebte, der mich als Dame seines Herzens erwählte, war der, für den ich bestimmt war. An seiner Seite wäre mein Leben keine Folge von Tagen des Schmerzes und der vergeblichen Erwartung, der an der Wurzel vernichteten Freude, der Angst und schließlich, nach einer kindischen und gefährlichen Illusion, der bitteren Erkenntnis gewesen, daß es Dinge gibt, die sich nicht mehr wiedergutmachen lassen. Ob er tot ist oder lebt – er hat eine andere Straße als die meine eingeschlagen. Er hat andere Frauen geliebt, wie ich andere Männer geliebt habe. Wir haben uns verraten. Unser gemeinsames Leben, kaum begonnen, wurde auf immer zerstört – durch die Hand des Königs. Ich kann nicht verzeihen. Ich kann nicht vergessen . . . Ich darf nicht, es wäre der schlimmste Verrat, der mir auch die letzten Hoffnungen nähme.»

«Welche Hoffnungen?» fragte er schneidend.

Sie fuhr sich verwirrt mit der Hand über die Stirn.

«Ich weiß nicht . . . Eine Hoffnung trotz allem, die nicht sterben will. Übrigens . . .»

Lebhaft fuhr sie fort: «. . . übrigens habt Ihr von meinem Vorteil gesprochen . . . Glaubt Ihr, er bestehe darin, zurückzukehren und meinen Becher den Giften der Montespan hinzuhalten? Ihr wißt doch, daß sie versuchte, mich und auch Florimond ermorden zu lassen?»

«Ihr seid stark und geschickt genug, Madame, um ihr Trotz zu bieten. Man sagt bereits, daß ihr Einfluß erschüttert sei. Der König ist ihrer Boshaftigkeit müde. Man hört, daß er sich in langen Unterhaltungen mit Madame Scarron, einer anderen gefährlichen Intrigantin, gefällt, leider einer einstigen Reformierten. Mit dem Eifer des Konvertiten ermuntert sie ihn, einen dummen und fruchtlosen Kampf gegen ihre einstigen Glaubensgenossen zu führen.»

«Madame Scarron?» rief Angélique verdutzt. «Ist sie nicht die Erzieherin seiner Kinder?»

«Gewiß. Der König interessiert sich nichtsdestoweniger für ihre Unterhaltung, die ihre Reize haben muß.»

Angélique zuckte die Schultern. Dann erinnerte sie sich, daß die arme Françoise zur angesehenen Familie der Aubigné gehörte und daß die vornehmen Herren, die vergebens auf ihre Not spekuliert hatten, um ihre Gunst zu erlangen, sie mit einer Mischung aus Bewunderung und Groll «die schöne Indianerin» nannten . . . Sie erinnerte sich auch, daß sie Maître Molines selten bei leerem Geschwätz erwischt hatte.

Mit Nachdruck fügte er hinzu:

«Ich sage das, um Euch begreiflich zu machen, daß Madame de Montespan nicht mehr so fest im Sattel sitzt, wie man glauben könnte. Ihr hieltet sie schon in Schach, als sie in ihrem Zenit stand. Sie gänzlich zu stürzen, wäre heute ein Kinderspiel . . .»

«Sich verkaufen», murmelte Angélique, «kaufen, jenen unerbittlichen, unterirdischen Kampf führen, den ich nur allzugut kenne . . . Ah, ich ziehe einen anderen vor», rief sie, während es in ihren Augen plötzlich zu funkeln begann. «Wenn es unbedingt nötig ist zu kämpfen, dann am hellen Tag, auf meinem Land . . . Nur dieses eine scheint mir wirklich in all dem Chaos: hier zu sein. Es tut mir wohl und weh zugleich. Weh, weil ich daran ermessen kann, daß ich gescheitert bin. Wohl, weil ich mich unendlich danach gesehnt habe, meine Heimat wiederzusehen. Ja, ich habe sie wiedersehen müssen. Es ist seltsam, aber mir scheint, daß es mir schon an dem Tage, an dem ich zum erstenmal Monteloup verließ – Ihr erinnert Euch, Molines, ich war siebzehn, und die Wagen des Grafen de Peyrac entführten mich gen Süden –, bestimmt war, nach einem langen Umweg ins Land meiner Kindheit zurückzukehren, um dort meine letzte Karte auszuspielen . . .»

Die Worte, die sie ausgesprochen hatte, ließen sie von neuem bestürzt und unruhig innehalten, und sie verließ Molines, um langsam die Treppe zum Turm hinaufzusteigen, von dessen Höhe sich ihr Blick im Dunst des Horizonts verlieren konnte, während sie ihre Pläne überdachte. Bildete der dickwanstige Montadour, dessen schwerfällige Gestalt sie unten auf dem sandigen Vorplatz bemerkte, sich etwa ein, daß sie während des Frühlings und Sommers hinter den Schloßmauern bleiben und geduldig auf den Herbst und die Leute des Königs warten würde, die sie verhaften und in ein anderes Gefängnis schaffen sollten?

Wenn sie es heute nicht wagte, in ihren eigenen Garten hinabzusteigen, dann nur, weil sie wußte, daß sie zu gegebener Zeit nach ihrem Belieben in den Wald laufen konnte, ohne daß der dicke Wächter mit dem feuerfarbenen Schnurrbart jemals davon erfahren würde. Er würde weiter wichtigtuerisch über das verzauberte Schloß herrschen, aus dem die Prinzessin entflohen war.

Dummkopf, der nichts vom Leben der Felder kannte und der nicht wußte, daß ein Dachsbau immer zwei Ausgänge hatte. Wenn der Tag gekommen war und kein anderer Ausweg blieb, würde sie sich in die Wildnis flüchten.

Aber bevor sie sich in eine Verfolgte verwandelte, die sich mit Laub tarnte, um sich den Augen des Jägers zu verbergen, würde sie alles in die Waagschale werfen müssen.

«Meine letzte Karte . . .»

Diesmal ihre Freiheit zu erobern, würde noch schwieriger sein als dem Harem Moulay Ismaëls zu entfliehen. Damals hatte ihr ihre Weiblichkeit gute Dienste geleistet. In die Schatten zu entkommen, der Nacht, der Stille Vertrauen zu schenken, die Verteidigungsmittel der wehrlosen Tiere zu übernehmen, die in ihren Verstecken mit der Farbe der Erde verschmelzen, den Beistand der Natur für sich zu fordern – das waren Listen, die diesmal nicht zum Ziel führen würden.

Eine so dicht gewobene, solide Macht wie die des Königs von Frankreich zu brechen, erforderte den Eklat, den Lärm, den Trotz der offenen Herausforderung, eine männliche, zu allem entschlossene Kraft.

Die Trompeten von Jericho würden nicht genügen. Wo in diesem einem einzigen Herrn unterworfenen Königreich war der zu finden, der das Schwert der Rebellion erhob?

Ihrer Welt, ihrem Rang, ihren Standesgenossen wiedergegeben, wurde es Madame du Plessis-Bellière klar, daß sie keine Freunde besaß. Keinerlei Bereitwilligkeit zur Beteiligung, die Freundschaft, Leidenschaft oder zumindest doch gemeinsamer Ehrgeiz hätte bewirken können, war zu erhoffen. Mit welcher Geschicklichkeit hatte es dieser junge König verstanden, die Ehrerbietung aller auf sich zu ziehen! Nicht einer der stolzen Herrn, der sich nicht vor ihm neigte. Sie rief sich ihre Namen wie die von Gespenstern ins Gedächtnis: Brienne, Cavois, Louvois, Saint-Aignan . . . Lauzun war im Gefängnis. Er würde noch Jahre dort bleiben, würde es gealtert und freudlos verlassen . . .

Auf der schmalen, von einer Brüstung aus weißem Stein umrundeten Plattform stehend, befragte Angélique den Horizont.

«Wirst du mich behüten, mein Land?»

Der Schiefer der spitzen Türmchen glänzte unter der sengenden Sonne wie spiegelndes Metall. Aber der von den Sümpfen her wehende Wind trug feuchten Hauch herauf und ließ die Wetterfahnen knarren. Im reinen Himmel zog ein Falke mit ausgebreiteten Flügeln seine Kreise.

Der Wald begann hinter Plessis. Davor breitete sich das Grün des Parks und der Felder, und zur Linken, sehr fern, wie schwebend zwischen Himmel und Erde, halb Wolke, halb Traum, erstreckten sich die Sümpfe des Poitou.

Von ihrem Turm aus vermochte Angélique kein Lebenszeichen zu erkennen. Denn diese Wildnis mit ihren im Schatten der Bäume sich verbergenden Feldern bot dem sie betrachtenden Auge den stetigen Anblick wogender, lichtglänzender Laubkronen, der auch den Wald kennzeichnete. Dort, wo das ländliche Leben sich am tätigsten regte – in den von Kastanien überwölbten Meiereien und den verlorenen Dörfern, deren Glockengeläut die dichte Wand der Bäume nicht zu durchdringen vermochte –, sah man nur eine grüne, von schwarzen Furchen durchzogene Wildnis, die die felsigen Schründe verrieten, durch die sich die eisigen Wasser der Vienne, Vendée und Sèvre ergossen . . .

Steile, rosige Felswände, klaffende Wunden im Fleisch der Erde, durchzogen von Grotten, in denen das Licht der Fackeln unter der Salpeterschicht ockerfarbene oder schwarze Umrisse enthüllte, die, wie man sagte, von Geistern gezeichnet worden waren. Das Kind Gontran hatte sie damals gesehen. Seine Schwester Angélique, Fee dieser Zauberhöhlen, hatte sie ihm gezeigt. Aber da er sie allein betrachten wollte, verjagte er das kleine Mädchen, und Angélique hatte rachsüchtig andere Entdeckungen für sich behalten.

Aus der unsichtbaren Ebene, der Domäne des Getreides, dem Einfallstor der Invasionen, wand sich die alte römische Straße. Ihre graue, mit großen Steinplatten geschuppte Schlange drang in die Wildnisfestung ein, die einstmals die gallische Heimat der Pikten geschützt und den Legionen Cäsars lange Zeit widerstanden hatte.

Im Norden schlossen sich an den Forst von Nieul die Wälder von Fontevrault, Scevolle, Lancloître, Châtellerault und, zwischen Vienne und Creuse, die von La Guerche und Chantemerle. Im Osten und Süden dehnten sich die Sümpfe des Nebels, die Sümpfe der Charente, Einsamkeit der Heide, unzugängliches Gestrüpp, feuchte, schlammige Erde . . .

Für welchen Einsatz hatte sie das Schicksal in die vertraute Landschaft der Bäume und des Wassers zurückgeführt, die ihre Seele geformt hatte?

Welche Lektion sollte sie lernen, die zu begreifen sie sich weigerte?

Welche Wahrheit sollte sie entdecken, die dieses alte, von den einander folgenden Wogen der Zivilisationen überflutete Land seit ihrer Kindheit vor ihr verborgen hatte?

Dolmen, jene geheimnisvollen antiken Steinmonumente, erhoben sich in den Tiefen der Wälder, Menhirs reihten sich in den Heiden, düstere, wie Reliquienschreine verzierte Kapellen standen zu Ehren örtlicher Heiliger an allen Kreuzwegen, in friedlicher Nachbarschaft mit den Ruinen römischer Tempel, deren Götter zu bekämpfen sie errichtet worden waren.

Diese beiden Undurchdringlichen, Wald und Sumpf, waren es gewesen, die sich im Jahre 732 den entfalteten Bannern der arabischen Horden und während des Hundertjährigen Kriegs den Einfällen der hungrigen Engländer entgegengestellt hatten.

Land, starrend von den von Zauberinnen oder Rittern erbauten düsteren Wehrtürmen der Abteien, aus denen man die bösen Geister hatte austreiben müssen.

Land der Religionskriege. Die verfluchte Stätte von La Châtaigneraie war nicht fern, wo katholische Truppen 1562 an die hundert zum Gebet versammelte Männer, Frauen und Kinder umgebracht hatten, und in der Gegend von Parthenay erinnerte man sich noch heute des protestantischen Reiters Puyvault, dessen Lieblingsgericht Frikassee aus Mönchsohren gewesen war.

Land der Aufstände und Räubereien: unter Richelieu hatten die «Barfüßler» die Steuereinnehmer massakriert, und unter Mazarin waren die «wie Aale durch die Wasserläufe flitzenden» Sumpfleute vergeblich von den Soldaten des Königs verfolgt worden.

Als Angélique noch ein Kind gewesen war, schien es ihr, daß alle, die von außerhalb kamen, Fremde, ja Feinde seien. Sie hatte ihnen argwöhnisches Mißtrauen entgegengebracht. Sie hatte ihr Eindringen gefürchtet und die durch sie verursachte Störung der geheimen, köstlichen, nur ihr und den ihren bekannten Ordnung des Landes ihrer Kindheit.

Heute drängte sich ihr dasselbe Gefühl auf. Der vor ihren Augen ausgebreitete Horizont konnte sie nicht so verraten, daß er die mit ihrer Verhaftung beauftragten Sendboten des Königs von Frankreich passieren ließ.

Die Soldaten, die am Fuße des Schlosses Wache hielten, waren wenig zahlreich. Das Poitou würde schon dafür sorgen, daß sie verschwanden, wenn das Signal dazu gegeben würde, ebenso wie die Rotten, die durchs Land zogen, um die Protestanten zu quälen. Man hatte bereits Erstochene in den Gräben gefunden, und die Frauen der Dörfer Morvay und Melles hatten sie mit glühender Asche empfangen, als sie zur Messe geschleppt werden sollten. Geblendet hatten sich die Soldaten zurückziehen müssen und waren jämmerlich wieder in ihrem Quartier in Plessis erschienen.

Der Herzog Samuel de La Morinière und seine Brüder Hugues und Lancelot, hugenottische Grandseigneurs, waren in die Grotten der Furt von Santis geflüchtet, nachdem sie den Dragonerleutnant getötet hatten, der ihr Schloß besetzen sollte.

So begannen die unvermeidlichen Schlußsätze der Erzählungen ihrer Amme Fantine mit gegenwärtigen Bildern lebendig zu werden: «Da die Soldaten großen Schaden anrichteten, flüchteten sich die Landleute in die Wälder . . .» Oder auch: «Der arme Ritter, der der Rache des Königs entfliehen wollte, zog sich in die Sümpfe zurück, wo er sich zwei Jahre lang von Aalen und Enten nährte . . .»

Sobald die Dämmerung sank, würde der Ruf eines Horns über die Wildnis hallen. Nicht um das Ende einer Jagd anzuzeigen, sondern um geheimnisvolle Botschaften zwischen den gejagten Hugenotten und ihren Glaubensbrüdern zu vermitteln. Einer von ihnen, der Baron Isaac de Cambremont, bewohnte nicht fern von Plessis ein altes, verfallenes Schloß, dessen schwarzer Donjon sich gegen den roten Himmel abhob. Von fern her kam Antwort auf seine Signale, und zuweilen hörte man unten Montadour beunruhigt fluchen. Seitdem der verdammte ketzerische Patriarch La Morinière in die Wälder gegangen war, war es mit den Bekehrungen nicht mehr weit her. Zwar waren die Tempel verriegelt und versiegelt, aber es bestand nicht der leiseste Zweifel, daß sich diese vermaledeiten Nachtschmetterlinge an unzugänglichen Orten verkrochen, um ihre Choräle zu singen.

Um sie zu überraschen, wollte er mit seinen Leuten einen Vorstoß in den Forst unternehmen, doch sie hatten Angst vor dem düsteren Labyrinth. Vergebens suchte er katholische Jäger zu überreden, ihm als Führer zu dienen.

Eine Vision verfolgte Angélique. Daß ein Reiter in vollem Galopp erschien und an das Tor des Schlosses klopfte: der König. Und daß er sie in seine Arme nahm, um ihr zuzuflüstern, was er keiner anderen Frau schrieb: «Meine Unvergeßliche . . .»

Zum Glück war die Zeit vorbei, in der der König von Frankreich sich auf ein Pferd werfen und mit verhängten Zügeln zu seiner Geliebten ritt wie damals, als er noch in Marie Mancini verliebt gewesen war.

Ein Gefangener der Umstände auch er, mußte er warten, daß sie sich unterwarf, und vergeblich suchte er bei Monsieur de Breteuil einen Anlaß zur Hoffnung.

«Wird sie kommen, Monsieur?»

Der Höfling verneigte sich und suchte ein spöttisches Lächeln zu verbergen.

«Sire, Madame du Plessis ist noch mitgenommen von den schrecklichen Mühsalen ihrer Reise.»

«Hätte sie Euch nicht eine Botschaft anvertrauen können? Nährt sie noch gegen unsere Person blinden Groll?»

«Ich fürchte es, Sire.»

Der König unterdrückte einen Seufzer, sein Blick verlor sich in der spiegelnden Ferne der großen Galerie.

Würde er sie eines Tages reuig, gebrochen dort vor sich sehen?

Er zweifelte. Eine Ahnung warf ihm das Bild seiner schönen Gefangenen zurück, auf der Höhe eines Turms, behütet von schwarzen Bäumen und schlafenden Wassern.

6

Angélique lief zwischen den Bäumen dahin. Sie hatte Schuhe und Strümpfe ausgezogen, und das Moos tat ihren nackten Füßen wohl. Dann hielt sie inne, um aufmerksam und erregt zu lauschen. In einem Blitz der Erinnerung erkannte sie den Pfad, dem sie folgen mußte, und setzte sich von neuem in Bewegung. Rausch der Freiheit! Sie lachte leise. Es war so leicht gewesen, in den Keller des Schlosses hinabzusteigen und zwischen den Weinfässern die kleine Pforte wiederzufinden, Ausgangspunkt des unterirdischen Ganges, den jeder herrschaftliche Wohnsitz in seinem Innern zu bergen sich schuldig ist.

Der unterirdische Gang von Plessis hatte nichts gemein mit dem erstaunlichen Tunnel des Hôtels du Beautreillis in Paris, durch dessen mit den Abflußkanälen des antiken Lutetia verbundene Wölbungen man bis zur Vorstadt Vincennes gelangen konnte. In Plessis gab es nur ein stinkendes, feuchtes Loch, durch das sie sich auf allen vieren hatte schieben müssen. Im Buschwerk draußen auftauchend, hatte sie zwischen den Zweigen hindurch das Schloß und die Soldaten in roten Röcken bemerkt, die ihre Wachrunden gingen. Sie war jedoch ihren Blicken entzogen, und die Posten konnten nicht ahnen, daß die, über die sie zu wachen hatten, sie aus ein paar Schritten Entfernung beobachtete und dann, vorsichtig die Zweige des Gebüschs auseinanderbiegend, davonschlich.

Jenseits des dichten Gestrüpps von Baumtrieben und Buschwerk, Himbeersträuchern und wilden Rosen, das die Grenze des Waldes bildete, weitete sich dieser zu einer riesigen grünen Kathedrale mit Eichen- und Kastaniensäulen.

Angéliques Herzklopfen ließ nach, und entzückt durch das Gelingen ihres Ausbruchs begann sie zu laufen. Sie fand ihre Kräfte wieder. Die harte Lehrzeit, die sie auf den Pfaden Marokkos hinter sich gebracht hatte, ließ sie das Erklettern moosiger Felsen, den Abstieg über steile Hänge zu plätschernd dahinfließenden, von schwärzlichen Blättern halb verschütteten Rinnsalen kindisch leicht empfinden. Bald senkte sich der Wald in Schluchten, die in lichtere Täler mündeten, bald hob er sich zu mit Heidekraut überwucherten Plateaus. Angélique bewegte sich sicher in diesem Durcheinander von Licht und Schatten, Trockenheit und Feuchtigkeit, modrigen Gerüchen, die aus den Tiefen der Schluchten stiegen, und dem lebendigen, fast mittelmeerischen Hauch, der auf den Höhen zu spüren war, dort, wo die Knochenstruktur der Erde mit scharfen Felskanten die dünne, blühende Erdschicht durchbrach.

Angélique hielt von neuem inne. Vor ihr erhob sich der Fels der Feen in seiner von druidischen Eichen umstandenen Lichtung gleich einer gewaltigen Kultstätte mit einer mächtigen steinernen Platte, deren vier Träger die Jahrhunderte tief ins Erdreich hatten einsinken lassen.

Sie umschritt ihn, um sich zu orientieren. Jetzt war sie sicher, sich nicht mehr zu verirren. Dieser Teil des Waldes mit dem Fels der Feen, der Schlucht der Wölfe, der Quelle von Troussepoil, dem Kreuzweg der drei Eulen, an dem sich eine Totenlaterne erhob, war während ihrer Kindheit der Schauplatz ihrer Abenteuer gewesen. Wenn sie die Ohren spitzte, konnte sie, herangeweht durch den Wind, die schweren Schläge der Holzfäller des Weilers Gerbier vernehmen, die sich für den Sommer mit ihren langen Äxten unter den Bäumen einquartierten. Weiter östlich hausten Kohlenbrenner in ihren geschwärzten Hütten, bei denen sie zuweilen Käse gegessen und lange Holzkohlenstücke für Gontran erbettelt hatte.

Aber damals war sie von Monteloup aus hierhergekommen. Die Pfade von Plessis waren ihr weniger vertraut, obwohl sie oft genug das weiße Traumschloß samt seinem Teich umschlichen hatte, dessen Herrin sie jetzt war.

Mit der gleichen Geste wie damals am gleichen Ort schüttelte sie ihren Barchentrock, in den sich Zweigstückchen verhakt hatten, glättete sie ihr vom schnellen Laufen in Unordnung geratenes Haar, breitete es über die

Schultern und lächelte darüber, daß sie diesen Riten, die sie damals um nichts in der Welt unterlassen hätte, noch immer die gleiche Wichtigkeit beimaß. Dann verließ sie mit vorsichtigen, langsamen Schritten die Lichtung und begann, eine in den Fels gehauene, mit Humus und Laub bedeckte Treppe hinabzusteigen. Der Besuch, den sie vorhatte, erforderte eine gewisse Feierlichkeit. Angélique hatte niemals ihre nackten Wildlingsfüße auf diese Treppenstufen setzen können, ohne von einer scheuen Schüchternheit befallen zu werden, die kaum in Einklang mit ihrem Charakter stand. Tante Pulchérie hätte sie nicht wiedererkannt. Allein den dunklen Geistern des Waldes bot sie das vollkommene Bild des braven kleinen Mädchens.

Der Pfad fiel rasch zwischen graugrünen Schründen ab. Kleine Rinnsale liefen an der Flanke des Berges herab, begleitet von hohen purpurnen Fingerhüten. Auch sie verloren sich. Aus dem dicken, schlammig zersetzten Blätterteppich brachen noch Schwammpilze, deren klebrige, orangenfarbene oder prächtig violette Kuppeln im Unterholz beunruhigend und geheimnisvoll leuchteten. Alles war da: die Angst, die unheilige Unruhe vermischt mit Abscheu, die Neugier und die Gewißheit, Zutritt zur anderen Welt, der Welt der Hexerei zu erlangen, die Macht und Herrschaft verlieh.

Angélique mußte sich jetzt an den Bäumen halten, so steil fiel der Abhang ab. Haarsträhnen fielen ihr in die Augen. Sie strich sie ungeduldig beiseite. Sie erinnerte sich nicht, daß dieser Ort so fern und unzugänglich gewesen war; dann seufzte sie erleichtert auf, da sie den ersten Schimmer des Lichts entdeckte, das die Sonne jenseits des Felsens durch die grüne Transparenz des Laubwerks warf. Ihre Hand tastete durch das Moos nach einem festen Stützpunkt im Gestein, und sie ließ sich auf eine winzige Plattform über dem Flußlauf gleiten, dessen Murmeln von unten heraufdrang.

Sich am Fels festklammernd, beugte sie sich vor, hob mit einer Hand den Efeuvorhang und entdeckte den Eingang zur Grotte. Das Wort, das man damals hatte sprechen müssen, fiel ihr nicht ein; vergeblich suchte sie sich zu erinnern. Doch schon rührte es sich im Innern. Ein schleppender Schritt, eine entfleischte Hand glitt über den Stein, und das Gesicht einer sehr alten Frau erschien im Dämmerlicht.

Braun und runzlig, erinnerte es an eine eingeschrumpfte Mispelfrucht, umstanden von schneeweißem, vollem Haar in Büscheln toter Strähnen.

Ihre Augen blinzelten, während sie die Besucherin musterten.

Angélique fragte im Dialekt der Gegend:

«Bist du die Zauberin Melusine?»

«Ich bin's. Was willst du, Mädchen?»

«Dir dieses bringen.»

Sie reichte der Alten ein Bündel, das Schnupftabak, ein Stück Schinken, einen kleinen Beutel Salz, einen weiteren mit Zucker, Schweineschmalz und eine mit Goldstücken gefüllte Börse enthielt.

Die Alte prüfte aufmerksam die Gaben, dann kehrte sie ihr den runden Rücken zu, der an den einer schwindsüchtigen Katze erinnerte, und verschwand in der Grotte.

Angélique folgte ihr.

Sie gelangte in einen runden, durch eine in der Decke befindliche, von Dornsträuchern geschützte Öffnung schwach erhellten Raum, dessen Fußboden mit Sand bedeckt war. Durch die Öffnung entwich der Rauch eines kleinen Feuers, über dessen Glut ein eiserner Kessel stand.

Die junge Frau setzte sich auf einen flachen Stein und wartete. Genauso war es gewesen, als sie damals die Zauberin Melusine um Rat gefragt hatte. Es war nicht dieselbe wie heute. Sie war noch älter und schwärzer gewesen, und sie war am Ast einer Eiche gestorben, von Bauern gehängt, die sie beschuldigten, ihre Kinder geopfert zu haben. Als man erfuhr, daß sich eine neue Zauberin in den Grotten von Hauts-de-Mère eingenistet habe, hatte man sie aus Gewohnheit Melusine genannt.

Woher kommen die Zauberinnen der Wälder? Welche Wege des Unheils und der Verwünschung führen sie zu denselben Orten, wo sie sich mit dem Mond und den Pflanzen verbünden? Man behauptete, diese sei die in der geheimen Wissenschaft Erfahrenste und Gefährlichste, die jemals in diese Gegend verschlagen worden sei. Man erzählte auch, daß sie das Fieber durch Schlangensud, die Gicht durch die Salze der Asseln, die Taubheit mit Hilfe von Ameisenöl kuriere und daß sie gleichermaßen imstande sei, einen Dämon der ersten Legionen Satans in eine Haselnuß zu bannen. Gab man sie einem Feind zu knacken, durfte man sich daran erfreuen, ihn bis zur Decke springen zu sehen, und wer sich solchem Verhängnis entziehen wollte, mußte wenigstens zur Kirche Notre Dame de la Pitié von Gâtines pilgern, deren Reliquienschrein ein Haar und einen Zehennagel der Jungfrau barg.

Junge Mädchen, die gesündigt hatten, kannten den Weg zu ihrem Schlupfwinkel genausogut wie Leute, denen das Warten auf den natürlichen Tod eines alten Erbonkels zu lange dauerte.

Angélique, die von solchen und anderen Mären gehört hatte, beobachtete interessiert das seltsame Wesen.

«Was willst du, Tochter?» fragte endlich die Alte mit ernster, wie geborsten klingender Stimme. «Willst du, daß ich dir dein Schicksal verrate? Willst du, daß ich dir helfe, Liebe zu gewinnen? Willst du, daß ich dir Tränke bereite, die dir deine durch lange Reisen erschütterte Gesundheit wiedergeben?»

«Was weißt du von meinen langen Reisen?» murmelte Angélique.

«Ich sehe Weite um dich und brennende Sonne. Gib mir deine Hand, ich will deine Zukunft lesen.»

Die junge Frau weigerte sich.

«Ich bin aus anderem Anlaß zu dir gekommen. Du, die alle Bewohner des Waldes kennt, wirst mir sagen können, wo sich die Männer verbergen, die zuweilen mit den Bauern der Weiler zusammentreffen, um ihre Kirchenlieder zu singen. Sie sind in Gefahr. Ich möchte sie warnen, aber ich kenne ihren Treffpunkt nicht.»

Die Zauberin richtete sich auf und bewegte erregt ihre knochigen Arme.

«Warum willst du die Gefahr von diesen Männern der Finsternis abwenden, du, die Tochter des Lichts? Laß nur die Raben über ihnen kreisen.»

«Du weißt also, wo sie sich verstecken?»

«Und ob ich es weiß! Wie sollte ich es nicht wissen, da sie die Zweige zerbrechen, meine Schlingen zerstören und meine Pflanzen zertreten? Wenn es so weiter geht, werden mir bald die Kräuter für meine Tränke fehlen. Es werden ihrer immer mehr. Sie schleichen wie die Wölfe, und wenn sie beisammen sind, machen sie sich ans Singen. Die Tiere haben Angst, die Vögel schweigen, und ich muß fliehen, weil ihre Lieder mich krank machen. Warum kommen diese Männer in den Wald?»

«Die Soldaten des Königs verfolgen sie.»

«Sie haben drei Anführer. Drei Jäger. Der Älteste ist auch der schwärzeste, und er ist hart wie Erz. Er ist der Anführer von allen. Er spricht wenig, aber wenn er spricht, möchte man meinen, er durchschnitte die Gurgeln einer Hirschkuh mit seinem Dolch. Er spricht immer von Blut und vom Ewigen. Hör zu . . .»

Sie beugte sich vor, so daß ihr Atem Angéliques Gesicht streifte.

«Hör zu, Kleine. Eines Abends beobachtete ich aus einem Versteck die versammelten Leute. Ich wollte sehen, verstehen, was sie da taten. Der Anführer stand unter einer Eiche und sprach. Er wandte den Blick in meine Richtung. Ich weiß nicht, ob er mich sah. Aber ich merkte, daß seine Augen aus Feuer waren, denn die meinen begannen zu brennen, und ich mußte fliehen, ich, die dem Wildschwein und dem Wolf ins Gesicht sieht. Da hast du seine Macht. Da siehst du, warum die andern nach seiner Pfeife tanzen. Er trägt einen großen Bart. Er ähnelt dem Bären Troussepoil, der in der Quelle sein blutiges Fell wusch, nachdem er die jungen Mädchen zerrissen hatte.»

«Das ist der Herzog de La Morinière», sagte Angélique, ein Lächeln unterdrückend, «ein protestantischer Grandseigneur.»

Der Name schien Melusine nichts zu sagen. Sie blieb bei ihrem Troussepoil. Doch nach und nach hellte sich ihre Stimmung auf, ein Lächeln rührte sich um ihre grauen Lippen und entblößte schließlich das fast zahnlose Fleisch ihrer Kiefer. Die wenigen ihr verbliebenen Zähne waren kräftig und ziemlich weiß, als sei es ihre Gewohnheit, sie zu pflegen. Sie verliehen ihr einen seltsamen Ausdruck.

«Warum sollte ich dich nicht zu ihm führen», meinte sie plötzlich. «Dich wird er nicht dazu bringen, deine Augen zu senken. Du bist schön, und er . . .»

Sie kicherte.

«Mann ist er, und Mann bleibt er», murmelte sie spöttisch.

Angélique war weit entfernt davon, den rauhen Herzog de La Morinière, den man auch den Patriarchen nannte, auf die Wege der Verdammnis locken zu wollen. Ihre Erwartungen waren anderer Art. Und es war nötig, schnell zu handeln.

«Ich werd schon hingehen», murmelte Melusine, die heiter schien. «Ich werd dich führen. Kleine, dein Schicksal ist schrecklich, gewaltsam und doch so schön . . . Gib mir deine Hand.»

Was las sie in ihren Linien? . . . Sie stieß Angéliques Hand von sich, als traue sie ihren Augen nicht, in deren Staunen dennoch etwas wie ein Funkeln brennender Arglist verblieb.

«Du bist zu mir gekommen, du . . . Du hast mir Salz und Tabak gebracht. Du bist meine Schwester, meine Tochter. Ah, deine Macht ist groß!»

Auch die einstige Zauberin hatte so zu dem Kind Angélique gesprochen, das ein wenig furchtsam auf dem gleichen Platz gesessen hatte; sie hatte die gleichen Worte benutzt, um ihre Verblüffung vor den Dingen auszudrücken, die um dieses junge Haupt geschrieben standen. Das Erschrecken und die Teilnahme der Zauberinnen hatten Angélique stets mit naivem Stolz erfüllt. Damals hatte sie die Gewißheit daraus gewonnen, daß sie eines Tages alles besitzen würde, was man sich nur wünschen konnte: Glück, Schönheit, Reichtum . . . Und heute? Was erweckte dieses Versprechen der Macht heute in ihr, da sie längst wußte, daß man alles besitzen und dennoch nicht erfüllt sein konnte?

Sie betrachtete ihre Hand.

«Sag mir, sag mir noch, Melusine, werde ich über den König triumphieren? Werde ich seiner Verfolgung entkommen? Sag mir, werde ich meine Liebe wiederfinden?»

Diesmal war es die Zauberin, die sich entzog.

«Was könnte ich sagen, das du nicht schon im Grund deines Herzens weißt?»

«Willst du mir nicht verraten, was du gesehen hast, um mir nicht den Mut zu nehmen?»

«Komm, komm. Der Mann mit dem schwarzen Bart wird schon warten», kicherte die andere.

Bevor sie aus der Grotte glitt, kramte sie ein Säckchen hervor und reichte es Angélique.

«Es sind Pflanzen. Weiche sie jeden Abend in heißem Wasser, setze sie dem Mond aus und trinke davon bei Sonnenaufgang. Du wirst die Kraft deiner Glieder und deines Fleisches zurückgewinnen, und deine Brüste werden schwellen wie im Steigen der Milch. Aber es wird nicht die Milch sein, die sie spannen wird, sondern das Blut deiner Jugend . . .»

Sie gingen hintereinander, nachdem sie der Schlucht entstiegen waren. Die Zauberin folgte keinem Pfad. Sie erkannte die Fährten an unsichtbaren Zeichen.

Über den Zweigen verdüsterte sich der Himmel.

Angélique dachte an ihren Wächter Montadour. Würde er ihre Abwesenheit bemerken? Es war wenig wahrscheinlich. Er bestand darauf, sie jeden Morgen zu begrüßen, eine Maßnahme, die ihm die Herren de Marillac und de Solignac empfohlen hatten. Die Gefangene sollte nicht belästigt, aber auch nicht aus der täglichen Wachsamkeit entlassen werden. Der dicke Kapitän hätte offensichtlich nichts lieber getan, als dieser Verpflichtung häufiger nachzukommen, aber Angéliques stolze Haltung verwirrte ihn. Ihr eisiger Blick erstickte jeden Versuch zur Konversation oder zu Späßen schon im Keim. Sie sah ihn seine schwerfälligen Komplimente unterdrücken, verlegen an seinem roten Schnurrbart kauen und sich schließlich abwenden, indem er sagte, er werde sich nun an seine zweite Aufgabe, die Ketzerjagd, machen. Jeden Nachmittag kletterte er auf seinen stämmigen Apfelschimmel und galoppierte davon, von einer Schar Reiter begleitet, um einigen Bekehrungen in den umliegenden Dörfern beizuwohnen. Zuweilen brachte er einen besonders widerspenstigen Reformierten mit, um ihn sich selber vorzunehmen, und dann hallten die Gesinderäume des Schlosses von Stockschlägen und heiseren Schreien wider: «Schwöre ab! Schwöre ab!»

Wenn er hoffte, durch seinen Eifer für die Sache Gottes die Bewunderung der Marquise du Plessis zu erzwingen, täuschte sich der Kapitän Montadour schwer. Er begann ihr Abscheu einzuflößen. Vergeblich versuchte er, sie für seine Aufgabe zu interessieren. Aber als sie ihn an diesem Morgen von einem gewissen, aus Genf gekommenen Pastor hatte sprechen hören, den er dank seiner Spione am gleichen Abend im Schloß Grandhier würde festnehmen können, hatte sie doch aufgehorcht.

«Ein Pastor, der aus Genf gekommen ist? Wozu?»

«Um diese Gottlosen zum Widerstand aufzuhetzen. Zum Glück bin ich benachrichtigt worden. Heute abend wird er den Wald verlassen, wo er mit diesem verdammten La Morinière zusammengetroffen ist. Ich werde beim Schloß von Grandhier auf ihn lauern. Falls ihn der Herzog begleitet, wird er gleichfalls verhaftet. Ah, Monsieur de Marillac war gut beraten, als er mich mit der Führung dieses Unternehmens betraute. Glaubt mir, Madame, im nächsten Jahr wird es keinen Protestanten mehr im Poitou geben.»

Sie hatte La Violette, den einstigen Diener Philippes, kommen lassen.

«Du gehörst zur reformierten Religion und wirst daher wissen, wo sich der Herzog de La Morinière und seine Brüder verbergen. Sie müssen gewarnt werden, daß ein Hinterhalt auf sie wartet.»

Der Diener wußte nichts. Nach einigem Zögern bekannte er nur, daß ihm der Herzog gelegentlich durch einen zum Überbringen von Botschaften abgerichteten Falken Anweisungen schicke. Er selbst leitete an die protestantischen Rebellen Nachrichten weiter, die er von den Soldaten erfuhr. Aber es gab nicht viel weiterzuleiten. Montadour war nicht so dumm, wie er aussah, und sprach trotz seiner sonstigen Geschwätzigkeit nicht von wichtigen Dingen.

«Diese Geschichte mit dem protestantischen Pastor, zum Beispiel, über die Ihr auf dem laufenden seid, Madame – ich möchte meine Hand dafür ins Feuer legen, daß die Soldaten nichts davon wissen. Sie erfahren es erst im letzten Moment. Er ist mißtrauisch und tückisch.»

Angélique hatte La Violette nach Grandhier geschickt, um die Schloßherren zu benachrichtigen. Aber auch sie kannten den Treffpunkt im Walde nicht. Die Verfolgten wechselten häufig ihren Aufenthaltsort. Monsieur de Grandhier hatte versucht, zum Wald zu gelangen, war aber von Dragonern, die wie zufällig in der Umgebung des Schlosses patrouillierten, aufgehalten worden.

In dieser Lage hatte Angélique an die Hexe Melusine gedacht.

«Ich werde sie finden.»

So lange schon plante sie diesen Ausbruch unter Montadours Bart. Den Strick verlängern, der sie mit dem Pflock verband . . . Das Unternehmen schien zu glücken.

Die Zauberin blieb stehen, hob ihren knochigen Zeigefinger.

«Horch!»

Über einen düsteren Felsgrat, durch dichtes Gestrüpp drang ein Geräusch, das man mit dem Brausen des Windes hätte verwechseln können, das sich aber mit jedem sich nähernden Schritt immer deutlicher als der monotone Klang düsterer Melodien, langer Anrufungen bekundete: der Gesang der Psalmen.

Die Protestanten waren dicht am Ufer der Vendée zusammengedrängt, auf dem Grunde jenes Felsschlundes, den man den Schlund des Riesen nannte, weil Gargantua dort mit einem Schulterstoß die riesigen, runden Felsen ins Wanken gebracht haben soll, die ihn fast völlig verschütteten.

Das rötliche Licht eines Feuers durchdrang die Schatten der Dämmerung, die den Engpaß verhüllten. Man unterschied kaum die weißen Hauben der Frauen zwischen den riesigen schwarzen Filzhüten der hugenottischen Bauern.

Dann trat ein Mann in den Lichtschein der Flammen. Nach der Beschreibung, die die Zauberin gegeben hatte, erkannte Angélique ohne Mühe den Herzog Samuel. Seine bärtige Jägergestalt war eindrucksvoll. Sie hatte Ludwig XIV. mißfallen, als der Herzog mit der Absicht nach Versailles gekommen war, in den Kabalen des Hofes den Platz einzunehmen, den der Admiral de Coligny im vergangenen Jahrhundert innegehabt hatte. In Ungnade gefallen lebte er seither auf seinen Ländereien.

Mit seinen bis zur Hälfte der Schenkel reichenden Stiefeln, seinem Wams aus schwarzem Tuch, das ein breiter Gürtel mit Dolch und Degengehänge umspannte, einem jener altmodischen, flachen, federgeschmückten Hüte, die die Hugenotten der Provinzen mit Vorliebe trugen und die sie je nach Leibesfülle Calvin oder Luther ähneln ließen, flößte der Herzog Samuel de La Morinière Furcht ein. Er schien nicht aus dieser Zeit, Überlebender einer Epoche rauher Sitten, unbeschränkter Gewalttätigkeiten, feindlich jeder Verfeinerung. Sein Platz war in diesem wilden Dekor von Fels und Nacht, und als sich seine Stimme erhob, hallte sie noch tiefer zwischen den Wänden der Schlucht, eine bronzene Stimme, schwer und hart, die Angélique erzittern ließ.

«Brüder, Söhne, es naht der Tag, an dem wir aus dem Schweigen das Haupt von neuem erheben und verstehen müssen, daß der Dienst an Gott von uns Taten fordert . . . Öffnet das Buch der Bücher. Was findet ihr dort? . . . Der Ewige schreitet voran wie ein Held. Er feuert seinen Eifer an wie ein Kriegsmann. Er erhebt die Stimme. Er stößt seinen Ruf aus. Er offenbart den Feinden seine Stärke. Ich bin lange stumm gewesen, sagt er. Ich habe geschwiegen, ich habe mich zurückgehalten . . . Jetzt aber werde ich Berge und Hügel verwüsten und ihr Grün versengen . . . Sie werden zurückweichen, und die, die sich den aus Stein gehauenen Götzen anvertrauen, die den eisernen Götzen sagen: ‹Ihr seid unsere Götter›, werden bestürzt sein . . .»

Seine Stimme grollte. Angélique überlief ein Schauer. Sie wandte sich zu der Zauberin und entdeckte, daß sie sich lautlos davongemacht hatte.

Zwischen den Wipfeln der Bäume war der Himmel noch wie aus weißem Perlmutt, aber im Schlund des Riesen herrschte ein Dunkel, das ein heftiges Gefühl des Zorns durchbebte.

Eine Stimme rief:

«Was vermögen wir gegen die Soldaten des Königs?»

«Alles. Wir sind zahlreicher als die Soldaten des Königs, und Gott hilft uns.»

«Der König ist allmächtig.»

«Der König ist fern, und was vermag er gegen eine Provinz, die zur Verteidigung entschlossen ist?»

«Die Katholischen werden uns verraten.»

«Auch die Katholischen fürchten die Dragoner. Die Steuern drücken sie nieder und, noch einmal sei es gesagt, sie sind weniger zahlreich als wir. In unseren Händen ist der fruchtbarste Boden . . .»

Eine Eule kreischte zweimal sehr nah.

Angélique erschrak. Totenstille breitete sich auf dem Grund des Schlundes aus.

Plötzlich fand sie den Blick des hugenottischen Edelmannes ihr zugewandt. Die Flammen verliehen den tief unter schwarzen Brauen versteckten Augen ihr rötliches Leuchten. «Sein Feuerblick», hatte die Zauberin gesagt. «Du kannst ihn ertragen.»

Der Ruf der Eule erhob sich, samten und unheilvoll, von neuem. War es ein Alarmzeichen? Eine Warnung vor einer gefährlichen Annäherung? . . . Angélique biß sich auf die Lippen. «Es muß sein», sagte sie sich. «Meine letzte Karte!»

Sie klammerte sich an dornige Zweige, während sie zu den versammelten Hugenotten hinabstieg.

Als sie sich auf den Weg zum Schlund des Riesen gemacht hatte, um den Genfer Pastor zu retten, war es Angélique klar gewesen, daß sie ihr Ziel bestimmt hatte und daß es nicht leicht sein würde, wieder umzukehren.

Samuel de La Morinière, der Patriarch, war der einzige, der den Königsglauben in den Herzen der getreuen protestantischen Untertanen ausrotten konnte.

La Morinière, der Patriarch, hatte die Fünfzig überschritten. Witwer und Vater dreier Töchter – was ihn bitter ankam – saß er mit seinen Brüdern Hugues und Lancelot, die ebenfalls verheiratet und Väter einer zahlreichen Nachkommenschaft waren, auf seinen Gütern. Der ganze Stamm duckte sich unter die harte Zuchtrute des Patriarchen und teilte seine Zeit zwischen Gebet und Jagd. Die Feste, die man einstmals in den prächtigen Sälen gefeiert hatte, waren verklungen. In La Morinière sprachen die Frauen leise und hatten das Lächeln verlernt. Die Kinder wurden von frühester Jugend an durch zahlreiche Erzieher zum Studium des Griechischen, des Lateinischen und der Heiligen Schrift angehalten. Den Jungen wurde die Handhabung des Spießes und des Dolchs beigebracht. War sich La Morinière, als er zum erstenmal Angélique begegnete – dieser aus der Dämmerung getretenen Frau mit dem Goldhaar unter der Hirtinnenkapuze, den nackten Füßen und der kultivierten Sprache der großen Dame –, ihrer noch unklaren Leidenschaft, ihres Grolls bewußt, der danach verlangte, sich in Taten zu verwandeln, und der sie seinen Einflüsterungen fügsam machen würde?

7

Der Mann, der abends das Horn blies, entging für den Augenblick Montadours Verfolgung. Da der Edelsitz von Cambourg Plessis nahe lag, begnügte sich der Kapitän vielleicht mit der Gewißheit, daß er, wann er nur wollte, seine schwere Pranke auf diesen bleichen, zitternden Hugenotten niedersausen lassen konnte, der seine Rolle als Verfolgter nicht ohne Verzweiflung übernommen hatte.

In ihrer Jugend hatten sich Angélique und ihre Schwestern oft über den mageren, ungeschickten Jungen mit dem vorstehenden Adamsapfel mokiert, dem sie bei Dorfversammlungen oder auf den Märkten der umliegenden Städtchen begegneten. Mit den Jahren hatte sich der Baron de Cambourg einen langen, trübseligen Schnurrbart, eine immer schwangere Frau und einen Schwarm kleiner, blasser, an seinen Rockschößen hängender Hugenotten angeschafft. Im Gegensatz zur Mehrzahl seiner Glaubensgenossen war er sehr arm. Die Leute der Gegend sagten, auf seiner Familie laste seit neun Generationen ein Fluch, weil ein Ritter seines Hauses in einem Schloß am Ufer der Sèvre eine schlafende Fee zu umarmen versucht habe. Der Fluch hatte sich, wie zu erwarten war, noch verschärft, als die Cambourgs die Religion Calvins annahmen. Isaac, der letzte dieses Namens, vegetierte im Schatten seines von Efeu überwucherten Turms, und sein einziges Talent wie seine einzige Aufgabe bestand darin, das Horn zu blasen. Es war erstaunlich, welche Atemkraft dieser magere Körper barg. Die ganze Umgebung lud ihn zur Teilnahme an Jagden ein, bei denen er mit seinen weitklingenden, kraftvollen Signalen Jäger, Meute und Wild in Angst und Schrecken zu versetzen wußte.

Seit dem letzten Jahr jedoch waren solche Gelegenheiten selten geworden. Katholische wie protestantische Krautjunker verkrochen sich in ihre Winkel, das Ende der von den Soldaten verursachten Unruhen erwartend. Der Baron de Cambourg hatte der Aufforderung des Herzogs de La Morinière nachkommen müssen. Es war schwierig, dessen Wünschen zu widerstehen.

Angélique begriff es, als sie den Anführer der Hugenotten auf sich zukommen sah, von seinem windgeblähten schwarzen Mantel umflattert. Hier, gegen den blau-goldenen Hintergrund des Himmels, wirkte er noch eindrucksvoller als in der Düsternis des Schlundes des Riesen. Seine Brüder begleiteten ihn.

An der Grenze des Waldes, auf der Höhe einer jäh abfallenden Felswand gelegen, beherrschte der Ort ihrer Begegnung die Landschaft. Auf diesem mit Ginster bestandenen Stück Erde hatte sich einstmals ein römisches Lager befunden. Der kleine, halb zerfallene, von Asphodelen überblühte Venustempel erinnerte noch daran.

Hatten die zwischen Meer und gallischem Wald kampierenden Römer die Göttin um Erhaltung ihrer Männlichkeit gebeten, da ihre Gegner, die wilden Pikten, im Rufe standen, ihren eigenen Göttern schreckliche Trophäen darzubieten? Nur die Ruinen waren geblieben, ein steinernes, auf zwei Säulen ruhendes Deckenstück, dessen Gesims mit lateinischen Inschriften bedeckt war. In seinem Schatten ließ Angélique sich nieder.

Der Herzog nahm vor ihr auf einem viereckig behauenen Steinblock Platz. Die beiden Brüder hielten sich abseits. Das römische Lager war einer ihrer Treffpunkte. Die hugenottischen Bauern pflegten im Tempel Lebensmittel und Waffen für die Verfolgten zu verstecken. Von hier aus konnte man die Landschaft überblicken und brauchte keinen Angriff zu befürchten.

Der Herzog begann zu sprechen. Er dankte ihr noch einmal für das, was sie für den Genfer Pastor getan hatte. Ihre Geste beweise, daß die Barriere der Glaubensunterschiede durchbrochen werden könne, wenn sich durch Ungerechtigkeit beleidigte Geister verbündeten, um die Macht tyrannischer Herrscher in Schach zu halten. Er wisse, daß sie durch den König viel gelitten habe. Ließ man sie nicht wie eine Gefangene bewachen? Wie war es Madame du Plessis gelungen, sich zu ihnen zu schlagen? Sie erklärte, daß sie einen unterirdischen Gang benutze. Montadour hege keinen Verdacht.

Es war schwierig, dem Herzog nicht zu antworten, wenn er eine Frage stellte. Sein gebietender Ton ließ dem Gesprächspartner keine Möglichkeit auszuweichen. Seine tiefliegenden Augen fixierten sie aufmerksam. Ihr stechendes Funkeln begann sie zu ermüden. Sie wandte den Blick ab und dachte an die Zauberin, die diesen düsteren Diener des Herrn fürchtete.

Für diese Begegnung hatte sie sich in eine ihres Ranges würdige Robe aus dunklem, schwerem Satin gekleidet, und es war gar nicht leicht gewesen, sich mit dem die Taille einschnürenden Korsett und den schweren Falten der drei Röcke durch den engen Gang zu winden. Der Diener La Violette hatte sie begleitet, um ihren Mantel zu tragen. Er hielt sich einige Schritte entfernt, unbeweglich und respektvoll. Es lag in Angéliques Absicht, diese Begegnung mit einiger Förmlichkeit zu umgeben, um mit dem Herzog auf gleichem Fuße sprechen zu können.

Sie saß unter dem von den Jahrhunderten patinierten römischen Bogen, unter dem Saum des pflaumenfarbigen Kleids ein wenig vom roten Leder ihrer Schuhe zeigend, während der Wind ihr streng frisiertes Haar nach und nach sanft löste. Sie hörte seine tiefe Stimme. Sie hörte sie mit klopfendem Herzen, von ihr angezogen und dennoch beunruhigt. Es schien ihr, als öffne sich ein Abgrund zu ihren Füßen. Sie mußte mit einem Satz hinunterspringen.

«Was wollt Ihr von mir, Monsieur?»

«Daß wir ein Bündnis schließen. Ihr seid katholisch, ich bin reformiert, doch wir können uns verbünden. Ein Bündnis der Verfolgten, der freien Geister . . . Montadour lebt unter Eurem Dach. Spioniert ihn aus, unterrichtet Euch . . . Und dann, Eure katholischen Bauern . . .»

Er beugte sich vor und dämpfte seine Stimme, um sie desto besser mit seinem gebieterischen Willen durchdringen zu können.

«Macht ihnen verständlich, daß sie auf der Seite unserer Bauern stehen, im Poitou geboren, wie sie, daß der Soldat des Königs, der ihre Ernten stiehlt, ihr gemeinsamer Feind ist . . . Erinnert sie an die Steuereinnehmer, die Sonderbesteuerung des gemeinen Mannes, das Kopfgeld. Lebten sie nicht besser unter der Gerichtsbarkeit ihrer eigenen Herren, statt für einen fernen König zu schuften, der sie belohnt, indem er ihnen Armeen von Ausländern schickt, die sie ernähren müssen?»

Seine in ledernen Handschuhen – Falknerhandschuhen – steckenden Hände stützten sich auf seine massiven Schenkel, während er vorgebeugt zu ihr sprach und ihren Blick in den seinen zwang. Er flößte ihr seinen tiefen Glauben an ein verzweifeltes Abenteuer ein, das wie das letzte Aufbäumen eines geknebelten Riesen gegen seine Fesseln war. Sie sah das große Bauernvolk, aus dem auch sie hervorgegangen war, sich in übermenschlicher Anstrengung erheben, um der tödlichen Lähmung der Unterjochung durch jenen Herrn zu entrinnen, der einstmals nur die Île de France beherrscht hatte. Die letzten, in den Felsschründen des Forstes verborgenen Vorräte verschlungen von der Vergnügungssucht Versailles, von endlosen Kriegen an den Grenzen Lothringens oder der Pikardie, die großen Herren des Poitou gezähmt, dem König Hemd oder Leuchter reichend, während ihre Güter unehrlichen Verwaltern überlassen blieben und andere verarmt auf ihren Ländereien lebten, die ihnen der Fiskus Stück für Stück entriß, verächtlich auf ihre Besitzer herabsehend, die es nicht verstanden, ihrem Herrn zu gefallen. Und heute der Ruin, der Hunger, lautlos gleitend wie eine Natter, bewirkt durch den gierigen Zugriff einer gegen alle Gerechtigkeit und Vernunft ins Land geschickten Armee, die diejenigen zur Verzweiflung trieb, die den Weizen wachsen ließen, über die Weiden wachten und die Frucht ernteten, die Bauern mit den schwieligen Händen und breitkrempigen dunklen Hüten, ob sie nun hugenottisch waren oder katholisch . . .

All das war ihr bekannt. Sie lauschte angespannt. Der Wind war kühler geworden. Sie zitterte, während sie eine Strähne beiseite schob, die ihr immer wieder in die Stirn wehte. La Violette trat näher und reichte ihr den Mantel. Sie hüllte sich mit einer leidenschaftlichen Bewegung in ihn. Plötzlich hob sie den Kopf und rief mit einem gequälten Blick auf Samuel de La Morinière: «Ja, ich werde Euch helfen. Aber dann . . . dann muß Euer Krieg offen und schrecklich sein. Was erhofft Ihr Euch vom Beten in den Schluchten? Ihr müßt Städte erobern, Straßen sperren, Ihr müßt aus der Provinz eine Festung machen, bevor sie noch Zeit finden, Verstärkungen zu schicken. Von Süden nach Norden müßt Ihr reiten, um alle Ausgänge zu schließen. Auch die Nachbarprovinzen müssen angesteckt werden: Normandie, Bretagne, Saintonge, Berri . . . Eines Tages muß der König mit Euch wie mit einem anderen König verhandeln, Ihr müßt ihn zwingen, Eure Bedingungen anzunehmen . . .»

Der Herzog de La Morinière fühlte sich von ihrer Heftigkeit durchschüttelt. Er richtete sich auf. Sein Gesicht färbte sich dunkel, und seine Augen schossen Blitze. Er war es nicht gewohnt, eine Frau in diesem Ton zu ihm sprechen zu hören. Aber er bezwang sich. Er blieb einen Augenblick stumm, zerrte nur an den Spitzen seines Bartes. Er hatte soeben entdeckt, daß er auf die ungezügelte Kraft dieses Geschöpfes zählen konnte, das ihm bisher unbedeutend wie alle Frauen erschienen war. Aber er erinnerte sich der Maximen eines seiner Onkel, der in der Umgebung Richelieus gedient und mitangesehen hatte, wie raffiniert der Kardinal Frauen in den verschiedensten Angelegenheiten der Spionage und der Politik benutzte. «Die Kraft einer Frau ist doppelt so groß wie die eines Mannes, wenn es darum geht, die Fundamente einer Stadt zu unterminieren . . . Auch wenn sie noch so laut beteuern, besiegt zu sein, geben sich Frauen niemals geschlagen. Man braucht feste Handschuhe, um die List einer Frau, die schneidendste aller Waffen, zu führen . . .» Das hatte Richelieu gesagt.

Er sog tief die Luft ein.

«Ihr habt recht, Madame. Nur um dieses Ziel geht es. Wenn wir nicht entschlossen sind, es zu erreichen, wäre es besser, die Waffen auf der Stelle niederzulegen. Habt Geduld und helft uns. Eines Tages wird es sein, wie Ihr sagt. Ich verbürge mich dafür!»

8

Es war wie ein Ausbruch von Gewalttaten und blutigen Überfällen, und der Haß auf die roten Dragoner verbreitete sich im Land wie die tausend Verästelungen einer Quelle im Gras einer Wiese. Es begann mit der Entdeckung vier gehängter Dragoner am Kreuzweg der drei Eulen. Jeder trug eine Tafel um den Hals, auf der zu lesen war: Brandstifter – Plünderer – Hunger – Ruin. Ihre Kameraden wagten es nicht, hinzugehen und sie abzunehmen, weil sich der Ort in der Nähe des Waldes befand, wo sich, wie man nun wußte, die protestantischen Banden verbargen. Die unheimlichen Schreckgestalten drehten sich lange an den Zweigen und erinnerten die Vorübergehenden an die Bedrohungen, die sie über die Provinz gebracht hatten: Brand, Plünderung, Hunger, Ruin . . . Das dichte Blätterwerk des Sommers schuf ihnen einen smaragdenen Tempel, eine prunkvolle Kapelle, in deren Rahmen sie noch abschreckender wirkten.

Montadour schäumte vor Wut und plante einen großen Schlag. Er folterte einen Protestanten, um aus ihm den Zufluchtsort der La Morinière herauszubekommen, und drang mit seinen entschlossensten Männern in den Wald.

Nach einigen Marschstunden hatten die Stille, die Düsternis, das dichte Laubwerk, der mächtige Wuchs der Stämme, die ein Geflecht knotiger Zweige auf sie herabsenkten und unter ihren Stiefeln ein Netz tückischer Wurzeln spannten, ihren Mut zermürbt.

Das Gekrächz eines jäh erwachten Käuzchens vollendete ihre Niederlage.

«Ihr Signal, Kapitän. Sie stecken da zwischen den Bäumen. Sie werden uns auf den Hals kommen . . .»

In völliger Unordnung zogen sich die Dragoner zurück. Auf der Suche nach einer Lichtung, einem Stück freien Himmels, einem ausgetretenen Weg verstrickten sie sich im Unterholz, verirrten sich, und als sie in der Dämmerung endlich die Baumgrenze erreichten und bebaute Felder entdeckten, war ihre Erleichterung so groß, daß einige von ihnen auf die Knie fielen und der nächstbesten Kirche eine Kerze versprachen.

Wären sie ans Ziel ihrer Expedition gelangt, hätten sie unverrichteter Sache wieder umkehren müssen. Die hugenottischen Anführer waren gewarnt worden.

Montadour vermochte keinen Zusammenhang zwischen seinen Niederlagen und der neu erblühten Liebenswürdigkeit festzustellen, die seine Gefangene ihm bezeigte. Sie, die so hochmütig und gleichsam unsichtbar gewesen war, richtete jetzt das Wort an ihn, und er hatte es gewagt, sie an «seine» Tafel zu bitten. Es schien ihm, daß sie sich langweile und daß sein weithin bekannter Charme und die Galanterie, mit der er sie bisher umgeben hatte, endlich ihre Früchte trügen. Er verdoppelte seine Zuvorkommenheit. Große Damen wie sie nahm man nicht im Handumdrehen. Man mußte sich schon Mühe geben.

Er begann den Zauber einer lang sich hinziehenden Eroberung zu entdecken und fühlte sich zum Dichter werden. Wenn nur nicht diese verdammten Spitzköpfe von Calvinisten gewesen wären, die ihm immer wieder die Laune verdarben. Er schrieb an Monsieur de Marillac und forderte Verstärkung an. Es sei unmöglich, die Verantwortung für die Bewachung der Marquise du Plessis-Bellière zu tragen und gleichzeitig das Bekehrungswerk fortzuführen, das mit jedem Tag größeren Umfang annehme. Man schickte ihm ein weiteres Regiment, das in der Umgebung von Saint-Maixent stationiert werden sollte. Der Offizier, der es kommandierte, Monsieur de Ronce, benachrichtigte ihn durch Boten, daß er in den vorgesehenen Orten nicht habe Quartier nehmen können, weil bewaffnete Hugenotten ein die Straße und die Sèvre beherrschendes altes Schloß besetzt hielten. Sollte er das Schloß attackieren?

Montadour fluchte ausgiebig. War es zu glauben? Wollten sich die Protestanten etwa nicht länger terrorisieren lassen? Dieser Ronce sah vermutlich Gespenster. Montadour würde nur zu erscheinen brauchen . . .

«Wollt Ihr mich schon verlassen, Kapitän?» fragte Angélique mit einem bezaubernden Lächeln.

Sie saß ihm gegenüber.

Man hatte ihr ein Körbchen mit Frühkirschen gebracht, die sie mit Genuß verspeiste. Ihre weißen Zähne hoben sich mit schönem Emailglanz gegen das Rot der Früchte ab.

Montadour entschied, daß Monsieur de Ronce allein mit der Lage fertig werden und sich notfalls ein wenig weiter nördlich in die Gegend von Parthenay begeben müsse. Er selbst hatte angesichts der allgemeinen Feindseligkeit der Bevölkerung genug hier zu tun. Schon streute man Nägel unter die Hufe seiner Pferde. Die Lumpenkerle waren alle gleich, ob hugenottisch oder katholisch. Sie hatten Terrinen voller Taler in ihren Vorratskellern vergraben, fühlten sich aber deswegen durchaus nicht beruhigt. Überall sahen sie die Augen ihrer drei Urfeinde glänzen: des Wolfs, des Soldaten und des Steuereinnehmers.

Da die Flammen einer in Brand gesteckten protestantischen Ernte zuweilen auf katholische Felder übersprangen, hatte die Panik auch die Rechtgläubigen gepackt. Nicht einer dieser Schufte war bereit, auch nur drei Ähren für den Triumph seiner Religion zu opfern. Sie gehörten alle in denselben Sack, diese Poitou-Leute mit den Araberaugen, die ihnen hinter den Rücken mit Fäusten drohten.

«Schickt mir die Übeltäter», sagte Angélique. «Ich werde ihnen die Leviten lesen.»

Montadours Einverständnis führte zu einem regeren Leben im Schloß. Angélique empfing auch einige ihrer Nachbarn von katholischen Gütern: Monsieur du Croissec, der noch mehr Fett angesetzt hatte und nicht lange zögerte, sich an ihren Plänen zu beteiligen und Anweisungen von ihr entgegenzunehmen, da sie aus einem Mund kamen, den er insgeheim seit Jahren anbetete; Monsieur und Madame de Faymoron, die Mermenaults, die Saint-Aubins, die Mazières. Ein trügerisches Bild geselligen Lebens entwickelte sich zwischen der Verstoßenen und den Einsiedlern der Wildnis von Nieul. Montadour beobachtete diese Besuche mit gerührtem Blick. Er schrieb Monsieur de Marillac, daß Madame du Plessis ihm bei seiner schweren Aufgabe eifrig Beistand leiste, und die Herren vom Heiligen Sakrament rieben sich im stillen die Hände.

Der Kapitän empfand es immer mühevoller, sich der Ausstrahlung einer Gegenwart zu entziehen, deren Reize er täglich neu entdeckte. Schön, in eleganten Roben, mit denen sich zu schmücken ihr von neuem Vergnügen bereitete, begann Angélique wieder über ihr Schloß zu herrschen.

Verdankte sie den frischen Glanz ihrer Haut und ihres Haars dem mysteriösen Gebräu der Zauberin? Eine lichte Kraft durchströmte nun ihren Körper, eine Leidenschaft erfüllte ihre Seele. Wie so oft früher, wenn sie vor einer schwierigen Aufgabe gestanden hatte, wuchs in ihr das berauschende Gefühl, unbesieglich zu sein. Gewiß, dieses Gefühl hatte oftmals getrogen. Der Boden unter ihren Füßen schwankte, das Fieber stieg, das Gewitter bereitete sich vor wie im Juli, wenn sich die Wetterwolken im überhitzten Blau des Himmels türmten.

Der Sommer regierte. Man brachte die Heuernte ein. Allzuoft mußte die Arbeit im Stich gelassen werden. «Dragoner zerrten die Frauen an den Haaren zur Messe, wenn sie sich weigerten, freiwillig zu kommen. Man versengte ihnen die Fußsohlen, und die Soldaten machten sich über sie her . . .»

Aber oftmals empfingen auch die mit ihren Dreschflegeln bewaffneten Bauern die Plünderer und Bekehrer.

Die Erregung wuchs.

9

Der Herzog de La Morinière korrespondierte mit Angélique durch einen abgerichteten Falken, den La Violette auf seiner Faust empfing.

Der Vogel trug stets eine Botschaft. Das Treffen war für die gleiche Nacht im römischen Lager oder am Wiesenstein, an einem Kreuzweg, in der Nähe einer Totenlaterne oder Quelle, in einer Höhle festgesetzt . . . Angélique ging immer allein. Weit entfernt, sie zu schrecken, machten die nächtlichen Spaziergänge ihr Vergnügen. Hätte Montadour in dieser in Barchentröcken steckenden Frau, die bei Aufgehen des Mondes aus dem unterirdischen Gang zwischen die Büsche glitt, seine elegante Gefangene wiedererkannt?

Während kurzer Zeit, der Dauer des Weges, kostete Angélique das Glück dieses Ganges durch das Halbdunkel aus. Diamanten funkelten an den Blättern der Buchen, rieselten über das Gefieder der Kastanien, die Eichen schienen wie mit silbernen Fäden gestickt.

Niemals berührte sie die Furcht, wilden Tieren zu begegnen, Wildschweinen, Wölfen oder gar Bären, denen der Wald noch als Zuflucht diente. Der Wald machte ihr weniger Angst als die Gesellschaft der

Menschen, die in ihren Herzen tiefe Wunden tragen, und es schien ihr, als finde sie in seinem Schatten wieder zu jener Unschuld, die sie in der Wüste gekannt hatte und nach der sie sich sehnte.

Sobald sie zum Treffpunkt gelangte, verließ sie ihre Euphorie. In einer Mischung aus Ungeduld und Furcht erwartete sie das Eintreffen der Hugenotten. Ihre Schritte waren in der vom Raunen der Blätter erfüllten Stille fernhin zu vernehmen, und sie sah schon von weitem die rötlichen Flammen der Fackeln zwischen den Bäumen leuchten.

Zuerst war der Herzog stets von seinen Brüdern begleitet gewesen; nun kam er immer häufiger allein, was sie beunruhigte.

Wenn er allein war, kam er ohne Fackel. Auch er schien in der Nacht zu sehen und die geheimsten Steige des Waldes zu kennen. Und wenn er aus dem Dunkel hervortrat und – schwarz, mit seinen hohen Stiefeln die dürren Zweige zertretend – das bleiche Mondlicht einer Lichtung durchquerte, konnte sie sich eines Schauers nicht erwehren, über dessen Natur sie ungewiß war. Die Stimme des Patriarchen klang barsch und sehr tief, seine brennenden Augen durchforschten sie bis in die Seele. Sie las arrogante Verachtung in ihnen. Irgend etwas an diesem Mann stieß sie ab. Moulay Ismaël war ihr weniger furchteinflößend erschienen. Er war bedenkenlos und unbeherrscht gewesen, aber als Frau hatte sie ihn nicht gefürchtet.

Moulay Ismaël liebte die Frauen und scheute keine Mühe, sie zu zähmen. Er war empfänglich für ihre Waffen: Schönheit, List und Verführung. Eine kleine, geschickte Hand konnte diesen Löwen der Wüste lenken . . .

Der Herzog de La Morinière dagegen teilte die Frauen in zwei Kategorien: die Sünderinnen und die Tugendsamen. Die Bannflüche, die er in Versailles gegen die schönen Versucherinnen geschleudert hatte, blieben berühmt, und man fragte sich, ob er jemals die muffige Häßlichkeit seiner Frau bemerkt habe. Nach ihrem Tode hatte er nicht wieder geheiratet. Halfen ihm sein strenges Leben, die Jagden, die Bußübungen, die Begierden seines Blutes zu überwinden? Er verachtete die Frau, das unreine Wesen, und mußte es beklagen, daß sie im Werk des Schöpfers eine Rolle spielte.

Angéliques Empfindsamkeit entging seine Einstellung nicht. Sie empörte sie. Doch sie bedurfte dieser Kraft, auf die sie sich gegen den König stützen konnte. Er würde bis zum Ende gehen. Trotzdem fühlte sie sich dieses Bündnisses mit dem Hugenotten angesichts Gottes und der Jungfrau schuldig.

Ihre Gegensätzlichkeit brach eines Nachts auf, als sie einem Kammweg folgten, um zu den Sümpfen zu gelangen. Ein zu Schiff durch die Kanäle aus Niort gekommener Pastor erwartete den Herzog, und Angélique hatte sich erboten, ihn zu führen. Der Wald schien sich zu lichten, der intensive, bleiche Schein des Mondes stürzte zwischen den weit auseinanderstehenden Stämmen hindurch, und in der jähen Helligkeit sahen sie unter sich amethystfarbene Dächer, durchscheinende Glockentürmchen leuchten.

Zu ihren Füßen erhob sich ein aus purem Silber ziselierter Reliquienschrein: Bauwerk aus Schatten und Licht, schwarzsamtene Bogen eines Kreuzgangs um das weiße Viereck eines Hofs, dessen Mitte ein verzierter Brunnen bezeichnete. Die Abtei von Nieul.

Angélique stockte der Atem. Das Wunder! . . . Heiter, schweigend, die murmelnden Gebete der Mönche in sich verschließend. Und Angélique erinnerte sich einer Nacht, die sie als Kind in der Abtei verbracht, erinnerte sich jenes Bruders Jean, der sie vor den zweifelhaften Absichten des dicken Bruders Thomas bewahrt hatte. Er hatte sie in seine Zelle gebracht, um sie in Sicherheit zu wissen. Sein Blick war von lichter Zärtlichkeit gewesen: «Ihr nennt Euch Angélique . . . Angélique, Tochter der Engel!» Und er hatte ihr auf seinem Fleisch die bläulichen Spuren von Schlägen gezeigt: «Seht, was Satan mir getan hat!»

Die Verzauberung dieser mystischen Nacht kehrte in ihr Herz zurück.

Die Stimme des Herzogs de La Morinière erhob sich haßvoll.

«Verflucht seien die geilen, ihren Götzen dienenden Mönche! Eines Tages wird das Feuer des Himmels auf diese Mauern herabfallen, und kein Stein wird auf dem andern bleiben, und die Erde wird gereinigt sein!»

Außer sich wandte ihm Angélique ihr Gesicht zu.

«Schweigt, Ketzer! Ketzer! Ah, ich hasse Eure infame Sekte!»

Das Echo warf ihren Aufschrei zurück, und plötzlich fühlte sie sich verlassen, die Nerven vor Angst und ohnmächtigem Zorn verkrampft. Der Herzog hatte sich ihr genähert. Sie hörte sein schweres Atmen. Seine harte Hand fiel auf ihre Schulter und packte sie mit ihren Lederfingern. Ihre Kehle schnürte sich zu. Sie wollte das Joch abschütteln und vermochte es nicht. Er war ihr gefährlich nahe, verstellte ihr das Licht. Keiner Regung fähig, blieb sie unbeweglich stehen und sog, fast schon betäubt, seinen Geruch ein: den Geruch eines Kriegers und Jägers.

«Was sagt Ihr?» murmelte er. «Ihr haßt uns? Was tut's? Ihr werdet uns dennoch weiter helfen.»

Er beharrte darauf.

«Ihr werdet uns nicht verraten!»

«Ich habe niemals jemand verraten», sagte sie stolz, ihre Tränen hinunterschluckend. Ihre Beine zitterten. Sie fürchtete, schwach zu werden und gegen ihn zu sinken. Sie straffte sich, um der Hand zu entgehen, die sie peinigte.

«Laßt mich», sagte sie mit schwacher Stimme. «Ihr macht mir angst.»

Der Schraubstock seiner Finger löste sich, und er zog langsam seine

Hand zurück.

Angélique setzte sich wieder in Bewegung. Ihr Herz schlug. Sie hatte sich gefürchtet. Vor ihm, aber auch vor sich selbst. Gefürchtet, in jenen Schatten ohne Namen zu gleiten, den das Gehege des Waldes der Begierde öffnet. Bei Morgengrauen, das sich zuerst grau, dann rostfarben zwischen den Bäumen zeigte, gelangten sie zum Lager der Köhler. Angélique fror und zog ihren Umhang fröstelig um sich.

«Holla, ihr Burschen», rief der Herzog, «habt ihr Brühe, Brot, Käse?»

In der geschwärzten Hütte eines von ihnen setzten sie sich auf wacklige Schemel vor einen Tisch, auf den die Frau eine Schüssel Milch stellte. Sie fügte einen Teller heißgemachter, mit Speck und Zwiebeln garnierter Bohnen hinzu. Die halbnackten und bis zu den Augen schwarzen Kinder beobachteten erstaunt die beiden schweigend essenden Besucher. Den Mann mit dem schwarzen Bart, die Frau mit dem goldenen, taufeuchten, auf die Schultern fallenden Haar, die sie wie Spukgestalten der Nacht aus den Nebeln der Dämmerung hatten auftauchen und das Aschenfeld überqueren sehen.

Angélique streifte den Herzog mit einem verstohlenen Blick. Zweifellos fühlte sie sich von ihm angezogen, weil etwas an seiner kraftvollen, breitschultrigen Gestalt sie an Colin Paturel erinnerte. Aber Colin Paturel war Adam, der Mann des verlorenen Paradieses. Dieser da war der Mann des Sündenfalls, ein Verdammter der Hölle.

«Er ist bis zu Eurer Kammertür gekommen», flüsterte ihr Bertille, die kleine Dienerin, zu, als sie nach Plessis zurückkehrte.

«Wer?»

«Gargantua! Er hat gekratzt, geklopft, gerufen . . . Aber Ihr habt nicht geantwortet.»

«Aus guten Gründen», dachte sie.

Kapitän Montadour kam auch in der folgenden Nacht. Er rief:

«Marquise! Marquise!»

Seine Hände irrten über die Füllung der Tür, und sie hörte die Knöpfe, die seinen Uniformrock über dem Bauch zusammenhielten, über das Holz kratzen.

Sie lauschte, halb aufgerichtet, auf einen Ellbogen gestützt. Die keuchende Gier Montadours vor ihrer Tür verursachte ihr weniger Angst als Unruhe.

Er war es im Grunde, der Angst zu verspüren begann. Immerhin lauerte zuweilen des Nachts ein seltsames Schweigen hinter jener Tür, und es fehlte nicht viel, daß er an die Geschichten der Dienerschaft glaubte, in denen es hieß, ihre Herrin verwandle sich bei aufgehendem Mond in eine Hirschkuh, um die Wälder zu durchstreifen . . .

Die Äpfel röteten sich auf den Bäumen. Und plötzlich galoppierten die drei Brüder La Morinière durch die Provinz. Und von Tiffanges im Norden bis Moncontour im Osten nahm die Verteidigungsbewegung der Protestanten unerwarteten Umfang an.

«Bleibt, wo Ihr seid», schrieb Marillac dem Kapitän Montadour. «Die Region, in der Ihr Euch befindet, ist ohne Zweifel als Herd des Aufruhrs anzusehen. Versucht, die Anführer der Banden in Eure Hand zu bekommen.»

Und als Postscriptum fügte er hinzu:

«Überwacht genauestens die Person, die in Eurer Obhut steht. Die Unruhe wächst ständig, und sie ist möglicherweise nicht ganz unbeteiligt.»

Sodann stellte sich der Gouverneur der Provinz an die Spitze seiner Pikeniere. Vier protestantische Dörfer im Norden des Poitou, die lange einer regelrechten Belagerung durch die zu ihrer Besetzung kommandierten Soldaten widerstanden hatten, wurden in Brand gesteckt. Die Männer, die man ergriff, wurden gehängt. Die andern hatten sich davongemacht, um die von La Morinière rekrutierten Truppen zu verstärken. Frauen und Kinder trieb man auf die Straßen, nachdem eine sie betreffende Verordnung erlassen worden war: «Es ist verboten, die ketzerischen Frauen der Dörfer Noireterre, Pierrefitte, Quingé und Arbec mit Rat und Hilfe zu unterstützen. Weder dürfen sie aufgenommen noch verpflegt, noch darf ihnen Wasser oder Feuer gegeben noch sonst ein menschlicher Dienst erwiesen werden.»

Danach drangen die Truppen des Gouverneurs ins Innere des Poitou, um dort die protestantischen Banden zu verfolgen. Da sie wußten, daß es den drei Brüdern de La Morinière gelungen war, bedeutende Kräfte um sich zu sammeln, forderten sie die Unterstützung der Miliz von Bressuire. Diese vorwiegend protestantische Stadt stellte jedoch nur wenige Männer. Monsieur de Marillac erfuhr alsbald, daß sich die kleine Armee de La Morinières in das seiner Verteidiger entblößte Bressuire geworfen und die Waffenarsenale geplündert hatte.

Der Gouverneur hielt es für unter seiner Würde, die Stadt wieder einzunehmen. Er mochte sich noch nicht eingestehen, daß diese blutigen Scharmützel allmählich den Charakter eines Religionskrieges, wenn nicht gar eines Bürgerkrieges annahmen. Er kam nach Plessis, um Montadour zu konsultieren.

In den Ausläufern des Waldes von Nieul verborgen, konnten die Hugenotten die graue Schlange der Armee mit den dichten Gattern ihrer Piken über die römische Straße ziehen sehen.

Doch schon am folgenden Tag zogen sich die Truppen wieder zurück, nachdem sie den Dragonern Montadours einige Verstärkungen dagelassen hatten. Die Feindseligkeit selbst der katholischen Bevölkerung, die den Soldaten Brot und Wein verweigert und sie mit Steinwürfen empfangen hatte, beunruhigte den Gouverneur. Es schien unmöglich, die ganze Truppe in der Umgebung zu halten, ohne größere Unruhen zu riskieren. Infolgedessen führte er seine Soldaten bis hinter Poitiers zurück und reiste nach Paris, um mit dem Minister Louvois über die zu treffenden Maßnahmen zu sprechen.

10

Wie eine Wahnwitzige brach Angélique durch das Buschwerk, wütend an ihrem Umhang zerrend, um sich, ohne auf die ihr ins Gesicht peitschenden Zweige zu achten, aus der Verstrickung zu lösen.

«Ihr habt unsere Vereinbarungen gebrochen!» rief sie dem Herzog zu, sobald sie seiner ansichtig wurde.

Düster neben dem Stein der Feen stehend, schien er ihr hassenswert, die Verkörperung des Bösen. Und je mehr er ihr Angst einflößte, desto heftiger gab sie sich.

«Ihr habt mich getäuscht! Ihr habt das Bündnis mit den Katholiken gefordert, um sie desto leichter vernichten zu können. Ihr seid ein Mensch ohne Ehre.»

Sie verstummte, gelähmt, wie betäubt, und der runde Mond, der über den Wipfeln der Eichen am Rande der Lichtung schwamm, schien wie in wilden Sprüngen zu tanzen. Die Berührung mit dem Stein brachte sie wieder zu sich.

«Ihr habt mich geschlagen», hauchte sie erstickt.

Er hatte seinen Handschuh ausgezogen und sie mit der nackten Hand ins Gesicht geschlagen.

«Ihr habt mich geschlagen!»

Ein grimmiges Lächeln erhellte die dunklen Züge des Patriarchen.

«So geht man mit unverschämten Frauen um. Niemals hat eine von ihnen gewagt, in solchem Ton mit mir zu sprechen.»

Die Demütigung ließ Angélique den einzigen Pfeil finden, der imstande war, die Selbstgerechtigkeit dieses Fanatikers zu durchdringen.

«Die Frauen? . . . Glaubt mir, sie würden die Huldigungen Satans den Euren vorziehen!»

Sie bedauerte ihre Worte, als er sie brutal bei den Armen packte und heftig zu schütteln begann.

«Meine Huldigungen! . . . Wer spricht von Huldigungen, gemeines Geschöpf der Sünde, unheilvolle Kreatur!»

Er preßte sie unbeherrscht an sich, und sein glühender Atem fegte über ihr Gesicht. Sie wußte nun, warum sie ihn immer gefürchtet hatte.

Unbewußt hatte sie vorausgeahnt, daß er sie töten, daß sie von seiner Hand sterben würde. Er würde sie erwürgen oder erdolchen. Es würde ihm leichtfallen in diesem abgelegenen Winkel des Waldes, und der Opferstein war nahe.

Verzweifelt wehrte sie sich gegen seine Umarmung. Doch allmählich überwältigte sie die Kraft ihres Gegners, und ihre Furcht verlor sich in der aufquellenden Woge eines anderen Gefühls, aus dem das animalische Verlangen des Fleisches, blind und gierig, nicht ausgeschlossen war. Das erotische Fieber, das sich des Mannes bemächtigt zu haben schien, lähmte ihren Widerstand, unterminierte ihren Willen, ihm zu entkommen.

Sie lag auf dem Boden, die Kehle schmerzend vom keuchenden Atmen, die Augen vom Licht des Mondes geblendet, das voll auf ihrem Gesicht lag.

Ihre Bewegungen wurden matt und ziellos.

Sie hatte vergessen, was er war . . . wer er war. Ihr Kopf sank zurück, und sie fühlte die Frische der Erde unter ihren nackten Lenden.

Aber während sie sich schon aufgab, weckte ihr jäh von wahnwitzigen Visionen heimgesuchtes Gehirn Halluzinationen in ihr, in denen sich die Hexereien des druidischen Opferplatzes und die Weissagungen der Zauberin mischten.

Sie schrie auf. Mit wildem Aufbäumen entwand sie sich seiner Umklammerung, schnellte über den Boden, sprang auf und warf sich zwischen die Büsche.

Sie lief lange, von ihrem Schrecken vorwärtsgetrieben. Ihr Instinkt ließ sie die dunklen Pfade finden, über die sie während der letzten Monate so oft gegangen war. Sie verirrte sich nicht. Manchmal hielt sie inne, um vor Erschöpfung zu weinen, die Stirn gegen einen Baumstamm gedrückt. Sie war nahe daran, den Wald zu hassen, der unerschütterlich und gleichgültig die Gebete der Mönche, den Psalmengesang der verfolgten Hugenotten, die Untaten der Wilderer, die Paarung der Wölfe und die gottlosen Riten der Zauberinnen in sich verschloß.

Sie war verwundet wie ein Kind, das keine Zuflucht mehr auf dieser Welt besitzt, verwundet durch den Schmerz des Lebens. Die Nacht war noch tief, als sie in der Nähe des Schlosses Plessis gelangte.

Sie stieß zweimal den Ruf des Käuzchens aus, ihre Hände wie selbstverständlich vor den Mund wölbend. Die Diener wachten. Die Antwort kam von der Höhe des Turms.

Malbrant Schwertstreich wartete, einen Lichtstumpf in der Hand, im Keller neben der Pforte des unterirdischen Ganges.

«Ihr könnt es nicht mehr lange so treiben, Madame», mahnte er. «Nachts den Wald zu durchstreifen – was für ein Wahnsinn! Das nächste Mal werde ich Euch begleiten.»

Der alte Stallmeister mußte die Unordnung ihrer Kleidung und ihres

Haars und die kaum verwischten Spuren der Tränen auf ihren Wangen bemerkt haben. Sie nahm sich zusammen und setzte ihr gewohntes Gesicht auf, während sie in ihrem Mantel nach einem Taschentuch suchte.

«Ja, das nächste Mal begleitet Ihr mich, Ihr oder besser La Violette, denn der Wald ist zu feucht für Eure Schmerzen. Obwohl ich nicht allzuviel Vertrauen zu ihm habe», fügte sie mit einem Seufzer hinzu. «Aber wem kann man überhaupt vertrauen?»

Aus dem Keller traten sie in die schweigenden Räume des Schlosses. Sie zwang sich zu einem leichten Lächeln.

«Schläft das andere Untier?» fragte sie mit einer Geste in Richtung der Räume, in denen Kapitän Montadour kampierte.

In ihrem Zimmer streifte sie ihre zerrissene Kleidung ab und wusch sich lange. Es schien ihr, als ob die Arme des hugenottischen Anführers noch immer auf ihrem Rücken brannten, als ob seine rauhen, heißen Hände noch immer ihre Haut berührten.

Sie nahm den Krug mit frischem Wasser und übergoß ihren nackten Körper. Dann hüllte sie sich in einen Pudermantel und kämmte die Überbleibsel des Waldbodens aus ihrem Haar.

Auch jetzt fühlte sie sich noch wie zerschlagen. Der Gedanke an das, was ihr in dieser Nacht im Wald geschehen war, verließ sie nicht. Es rief in ihr die bittere Erfahrung ins Gedächtnis zurück, die sie dem hysterischen Narren Escrainville verdankte. «Ich glaubte, das Schlimmste erlebt zu haben», sagte sie sich. Sie kehrte aus dem Waschkabinett in ihr Zimmer zurück und stellte die Kerze vor den Spiegel.

Sich zu ihm neigend, prüfte sie ihr Gesicht und las in ihm die Verwandlung, die die letzten Wochen bewirkt hatten. Ihre Wangen hatten ihr glattes Oval wiedergefunden. Ihre Augen lagen nicht mehr so tief, ihre Lippen waren rosig und frisch wie das Fleisch wilder Erdbeeren.

Nur unter den Backenknochen lag ein Schatten, den das Leid zurückgelassen hatte und der diesem Gesicht, das lange Zeit einem sehr jungen Mädchen zu gehören schien, die stolze Maske der Reife verlieh.

Nicht mehr Favoritin. Königin.

«Und wenn das Schlimmste darin bestände weiterzuleben?»

Sie wollte dämpfen, was es in seinem Ausdruck an Ungebändigtem gab. Wie würde dieses neue Gesicht unter der Schminke von Versailles aussehen?

Sie öffnete ihren Toilettentisch und entnahm ihm ihre Crèmes und Puder, die sie in Onyxtöpfchen verwahrte. Daneben stand ein Kästchen aus perlmuttverziertem Sandelholz, das sie näher zog und mechanisch öffnete, um aus den in ihm versammelten Reliquien die Phasen ihres ungewissen Lebens wiederauferstehen zu sehen: eine Feder des Schmutzpoeten, der

Dolch Rodogones des Ägypters, das Holzei des kleinen Cantor, der Halsschmuck der Frauen der Plessis-Bellière, den sie nicht tragen konnte, «ohne sofort an Krieg oder Aufruhr zu denken» . . . Zwei Türkise Seite an Seite, der des Fürsten Bachtiari Bey und der Osman Ferradjis . . . «Fürchte nichts, Firouzé, denn die Sterne erzählen . . . die schönste Geschichte der Welt . . .» Nur der goldene Ring ihrer ersten Ehe fehlte, den sie am Hof der Wunder verloren hatte. Vermutlich hatte der Bettler Nicolas ihn ihr eines Nachts gestohlen, während sie schlief.

Es war ein harter Weg für sie gewesen, über Höhen und durch Abgründe, seitdem der Wille des Königs sie in eine Witwe ohne Namen, ohne Recht und Zuflucht verwandelt hatte. Sie war damals erst zwanzig gewesen. Später, nach ihrer Heirat mit Philippe bis zu ihrer Abreise nach Kandia, hatten die im Strahlenglanz des Hofes verlebten Jahre eine Zeit des Friedens für sie gebracht. War es wirklich Friede gewesen? Ja, wenn man das triumphale, über das Maß hinaus erfüllte Dasein der von Fest zu Fest eilenden großen Dame betrachtete. Nein, wenn sie sich der Intrigen erinnerte, in die man sie verstrickt, der Fußangeln, die man ihr gelegt hatte. Aber damals war sie wenigstens der herkömmlichen Regel gefolgt, hatte sie zu den Mächtigen dieser Welt gehört.

Der Bruch mit dem König hatte sie in das Chaos zurückgeschleudert. Was hatte der große Magier Osman Ferradji ihr noch gesagt?

«Die Kraft, die der Schöpfer in dich gelegt hat, wird es nicht zulassen, daß du innehältst, bevor du den Ort erreicht hast, der dir bestimmt ist.»

«Welcher Ort ist es, Osman Bey?»

«Ich weiß es nicht. Aber solange du ihn nicht erreicht hast, wirst du alles auf deinem Wege verwüsten, sogar dein eigenes Leben . . .»

Sie würde Samuel de La Morinière wiedersehen. Es war nicht zu umgehen. Sie begann sich Vorwürfe zu machen, gereizt durch die ungesunde Verwirrung, die nicht von ihr wich und die sie in seiner Gegenwart von neuem beherrschen würde. Dieser Mensch war wenigstens zwanzig Jahre älter als sie, ein Ketzer ohne Geist, düster und grausam. Aber er bedrängte sie, und sie fragte sich neugierig, ob er wirklich jene anomale Kraft besaß, die sie so sehr erschreckt hatte. Wenn sie an gewisse Momente ihres Kampfes dachte, schnürte sich ihr die Kehle zu.

Mit den Fingerspitzen entnahm sie einem Töpfchen rosige Crème und begann, leicht ihre Schläfen zu massieren. Der Spiegel sandte ihr, klar wie ein Waldsee, das Leuchten ihres Haars zurück. Aus ihm wuchs eine, ungewisse, schwankende Form, drohend wie ein Alptraum, in deren Mitte nach und nach ein rotes Licht aufglomm: der Schnurrbart des Kapitäns Montadour.

Er war zu ihrem Zimmer geschlichen, hatte den Knauf ihrer Tür gedreht und zu seiner Überraschung keinen Widerstand gefunden. Erschrocken nach einem ersten Aufwallen des Triumphs, ein wenig keuchend, hatte er sich vorgeneigt, um das Halbdunkel zu durchforschen, in dem nur eine einzige Kerze brannte. Er hatte Angélique vor ihrem Spiegel entdeckt.

War sie dabei, sich in eine Hirschkuh zu verwandeln?

Der durchsichtige Pudermantel enthüllte ihre vollkommenen Formen. Ihr gelöstes Haar wellte sich auf den Schultern zu einem von warmen Reflexen überspiegelten Gehäuse. Sie neigte ein wenig den Kopf, und ihre Finger ließen auf ihren Wangen köstliche rosige Blumen erblühen.

Er hatte sich ihr genähert.

Versteinert wandte sie sich um.

«Ihr?»

«Habt Ihr nicht die Güte gehabt, Eure Tür offen zu lassen, meine Schöne?»

Dicke Schweißperlen standen auf seiner Stirn, und sein um Jovialität bemühtes Lächeln ließ seine Augen fast hinter den roten Kugeln seiner Wangen verschwinden. Er roch nach Wein, und seine ausgestreckten Hände zitterten.

«Ihr habt mich doch genug schmachten lassen, meine Hübsche. Euch selbst muß ja die Zeit schon lang geworden sein, jung und schön, wie Ihr seid. Könnten wir beide uns nicht die Zeit ein bißchen angenehm vertreiben?»

Er war nicht geschickt und wußte es. Aber seine teigige Zunge stolperte über die galanten Komplimente, die er hatte drechseln wollen, und das Resultat waren unverzeihliche Gemeinheiten. Um sich durch brillanteres Handeln zu retten, zwang er die junge Frau in seine Arme. Die sie bedrängende weiche Fülle seines Wanstes verursachte ihr Übelkeit, sie warf sich zurück und stieß dabei einen der Onyxtiegel um, der auf den Fliesen zerbrach.

Männerarme, überall Männerarme, die sie zu umschlingen versuchten: der König, der Landsknecht, der Hugenotte, andere noch, immer Arme von Männern, Männerkörper gegen den ihren ...

Sie griff hinter sich in das Kästchen und riß mit einer schnellen Bewegung, die sie von der Polackin gelernt hatte, den schmalen Dolch Rodogones des Ägypters zu ihrer Verteidigung nach vorn.

«Verschwindet ... oder ich steche Euch ab wie ein Schwein!»

Der Kapitän fuhr zwei Schritte zurück, die Augen weit aufgerissen vor diesem unglaublichen Schauspiel.

«Wahr ... wahrhaftig», stammelte er, «sie brächte es fertig!»

Sein ungläubiger Blick glitt von der funkelnden Klinge zu den nicht weniger funkelnden Augen derer, die sie gegen ihn zückte.

«Nun, nun ... wir haben uns also nicht verstanden.» Er drehte sich um und bemerkte die Dienstboten, die sich im Dunkel des Zimmers drängten und ihm den Weg zur Tür verstellten. Malbrant mit seinem

Degen, die Lakaien, die Knechte mit Knüppeln und Messern, sogar Lin Poiroux, der Koch, mit der weißen Mütze und seinen Küchenjungen, alle bewaffnet mit ihren Bratenwendern und Spicknadeln.

«Steht etwas zu Euren Diensten, Herr Kapitän?» fragte der Stallmeister in einem Ton, der die Drohung durchklingen ließ.

Montadour warf einen Blick zum offenen Fenster, dann zur Tür. Was wollten sie hier alle mit ihren wilden Augen?

«Schert euch fort!» knurrte er.

«Wir nehmen nur von unserer Dame Befehle entgegen», erwiderte Malbrant ironisch.

La Violette glitt leise zum Fenster und schloß es. Montadour konnte nicht mehr rufen. Er begriff, daß nichts sie hindern würde, ihn mit ein paar Rapier- oder Spicknadelstößen zu ermorden. Seine Männer biwakierten draußen, und zudem befanden sich nur vier von ihnen auf dem Besitz, da er die andern zu einem Dorf geschickt hatte, in dessen Umgebung sich protestantische Banden aufhalten sollten.

Kalter Schweiß feuchtete ihm die Schläfen und rann ihm in den Kragen hinunter. Ein militärischer Reflex ließ ihn zum Degen greifen, entschlossen, seine Haut so teuer wie möglich zu verkaufen.

«Laßt ihn vorbei», befahl Angélique ihren Leuten. Sie fügte mit eisigem Lächeln hinzu:

«Kapitän Montadour ist mein Gast ... Solange er sich höflich benimmt, wird ihm *unter meinem Dach* nichts geschehen.»

Mißtrauisch und verwirrt ging er hinaus. Er rief Soldaten ins Schloß. Er fühlte sich in diesem verlorenen Winkel nicht mehr sicher. Ein Brigantennest unter dem Befehl eines gefährlichen Weibsbildes, das war das Wespennest, in das er hineingetappt war!

Die Stille des Parks, durch den die Käuzchen huschten, ließ sein Herz erstarren. Ein Soldat mußte sich vor der Tür seiner Kammer postieren.

11

Zwei jünglingshafte Silhouetten zeichneten sich schmal und schwarzgekleidet gegen das Sonnenlicht der Türöffnung ab.

«Florimond!» sagte Angélique.

Sie wiederholte versteinert:

«... Florimond! Der Abbé de Lesdiguière!»

Sie näherten sich ihr lächelnd.

Florimond beugte das Knie und küßte die Hand seiner Mutter. Der Abbé folgte seinem Beispiel.

«Aber wieso ...? Wer ...? Wie ist das möglich? Dein Onkel hatte mir geschrieben . . .»

Fragen drängten sich auf ihren Lippen. Ihrer Überraschung folgte Betroffenheit.

Der Abbé erklärte, daß er von der Rückkehr Madame du Plessis' nach Frankreich zu spät erfahren habe. Er habe noch einige Verpflichtungen gegen den Marschall de la Force zu erfüllen gehabt, bei dem er nach ihrer Abreise als Hilfs-Almosenier in Dienst getreten sei. Sobald als möglich habe er sich dann auf den Weg gemacht und seine Reise in Clermond unterbrochen, um in der Jesuitenschule nach Florimond zu sehen. Pater Raymond de Sancé habe sich beeilt, ihm den einstigen Schüler erneut anzuvertrauen, glücklich, wie er sagte, für seinen Neffen einen Reisebegleiter gefunden zu haben, da dieser eben im Begriff gewesen sei, allein ins Poitou zurückzukehren.

«Aber wieso . . . wieso?» wiederholte Angélique. «Mein Bruder hatte mir geschrieben, daß . . .»

Der Abbé de Lesdiguière senkte verwirrt seine langen Wimpern.

«Ich glaubte zu verstehen, daß Florimonds Eifer nicht befriedigt hat», murmelte er, «daß man ihn zurückschicken wollte.»

Angéliques Blick glitt von dem liebenswürdigen Gesicht des jungen Abbé zu dem ihres Sohns.

Sie hatte Mühe, ihn wiederzuerkennen.

Dennoch war er es. Aber in die Höhe geschossen und unter der schwarzen Jacke des Kollegienschülers mager wie ein Nagel. Seine Taille, von einem Gürtel umschlossen, an dem ein Tintenhorn und ein Federetui hingen, war zierlich wie die einer Frau. Zwölf Jahre! Er würde ihr bald bis zur Schulter reichen. Die Bewegung, mit der er eine Locke seines langen Haars zurückwarf, die ihn störte – eine ungezwungene Bewegung, die keinerlei Zerknirschung verriet –, ließ sie begreifen, weshalb sie sein Anblick aus der Fassung brachte: er begann mehr und mehr seinem Vater zu ähneln. Seine kindlichen Züge ließen schon das klare Profil erkennen, die Linien der leicht eingefallenen Wangen, die vollen, spöttischen Lippen – das Gesicht Joffrey de Peyracs ohne das verunstaltende Mal der Narbe. Auch schien Florimonds dichtes, tiefschwarzes Haar noch an Fülle gewonnen zu haben, und in seinen Augen glitzerte ein muntere Ironie, die seine gesittete Haltung widerlegte.

Was war geschehen? Sie hatte ihn nicht umarmt, hatte ihn nicht an ihr Herz gedrückt. Aber auch er war ihr nicht wie früher um den Hals gefallen.

«Ihr seid noch staubig von der Reise», sagte sie. «Ihr müßt müde sein.»

«Sagen wir: erschöpft», erwiderte der Abbé. «Wir haben uns verirrt und mußten wenigstens zwanzig Meilen mehr zurücklegen. Wir wollten den bewaffneten Banden aus dem Wege gehen, die das Land durchstreifen. In der Gegend von Champdeniers wurden wir von Hugenotten angehalten. Mein geistliches Gewand gefiel ihnen nicht. Florimond beruhigte sie, indem er Euren Namen nannte, worauf sie uns passieren ließen. Danach fielen Barfüßler über uns her, die es ganz schlicht auf unsere Börsen abgesehen hatten. Zum Glück hatte ich meinen Degen zur Hand . . . Die Provinz schien mir sehr unruhig . . .»

«Kommt zum Essen», mahnte sie, ein wenig ihre Fassung zurückgewinnend.

Die Diener beeilten sich, glücklich, den Jungen, der mit seinem Bruder Cantor so lange in Plessis gewohnt hatte, wieder in ihrer Mitte zu wissen. Früchte und Milchspeisen wurden gebracht.

«Vielleicht seid Ihr erstaunt, mich den Degen tragen zu sehen», nahm der Abbé, dessen gepflegte, sanfte Stimme ihr fast ein wenig unwirklich schien, das Gespräch wieder auf, «aber Monsieur de la Force konnte es nicht ertragen, einen Edelmann, auch wenn er Priester war, ohne Degen zu sehen. Er erhielt vom Erzbischof von Paris das Recht, seine adligen Almoseniere den Degen tragen zu lassen.»

Auf feine Manier mit dem Löffel aus vergoldetem Silber hantierend, berichtete er weiter, daß der Marschall auch während der Feldzüge täglich die Messe mit dem gleichen Pomp wie in seiner Schloßkapelle habe hören wollen. Das habe zuweilen pittoreske Situationen ergeben, wenn der Almosenier unter den Mauern einer belagerten Stadt Gottesdienst hielt und die Weihrauchwolken sich mit dem Pulverdampf der ersten Kanonenschüsse mischten. «Die Bundeslade unter den Mauern Jerichos», pflegte der Marschall entzückt zu sagen. Das also war der Herr gewesen, dem der Abbé de Lesdiguière in Abwesenheit derjenigen gedient hatte, von der er sich für immer getrennt glaubte und die er nun mit einem Glücksgefühl, das er nicht auszudrücken vermochte, wiederfand.

Während die beiden Ankömmlinge sich stärkten, trat Angélique in die Fensternische, um die Botschaft Pater de Sancés zu lesen, die ihr der Erzieher ihres Sohnes überbracht hatte. Der Jesuit schrieb in ihr von Florimond. Der Junge sei auf ihre Bemühungen nicht eingegangen, behauptete er. Geistige Arbeit liebe er nicht, und ihm fehle es im Grunde vielleicht an der nötigen Intelligenz. Er habe die beklagenswerte Gewohnheit gezeigt, sich während der Fechtstunden zu verstecken, um sich mit Globen und astronomischen Instrumenten zu beschäftigen, oder zu Pferd zu verschwinden, wenn der Mathematiklehrer in der Klasse erschienen sei. Kurz, er habe die elementarste schulische Disziplin vermissen lassen und scheine, was das Entmutigendste sei, nicht einmal davon berührt. Die Botschaft endete ohne weitere Erklärungen mit dieser pessimistischen Feststellung. Angélique dachte: «Ich weiß, was es besagen soll», und die Augen hebend, bemerkte sie, daß das Laub des Parks sich zu verfärben begann und ein Dickicht von Vogelkirschen in wenigen Tagen den dunklen Ton des Blutes angenommen hatte.

Der Herbst war da.

Alle diese Worte dienten nur einem Vorwand. Ohne Erlaubnis des Königs hätte Florimond die Jesuitenschule nicht verlassen dürfen.

Fiebrig vor Erregung kehrte sie zu ihnen zurück.

«Ihr müßt sofort wieder abreisen», sagte sie zum Abbé. «Ihr hättet niemals kommen noch Florimond hierherbringen dürfen.»

Die Ankunft Malbrant Schwertstreichs unterbrach den bestürzten Protest des Geistlichen.

«Nun, Florimond, was habt Ihr mit Eurem guten Degen angefangen? Seid Ihr ebenso eingerostet wie er, während Ihr albernes Zeug habt lernen müssen? Aber wir werden schon wieder in Übung kommen. Hier habe ich drei der schönsten Klingen. Ich habe sie für Euch instand gesetzt. Mir schwante, daß Ihr kommen würdet.»

«Was sagt Ihr da, Madame», murmelte der Abbé. «Habt Ihr keine Verwendung für meine Fähigkeiten? Ich könnte Florimond Lateinstunden geben und Eurem jüngsten Sohn das Alphabet beibringen. Ich habe die Weihen empfangen und werde jeden Tag in Eurer Kapelle die Messe lesen und Euren Dienern die Beichte abnehmen . . .»

Er war erschreckend in seiner Ahnungslosigkeit. Die sanften Augen sprachen von der Bewunderung, die er für sie hegte, von den Tränen, die er heimlich vergossen hatte, als er sie für immer verloren glaubte, von der überwältigenden Freude, sie wiedergefunden zu haben.

Sah er nicht, wie sehr sie sich verändert hatte? Daß sie eine Gezeichnete war, vom kalten Hauch der Ungnade umweht?

Spürte er nicht die Drohung der Unruhen, die Spannung des Landes? Entging ihm die Atmosphäre der Sinnlichkeit, des Hasses, des Blutes hier im Schlosse selbst?

«Die Messe? Ihr seid verrückt! Soldaten beschmutzen meine Wohnung. Ich bin gefangen, gedemütigt . . . ich bin verflucht!»

Sie hatte mit leiser Stimme gesprochen, fast ohne es zu wissen, ein wenig verstört, den Blick auf die Augen des jungen Mannes mit dem Kindergesicht gerichtet, als wolle sie sich in seine Arglosigkeit flüchten. Eine ernste Leidenschaft leuchtete auf den zarten Zügen des Abbé de Lesdiguière.

«Um so mehr Grund, die Messe zu lesen», sagte er sanft.

Er nahm eine Hand Angéliques und drückte sie mit Inbrunst, während unendliche Nachsicht seine schönen Augen füllte.

Plötzlich schwach wandte sie ihren Blick ab und schüttelte mehrere Male den Kopf, wie um sich aus bedrängenden Schleiern zu befreien, dann gab sie nach:

«Nun gut! Bleibt . . . und lest Eure Messe, mein kleiner Abbé. Sicher wird es uns allen gut tun.»

Es war die Zeit der Rückkehrer. Zwei Tage später kam Flipot aus Italien, wo er dem Sohn des italienischen Edelmannes, von dem er in Livorno gekauft worden war, die Anfangsgründe des Gassenjargons beigebracht hatte. Auf einem Maultier reitend, hatte er sechs Monate gebraucht, um die Strecke zurückzulegen. Von seinem Dienst in einem prächtigen Palast an der adriatischen Küste brachte er die übertriebenen, geschwätzigen Allüren eines Dieners aus der Komödie mit. Und von seiner Pilgerfahrt über verschneite Alpenpässe und die staubigen Straßen der französischen Provinzen waren ihm eine sonnenverbrannte Haut und breitere Schultern geblieben. Er war ein hübscher, redegewandter Bursche mit spöttischer, verschlagener Miene geworden, der unter den Bettlern des Pont-Neuf an seinem Platz gewesen wäre.

«Wärst du nicht am liebsten nach Paris zurückgekehrt?» fragte ihn Angélique.

«Ich bin dort gewesen, um mich nach Euch zu erkundigen. Als man mir dagte, daß Ihr auf Euren Ländereien wärt, habe ich mich wieder auf die Strümpfe gemacht.»

«Warum bist du nicht in Paris geblieben?» beharrte sie. «Gewitzt, wie du bist, hättest du eine gute Stelle finden können.»

«Ich bin lieber bei Euch, Frau Marquise.»

«Bei mir ist nichts mehr sicher, Flipot. Der König hält mich in Ungnade. Du bist ein Pariser Kind, du wärst dort besser aufgehoben.»

«Wo sollte ich schon hingehen, Frau Marquise?» meinte der einstige Lehrling des Hofs der Wunder mit bekümmerter Miene. «Ihr seid meine ganze Familie. Ihr seid sozusagen meine Mutter gewesen, seitdem Ihr mich in der Tour de Nesle verteidigt habt, wenn sie mich verprügeln wollten. Ich kenne mich. Wenn ich zum Pont-Neuf zurückgehe, werde ich wieder anfangen, Börsen zu stehlen.»

«Ich hoffe, du hast diese schlechte Gewohnheit aufgegeben.»

«Das», sagte Flipot, «ist eine andere Sache. Ich muß schon auf meine Hand aufpassen. Schließlich hab ich mein Meisterstück gemacht, und wovon hätte ich während der ganzen Reise leben sollen? . . . Aber wenn man nur dieses Handwerk zum Leben hat, wird's bald riskant. Am Hof der Wunder gab's einen Alten, ich glaube, es war der Vater Hurlurot, der uns jeden Morgen sagte: ‹Denkt daran, Kinder, daß ihr geboren seid, um gehängt zu werden.› Mir hat's nicht gefallen, und es gefällt mir noch immer nicht. Von Zeit zu Zeit ein kleiner Rückfall, das geht noch an, aber ich ziehe es vor, in Eurem Dienst zu bleiben.»

«Wenn es so ist, behalte ich dich gern, Flipot. Wir beide haben genug gemeinsame Erinnerungen . . .»

Am gleichen Abend noch erschien ein Hausierer im Schloß. Eine Dienerin benachrichtigte Angélique, daß ein Mann sie im Auftrag «ihres Bruders Gontran» zu sprechen wünsche. Sie fühlte sich erblassen und ließ sich den Namen mehrmals wiederholen. Der Mann kniete in der Küche vor seinem aufgeknüpften Bündel, das der Begehrlichkeit der Dienstboten seine Kramwaren darbot: Bänder, Nadeln, grellbunte Bilder, Medikamente. Er führte auch eine ganze Malerausrüstung mit sich.

«Habt Ihr wirklich gesagt, Ihr kämt im Auftrag meines Bruders Gontran?» fragte Angélique.

«Ja, Frau Marquise. Euer Bruder, der zu unserer Zunft gehört, hat mich beauftragt, Euch etwas zu bringen, was er mir anvertraute, als ich zu meiner Tour durch Frankreich aufbrach. Er sagte mir: ‹Wenn du ins Poitou kommst, geh zum Schloß Plessis-Bellière in der Gegend von Fontenay. Wende dich an die Schloßherrin und übergib ihr dies von ihrem Bruder Gontran.›»

«Wie lange habt Ihr meinen Bruder nicht gesehen?»

«Seit mehr als einem Jahr.»

Alles erklärte sich. Während er von seiner Rundreise durch die Landschaften der Bourgogne, der Provence, des Roussillon, von seinen langen Aufenthalten in den Pyrenäen und an den Ufern des meergrünen Ozeans erzählte, kramte er in einer ledernen Satteltasche und zog eine sorgfältig in öldurchtränkte Leinwand gewickelte Rolle heraus.

Angélique nahm sie. Sie mahnte ihre Leute, gut für den Hausierer zu sorgen, und versicherte ihm, daß er so lange, wie er nur wolle, unter ihrem Dach bleiben könne.

In ihrem Zimmer zog sie aus der Umhüllung eine Leinwand, die ihr, nachdem sie sie entrollt hatte, die wunderbar lebendigen Porträts ihrer drei Söhne zeigte. Im Vordergrund stand Cantor mit seiner Gitarre, in einem Kostüm, dessen Grün sich in seinen Augen wiederholte. Der Maler hatte deren besonderen, zugleich nachdenklichen und amüsierten Ausdruck wiederzugeben vermocht. Er war es, der verschollene Sohn, und solche Vitalität ging von seinem Wesen aus, daß man an seinen Tod nicht glauben wollte. «Ich werde immer leben», schien er zu versichern.

Florimond war in Rot. Gontran hatte ihm – durch welche Voraussicht? – das Jünglingsgesicht gegeben, das ihm heute eignete: fein gemeißelt, intelligent, voller Leidenschaft. Sein schwarzes Haar setzte einen dunklen Ton in die Lebhaftigkeit der Farben dieses bezaubernden Werks und betonte die Grüns und Rots, die kindlich-rosigen Gesichter und das seidige Gold der Locken des kleinen Charles-Henri. Er befand sich zwischen seinen älteren Brüdern, ein Baby noch in langem weißem Kleidchen, einem Engel ähnlich. Er streckte seine rundlichen Hände aus, um die Arme Cantors und Florimonds zu berühren, aber die beiden schienen es nicht zu bemerken. Die ein wenig starre Anordnung der Gestalten hatte etwas Symbolisches an sich, das Angéliques Herz zusammenzog, als ob der Maler – wer würde jemals von den unergründlichen Vorahnungen dieser Künstlerseele wissen? – die verschiedenen Herkünfte der

Dargestellten hätte unterstreichen wollen: vorn die beiden Ältesten, die Söhne des Grafen de Peyrac, kühn und wie erhellt von einem Funken Leben, der Jüngste, Sohn des Marschalls Philippe du Plessis, ein wenig hinter ihnen, köstlich schön, aber allein.

Dieses Eindrucks wegen, der sie bedrückte, ließ Angélique ihren Blick auf dem Abbild des Kleinsten ruhen. «Ich weiß, wem er ähnelt», dachte sie plötzlich. «Meiner Schwester Madelon!» Und dennoch war es das Porträt Charles-Henris. Feinheiten eines inspirierten Pinselstrichs, die einer unbewegten Vision die bewegenden Nuancen des Lebens verliehen. Die Hand, die diesen Pinsel gehalten hatte, war leblos zurückgesunken. Tod. Leben. Zerstörung und Dauer. Vergessen ... Wiederauferstehung ...

Vor diesem Bild glaubte Angélique wie im Drehen eines Prismas, wie im Ziehen der Wolken über das Land die wechselnden, düsteren und strahlenden Aspekte ihres Lebens zu sehen und zu ahnen, daß mancherlei ihr noch verborgen blieb.

Florimond hatte keine Fragen gestellt. Die Anwesenheit der Soldaten im Park und des Kapitäns in den Räumen seiner Mutter hatte er ohne jede Bemerkung hingenommen.

Seit der Nacht, in der die Leute von Plessis ihn bedroht hatten, war Montadours Verhalten zu einer Mischung von ohnmächtiger Wut, entfesselter Arroganz und düsterem Brüten geworden. Er verschwand ganze Tage, seinen Leutnant als Wachhabenden im Schloß zurücklassend, um nach Hugenotten zu jagen. Doch das Wild verschwand in den Wäldern, und zuweilen fand man Leichen von Dragonern längs der Wege. Dann hängte Montadour den ersten Bauern, der ihm in die Quere kam, auf, und oftmals stellte es sich heraus, daß es ein Katholik war. Wo er ging und stand, stieß er auf Drohungen.

Oft war er betrunken. Dann machten sich seine dunklen Ängste, dem ihn peinigend bedrängenden Verlangen eng verbunden, in wüsten, polternden Zornausbrüchen Luft, während er durch die Halle taumelte und wild mit seinem Degen auf den Marmor des Treppengeländers und das vergoldete Holz der Rahmen einschlug, aus denen die Vorfahren der Plessis-Bellière mit hochmütiger Bestürzung auf das Treiben des dickbäuchigen Trunkenbolds blickten. Seine Männer mieden ihn, wenn er sich in diesem Zustand befand. Er witterte hinter den Türspalten die lauernden Augen der Dienerschaft, und manchmal hörte er in seinem Delirium das perlende Lachen des kleinen Charles-Henri, dem Barbe das amüsante Schauspiel zeigte. Dann brach er in Verwünschungen aus. Man hatte ihn verlassen. Er war Dämonen und einer Hexe ausgeliefert. Er jammerte über sein Schicksal, bis sein Zorn wieder überhandnahm.

«Hure!» brüllte er, den vagen Blick zur Höhe der Treppe erhoben, deren unterste Stufen er vergeblich zu ersteigen suchte. «Ich weiß, daß du nachts durch den Wald streichst . . . du suchst deinen Bock!»

Angélique war nur halb beruhigt. Woher wußte er, daß sie nachts in den Wald ging? Das Geschwätz des Kapitäns mündete in wirre Anklagen, in denen von einer Hirschkuh und von Zauberei die Rede war . . .

Als er eines Tages wieder durch die Halle schrie, spürte er einen heftigen Stich in die Kehrseite und gewahrte, herumfahrend, Florimond, der ihm ohne Umschweife seinen Degen in eine fleischige Körperpartie bohrte.

«Sollte es meine Mutter sein, an die Ihr Eure Worte richtet, Kapitän?» fragte er. «Wenn ja, werdet Ihr mir Rechenschaft geben müssen.»

Montadour fluchte und versuchte sich gegen den flinken Degen zu verteidigen. Sein umnebelter Blick vermochte nur eine dichte schwarze Mähne zu erkennen, die bald hier, bald dort vor ihm auftauchte. Das Junge der Wölfin! Er verspürte einen Schmerz an der Hand und ließ seine Waffe fallen, während er seine Leute zu Hilfe rief. Sie stürzten herbei.

Florimond entfloh, indem er ihnen eine Nase drehte.

Verbunden und ernüchtert, schwor Montadour, daß er sie alle ausrotten würde. Aber er mußte das Eintreffen weiterer Verstärkungen abwarten. Die Lage wurde kritisch für ihn. Er war von der Hauptmacht abgeschnitten, und seine Briefe an Monsieur de Marillac mußten abgefangen worden sein.

Von dieser Einmischung abgesehen schien Florimond keine sehr klare Vorstellung von der Situation zu haben. Mit seinem Stallmeister und seinem Erzieher focht er endlose Duelle aus, jagte Eichhörnchen und verschwand stundenlang, ohne zu sagen, wohin. Mit Charles-Henri auf den Schultern galoppierte er durch die Flure. Es klang seltsam, dieses helle Gelächter. Er sattelte sein Pferd, nahm Charles Henri in den Sattel und ritt davon, ohne sich um den Posten zu kümmern, der ihn aufzuhalten versuchte und schließlich passieren ließ, da er nicht recht wußte, was er gegen diesen jungen katholischen Herrn unternehmen sollte.

Eines Tages überraschte Angélique Florimond in einem Winkel des Salons; Charles-Henri saß in der Haltung eines Fragen erwartenden Schülers vor ihm. Der Ältere schüttete aus kleinen, etikettierten Tüten Pulver in die vor ihm stehenden Teller.

«Wie nennt sich diese gelbe Materie?»

«Schwefel.»

«Und diese graue?»

«Chilesalpeter in kristallinischer Form.»

«Ausgezeichnet, Monsieur. Ich sehe, daß Ihr aufpaßt. Und dieses schwarze Pulver?»

«Das ist Holzkohle, die du durch Seide gesiebt hast.»

«Sehr gut, aber Ihr dürft Euren Lehrer nicht duzen.»

Eines Abends, die Dunkelheit war schon hereingebrochen, war nahe der Freitreppe eine Detonation zu vernehmen, etwas Glänzendes schoß in die Nacht und fiel in einer sprühenden Garbe auf den Rasen zurück. Die Soldaten riefen «Alarm!» und stürzten zu ihren Waffen. Montadour war abwesend. Fenster öffneten sich. Man fand Florimond mit rußgeschwärztem Gesicht und Händen vor seinem seltsamen Apparat eigener Herstellung und neben ihm Charles-Henri in langem Nachthemd, hochbegeistert über die Rakete, die seinem «Lehrer» so prächtig gelungen war.

Das Gelächter war allgemein, selbst die Soldaten beteiligten sich. Angélique lachte, wie sie seit langem nicht gelacht hatte; es erleichterte ihr das Herz und trieb ihr Tränen in die Augen.

«Ach, ihr Knirpse!» seufzte Barbe. «Man kommt in eurer Gesellschaft nicht zur Ruhe.»

Der Fluch schien vom Schloß zu weichen. Die Messen des Abbé de Lesdiguière trugen vielleicht ihren Teil dazu bei . . .

Am folgenden Tag überflog ein Falke den Turm, und Florimond fing ihn als erfahrener Falkner. Vom Abbé begleitet, brachte er seiner Mutter die Botschaft, die er an der Fußkralle des Vogels befestigt gefunden hatte. Angélique errötete, als sie die Kapsel entgegennahm. Ein kurzer Schnitt ihres Federmessers ließ das Blatt aus seiner Hülle springen. Die steile Schrift Samuel de La Morinières bestimmte für die nächste Nacht den Stein der Feen als Treffpunkt . . . Ihre Zähne preßten sich aufeinander. Am Stein der Feen. Der Unverschämte! Welche Verachtung mußte er für sie empfinden, um es zu wagen, ihr eine solche Weisung, einen solchen Befehl zu geben! Hielt er sie für eine Sklavin? . . . Sie würde nicht gehen! Sie würde ihnen nicht mehr helfen . . . Sie hätte es nur tun können, wenn sie dem Patriarchen ausgewichen wäre. Aber mit ihm allein zu sein, sie beide Rebellen unter dem Mantel des Waldes, der herbstlichen Gerüche, der steigenden Nebel des Flusses – das war unmöglich. Was täte sie, wenn er es wagte, sie wieder zu berühren? Würde ihre Furcht genügen, das seltsame Verlangen zu bezwingen, das jene Nacht in ihr zurückgelassen hatte? Vergeblich versuchte sie, sich ihm zu entziehen. Seine düstere Gestalt beugte sich über sie, während sie schlief, und sie erwachte stöhnend.

Sie wurde hin- und hergerissen von der unter den Bäumen verborgenen Kraft, die nach ihr rief wie ein Hirsch in der Tiefe des herbstlichen Waldes, und der Versuchung, ganz still zu sein, nicht mehr zu handeln.

Der Herbst war gekommen, und sie hatte sich dem König nicht unterworfen. Aber seine Abgesandten, die sie arretieren sollten, würden den Ring aus Eisen und Feuer, den der Patriarch um die Provinz gelegt hatte, nicht mehr passieren können. Jenseits des Parks, in dem ihre Söhne spielten, gab es Frauen, die man schlug, Ernten, die verbrannten, Bauern, die, zu allem bereit, das Land durchstreiften.

Florimond und der Abbé de Lesdiguière beobachteten sie; wo immer sie auch ging, immer spürte sie die Frage dieser reinen Augen. Der König hatte gewußt, was er tat, als er ihr Florimond schickte. «Kinder komplizieren nur alles», hatte die Hebamme gesagt. «Wenn man sie nicht liebt, weiß man nicht, was man mit ihnen anfangen soll. Wenn man sie liebt, machen sie einen schwach.»

Verletzlichkeit eines von zu vielen Schlägen getroffenen Herzens. Das Mittelmeer hatte Angélique verwundet. Nun, da sie sich wieder gehärtet glaubte, hatte die Empfindsamkeit ihres Geistes ihre Leidensfähigkeit verzehnfacht. Alles bereitete ihr jetzt Schmerz. Doch die entfesselten Kräfte zogen sie gegen ihren Willen weiter. Das Jagdhorn Isaac de Cambourgs rief sie im kupferfarbenen Abend, über das fahlrote Laubmeer hinweg. Sie hatten bestimmte Signale je nach der Wichtigkeit der Botschaft vereinbart. Das Halali bedeutete einen Hilferuf. Das Halali! ...

«Madame, Ihr müßt kommen!» bat La Violette atemlos; er war zum benachbarten Edelsitz und wieder zurück gelaufen. «Die Frauen ... die Frauen der protestantischen Dörfer der Gâtine ... die, die man vor kurzem auf die Straßen gejagt hat, ohne daß man ihnen helfen darf ... sie haben sich zu Monsieur de Cambourg geflüchtet. Wenn Montadour es erfährt, sind sie verloren. Er bittet um Rat ...»

Angélique schlüpfte durch den unterirdischen Gang. Durch den Wald gelangte sie zu den Gärten, die das Schloß Cambourg auf seinem Hügel umgaben. Im Hof, zu den Füßen des Wehrturms, hockten die erschöpften Frauen auf der nackten Erde, ihre mageren Kinder an sich gedrückt. Ihre Blicke waren stumpf, die weißen Hauben staubig und zerknittert. Sie berichteten der Baronin de Cambourg von ihrem ziellosen Weg durch die Feindseligkeit der katholischen Dörfer, die von ihren Pfarrern zur Einhaltung der Verordnung aufgefordert wurden, ihnen keinerlei menschlichen Dienst zu erweisen. Sie hatten sich von nachts auf den Feldern gestohlenen Rüben genährt und die Tage unter den Gebüschen am Waldrand verbracht. Mit Hunden hatte man sie verjagt. Militärpatrouillen hatten sie beunruhigt, die in der Umgebung der Dörfer ihrer Religion die Durchführung der Verordnung überwachten. Sie waren mit ihren Kindern unter der unbarmherzig brennenden Sonne, unter peitschenden Gewittergüssen gegangen. Schließlich hatten sie beschlossen, sich nach La Rochelle durchzuschlagen, der alten Metropole der Protestanten, in der ihre Glaubensgenossen noch stark genug waren, um die Verordnung zu umgehen und sie aufzunehmen. Während einiger Tage hatten sie ein von den Banden de La Morinières beherrschtes Gebiet durchquert und sich in den Häusern der Reformierten wenigstens ausruhen können. Aber die Bauern waren verarmt, die Lebensmittel rar. Sie hatten weiterziehen müssen. An den Ufern der Vendée waren sie dann Montadours roten Dragonern begegnet. Entsetzt hatten sie von nun an die Straßen gemieden. Sie waren in diese von undurchdringlichem Wald umgebene Sackgasse gelangt und hatten erfahren, daß einer der schlimmsten Verfolger der Protestanten hier sein Hauptquartier aufgeschlagen hatte. In einer letzten Anstrengung hatten sie sich zum Schloß Cambourg geschleppt, das ihnen gewiesen worden war.

Die Cambourg-Kinder starrten mit offenen Mündern auf die Ankömmlinge. Angélique bemerkte an der Seite Nathanaëls, des Ältesten, Florimond. Die Unruhe ließ sie ihn hart anfahren:

«Was machst du hier? Warum mischst du dich in die Angelegenheiten der Protestanten?»

Florimond lächelte. Seit seiner Schulzeit hatte er die aufreizende Gewohnheit angenommen, nicht mehr zu antworten, wenn man ihm einen Vorwurf machte. Die Baronin de Cambourg, die sich im siebenten Monat ihrer neunten Schwangerschaft befand, verteilte Brotstücke an die Frauen. Das Brot war alt und schwarz. Eine ihrer Töchter half ihr, indem sie den Korb trug.

«Was sollen wir tun, Madame?» fragte sie Angélique. «Wir können sie nicht bei uns aufnehmen und noch weniger ernähren.»

Der Baron de Cambourg erschien mit seinem Jagdhorn über der Schulter.

«Sie wieder auf die Straße schicken wäre ihr Untergang. Bevor sie um den Wald herum nach Secondigny kämen, hätte Montadour sie erwischt.»

«Nein», sagte Angélique, die schon nach einem Ausweg gesucht hatte. «Sie müssen sich zur Mühle der Ukeleis am Rand des Sumpfs durchschlagen. Von da aus werden sie Barken zum Besitz Monsieur d'Aubignés bringen, wo sie in Sicherheit sind. Auf den Kanälen werden sie dann bis in die Nähe von La Rochelle gelangen. Sie werden höchstens noch zwei oder drei Meilen zu gehen haben und den ganzen Weg abseits von belebten Straßen zurücklegen.»

«Aber wie erreichen sie die Mühle der Ukeleis?»

«In zwei bis drei Stunden Marsch geradewegs durch den Wald.»

Der Protestant verzog das Gesicht.

«Wer wird sie führen?»

Angéliques Blick glitt über die müden Gesichter, in denen die dunklen Augen der Frauen ihrer Provinz glühten.

«Ich», sagte sie.

Als sie unter den Bäumen hervortraten, versanken ihre Füße in schwammigem Moos. Hier begannen die Sümpfe. Sie hatten die Farben der Wiesen, und man hätte es nicht gewagt, weiter zwischen den Erlen und

Espen vorzudringen, wenn angekettete Barken am Ufer nicht die Nähe des Wassers verraten hätten, Angélique hatte drei kleine Lakaien mitgenommen, die beim Einschiffen helfen sollten. Als mit dem Land vertraute Jungen hatten sie sich skeptisch gezeigt.

«Man klettert nicht so einfach in die Boote, Frau Marquise. Bei der Mühle der Ukeleis wird das Ufer vom Müller überwacht. Er fordert Wegegeld von allen, die in die Sümpfe wollen, und macht den Reformierten Schwierigkeiten, weil er sie verabscheut. Er hat die Schlüssel zu den Barken. Selbst Leute aus den Weilern machen weite Umwege, um nicht an seiner Mühle vorbei zu müssen.»

«Wir haben keine Zeit. Es ist unser einziger Ausweg. Ich werde den Müller auf mich nehmen», sagte Angélique.

Sie hatten sich lange vor der Dämmerung auf den Weg gemacht und Laternen mitgenommen, die sie anzünden wollten, wenn die Dunkelheit in den Wald einfallen würde. Die Kinder waren müde gewesen. Der Weg schien endlos. Als sie zur Mühle der Ukeleis gelangten, war die Sonne längst untergegangen. Die Rufe der Frösche und Wasservögel erfüllten das Dunkel. Die Kühle eines ungreifbaren Nebels stieg vom Boden auf und reizte die Kehlen, während die Linien der aus dem Wasser ragenden Bäume sich nach und nach in dem tiefer werdenden Blau verwischten.

Die Mühle war noch zur Linken zu erkennen; dunkel und massig, zeigte sie die Schaufeln ihres Rades am Rand eines schlummernden, von Seerosen überblühten Gewässers.

«Bleibt hier», sagte Angélique zu den Frauen, die sich frierend zusammendrängten.

Die Kinder husteten und betrachteten die feuchte Umgebung mit unruhigen Augen.

Watend erreichte Angélique die Mühle. Sie fand die wurmstichige Brücke und gleich danach den vertrauten Steg über das Mühlgerinne. Ihre Hand tastete über die rauhe, von Winden überrankte Mauer.

Die Tür stand offen. Der Müller zählte seine Taler beim Schein einer Kerze. Es war ein Mann mit niedriger Stirn. Das dichte Haar, das ihm in Fransen bis auf die Brauen fiel, betonte noch den Eindruck beschränkten Starrsinns. Nach Art der Leute seines Berufs grau gekleidet, einen runden Kastorhut auf dem Kopf, wirkte er einigermaßen wohlhabend. Er trug rote Strümpfe und Schuhe mit Stahlschnallen. Man erzählte sich, daß er sehr reich, geizig und unduldsam sei.

Angélique ließ ihren Blick über die bäuerlichen, von dem alles durchdringenden Mehlstaub samtartig überzogenen Möbel wandern. In einer Ecke waren Säcke übereinandergeschichtet, und man atmete den Duft des Weizens. Die Unveränderlichkeit dieses Bildes ließ sie lächeln. Dann trat sie in die Tür und sagte:

«Ich bin's, Valentin . . . Guten Tag.»

12

Die Barken glitten durch den dunklen Tunnel. Weiter vorn durchdrang das gelbliche Licht der Laternen nur mühsam die von der dichten Wölbung der Baumkronen begrenzte Nacht. Die hohe Gestalt Meister Valentins mußte sich zuweilen bücken. Durch einen Ruf in der Mundart des Landes warnte er die Führer der folgenden Boote. Die Frauen verspürten keine Furcht mehr. Ihre Unruhe begann nachzulassen, und man hörte das erstickte Gelächter der Kinder. Ein seit langen Tagen unbekannter Friede drang in die Herzen der Flüchtlinge: der Friede der unverletzten Moore. Hatte der gute König Heinrich IV. nicht seiner Liebsten von den Sümpfen des Poitou geschrieben: «Dort kann man im Frieden vergnüglich und im Krieg sicher leben.» Welcher Feind würde hier seinen Gegner verfolgen? Wäre er kühn genug gewesen, es zu versuchen, hätte Montadour seine Soldaten schlammbedeckt und vor Kälte erstarrt zurückkehren sehen, nachdem sie vergeblich mit ihren Barken auf den Wasserläufen und Teichen herumgeirrt wären, an Ufern landend, die unter ihren Stiefeln versanken, sich in einem Labyrinth je nach der Jahreszeit grüner oder goldener Mauern bewegend, im Winter eingeschlossen vom Gitterwerk der kahlen Zweige, um sich endlich am Ausgangspunkt wiederzufinden. Und sie konnten froh sein, wenn sie zurückkehrten; das ungeheure Labyrinth konnte sie für immer in sein schweigsames Universum aufnehmen. Viele unbekannte Leichen schliefen auf dem Grund der toten Gewässer, unter dem grünen Samt der Kresse . . .

Meister Valentin, der Müller, hatte sich erhoben, als Angélique in der Tür aufgetaucht war. Er schien nicht überrascht, sie zu sehen, In seinen plumpen Zügen fand sie das Gesicht des dickköpfigen, schweigsamen Jungen wieder, der hastig das Boot vom Ufer abgestoßen hatte, um das kleine Fräulein de Sancé in sein Sumpfreich zu entführen und eifersüchtig den Rufen des Schäfers Nicolas zu entziehen. «Angélique! . . . Angélique!» Der Schäfer verfolgte sie durch die Wiesen mit seinem Hirtenstab, seinem Hund und seinen Schafen.

Im Schilfrohr versteckt, kicherten sie heimlich. Dann entfernten sie sich mehr und mehr, und die Rufe erstickten im Gewirr der Zweige: Erlen, Ulmen, Eschen, Weiden und hohe Pappeln . . .

Valentin pflückte die Blätter der Angelikapflanze, des Engelwurz. Sie lutschten und rochen abwechselnd an ihnen. «Um deine Seele zu haben», sagte Valentin.

Er war nicht gesprächig wie Nicolas. Er wurde leicht rot und verfiel in unversöhnliche Zornausbrüche. Die Protestanten waren es, die, man wußte nicht recht warum, seinen Haß auf sich zogen. Mit Angélique lauerte er den aus der Schule kommenden hugenottischen Kindern auf und schleuderte ihnen Rosenkränze ins Gesicht, um sie «Teufelszeug!»

schreien zu hören. Angélique erinnerte sich daran, während der Teppich der Wasserlinsen unter dem Bug mit dem Geräusch leise fallenden Regens zerriß.

Valtentin liebte auch jetzt die Protestanten nicht, aber er war für die Goldstücke empfänglich gewesen, die ihm die Marquise du Plessis-Bellière gegeben hatte. Er hatte seine Schlüssel genommen und die Frauen und Kinder in die Barken steigen lassen.

Ein stärkerer Lufthauch verriet, daß der Tunnel sich verbreitert hatte. Das erste Boot stieß auf festen Boden. Der Mond schwamm in einem dunstigen Lichtkreis über den Bäumen. Er enthüllte den Wohnsitz der d'Aubignés, der, von Weiden umstanden, inmitten ungeschnittener Rasenflächen schlief. Das Schloß erhob sich auf einer jener unzähligen Inseln des einstigen Golfs des Poitou, deren flache Felsenufer früher vom Meer umspült worden waren. Während des Winters stieg das Gewässer noch immer bis zur untersten Stufe der großen, steinernen Treppe. Es war ein Renaissancebau, von einem Baumeister errichtet, den die Spiegelung der weißen Mauern in dem unergründlichen Gewässer und vielleicht auch die Unzugänglichkeit des Ortes gereizt haben mochte. Ein besserer Unterschlupf für Verschwörer ließ sich nicht denken.

Hunde bellten . . .

Eine Tür öffnete sich, und Mademoiselle de Coesmes, die Kusine des alten Marquis, erschien mit einem Leuchter in der hoch erhobenen Hand. Mit verkniffenem Gesicht hörte sie zu, während Angélique von dem jammervollen Zustand der armen Frauen, Witwen zumeist, berichtete, die sie in der Hoffnung hierhergeführt habe, daß man sich ihrer annehmen und ihnen helfen werde, La Rochelle zu erreichen. Die Einmischung einer Katholikin von so zweifelhaftem Ruf in die Angelegenheiten der Reformierten gefiel Mademoiselle de Coesmes nicht. Die Zügellosigkeiten Madame du Plessis' waren vom Versailler Hof bis hierher gedrungen. Dennoch ließ sie sie eintreten, und während die Bäuerinnen in die Küchenräume geführt wurden, musterte sie das einfache Barchentkleid, das Angélique auf ihren nächtlichen Expeditionen unter einem Mantel zu tragen pflegte, die flachen, schlammbedeckten Schuhe und das Tuch aus schwarzem Satin, mit dem sie ihr Haar zusammenhielt.

Die alte Jungfer preßte von neuem ihre schmalen Lippen zusammen, nahm die Miene einer in ihr Schicksal ergebenen Märtyrerin an und teilte ihrer Besucherin mit, daß sich der Herzog de La Morinière im Schloß aufhalte.

«Wollt Ihr ihn sehen?»

Die Eröffnung verwirrte Angélique.

Sie spürte, daß ihr das Blut in die Wangen stieg, und erklärte, daß sie den Herzog nicht stören wolle.

«Er ist über und über mit Blut bedeckt hier angekommen», flüsterte Mademoiselle de Coesmes, die sich trotz allem von so vielen Ereignissen überaus angeregt fühlte. «Ein Gefecht mit den Dragonern des infamen Montadour . . . Er hat sich nicht rechtzeitig lösen können und ist in die Sümpfe geflüchtet. Sein Bruder Hugues hat sich, wie es scheint, nach Pouzanges geworfen. Monsieur de La Morinière bedauerte es sehr, Euch nicht treffen zu können.»

«Wenn er verletzt ist . . .»

«Laßt mich ihn benachrichtigen.»

Sie wartete zitternd, aber als sie den Schritt des hugenottischen Patriarchen auf den Stufen der Treppe vernahm, riß sie sich zusammen und empfing ihn, als er sich ihr näherte, mit unerschrockenem, hartem Blick.

Eine tiefe Wunde lief quer über seine Stirn. Die entzündeten Ränder waren noch nicht vernarbt. Der klaffende Einschnitt trug nicht dazu bei, seinen Anblick zu mildern. Sie fand ihn größer, kraftvoller und schwärzer denn je.

«Ich grüße Euch, Madame», sagte er.

Er hielt ihr zögernd seine bloße Hand entgegen.

«. . . Werdet Ihr unserem Bündnis treu bleiben?»

Angélique war es, die ihre Augen vor seinem Blick senkte. Sie machte eine Bewegung zu den Küchenräumen, durch deren offenstehende Türen sie den unruhigen Lichtschein des Feuers und die beruhigten Stimmen der protestantischen Frauen wahrnahmen.

«Ihr seht es.»

Sie hätte nicht geglaubt, daß der Vorfall, der sich am Stein der Feen zugetragen hatte, sich ihr in einem solchen Maße aufdrängen, sie so verwirren und lähmen könnte. Unterlag sie dem Einfluß einer Persönlichkeit, von der manche ihrer Zeitgenossen erklärten, daß sie mit Zauberkräften begabt, wenn auch unerfreulich im Umgang sei? Seine Brüder, seine Frau, die Frauen seiner Brüder, seine Töchter und Neffen, seine Diener und seine Soldaten hatten es nie vermocht, ihm den Gehorsam aufzukündigen. Er hatte nur zu erscheinen brauchen. «Obwohl nahe bei Gott, gab es in ihm etwas Diabolisches», schrieb man von dem protestantischen Grandseigneur, der sich zu seiner Stunde kurz, aber grausam vor dem Angesicht Ludwigs XIV. drohend erhob.

Er entschuldigte sich nicht bei ihr. Hatte es seinen maßlosen Stolz beleidigt, daß sie zwei seiner Aufforderungen zu einem Zusammentreffen nicht gefolgt war?

«Pouzanges, Bressuire», sagte er endlich. «Die Bürger nahmen uns mit offenen Armen auf. Wir plünderten die Arsenale der Garnisonen und bewaffneten die in der Umgebung ausgehobenen Banden. Die Truppen, die Monsieur de Marillac im Norden zurückgelassen hatte, zogen sich ostwärts zurück, so daß wir ihre Stellungen in der Gâtine besetzen konnten. Die Truppen Monsieur de Gormats und Montadours sind von jeder Hilfe abgeschnitten und wissen es noch nicht.»

Mit heißem, erregtem Gesicht starrte sie ihn an.

«Ist es möglich? Ich wußte es nicht.»

«Woher hättet Ihr es wissen sollen? Ihr habt auf meine Botschaften geschwiegen.»

«Dann», murmelte Angélique, als spräche sie zu sich selbst, «kann mich der König nicht mehr erreichen . . .»

«In ein paar Tagen werde ich das Moor verlassen und Montadour von Euren Ländereien jagen.»

Sie hielt seinem Blick stand.

«Ich danke Euch, Monsieur de La Morinière.»

«Verziehen?»

Das Wort mußte ihn übermenschliche Anstrengung gekostet haben, denn es zuckte in seinem Gesicht und Blutstropfen sickerten von den Rändern seiner Wunde.

«Ich weiß es nicht», sagte sie und wandte sich ab.

Während sie zur Tür ging, murmelte sie:

«Ich muß nach Plessis zurück . . .»

Er folgte ihr zur Treppe, die sie gemeinsam hinunterstiegen. In der Allee, die zur Landungsstelle führte, packte er mit einer krampfhaften, unwiderstehlichen Bewegung ihre Taille.

«Ich bitte Euch, seht mich an, Madame.»

«Vorsicht», flüsterte sie mit einer Geste in die Dunkelheit, wo Meister Valentin und seine Barke warteten. Er stieß sie hinter eine Weide und nahm sie, von fallenden Blättern überrieselt, in seine knotig-muskulösen Arme.

Die gleiche Regung von Widerwillen und Verlangen ließ sie, an ihn gepreßt, erstarren. Ja, die Liebe des Patriarchen mußte schrecklich und ungewöhnlich sein. Ihr ganzer Körper verriet sie. Ihre verkrampften Hände umklammerten die Schultern des Hugenotten, ohne daß sie wußte, ob sie ihn zurückstieß oder sich auf ihn stützte wie auf einen unbezwinglichen Fels, dessen Unerschütterlichkeit ihre bedrohte Existenz brauchte.

«Warum?» keuchte sie. «Warum wollt Ihr unser Bündnis stören?»

«Weil Ihr mir gehören müßt.»

«Aber wer seid Ihr?» stöhnte sie. «Ich verstehe es nicht. Spricht man von Euch nicht als von einem Mann der Gebete und strengen Sitten? Sagt man nicht, daß Ihr die Frauen verachtet?»

«Die Frauen? Ja. Aber Ihr . . . Unter dem römischen Bogen seid Ihr Venus. Ich verstand . . . Ah, wie ein Schleier zerriß es vor mir . . . So lange warten zu müssen, ein ganzes Leben, um zu begreifen, was die Schönheit einer Frau bedeutet.»

«Was habe ich gesagt? Was habe ich an diesem Tag getan? Sprachen wir nicht von Eurem Kampf für Euren Glauben?»

«An diesem Tage . . . lag die Sonne auf Euch, auf Eurer Haut, auf Eurem Haar . . . Ich wußte nichts, und plötzlich verstand ich . . . Die Schönheit einer Frau.»

Er hielt sie ein wenig von sich ab.

«Mache ich auch Euch angst? Die Frauen haben mich immer gefürchtet. Ich gestehe Euch etwas, Madame, das wie eine blutende Schande in meinem Innern ist. Wenn ich bei meiner Frau eintrat, bat sie mich zuweilen mit erhobenen Händen, sie nicht zu berühren. Sie hat mir dennoch gehorsam gedient und mir drei Töchter geschenkt, aber es entging mir nicht, daß ich für sie ein Schreckbild war. Warum?»

Sie wußte es. Die Ironie des Zufalls oder der Vererbung hatte aus diesem Abkömmling eines Geschlechts, das vielleicht einen Schuß maurischen Bluts in sich aufgenommen hatte, aus diesem strengen Protestanten einen Liebhaber ungezügelter Leidenschaftlichkeit gemacht.

Der Anblick Angéliques hatte ihn wie der Blitz getroffen. Es gab also eine andere Möglichkeit des Lebens, deren Gnade auch ihm zugänglich war. Und weil sie ihm trotz ihrer Stärke und Schönheit schwach und hilflos erschienen war, hatten sich die Dämonen der Wollust aus ihren Fesseln gelöst. Er nutzte die Macht, die er über sie hatte, fürchtete ihren Blick – und befahl. Es war ein erschöpfender Kampf durch die zum Äußersten gesteigerten Gefühle, die sich ihrer bemächtigt hatten. Die Rebellion, die sie als Komplicen zusammenführte, isolierte sie. Sie wurden zur Erfüllung ihrer beunruhigenden Leidenschaft gedrängt wie zur Notwendigkeit, die Soldaten des Königs zu vernichten und dem Herrn des Königreichs zu trotzen.

«Ihr werdet die meine sein», wiederholte er dumpf. «Ihr werdet mir gehören . . .»

Die gleiche Beschwörung wie die des Königs. Dieselbe gebieterische Forderung.

«Eines Tages vielleicht . . .» stammelte sie. «Seid nicht roh.»

«Ich bin nicht roh.» Seine Stimme zitterte beinahe. «Sprecht nicht wie die andern Frauen, die sich fürchten. Ich weiß, daß Ihr keine Angst habt. Ich werde warten. Ich werde tun, was Ihr verlangt. Aber sträubt Euch nicht gegen meinen Ruf zum Stein der Feen.»

Auf dem Boden der mit Stroh ausgelegten Barke sitzend, fühlte sie sich leer und schlaff, als ob sie in Wirklichkeit die rasende Inbesitznahme erduldet hätte. Was würde geschehen, wenn sie einwilligte? . . . Angélique bewegte den Kopf, um unerträgliche Bilder zu verjagen.

Eines Nachts im Wald . . . der schwarze Jäger, der sie zu seiner Beute machte, sie mit seinem mächtigen, linkischen Körper ins Moos preßte.

Sie wehrte sich gegen seine Hände, gegen den erstickenden Dunst seines Bartes, bis zu dem magischen Augenblick, in dem das Erwachen des Fleisches ihre Ängste verjagen und nur die Wonnen zurücklassen würde. Völliges Vergessen, Keuchen, Schreie . . .

Unwillig warf sie den Kopf zurück. Die Nachtluft feuchtete ihr Haar. Doch es regnete nicht. Für einen Moment blieb eine Furche aus schwarzem Marmor hinter dem Boot, die sich allmählich in der milchigen Stumpfheit einer dichten Schicht winziger Pflanzen verlor.

Der Mond, eine riesige, opalen schimmernde Perle, ließ in das Dunkel unter den Zweigen nur spärliches Licht sickern, und der Umriß Meister Valentins, der im Heck stand und die Bootsstange in den Grund stieß, schien nicht weniger seltsam als die Silhouetten der über den schmalen Wasserweg geneigten Erlen.

Der starke Duft der Minze verriet das nahe Ufer. Die Barke streifte es zuweilen, Zweige schabten über das Holz, aber der Müller bedurfte keiner Laterne, um sich in diesem Labyrinth zurechtzufinden. Angélique begann zu sprechen, um ihren Versuchungen zu entgehen.

«Erinnert Ihr Euch, Meister Valentin? Ihr wart schon ein Meister des Sumpfes, als Ihr mich hierherbrachtet, um Aale zu fangen.»

«Ja.»

«Besitzt Ihr noch immer die Hütte, in der wir einkehrten, um Suppe zu kochen und uns zu stärken?»

«Noch immer.»

Angélique fuhr fort, um dem Schweigen zu entrinnen:

«Einmal fiel ich ins Wasser. Ihr fischtet mich auf, ganz mit Algen bedeckt, und als ich nach Monteloup zurückkehrte, bekam ich Prügel. Man verbot mir, wieder in die Sümpfe zu gehen, und bald danach hat man mich ins Kloster geschickt. Wir sahen uns nicht wieder.»

«Doch. Bei der Hochzeit der Tochter Vater Sauliers.»

«Ah, ja!»

Sie erinnerte sich.

«Du trugst einen schönen Tuchanzug», sagte sie lachend. «Und eine gestickte Weste. Du gingst ganz steif und wagtest nicht zu tanzen.»

Sie sah die Scheune wieder vor sich, in der sie, von den Rundtänzen erschöpft, geschlafen hatte und in die Valentin ihr verstohlen gefolgt war. Er hatte seine Hand auf ihre schwellende Brust gelegt. Das Verlangen des großen, ein wenig einfältigen Jungen hatte als erstes die Marquise der Engel bedrängt. Die lästige Erinnerung genierte sie.

«Und danach», sagte die träge Stimme des Müllers, als ob er dem Gang ihrer Gedanken gefolgt sei, «war ich krank. Mein Vater sagte mir: ‹Das wird dich lehren, um Feen herumzuscharwenzeln.› Er brachte mich zur Kirche Notre Dame de la Pitié, um Teufelsbeschwörungen über mir lesen zu lassen.»

«Meinetwegen?» fragte Angélique betroffen.

«Hatte er nicht recht? Ihr seid eine Fee.»

Sie unterdrückte ein Lächeln, aber der Ton Meister Valentins blieb ernst.

«Ich bin geheilt worden. Es hat lange gedauert. Später hab ich nicht geheiratet. Ich hab mir Dienerinnen genommen. Nicht mehr. Man erholt sich nicht so leicht von der Krankheit der Feen. Sie packt das Herz mehr als den Körper. Und die Seele bleibt vielleicht immer krank . . .»

Er verstummte, und das seidige Geräusch der streifenden Algen erfüllte das Schweigen, in dem plötzlich das Quaken einer Kröte erklang.

«Wir sind gleich da», sagte der Mann.

Die Barke stieß ans Ufer. Der Geruch des Waldes und der Erde drang bis zu ihnen.

Auch die anderen, von den kleinen Lakaien geführten Barken legten nacheinander an.

«Kommt Ihr auf ein Gläschen mit zur Mühle, Frau Marquise?»

«Nein, danke, Valentin. Der Weg ist noch lang.»

Den Hut in der Hand begleitete er sie bis zur Grenze des Waldes.

«Bei der alten Eiche dort erwartete Euch Nicolas, der Schäfer. Er hatte Walderdbeeren für Euch gesammelt und sie auf ein Blatt gelegt.»

Es war verblüffend, daß das Echo einer Stimme das Kinderherz in ihrem Frauenkörper wiederzuerwecken vermochte, der so verwinkelte Schicksalspfade gegangen war, und vor ihr das Bild eines kleinen Jungen mit schwarzen Locken und feurigen Augen, in der einen Hand den Hirtenstab, in der anderen duftende Früchte. So hatte er sie am Eingang seines eigenen Reiches erwartet: der Wiesen und Wälder.

Sie wischte die matt gewordene Vision beiseite:

«Nicolas», sagte sie. «Weißt du, was aus ihm geworden ist? . . . Ein Bandit. Man hat ihn auf die Galeeren des Königs geschickt. Weißt du, wie er gestorben ist? . . . Ein Offizier stürzte ihn im Laufe einer Revolte, die er angeführt hatte, ins Meer . . .»

Und da der Mann neben ihr nichts sagte:

«Erstaunt es Euch nicht, Meister Valentin, daß ich so viel über Nicolas Merlot weiß, der seit so langem aus der Gegend verschwunden ist?»

Er schüttelte den Kopf.

«Nein. Wer könnte sonst die Vergangenheit und die Gegenwart kennen? Ah, man weiß recht gut, wer Ihr seid und woher Ihr kommt!»

13

In Plessis erschütterte Montadours Stimme die Mauern. Angélique hörte sie schon im Keller.

«Hat er meine Abwesenheit bemerkt?» fragte sie sich, während sie reglos stehenblieb und lauschte.

Vorsichtig stieg sie zur Halle hinauf.

«Schwöre ab! Schwöre ab!»

Eine zusammengekrümmte Gestalt, den Kopf in den schützenden Armen geborgen, sprang aus dem Salon und stürzte zu Angéliques Füßen nieder: ein halb bewußtloser Bauer mit angeschwollenem, blutendem Gesicht.

«Frau Marquise», ächzte er, «Ihr seid immer gut zu den Reformierten gewesen . . . Habt Mitleid! . . . Mitleid!»

Sie legte ihre Hand auf sein struppiges Haar, und er begann wie ein Kind in die Falten ihres Kleides zu schluchzen.

«Ich bringe sie alle um!» schrie Montadour, der auf der Türschwelle auftauchte. «Ich werde sie wie Wanzen zerquetschen und alle Katholiken ausrotten, die ihnen Beistand leisten.»

«Wie können solche Dinge in unserem Land geschehen!» rief Angélique in höchster Entrüstung aus. «Schwöre ab! Schwöre ab! Man möchte meinen, in Miquenez zu sein. Ihr seid nicht besser als die fanatischen Mauren, die in der Berberei die gefangenen Christen foltern.»

Der Kapitän zuckte die Schultern. Das Schicksal der in der Berberei gefangenen Christen war ihm einerlei. Er wußte kaum, daß sie existierten.

Angélique sprach leise mit dem vor ihr liegenden Mann. Sie benutzte den Dialekt des Landes.

«Nimm deine Sense, Bauer, und geselle dich zu den Banden de La Morinières. Alle fähigen Männer sollen dir folgen. Marschiert bis zum Kreuzweg der drei Eulen. Der Herzog wird euch dorthin Befehle und Waffen schicken. Und in zwei Tagen, vielleicht schon früher, wird Montadour aus der Gegend gejagt. Ich weiß es. Die Vorbereitungen sind schon getroffen.»

«Wenn Ihr es sagt, Frau Marquise», murmelte er neu belebt, während in seinen Augen Hoffnung glänzte.

Und mit wiedergewonnener Bauernschläue:

«Ich werd ihnen noch meine Abschwörung unterschreiben, um vor ihnen Ruhe zu haben . . . Nur für zwei Tage . . . der Herr wird's mir in seinem Dienst schon nicht aufrechnen. Sie sollen mir ihr Credo bezahlen!»

Am übernächsten Tag – Montadour hatte mit dem größten Teil seiner Leute eine Patrouille unternommen und nur einige Soldaten zur Bewachung des Schlosses zurückgelassen – sah man einen sich mühsam im Sattel haltenden Reiter die Allee heraufkommen. Es war ein schwerverwundeter Dragoner. Bevor der Mann auf den Kies des Vorplatzes stürzte und starb, hatte er eben noch Zeit, seinen Kameraden zuzurufen: «Ein Hinterhalt! . . . Die Banden kommen!»

Wirrer Lärm drang schon von den Eichen herüber. Aus ihrem Schatten tauchten der Herzog de La Morinière und sein Bruder Lancelot auf, Säbel in den Fäusten und von einer Schar bewaffneter Bauern gefolgt. Die Soldaten liefen in die Gesinderäume, um ihre Musketen zu holen; einer von ihnen zog im Laufen seine Pistole, der Schuß verfehlte den Herzog nur um ein Haar. Die Protestanten holten sie ein und brachten sie grausam um. Sie zerrten sie über den Kies bis zum Portal des Schlosses, das sie durch ihre Anwesenheit profaniert hatten, und der Herzog de La Morinière ließ ihre Leichen Angélique zu Füßen werfen.

«Ihr werdet zum König gehen!»

Molines' Hände umklammerten ihre Handgelenke.

«Ihr werdet zum König gehen und Euch unterwerfen. Ihr allein könnt dieses Gemetzel beenden.»

«Laßt mich los, Maître Molines», sagte Angélique sanft.

Sie rieb ihre schmerzenden Handgelenke. Die neue Stille, die über Schloß und Park gesunken war, ungestört durch das Schnauben der Dragonerpferde und die groben Stimmen ihrer Besitzer, hatte etwas Ungewöhnliches an sich. Sie besänftigte nicht das Herz.

«Man hat mich unterrichtet», nahm der Intendant den Faden wieder auf. «Der Kriegsminister Louvois schickt Truppen ins Poitou. Die Unterdrückung des Aufruhrs wird schrecklich sein. Sobald man den Herzog de La Morinière gefangengenommen und hingerichtet hat, wird man die Rebellion zum Vorwand nehmen, um mit den Protestanten aufzuräumen . . . Was Euch betrifft . . .»

Angélique schwieg.

Sie saß vor ihrem mit Mosaiken eingelegten Tisch, bedrängt von einem geschärften Gefühl für den bedeutungsschweren Ablauf der Zeit, die, Stunde für Stunde, an diesem klaren, vom Duft der welken Blätter erfüllten Herbsttag verstrich, einem wie über dem gähnenden Abgrund zwischen zwei Schicksalsetappen, zwei nicht aufzuhaltenden Katastrophen schwebenden Tag.

«Die Banden Monsieur de La Morinières werden dezimiert werden», fuhr Molines fort. «Es wäre Unfug, auf die Erhebung des ganzen Poitou zu hoffen. Die Katholiken werden die Armeen passieren lassen, weil sie Angst haben, weil sie die Protestanten nicht lieben und ihren Besitz nicht verlieren wollen. Und wir werden – wir sind schon dabei – die Schrecken der Religionskriege wiedererleben, die in Brand gesteckten Ernten, die auf die Piken geworfenen Kinder . . . Die Provinz wird ausgeblutet, für lange Jahre vernichtet, vom Königreich geächtet sein . . . Ihr habt es so gewollt, wahnwitzige, in Euren Hochmut verrannte Frau!»

Sie warf ihm einen düsteren, rätselhaften Blick zu, sagte jedoch kein Wort.

«. . . Denn Ihr habt es gewollt», beharrte störrisch der alte Mann. «Ein anderer Weg wäre Euch möglich gewesen, aber Ihr seid den Süchten Eurer zum Primitiven zurückgekehrten Natur gefolgt. Ihr habt Euch mit den Kräften eines Landes verbunden, dessen Inkarnation Ihr immer gewesen seid. Und es fiel Euch leicht, den Ehrgeiz der fanatischen Brüder La Morinière und die Hoffnungen der abergläubischen Bauern in die von Euch gewünschte Richtung zu lenken. Ihr braucht ja nur zu erscheinen, um sie in Begeisterung zu versetzen.»

«Ist es meine Schuld, wenn die Männer keine Frau vorbeigehen sehen können, ohne Feuer zu fangen? Ihr übertreibt, Molines. Ich habe lange Zeit diesen Besitz verwaltet, während meiner Witwenschaft nach dem Tod des Marschalls habe ich sogar hier gelebt, ohne Unruhe ins Land zu bringen.»

«Damals wart Ihr eine Dame des Hofs, eine Frau wie die andern. Ihr macht Euch nicht klar, wozu Ihr heute fähig seid, was ein einziger Blick von Euch heute bewirkt. Ihr habt aus dem Orient eine Art faszinierender Kraft mitgebracht, ein Mysterium, ich weiß nicht was . . . aber ich höre das Geschwätz, das unter den Strohdächern umgeht, wo man sich noch erinnert, daß Ihr einstmals ein Kobold gewesen seid, daß man Euch hier und dort sah, an mehreren Orten zu gleicher Zeit, daß dort, wo Ihr auftauchtet, die Ernten besser waren, alles nur, weil Ihr mit einer Rotte kleiner, fauler Schlingel sträunend herumzogt, die nur auf Euch schworen, und daß Ihr jetzt nach Eurer Rückkehr nachts durch die Wälder streift, um mit Euren Zauberkünsten das Poitou aus seinem Elend zu erlösen und zum Wohlstand zurückzuführen.»

«Ich sprecht wie Valentin, der Müller.»

«Jetzt also auch der Müller», knirschte Molines, «dieser Dummkopf und Geizhals . . . Noch einer von diesen Einfältigen, die Ihr zu Euren kleinen Hexenfeiern am Stein der Feen mitschlepptet, damals, als Ihr zehn Jahre alt wart. Eure Reize scheinen nichts von ihrer Anziehungskraft verloren zu haben. Wo werdet Ihr nach dem Müller Eure Liebhaber suchen, Madame du Plessis?»

«Monsieur Molines, Ihr überschreitet die Grenzen», sagte Angélique, sich mit Würde aufrichtend.

Doch statt des Zornausbruchs, den er erwartet hatte, sah er ihr Gesicht sich erhellen und ein Lächeln um ihre Lippen spielen.

«Nein, versucht nicht die Skrupel meines bösen Gewissens zu wecken, indem Ihr mir eine schamlose Kindervergangenheit andichtet. Ich war ein unschuldiges Kind, Molines, Ihr wißt es recht gut. Ihr habt mich als Jungfrau dem Grafen de Peyrac verkauft und . . . habt damals nicht daran gezweifelt, sonst hättet Ihr den Handel nie abgeschlossen. Oh, Molines, wie glücklich wäre ich, hätte ich nur das erlebt! Die einfachen Freuden wiederzufinden mit ruhigem Körper und köstlich lebendigem Geist! Aber man kann nicht zur Kindheit zurückkehren wie in den Schoß der Familie. Sie ist das einzige Land, das uns für immer verschlossen bleibt . . . Die Vergißmeinnichtsträußchen, die mir Valentin pflückte, die frischen Erdbeeren Nicolas', unsere Tänze um den Stein der Feen, während der Mond über die Bäume stieg – all das war unschuldig und von einer Schönheit ohnegleichen. Doch als ich später diesen Spuren nachging, beschmutzte ich sie mit Blut, Tod und lüsterner Gier. Bin ich närrisch gewesen? Ich glaubte, meine Erde würde mich verteidigen . . .»

«Die Erde ist weiblich. Sie dient denen, die sie schützen und befruchten, nicht denen, die sie dem Unheil ausliefern. Hört, mein Kind . . .»

«Ich bin nicht Euer Kind.»

«Doch . . . ein wenig. Ihr werdet zum König gehen, und der Friede wird wiederkehren.»

«Ihr, ein Reformierter, fordert von mir, die Leute Eurer Sekte zu verraten, denen ich meine Hilfe versprochen habe?»

«Ihr sollt sie nicht verraten, sondern retten. Ihr seid hier auf Eurem Besitz, aber schon könnt Ihr die Gehängten, die im ganzen Lande von den Ästen der Eichen baumeln, nicht mehr zählen. Frauen weinen vor Schande, weil sadistische Rohlinge sie vergewaltigten. Auch die Kinder sind deren Grausamkeit ausgeliefert und werden ins Feuer geworfen. An vielen Orten ist die Ernte des ganzen Jahres verloren. Das Fieber wächst, weil die Soldaten sich fürchten. Wenn die Verstärkungen kommen, werden sie ihre Mißhandlungen verdoppeln, um sich für die Angst zu rächen. Die Verfolgung wird um so schrecklicher sein, weil der Rest des Landes und der König selbst nichts davon wissen werden. Die gerissenen Kumpane der Gesellschaft vom Heiligen Sakrament in der Umgebung des Königs werden sie in aller Stille führen, und er wird statt ihrer blutigen Spuren nur die Namen der Bekehrten auf immer längeren Listen sehen. Nur Ihr könnt sie retten. Nur Ihr könnt mit dem König sprechen, könnt ihn davon unterrichten, was sich hier abspielt. Euch wird er hören. Euch wird er glauben. Euch allein. Weil Ihr ihm trotz Eurer Fehler, trotz Eurer Disziplinlosigkeit grenzenloses Vertrauen eingeflößt habt. Auch darum zürnt er Euch. Ihr werdet allmächtig sein . . . Ihr könntet alles bei ihm erreichen . . .»

Er beugte sich vor.

«Ihr werdet Montadour hängen lassen und Monsieur de Marillac in Ungnade stürzen. Ihr werdet den König vom Einfluß der starrsinnigen Frömmler befreien . . . und die Ruhe wird in die Provinz zurückkehren, die Gerechtigkeit, die friedliche Arbeit . . .»

«Molines», stöhnte sie, «Ihr belastet mich mit einer furchtbaren Versuchung! Der schlimmsten . . .»

Sie sah ihn an wie damals, als er sie überzeugt hatte, daß es notwendig sei, zur Rettung der Familie einen unbekannten Edelmann zu heiraten, der ein Krüppel und mit teuflischen Fähigkeiten begabt sein sollte.

«Ihr werdet allmächtig sein», wiederholte er eindringlich. «Denkt an die Stunde, die Eurer Unterwerfung folgen wird. Die Worte des Königs . . . Ihr wißt, daß sie nicht grausam sein werden.»

Bagatellchen, mein unausstehliches, mein unvergeßliches Kind . . .

Im Dämmerlicht eines Tagesanbruchs über Versailles, am Ende einer Nacht, in der ihre Lippen sich über den Schreien der Rebellion verschließen würden – vielleicht auch würden sie ihr entschlüpfen, schrill und schneidend wie die der Verbrecherin unter dem rotglühenden Eisen, das sie für immer zeichnet –, würde der König sich über sie neigen.

Sie würde noch schlummern, der gesättigte Körper – ah, wie sie diesen feigen, wundersamen Zustand unendlicher, süßer Schwäche kannte! –, vielleicht sogar in der Tiefe des Schlafs genußvoll erfüllt vom Luxus und dem neu eroberten Glanz. Unter seiner Zärtlichkeit würde sie halb erwachen, sich in den Spitzen dehnen, wollüstig, und plötzlich ihre Augen ganz weit dem Widerschein des Waldes öffnen. Sie würde ihn sehen und aufhören, sich zu wehren, und sie würde ihn endlich hören, nach so vielen Jahren der Flucht gefangen, gebändigt . . . seine Stimme, gedämpft, doch wie ein Befehl, wie ein triumphierender Anruf: «Angélique . . . wir beide zusammen sind unbesieglich!»

Sie schüttelte verzweifelt den Kopf.

«Es ist schrecklich», murmelte sie. «Als ob Ihr von mir verlangtet zu sterben, die letzte Hoffnung aufzugeben.»

Es schien ihr, als habe sie diese Szene mit Molines schon einmal durchlebt. Damals hatte Osman Ferradji sie zu überreden versucht, sich Moulay Ismaël hinzugeben. Aber sie hatte es nicht getan. Und man hatte alle Juden der Mellah ermordet und die Sklaven gepfählt . . .

Also gab es überall tyrannische Herren und unterjochte, von deren Launen gepeinigte Völker, es war das unerschütterliche Gesetz . . .

Draußen fiel leichter Regen auf das raschelnde Laub, und plötzlich waren die Rufe Florimonds und Charles-Henris zu vernehmen, die vor dem Guß flüchteten.

Der Intendant ging zum Schreibsekretär, nahm ein Blatt Papier, eine Feder und das Tintenfaß, kehrte zurück und breitete die Utensilien vor Angélique aus.

«Schreibt . . . schreibt an den König. Ich reise heute abend ab. Ich werde den Brief mitnehmen.»

«Was soll ich schreiben?»

«Die Wahrheit. Daß Ihr kommen wollt, um Euch zu unterwerfen. Nicht weil Ihr bedauert, was Ihr getan habt, oder weil Euer Gewissen Euch drängt, sondern weil um Euch herum seine getreuesten Untertanen schuldlos gefoltert würden. Daß Ihr nicht glauben könnt, daß es auf seinen Befehl geschehe. Daß Ihr Euch erst dann nach Versailles begebt, wenn die Dragoner Monsieur de Marillacs aus dem Lande entfernt und die des Ministers Louvois zurückbeordert seien. Daß Ihr Euch aber demütig und unter den von Seiner Majestät gewünschten Bedingungen unterwerfen werdet, weil Ihr seine Gerechtigkeit, seine Güte, seine Geduld zu würdigen wißt . . .»

Fieberhaft begann sie zu schreiben, ganz erfüllt von ihrer Anklage gegen die Peiniger des Poitou. Sie schilderte die drückenden, grausamen Maßnahmen, die man ergriffen, beschrieb, wie ein betrunkener Landsknecht ihre Leute unter ihrem Dach gefoltert hatte, sie nannte Montadour, de Marillac, de Solignac und Louvois, gab Einzelheiten über die gegenwärtigen Standorte der königlichen Regimenter, sprach von der wachsenden und unvermeidlichen Rebellion der Bauern, forderte Mitleid für sie, und während sie schrieb, stand ihr das Gesicht des junge Königs vor Augen, ernst und aufmerksam in der nächtlichen Stille seines Arbeitskabinetts.

«Er kann es nicht gewollt haben», sagte sie zu Molines.

«Er kann es wollen, ohne es zu wissen. Die Bekehrung der Protestanten liegt ihm als Ausgleich für seine Sünden am Herzen. Er verschließt Augen und Ohren. Ihr werdet ihn zwingen, sie zu öffnen . . . Eure Aufgabe ist wichtig.»

Als sie zu Ende gekommen war, fühlte sie sich wie zerbrochen, aber ruhig. Molines bestreute die Botschaft mit Sand und schloß sie mit Wachs.

Angélique begleitete ihn bis zu seinem Haus. Sie wußte nicht mehr, woran sie war. Das Schweigen der Felder hatte etwas Verdächtiges. Zuweilen trieb der Wind den Geruch von Rauch herüber.

«Wieder brennende oder schon zu Asche gewordene Ernten», sagte Molines, während er sich im Sattel zurechtsetzte. «Montadour und seine Leute haben sich in die Gegend von Secondigny zurückgezogen und alles auf ihrem Wege verbrannt. Lancelot de La Morinière hält sie in Schach, aber wenn seine Truppen weichen . . . Der Patriarch hat sich in die Gâtine werfen müssen, um Louvois' Truppen aufzuhalten.»

«Werdet Ihr gefahrlos durchkommen, Molines?»

«Ich habe eine Waffe mitgenommen», erwiderte er, den Kolben einer Pistole unter seinem Mantel enthüllend.

Sein alter Diener begleitete ihn auf einem Maultier. Sie ritten davon.

Vor dem Schloß stieß Florimond, auf einem Bein hüpfend, Kiesel vor sich her. Als er sie sah, unterbrach er sein Spiel, lief ihr entgegen und verkündete ihr mit lebhafter Miene, wie sie freudige Neuigkeiten begleitet:

«Mutter, wir werden abreisen müssen.»

«Abreisen? Wohin?»

«Weit, sehr weit», sagte der Junge mit einer unbestimmten Geste zum Horizont, «in ein anderes Land. Wir können nicht hierbleiben. Die Soldaten kommen vielleicht zurück, und wir haben nichts, um uns zu verteidigen. Ich habe die alten Feldschlangen auf den Wällen untersucht. Sie taugen kaum noch als Spielzeuge, und verrostet sind sie auch. Man kann nicht die kleinste Kugel mit ihnen schießen. Ich habe versucht, sie wieder in Ordnung zu bringen, und wäre um ein Haar in die Luft geflogen. Ihr seht also, daß wir abreisen müssen.»

«Du bist verrückt. Woher hast du solche Ideen?»

«Nun . . . ich sehe mich um», sagte das Kind und zuckte die Schultern. «Es ist eben Krieg, und ich glaube, er fängt erst an.»

«Hast du Angst vor dem Krieg?»

Er errötete, und sie entdeckte in seinen schwarzen Augen einen erstaunten und verächtlichen Ausdruck.

«Ich habe keine Angst, mich zu schlagen, wenn es das ist, was Ihr sagen wollt, Mutter. Aber ich weiß nicht, gegen wen ich mich schlagen soll. Gegen die Protestanten, die dem König nicht gehorchen und sich nicht bekehren lassen wollen? Oder gegen die Soldaten des Königs, die Euch auf Eurem eigenen Besitz beleidigen? Ich weiß es nicht. Es ist kein guter Krieg. Deshalb will ich fort von hier.»

Seit seiner Rückkehr hatte er nicht so lange mit ihr gesprochen. Sie hatte ihn unbekümmert geglaubt.

«Sei unbesorgt, Florimond», sagte sie. «Ich denke, daß alles sich wieder einrenken wird. Würde –» sie suchte nach Worten – «würde es dir gefallen, wieder an den Hof zurückzukehren?»

«Bei Gott, nein!» rief das Kind spontan aus. «Es gab dort zu viele, die mir Avancen machten oder mir etwas antun wollten, weil der König Euch liebte. Und jetzt will man mir etwas antun, weil er Euch nicht mehr liebt. Ich habe genug davon! Ich möchte lieber fort. Außerdem langweile ich mich in diesem Land. Ich liebe es nicht. Ich liebe nichts hier. Ich liebe nur Charles-Henri . . .»

«Und ich?» hätte sie, von Schmerz ergriffen, fast aufgeschrien. Er hatte sich für die Verletzung gerächt, die sie ihm eben zugefügt hatte, und unbewußt auch dafür, daß er von ihr auf einen Weg ohne Hoffnung geführt worden war.

«Gott weiß, daß ich für meine Söhne gekämpft und mich für sie geopfert habe. Eben noch habe ich mich wieder für sie geopfert.»

Ohne ein Wort zu sagen, ging sie der Freitreppe zu. Die Überwindung, die der Brief an den König sie gekostet hatte, klang noch in ihren Nerven nach. Sie hatte nicht den Mut, ihre Erregung zu mildern, um ihren Sohn wieder aufzuheitern. «Merkwürdig, wie die Kinder einem entgleisen», dachte sie. «Man glaubt, sie endlich zu kennen, ihre Freundschaft errungen zu haben . . . Aber eine Abwesenheit genügt . . .»

Vor Angéliques Flucht zum Mittelmeer hätte er nicht so reagiert, hätte er nicht an ihr gezweifelt. Aber er hatte nun das Alter erreicht, in dem man beginnt, sich über sein Schicksal Fragen zu stellen. Wenn die Erfahrung des Islams Angélique so tief hatte zeichnen können, war es sehr gut möglich, daß auch das vergangene, bei den Jesuiten verbrachte Jahr Florimond verändert hatte. Die Seele hat ihre Kreuzwege . . . Man kann ihre Entwicklung nicht zurückdrehen.

Sie hörte Florimonds eilige Schritte hinter sich. Er legte eine Hand auf ihren Arm und wiederholte dringlich:

«Ich muß fort, Mutter!»

«Wohin willst du, mein Kind?»

«Es gibt genug Orte, wohin man gehen kann. Ich habe mit Nathanaël schon alles verabredet. Ich werde Charles-Henri mitnehmen.»

«Nathanaël de Cambourg?»

«Ja, er ist mein Freund. Wir sind immer zusammen gewesen, damals, als ich in Plessis wohnte, bevor ich meinen Dienst bei Hof antrat.»

«Du hast mir niemals etwas davon gesagt.»

Seine Augenbrauen hoben sich in einem vieldeutigen Ausdruck. Es gab noch genug andere Dinge, von denen er ihr nie erzählt hatte.

«Wenn Ihr uns nicht begleiten wollt, um so schlimmer. Aber Charles-Henri nehme ich mit.»

«Du faselst, Florimond. Charles-Henri kann diesen Besitz nicht verlassen, dessen Erbe er ist. Das Schloß, der Park, die Wälder, die Ländereien gehören ihm. Sobald er majorenn ist, fallen sie ihm zu.»

«Und ich? Was besitze ich?»

Mit bedrücktem Herzen sah sie ihn an. «Du besitzt nichts. Mein Sohn, mein schönes, stolzes Kind . . .»

«Nichts gehört mir?»

Sein Ton verriet, daß er trotz allem noch hoffte. Jede Sekunde, die seine Mutter schweigend verstreichen ließ, verstärkte die Härte eines Urteilsspruchs, den er schon geahnt hatte.

«Dir wird das Geld gehören, das in meinen Handelsunternehmungen steckt.»

«Aber mein Name, meine Erbgüter, mein eigener Besitz . . . wo sind sie?»

«Du weißt . . .» begann sie.

Er wandte sich brüsk ab, den Blick in die Ferne gerichtet.

«Darum eben will ich fort.»

Sie legte ihm einen Arm um die Schultern, und mit langsamen Schritten kehrten sie ins Schloß zurück. «Ich werde zum König gehen», dachte sie, «unter den spöttischen, entzückten Blicken der Höflinge werde ich schwarzgekleidet die lange Galerie durchqueren und niederknien . . . Ich werde mich dem König geben . . . Aber danach werde ich dir deine Titel, dein Erbe zurückerstatten lassen . . . Ich habe gegen dich gesündigt, mein Sohn, als ich meine Freiheit als Frau bewahren wollte. Es gab keinen Ausweg . . .» Sie drückte ihn stärker an sich. Er sah verdutzt zu ihr auf, und zum erstenmal seit seiner Rückkehr lächelten sie zärtlich einander zu.

«Komm, wir werden eine Partie Schach spielen.»

Es war eine der Leidenschaften des Jungen. Sie setzten sich nahe dem Fenster vor das große Schachbrett aus schwarzem und weißem Marmor, das König Heinrich II. einem der Herren von Plessis verehrt hatte. Die Figuren waren aus Elfenbein. Florimond stellte sie auf, die Lippen vor Eifer zusammengepreßt.

Angélique betrachtete durch das Fenster den verwüsteten Rasen, die exotischen Bäume, die die Dragoner gefällt hatten, um Feuer zu machen, ein Akt puren Vandalismus, denn nur zwei Schritte entfernt befand sich trockenes Unterholz.

Ihr Leben ähnelte diesem zerstörten Park. Sie hatte ihrer Existenz keine Ordnung zu geben vermocht. Fremde Leidenschaften hatten es verwüstet und sie schließlich unter ihr Joch gezwungen. Jetzt, angesichts dieses noch verletzlichen Sohns, den niemand beschützte, wurde sie sich ihrer Schwäche als alleinstehender, von keinem Gatten verteidigter Frau bewußt. Früher hatte sie sich imstande gefühlt, alles zu tun, um schließlich doch zu triumphieren. Heute ließ dieses «alles» einen bitteren Geschmack in ihrem Mund zurück. Sie hatte die menschlichen Eitelkeiten durchmessen. Der Islam hatte sie gelehrt, daß allein die Erfüllung des eigenen Wesens den Menschen in Einklang mit seiner Seele bringt.

Nun würde sie sich dem König geben. Ein Akt, der schlimmer war als ein Verrat ihres Selbst, ihrer Vergangenheit, des Mannes, den sie nie hatte vergessen können . . .

«Ihr habt zu setzen, Mutter», sagte Florimond. «Wenn ich Euch raten darf, setzt die Königin.»

Angélique lächelte matt und setzte die Königin. Florimond grübelte über einem komplizierten Manöver und hob die Augen, nachdem er gezogen hatte.

«Ich weiß, daß es nicht allein Eure Schuld ist», sagte er mit jener sanften Stimme, die er aus der Jesuitenschule mitgebracht hatte. «Es ist nicht leicht, mit all diesen Leuten fertig zu werden, die Euch übelwollen, weil Ihr schön seid. Aber ich glaube, daß es besser wäre fortzugehen, bevor es zu spät ist.»

«Mein Liebling, es ist wirklich nicht so einfach, wie du selbst eingestehst. Wohin sollten wir gehen? Ich habe erst eine sehr lange Reise hinter mir, Florimond. Ich bin durch schreckliche Gefahren gegangen und habe doch zurückkehren müssen, ohne das, was ich suchte, gefunden zu haben.»

«Ich . . . ich würde es finden», sagte Florimond heftig.

«Sei nicht überheblich. Es ist ein Fehler, der einen teuer zu stehen kommt.»

«Ich erkenne Euch nicht wieder», erklärte er streng. «Seid Ihr es, die ich in den unterirdischen Gang geführt habe, als Ihr Euch entschlossen hattet, meinen Vater zu suchen?»

Angélique lachte auf.

«O Florimond, ich liebe deine Kraft! Gewiß hast du Grund, mich zu schelten, aber . . .»

«Wenn ich das gewußt hätte, wäre ich mit Euch mitgegangen, statt mich in der verdammten Schule einsperren zu lassen. Uns beiden wäre es geglückt.»

«Überheblicher», wiederholte sie mit Zärtlichkeit.

Sie erinnerte sich des grausamen Mittelmeers, der kleinen, entmannten Sklaven, der Stürme, der Gefechte, des ewigen Handels mit menschlichem Fleisch. Gott sei Dank, daß Florimond sie nicht auf ihrer Expedition begleitet hatte. Und wie oft war sie mit sich der Sorglosigkeit wegen zu Gericht gegangen, mit der sie Cantor dem gegen die Türken sich einschiffenden Herzog de Vivonnes anvertraut hatte . . .

«Du machst dir keinen Begriff von den Gefahren und Schwierigkeiten einer solchen Reise. Du bist noch zu jung. Man muß alle Tage essen, ein Dach zum Unterschlüpfen finden, frische Pferde, was weiß ich. Man braucht Geld, um all das zu bezahlen.»

«Ich habe gespart. Meine Börse ist hübsch gefüllt.»

«Ah, wirklich? Und wenn sie leer sein wird? Die Menschen sind hart, Florimond. Sie geben nichts für nichts.»

«Gut», sagte Florimond, sichtlich erbittert, «ich habe verstanden. Ich werde Charles-Henri nicht mitnehmen, weil er wirklich noch zu jung ist, um mit solchen Schwierigkeiten fertig zu werden, und weil er überdies sein Erbe hat. Ich hatte nicht daran gedacht. Aber ich . . . ich will meinen Vater und Cantor wiederfinden. Ich weiß, wo sie sind.»

Angélique starrte ihn an, eine Schachfigur in der Hand.

«Was sagst du da?»

«Ja, ich weiß es, weil ich sie diese Nacht im Traum gesehen habe. Sie sind im Land der Regenbogen. Es ist ein seltsames Land. Überall verschmelzen sich Wolken, und während sie sich verschmelzen, leuchten alle Farben des Prismas auf. Und in der Mitte dieser farbigen Nebel habe ich meinen Vater gesehen. Ich konnte ihn kaum erkennen. Wie ein Gespenst sah er aus, aber ich wußte, daß er es war. Ich wollte zu ihm laufen, aber der Nebel schloß sich um mich zusammen. Und plötzlich merkte ich, daß ich mit den Füßen im Wasser stand. Es war das Meer. Ich habe niemals das Meer gesehen, aber ich habe es an seiner Bewegung erkannt, an dem Schaum, der unaufhörlich kam und wieder davonglitt und meine Füße bespritzte. Die Wellen wurden immer höher. Endlich sah ich eine riesige Welle, und auf ihrem Kamm war Cantor. Er lachte und rief mir zu: ‹Komm, mach mit, Florimond! Wenn du wüßtest, wie lustig dieses Spiel ist!›»

Angélique stieß ihren Stuhl zurück und stand auf. Ein eisiger Schauer lief ihr das Rückgrat hinunter. Es war, als ob Florimonds Worte eine Gewißheit bekräftigten, die sie immer tief in ihrem Innern vor sich verschlossen hatte: den Tod! Den Tod der beiden Wesen, die sie geliebt hatte und die nun durchs Land der Schatten irrten.

«Schweig», murmelte sie. «Du machst mich krank.»

Sie floh in ihr Zimmer und setzte sich, den Kopf in den Händen, vor ihren Sekretär.

Wenig später wurde der Knauf der Tür vorsichtig gedreht, und Florimond zeigte sich in der Öffnung.

«Ich habe darüber nachgedacht, Mutter. Ich glaube, daß ich mich auf dieses andere Meer einschiffen muß . . . Es gibt ein anderes Meer als das Mittelmeer. Ich habe es bei den Jesuiten gelernt. Den westlichen Ozean, man nennt ihn den Atlantik, weil er sich über dem alten Kontinent Atlantis erstreckt, der eines Tages untergegangen ist, während sich über ihm die Wasser des Nordens und des Südens begegneten. Die Araber nannten ihn das Meer der Finsternis, aber jetzt weiß man, daß er nach Westindien führt. Vielleicht werde ich dort drüben . . .»

«Florimond», sagte sie, am Ende ihrer Kräfte, «ich bitte dich, wir wollen später darüber sprechen. Jetzt laß mich, sonst . . . sonst werde ich gezwungen sein, dir ein paar Ohrfeigen zu geben.»

Der Junge verschwand mit mürrischer Miene und zog die Tür hart hinter sich zu.

Ein paar Augenblicke lang war Angélique nahe daran, den drängenden Tränen nachzugeben; schließlich öffnete sie ein Schubfach und nahm den Brief des Königs heraus, jenen Brief, den sie nicht hatte lesen wollen.

«. . . mein unvergeßliches Kind, hört nicht mehr auf die Narrheiten Eures Herzens. Kommt zu mir zurück, Angélique. In der äußersten Not, in der Ihr Euch befandet, habt Ihr mich durch den R. P. de Valombreuze um Vergebung gebeten. Um die Aufrichtigkeit Eurer Reue zu erproben, möchte ich ihr Bekenntnis von Euren eigenen Lippen hören. Man könnte Euch fürchten, schöne Angélique. So viele Kräfte schlummern in Euch, die die Feinde der meinen sind. Kommt und legt Eure Hände in meine

Ich habe gespart . . .

. . . meine Börse ist hübsch gefüllt, sagte Florimond. Man muß zwölf Jahre alt sein, um noch den Glauben zu haben, mit einem einzigen vollen Portemonnaie ließe die Welt sich bereisen und erobern.

Wenn nicht durch Geld, wird man später wenigstens durch die Erfahrung reicher, daß Geld wohl reich machen kann, aber nur selten dafür reicht.

Pfandbrief und Kommunalobligation

Meistgekaufte deutsche Wertpapiere - hoher Zinsertrag - bei allen Banken und Sparkassen

Verbriefte Sicherheit

Hände. Ich bin ein einsamer König, der auf Euch wartet. Alles wird Euch zurückgegeben werden, und ich werde nicht zulassen, daß Euch irgend jemand Schaden zufügt. Ihr werdet nichts zu fürchten haben, denn ich weiß, daß Ihr eine ebenso aufrichtige Freundin wie aufrichtige Feindin sein könnt . . .»

Er fuhr in dieser Weise fort, und es entging ihr nicht, daß er ihr weder zu schmeicheln noch sie heimlich in eine Falle zu locken suchte. Er schrieb ihr: «Ihr werdet meine Mätresse sein, und für Euch allein ermesse ich heute die ganze Bedeutung dieses Wortes. Ich vertraue auf Eure Loyalität, vertraut auf die meine . . . Sprecht zu mir, ich werde Euch hören. Gehorcht mir, ich werde Euch gehorchen . . »

Sie schloß die Augen, müde und besiegt. Sie hatte richtig gehandelt, als sie Molines' Drängen gefolgt war. Morgen würde der Kampf gegen die Ungerechtigkeit beginnen. Sie würde alle ihre Kräfte darauf verwenden . . .

Florimond trieb sich verloren unter den Bäumen der großen Allee umher und versuchte, mit seiner Schleuder Eichhörnchen zu treffen. Angélique verspürte Mitleid mit ihm und lief hinunter, um ihn zu trösten. Sie würde ihm vom König erzählen, würde vor seinen Augen die Titel glitzern lassen, die man ihm zurückgeben, die Ämter, die sie für ihn erlangen würde.

Doch als sie in den Garten gelangte, war Florimond verschwunden. Sie entdeckte nur Charles-Henri, der vom Ufer des Teichs aus die Schwäne betrachtete. Der weiße Satin seines Anzugs leuchtete nicht weniger als das Federkleid der schönen Vögel, und sein Haar hatte den gleichen schimmernden Goldton wie die Blätter der Weide über seinem Kopf.

Irgend etwas in der Haltung der drei in der Nähe des Ufers wartenden Schwäne beunruhigte Angélique. Sie wußte, daß diese Tiere sehr tückisch waren und daß sie Kinder ins Wasser zogen, um sie zu ertränken. Sie lief rasch hinzu und nahm ihn bei der Hand.

«Bleib nicht so nah am Wasser, mein Liebling! Die Schwäne sind böse.»

«Böse?» fragte er, indem er seine blauen Augen zu ihr hob. «Sie sind doch so schön, so weiß . . .»

Seine rundliche Hand lag sanft und vertrauensvoll in der ihren. Er ging mit kleinen Schritten neben ihr her, ohne den Blick von ihr zu wenden. Sie hatte immer geglaubt, daß er nur Philippe ähnlich sähe, doch Gontran hatte recht. In dem ihr zugewandten rosigen Gesichtchen erkannte sie etwas, das sie an Cantor erinnerte, eine zarte Linie, eine Rundung des Kinns, die auch einigen der Sancé-Kindern eigen gewesen war: Josselin, zum Beispiel, Gontran, Denis, Madelon, Jean-Marie . . .

«Aber auch du bist mein Sohn», dachte sie, «auch du, mein kleiner, lieber Junge.»

Sie setzte sich auf eine der Marmorbänke und zog ihn auf ihre Knie. Während sie zärtlich über sein Haar strich, fragte sie ihn, ob er brav gewesen sei, ob er mit Florimond gespielt habe und ob er schon auf einem Esel reiten könne.

Er antwortete: «Ja, Mutter. Ja, Mutter.» Seine Stimme klang bewegt und zart wie die einer Flöte.

War er dumm? Gewiß nicht. In seinem von dichten Wimpern beschatteten Blick lag der rätselhafte, leise melancholische Ausdruck, den sie von seinem Vater kannte. War er nicht, was Philippe einstmals gewesen war: ein kleiner, einsamer Herrensohn auf dem Besitz, den er eines Tages erben sollte? Sie drückte ihn an sich. Sie dachte an Cantor, den sie so wenig verzärtelt hatte und der nun tot war. Das Leben verstrich in den machtgierigen Intrigen der Erwachsenen, und sie hatte nicht einmal Zeit gehabt, eine gute Mutter zu sein. Früher, als sie noch arm gewesen waren, hatte sie mit Florimond und Cantor in dem kleinen Haus der Freibürger gespielt. Seitdem hatte sie sich wenig um Charles-Henri gekümmert, und das war schlimm, denn sie vermochte die Liebe nicht zu verleugnen, die sie für Philippe empfunden hatte. Eine andere Liebe als die zu ihrem ersten Mann, aber dennoch eine Liebe, in der sich die Erfüllung eines Jugendtraums, der Triumph über eine geglückte schwierige Eroberung und eine aus den Gemeinsamkeiten ihrer Kindheit, ihrer Herkunft gewachsene geschwisterliche Bindung mischten.

Sie hob sein Kinn und küßte ihn zart auf die runde Wange.

«Ich liebe dich sehr, mein Kleiner, du weißt es . . .»

Er rührte sich nicht mehr als ein gefangener Vogel. Ein verwundertes Lächeln öffnete die Lippen über seinen kleinen weißen Zähnen.

Florimond tauchte zwischen den Bäumen auf und näherte sich den beiden, auf einem Bein hüpfend.

«Wißt ihr, Söhne, was wir morgen anfangen werden», sagte Angélique. «Wir werden unser ältestes Jagdzeug anziehen und alle drei in den Wald gehen, um Krebse zu angeln.»

«*Bravo! Bravissimo! Evviva la mamma!*» schrie Florimond, dem Flipot Italienisch beibrachte.

14

Es wurde ein wunderschöner Tag, an dem die Bitterkeit der Gegenwart und die Drohungen der Zukunft außer Kraft gesetzt schienen. Über ihnen schloß sich die goldgelbe Stille des Waldes. Die Sonne bewohnte ihn, widerstrahlend im Rot der Eichen, im Purpur der Blutbuchen, in dem wie zum Strauß gebündelten Kupfer der Kastanien. Die Früchte der

Kastanien fielen ins Moos, aufgeplatzte Hüllen, in deren Innern es seidig-dunkel glänzte.

Charles-Henri stand staunend vor diesem Reichtum und füllte sich mit ihm die Taschen seiner Hose aus rosafarbenem Tuch. Was würde Barbe dazu sagen? . . . Trotz der Mahnungen Angéliques hatte sie ihn wie zu einer Promenade in den Tuilerien angezogen. Anfangs hatte er besorgt die grünlichen Flecken betrachtet, die seinen schönen Anzug beschmutzten. Als er jedoch sah, daß Angélique sich nicht darum kümmerte, faßte er sich ein Herz und versuchte sogar auf Bäume zu klettern: ein Paradies tat sich vor ihm auf, und es waren die Hände seiner Mutter, die es bewirkt hatten. Er hatte immer gewußt, daß sie das Geheimnis des ganz großen Glücks besaß, und deshalb betrachtete er so lange des Abends ihr Porträt.

Flipot und der Abbé de Lesdiguière hatten sie begleitet. Angélique empfand einigen Stolz, sich von Florimond und den jungen Leuten beobachtet zu wissen und ihre wachsende Bewunderung zu spüren, während sie sie über kaum sichtbare Pfade führte und ihnen die Geheimnisse der Bäche enthüllte. Für sie, die sie nur bei Hof gekannt hatten, war es ein so ungewöhnlicher Aspekt ihrer Persönlichkeit, daß sie nicht wußten, was sie davon denken sollten. Vom Fieber des Fischens erfaßt, beteiligten sie sich eifrig an dem neuen Spiel, planschten in den Wasserlöchern herum und belauerten, im Moos ausgestreckt, die zögernde Annäherung der Krebse an die versenkten, mit Aas geköderten Fangkörbe. Florimond ärgerte sich, daß es ihm nicht gelang, sie mit der Hand zu fangen, wie es Angélique mehrere Male vorgemacht hatte. Sie lachte über seine enttäuschte Miene, und ihr Herz weitete sich vor Freude bei dem Gedanken, daß sie die Achtung des Sohnes wiedergewann.

Als sie eine Lichtung überquerten, begegneten sie der Zauberin Melusine. Die Alte tastete mit ihren hakenförmigen Fingern über den Boden und schien nach Pilzen zu suchen. Die vom leichten Wind erfaßten Blätter einer Blutbuche umwirbelten sie in einem fast rituellen Tanz, gleichsam den bösen Geist des Waldes ehrend, der sich in dieser schwarzen, verwachsenen, von schneeweißem Haar gekrönten Gestalt verkörperte.

Angélique rief sie an:

«He, Melusine!»

Die Alte richtete sich auf, um ihnen entgegenzusehen, aber statt sich von der Gegenwart jener besänftigen zu lassen, in der sie den ihrigen verwandte Kräfte erkannte, verzerrte ein Ausdruck des Schreckens ihre Züge.

Sie hob den mageren Arm, wie um sie aufzuhalten.

«Geh! Geh! Du bist eine verfluchte Mutter!»

Dann warf sie sich in die Büsche und entfloh. Mittlerweile hatte es zu regnen begonnen, und die kleine Gruppe flüchtete sich unter die schützende Platte des Steins der Feen. Im Innern des megalithischen Grabmonuments erlaubte es der trockene, von Fichtennadeln bedeckte Boden, sich zu setzen. In den Felsblock, der das äußerste Ende der Platte stützte, hatte ein tausendjähriger Meißel die Umrisse von Kornähren eingeritzt, Symbole des Reichtums.

Angeregt durch das nach Harz und Heidekraut duftende Halbdunkel erklärte Florimond, daß es ihn an seine Expeditionen in Kellergewölbe und unterirdische Gänge erinnere, nur daß es dort im allgemeinen weniger gut rieche.

«Ich mag unterirdische Gänge», sagte er. «Das Geheimnis der Erde möchte ich kennen. All die Felsen, die sich bilden und schichten, ohne daß wir sie sehen können. Einmal bin ich in der Schule in die Keller hinuntergestiegen und habe mir mit der Hacke einen Gang gegraben. Ich bin auf den Fels gestoßen und habe seltene Proben gefunden . . .»

Er verlor sich in eine lange, ungereimte, mit allerlei lateinischen Namen und chemischen Formeln durchmengte Geschichte über diese Proben, mit denen er hatte experimentieren wollen, um explosive Gemische zu finden.

«Im Schullaboratorium sind mir wer weiß wie viele Retorten in die Luft geflogen, und ich bin deswegen bestraft worden. Aber ich versichere Euch, Mutter, daß ich um ein Haar einer wichtigen Entdeckung auf die Spur gekommen wäre, die die Wissenschaft hätte umwälzen können. Ich werd's Euch erklären. Ihr allein könnt mich verstehen . . .»

«Und da behaupten nun diese Jesuiten, daß er nicht intelligent sei», sagte Angélique, den Abbé de Lesdiguière zum Zeugen nehmend. «Man fragt sich, welchen Qualitäten sie ihren Ruf als Erzieher verdanken.»

«Florimond hat keinen Sinn für die klassischen Wissenschaften gezeigt. Das hat sie wohl enttäuscht.»

«Ist es ein Grund, eine Intelligenz zu ersticken, wenn sie nicht imstande sind, sie zu entfalten?» Sie wandte sich an Florimond. «Ich werde dich in Italien studieren lassen. An den Ufern des Mittelmeers kann man sich in allen Wissenschaften vervollkommnen. Die der Araber vor allem werden dem entsprechen, was du suchst. Das Wort *alchimie* ist arabisch. Auch in den aus China zu uns gedrungenen Geheimnissen wirst du viel entdecken.»

Und zum erstenmal erzählte sie ihnen von ihrer Reise nach den Inseln der Levante.

Überglücklich schmiegte sich Charles-Henri an sie. Der auf die Blätter trommelnde Regen, der stoßweise kommende Wind, schafften um sie die Atmosphäre der See.

Danach sprach Angélique von ihrem Ungehorsam gegenüber dem König.

«Seine Majestät hatte mir verboten, Paris zu verlassen, und du weißt ja selbst, wie ich entwischt bin. Nun wird alles wieder in Ordnung kommen. Der König verzeiht mir. Er bittet mich, an den Hof zurückzukehren. Ich habe ihm durch Molines eine Botschaft geschickt. Bald werden die Soldaten, die uns beleidigt und gequält haben, bestraft werden, und die Ruhe wird wieder einkehren.»

Florimond hörte mit gespannter Aufmerksamkeit zu.

«Ihr seid also nicht mehr in Gefahr? Auch Charles-Henri nicht?»

«Nein», erwiderte sie, während sie versuchte, die Trauer abzuschütteln, die trotz allem ihr Herz bedrängte. Sie würde ja ihren Söhnen die Sicherheit wiedergeben, auf die sie ein Recht hatten.

«Das ist gut», sagte er mit einem Seufzer der Erleichterung.

«Hast du keine Lust mehr fortzugehen?»

«Nein, nein, da Ihr sagt, daß alles in Ordnung kommen wird.»

Sie kehrten spät zurück. Barbe hatte sich bereits beunruhigt. In dieser Jahreszeit war es nicht mehr gut, im Wald spazierenzugehen; man konnte Wölfen begegnen. Sie war schon halbtot vor Angst. Und wie sah der Anzug des Kleinen aus! Der arme Liebling hielt sich kaum mehr auf den Beinen. Er war es nicht gewohnt, so spät zu Bett zu gehen.

«Beruhige dich», sagte Angélique. «Dein Cherub hat sich mit Brombeeren vollgestopft und sich amüsiert wie ein Prinz. Er hat noch Zeit genug zum Schlafen. Die Nacht ist noch nicht zu Ende . . .»

Nein. Sie war noch nicht zu Ende, die Nacht, die furchtbare Nacht von Plessis.

15

Während Angélique sich entkleidete, glaubte sie den Galopp eines einzelnen Pferdes in der Nähe des Schlosses zu hören. Sie hielt inne und horchte. Dann knüpfte sie von neuem das Schnürband ihrer Korsage, trat auf den Treppenabsatz hinaus, öffnete eines der Fenster und beugte sich ins Dunkel. Das dumpfe Trommeln des Galopps entfernte sich rasch, und die Silhouette eines Reiters, den sie nicht zu erkennen vermochte, tauchte in die Finsternis der großen Allee, nachdem er den Teich umritten hatte.

«Wer kann es sein?» dachte sie.

Sie schloß das Fenster wieder, überlegte einen Augenblick und wandte sich zur Treppe, um in die Küchenräume zu gehen, wo vielleicht noch jemand von der Dienerschaft wachte.

Statt dessen stieg sie in einer plötzlichen Sinneswandlung ein paar Stufen hinauf und lief zum Zimmer Florimonds. Sie öffnete leise die Tür um einen Spalt:

«Schläfst du?»

Vor kurzem erst hatte er ihr gute Nacht gewünscht und sie mit funkelnden Augen an sich gedrückt.

«Mutter, o Mutter! Was für ein schöner Tag! Wie liebe ich Euch!»

Mit einer bezaubernden Geste der Hingabe hatte er wie früher seinen üppigen, die Düfte des Herbstes verströmenden Schopf an ihre Schulter gelehnt, und sie hatte lachend seine von einem Kratzer gezeichnete Wange geküßt.

«Schlaf gut, mein Sohn. Du wirst sehen, alles wird in Ordnung kommen.»

Sie trat ein und ging auf Zehenspitzen zum Bett hinüber. Es war nicht aufgedeckt. Auf dem mit Spitzen gesäumten Kopfkissen fehlte das Profil des nach den Strapazen eines im Wald verbrachten Tages eingeschlafenen Jungen. Angélique sah sich um, vermißte die Kleidungsstücke, den Degen, den Mantel und war mit ein paar Schritten in der benachbarten Kammer, in der der Abbé de Lesdiguière schlief.

«Wo ist Florimond?»

Der aus den ersten Träumen gerissene junge Mann starrte sie entgeistert an.

«In seinem Zimmer.»

«Nein, da ist er nicht. Rasch, steht auf! Wir müssen ihn suchen.»

Sie weckten Lin Poiroux und seine Frau, die in einem Verschlag neben der Küche schliefen. Sie hatten nichts gesehen, nichts gehört. War Mitternacht überdies nicht längst vorüber?

Angélique warf sich einen Mantel über die Schultern und lief, von ihren notdürftig angekleideten Leuten gefolgt, zu den Ställen. Ein kleiner, struppiger Stallknecht saß trällernd im Lichtschein einer an einem Balken aufgehängten Laterne und knabberte dazu kandierte Mandeln. Vor ihm auf einem Schemel lag ein mit Mandeln gefüllter Beutel.

«Wer hat dir das gegeben?» rief Angélique, die schon begriff.

«Messire Florimond.»

«Du hast ihm dafür sein Pferd gesattelt? Er ist fortgeritten?»

«Ja, Madame.»

«Dummkopf!» schrie sie, indem sie ihm eine Ohrfeige gab. «Schnell, Herr Abbé, nehmt Euer Pferd und bringt ihn zurück!»

Der Abbé trug weder Stiefel noch Mantel. Er rannte zum Schloß zurück, während Angélique den Stallknecht antrieb, ein anderes Pferd zu satteln.

Während er noch damit beschäftigt war, trat sie auf den Hof hinaus und hastete zur großen Allee hinüber, immer wieder stehen bleibend, in der Hoffnung, den Hall eines fernen Galopps zu vernehmen. Aber der Wind strich vorbei, raschelte in den trockenen Blättern, und kein anderes Geräusch war zu hören. Sie rief:

«Florimond! Florimond!»

Ihr Ruf erstarb in der feuchten Nacht, der Wald blieb stumm.

«Beeilt Euch!» flehte sie, als der Abbé zurückkam. «Sobald Ihr den Park hinter Euch habt, legt Euer Ohr an den Boden, wenn Ihr wissen wollt, welche Richtung er eingeschlagen hat.»

Allein geblieben fragte sie sich, ob sie nicht ihr eigenes Pferd satteln lassen solle, um Florimond in einer anderen Richtung zu suchen.

In diesem Augenblick stieg ein voller, trauriger Klang in das raunende Schweigen: das Jagdhorn Isaac de Cambourgs. Das Thema des Signals zeichnete sich ab, kupferne Töne, durch die Nacht heranschwimmend gleich Luftblasen, die sich ihren Weg durch dunkles Wasser suchen. Das Halali!

Der Ruf wiederholte sich, herzzerreißend, wiederholte sich noch einmal und zum drittenmal! Das Echo fand kaum Zeit zu verklingen. Der Wald füllte sich mit seinem klagenden Widerhall.

Angélique erstarrte. Sie dachte an Florimond, der vielleicht dort drüben zu seinem Freund Nathanaël gestoßen war.

Ein Reiter, den sie nicht hatte kommen hören, tauchte im Lichtkreis der großen, schmiedeeisernen Laterne über dem Portal auf.

«Die Dragoner kommen!» stieß der Abbé atemlos hervor.

«Habt Ihr Florimond gefunden?»

«Nein. Die Soldaten haben die Straße gesperrt, und ich mußte umkehren. Es sind sehr viele. Montadour kommandiert sie. Sie rücken gegen das Schloß Cambourg vor.»

Noch immer erklang das Halali, verzweifelt, betäubend, als achte der Bläser nicht der Gefahr, daß ihm die Adern bersten könnten.

Angélique begriff, was vorging. Die eingeschlossenen Dragoner des Königs hatten offensichtlich die dünnen Linien der protestantischen Truppen durchbrochen. Sie zogen sich in das ihnen vertraute Gebiet zurück, im Bewußtsein, ihre Lage noch zu verschlimmern, da sie von Wald und Sümpfen eingeschlossen waren.

«Wir müssen hinüber», sagte sie. «Die Cambourgs brauchen Hilfe!»

Sie dachte noch immer an Florimond, den seine närrischen Ideen in dieses Wespennest getrieben haben mußten.

Von dem jungen Geistlichen begleitet, erklomm sie den Hang, der zur Behausung der Protestanten führte. Von weitem hörte sie wirren Lärm, und Lichter begannen sich zwischen den Bäumen zu zeigen. Auf halbem Wege begegneten sie einer jammernden Gruppe. Es waren Madame de Cambourg, ihre Kinder und ihre Dienerinnen.

«Wir wollten uns zu Euch flüchten, Madame du Plessis. Die Dragoner sind mit Fackeln gekommen. Sie sind betrunken, entfesselt. Sie haben Feuer an die Gesinderäume gelegt und scheinen uns plündern zu wollen.»

«Ist Florimond nicht bei Nathanaël?»
«Florimond? Wie soll ich es wissen? Ich weiß nicht, wo Nathanaël ist.»
Sie wandte sich jammernd zu ihren Kindern: «Wo ist Nathanaël? Wo ist Rebecca? Hast du sie nicht an die Hand genommen, Jeseph?»
«Ich habe Sarah an der Hand.»
«Dann ist sie oben geblieben. Ich muß zurück. Und euer Vater . . .?» Die arme Frau schwankte, die Hände auf den Leib gepreßt. Sie stand nur wenige Tage vor ihrer Niederkunft.
«Geht zu mir», entschied Angélique. «Der Herr Abbé wird Euch führen. Ich steige hinauf, um zu sehen, was sich oben zuträgt.»

Sie gelangte zum Gipfel des Hügels, auf die Außenseite des alten Wehrturms, und blieb reglos, hinter Mauerwerk verborgen, stehen. Dem Geheul der Dragoner, die in die Burg eingedrungen waren, antworteten die schrecklichen Schreie der gefolterten Männer und die schrilleren der von den Rohlingen vergewaltigten Frauen. Das Horn war verstummt.
Schritt für Schritt schob sich Angélique längs des linken Burgflügels vor, immer darauf bedacht, sich im Schatten zu halten. Plötzlich stieß sie auf eine im Sand ausgestreckte Gestalt, die durch die Umschlingung einer wie Messing blitzenden Schlange seltsam gelähmt schien. Es war der Baron de Cambourg, das Jagdhorn noch über der Schulter. Als sie sich über ihn beugte, sah sie, daß ein Spieß ihn durchbohrte wie ein bei der Jagd verletztes Wild, dem die Pikeniere den Gnadenstoß gegeben hatten.
Nicht weit entfernt hörte sie Schritte. Angélique stürzte sich in die Deckung der Bäume.
Dragoner erschienen, gleich roten Teufeln das Ballett der Plünderer tanzend, das die Armeen belohnt und berauscht, seitdem der Mensch zum Krieger geworden ist.
Ein rauher Schrei, Zeugnis triumphierenden Genusses, stieg aus ihren Kehlen, während sie ihre langen Hellebarden gegen die Mauer richteten.
«Auf die Piken! Auf die Piken!»
Aus einem Fenster weiter oben wurde eine kleine Gestalt geschleudert, eine Puppe, die sich im Leeren drehte, Rebecca! . . .
Angélique verbarg ihr Gesicht in den Händen.
Von Entsetzen überwältigt ließ sie sich ins Buschwerk gleiten und kehrte nach Plessis zurück.

Die vor dem Schloß zusammengedrängte Dienerschaft blickte in Richtung des benachbarten Wehrturms, an dem Flammen hochschlugen.
«Habt Ihr Rebecca gefunden?» fragte Madame de Cambourg. «Und den Baron?»
Angélique bemühte sich, ihre Züge nichts von dem Erlebten verraten zu lassen.

«Sie sind . . . in den Wald geflohen. Wir werden dasselbe tun. Schnell, ihr Burschen, nehmt eure Mäntel und packt Lebensmittel zusammen. Wo ist Barbe? Man soll sie wachrütteln. Sie soll Charles-Henri anziehen.»

«Madame», sagte La Violette. «Seht dort hinüber.»

Er wies auf zahlreiche Lichtpünktchen, die zwischen den Bäumen des Hanges abwärtstanzten: die Fackeln der Dragoner.

«Sie kommen hierher . . . von Cambourg.»

«Sie rücken schon an!» schrie die Stimme eines der kleinen Lakaien.

Auch am Ende der großen Allee leuchteten Fackeln auf. Die Dragoner näherten sich ohne Eile dem Schloß. Man hörte nur ihre Stimmen, die, noch fern, einander zuzurufen schienen.

«Gehen wir ins Haus und verriegeln wir alle Türen», entschied Angélique. «Alle, habt ihr verstanden?»

Sie selbst prüfte die Eisenstangen, die man quer vor die Innenseite des Portals legte, die Schlösser, die schweren Holzläden, mit denen die Fenster des Erdgeschosses verbarrikadiert wurden. Vor vielen von ihnen befanden sich Gitter. Nur die beiden großen Fenster zu beiden Seiten des Portals waren ohne Schutz.

«Nehmt eure Waffen und postiert euch in der Nähe dieser Fenster.»

Der Abbé de Lesdiguière zog ruhig seinen Degen. Malbrant erschien mit einem Armvoll Musketen und mit Pistolen beladen.

«Wo habt Ihr die her?»

«Ich habe mich ein wenig versorgt, als es hier unruhig wurde.»

«Ich danke Euch, Malbrant.»

Der Stallmeister begann die Musketen an die Männer zu verteilen. Selbst den Dienerinnen gab er Pistolen, deren schwere Kolben sie mit Schrecken ergriffen.

«Wenn ihr mit dem Pulver nicht zurechtkommt, Herzchen, könnt ihr das Ding immerhin beim Lauf nehmen und tüchtig auf die Schädel klopfen.»

Madame de Cambourg, die sich mit ihren Kindern in den Salon geflüchtet hatte, folgte Angélique mit angstvollem Blick.

«Was ist meiner kleinen Rebecca geschehen? Und meinem Mann? Ihr wißt etwas, nicht wahr, Madame?»

«Bleibt ruhig, ich bitte Euch! Soll ich Euch helfen, die Kinder ein wenig zur Ruhe zu bringen? Wir dürfen sie nicht aufregen.»

Mit gefalteten Händen glitt die Baronin de Cambourg auf die Knie.

«Laßt uns beten, Kinder. Ich weiß nun genug. Der Tag der Heimsuchung ist gekommen, von dem der Herr gesagt hat: ‹Ich werde die Meinen verlassen, um ihre Herzen zu prüfen. Ich werde sie dem Bösen ausliefern.›»

«Madame! Die Dragoner!»

Durch ein halbgeöffnetes Fenster spähten die Diener besorgt nach draußen. Auf dem vom Licht der Fackeln rötlich beleuchteten Vorplatz war Montadours unförmige Gestalt auf dem schweren Apfelschimmel zu sehen. Der Kapitän schien Angélique noch dicker und massiger, als sie ihn in Erinnerung hatte. Acht Tage alte rote Bartstoppeln machten sein Gesicht noch gröber. Er schien aus rotem Ton zusammengefügt, aus schlecht getrockneter Ziegelerde.

Hinter ihm hielten sich einige Reiter vor dem unschlüssig zusammengedrängten Haufen des Fußvolks, die einen mit ihren Musketen, die anderen mit Hellebarden. Sie schienen sich über den weiteren Fortgang des Unternehmens nicht klar zu sein.

Das Haus war verbarrikadiert, aber hinter den bunten, mit Blei gefaßten Scheiben ahnte man auf der Lauer liegende Schatten.

«Aufgemacht da drinnen!» schrie Montadour. «Oder ich lasse die Tür einrennen.»

Niemand rührte sich. Vom Wald her, aus der Richtung von Cambourg, trafen weitere Dragoner ein und gesellten sich zu den andern. Die Erinnerung, daß sie hier fortgejagt worden waren und daß La Morinière vor weniger als einer Woche die Leichen von vier ihrer Kameraden auf diese Schwelle hatte werfen lassen, feuerte sie an.

Auf eine Handbewegung des Kapitäns näherten sich zwei mit riesigen Äxten bewaffnete Soldaten dem Portal. Die ersten dumpfen Schläge in das geschnitzte Holz erschütterten die Mauern. Eines der Kinder de Cambourg begann zu weinen, verstummte wieder, und ein gemurmeltes Gebet war zu vernehmen, das ihre Mutter sie aufzusagen hieß.

«Malbrant», flüsterte Angélique.

Der Stallmeister hob langsam seine Waffe und schob den Lauf in die Öffnung des Fensters. Ein Schuß dröhnte. Einer der beiden Soldaten rollte auf die Fliesen vor dem Portal. Ein zweiter Schuß. Auch der andere fiel.

Die Dragoner stießen Wutschreie aus. Drei mit Musketen bewaffnete Männer stürzten mit erhobenen Kolben vor und begannen auf die Tür einzuschlagen.

Malbrant lud seine Waffe von neuem. Vom anderen Fenster aus gab La Violette einen sorgfältig gezielten Schuß ab, dem ein zweiter folgte. Zwei der Männer brachen zusammen. Malbrant erledigte den dritten.

«Zurück, Dummköpfe!» brüllte Montadour. «Wollt ihr euch einer nach dem andern abschießen lassen?»

Die Soldaten wichen wie ausgehungerte Wölfe zurück. In sicherer Entfernung zog Montadour seine Musketenschützen nach vorn. Eine Salve prasselte. Die Fensterscheiben zersplitterten und stoben in tausend vielfarbigen Funken über die Fliesen. La Violette, der sich nicht rechtzeitig gebückt hatte, fiel. Der Abbé de Lesdiguière raffte die den Händen des

Dieners entglittene Waffe auf und nahm seinen Platz an der nun leeren Fensterhöhle ein. Durch die Schwaden des Pulverdampfs waren die verzerrten Gesichter der vorrückenden Dragoner zu erkennen. Ihre Offiziere schienen jedoch noch über eine andere, weniger gefährliche Angriffsmöglichkeit als die gegen das Portal zu beraten, die sie bereits fünf Männer gekostet hatte.

Angélique kroch auf den Knien zu La Violette hinüber und zerrte ihn an den Schultern in einen Winkel der Halle. Er war an der Brust verletzt, und auf seiner in den Farben der Plessis-Bellière, blau und gelb, gehaltenen Livree begann sich ein großer Blutfleck abzuzeichnen.

Die junge Frau hastete zur Küche, um Branntwein und Scharpie zu holen. Der Anblick Aurélies, der Frau des Kochs, die am Herd vor einem Zuber stand, dessen Inhalt sie aufmerksam überwachte, hielt sie auf der Schwelle fest.

«Was treibst du da? Kochst du Suppe?»

«Aber Frau Marquise! Ich bringe Öl zum Kochen, das wir ihnen wie in den guten alten Zeiten über die Köpfe schütten werden.»

Leider war das Schloß Plessis kaum fest genug gebaut, um wie seine Ahnen aus dem Mittelalter Angriffen trotzen zu können.

Aurélie hob plötzlich den Kopf und horchte.

«Sie sind hinter den Läden! Ich hör sie schon kratzen!»

Wirklich hatten die Soldaten das Haus umgangen und machten sich nun an die schweren Fensterverschläge der Küche. Gleich darauf dröhnten die ersten Axtschläge. Einer der Diener kletterte auf den Ausguß, um festzustellen, ob man sie durch eine der oberen Luken erreichen konnte. Aber es war zu schwierig.

«Lauft in den ersten Stock», empfahl Angélique den drei kleinen Lakaien, die Malbrant mit Pistolen ausgerüstet hatte, «und schießt durch die Fenster.»

«Ich hab nur meine Armbrust», meinte der alte Antoine, «aber glaubt mir, Frau Marquise, sie ist tüchtig, wenn's drauf ankommt. Paßt auf, ich werde die Tölpel in Nadelkissen verwandeln.»

Angélique kehrte mit Verbandszeug zu La Violette zurück. Durch die Halle schwammen Schwaden dichten Rauchs, der in den Augen brannte. Schon während sie niederkniete, sah sie, daß ihre Bemühungen vergeblich sein würden. Der Diener lag im Sterben.

«Frau Marquise», stammelte La Violette mit von Blut halb erstickter Stimme, «ich wollte Euch sagen . . . daß ich Euch in meinen Armen gehalten habe, ist die schönste Erinnerung meines Lebens.»

«Was sagst du da, armer Kerl?» Er phantasiert, dachte sie.

«Ja, ja . . . Damals, als der Herr Marschall mich schickte, um Euch zu entführen. Ich mußte Euch schon in die Arme nehmen, mußte Euch sogar ein wenig den Hals zudrücken, um zu Rande zu kommen . . . Hab

Euch angesehen, während ich Euch trug . . . und darum ist meine schönste Erinnerung, weil es eine Frau . . . so schön . . . wie Ihr . . .»

Seine Stimme ging in ein Flüstern über. Er schloß in einem Hauchen, das seinen Worten das Gewicht des Geheimnisses lieh:

«. . . nicht mehr gibt.»

Sein Atem war kaum noch zu spüren. Sie nahm seine Hand:

«Ich vergebe dir, was du in jener Nacht getan hast. Soll ich den Abbé de Lesdiguière holen, damit er dich mit dem Segen der Kirche versieht?»

In letzter Abwehr raffte er seine schwindenden Kräfte noch einmal zusammen:

«Nein, nein, ich will in meiner Religion sterben.»

Richtig. Sie hatte es vergessen. Er war ja Protestant.

Sie streichelte über seine runzelige Stirn.

«Armer Kerl! Armer, gequälter Mensch. Geh, geh jetzt . . . Möge Gott dich in seine Gnade aufnehmen.»

La Violette war tot. In einer Ecke stöhnte eine verwundete Dienerin. Das Gesicht Malbrant Schwertstreichs war schwarz von Pulverdampf. Die kleinen Lakaien schleppten Munition in die beiden Etagen.

«Ich muß etwas tun, muß Schluß damit machen», dachte Angélique.

Sie stieg in den ersten Stock hinauf. Entschlossen öffnete sie eines der Fenster:

«Kapitän Montadour!»

Ihre Stimme vibrierte in der von scharfen Dämpfen gesättigten Nacht.

Der Kapitän der Dragoner riß unten sein Pferd zurück, um sie besser sehen zu können. Er erkannte sie mit einer Mischung aus Furcht und Triumph. Sie war da! In der Falle gefangen! Er würde seine Rache haben.

«Mit welchem Recht wagt Ihr es, Kapitän, über eine katholische Wohnung herzufallen. Ich werde mich an den König wenden!»

«Eure katholische Wohnung ist ein Hugenottennest! Gebt uns die ketzerische Wölfin und ihren Wurf heraus, und wir werden Euch und Eure Söhne in Ruhe lassen!»

«Habt Ihr es nötig, Euch mit Frauen und Kindern zu befassen? Ihr tätet besser daran, die Bande de La Morinières zu verfolgen.»

«Eures Komplicen!» brüllte Montadour. «Glaubt Ihr, daß ich mir nicht meinen Reim gemacht habe? Ihr habt uns verraten, habt Euch dem Teufel ergeben, Zauberin! Und während ich meine Haut für unsere Religion zu Markte trug, seid Ihr in den Wald gelaufen, um uns an die Banditen zu verkaufen. Ich habe einen Eurer Galane zum Plaudern gebracht . . .»

«Ich werde mich an den König wenden!» rief Angélique so laut sie konnte. «Er und auch Monsieur de Marillac werden über Euer Verhalten unterrichtet werden. Denkt daran . . . in den Intrigen der Großen sind die eifrigsten Diener immer diejenigen, die am ersten bestraft werden!»

Montadour zögerte eine Sekunde. Es war etwas Wahres in dem, was sie sagte. Schon jetzt konnte er sich ausmalen, daß das unerwartete Resultat, zu dem der von ihm und seinen entmutigten, mürrischen, von allen Verbindungen abgeschnittenen Soldaten unternommene Bekehrungsversuch des Poitous geführt hatte, ihm kein Wohlwollen einbringen würde. Aber seine Leute brauchten Morde und Plünderungen, um wieder Vertrauen zu sich zu fassen. Und niemals würde ihm eine zweite Gelegenheit in den Schoß fallen, sie, diese Frau, zu besitzen, deren Anblick ihn seit Monaten quälte und die ihn, Montadour, wie einen gemeinen Köter an der Nase herumgeführt hatte. Später würde er schon sehen. Aber vorher wollte er sie besitzen, sollte sie um Gnade wimmern, sich demütigen.

«Räuchert mir diesen Schlupfwinkel aus», knurrte er mit einer großen Geste.

Und in seinen Steigbügeln stehend, das Gesicht ihr zugewandt, stieß er ein wildes, rohes Gelächter aus, in dem sein Haß und sein Verlangen mitschwangen.

Sie trat vom Fenster zurück. Durch Verhandeln war nichts bei ihm zu erreichen. Ein Geruch nach Rauch, anders als der des Pulvers, wehte von draußen herein. Die schrille Stimme Aurélies kreischte unten: «Sie haben Feuer an die Läden gelegt!» Barbes verschlafenes Gesicht erschien in einem Türspalt:

«Was bedeutet all dieser Lärm, Madame? Man wird mir noch den Kleinen wecken.»

«Die Dragoner haben es auf uns abgesehen. Schnell, nimm Charles-Henri, roll ihn in eine Decke und geh in den Keller hinunter. Ich werde auskundschaften, ob der Weg frei ist . . .»

Der unterirdische Gang! Er war ihre letzte Chance. Durch ihn konnte man Kinder und Frauen aus dem Schloß schaffen. Inzwischen mußte man zu Gott beten, daß alle Dragoner das kleine Wäldchen verlassen hatten, in dem sich der Ausgang des Ganges befand.

Sie flog in den Keller hinunter, aber schon, als sie zwischen den Fässern hindurchglitt, drängte sich ihr die schreckliche Gewißheit auf, daß ihnen auch dieser Ausweg verschlossen war. Von der anderen Seite des Pförtchens zum unterirdischen Gang hörte sie dröhnende Schläge und das dumpfe Gewirr von Stimmen. Sie hatten den Fluchtweg gefunden, zweifellos durch die Angaben des Mannes, den sie durch Folterungen zum Sprechen gebracht hatten.

Wie betäubt, das zitternde Nachtlicht in der Hand, starrte sie auf die halb zersplitterte Holzfüllung, die bereits durch den schweren Schlägen nachgab.

Sie stürzte die Treppe hinauf und legte die Riegel vor.

«Bleib hier», sagte sie zu Lin Poiroux, der mit seinem Bratspieß hinzutrat, «und spicke mir all die stinkenden Tiere, die aus diesem Loch kriechen werden.»

«Feuer! Feuer!» schrillte die Stimme Aurélies.

Reisigbündel waren gegen die Mauer gehäuft worden, in den schweren Holzläden zeigten sich knisternd Risse, durch die beißender Rauch drang. Die kleinen Lakaien kamen aus der ersten Etage herunter. Sie konnten die Angreifer nicht mehr erkennen, und außerdem war ihnen die Munition ausgegangen.

Sie starrten Angélique an, und in ihren Blicken wuchs allmählich das Entsetzen.

«Was sollen wir tun, Frau Marquise?»

«Wir müssen Hilfe holen», sagte eine Stimme.

«Welche Hilfe?» schrie sie.

Ein Gesang erhob sich, ergreifend in seiner Traurigkeit:

«Empfange uns in Deinem Paradies, o Herr!
Wir haben Dir gedient all unsre Tage . . .»

Es waren die Hugenotten unter ihren Dienern, die sangen, auch die um ihre Mutter gedrängten Kinder de Cambourg, aus deren armen kleinen Gesichtern die Angst nach und nach schwand, um einem heiteren Vertrauen Platz zu machen.

Angéliques Haare sträubten sich.

«Nein, nein, nein . . .» wiederholte sie.

Einmal mehr lief sie wie eine Wahnwitzige die Treppe hinauf bis nach oben, bis auf den Turm. Atemlos stützte sie sich auf der engen Plattform gegen die Brüstung und starrte nach allen Richtungen in das dichte, überall vom gleichen schrecklichen Scheiterhaufengestank erfüllte Dunkel der Nacht.

«Welche Hilfe? Welche Hilfe?» schrie sie wieder.

Sie wußte nicht einmal, wo sich die Truppen Samuel de La Morinières befanden.

Aus dem Innern des Schlosses drang ein dumpfer, explosionsartiger Laut herauf. Sie glaubte, eine Mauer sei zusammengestürzt, aber es war nur der gemeinsame verzweifelte Aufschrei der unglücklichen Belagerten, als sie der ersten ins Haus dringenden Dragoner ansichtig wurden.

Angélique lief hinunter, beugte sich über das Treppengeländer. Das Erdgeschoß war der Schauplatz eines furchtbaren Durcheinanders. Schreie, Schreie . . . Schreie der Diener, die sich erbittert wehrten, Schreie der verfolgten Frauen, Schreie der von brutalen Händen aus der Mitte ihrer Geschwister gerissenen Kinder . . . Gebrüll der Soldaten, die

Aurélie mit ihrem kochenden Öl übergoß . . . das Flehen der Baronin de Cambourg, die mit gefalteten Händen im Salon auf den Knien lag.

Malbrant Schwertstreich hatte einen Stuhl mit schwerer Lehne bei den Beinen gepackt und schlug mit ihm zwei der Angreifer nieder. Schreie der Vergewaltigung, Schmerzensschreie, Todesschreie . . . und der Schrei der bluttrunkenen Sieger: «Auf die Piken! Auf die Piken!» Angélique sah einen Dragoner die Stufen herauflaufen, in den ausgestreckten Armen einen der kleinen Cambourg-Jungen. Sie stürzte ihm entgegen, stieß gegen eine verlassene Muskete. Pulverladung und Feuerstahl lagen daneben. Wie in einem Zustand der Hypnose griff sie nach der Waffe und bereitete sie vor. Sie wußte nicht, wie man eine Muskete lud. Dennoch drehte sich der Soldat, als sie sie hob, zielte und auf den Abzugsbügel drückte, wie eine jäh von ihren Fäden gerissene Marionette und stürzte rückwärts die Treppe hinunter, ein schwarzes Loch an Stelle seines Gesichts.

Sie nahm Deckung hinter der Balustrade und schoß weiter auf die roten Röcke, die die Treppe zu ersteigen versuchten, bis zu dem Augenblick, in dem Arme sie von hinten umschlangen und lähmten.

Drei Bilder nahmen ihre Augen noch auf. Sie sah Barbe vorbeilaufen, Charles-Henri an ihren Busen gedrückt. Sie sah das tränenüberströmte Gesicht Bertilles, ihrer Dienerin, die sich zwischen den Händen dreier widerlich entblößter Soldaten wand. Sie sah die in die Nacht geöffneten Fenster, durch die man Leichen stürzte. Dann schwand das Bewußtsein dessen, was um sie herum vorging, verdrängt durch die nackte Angst um ihr eigenes Los. Niemals hatte sie eine so animalische Kopflosigkeit gekannt. Selbst damals nicht, als man sie zum Auspeitschen an die Säule gebunden hatte. Damals hatte ihr Geist Leben und Tod beherrscht.

In dieser Nacht war sie nur von einem verzweifelten, blinden Trieb erfüllt, dem zu entgehen, was auf sie zukam. Und je erbitterter sie sich wehrte, desto mehr wuchs ihre Panik vor der Erkenntnis ihrer Machtlosigkeit. Sie erinnerte sich jener Nacht, in der die Kavaliere des Wirtshauses zur Roten Maske sie über den Tisch geworfen hatten, um sie zu vergewaltigen. Damals war ihr der Hund Sorbonne zu Hilfe gekommen.

In dieser Nacht würde niemand kommen! Die Dämonen würden sich an der unbesiegbaren Frau rächen, die allzu oft ihren Fallen entwischt war. Von überall her tauchten sie auf mit ihren gehörnten Fratzen, ihren roten Höllenlivreen und haarigen Klauen. In dieser Nacht würden sie sie zerstören, sie und den geheimen Zauber, der sie bisher vor Beschmutzungen bewahrt hatte. Allzu oft war sie durch die Flammen der Sünde gegangen, ohne sich verzehren zu lassen. Sie würden aus ihr eine beschmutzte Kreatur wie die andern machen. Niemals mehr würde sie ihrer durch das Strahlen ihres Liebeszaubers spotten.

Stinkender Atem keuchte über ihren hochmütigen Mund, widerliche

Mäuler preßten sich auf ihre Lippen, deren ekelhafte Vergewaltigung ihre Schreie erstickte, feuchte Schneckenfinger krochen über ihre Haut, während der Stoff ihres Kleides zerriß.

Ihre Schenkel wurden auseinandergezwungen, rohe Fäuste fesselten Arme und Beine wie mit Eisenbändern an den Boden. Das Fleisch war ihnen ausgeliefert. Obszöne Schreie gellten in ihren Ohren, während sie wie eine Ertrinkende auf dem Grund eines schwarzen Gewässers in der Überwältigung brutaler Umarmungen erstickte.

Es war ein schlimmerer Anschlag auf sie als ein mörderischer Dolchstoß. Ihr Körper entglitt ihr und wurde zum Objekt der Schande. Unerträgliche Schmerzen durchjagten sie, unterwarfen sie einer reißenden, monotonen Qual, bis zu dem barmherzigen Augenblick, in dem sie in Bewußtlosigkeit versank.

16

Angélique richtete sich halb auf. Sie lag auf den Fliesen, deren Kälte sie noch auf ihrer Wange spürte. Die Nebel der Morgendämmerung vermischten sich mit den letzten Resten des Rauchs und verhüllten ihre Umgebung. Stumpf, wie betäubt, betrachtete sie ihre geschundenen, verbrannten Hände. Es mußte geschehen sein, als sie mit der Muskete geschossen hatte. Sie hatte es nicht einmal bemerkt. Die Erinnerung kehrte ihr zurück. Sie wollte sich aufrichten und stöhnte. Auf den Knien verharrend, auf beide Hände gestützt, keuchte sie in der Qual der Schmerzen. Das Haar hing ihr ins fleckige Gesicht, und ihre Haltung rief seltsam das Bild jener Frau ins Gedächtnis zurück, die so oft auf den steinigen Pfaden des Rifs gestürzt war, wenn die Kräfte sie verlassen hatten.

Ah, du glaubtest dich den Dämonen entronnen, unbesiegliche, allzu schöne Frau! Aber die Dämonen haben dich dort überwältigt, wo du am sichersten zu sein glaubtest, im Lande deiner Kindheit, unter den Deinen. Das Schlimmste erwartete dich dort. Du konntest nicht hoffen, dir für immer jenen Ausblick auf das Leben zu bewahren, der über Hindernisse lachte und die grämlichen Seelen beleidigte. Jetzt hast du das Schlimmste durchlebt. Nun wirst du dich nicht mehr erheben. Du weißt noch nicht alles. Du kennst noch nicht das ganze Ausmaß der unheilbaren Wunde, die diese Nacht dir geschlagen hat, Angélique, stolze Angélique.

Die kleinlichen Herzen können triumphieren . . .

Die Frau, die sich mühsam aufrichtet in der bleifarbenen Dämmerung des beginnenden Tages, die sich gegen die Mauer lehnt und entsetzt um sich blickt, wird niemals wieder dieselbe sein wie jene andere, die kämpfte und hoffte, die unaufhörlich zu neuen Aufgaben, neuen Lieben wiedererstand mit der unbekümmerten, vom leisesten Sonnenschimmer entfalteten Lebenskraft einer schönen Pflanze.

Ihre tastende Hand suchte mechanisch die zerrissenen Kleidungsstükke zusammenzuhalten.

Die Erinnerung an das, was ihr geschehen war, verursachte ihr dumpfen Ekel. Gerüche, Berührungen verfolgten sie. Ihr Körper flößte ihr Abscheu ein.

Um sie herum lagen lang hingestreckte Gestalten. Unter ihnen Dragoner in ihren roten Uniformen. Sie sah nicht, daß sie tot waren. Die Furcht, daß einer von ihnen erwachen könnte, trieb sie hastig zur Treppe. Sie begann mit steifen Gliedern hinabzusteigen. Quer über den Stufen entdeckte sie die gestürzte Barbe, das Kind noch in den Armen.

Charles-Henri schlief in den Armen der toten Barbe. Ein Ansturm wahnwitziger Freude ließ Angélique erbeben. Ihren Augen nicht trauend, beugte sie sich über ihn. Das Wunder hatte sich erfüllt. Er schlief, wie nur ein Kind inmitten einer zerstörten Welt zu schlafen vermochte, mit geschlossenen Lidern, deren lange Wimpern zarte Schatten auf seine Wangen warfen, die Lippen zu einem halben Lächeln geöffnet.

«Wach auf», murmelte sie, «wach auf, kleiner Charles-Henri.»

Doch er wachte nicht auf.

Sie schüttelte ihn sanft – er sollte die Augen öffnen. Da glitt sein Kopf zurück wie der einer geschlachteten Taube, und sie dah, daß sich quer über den Hals eine klaffende Wunde zog, durch die sein Leben entflohen war.

Angélique löste ihr Kind nicht ohne Mühe aus den Armen der toten Dienerin und nahm es zu sich. Es so an ihrer Schulter zu fühlen, schwer und willenlos, tat ihr wohl.

Unten durchquerte sie den Schauplatz der Schlächterei, ohne etwas zu sehen, über die Leichen hinwegsteigend wie über gleichgültige Hindernisse, und trat in den Garten hinaus.

Die Sonne begann Funken über die Oberfläche des Teichs zu stäuben. Angélique ging über den Kies, ohne etwas zu fühlen, weder die Schmerzen ihres Körpers noch das Gewicht des Kindes. Sie betrachtete es.

«Das schönste der Menschenkinder . . .»

Sie wußte nicht mehr, wo sie diesen Satz gehört hatte.

«Das schönste . . .»

Mit ungläubiger Angst begann sie seine Reglosigkeit, seine Abwesenheit, die wächserne Farbe seiner runden Wange zu bemerken, ebenso lilienweiß wie das lange Hemdchen, das er trug.

«Mein Engel . . . Komm, ich bring dich weit fort . . . Wir werden zusammen fortgehen . . . Das gefällt dir, nicht wahr? Ich werde mit dir spielen . . .»

Die Sonne glänzte auf dem Haar aus goldener Seide an ihrer Schulter, und dieses Haar lebte, vom Windhauch bewegt.

«Armer kleiner Junge! . . . Armer kleiner Herr!»

Bauern, die sich angstvoll die große Allee herauf näherten, sahen sie auf sich zu kommen.

Sie nahmen ihr ihre Bürde aus den Händen und führten sie zum Haus des Intendanten Molines. Die Dragoner hatten es geplündert, aber nicht in Brand gesteckt. Jemand trug einen Stuhl in den Hof hinaus, und man nötigte sie, sich zu setzen. Sie wollte das Haus nicht betreten. Es gelang ihnen, ihr ein wenig Branntwein einzuflößen, und sie blieb dort, stumm, die Hände auf den Knien.

Die ganze Umgebung, alles, was an Bauern in den Pachthöfen und Weilern verblieben war, fand sich in Plessis ein. Betroffen starrten sie zu der trägen Rauchwolke hinauf, die über die Baumkronen zog. Der ganze rechte Flügel, in dem die Küchenräume untergebracht waren, hatte in Flammen gestanden. Der Brand war erloschen, man wußte nicht recht weshalb, so daß den Überlebenden ein schlimmeres Schicksal erspart geblieben war. Man zog Malbrant Schwertstreich zwischen den Möbeln hervor, hinter die er geflüchtet war und die ihn wunderbarerweise beschützt hatten; dazu fand man drei der Mägde, denen die Rohlinge nichts anderes als Gewalt angetan hatten. Sie schluchzten, die Gesichter in den Armbeugen verborgen.

«Was denn? Was gibt's denn da zu zetern?!» schimpften die alten Frauen. «Wer hat das nicht einmal in seinem Leben durchmachen müssen? Ihr seid nicht gestorben, das ist die Hauptsache! Und für den Rest: schnell getan, schnell vergessen, so will's die Vernunft.»

Gegen Mittag zeigte Flipot seine Eichhörnchennase. Es war ihm gelungen, mit einem der kleinen Lakaien aus einem Fenster zu entkommen und sich im Wald zu verstecken.

Ein aus einer Wunde blutender Kopf lehnte sich gegen die Knie Angéliques, unterdrücktes Schluchzen schüttelte die schwachen Schultern. Es war der Abbé de Lesdiguière, die Stirn von einem schmutzigen Verband umwunden.

«Es ist entsetzlich, Madame! Sie haben mich verletzt. Ich habe Euch nicht bis zum Ende verteidigen können . . . auch den armen Kleinen nicht.»

Man hatte ihn offenbar seines geistlichen Gewandes wegen verschont.

Angélique stieß ihn zurück, von einem Schauder erfaßt, der nicht ihm, sondern ihr selbst galt.

«Berührt mich nicht . . . um alles in der Welt, berührt mich nicht!»

Und plötzlich:

«Wo ist Florimond?»

«Ich weiß es nicht. Auch den jungen Nathanaël hat man in Cambourg nicht gefunden.»

Von neuem in ihre Betäubung zurückfallend, schien sie ihn nicht zu hören. Sie sah den lachenden Florimond und Charles-Henri vor sich, während sie Gontran zu seinem Bild Modell standen.

«Kleiner Cherub mit dem Engelslächeln – Ihr seid allerliebst.
Kleines Wichtelmännchen voller Bosheit – Ihr seid allerliebst.»

«Die arme Dame wird närrisch», flüsterte eine der Frauen, die sich in ihrer Nähe aufhielten.

«Nein, sie betet. Sie sagt die Litaneien auf.»

«Was ist das für ein Lärm dort am Park?» fragte Angélique, aus ihrer Versunkenheit erwachend.

«Es sind die Schaufeln der Totengräber, Madame. Man bestattet die Leichen.»

«Ich will hinüber.»

Sie erhob sich mühsam. Der Abbé de Lesdiguière stützte sie. Am Rand des Waldes, nahe dem Gitter, hatte man mehrere Gräber ausgehoben und die Leichen hineingebettet. Im Gras lagen nur noch der Koch Lin Poiroux und seine Frau Aurélie, die man sich wegen ihres Leibesumfanges bis zum Schluß aufgespart hatte.

«Wir haben den kleinen Herrn dort drüben beerdigt», murmelte einer der Bauern, auf einen abseits liegenden Mooshügel deutend. Das Grab war bereits mit Feldblumen bedeckt.

Der Mann fuhr gedämpft fort, als bedürfe ihre Eile angesichts des erstarrten Gesichtsausdrucks Angéliques einer Entschuldigung:

«Wir haben es schnell ein wenig geschmückt. Später wird man ihn mit allen Ehren in die Kapelle von Plessis überführen. Aber die Kapelle ist verbrannt . . .»

«Hört zu», sagte Angélique. «Hört mich an . . .»

Ihre erloschene Stimme festigte sich plötzlich und erhob sich nach und nach zu leidenschaftlichem Klang:

«Hört mich an, Bauern!» rief sie. «Hört . . . Die Soldaten haben den letzten der Plessis-Bellière getötet . . . den Erben des Besitzes. Das Geschlecht ist tot . . . ist verloren! Sie haben ihn getötet. Sie haben euern Herrn getötet. Ihr habt keinen Herrn mehr . . . Es ist zu Ende . . . zu Ende für immer . . . Es gibt keine Herren von Plessis mehr . . . Die Linie ist erloschen!»

Die Bauern stießen einen klagenden, schmerzlichen Schrei aus, und das Schluchzen der Frauen verdoppelte sich.

«Es waren die Soldaten des Königs, die dieses Verbrechen begingen. Die Armee, die bezahlt wird, um die Leute der Provinzen zu mißhandeln und ihre Ernten zu verwüsten ... Nichtsnutzige Diebe, die nur aufhängen und entehren können ... Fremde, die unser Brot essen und unsere Kinder töten ... Werdet ihr ihre Verbrechen ungestraft lassen? ... Wir haben sie satt, diese Briganten, denen wir im Namen des Königs auf Gnade und Ungnade ausgeliefert sind. Der König selbst würde sie hängen lassen. Wir aber ... wir werden es für ihn übernehmen ... Bauern, ihr werdet sie nicht aus dem Lande entwischen lassen, nicht wahr? Ihr müßt zu euren Waffen greifen und euch auf die Suche nach ihnen machen ... und euren kleinen Herrn rächen ...»

Während des ganzen Tages verfolgten sie die Dragoner Montadours. Die Spuren, die die Truppe auf ihrem Weg zurückließ, waren leicht zu bemerken, und gegen Abend erfüllte sie eine Art bitterer Freude, als sie erkannten, daß die Banditen den Fluß nicht hatten überqueren können und sich erneut ins Innere der Provinz wandten. Ahnten sie, daß sie verfolgt wurden? Zweifellos nicht. Aber sie waren auf verödete Dörfer gestoßen, und dieses schweigsam gewordene, vom Mysterium seiner Bäume eingehüllte Land begann sie zu bedrücken.

Die Nacht kam, dann der Mond. Auf der Sohle der Hohlwege zogen die Bauern dahin. Sie waren nicht müde. Ihr Instinkt sagte ihnen, daß das Ende der Jagd nahe sei. Der dichte Teppich toter Blätter erstickte das Geräusch ihrer groben Holzschuhe, und die schwerfälligen Männer bewegten sich auf eine geschmeidige, umsichtige Art, die ihre Wilddiebsvergangenheit verriet.

Angélique war die erste, die die Kinnketten der weidenden Pferde klirren hörte.

Sie gab das Zeichen zum Halten und spähte, sich auf den oberen Rand der Böschung schwingend, zwischen den entlaubten Zweigen hindurch. Auf einem vom Mondlicht erhellten freien Platz, einem sanft geneigten Feld, schliefen die aneinandergedrängten Dragoner, von der Orgie der vergangenen Nacht und einem beunruhigenden, ziellosen Marsch erschöpft. Ein Posten döste neben den Glutresten eines Feuers, von dem ein dünner Rauchfaden träge zum sternenbedeckten Himmel aufstieg.

Martin Genêt, einer der Pächter, der die Führung der Bauern übernommen hatte, erfaßte die Situation sofort.

Geflüsterte Befehle gingen von Mund zu Mund, und ein Teil der Leute entfernte sich, ohne daß mehr als ein leises Rascheln der Blätter ihre Bewegung verraten hätte.

Bald darauf erhob sich von der Talseite her der zitternde Schrei des Käuzchens, dem ein zweiter antwortete.

Der Posten rührte sich ängstlich, lauschte und versank wieder in seine Träumereien.

Von den vier Ecken des Feldes glitten lautlos schnelle Schatten heran.

Kein Schrei zerriß die Stille, nur hier und da war das dumpfe Grunzen von Männer zu hören, die erwachten und von neuem in Schlaf versanken.

Am folgenden Tag erreichte Leutnant Gormat, der die Verbindung zu Montadour herstellen wollte, mit einer Abteilung von sechzig Männern die Region. Er suchte die Dragoner. Er fand sie inmitten eines Feldes mit durchgeschnittenen Kehlen, noch in der Haltung Schlafender. Die Tat war mit Sensen und Winzermessern begangen worden. Montadour war nur an seinem Wanst zu erkennen. Sein Kopf war verschwunden.

Der Ort wurde später das Feld der Dragoner genannt. Niemals wuchs dort etwas anderes als Quecken und Dornen . . .

So begann der große Aufstand des Poitou.

Zweiter Teil

Honorine

17

Vergeblich mißbilligte der König das Verhalten Monsieur de Marillacs und ersetzte ihn als Gouverneur der Provinz durch Baville.

Der von dem alten Indendanten Molines überbrachte Fürsprachebrief – der König hatte Molines sofort selbst empfangen, als er in Versailles erschienen war – kam zu spät.

Während Seine Majestät noch Louvois, den scheinheiligen, verdrießlichen Komplicen Marillacs, zu sich rufen ließ, um sich von ihm über die genaue Lage informieren zu lassen und Anordnungen zu treffen, explodierte bereits das Poitou.

Aus der Ferne war nicht zu erkennen, daß die Tat, die diesen jähen Ausbruch auslöste, die schmutzige Ermordung eines kleinen Jungen mit goldenen Locken gewesen war. Die Situation verwirrte sich alsbald, und lange Zeit schrieb man die Zerstörung des Schlosses Plessis und das Verschwinden der Marquise und ihrer Söhne den Raubzügen der Protestanten zu. Es wäre ein leichtes gewesen, beides auf das Konto der Ketzer zu setzen. Doch die ersten Truppen, die in die Gâtine einzudringen versuchten, stießen zu ihrer Verblüffung auf Katholiken, kommandiert von einem Gordon de la Grange, Angehöriger einer alten Familie, die das Schicksal aller auf ihren Gütern lebenden Geschlechter teilte, bei Hofe schlecht angeschrieben zu sein.

Indessen nahm im Süden des Sumpfgebietes der Hugenotte Samuel de La Morinière seine Offensive von neuem auf.

Die königlichen Regimenter zogen sich auf eine von Loudun über Parthenay nach Niort führende Linie zurück, während der Winter mit seinen malvenfarbenen Nebeln über die kahlen Wälder hereinbrach und ein erbitterter Kleinkrieg begann, grausam durch seine ungezügelte Brutalität, seine geheimnisumwitterte Verschwiegenheit, durch den eigensinnigen Charakter derer, die es zu befrieden galt. Sie waren wie Schatten. Mit wem sollte man verhandeln in diesem von Einwohnern wimmelnden Land, die man niemals sah, in diesem in sich verschlossenen Gebiet, das einer Wüste glich? Warum dieser unvermutet ausbrechende Groll? Auf wen hatten sie es abgesehen? Auf den König, die Truppen, die Steuereinnehmer? . . . Warum schlugen sie sich? Für religiöse Fragen, für Angelegenheiten der Provinz, aus Lokalpatriotismus? Welche Ziele wollten diese erdigen Maulwürfe, diese ungehobelten, plötzlich wild gewordenen Junker erreichen?

Im Rat des Königs fand man es angemessen, die Arme gen Himmel zu heben und sich in den verschiedenartigsten Vermutungen zu ergehen.

Im Grunde hätte niemand laut zu sagen gewagt, was man wußte, was man spürte. Niemand wäre bereit gewesen, sich einzugestehen, daß dieser Schrei, dieses dumpfe Knurren des gejagten Wildes, das verletzt in der Tiefe seines Waldes erwacht und sich entschließt, bis zum Tod zu kämpfen, das letzte Aufbäumen eines Volkes war, das sich gegen seine Versklavung wehrt.

Der Winter begann für das Poitou mit Not und Hunger. Das Bekehrungsunternehmen Monsieur de Marillacs hatte infolge der leichtfertigen Vernichtung der protestantischen Ernten eine schon durch erdrükkende Steuern und ein vorhergegangenes schlechtes Jahr gefährlich aus dem Gleichgewicht geratene Lage in eine allgemeine Katastrophe verwandelt. Während Montadour im Umkreis protestantischer Kirchen das Getreide in Brand steckte, waren die Steuerbeamten dort, wo sich katholische Glockentürme erhoben, so weit gegangen, Häuser abreißen zu lassen, um ihr Gebälk verkaufen zu können. Um sich der Abgaben zu versichern, hatten sie Betten, Kleidungsstücke, die zur Arbeit benötigten Tiere, ja selbst die Brote beschlagnahmt, jene runden, duftenden, auf Brettergestellen für die sechs Wintermonate gestapelten Laibe. Was bedeutete schon der Ruin eines Menschen! Waren es mehrere, bedeutete es ein verlassenes Dorf, Elende auf den Straßen, wenn der Herbst kam, abgezehrte Gestalten, die sich an denen schadlos halten wollten, die sich an ihnen schadlos gehalten hatten.

Provianttransporte, die für die Armee nach Nantes abgingen, wurden unterwegs von den Bauern geplündert.

Nachdem man bei klarem Himmel und warmer Sonne vom Sommer alles hatte erwarten können, war durch die Unruhen die letzte Hoffnung vernichtet worden, und der Hunger war da.

Erst allmählich erfuhr man von der Rolle, die eine Frau in diesem jähen Aufflammen des Hasses spielte und wie es ihr geglückt war, Protestanten und Katholiken, die Adligen, die Bauern und die Bürger der kleinen Städte mit einem gemeinsamen Ziel um sich zu sammeln.

Bei Hofe lächelten nicht wenige über die Legende von dieser Frau.

Andere glaubten daran. Die Zeit der schönen Aufrührerinnen war nicht fern, und niemand in Frankreich hatte vergessen, daß es einstmals ein Weib Jehane gegeben hatte, das, aus ihrem Heimatwinkel aufgebrochen, ihren Reitern im Kampf vorangeritten war. Die jetzige war keine Bäuerin, denn der Adel hörte auf sie. Nach und nach versammelten die obskuren Krautjunker mit den glänzenden Namen, über die man sich in Versailles lustig machte, weil sie ärmer als Bettler waren, ihre Lehnsleute um sich, um sie auf eine an ein Wunder grenzende Weise zu bewaffnen.

Alle nur denkbaren Werkzeuge tauchten auf, der Waffensammlung über dem Kamin entnommen: Musketen, Lanzen und Hellebarden, alte Armbrüste, *lansquenettes*, kurze, beidseitig geschliffene Schwerter,

Erinnerungen an die deutschen Landsknechte der Religionskriege, die, bärtig, mit Federn geschmückt und in allerlei Flitterzeug gekleidet, der Schrecken der Bevölkerung gewesen waren. Ihr kriegerischer Geist ging nun in diejenigen ein, die ihre nach den Schlachten auf den Feldern aufgelesenen Schwerter trugen. Sogar Pfeil und Bogen der Wilddiebe tauchten auf, furchtbare Waffen, wenn die, die sie handhabten, unsichtbar in der dichten Krone einer Eiche über einem Hohlweg lauerten. Die Soldaten des Königs begannen sehr bald den Brustpanzern von ehedem nachzutrauern.

Man erzählte sich auch, daß diese Frau schön und jung sei, woher ihre Macht über die Anführer des Krieges rühre. Man sehe sie nur zu Pferd, als Amazone, in einen dunklen Mantel gehüllt, dessen weite Kapuze ihr blondes Haar verberge.

Angélique besuchte alle Schlösser, alle Herrensitze des Landes. Die stolzen auf den Hügeln hinter ihren mit fauligem Wasser gefüllten Gräben und die zur Verteidigung der Übergänge an den Flußläufen errichteten. Hohe Wehrtürme, die nichts mehr verteidigten und in deren Schatten sie vor Kälte erstarrte Familien an dürftigen Kaminfeuern fand. Für Festlichkeiten geschaffene Renaissanceschlösser, in denen Fluchten riesiger Salons ihrem Zerfall entgegenträumten. Nur noch Mäuse durchhuschten sie. Es war zu kalt in ihnen. Die Schloßherren waren zu arm. Oder einer ihrer Söhne war Höfling in Versailles und vergeudete das Erbe. Burgen aus mächtigen Quadern, behaglicher in ihrer bürgerlichen Einfachheit, in denen man bescheiden lebte, verzehrt von Ehrgeiz, ohne es jemals weiterzubringen.

Angélique fiel es nicht schwer, die Worte zu finden, die diese Leute verstanden. Sie rief ihnen ihre Namen ins Gedächtnis zurück, den Ruhm ihrer Vorfahren und ihre gegenwärtige Erniedrigung.

Man rief die Bauern im Hof des Schlosses oder an einem abgelegenen Ort zusammen. Und wenn sie dann, eine stolz aufgerichtete, schlanke Gestalt, auf ihrem Pferd oder auf der obersten Stufe einer Treppe aus altersgrauem Stein erschien und mit klarer, ruhiger, in der frostigen Luft weithin tragender Stimme zu sprechen begann, fühlten diese primitiven Wesen in ihrem Innern ein Erbeben, das sie zu sich selbst erweckte und sie zum Zuhören zwang.

Über all das, was seit langem wie eine Wunde in ihren schweigsamen Herzen war, sprach sie zu ihnen. Sie erinnerte sie an die beiden schrecklichen Jahre 1662 und 1663, in denen sie Heu und Gras, Baumrinde, Kohlstrünke und Wurzeln gegessen hatten, in denen sie darauf verfallen waren, Nußschalen und Eicheln zu mahlen, um die letzte Handvoll Roggen oder Hafer damit zu strecken. Sie erinnerte sie an ihre toten Kinder, an ihre Auszüge in die Städte – in diesen Jahren waren Nicolas und Scharen ausgehungerter Bauern wie Wölfe in Paris eingefallen. In diesen Jahren auch hatte der große Karneval in Paris stattgefunden, und man hatte den König und seinen Bruder und die Fürsten im funkelnden Glanz ihres Geschmeides gesehen.

Im Jahr darauf war es gewesen, während sie ihre Wunden zu verbinden begannen, daß der Minister Colbert die Salzsteuer wieder eingeführt hatte, die «für Topf und Salzfaß» und die «für Eingesalzenes und Vieh», die Verpflichtung also für alle, das unentbehrliche Gewürz zu hohen Preisen im Staatsspeicher einzukaufen . . .

Indem sie an diese Dinge erinnerte, berührte sie einen empfindlichen Punkt der ganzen französischen Bauernschaft. Angesichts der Lawine der bevorstehenden Katastrophen sahen die während des Winters unbeschäftigten Bauern in ihrem Aufruf zur Rebellion zuerst die Möglichkeit, für die nächsten Monate die Zahlung der Steuern zu verweigern. Wenn man sich im Aufruhr befand, konnte man die Gerichtsvollzieher in die Brunnen werfen oder mit Mistgabeln verjagen. Und welche Erleichterung verhieß es, das wenige, was man besaß, für sich behalten zu können.

Sie sagte ihnen:

«Die Herren, die unter euch wohnen, sind eure wahren Herren. Wenn ihr hungert, hungern auch sie. Wie oft haben sie nicht den Zehnten, das Kopfgeld, die Steuer für den gemeinen Mann und seine Felder für alle auf ihrem Besitz gezahlt? Sie taten es, um euch gegen allzu räuberische Hände zu verteidigen.»

«Da ist wahr . . . das ist richtig», murmelten die Bauern.

«Folgt ihnen. Sie werden euch Wohlstand und eine neue Gerechtigkeit bringen. Es ist endlich Zeit, eurem Elend ein Ende zu setzen.»

Sie führte auch Zahlen an: die Verschwendung, die sie bei Hof mitangesehen hatte, die Bestechlichkeit der Beamten, die Maßnahmen der großen Finanziers, deren Schiebungen den Staat zwangen, jedes Jahr mehr und mehr Geld an der Quelle, das hieß: vor den Spartöpfen der Bauern abzufangen.

Und das Poitou griff zu den Waffen.

Städte wie Parthenay, Monterray, La Roche, die noch zögerten, wurden entweder durch Gewalt, durch Siege der protestantischen Truppen oder durch Überredung zu Parteigängern der Rebellion gemacht. Es gab nicht wenige Bürger, die Anlaß zur Unzufriedenheit mit dem König hatten. Angélique verstand es, mit ihnen die Sprache der Taler und Geschäfte zu sprechen. Die Vorräte der Städte wurden in Hinsicht auf das zu erwartende Hungerjahr aufgeteilt. Indessen hätten diese Maßnahmen und die Plünderungen militärischer Transporte nicht genügt, dieses Volk zu retten, das sich dem Bann des Königreichs ausgesetzt hatte, wenn die Bevölkerung der atlantischen Küste ihren Brüdern aus den Wald- und Sumpfgebieten nicht zu Hilfe gekommen wäre.

Es war ein vorwiegend protestantisches Gebiet, und es war auch das Land des Salzes, Objekt eines hitzigen, fast hundertjährigen Zanks zwischen den Einwohnern und der Krone. Ein Salzschmuggler aus Les Sables, Ponce-le-Palud, zog seine Zunft auf die Seite der Aufständischen hinüber. Und von nun an gelangten Lebensmittel über unbewohnte Küsten und verborgene, schwer zu überwachende Flüßchen ins Poitou. Gold zahlte für alles. Ein Bürger aus Fontenay-le-Comte hatte seinen Mitbürger klargemacht, daß Gold nichts nützte, wenn man Hungers starb.

Das Königreich beobachtete das Poitou. Der Winter zog eine ebenso undurchdringliche Schutzmauer um seine Grenzen wie die Rebellion. Man wartete darauf, daß Kälte und Nebel, Eis und Schnee wichen, um in diese Bastion eindringen und die Leichen zählen zu können. Aber die Leute des Poitou starben nicht.

Während all dieser frostigen Monate blieb Angélique selten lange an ein und demselben Ort. Ihre Wohnungen waren die Hütten der Bauern. Sie suchte jeden auf, der ihr nützlich schien, ließ sich ebenso am wappengeschmückten Kamin eines alten Schlosses wie vor dem Herd einer Pächterin oder im Hinterzimmer des Ladens eines in seinem Ort einflußreichen Kaufmanns nieder. Es mißfiel ihr nicht, mit den Menschen verschiedenster Klassen zu sprechen, und das Verständnis, auf das sie überall stieß, bestärkte sie in ihrer Überzeugung. Die Saat wartete nur darauf, hochschießen zu können. Man spürte, daß etwas geschehen würde.

Doch ihre wirkliche Behausung, der Ort ihrer Wahl, blieb der Hohlweg, in dem die Hufe ihres Pferdes und der ihrer Begleiter widerhallten.

Unter ihnen befand sich der Baron du Croissec. Bei ihm hatte sie gleich nach dem Drama Gastfreundschaft gesucht und gefunden. Seitdem begleitete sie der dicke Mann mit einigen seiner Diener auf allen Wegen.

Die Protestanten unter Angéliques Leuten hatten sich den Truppen de La Morinières angeschlossen. Die andern hatten unter der Führung des Pächters Martin Genêt eine Art Freikorps gebildet; jeder blieb bei sich zu Hause, war aber bereit, auf das leiseste Zeichen hin bewaffnet zum Treffpunkt zu eilen.

Ständig bei Angélique blieben nur die überlebenden Diener von Plessis: Alain, der Stallknecht, der Küchengehilfe Camille, der alte Antoine mit seiner Armbrust, der Pariser Gassenjunge Flipot, der nicht gewußt hätte, was er sonst in diesen Wäldern hätte anfangen sollen, und schließlich Malbrant Schwertstreich, brummend, aber glücklich, das harte Leben eines militärischen Feldzugs wiederzufinden. Der Abbé de Lesdiguière war ihr von Anfang an nicht von der Seite gewichen. Sobald er sie nicht mehr sah, machte er sich auf die Suche nach ihr. Er hatte Angst vor dem, was sich hinter diesem glatten, wie gefrorenen Gesicht und diesem starren Blick verbarg. Die Furcht, daß sie versuchen könnte, sich das Leben zu nehmen, verfolgte ihn.

Im abendlichen Quartier verfiel sie zuweilen in ein undurchdringliches Schweigen, in dem sie ihre Umgebung zu vergessen schien. Sie saß vor dem Feuer in einem großen Saal, dessen Wände Wappen und Wandteppiche schmückten. Es war das Dekor ihrer Kindheit. Draußen heulte der Wind, rüttelte an altersschwachen Läden, und Wetterfahnen kreischten auf den spitzen Dächern einiger Türmchen. Und oft fügte sich zum Prasseln des Holzes das regelmäßige, unaufhörliche Auf und Ab der Stiefel des Herzogs de La Morinière auf den Fliesen. Er war da, marschierte hin und her, und sein riesiger Schatten glitt über die Mauern und zuckte im Spiel der Flammen. Von Zeit zu Zeit hielt er inne, um ein Bündel Dornenzweige in den Kamin zu werfen. Diese Frau fror, er mußte sie erwärmen. Von neuem nahm er wie ein Tier im Käfig seinen Marsch auf. Sein Blick heftete sich auf das Profil der sitzenden, völlig abwesenden Angélique und auf die schmale Silhouette des Abbé de Lesdiguière, der sich auf einem Schemel im Hintergrund hielt und dessen Kopf zuweilen vor Müdigkeit auf die Brust sank. Er knurrte Worte ohnmächtiger Wut in seinen Bart. Es war nicht so sehr der kleine Abbé, dem er seiner Anwesenheit wegen grollte.

Das Hindernis, das sich zwischen ihm und dieser Frau erhob, die er mit immer wahnwitzigerer Leidenschaft begehrte, war von anderer Art und weit unbezwinglicherer Kraft als die Gegenwart eines zierlichen Pagen mit Mädchenaugen. Er hätte ihn mit einer Handbewegung beiseite wischen können, wenn da nicht etwas anderes gewesen wäre, gegen das weder sein unerbittlicher Wille noch die Leidenschaft seiner Liebe etwas vermochten.

Heute entglitt sie ihm für immer.

Als er von dem Überfall auf das Schloß Plessis erfuhr, war er in Eilmärschen dorthin zurückgekehrt. Mehrere Tage hatte er nach der verschwundenen Schloßherrin gesucht. Er hatte sie wiedergefunden. In den Zorn Samuel de La Morinières über die Verbrechen der Soldaten Montadours mischte sich ein Gefühl, das ihm bis dahin unbekannt geblieben war: Schmerz. Der Gedanke, daß man diese Frau entehrt hatte, brachte ihn zur Raserei. Während er die Umgebung nach ihr durchforscht hatte, war er mehrmals versucht gewesen, sich in sein Schwert zu stürzen, um der Qual zu entgehen, die seinen Körper und seine Seele marterte. Er hatte nicht einmal mehr den Namen des Herrn auszusprechen noch zu ihm zu beten vermocht.

Eines Abends, auf den Stufen eines Gebetskreuzes, unter einem stürmischen, von rasch ziehenden Wolken bedeckten Himmel, schien es dem grausamen Mann, als blute es aus seinem Herzen, und er spürte Tränen auf den Wangen. Er liebte. Das Antlitz Angéliques umgab sich für ihn mit dem Strahlenkranz einer nie gekannten Entdeckung: der Liebe.

Als er sie wiederfand, war er nahe daran, vor ihr auf die Knie zu sinken und den Saum ihres Kleides zu küssen. Die dunklen Ringe um ihre ruhigen Augen schienen ihr Geheimnis noch zu verstärken. Ihre ferne, durch das Leid geläuterte Schönheit brachte ihn aus der Fassung und schürte ein Fieber, das die Träume nur noch mehr erhitzten.

Sobald er sich allein mit ihr befand, wollte er sie in seine Arme nehmen. Sie erbleichte und wich mit schreckverzerrtem Gesicht zurück.

«Rührt mich nicht an . . . Nähert Euch nicht . . .»

Ihre Angst machte ihn toll. Er wollte ihre Lippen küssen, die andere beleidigt hatten, wollte deren Spuren löschen, sie besitzen, um sie zu reinigen. Ein namenloser Rausch, in dem sich Verzweiflung, eifersüchtige Liebe und das Verlangen, sich mit ihr zu vereinigen, mischten, überwältigte ihn, und er drückte sie, sich über ihre Bitte hinwegsetzend, leidenschaftlich an sich. Als er sie zuckend, weißer noch als Marmor, mit geschlossenen Augen in seinen Armen sah, beruhigte er sich. Sie war ohnmächtig geworden. Zitternd, verstört, bettete er sie auf die Fliesen.

Der Abbé de Lesdiguière lief herzu und verwandelte sich aus einem Seraph in einen rächenden Erzengel.

«Elender! Wie konntet Ihr es wagen, sie zu berühren?»

Er löste Angélique aus den harten, behaarten Händen, kämpfte gegen den Goliath . . .

«Wie konntet Ihr es wagen? . . . Versteht Ihr denn nicht? Sie kann es nicht mehr ertragen . . . Sie kann die Berührungen der Männer nicht mehr ertragen!»

Sie brauchten fast eine Stunde, um sie wieder zu beleben.

Der Zufall brachte es in diesen Monaten des Guerillakrieges noch gelegentlich mit sich, daß sie sich bei ihren Partisanen begegneten. Das waren dann jene endlosen Abende, während derer die unbestimmt verschreckten Gastgeber den Hugenotten und die Katholikin allein ließen. Stille, Schritte, zuckende Flammen. So verstrichen die Stunden inmitten eines unausgesprochenen, herzzerreißenden Dramas.

Im Februar kehrte Angélique in die Gegend von Plessis zurück. Sie wollte die Ruinen ihres einstigen Wohnsitzes nicht sehen und stieg im Edelhof de Guéménée du Croissec ab. Der dicke Baron schien in seiner unerschütterlichen Anhänglichkeit an die Sache Angéliques eine Rechtfertigung für seine unfruchtbare Existenz als Krautjunker und Hagestolz zu finden. Er hatte sich in diesen vier Monaten häufiger und länger aus seinem Winkel gerührt als in seinem ganzen bisherigen Leben zusammen. Er fühlte sich als sicherer Freund Angéliques, auf den sie zählen konnte, was immer auch geschehen mochte, und es traf zu, daß er sie in keiner Weise bedrängte. Auch die drei de La Morinière und andere Rebellenführer trafen dort zusammen, um die Lage zu besprechen. Es ließ sich voraussehen, daß die königlichen Truppen zu Beginn des Frühlings auf allen Fronten zum Generalangriff ansetzen würden. Mit den Verteidigungsmöglichkeiten im Norden war es nicht weit her. Konnte man mit den Bretagnern rechnen, die übrigens nur zur Hälfte Bretagner waren, da sie schon diesseits der Loire wohnten?

Wenig später kam es zu heftigen Kämpfen in der Umgebung. Die Gegend um Plessis blieb der Zielpunkt der königlichen Truppen, da die Bewegung von dort ihren Ausgang genommen hatte. Man schien zu wissen, daß sich die Rebellin des Poitou dort befand. Ein Preis war auf ihren Kopf gesetzt, obwohl man ihren Namen und ihre Person nicht kannte. Das Feld der Dragoner lag nahe, und die Erinnerung daran befeuerte die Soldaten auf ihren Vorstößen. Um ein Haar wäre Angélique in einen Hinterhalt geraten. Der Müller Valentin, zu dem sie sich mit dem verwundeten Abbé de Lesdiguière flüchtete, rettete sie. Um möglichen Nachforschungen zu entgehen, brachte er sie in die Sümpfe, wohin niemand sie verfolgen konnte.

18

Angélique verbrachte mehrere Wochen in Valentins Unterschlupf. Die niedrige, dicht am Wasser gelegene baufällige Hütte mit ihrem Dach aus schwärzlichem, mit Schilf untermischtem Stroh, das wie eine große Pelzmütze aussah, war behaglich. Ein besonderer, nur den Sumpfleuten bekannter Verputz aus bläulicher Tonerde, Stroh und Mist überzog die Innenseiten der Mauern mit einer Art Filz, der die Feuchtigkeit ansog und vor Kälte schützte. Es war lau und trocken darinnen, und wenn die Torfstücke im Kamin mit kurzen violetten Flammen brannten, vergaß man in der angenehmen Wärme fast die sumpfige, mit Wasser vollgesogene Landschaft, die sich ringsum ausbreitete.

Im Innern gab es nur einen einzigen niedrigen Raum, mit einem seitlich angebauten Schuppen, halb Stall, halb Keller, aus dem man das blecherne Klingeln des Glöckchens einer Ziege hörte, die Valentin auf seiner Barke hergebracht hatte, der täglichen Milch und des Käses wegen. Auch ein Steinbassin war da, in dem sich die für die Suppe bestimmten schwarzen Aale schlängelten, ein Vorrat von Saubohnen und Zwiebeln, ein Brett mit Broten in halber Höhe der Wand und ein Faß Rotwein. Die Möblierung war seltsam. Zwar war das aus einer mit geschichtetem Farnkraut belegten Pritsche bestehende Bett reichlich einfach, aber Meister Valentin hatte nicht vergessen, den den Herzen der Leute aus der Vendée so teuren «Altar der Jungfrau Maria» in die Einöde zu schaffen.

Man erzählte sich, daß der des Müllers aus der Mühle der Ukeleis der schönste von allen sei. Es war ein merkwürdiger, von einer Glaskugel gekrönter Aufbau, unter der ringsum ein Bild der Jungfrau Blumen aus Muscheln oder Perlen, Spitzen, seidene Bänder, Gehänge aus farbigen Steinen und in Sonnenform angeordnete echte Goldstücke angebracht waren. Angélique, die den Altar von früher her kannte, empfand bei seinem Anblick ein wunderliches Gefühl der Rückkehr in die Vergangenheit. Für einen kurzen Augenblick ließ die aufgehobene Zeit die staunende Bewunderung des Kindes in ihr erwachen. Doch schon in der nächsten Minute fand sie wieder zu sich zurück, zu den Wunden ihres Körpers und ihrer Seele, zu den Qualen der gereiften Frau, die sich in ihr regten wie die Aale im Bassin. Ein höllischer Kreislauf, düster und abstoßend, das war es, worauf ihre Gedanken hinausliefen, die oftmals einen fast physischen Schwindel in ihr erregten. Dann stützte sich sich gegen die Mauer. Ein Abgrund schien sich unter ihren Füßen aufzutun. Ihr Unbewußtes warnte sie vor einer furchtbaren Gefahr, die um sie herumstrich oder in ihr lauerte. Schließlich ließ der Aufruhr nach, und eine trügerische Ruhe kehrte in sie ein.

Hier verspürte sie keine Lust, unaufhörlich vor sich selbst zu fliehen wie auf dem festen Boden, wo sie gezwungen war, immer neue Hindernisse zwischen sich und den Verfolgungen des Königs von Frankreich aufzutürmen, der für sie zu einer Schreckgestalt, zur fixen Idee geworden war. Ihr hierher zu folgen, wagten die Soldaten des Königs nicht. Sie entschloß sich, noch ein wenig zu warten. Sie würde im Frühling die Sümpfe verlassen, wenn die Offensiven begannen. Dann mußte sie da sein, um den sinkenden Mut neu zu beleben, um jedem einzelnen den Einsatz des hohen Spiels ins Gedächtnis zu rufen.

Valentin brachte ihr Neuigkeiten. Das Land war ruhig. Im Kriegszustand, aber ruhig. Man fuhr fort, Truppen auszuheben, vor allem aber, gegen den Hunger zu kämpfen. Durch die Rebellion abgeschirmt, hatte man die mageren Reserven vor den bodenlosen Schlünden der Requisitionen und Steuerforderungen bewahren können. So fand das Land seinen notdürftigen Unterhalt. Und man beglückwünschte sich. «Alles geht besser, wenn man es unter sich ausmacht.» Würde man die so notwendige Freiheit zu verteidigen wissen? Allenthalben bereitete man sich darauf vor.

Meister Valentin kam fast jeden Tag. Kehrte er dazwischen zu seiner Mühle zurück? Ging er fischen oder jagte er im Schilf? Oft erschien er mit vollen Netzen oder mit buntfedrigen Vögeln, die mit baumelnden Köpfen von einem Stecken herabhingen.

Die Bewohner der Hütte sprachen wenig. Der kranke Abbé schlief oben im Heuschober. Seine Verletzung war dank Kräuterumschlägen geheilt. Aber er hatte oft Fieber. Er war wie ein schwächlicher, sanfter

Schatten zwischen zwei anderen, gleichfalls an ihre Träume verlorenen Schatten. Drei Wesen, die durch Welten getrennt schienen: eine schöne, in Tragik verstrickte Frau, ein schweigsamer Müller mit trägem, wunderlichem Geist, ein kleiner, höfischer Abbé, blaß und fröstelnd, alle drei eingeschlossen in die Stille der toten Gewässer.

Angélique schlief auf dem Lager aus Farnkräutern unter einem schweren Schafspelz. Ihr Schlaf war tief und traumlos, wie sie ihn bisher nicht gekannt hatte. Das Drama schien keinerlei Spuren in ihrer Physis zurückgelassen zu haben. Wenn sie erwachte, hörte sie draußen das Geräusch des auf die glatte Oberfläche des Sumpfes fallenden, sein leises Raunen ins Unendliche vervielfältigenden Regens. Oder auch das Quaken der Frösche, die spitzen Schreie der Wasserratten, den Ruf der Nachtvögel, das vielfältige Geflüster des sumpfigen Dschungels. Und eine Art Frieden kam über sie.

Wenn Valentin da war, sah sie auch ihn des Nachts in seinem Lehnstuhl aus Stroh und poliertem Holz. Seine Augen waren offen, und der bläuliche Widerschein der Flammen zuckte über seine groben, ausdruckslosen Züge. Zuweilen leuchtete es kurz in der Tiefe seiner Augen auf. Sie hatte den Eindruck, daß er sie beobachtete. Dann schloß sie die Lider und schlief wieder ein.

Meister Valentin bedeutete ihr nicht mehr als die Nähe eines vertrauten Menschen aus der Vergangenheit, der ihr diente. Er schnitt die Torfstücke für das Feuer zurecht, melkte die Ziege, schob die Milch zum Gerinnen in das Loch unter dem Kaminstein, bereitete Suppe und Fisch und ließ die Glut aufflammen, um die Sauce nicht zu scharf werden zu lassen. Er hätte einen Koch abgegeben, würdig, unter dem großen Vatel zu dienen. Manchmal brachte er ihr ein Körbchen voller mit Käse gefüllter, aus feinstem Mehl zubereiteter kleiner Kuchen, wie man sie zu Ostern auf dem Lande aß, mit schwarzer Kruste und goldbraunem Teig. Es konnte geschehen, daß Angélique mit plötzlicher Gier über sie herfiel. Sie hatte oft Hunger. Ein Licht, gleich einem Lächeln, glomm in den undurchdringlichen Augen des Mannes auf, während er zusah, wie sie ihre weißen Zähne in den Teig grub. Unangenehm berührt hielt sie inne und trat ins Freie, um diesem Blick zu entgehen.

Als sie auf die kleine Sumpfinsel gekommen war, hatte noch der Winter regiert, und die überschwemmte Erde erinnerte an die Wattlandschaft früherer Zeiten, deren salzige Schlammwogen von Seeigeln, Mollusken und fossilen Muscheln wimmelten. Noch immer kamen bestimmte Meervögel, um in den Schilfgürteln zu nisten. Die hohen, von Holländern unter Heinrich IV. gepflanzten Pappeln veränderten den Meerescharakter der Landschaft, wie auch die Erlen, Espen und Eschen, die wie mit einer schwarz tuschenden, spitzen Feder auf die Lichtreflexe des

Wassers oder auf die zarten Nebelschleier von der durchsichtigen Klarheit des Porzellans gezeichnet waren. Raben krächzten laut, wenn sie über die trostlose Einöde dahinstrichen. Unten im Schilf verlor sich Angéliques Blick im Gewirr der Zweige, der hoch aufgeschossenen, aus ihrem Abbild auf dem Wasser wachsenden Stämme, die die unentwirrbare Struktur des Sumpfes bildeten. Diese Radierung in Schwarz und Weiß faszinierte ihr verzweifeltes Herz, und plötzlich glaubte sie in den ziehenden Nebeln Florimond, Charles-Henri und Cantor vorübergleiten zu sehen, drei kleine, verlorene, nur in ihren Umrissen erkennbare Gestalten, die einander an den Händen hielten. Sie schrie auf:

«O meine Söhne . . . meine Söhne!»

Sie schrie, und ihre Stimme verlor sich in der grenzenlosen Weite, bis der Abbé de Lesdiguière durch den Schlamm gestolpert kam und ihren Arm ergriff, um sie sanft zum Haus zurückzuführen.

«Du hast deine Söhne geopfert», raunte in ihr eine dumpfe Stimme. «Wahnsinnige! Du hättest niemals Versailles verlassen, niemals in die Länder des Orients gehen dürfen, die dich verdorben haben. Du hättest dich dem König unterwerfen müssen. Du hättest dich vom König nehmen lassen müssen . . .» Und sie brach in wildes, trockenes Schluchzen aus, während sie leise nach ihnen rief und sie um Vergebung bat.

Der Frühling kam früh und überschwenglich, bedeckte die Sumpfebenen mit frischem Grün, begrub die trostlose Landschaft unter der Pracht seines Schmucks und gab den lang sich hinziehenden Kresseteppichen ihren meergrünen Schimmer wieder. Die Seelilien mit ihrem Duft nach Wachs und Honig erblühten von neuem. Die Libellen begannen die Wasserflächen mit ihrem zarten Flug zu furchen, bevor sie sich, um sich auszuruhen, auf Vergißmeinnicht- und Minzebüscheln niederließen. In den Teichen tummelten sich wilde Enten, Wiedehopfe, dicke aschfarbene Gänse, scheue Reiher. Hinter dem Vorhang der Zweige sah man lautlose Barken vorüberziehen. Gleich dem Forst ist der Sumpf eine Landschaft, die hinter scheinbarer Verlassenheit ein vielfältiges, wimmelndes Leben verbirgt. Die Hüttenbewohner, Abkömmlinge der Colliberts, bildeten unter sich eine volkreiche, unabhängige Republik. «In den Sümpfen gibt es böse Leute, die weder dem König noch dem Bischof Steuern zahlen», hatte einstmals die Amme erzählt . . .

Man war erst im März, aber das Wetter gab sich ungewöhnlich milde.

«Der Winter wird nicht allzu grausam gewesen sein», sagte Angélique eines Abends zu Meister Valentin. «Es sieht so aus, als seien die guten Geister mit uns. Ich werde bald das Moor verlassen müssen.»

Der Müller stellte eine Kanne dampfenden Rotweins und Gläser auf den Tisch. Die Mahlzeit war beendet. Der Abbé de Lesdiguière hatte sich auf dem Heu im Schober schlafen gelegt. Es war die Stunde, in der Angélique und Valentin vor dem Kamin warmen, mit Kräutern und Zimt gewürzten Wein zu trinken pflegten. Valentin schob ihr ein Glas zu und ließ sich auf einem Schemel nieder, um schlürfend einen Schluck von dem Gebräu zu trinken. Sie betrachtete ihn, als sähe sie ihn zum erstenmal, und wunderte sich über seinen mächtigen, gebeugten Rücken unter dem bis zu den Knien reichenden Rock aus grauem Tuch und über die schweren, mit Metallspangen verzierten Schuhe. Nicht Bürger, aber auch nicht Bauer. Meister Valentin, der Müller aus der Mühle der Ukeleis. Ein Unbekannter, der immer um sie gewesen war.

Er beobachtete sie über den Rand seines Glases. Die Farbe seiner Augen war grau.

«Du wirst fortgehen?»

Er sprach Patois, und sie antwortete ihm in derselben Mundart.

«Ja, ich muß wissen, wie es mit unseren Leuten steht. Mit dem Frühling wird auch der Krieg kommen.»

Er leerte das Glas auf einen Zug, danach ein zweites. Er atmete heftig.

Dann stellte er das Glas auf den Tisch, trat mit hängenden Armen zu Angélique und sah ohne ein Wort auf sie hinunter.

Durch seinen Blick gereizt, reichte sie ihm den Becher, den sie geleert hatte.

«Tu ihn fort.»

Er gehorchte und heftete von neuem seinen Blick auf sie. Sein Gesicht war pockennarbig und gerötet, und hinter den halb geöffneten Lippen nahm sie seine gelblichen, schlechten Zähne wahr.

Ihr einsames Beieinander, das ihr bisher gleichgültig gewesen war, begann sie zu bedrücken. Nervös umklammerte sie die Armlehnen des Lehnstuhls, in dem sie saß.

«Ich gehe schlafen», murmelte sie.

Er tat einen Schritt auf sie zu.

«Ich habe ganz frische Farne aufgelegt, frisch im Unterholz gepflückt, damit das Bett weicher ist.»

Er beugte sich zu ihr, nahm ihre Hand in die seine und sah sie flehend an.

«Komm mit mir auf die Farne.»

Angélique zog ihre Hand zurück, als habe er sie verbrannt.

«Was fällt dir ein? Bist du verrückt?»

Sie richtete sich auf und musterte ihn angstvoll. Der Abscheu, den er ihr einflößte – den jeder Mann ihr jetzt einflößte –, hinderte sie, sich zu verteidigen, wie sie es hätte tun müssen. Das Herz schlug ihr bis in den Hals hinauf. Wenn er sie berührte, würde sie ohnmächtig werden wie in den Armen des Herzogs de La Morinière. Sie erblaßte bei der Vorstellung des entsetzlichen Krampfes, der sie damals befallen hatte, während die Erinnerung an die Nacht von Plessis sich wieder vor ihr auftat und sie mit Schrecken erfüllte. In den Augen des Müllers glomm ein Licht auf, das sie in Furcht versetzte. Ungewiß und flackernd.

«Faß mich nicht an, Valentin!»

Er beherrschte sie mit seiner wuchtigen, ein wenig vornübergeneigten Gestalt, während er mit hängender Lippe und jener törichten, stumpfen Miene vor ihr stand, die sie von früher her kannte und die sie immer zum Lachen gebracht hatte.

«Warum nicht ich?» sagte er mühsam. «Ich, der ich dich liebe . . . dessen ganzes Leben von der Liebe gestohlen wurde, die du mir ins Herz gepfählt hast. Ich habe lange genug auf diese Stunde gewartet . . . ich dachte, es wäre unmöglich, aber jetzt weiß ich, daß du mir gehören wirst . . .»

Wie Nicolas! dachte sie verwirrt. Wie Nicolas! . . .

«Ich schau dich an, seitdem du da bist. Ich sehe dich rund werden wie ein schönes, fruchtbares Mutterschaf. Und das Glück hat mir das Herz gesprengt, weil ich begriff, daß du keine Fee bist . . . daß ich dich streicheln könnte, ohne daß du mich behext.»

Sie hörte seine Stimme, ohne den Sinn der zögernden, immer wieder stockenden Worte zu verstehen, die er in seiner rauhen und trotzdem sanft klingenden Mundart murmelte.

«Komm, Liebste, Schönste . . . komm auf die Farne.»

Er näherte sich ihr und zog sie an sich, zärtlich ihre Schulter streichelnd.

Es gelang ihr, ihre Schwächeanwandlung zurückzudrängen. Mit geballten Fäusten schlug sie ihm ins Gesicht, so hart sie nur konnte.

«Laß mich, Bauernlümmel!»

Valentin erbebte und wich vor der Beschimpfung zurück. Er wurde wieder zum Müller der Ukeleis, dessen grobes und jähzorniges Wesen die Gegend fürchtete.

«Wie damals», knurrte er, «wie damals in der Scheune während der Brautnacht. Du hast dich nicht verändert, aber was tut's. Heute abend fürcht ich mich nicht, du bist keine Fee. Du wirst mir's bezahlen. In dieser Nacht gehörst du mir.»

Er sagte die letzten Worte in einem Ton schrecklicher Entschlossenheit. Dann wandte er sich um, trat mit schwerem Schritt zum Tisch und füllte sein Glas.

«Ich habe Zeit, aber denke dran, daß man Meister Valentin nicht ungestraft beleidigt. Du hast mir das Herz ausgesogen, du wirst mir's bezahlen.»

Sie dachte, daß sie versuchen müsse, den Wütenden zu besänftigen.

«Versteh mich, Valentin», sagte sie mit gebrochener Stimme, «ich verachte dich nicht. Aber wärst du der König selbst, würde ich dich zurückstoßen. Ich kann's nicht ertragen, daß ein Mann mich berührt. Es ist nun einmal so. Es ist wie eine Krankheit. Du mußt mich verstehen . . .»

Valentin hörte ihr aufmerksam zu, ein böses Funkeln in den Augen. Dann fuhr er sich mit dem Handrücken über die weinfeuchten Lippen.

«Das ist nicht wahr. Du lügst. Es gibt genug andere, in deren Armen du dich lachend wälzt. Schließlich hat dich ja der berühren müssen, dem du dein Junges im Bauch verdankst.»

Der Ausdruck stammte aus dem Südwesten, aber man benutzte ihn zuweilen auch im Norden. Angélique kannte ihn. Ein Junges! Ein Kind! . . .

«Was für ein Junges?» fragte sie, so offensichtlich verständnislos, daß er aus der Fassung geriet.

«Zum Teufel! Das, das du trägst! Auf die Weise hab ich's doch begriffen, daß du keine Fee bist. Die Feen, sagt man, könnten keine Kinder von Menschen haben. Ein Zauberer hat's mir erzählt. Die echten Feen haben keine Kinder.»

«Was für ein Kind?» rief sie mit schriller, überschnappender Stimme.

Der Abgrund tat sich auf. Er gähnte vor ihr. Die Drohung erhob sich aus dem Umkreis des Unbewußten, blähte sich auf, bemächtigte sich ihrer, während sie in dem Schwindelgefühl, das sie so oft für ein vorübergehendes Unwohlsein gehalten hatte, die ersten Lebensäußerungen eines Wesens erkannte, das sich in ihr rührte.

«Du kannst nicht behaupten, daß du es nicht wußtest», erklärte die ferne, wie durch Watte gedämpfte Stimme des Müllers. «Seit fünf oder sechs Monaten trägst du es schon.»

Fünf oder sechs Monate! . . . Aber es war ja unmöglich. Seit Colin Paturel hatte sie keinen Mann geliebt, hatte sie sich keinem gegeben . . .

Fünf oder sechs Monate! . . . Der Herbst! . . . Die rote Nacht von Plessis, Musketenschüsse, Blut, Brand, das Schluchzen verstörter Kinder, das Kreischen der Frauen, das unerträgliche Bild der widerlich entblößten Dragoner . . . Kampf und Schmerz, Demütigung ohne Ende, und fünf Monate später die schreckliche Wahrheit.

Sie stieß einen herzzerreißenden Schrei aus, der wie der Schrei eines verwundeten Tieres klang: «Nein. *Nein!* Nicht das!»

Während jener Monate, in denen sie kreuz und quer durch das Poitou geritten war, von einem einzigen Ziel beseelt und sich selbst ganz fern, war ihr nichts aufgefallen. Sie wollte ihren Körper vergessen und ließ gewisse Unregelmäßigkeiten unbeachtet, deren Ursache sie in dem entsetzlichen Schock und in den Mühseligkeiten ihrer Reisen vermutete.

Nun erinnerte sie sich jedoch, und der Tatbestand ließ sich nicht mehr übersehen. Die monströse Frucht hatte sich entwickelt. Sie spannte ihr Kleid unter dem Mieder. Die Taille hatte ihre Zartheit verloren.

Der verstörte Ausdruck ihres Gesichts schien selbst Valentin zu beeindrucken. In der lastenden Stille war von draußen das Plätschern zu hören, das die Sprünge eines kleinen Fischs im stehenden Wasser verursachten.

«Was kann dir das machen?» begann der Müller von neuem. «Du bist schöner als je . . .»

Er näherte sich ihr wieder. Sie entzog sich seinen ausgestreckten Händen, flüchtete in die dunklen Ecken, entsetzt und unfähig, einen Schrei auszustoßen. Es glückte ihm, sie zu packen und in seine Arme zu ziehen.

In diesem Augenblick erschütterte ein heftiger Schlag die Tür, der hölzerne Riegel sprang auf, und die hohe Gestalt Samuel de La Morinières beugte sich, um in die Hütte einzudringen. Er durchforschte den Raum mit einem schnellen Blick und ließ einen dumpfen Laut hören, als er das Paar entdeckte.

Seitdem Angélique verschwunden war, hatte ihn die Angst nicht mehr losgelassen. Man hatte ihm erzählt, daß sie die Gefangene des verwünschten Müllers sei, der sie durch seine Zauberkünste im Moor festhalte. Es mochte alberner Aberglaube sein, aber nichtsdestoweniger blieb dieser papistische Müller eine höchst verdächtige, gefährliche Erscheinung. Warum war diese Dame ihm gefolgt? Weshalb kehrte sie nicht zurück? Da er es nicht mehr aushielt, hatte er sich, ohne sich anzukündigen, zu ihr führen lassen.

Er erschien und fand sie in den Armen dieses rohen, beschränkten Kerls.

«Ich schneide dir die Kehle durch, Bauernlümmel!» brüllte er und zog seinen Dolch.

Meister Valentin wich seinem Stoß knapp aus. Er sprang zur Seite und floh zum anderen Ende des Raums. Wut und Enttäuschung gaben seinem Gesicht einen Ausdruck, der nicht weniger schrecklich war als der des Hugenotten.

«Ihr werdet sie nicht kriegen», sagte er keuchend. «Sie gehört mir.»

«Elender Schweinehund, ich werde dir dein Maul mit deinen eigenen Eingeweiden stopfen!»

Der Müller war ebenso groß und robust gebaut wie der protestantische Herzog. Aber er war ohne Waffen. Er glitt hinter den Tisch und belauerte jede Bewegung seines Gegners, der vor wahnwitziger Eifersucht zu beben und einen Augenblick der Unachtsamkeit abzuwarten schien, um sich auf ihn zu stürzen. Das Feuer war fast niedergebrannt, und die Winkel des Raums waren in Dunkelheit getaucht.

Valentin suchte der langstieligen Holzfälleraxt habhaft zu werden, die hinter dem Fischbassin lag.

Angélique hastete die Stiege zum Speicher hinauf, fiel ins Heu und schüttelte den tief schlafenden kleinen Lesdiguière mit all ihren Kräften.

«Abbé! . . . Sie schlagen sich . . . sie schlagen sich um meinetwillen!»

Noch halb im Schlaf betrachtete der junge Mann beim Licht der von einem Dachsparren herabhängenden alten Laterne erstaunt die über ihn gebeugte Frau mit den schreckgeweiteten Augen im bleichen Gesicht.

Er nahm ihre Hand:

«Fürchtet nichts, Madame. Ich bin da.»

Von unten drangen ein unmenschliches Brüllen und gleich darauf der dumpfe Laut eines schweren Falls herauf.

«Hört . . .»

«Fürchtet nichts», wiederholte er.

Er griff nach seinem Degen und glitt sodann hinter Angélique die Stiege hinunter. Sie bemerkten den wie von einem Blitz niedergeschmetterten Körper des hugenottischen Patriarchen, der mit dem Gesicht nach unten auf dem hartgetretenen Boden lag. Sein Schädel war gespalten, in seinem wirren Haar öffnete sich eine rote, klaffende Wunde.

Valentin stand am Tisch und schüttete mit zurückgebogenem Kopf einen Krug Wein in sich hinein. Die Axt lehnte neben ihm. Sein grauer Rock war über und über mit Blut bespritzt. Seine Augen waren die eines Irren.

19

Er entdeckte Angélique und stellte den Krug mit befriedigtem Grunzen auf den Tisch zurück.

«Man muß immer gegen Drachen kämpfen, wenn man die Prinzessin erobern will», sagte er mit unsicherer Stimme. «Der Drachen ist gekommen, ich habe ihn umgebracht . . . Das wäre erledigt. Habe ich dich jetzt verdient?»

Er kam taumelnd auf sie zu, trunken vom Wein, vom gewaltsam vergossenen Blut, von seinen hochgepeitschten Begierden. Mit einer geschmeidigen Bewegung glitt der Abbé, den er noch nicht gesehen hatte, aus dem Hintergrund und stellte sich mit erhobenem Degen vor Angélique.

«Zurück, Müller», sagte er in ruhigem Ton.

Das Auftauchen des schwächlichen Geistlichen verschlug dem Mann die Sprache. Aber er faßte sich schnell. Das Aufbrodeln seiner Leidenschaften erlaubte es ihm nicht mehr, auf die Stimme der Vernunft zu hören.

«Schert Euch weg, Abbé», grunzte er. «Solcherlei Dinge gehen Euch nichts an. Ihr seid ein Unschuldiger. Verschwindet.»

«Laßt diese Frau in Frieden.»

«Sie gehört mir.»

«Sie gehört Gott. Entferne dich, verlasse dieses Haus. Setze das ewige Leben deiner Seele nicht aufs Spiel.»

«Genug gepredigt, Abbé. Laßt mich vorbei.»

«In Christi und der heiligen Jungfrau Namen befehle ich dir, dich zu entfernen.»

«Ich werde Euch wie eine Wanze zerquetschen.»

Ein Abglanz des halb erloschenen Feuers ließ die erhobene Degenspitze aufglänzen.

«Keinen Schritt weiter», murmelte der Abbé, «keinen Schritt weiter, ich beschwöre dich.»

Valentin stürzte sich auf ihn.

Angélique barg ihr Gesicht in den Händen.

Der Müller wich zurück, die Hände in die Seite gepreßt. Neben dem Kamin brach er zusammen.

Plötzlich begann er zu brüllen: «Erteilt mir die Absolution, Abbé! ... Ich werde sterben! ... Ich will nicht mit einer Todsünde hinübergehen ... Rettet mich! ... Rettet mich vor der Hölle! Ich sterbe ...»

Seine unmenschlichen Schreie erfüllten die Hütte. Nach und nach wurden sie leiser, von wirren Klagen und dem Röcheln des Todeskampfes abgelöst, in das sich die gemurmelten Gebete des neben dem Sterbenden knienden Priesters mischten.

Endlich blieb nur noch Stille.

Angélique war unfähig, sich zu bewegen. Allein mußte der Abbé die beiden Leichen nach draußen schleppen, sie in die Barke ziehen und irgendwo in einem der Kanäle ins finstere Wasser stoßen.

Als er zurückkehrte hatte die junge Frau sich nicht gerührt. Er verriegelte sorgfältig die Tür und häufte im Kamin Torf und Holz auf, um die Glut zum Aufflammen zu bringen. Dann näherte er sich Angélique und nahm ihren Arm, um sie zu stützen.

«Setzt Euch, Madame», sagte er gedämpft. «Ihr müßt Euch wärmen.»

Und als sie ein wenig erholt schien:

«Der Mann, der den Herzog hierhergeführt hat, ist geflohen. Ich hörte, wie er davonstakte. Es war ein Collibert. Er wird nicht reden.»

Ein heftiger Schauer überlief sie.

«Es ist furchtbar», murmelte sie.

«Ja, es ist furchtbar ... diese beiden Toten ...»

«Ich denke nicht an sie. Ich denke an das, was er mir vorher sagte.» Sie hob ihren starren Blick zu ihm.

«Er sagte mir, daß ich ein Kind erwarte.»

Der junge Mann senkte errötend den Kopf.

Sie packte seine Schulter und schüttelte sie zornig.

«Ihr wußtet es und habt mir nichts gesagt?»

«Aber Madame . . .» stammelte er, «ich glaubte . . .»

«Närrin . . . Närrin, die ich war! Wie konnte es geschehen, daß es so lange dauerte, bis ich begriff?»

Sie hatte wirklich den Eindruck, daß sie den Verstand verlor. Der Abbé de Lesdiguière wollte nach ihrer Hand greifen, doch sie entzog sich ihm, weil sie die schwache Bewegung des unnennbaren Wesens in sich spürte. Es war schlimmer, als sich lebendig von einem unreinen Tier verschlungen zu fühlen.

Sie wehrte sich, raufte sich das Haar, drängte zur Tür, um sich in den Sumpf zu werfen, während er sie anflehte und zurückhielt und sie ihn von sich stieß, an eine von Schreckensbildern genährte Raserei verloren, in der sie vergeblich die ernste, sanfte Stimme zu hören suchte, die ihr von Gott sprach, von den seltsamen Wegen des Lebens, vom Beten und schließlich schluchzend Liebesworte murmelte.

Endlich ließ der Aufruhr in ihrem Innern nach, und ihre Züge fanden nach und nach die Ruhe der letzten Tage wieder. Der Abbé beobachtete sie besorgt, denn er spürte, daß sie einen unabänderlichen Entschluß gefaßt hatte, den sie hinter einem mühsamen Lächeln zu verbergen suchte.

«Geht schlafen, mein Kleiner. Ihr seid am Rande Eurer Kräfte.»

Ihre Hand streichelte mitleidig das braune Haar, das das zarte Jünglingsgesicht umrahmte, in dessen schönen Augen sie Schmerz und glühende Anbetung las.

«Alles, was Euch verletzt, Madame, trifft auch mein Herz.»

«Ich weiß, mein armer Junge.»

Sie drückte ihn gegen die Brust und fand Trost darin, ihn bei sich zu wissen, weil er rein war und weil er sie liebte und weil das alles war, was ihr in dieser Welt an Schönem blieb.

«Mein armer Schutzengel . . . Geht schlafen.»

Er küßte ihr die Hand und entfernte sich zögernd, noch immer beunruhigt, aber so erschöpft, daß sie ihn auf den Sprossen der Stiege stolpern und schwer auf sein Lager fallen hörte.

Mehrere Stunden lang verharrte sie reglos wie eine Statue, doch als der erste Schein der Dämmerung den Horizont zu streifen begann, erhob sie sich lautlos, hüllte sich in ihren Mantel und trat aus der Hütte. Die Barke des Müllers war mit einer Kette an einem in die Lehmwand eingelassenen Ring festgemacht. Sie löste die Kette, ergriff das hölzerne Ruder, mit dem sie besser umzugehen verstand als mit der Stange, und stieß das Fahrzeug auf den grünen Weg des Kanals hinaus.

Das Licht war noch ungewiß. Die Barke glitt in das Zwitschern und Lärmen der erwachenden wilden Vögel.

Angélique dachte an den kleinen Abbé. Er würde die Augen öffnen, sie suchen und verzweifelt nach ihr rufen. Aber er würde sie nicht finden und daran hindern können, das zu tun, was sie vorhatte. Unter dem Schuppendach lag eine Jolle. Mit ihrer Hilfe würde es ihm möglich sein, die nächste Siedlung der Hüttenleute zu erreichen.

Die Sonne stieg über den Horizont und verwandelte den lichten, dünn ziehenden Nebel in goldene Schleier. Die Wärme nahm zu, während Angélique durch die Kanäle irrte, deren Wasser die Farbe von Absinth oder irisierendem Perlenglanz annahm. Noch am Vormittag gelangte sie auf trockenen, festen Boden.

20

«Du wirst es tun, Melusine. Du wirst es tun, oder ich werde dich verfluchen.»

Angélique krallte ihre Finger in die knochigen Schultern der Alten. Ihr schrecklicher Blick hielt dem der Zauberin stand. Sie waren wie zwei sich bekämpfende Unholdinnen, und wer sie im Halbdunkel der Höhle mit ihren aufgelösten Haaren und zornfunkelnden Augen bemerkt hätte, wäre entsetzt entflohen.

«Meine Verwünschung ist stärker als deine», zischte Melusine.

«Nein. Im Tode wäre ich stärker als du. Ich würde dich um all deine Kräfte bringen, denn ich stürbe, wenn du mir das Mittel verweigerst. Ich würde mir einen Dolch in den Leib stoßen, um es zu töten.»

«Es ist gut», brummte die Alte, plötzlich nachgebend. «Laß mich los.»

Sie schüttelte ihre alten, schmerzenden Knochen unter den Sackleinwand-Lumpen. Ein weiterer Winter in ihrem feuchten Loch hatte die mähliche Verwandlung beschleunigt, die dieses menschliche Wesen in den Bereich des Vegetativen und Animalischen zurückwarf, indem ihr Körper das Aussehen eines alten, geborstenen Baumstumpfes und ihr Haar das von holzigen Pflanzen oder Spinnweben annahm, während ihr Blick an den eines im Dickicht lauernden Fuchses erinnerte.

Sie humpelte zum Herd und beugte sich argwöhnisch über das in einem Zuber brodelnde Wasser, dann warf sie, als habe sie sich jetzt erst endgültig entschieden, eine unbestimmbare Anzahl von Kräutern, Blättern und Pülverchen hinein.

«Ich hab's nur deinetwegen gesagt. Es ist zu spät. Du bist schon in deinem sechsten Mond. Wenn du das Mittel nimmst, riskierst du's, zu sterben.»

«Was tut's? Das laß meine Sorge sein.»

«Störrischer Maulesel, der du bist . . . Nun gut. Wenn du stirbst, wird es nicht meine Schuld sein. Du wirst mir im Jenseits nichts am Zeug flicken?»

«Ich verspreche es dir.»

«Es wäre nicht gut, wenn ich die Ursache deines Todes wäre», murmelte die Alte, «denn es ist dir bestimmt, lange zu leben. Es ist nicht gut, das Schicksal zu zwingen, wenn es sich für das Leben und nicht für den Tod entschieden hat . . . Du bist kernig und kraftvoll. Vielleicht überstehst du's. Ich werde das Schicksal beschwören, daß es dir hilft. Wenn du getrunken hast, wirst du dich auf den Stein der Feen legen. Der Ort steht unter dem Schutz der Geister, die dir beistehen werden.»

Erst in der Dämmerung war der Trank bereit. Melusine füllte einen hölzernen Humpen mit einem schwärzlichen Absud und reichte ihn Angélique, die das Gefäß entschlossen bis zum letzten Tropfen leerte. Der Geschmack des Gebräus war nicht übel. Sie stieß einen tiefen Seufzer der Erleichterung aus, trotz der Angst, die bei dem Gedanken an die kommenden Stunden in ihr aufstieg. Danach würde sie befreit sein. Das Verhängnis war von ihr genommen. Sie mußte den Mut aufbringen, die Prüfung zu bestehen. Sie erhob sich, um sich zur Lichtung des Steins der Feen zu begeben. Die Zauberin murmelte unaufhörlich Beschwörungen und schob ihr eine Art Nüsse in die Hand.

«Wenn du zu sehr leidest, knack eine oder zwei davon. Der Schmerz wird sich besänftigen. Und wenn das Kind heraus ist, läßt du es auf dem Stein der Druiden. Du wirst Misteln pflücken und es mit ihnen bedecken.»

Angélique folgte einem Pfad, auf dem das neue Gras überall durch die Schicht der toten Blätter drang, scheinbar zarte Hälmchen, deren biegsamer Kraft das Gewicht des Humus nichts anhaben konnte. Alles war grün und lebendig. Sie gelangte auf den Hügel, und vor ihr erhob sich der Dolmen, gestrandet wie ein Hai im schieferfarbenen Schatten des Abends. Ihre Füße wirbelten die raschelnden Blätter auf, und sie erkannte den Geruch der Eichen wieder, die mit ihren mächtigen, moosüberzogenen Sockeln und den starken Armen ihrer ineinander verschränkten Äste wie Ritter um die Lichtung aufgereiht waren. Sie streckte sich auf der von der Sonne durchwärmten Steinplatte aus; ihre Strahlen waren an diesem Tage so warm wie im Sommer gewesen. Ihr Körper verspürte noch keine Unruhe. Sie ließ ihre Arme zu beiden Seiten herunterhängen, und ihre Augen tranken die Schönheit des noch lichten Himmels, an dem ein winziger Stern flimmerte.

Hier, in diese Lichtung war sie immer gekommen, um mit den Kindern der Gegend zu tanzen. Sie hatten seltsame und verbotene Reime gesungen, um die Feen oder Kobolde hervorzulocken, von denen sie träumten, und sei es auch nur ein einziges Mal. Sie hörte ihre spitzen, schrillen Stimmen und das Stampfen ihrer kleinen Holzschuhe auf den herabgefallenen Eicheln und dem trockenen Heidekraut.

Dreht euch um, dreht euch um,
hui, die Geister gehen um . . .

Dann hatten sie aufgeregt durcheinandergeschrien: «Da, ich hab ihn gesehen! Einen Kobold! Er kletterte an der Eiche hoch. – Es war eine Maus! – Es war ein Kobold! . . .»

Die Nacht verdrängte das letzte Licht. Der Mond stieg hinter den Bäumen auf, rot zuerst, dann schweflig und gelb, um schließlich in silbriger Milde über der Lichtung zu leuchten.

Angélique wand sich auf dem grauen Stein. Der Schmerz hatte sich ihrer Eingeweide bemächtigt und ließ ihr keine Ruhe mehr.

Sie stöhnte, sich nach jeder Schmerzwoge fragend, ob sie die Kraft haben würde, einem neuen Ansturm standzuhalten.

«Es muß aufhören!» wiederholte sie sich.

Aber es hörte nicht auf. Der Schweiß rann ihr die Schläfen hinab, und das Licht des Mondes tat ihren Augen weh, die voller Tränen standen. Das Gestirn begleitete eine Qual ohne Ende. Schließlich schrie sie auf, erschöpft, am Ende ihrer Kräfte, und die Bewegung der Zweige erweckte Gespenster zum Leben, die sich über sie beugten. Dieser schwarze Baumstamm war Nicolas der Bandit und jener Valentin mit seiner Axt, und der dritte, unter dessen schwerem Schritt auf dem Wege zu ihr die Äste knackten, war der schwarze, bärtige Hugenotte, dessen Augen wie zwei brennende Kerzen glühten und dessen Schädel wie ein Granatapfel aufgeplatzt war.

Diesmal sah sie die Kobolde mit verwirrender Geschwindigkeit an den Stämmen auf und nieder huschen, von schwarzen Katzen begleitet, deren Krallen leuchtende Spuren hinterließen, und Käuzchen und Fledermäuse, ihre alten Hexensabbat-Kumpane, flatterten ihr um den Kopf. Sie zitterte im Fieber. Als ein kaum noch zu ertragender Krampf sie überfiel, erinnerte sie sich der Nüsse, die ihr die Hexe gegeben und die sie in der Tasche verwahrt hatte. Sie aß eine von ihnen, und ihre Qualen ließen gleich darauf nach. Der Schmerz war noch immer da, aber gleichsam entfernt, wie erstickt. Gierig aß sie eine weitere und eine dritte, aus Furcht, sich dem nackten, grausamen Schmerz wieder ausgesetzt zu finden. Sanft ließ sie sich in einen todesähnlichen Schlaf hinübergleiten.

Bei ihrem Erwachen hatte der Wald sein drohendes Aussehen verloren. Ein Vogel sang auf der Spitze eines Astes unter einem perlgrauen, rosig überhauchten Himmel.

«Es ist zu Ende», dachte Angélique. «Ich bin gerettet.»

Ermattet blieb sie liegen, ohne sich zu rühren. Endlich richtete sie sich auf. Ihr Körper schien ihr wie aus Blei. Sitzend und sich mit beiden Armen stützend, betrachtete sie dankbar ihre friedliche Umgebung.

«Du bist frei . . . bist befreit.»

Aber nirgends waren Spuren des überstandenen Dramas zu sehen. Die Geister mußten sie beseitigt haben.

Angélique fand allmählich ihre geistige Klarheit wieder. Es war da etwas, was sie nicht verstand.

«Was ist geschehen?»

Die Antwort war eine kaum merkliche Bewegung, die sie in ihrem Innern spürte, und sie begriff, enttäuscht und wie vor den Kopf geschlagen. «Nichts ist geschehen. Ich habe vergeblich gelitten. Verwünscht! Verwünscht!»

Die Schande war ihr nicht genommen worden. von neuem kam es wie ein Anfall von Wahnsinn über sie. Sie schlug sich mit Fäusten, stieß ihren Kopf gegen den Fels. Dann sprang sie vom Stein und lief zur Höhle Melusines, die sie in ihrer Wut fast erwürgt hätte.

«Gib mir mehr von deinem Mittel . . .»

Um ihr elendes Dasein zu retten, fand die Zauberin Einwände diplomatischer Überredungskunst.

«Warum willst du deine Frucht loswerden, obwohl alle Welt schon deine Sünde gesehen hat? Warte noch zwei oder drei Monde . . . Erwarte deine Stunde! . . . Das Kind wird ohnehin deinen Leib verlassen, ob du willst oder nicht . . . und ohne daß du wie heute den Tod riskierst. Wenn es soweit ist, kommst du zu mir. Ich werde dir helfen . . . Danach machst du mit ihm, was du willst. Wirfst es in die Vendée, als Opfer in die Schlucht der Riesen oder legst es auf eine Türschwelle in der Stadt . . .»

Angélique begann endlich auf sie zu hören.

«Ich werde nie den Mut finden, länger zu warten», seufzte sie.

Doch sie wußte schon, daß die Zauberin recht hatte.

Sie verließ den Wald und stieß zu den beiden Brüdern des Herzogs de La Morinière. Sie fand sie im Schloß Ronçay, nahe Bressuire. Sie sagte ihnen, daß der Patriarch tot sei und daß sie sein Werk fortsetzen müßten. Es erwies sich als schwierig, sie nach den näheren Umständen dieses Todes zu fragen. Angéliques Haltung schreckte selbst die Kühnsten ab. Ihre Schwangerschaft war nun nicht mehr zu übersehen, und sie suchte sie auch nicht zu verbergen. Es war etwas in ihr, das Redereien darüber verbot. Die beiden Brüder de La Morinière bezeigten ihr weiterhin die größte Ehrerbietung. Sie glaubten, daß es das Kind Samuel de La Morinières sei.

Auch den Abbé de Lesdiguière fand sie wieder. Sie kamen mit keinem Wort auf das Geschehene zurück, und der junge Geistliche nahm von neuem seinen Platz in der vagabundierenden Eskorte ein, die der Rebellin des Poitou folgte.

Mit dem Frühling durchlief ein Zittern die Natur und schien sich auch den Menschen mitzuteilen. Die Zeit der Kämpfe war nahe. Die Scharmützel nahmen an Zahl und Bedeutung zu, und eine blutige Ära kündigte sich an.

Eine unermüdliche Frau galoppierte, von ihren Getreuen begleitet, kreuz und quer durch die Provinz.

Man erzählte sich, daß überall, wo sie auftauche, der Sieg den Partisanen sicher sei.

Im Juli kehrte sie in das Gebiet von Nieul zurück, und dort verschwand sie für einige Tage.

Ihre Begleiter und Diener suchten sie zuerst und beunruhigten sich ihretwegen, dann schwiegen sie, denn ihnen allen kam plötzlich derselbe Gedanke, und sie verstanden, warum sie sich von ihnen getrennt und sich irgendwo verborgen hatte.

Angstvoll saßen sie um das Feuer und warteten auf ihre Rückkehr. Sie würde zweifellos blasser und verändert wieder auftauchen, doch mit demselben rätselhaften Ausdruck in der Tiefe ihrer grünen Augen. Und niemand würde es wagen, ihre plötzlich schlank gewordene Taille zu betrachten.

Die Lichtung, von der sie aufgebrochen war, verließen sie nicht. Sie sollte sie nicht lange suchen müssen. Sonst vermochten sie nichts für sie zu tun. Sie konnten nichts für ihre Schmerzen und ihren Leidenskampf im Herzen der Wälder. Sie waren Männer, und sie war eine Frau. Sie war schön und stolz und von hoher Geburt, aber der Fluch der Frauen hatte auch sie berührt. Sie wagten nicht an die Einsame im Wald zu denken, und sie schämten sich, Männer zu sein.

21

Angélique war wie eine Rasende bis zu den Grenzen des Waldes von Nieul galoppiert. Sie ließ ihr Pferd in einer Meierei, deren Pächterin sie verehrte, und stieg zu den Hügeln des Waldes hinauf. Sie kam außer Atem, während sie sich an den Sträuchern hochzog, um ihr Fortkommen zu beschleunigen. Unter den Bäumen fühlte sie sich wohler, aber sie hatte noch einen langen Weg vor sich. Die Furcht ließ sie nicht los. Sie glaubte, daß es ihr niemals gelingen würde, den steilen Pfad zwischen den Felsen hinabzuklettern, der zu Melusines Behausung führte, und brach schließlich wie ein verwundetes Tier auf dem Sand der Höhle zusammen.

Mit den fahrigen Bewegungen einer aus der Fassung geratenen alten Mutter hob die Zauberin sie auf, bettete sie auf ein Lager von Farnkräutern und streichelte ihr feuchtes Haar mit ihren gekrümmten, verknöcherten Fingern.

Sie flößte ihr ein beruhigendes Getränk ein und legte Pflaster auf, die sie erleichterten. Das Kind kam schnell zur Welt. Angélique stützte sich auf, um mit Schrecken dieses durch ein Verbrechen geborene Wesen zu betrachten. Sie hatte sich darauf gefaßt gemacht, daß es verunstaltet, verkrüppelt sein würde. Ein Kind, das unter solchen Umständen empfangen worden war, konnte nicht gesund sein. Infolgedessen stieß sie einen Schrei des Entsetzens aus:

«Oh, Melusine, sieh doch ... Es ist ein Monstrum ... Es hat kein Geschlecht ...»

Die Zauberin warf ihr durch ihre weißen Strähnen einen spöttischen Blick zu.

«Ah, was! Es ist ein Mädchen ...»

Angélique ließ sich zurückfallen und wurde von einem nicht zu bezähmenden krampfhaften Gelächter geschüttelt.

«Wie dumm ich bin! Ich hatte nicht daran gedacht. O nein ... ein Mädchen! Ich wäre nie darauf gekommen. Ich bin es nicht gewöhnt, verstehst du? ... Nicht gewöhnt! ... Ich hab nur Jungen in die Welt gesetzt ... Ja, drei Jungen ... drei Söhne ... Jetzt hab ich keinen mehr. Keinen einzigen! ... Eine Tochter! ... Es ist zu komisch!»

Tränenüberströmt sank sie alsbald in tiefen Schlaf. Ihr gelöstes, lichtes Haar umgab sie mit dem Glanz der Unschuld.

Als sie erwachte, hielt der im Schlaf empfundene Frieden an. Ein völlig körperlicher Frieden, der jedoch auch ihre gemarterte Seele betäubte. Auf einen Ellbogen gestützt, ließ sie ihren Blick zum Eingang der Höhle hinübergleiten und sah unvermutet etwas Bezauberndes: vor der Laubwand hob sich eine grasende Hirschkuh ab, der ein Junges folgte. Die Umgebung der Höhle schien ihr vertraut zu sein, denn sie hob nicht unruhig den Kopf, wie es Tiere tun, die die Nachbarschaft der Menschen spüren.

Angélique beobachtete sie eine Weile mit angehaltenem Atem, und als die graziösen Tiere sich entfernt hatten, streckte sie sich von neuem mit einem Seufzer aus. Sie fühlte sich bei Melusine geborgen. Sie begriff, warum ein durch allzu viele Schläge verletztes Frauenherz seinen einzigen Trost in der Einsamkeit der Wälder fand und sich darum endgültig in ihren Frieden flüchtete. So wurde man zur Hexe der Wälder.

Gegen Abend weckte sie ein anderes Geräusch, und sie fuhr hoch, von neuem geängstigt: ein dünner, halb erstickter Schrei, der nicht von einem Tier herrühren konnte.

«Sie hat Durst», sagte die Zauberin und humpelte in den Hintergrund der Höhle, um etwas zu holen. Sie tauchte mit einem unförmigen, in einen Fetzen roten Chiffons gehüllten Bündel wieder auf, aus dem das Plärren drang.

Angélique sah der Zauberin mit ungläubiger Bestürzung entgegen.

«Es lebt? Aber es hat doch bei seiner Geburt keinen Ton von sich gegeben!»

«Schon richtig. Jetzt schreit sie dafür um so mehr. Sie hat Durst . . .»

Und Melusine hielt das Kind an die Brust der jungen Wöchnerin.

Angéliques ganzes Wesen verweigerte sich dieser Bewegung. Ihre Augen blitzten.

«Nein!» rief sie wild. «Nein, niemals . . . Sie hat mein Blut, aber sie wird nicht meine Milch bekommen . . . Meine Milch ist nicht für sie, nicht für einen Landsknechtsbastard. Nimm sie fort, Melusine! . . . Schaff sie mir aus den Augen. Gib ihr Wasser, ganz gleich was, damit sie ruhig ist, aber bring sie nicht zu mir . . . Morgen werde ich sie in die Stadt mitnehmen.»

In der Nacht begann Angélique zu sprechen. Sie war noch nicht ganz eingeschlafen. Sie sprach aus einer Art Traum heraus. Sie erzählte, was sie in jener Nacht in Plessis gesehen hatte, in der sie von den Dragonern am Boden festgehalten worden war, in der die roten Teufel ihren jüngsten Sohn umgebracht hatten. Was sie gesehen hatte, als sie, ihr totes Kind ans Herz drückend, durch das zerstörte Schloß gegangen war: Visionen, die sich für immer ihrer Netzhaut eingeprägt hatten und die sie nicht vergessen konnte.

«Ja, ja, ich erinnere mich», murmelte die dicht neben dem Feuer zusammengekauerte Hexe. «Als ich dir in der Lichtung begegnete, damals im Herbst, sah ich das Todeszeichen über dem blonden Kind . . .»

Am folgenden Tag erhob sie sich. Sie hatte es eilig, die letzte Etappe zu ihrer Befreiung zurückzulegen. Das unaufhörliche Geplärr des Kindes machte sie rasend.

Sie schlüpfte in ihre Schuhe, bändigte das Haar unter dem schwarzen Satintuch und warf den Mantel über ihre Schultern.

«Gib sie mir», sagte sie mit fester Stimme.

Melusine reichte ihr das Neugeborene, das sich heiser schrie. Angélique nahm es und ging entschlossen zum Ausgang der Höhle.

Melusine begleitete sie.

«Hör zu, meine Tochter. Hör auf meinen Rat.»

Sie legte ihre braune, klauenartige Hand auf Angéliques Arm und hielt sie zurück.

«Hör mich an, Tochter . . . Du darfst sie nicht töten.»

«Nein», antwortete Angélique mühsam beherrscht, «sei unbesorgt. Sie wird nicht sterben.»

«Weil sie gezeichnet ist. Schau.»

Durch ihre Beharrlichkeit zwang sie Angélique, den Blick zu senken und auf der winzigen Schulter ein braunes Mal in Form eines Sterns zu entdecken.

«Kinder, die ein solches Mal tragen, werden von den Gottheiten der Gestirne beschützt . . .»

Angélique schob sie mit zusammengepreßten Lippen beiseite. Melusine hielt sie noch einmal auf.

«Ich kann dir sogar den Namen dieses seltenen Zeichens sagen . . . es ist das Zeichen Neptuns.»

«Neptuns?»

«Der Gott des Meeres!» sagte die Hexe, während in ihre Augen ein seltsames Leuchten trat.

Die junge Frau zuckte gleichgültig die Schultern und machte sich los.

Trotz ihrer Schwäche gelangte sie ohne Mühe zum Gipfel des Hügels, so sehr beflügelte sie ihr Verlangen, ein Ende zu machen. Sie überquerte die Lichtung des Steins der Feen und schlug den Pfad ein, der zum Kreuzweg der Totenlaterne führte, wegen des weißen, geschnitzten Vogels auf ihrer Spitze die Taubenlaterne genannt. Die Straße nach Fontenay-le-Comte lief dort nicht weit entfernt vorüber.

Nachdem sie zwei Stunden gegangen war, mußte Angélique in der Hütte des Holzschuhmachers eine Ruhepause einlegen. Vor Erschöpfung brach ihr der Schweiß aus und befeuchtete ihre Schläfen. Der Holzschuhmacher würde sie womöglich erkennen, aber das hatte nichts zu bedeuten, da er taubstumm war und dort das ganze Jahr hindurch mit seinem gleichfalls taubstummen zehnjährigen Sohn hauste.

Angélique bat um eine Schale Milch und ein Stück Brot.

Sie tränkte ein paar Krumen mit Milch und schob sie zwischen die Lippen des Kindes, das sofort aufhörte zu schreien. Sie selbst brachte nur mit Mühe ein paar Schluck Milch hinunter.

Nachdem sie sich ausgeruht hatte, brach sie wieder auf und sah bald die Straße vor sich.

Ein Karren näherte sich, und sie bat den Kutscher, sie mitzunehmen. Er fuhr zwar nicht bis Fontenay-le-Comte, versprach aber, sie eine Meile vor der Stadt abzusetzen.

Gegen Ende der Fahrt begann das Kind von neuem zu weinen.

«Gib ihm zu trinken», sagte der Bauer gereizt.

«Ich habe keine Milch», antwortete sie trocken.

Er setzte sie am vereinbarten Ort ab und wies mit seiner Peitsche auf die fernen Wälle und Kirchtürme der Stadt.

Fontenay-le-Comte befand sich in den Händen der Aufständischen. Aber Angélique sorgte sich nicht, daß man in der Bäuerin, die zur Stadt gekommen war, um dort ihr Kind zu lassen, die Rebellin des Poitou erkennen könnte, deren Entscheidungen von den Großbürgern Fontenays mit dem Respekt aufgenommen worden waren, den sie allenfalls Gesetzen entgegenbrachten, als sie während der Weihnachtstage unter ihnen geweilt hatte. Sie würde auf jeden Fall den Einbruch der Nacht abwarten, bevor sie die Stadt betrat.

Der runde Kopf des Neugeborenen in ihrer Armbeuge wog schwer wie Blei. Sie kam kaum voran. Ihre Nerven waren am Ende. Es verlangte sie danach, das unaufhörliche Geplärr zu unterbrechen, dieses Leben zu beenden, das sie quälte. Zu vernichten, auszutilgen, was gewesen war. Entsetzt über ihre Gedanken, blieb sie stehen.

«Ich müßte beten», sagte sie sich.

Doch sie vermochte nicht zu beten. Gott war fern, und sie fragte sich zuweilen mit Schrecken, ob sie ihn nicht zu vergessen begann.

Sie nahm ihren Marsch zur Stadt wieder auf, über die die Dämmerung bläuliche Schatten warf.

Unter den Wällen zögerte sie lange und strich wie ein Tier des Waldes umher, das die Nähe menschlicher Behausungen scheut.

Als sie bemerkte, daß die Wächter sich anschickten, die Tore zu schließen, überwand sie sich und betrat durch das Korntor die Stadt. In den engen Straßen gingen die Einwohner noch ihren Beschäftigungen nach. Man fand Vergnügen daran, die aromatische Luft dieses schönen, zum Ausgleich für so viele Opfer früh gekommenen Frühlings zu atmen. Die Leute hatten es sichtlich nicht eilig, ihre engen, dumpfen Wohnungen aufzusuchen, und riefen sich von der Schwelle ihrer Häuser aus Scherzworte zu.

Angélique wußte, daß sich das Amt für hilfsbedürftige Kinder an der Place du Pilori nahe dem Rathaus befand. Die Zahl der verlassenen Kinder war so groß, daß die Klöster zu ihrer Aufnahme nicht mehr genügten und daß man schon zu Zeiten Monsieur Vincents öffentliche Institutionen für sie geschaffen hatte. Die Krippe von Fontenay war ein ehemaliger, nun für seine neue Aufgabe umgebauter Getreidespeicher aus dem Mittelalter. Seine Fachwerkfassade war mit zahlreichen hölzernen Figuren geschmückt.

Angélique wagte nicht sich zu nähern, aus Besorgnis, die Blicke der Gevatterinnen durch das Geplärr des Kindes auf sich zu ziehen. Sie irrte durch die benachbarten Gassen, um auf das tiefere Dunkel und die Verlassenheit der Nacht zu warten.

So entdeckte sie an der Rückseite des Gebäudes das, was sie suchte: die «Drehlade».

Die öffentliche Fürsorge hatte sie in einem dunklen, wenig begangenen Gäßchen angebracht, damit die Unglücklichen, die sich ihr näherten, ihre Schande verbergen konnten. Es gab dort keine andere Beleuchtung als eine kleine Ölfunzel neben eine Statuette des Jesuskindes, die die «Lade» krönte. Im Innern fand sich ein wenig Stroh. Angélique legte das Kind darauf. Dann zog sie an der Kette einer Glocke, die ein langes, schepperndes Geläute ertönen ließ.

Sie wich zur anderen Seite des Gäßchens zurück, in den Schutz der tiefen Schatten der Häuser. Sie zitterte wie Espenlaub. Es schien ihr, als müßte das Geschrei des Kindes die ganze Nachbarschaft auf die Beine bringen.

Endlich rührte sich drüben etwas. Die «Lade» setzte sich knarrend in Bewegung, und nach und nach wurde das Plärren des Neugeborenen leiser und verstummte. Angélique ließ sich gegen die Mauer sinken. Sie war nahe daran, ohnmächtig zu werden. Was sie verspürte war vor allem unsagbare Erleichterung, aber auch eine unermeßliche Trauer, die sie viele Jahre zurückversetzte. Das trübe, düstere Bild des Hofs der Wunder tauchte wieder vor ihr auf, dem sie für immer zu entgehen sich geschworen hatte. War das Leben denn nichts als ein infernalischer Kreislauf, in dem man immer wieder zum selben Punkt gelangte?

Sie verließ das Gäßchen mit langsamen Schritten. Sie bemühte sich, aufrecht, mit erhobenem Kopf zu gehen. Sie mußte vergessen, mußte der Einsamkeit der von ihrer Sünde gepeinigten Frauen in die Straßen der Stadt entkommen, mußte der Namenlosigkeit entfliehen, zu der sie sie verurteilte.

Sie peitschte ihren Stolz: «Du bist Angélique du Plessis-Bellière, du bist die, die den Aufruhr der Provinz gegen den König anführt.»

22

Die zur Ermutigung der Reisenden errichtete Kapelle Saint-Honoré war das genaue Abbild des Ortes, den sie hütete: finster wie eine Höhle, massiv wie eine Eiche, überwuchert vom Gewimmel der die Fassade schmückenden Statuen, auf der unter wie Dornsträucher mit Stacheln bestückten Glockentürmchen Gestalten mit langen Bärten und vorquellenden Schneckenaugen zu sehen waren, die apokalyptische Ungeheuer erwürgten.

Man stieß auf sie auf dem Gipfelpunkt einer endlos und beunruhigend durch Brandheide führenden einsamen Straße im Grenzgebiet der Gâtine und der Sumpfwildnis.

Dort war es, wo Angélique die wichtigsten Anführer der Aufständischen zusammenrief, um sich mit ihnen über die Richtlinien und Maßnahmen des bevorstehenden Sommerfeldzugs zu einigen. Einmal mehr glückte es ihr, Katholiken und Protestanten zu überreden, ihre dogmatischen Streitigkeiten über einem höheren Ziel zu vergessen. Der Sieg war nur zu erringen, wenn sie zusammenstanden.

Sie blieben drei Tage auf den Höhen der Gâtine, zündeten des Abends rund um die Kapelle Feuer an und schliefen unter den Eichen in der knisternden Wärme des Sommers. Saint-Honoré, seinen Kopf in den

Händen tragend, schien sie zu segnen, und die Katholiken sahen in seinem Schutz ein glückliches Vorzeichen für die zu erwartenden Kämpfe.

Saint-Honoré war im 13. Jahrhundert ein wackerer Viehhändler gewesen, den Diebe an dieser Stelle ermordet hatten. Das Berri, woher er stammte, und das Poitou, wo er umgebracht worden war, hatten sich lange um seine Reliquien gestritten. Dem Poitou war es schließlich geglückt, das Haupt des heiligen Handelsmannes für sich zu erlangen.

Die Männer tauchten ihre Waffen in das geweihte Wasser der Quelle, die unter einem Felsen hervorsprudelte und von einem Steintrog aufgefangen wurde.

Verstohlen feuchtete auch Angélique ihren Schleier an, um ihre glühende Stirn zu kühlen. Das Fieber hämmerte in ihren Schläfen und verlieh ihrem Blick unnatürlichen Glanz. Trotz der Kräutertränke der Hexe erholte sie sich nur langsam von ihrer heimlichen Niederkunft.

Kaum aus Fontenay-le-Comte zurückgekehrt, hatte sie sich in die Gâtine begeben wollen. Sie wollte vor sich verleugnen, was geschehen war, aber die Natur erinnerte sie an den Evasfluch, mit dem Gott ihren Körper gezeichnet hatte.

Sie litt vor allem nachts. In der Hingabe an den Schlaf verließ sie die übersteigerte Erregung des Kriegs und der Rache, und aus den tieferen Schichten ihres Wesens stieg ein trostloses Unbehagen, und sie hörte wieder das Plärren des neugeborenen Kindes.

Eines Nachts erschien ihr Saint-Honoré, den Kopf in den Händen: «Was hast du mit dem Kind getan?» fragte er sie. «Nimm es zu dir, bevor es stirbt . . .»

Angélique erwachte im Heidekraut, Saint-Honoré war noch immer da, neben dem Portal der Kapelle. Die Dämmerung stieg über den Horizont. Es war kalt, und dennoch fühlte sie Schweiß an ihrem Körper. Ihre Glieder schmerzten. Sie raffte sich auf, um zur Quelle zu gehen, zu trinken und sich zu erfrischen.

«Wenn ich keine Milch mehr habe, werde ich aufhören, an das Kind zu denken», sagte sie sich.

Um die Mitte des Vormittags meldeten die Posten eine Kutsche auf der sich zur Höhe windenden Straße. Bisher hatten sie nur einen Reiter passieren sehen, zweifellos einen Kaufmann, der, erschreckt durch den wüsten Ort, eilig davongaloppiert war, als er zwischen den Baumstämmen verdächtige Gestalten entdeckt hatte.

Die Partisanen zerstreuten sich unter den Bäumen, aber die Spuren ihres Lagers waren allzu offensichtlich, und Angélique schickte Martin Genêt und einige Bauern aus, die das Fuhrwerk anhalten sollten, sobald es auf die Höhe der Steigung gelangt war. Man mußte Reisenden mißtrauen, die auf ihrer Fahrt von einer Region in die andere keinen Grund zu Skrupeln hatten, die Bewegungen der Rebellen gegen hohe Belohnung den in der Umgebung stationierten königlichen Soldaten zu verraten.

Das Gelächter der Männer drang von dem angehaltenen Fuhrwerk herüber, und da die Diskussion sich in die Länge zog, trat sie hinzu, um sich zu informieren.

Es war eine erbärmliche, von einer nicht minder jämmerlichen Schindmähre gezogene Halbkutsche. Der Kutscher, ein alter, zahnloser Bursche, zitterte dermaßen vor Schreck, daß er kein Wort hervorbrachte.

Unter der zusammengeflickten Plane hockten drei dicke, schwitzende Weiber mit roten Gesichtern in einer übelriechenden Dunstwolke, von einer Ansammlung von Säuglingen umgeben, die wie ein Wurf Kaninchen über das schmutzige Stroh krochen.

«Werte Herren Räuber, tut uns nicht Böses», flehten die auf die Knie gesunkenen Gevatterinnen.

«Wohin wollt ihr?»

«Nach Poitiers ... Wir wollten über Parthenay, weil man uns sagte, daß es in der Umgebung von Saint-Maixent von Soldaten wimmelt. Da wir armen Frauen Angst vor diesen Lüstlingen haben, wählten wir einen Umweg über eine ruhigere Straße ... Wenn wir gewußt hätten ...»

«Woher kommt ihr?» fragte Angélique.

«Aus Fontenay-le-Comte.»

Und beruhigt durch die Anwesenheit einer Frau, erklärte die Dickste mundfertig:

«Wir sind Ammen der Krippe von Fontenay und sollen die Würmer da nach Poitiers bringen, weil es bei uns zu viele davon gibt. Wir sind ehrsame Frauenzimmer, Madame ... vereidigt ... jawohl, Madame ...»

«Laßt sie passieren», sagte Malbrant Schwertstreich. «Sie haben nur ihre Milch zu geben, und wenn ich mir das Gewimmel da ansehe, möchte ich meinen, daß sie nicht einmal genug für alle haben.»

«Das kann man wohl sagen, mein guter Herr!» rief die Amme und brach in schallendes Gelächter aus. «Ich möchte wissen, was sie sich gedacht haben, als sie nur drei von uns mit zwanzig Kälbchen zusammentaten. Wenigstens die Hälfte müssen wir auf Katzenart nähren.»

Sie wies auf einen Krug, in dem Brot in mit Wein gemischtem Wasser schwamm.

«... Nicht gerechnet die, die auf der Strecke bleiben. Eins von ihnen ist schon beinah tot. Im nächsten Dorf werden wir anhalten müssen, um es dem Pfarrer zum Beerdigen zu geben.»

Sie hielt ihnen ein Bündel unter die Nasen, das wie ein abgehäutetes, lebloses, in ein Stück roten Chiffons gewickeltes Kaninchen aussah.

«Wenn das kein Elend ist! Seht euch das an, meine guten Herren!»

Ihre Mienen drückten Widerwillen aus.

«Es ist gut. Ihr könnt weiterfahren. Aber versteht den Mund zu halten, wenn ihr wieder in der Ebene seid. Behaltet für euch, was ihr in den Bergen gesehen habt.»

Gemeinsam ergingen sie sich in jammernden Beteuerungen.

«Gib ihm die Peitsche, Kutscher!» schrie Malbrant, den knochigen Rücken des trübseligen Gauls klopfend.

«Nein, wartet.»

Aus Angéliques Gesicht war das Blut gewichen; von dem Augenblick an, in dem die Frau gesagt hatte: «Wir kommen aus Fontenay-le-Comte», hatte sie gewußt, warum ihr in der vergangenen Nacht Saint-Honoré erschienen war.

Doch sie war wie gelähmt, und ihre Bewegungen vollzogen sich mit alptraumhafter Langsamkeit.

Dennoch beugte sie sich vor und nahm das in den roten Fetzen gehüllte Kind, das die Amme ihr zureichte.

«Geht jetzt.»

«Was wollt Ihr mit ihm anfangen, meine Schöne. Wenn ich Euch doch sage, daß es so gut wie tot ist.»

«Geht», wiederholte sie mit einem so harten Blick, daß die guten Frauen zurückwichen und sich still verhielten.

Steif aufgerichtet entfernte sich Angélique. Nahe der Quelle versagten ihr die Beine, und sie mußte sich auf den Steinrand setzen.

Eine Hand legte sich auf ihre Schulter. Zwei dunkle Augen voll glühenden Ernstes suchten die ihren. Der Abbé de Lesdiguière war ihr gefolgt. Er neigte sich zu ihr, stützte sie, umgab sie mit seinem leidenschaftlichen Mitgefühl. Er versuchte in ihrem Blick zu lesen.

«Es ist Euer Kind, nicht wahr?»

Sie gab ein kaum merkliches Zeichen, widerwillig, doch bejahend.

«Seid Ihr sicher?»

«Ich habe es an dem Mal auf seiner Schulter wiedererkannt . . . und an diesem roten Chiffon.»

«Habt Ihr es getauft, bevor Ihr es . . . verließet?»

«Nein.»

«Haben sie es in der Krippe getan? . . . Es gibt so viel Gleichgültigkeit, so viele gottlose Herzen in unseren Tagen. Madame, es muß getauft werden.»

«Es ist schon tot . . .»

«Noch nicht. Wie wollt Ihr es nennen?»

«Es ist mir gleich.»

Er sah sich um.

«Saint-Honoré hat es Euch zurückgegeben. Wir werden es Honorine nennen.»

Er tauchte seine Hand in die Quelle, um Wasser zu schöpfen, das er auf die Stirn des Kindes rinnen ließ, während er die rituellen Worte und Gebete murmelte. Und weil diese Worte dem elenden Geschöpf galten, das sie in Schande gezeugt hatte, trafen sie sie mit einer das Dunkel um sie zerreißenden Heftigkeit, und sie blieb wie versteinert.

«Sei ein Licht, Honorine, in dieser Welt der Finsternis, in der zu leben du gerufen bist . . . Mögen deine Augen sich allem Schönen, allem Guten öffnen . . .»

«Nein, nein», schrie sie, «ich bin nicht ihre Mutter! Niemand kann das von mir verlangen!»

Sie warf dem über sie geneigten Abbé einen verzweifelten Blick zu und las ihr Urteil in seinen klaren Augen.

«Mißachtet nicht das Leben, das der Schöpfer Euch anvertraut hat.»

«Verlangt nicht das von mir.»

«Nur Ihr könnt sie retten. Ihr seid ihre Mutter.»

«Nein, nicht das.» Sie sah ihren eigenen Schmerz sich in den braunen Augen spiegeln, die sie beschworen.

«O Gott!» rief er. «Warum hast du die Welt erschaffen?»

Er verließ sie, um auf der Schwelle der Kapelle niederzuknien, und sie hörte ihn, die Stirn an das Holz der Tür gedrückt, mit lauter Stimme beten.

Das Kind in Angéliques Armen bewegte sich. Sacht zog sie es an ihre Brust.

23

Die Pferde schnoben unter den Bäumen am Ausgang des Hohlwegs. Welke Blätter raschelten unter ihren Hufen. Sie wichen den Lachen aus, die sich wie Schaum auf dem Grunde des Wegeinschnitts dahinzogen. Zwischen den erlaubten Ästen zeigte sich ein grüngrauer Himmeln. Die letzten Blätter fielen langsam zur Erde.

Angélique fing auf ihrem Mantel einen orangefarbenen Stern, der sie gestreift hatte, und betrachtete träumerisch das kleine, zart gerippte Meisterwerk der Natur. Wieder ein neuer Herbst. Ein neuer Winter kündigte sich an. Die laue Wärme der Sonne vermochte nicht darüber hinwegzutäuschen. Der vernebelte Horizont, dessen Gold- und Safrantöne den bräunlichen und grauen Farben des Novembers wichen, prophezeite scharfe Nordwinde.

Sie wandte ihre Aufmerksamkeit wieder dem Abbé de Lesdiguière zu, der neben ihr ritt, und hob spöttisch die Schultern.

«Hat man je etwas so Lächerliches gesehen, Abbé? Ein Feldherr spielt Amme, und der Feldgeistliche singt Wiegenlieder.»

Der junge Mann lachte hell auf und warf ihr einen warmen Blick zu:

«Was tut's? Ihr habt deswegen Eure Truppen nicht weniger zum Sieg geführt, Madame. So sehr, daß man glauben könnte, das Kind habe uns Glück gebracht.»

Er sah stolz auf Honorine hinunter, die im Schutz des schwarzen Mantels seiner Amtstracht in seinen Armen schlummerte. Eine andere Wiege hatte Honorine nie gekannt. Der Sattel eines Pferdes und die Arme von Männern, die sie sich einander zureichten, bis sich ihre Mutter im abendlichen Quartier mit ihr zurückzog, um sie zu nähren. Mit ihrer Milch hatte Angélique sie dem Leben zurückgegeben. Ihr Gewissen war beruhigt. Doch das Opfer blieb darum nicht weniger grausam, und die Demütigung empfand sie jedesmal gleich bitter.

So überließ sie den Leuten ihrer Eskorte die Sorge für das kleine Wesen, von dem sie das Schicksal nicht hatte befreien wollen. Vom Pferd des Abbé de Lesdiguière zu dem Malbrant Schwertstreichs über die Gäule Flipots und des alten Antoine hatte Honorine alle Gangarten ausprobiert. Selbst der wackere, dicke Baron du Croissec bot ihr zuweilen die Behaglichkeit seines geräumigen Schoßes. Aber wo auch immer sie sich befand – sobald die Nacht hereinbrach begann sie zu weinen und beruhigte sich erst in den Armen Angéliques. So war sie gezwungen, das Kind immer mit sich zu führen.

«Lächerlich», wiederholte sie. «Ich frage mich zuweilen, wie es unter solchen Umständen möglich war, daß unsere Partisanen weiter auf mich hörten.»

«Euer Einfluß auf alle ist groß, Madame. Und die errungenen Erfolge haben sie in ihrem Vertrauen zu Euch nur bestätigen können.»

«Erfolge? Sieg? Wir dürfen uns nicht zu früh beglückwünschen. Noch ist nichts entschieden. Die königlichen Truppen sind bisher zwar an unseren Verteidigungslinien gescheitert, aber man belagert uns nach wie vor. Und nun kündigt sich der Winter an. Die meisten Äcker sind unbestellt, die Ernten ungenügend. Der Hunger wird sie mutlos machen. Das ist es, worauf der König rechnet.»

«Macht ihnen begreiflich, daß unsere Sache gerettet ist, wenn wir bis zum nächsten Sommer durchhalten. Auch der König kann nicht ewig mit einer rebellierenden Provinz in seinem Rücken leben. Die Wirtschaft des ganzen Landes ist schon erschüttert. Er wird verhandeln oder den Aufstand in Blut ersticken müssen. Aber die Wälder schützen uns. Die Soldaten wagen es nicht, in sie einzudringen.»

«Ihr sprecht wie ein Stratege, mein kleiner Abbé, und Ihr beeindruckt mich nicht wenig. Was würden wohl Eure geistlichen Oberen sagen, wenn sie Euch hörten?»

«Sie würden sich erinnern, daß in meinen Adern das Blut des alten Lesdiguière, des großen dauphinischen Hugenotten, fließt, der sich so lange gegen die königliche Autorität auflehnte. Trotz der Bekehrung meiner Familie konnten die Lehrer nicht umhin, meinen Namen mit Argwohn auszusprechen, während ich mich im Seminar aufhielt. Vielleicht hatten sie nicht einmal so unrecht.»

Er lachte von neuem fröhlich auf. Der Wind ließ seine Locken auf seinen gebräunten Wangen tanzen. Sein Mantel, sein mit einer Silberschnalle verzierter Hut, sein Kragen, sein Rock, alles war durch den Staub und die Unbilden des Wetters bis auf den Faden abgenützt.

Durch eine Baumwurzel erschreckt, machte sein Pferd einen Satz und gewann einen Vorsprung. Angélique betrachtete ihn einen Moment, dann schloß sie wieder zu ihm auf.

«Herr Abbé», sagte sie ernst, «hört mich an. Ihr dürft nicht bei mir bleiben. Es ist nicht recht von mir, Euch in ein Abenteuer hineinzuziehen, das weder zu Eurer Berufung noch zu Eurem Rang paßt. Kehrt zu den Euren zurück. Der Bischof von Condom beschützt Euch und hält viel von Euren Fähigkeiten. Er wird bei Hof einen besseren Posten für Euch finden, wenn Monsieur de la Force Euch nicht wieder zu sich nimmt. Noch weiß man nicht, daß Ihr mir gefolgt seid . . . und Ihr werdet nicht darüber sprechen . . .»

Die Heftigkeit seines Gefühls verwirrte den jungen Mann.

«Jagt Ihr mich fort, Madame?»

«Nein, mein Kind . . . Ihr wißt es recht gut. Aber das, was wir tun, ist strafbar . . . und Euer Platz ist nicht unter den Verstoßenen.»

«Warum sollte er dort nicht sein?» murmelte er. «Wenn Eure Skrupel Euch etwa einflüstern, daß allein meine Ergebenheit für Eure Person mich bei Euch hält, kann ich Euch beruhigen. Wohl . . . gehört mein Leben Euch, aber da ist noch etwas anderes. Ich fühle . . . ich fühle, daß Ihr es seid, die recht hat, Madame. Auch ich habe bei Hof gelebt. Wie könnten heute die, die nach Gerechtigkeit hungern und dürsten, Euch nicht hören? Ich erinnere mich, und mein Herz sagt mir wieder und wieder, daß Ihr es seid, die recht hat.»

Angélique preßte die Zähne aufeinander, und ihre Finger krampften sich um die Zügel ihres Pferdes.

«Sucht keine Entschuldigungen für das, was ich getan habe», sagte sie hart. «Es ist nichts in mir, das entschuldbar wäre. Ich bin nichts weiter als eine hassende, unglückliche Frau. Und wer keinen Ausweg für seinen Haß findet . . .»

Er hob seine großen, entsetzten Augen zu ihr.

«Fürchtet Ihr nicht, verdammt zu werden?»

«Solche Worte haben keinen Sinn mehr für mich. Ich weiß nur eins: daß ich ohne das große Feuer des Abscheus, das in meinem Herzen brennt, das Dasein nicht mehr ertragen könnte. Von Kampf und ihrer Niederlage träumen, das allein gibt mir den Mut zum Weiterleben, das allein schenkt mir zuweilen sogar Freude.»

Und da sie seinen schmerzlichen Ausdruck bemerkte:

«Warum macht Ihr Euch um mein Schicksal Sorgen, Abbé? Unter den Stuckdecken von Versailles, von Glanz und Ehren umgeben – das hat weit weniger zu mir gepaßt. Ich bin immer ein unbelehrbares, wildes Geschöpf gewesen mit einer Vorliebe für nackte Füße und ungebahnte Pfade. Als ich noch Kind war, hat mein Bruder Gontran – der, den der König gehängt hat – ein Bild von mir als Räuberhauptmann gemalt. Er hat immer solche Vorahnungen gehabt . . . Schon in Paris habe ich unter Mördern und Dieben gelebt. Habt Ihr niemals zugehört, wenn unser Flipot von den Zeiten sprach, in denen ich dem Großen Coesre, dem König der Bettler, begegnete? . . . Ich bin auf allen Straßen, allen Wegen gegangen, ich habe alle Entbehrungen, alle Gefängnisse kennengelernt. Auf Knien, wund und geschunden, in Lumpen habe ich mich über die Pfade des Rifs geschleppt . . . Mein Schicksal ist nun einmal so, und ich habe nicht gern ein Dach über meinem Kopf. Nichts wird mich retten, ich weiß es jetzt . . . Seid nicht traurig, mein kleiner Abbé. Und verlaßt mich . . .»

Sehr leise fügte sie hinzu:

«. . . Ich bringe allen Unglück, die mich lieben.»

Er antwortete nicht.

Sie sah das schnelle Flattern seiner langen Wimpern, das Zittern seiner Lippen.

Die Pferde folgten einem steinigen Weg, der an der Flanke eines kahlen Hügels abwärtsführte.

Das Schloß der Gordon de La Grange tauchte, von vier Türmen flankiert, im goldkäferfarbenen Schmuckkästchen seines Parkes auf.

Die Ankömmlinge brauchte ihr Nähern nicht durch Zeichen anzukündigen. In diesem abgelegenen, im Herzen der Wildnis verlorenen Winkel war kein Hinterhalt möglich.

Hier konnte man die vom Krieg verheerten Gebiete, die in Brand gesteckten Dörfer, die erbitterten Gefechte der weiten Ebenen und die noch furchtbareren Überfälle auf dem Grunde enger Schluchten vergessen. Kämpfe ohne Gnade. Die Dörfer in den Grenzbereichen der Provinz waren verödet. Im Innern hatten die Bauern den Sommer mit einer Hand auf dem Pflugsterz, mit der andern an der Muskete verbracht. Gegen Ende September war ein Regiment königlicher Truppen weit ins Innere vorgestoßen und hatte auf seinem Weg alles verwüstet. Die Einwohner schienen sich vor ihnen in Luft aufzulösen. Sie hatten nicht viele Gelegenheiten zum Hängen gefunden, aber alles verbrannt, Weiler, Dörfer, Ernten, und schon sprach man in Versailles vom unmittelbar bevorstehenden Zusammenbruch der eingeschüchterten Lumpenkerle, als die bis in die Gegend von Pouzanges gelangte Truppe spurlos verschwand. Keine Nachricht drang mehr zurück. Das Land hatte sich wie eine riesige Zange über den Soldaten geschlossen.

Ein paar Überlebende, denen es gelang, von Dickicht zu Dickicht kriechend die Loire zu erreichen und zu überqueren, berichteten mit Schrecken von den Schatten, die sie nachts überfallen hatten, von Irrlichtern, die sie in den Tod führten, von ganzen Trauben von Gestalten, die im unerwartetsten Augenblick von den Ästen purzelten und ihnen nadelscharfe Hirschfänger zwischen die Schulterblätter stießen, bevor sie noch Zeit fanden, einen Schrei auszustoßen. Trotz ihrer Waffen und Offiziere waren alle niedergemacht worden. Das Poitou hatte sie einen nach dem anderen unerbittlich verschlungen.

Die Bestürzung war allgemein. Infolge dieser höchst unglückselig verlaufenen Unternehmung verhielten sich Truppen und Oberkommando zunächst abwartend. Angesichts des bevorstehenden Winters war es vergeblich, die Militärs zu weiteren Expeditionen zu ermuntern. Man zog sich in seine Quartiere zurück.

Angélique blieb drei Monate im Schloß de La Grange. Sie empfing dort gewisse Aufständischenführer, desgleichen die Bürgermeister mehrerer Städte, die ihr ihre Sorgen anvertrauten. Jeder mußte sich mit seinem bescheidenen Anteil an Lebensmitteln begnügen. Zum Glück verlief der Winter nicht allzu streng.

Im März nahm Angélique ihre Ritte durch die Provinz wieder auf. Sie hatte aufgehört, ihr Kind zu nähren, und wollte es im Schloß zurücklassen. Eine der Mägde hatte sich ihm besonders angeschlossen. Der Abbé de Lesdiguière brachte sie jedoch davon ab:

«Verlaßt sie nicht, Madame. Fern von Euch wird sie sterben.»

«Ich werde sie später holen, wenn die Ereignisse . . .»

«Nein», sagte er, ihr in die Augen sehend, «Ihr werdet sie nie holen.»

«Ist es denn ein Leben für ein so kleines Kind, unaufhörlich über Berg und Tal zu ziehen?»

«Es bekommt ihr, weil Ihr bei ihr seid, ihre Mutter . . .»

Er selbst wickelte Honorine in eine warme Decke und stieg in den Sattel, sie eifersüchtig an sein Herz drückend.

Es war um diese Zeit, daß Angélique Zweifel zu fühlen begann, wenn sie ihre Tochter betrachtete. Etwas wie Furcht vor einer noch unausgesprochenen Drohung, eine Frage, die Angst vor einem Verdacht, der allmählich zur Gewißheit wurde.

Sie hielten sich in einem gefährdeten Gebiet auf, in das die königlichen Truppen zuweilen Einfälle unternahmen. Um nicht in einen Hinterhalt zu geraten, flüchteten sich Angélique und ihre Begleiter jede Nacht in die Höhlen, die in den Hängen des Tals der Sèvre tausend Schlupfwinkel bildeten. Die Bäuerinnen der benachbarten Weiler pflegten dort zusammenzukommen, um zu spinnen und zu stricken. Sie suchten diese Verstecke wegen der in ihnen herrschenden milden Temperatur auf, die sie der Mühe enthob, Feuer zu entzünden. Nach dem Abendessen begaben sie sich dorthin, den mit Werg und Hanf umwundenen Spinnrocken in der Hand und einen beim Aufbruch noch glühenden Fußwärmer unter dem Arm.

Sie wiesen Angélique die geräumigste der unterirdischen Kammern an, in der die kleine Schar sich zur Ruhe begab, vor der noch kühlen Frische der ersten Frühlingsnächte geschützt.

Eine primitive Funzel, aus dem mit Nußöl durchtränkten Schaft einer Königskerze bestehend, den man auf einem in die Wand der Höhle gerammten Holzarm befestigt hatte, verbreitete sanftes, beruhigendes Licht. Angélique betrachtete das Kind, das auf dem Boden lag und sich kriechend fortzubewegen versuchte. Es war zehn Monate alt und schien durchaus kräftig. War es das rötliche Licht der Funzel, das seinen sprossenden Löckchen einen kupfernen Ton verlieh? . . . Im Kontrast dazu hatte es schwarze, schmale Augen, die schräg zu den Schläfen hinauf verliefen, wenn es lachte. Sie verschwanden dann fast völlig hinter den Bäckchen, und sein Ausdruck . . . sein Ausdruck schien Angélique nicht unbekannt, rief ihr eine andere, zur Karikatur verzerrte, abscheuliche Physiognomie ins Gedächtnis.

Sie fuhr so heftig zurück, daß ihr Schädel gegen die Felswand stieß und ein Gefühl der Betäubung zurückblieb.

Montadour! Sein widerliches Vollmondsgesicht! . . .

Der Schweiß perlte ihr auf den Schläfen.

Es war nicht möglich . . .

Der Abscheu einer Mutter für ihr Bastardkind ist oft nichts anderes als der Abglanz des Hasses, den sie für den empfindet, der es gezeugt hat. Den Verbrecher mit seinem Namen benennen zu können, schien Angélique schlimmer als das Unbekannte. Colin Paturels Kind hätte sie geliebt. Aber der Gedanke, daß sie, Angélique de Sancé, die Verantwortung für ein menschliches Wesen mit einem Landsknecht der schlimmsten Sorte teilte, schuf ihr den Eindruck eines klebrigen, unerträglichen Ekels, einer Entwürdigung, die das Schicksal über sie verhängte.

Niemals würde sie sich damit abfinden können.

Auf ihren Schrei lief der Abbé de Lesdiguière herbei.

«Nehmt sie fort», keuchte Angélique. «Ich will sie nicht mehr sehen. Ich wäre imstande, sie zu töten . . .»

Um Mitternacht hallte die Höhle noch immer von Honorines Geplärr wider.

Auf ihrem Heulager ausgestreckt, drehte sich Angélique gereizt von einer Seite zur anderen:

«Natürlich, ‹sie› haben vergessen, ihr das Farnkraut zu geben.»

Honorine konnte nicht einschlafen, ohne ihr Lieblingsspielzeug, eine Farnstaude, in der Hand zu halten, deren harte Zäckchen sie zu entzücken schienen.

Schließlich hielt es Angélique nicht mehr aus. Sie ging in den Hauptraum hinüber, wo rings um das Feuer der Abbé, der Stallmeister, die Diener und der Baron bereits ihr ganzes Repertoire erschöpft hatten. Mit einem Blick vernichtender Verachtung nahm sie ihr Baby an sich, das alsbald wie durch ein Wunder schwieg, und brachte es in ihre eigene Höhle zurück. Natürlich, die Kleine war durchnäßt, durchfroren und niemand hatte ihr die Nase geputzt. Angélique versorgte sie mit geübten, energischen Griffen, wickelte sie in ihren Wollschal und bettete sie bis über die Ohren ins Heu. Dann ging sie hinaus, um am Waldrand ein Farnkraut zu pflücken, dessen untere Wedel sie abriß. Honorine ergriff es mit gebieterischer Hand und betrachtete entzückt den riesigen, einem prähistorischen Untier ähnelnden Schatten, den die vielfach gezackte Pflanze an die Höhlenwand malte. Besänftigt steckte sie ihren Daumen in den Mund und warf Angélique aus den Winkeln ihrer kleinen, geschlitzten Augen eine Blick höchster Zufriedenheit zu.

«Du, du kennst mich», schien sie zu sagen. «Bei dir bin ich ruhig . . .»

«Ja, ich kenne dich», murmelte Angélique. «Wir können ja nichts dafür . . . du nicht und ich nicht, nicht wahr?»

Auf einen Ellbogen gestützt, eine Wange in die Hand gelegt, beobachtete sie das Kind mit angespannter Aufmerksamkeit. Die Glückseligkeit, die sein Gesicht ausdrückte, löste die schmerzhafte Klammer um ihr Herz.

Weder Vergangenheit noch Zukunft. Schweigsame Stunde am Herzen der Erde. Und in ihr Bilder mehr als Worte, die gleich sanften, flüchtigen Schatten aufstiegen und sie beruhigten.

«. . . Du bist niemandes Kind . . . das kleine Mädchen aus dem Wald . . . nur das kleine Mädchen aus dem Wald. Das Haar rot wie Herbstblätter . . . schwarze Augen wie Maulbeeren . . . die Haut weiß und perlmuttschimmernd wie der Sand der Höhlen . . . du bist die Inkarnation des Waldes . . . ein Irrlicht . . . ein Kobold, nichts sonst. Du bist niemandes Kind . . . Schlafe . . . schlaf in Frieden . . .»

24

Der Abbé de Lesdiguière trat aus dem Dickicht, die Hände voller Pilze.

«Für dich, Honorine. Etwas Feines.»

Sie kam ihm auf schwankenden Beinchen entgegen. Sie war im Sommer ein Jahr alt geworden, als die Soldaten des Königs eben die Meierei umzingelt hatten, die zum Zufluchtsort Angéliques und der ihren geworden war.

Eingeschlossen wie Hasen in ihrer Grube, waren sie schon drauf und dran gewesen, sich zu ergeben, als Hugues de La Morinière und seine Protestanten sie befreit hatten. Angélique hatte beim Verlassen der Meierei über Leichen hinwegsteigen müssen. Honorine hustete von all dem eingeatmeten Rauch. Der Geruch des Pulvers und der Brände war im gleichen Maße Teil ihrer Existenz geworden wie das Krachen der Musketenschüsse, Blut und Schweiß auf den Gesichtern der Gehängten, Fluchten auf galoppierenden Pferden und finstere Nächte in der Tiefe der Wälder.

Ihre ersten Schritte hatte sie in Parthenay an dem Tag getan, an dem die Sturmglocke über der belagerten kleinen Stadt gedröhnt hatte. Die Angreifer waren abgewiesen worden und hatten sich zurückgezogen, aber die von allzu vielen Entbehrungen erschöpfte Stadt war für lange Zeit entkräftet geblieben. Angélique hatte Honorine nicht in dem Zimmer vorgefunden, in dem sie auf einem Stühlchen zurückgeblieben war. Sie war auf der Straße. So erfuhr ihre Mutter, daß sie gehen, ja sogar Treppen hinabsteigen konnte.

Ihr erstes Wort hatte sie an dem Tag gesagt, an dem Lancelot de La Morinière im Laufe eines hitzigen Gefechts in der Heide von Machecoul gefallen war. Und dieses erste Wort Honorines hatte Angélique wie eine Kugel ins Herz getroffen.

Sie hatte, vor einer roten Mohnblume stehend, «Blut» gesagt. Und ihr Gesichtchen war zu einer komisch wirkenden Leidensgrimasse verzogen, wie sie es bei Verwundeten gesehen hatte.

Auf die Blume deutend, wiederholte sie stolz: «Blut . . . Blut.» Sie hatte das Wort an diesem Abend noch oft wiederholt. Bis Angélique wütend geworden war.

Die Härte der Sommerkämpfe hatte eine tiefe Müdigkeit in ihr zurückgelassen, und Furcht begann in sie einzusickern. Der König hatte nicht kapituliert, aber das Poitou wankte. Der seiner beiden Brüder beraubte Hugues de La Morinière war wie ein Körper ohne Kopf. Er war niemals imstande gewesen, selbständig zu denken. Nachdem Lancelot, der ihm seinen Glauben an Angélique eingeflößt hatte, tot war, gewann sein puritanisches Mißtrauen gegen die Frauen wieder die Oberhand. Und Samuel war nicht mehr da, um den Stolz des sich gegen den König erhebenden Vasallen in ihm zu stärken.

Das nahe Ende des Sommers würde vermutlich die drohende Katastrophe verhindern. Getäuscht durch den hartnäckigen Widerstand war sich das militärische Kommando über die zu treffenden Maßnahmen noch im unklaren. Der König war dafür, die Rebellen an ihrer eigenen Kampfmüdigkeit, an Hunger, Not und Munitionsmangel scheitern zu lassen. Seine Minister schlugen dagegen den Einsatz erdrückender Kräfte vor. Der König selbst sollte seine Truppen zur blutigen Niederwerfung des Aufstands führen, um alle anderen Provinzen abzuschrecken. Man durfte nicht vergessen, daß es sich auch in Aquitanien, in der Provence und der Bretagne rührte und daß man der letzten Eroberungen, der Picardie und des Roussillon, nicht sicher sein konnte.

Angélique hatte von diesem Aufschub keine Ahnung. Sie konnte dergleichen vermuten, aber es fiel ihr schwer, ihre niedergeschlagenen Truppen ohne Beweise davon zu überzeugen. Dennoch war sie die einzige, die sie immer wieder daran erinnerte, daß es für sie keine Wahl mehr zwischen Kampf und Knechtschaft gab. Nach den Zuckungen des Sommers im Fieber glühendheißer Tage hatte sie sich darum mit de La Grange und seinen Männern in die Tiefe der Schluchten von Mervent geflüchtet. Sie kampierten in einem hundertjährigen Wald, der den Forst von Nieul in nördlicher Richtung verlängerte. Sie sammelten neue Kräfte und verbanden ihre Wunden . . .

Der Abbé de Lesdiguière hatte einen Haufen dürrer Zweige zusammengetragen, steckte ihn mit seinem Feuerzeug an und machte sich daran, die für Honorine gesammelten Pilze zu kochen. Seine Muskete, die er fast ständig bei sich trug, hatte er neben sich ins Gras gelegt, und er schärfte dem Kind ein, sie nicht anzufassen. Honorine machte eine Grimasse, die bewies, daß sie es seit langem gelernt hatte, diesen rauchenden und knallenden Gegenständen zu mißtrauen.

Angélique saß einige Schritte entfernt auf einem moosüberzogenen Fels und beobachtete sie.

Der Abbé trug eine grobe Lammfellweste. Den runden Hut mit der Silberschnalle hatte er durch die unförmige, verwaschene Kopfbedekkung der Bauern der Gegend ersetzt. Der Kragen seines zerlumpten Hemdes öffnete sich über der jungen, gebräunten Brust, auf der ein an verschossenem Band hängendes goldenes Kreuz glänzte. Aus dem kleinen, zarten, gesitteten, bis in die Fingerspitzen kultivierten Präzeptor hatte sie also diesen Mann der Wildnis gemacht. Es war undenkbar, ihn mit dem Jüngling von Versailles oder Saint-Cloud zu vergleichen, der mit rührender Artigkeit die Spöttereien und herausfordernden Blicke der Damen des Hofs ertragen und mit Grazie seinen Diener gemacht hatte, um die verderbten großen Herren zu begrüßen. Seine Schultern waren breiter geworden, so daß seine schmale Taille besser zur Geltung kam. Seine Zartheit hatte sich verloren. In seinem von Wind und Wetter gegerbten Gesicht hatte sich nur der sanfte Rehblick nicht verändert. Wie alt mochte er sein? Zwanzig Jahre? Zweiundzwanzig? . . .

Sie rief ihn plötzlich, und er näherte sich ihr mit der gewohnten

Bereitwilligkeit und Ehrerbietung, die den Luxus ihres einstigen Hauses mit seiner zahlreichen Dienerschaft wieder vor ihr erstehen ließ.

«Madame? . . .»

«Herr Abbé, ich habe Euch oft genug gebeten, uns zu verlassen. Jetzt muß es sein. Wir sind Gejagte. Ich weiß nicht, welcher Katastrophe wir entgegengehen. Kehrt zu den Euren zurück . . . Ich bitte Euch, tut es um meinetwillen. Ich könnte den Gedanken nicht ertragen, Schuld an Eurem Untergang zu sein.»

Wie immer, wenn sie auf dieses Thema kam, erblaßte er und legte die Hand aufs Herz.

«Es ist unmöglich, Madame. Ich kann nicht fern von Euch, getrennt von Euch leben.»

«Aber warum?»

Er starrte sie mit brennenden Augen an. Sein Blick war beredter als alle Worte. Er verletzte sie nicht, aber er bewegte sie bis zu Tränen. Angstvoll wandte sie die Augen ab.

«Nein, mein liebes Kind», flehte sie leise, «nein, Ihr dürft nicht . . . ich bin . . .»

Er unterbrach sie durch eine Geste.

«Ich weiß, wer Ihr seid . . . Ihr seid die, die ich anbete . . . die, die mir eine Liebe einflößt, die mich hat begreifen lassen, daß man . . . Gott über den Lippen einer Frau vergessen könnte.»

«Ihr dürft nicht so sprechen.»

Und als sie ihre Hand ausstreckte, nahm er sie in die seine. Sie wagte es nicht, sie ihm zu entziehen, so sehr überraschte sie die Berührung dieser Hand durch ihre Frische und Männlichkeit.

«Erlaubt, daß ich mich Euch . . . ein einziges Mal . . . bekenne», sagte er mit erstickter Stimme. «Ihr habt mein Dasein mit einem irdischen, lebendigen Gefühl erfüllt, das ich nicht zu bedauern vermag. Euer Anblick hat mich entzückt, jedes Eurer Worte . . .»

«Und doch kennt Ihr meine Fehler.»

«Sie haben Euch mir noch teurer gemacht, weil ich Euch schwächer, menschlicher sah. Ach, ich hätte Euch gern in meine Arme genommen und gegen Eure Feinde und gegen Euch selbst verteidigt . . . Euch geschützt mit all meiner Kraft.»

Diese Kraft, die er für sich in Anspruch nahm, strömte von ihm aus, federnd im Schatten der Dämmerung, mit der gebieterischen Heftigkeit seiner Jugend. Und zum erstenmal seit langen Monaten war sie empfänglich für diesen dichten, durchdringenden Lebensstrom, der sie aus ihrer Verzweiflung herausreißen zu wollen schien.

Sie wußte, daß er sich abends in die Wälder entfernte, um auf die Knie zu sinken und heimlich zu beten. Aber wie lange noch würden sich die Liebe zu Gott und die, die er einer zur Verdammnis verurteilten Frau darbot, in sein Herz teilen können? . . .

Unfähig zu sprechen, zog Angélique ihre Hand zurück und hüllte sich fröstelnd enger in ihren Mantel.

«Fürchtet nichts von mir», sagte er sanft. «Ich hätte Euch angebetet . . . wenn Ihr nur geruht hättet, einen Blick auf mich zu werfen. Auf das leiseste Zeichen von Euch hätte ich mich an Euch verloren . . . mit unsäglicher Wonne, wenn meine Worte Euch nicht beleidigen, Madame. Ich bin Euer sehr ergebener Diener . . . Ich weiß, daß die Schranke, die mich von Euch trennt, ein unübersteigliches Hindernis ist.»

«Eure Berufung?»

«Nein . . . Ihr selbst. Jenes Entsetzen, das Ihr vor den Männern und ihrem Verlangen empfindet, seitdem . . . Nicht ich bin es in meiner Unwissenheit, der dieses Hindernis überwinden könnte.»

«Schweigt. Ihr wißt nicht, was Ihr sagt.»

«Ich weiß es . . .»

Der Schmerz prägte seinem Gesicht harte, männliche Züge ein.

«. . . Man hat Euch zerstört, indem man Euch zuviel Leid antat. Und die Krankheit Eurer Seele hat sich Eurem Körper mitgeteilt . . . Wenn es anders gewesen wäre, hätte ich mich Euch zu Füßen geworfen und Euch angefleht, mich zu lieben . . . Laßt mich es Euch sagen, ich bitte Euch. In den Jahren, in denen ich Euch auf allen Wegen gefolgt bin, ist mir Eure Nähe unentbehrlicher geworden als die Luft, die ich atme . . . Wenn Ihr nicht so . . . unberührbar geworden wärt, hätte es anders sein können . . .»

Er schwieg.

«. . . Es ist nicht anders», begann er leise von neuem. «Und es ist vielleicht besser so. Dieses Hindernisses wegen bin ich gezwungen, auf seiten Gottes zu bleiben. Ich werde niemals Euer Liebhaber sein . . . Dieser Traum . . .»

Mit übermenschlicher Anstrengung überwand er sich:

«Wenigstens werde ich Euch retten . . .»

Das gläubige Leuchten kehrte in seine Augen zurück.

«Ich werde Euch retten . . . ich werde mehr für Euch tun als alle die, die Euch in ihren Armen gehalten haben. Ich werde Euch wiedergeben, was Ihr verlort: Eure Seele, Euer Herz, Eure Weiblichkeit, alles, was man Euch nahm . . . Noch kann ich nichts tun, aber ich werde für Euch sterben, und an jenem Tag . . . an jenem Tag, an dem Gottes Licht mich umhüllen wird, wird mir die Gnade gewährt werden, Euch zu retten. Am Tage meines Todes . . . oh, wenn er nur käme!»

Inbrünstig faltete er die Hände vor seiner Brust.

«O Tod, beeile dich! Du allein erlaubst mir, sie zu befreien!»

Sie hatten den Ruf des Käuzchens überhört. Plötzlich erschien in der Öffnung zur Schlucht ein Reiter mit großem Spitzenkragen und im Winde flatterndem Helmbusch. Hinter ihm drängten sich mit Lanzen bewaffnete Männer in roten Röcken.

Angélique riß Honorine in ihre Arme. Der Abbé packte seine Muskete und deckte ihren Rückzug, während sie sich zwischen die Bäume warf und, mit dem ihren Hals umklammenrden Kind auf dem Rücken, den Abhang hinaufkletterte. Herunterrollende Steine verrieten die Flucht der Partisanen, die sich so hoch wie möglich in der schlüpfrigen Schluchtwand verteilten.

Der Offizier faßte sich als erster.

«Da sind sie!» schrie er. «Wir sind in ihren Schlupfwinkel gefallen. Auf zur Wolfsjagd, Kinder!»

Die Soldaten sprangen aus den Sätteln und setzten zur Erstürmung des Abhangs an.

Angélique und ihre atemlosen Begleiter beobachteten die Annäherung der Rotröcke.

«Sie kommen . . .»

«Wartet noch einen Augenblick . . . Steigen wir noch ein wenig höher.»

Als die Soldaten die steilste Stelle des Abhangs dicht unter dem Kamm erreicht hatten, rief sie:

«Die Steine! Die Felsen! . . .»

Dumpfes Gedröhn erfüllte den dunklen Engpaß. Von den Bauern in Bewegung gesetzt, rollten riesige Steine, ganze Felsblöcke in die Tiefe und rissen auf ihrem Weg die in unsicheren Stellungen an den Steilhang gekauerten Soldaten mit. An Kopf oder Brust getroffen, verloren sie den Halt, stürzten und purzelten in wildem Durcheinander zu Tal.

Mit ihren Schultern stemmten die Bauern die mächtigen Granitblöcke, die seit Jahrhunderten über dem Abgrund hingen, aus ihren Lagerungen. Schwerfällig polterten sie abwärts, rollten schneller und schneller, gegen die Baumstämme krachend, die ihnen den Weg verstellten, von neuem abspringend, um schließlich die am Fuße des Hanges versammelten Soldaten wie Ungeziefer zu zerquetschen.

Der Offizier ließ zum Sammeln blasen, und die Reiter begannen sich unter Zurücklassung der Toten mit ihren verwundeten Kameraden zurückzuziehen.

Noch im Sinken warf die Sonne purpurnes Licht über die Uniformen. Angélique beobachtete sie, zwischen den Zweigen hindurchspähend. Sie erkannte den Offizier. Es war Monsieur de Brienne, einer jener Herren, die ihr in Versailles galant den Hof gemacht hatten. Ihn hier zu sehen, ließ sie die Weite des Weges ermessen, den sie seit den Tagen ihres flüchtigen Ruhms zurückgelegt hatte, ließ sie erkennen, welcher Abgrund, tiefer noch als diese Schlucht, sie für immer von jener Welt trennte.

Weit vorgebeugt rief sie mit spöttischer Stimme, die lange zwischen den Schluchtwänden widerhallte:

«Ich grüße Euch, Monsieur de Brienne. Bestellt Seiner Majestät einen schönen Gruß von Bagatellchen!»

Der König erblaßte, als er von diesem Auftrag erfuhr. Er riegelte sich in seinem Arbeitskabinett ein und blieb dort mehrere Stunden allein, das Gesicht in den Händen vergraben.

Dann ließ er den Kriegsminister kommen und befahl ihm, alles ins Werk zu setzen, um den Aufstand des Poitou noch vor dem folgenden Frühling zu unterdrücken.

25

Unter den Regimentern, die der König 1673 ins Poitou entsandte, befanden sich das 1. Regiment der Auvergne, befehligt von Monsieur de Riom, und fünf der ruhmreichsten Kompanien aus den Ardennen. Der König hatte von der abergläubischen Furcht der Soldaten vor den heimtückischen Fallen der Wildnis des Poitou gehört. Diejenigen, die er nun schickte, Söhne der Wälder der Auvergne und der Ardennen, waren seit ihrer Kindheit an die unheilkündende Dämmerung unter den Bäumen, an Wildschweine, Wölfe und Felsen gewöhnt und verstanden es, unsichtbaren Fährten zu folgen. Ihre Väter waren Holzschuhmacher, Holzfäller oder Kohlenbrenner. Sie waren nicht mehr in Rot gekleidet wie die Dragoner, sondern in Schwarz, und ihre Uniformen, ihre stählernen Helme, mit hohem, scharfem Stutz und ihre engen, bis zur Höhe der Schenkel reichenden Stiefel erinnerten an die schrecklichen Spanier. Sie führten Jagdhunde mit sich, muskulöse, blutdürstige Doggen. Das abgehackte, atemlose Gedröhn ihrer hohen Trommeln erhob sich über das verödete, schreckerstarrte Land.

Mit ihnen drang das Grauen ins Poitou.

Dreitausend Infanteristen, eintausendfünfhundert Reiter, zweitausend Pferdeknechte, Verwaltungspersonal und Artilleristen. Kanonen für die Städte . . .

Der König hatte gesagt: Vor dem Frühling.

Der Winter würde den Krieg diesmal nicht zum Stillstand bringen.

Im Frühling war nur noch eine letzte unbezwungene Bastion übriggeblieben. Die, von der die Revolte ausgegangen war, das Gebiet zwischen La Châtaigneraie und den Sümpfen, in der sich die letzten Verschworenen gesammelt hatten.

Grausamer Frühling!

Die Kälte hielt an, und noch gegen Ende März war die Erde gefroren und keine Milde zu spüren.

Durch das schmale Fenster der Meierei spähte Angélique nach dem zurückkehrenden Flipot aus. Er trat ein, mager, ausgemergelt, zerlumpt wie ein Vagabund. Hunger, Kälte, das Dasein eines gejagten Tieres – nichts konnte seiner guten Laune etwas anhaben.

«Es ist mir gelungen, sie zu finden», sagte er. «Man hielt Euch für tot oder gefangen. Ich habe ihnen erzählt, wie Ihr mitten in der Nacht aus dem Schloß von Fougeroux entwischt seid. Niemand wäre auf die Idee gekommen, daß sie Euch dort suchen könnten. Bestimmt sind wir verraten worden. Verräter gibt's jetzt überall.»

Er warf einen verstohlenen Blick auf die Bäuerin und ihren alten Vater, die vor dem Herd saßen, wischte sich die gerötete Nase mit seinem Ärmel und fuhr mit gedämpfter Stimme fort:

«Ich habe den Abbé, Malbrant Schwertstreich, den Herrn Baron und Martin Genêt gesehen. Sie sind alle derselben Meinung. Wir müssen schleunigst das Land verlassen. Was jetzt vor sich geht ist eine Jagd auf Menschen oder vielmehr auf eine Frau. Auf Euch, Frau Marquise. Man hat einen Preis auf Euren Kopf gesetzt. Sie sind überzeugt, für fünfhundert Livres jemand zu finden, der Euch verkauft. Die Leute haben Angst, und hungrig sind sie auch. Darum ist dieser Entschluß gefaßt worden. Heute abend noch gehen wir zur Laterne der Taube, und wenn alle beisammen sind, marschieren wir durch den Wald in die Sümpfe und von da aus zur Küste. Ponce-le-Palud, der es fertiggebracht hat, sich noch nicht hängen zu lassen, wird uns helfen, ein Versteck zu finden . . . oder ein Schiff.»

«Ein Schiff . . .» wiederholte Angélique.

Das Wort enthielt ihre Niederlage. Im Laufe dieses entsetzlichen Winters war ihr nach und nach der Sinn des Kampfes entglitten, den sie führte. Ihr Leben zu retten, von Ort zu Ort vor den Verfolgern zu fliehen, sich an jedem Abend lebendig wiederzufinden, war zu ihrem einzigen, aber erschöpfenden Ziel geworden. Es gab keinen anderen Ausweg als Flucht.

«Ich habe sie nicht hierher bestellt», flüsterte Flipot, «weil mir die Leute hier kein Vertrauen einflößen. Sie wissen, wer Ihr seid, und wie überall jetzt machen sie Euch für ihr Unglück verantwortlich.»

Die Bauersleute flüsterten miteinander, während sie düstere Blicke in ihre Richtung warfen.

Angélique wagte es schon nicht mehr, sich mit ihrer Tochter dem kümmerlichen Feuer zu nähern, so stark fühlte sie den Groll der armen Teufel auf sich lasten.

Der Mann der Bäuerin war im Kampf für den König gefallen. Die vorbeiziehenden Soldaten hatten ihr alles genommen: Brot, Vieh, Korn und zudem hatten sie ihr die älteste Tochter entführt. Man wußte nicht, was aus ihr geworden war.

Im Hintergrund des Raums, wo das in der Vendée übliche große Bett stand, lugten vier blasse Frätzchen unter zerrissenen Decken hervor. Die Mutter ließ die Kinder den ganzen Tag über im Bett, weil sie es dort wärmer hatten und weniger hungrig wurden.

Gleich darauf erhob sich der alte Vater, nachdem er sich durch Blicke mit seiner Tochter verständigt hatte, zog eine weite Joppe über und nahm seine Axt, während er erklärte, daß er ein wenig Holz schlagen wolle.

«Ich würde mich nicht wundern, wenn er die Soldaten auf unsere Spur setzte», murmelte Flipot. «Vielleicht wär's besser, sofort zu verschwinden.»

Angélique teilte seine Ansicht.

Die Bäuerin suchte sie unerklärlicherweise zurückzuhalten, so daß Angélique ihren Aufbruch noch beschleunigte. Sie nahm einen Kanten Brot und Käse als Wegzehrung für Honorine mit. Die Frau überhäufte sie mit Schmähworten.

«Geht nur! Geht! Laßt Euch nicht mehr blicken. Ihr und Euer verfluchtes Kind habt mich mit den Grillen auseinandergebracht. Seitdem Ihr bei uns seid, höre ich sie nicht mehr in den Wänden zirpen. Was soll aus uns werden, wenn die Grillen uns verlassen?»

Das Verschwinden der vertrauten Geister schien ihr unheilvoller als alle die Prüfungen, die schon über sie hereingebrochen waren.

Angélique ritt auf einem ausgemergelten Maultier, das kaum noch die Kraft hatte, sich in langsamem Trott fortzubewegen. Flipot führte es am Zügel. Sie durchquerten brennende Dörfer, auf deren Plätzen an den Zweigen der Rüstern trübselige Gehängte baumelten.

Der Abend sank, als sie die Laterne der Taube erreichten. Sie brannte. Die Totenlaternen sind die Leuchttürme der Wildnis. Hohe, steinerne Kerzen auf mit Stufen versehenen Sockeln, erheben sie sich an den Kreuzwegen, um den nächtlichen Reisenden, die sich in der tiefen Dunkelheit der Hohlwege verirren, als Anhaltspunkte zu dienen. Auch sollen sie die irrenden Seelen um sich sammeln und sie daran hindern, die schlummernden Lebenden zu quälen. Obwohl gegen Ende dieses Winters Öl und Fett zu kostbaren Seltenheiten geworden waren, versuchten fromme Hände, das Licht in Betrieb zu halten. Der Holzschuhmacher, der nahe der Taubenlaterne hauste, ging jeden Abend hinunter, um den durch ein verziertes, spitzes Dach geschützten Hanfdocht mit seinem Feuerzeug anzuzünden.

Angélique stieg von ihrem Maultier und ließ sich auf den moosigen Steinstufen nieder.

«Niemand ist da», sagte sie. «Wir werden erfrieren, wenn wir ein paar

Stunden mit der Kleinen hier warten. Nimm das Maultier, Flipot, und reite den anderen entgegen. Sag ihnen, daß sie sich beeilen und eine Scheune für die Nacht auftreiben sollen.»

Flipot entfernte sich; das Klappern der müden Hufe auf dem gefrorenen Boden tönte noch lange durch die kristallinische Luft. Das Knacken der froststarren Bäume erinnerte an das klirrende Geräusch zerbrechenden Glases, und die mit jeder Minute zunehmende Kälte durchdrang sie mit schneidender Schärfe. Unbeweglich am Fuße des Steinschafts sitzend, spürte Angélique sie bis auf die Knochen. Ihr Atem verdichtete sich vor ihrem Mund zu bereiftem Brodem. Honorine kauerte an sie gepreßt unter ihrem Mantel; ihre weiche Wange hatte ihre Wärme verloren. Das trübe Licht der Laterne enthüllte ihr den Blick des Kindes, schwarze, aufmerksame Augen wie die eines Eichhörnchens, die in die sie umgebende Nacht spähten. Angéliques Arme genügten nicht mehr, sie zu erwärmen. Ihre kleinen Hände, die Brot und Käse umklammerten, waren starr vor Frost. Angélique erinnerte sich der Worte der Bäuerin.

«Das verfluchte Kind . . . So also nennen sie es.»

Ihre Lippen zitterten vor Zorn.

«In was mischen sie sich ein, diese Lumpen? Nur ich kann wissen, ob du verflucht bist oder nicht . . .»

Zum hundertstenmal zog sie mit erstarrten Fingern ihren Schal um das Kind zurecht.

Sie lauschte, von einem Augenblick zum andern hoffend, in der Ferne Pferdegetrappel zu vernehmen. Aber nur das Knistern und Knacken der Zweige erregte ihre Aufmerksamkeit.

«Wer kommt da?» fragte sie mit lauter Stimme.

Vergeblich suchte sie auszumachen, was sich im Unterholz bewegte, Plötzlich erhob sich ein langgezogenes Heulen. Sie sprang auf, das Blut schien in ihren Adern geronnen. Die Wölfe! . . . Sie hätte darauf gefaßt sein müssen, daß sie auftauchen würden.

Die Unerschrockenheit der ausgehungerten Bestien, die des ungewöhnlich lange anhaltenden Winters wegen aus ihren Schlupfwinkeln in den Wäldern gekommen waren, hatte sie und ihre Leute im Laufe dieser letzten Monate schon mehrmals in eine schwierige Lage gebracht. Sogar Berittene hatten die Wölfe verfolgt. Sie strichen um die Biwakfeuer, so daß man, um sie zu vertreiben, Fackeln und brennende Strohwische nach ihnen schleudern mußte.

Das Licht der Totenlaterne würde nicht ausreichen, um sie zu vertreiben. In Angéliques Gürtel steckte eine Pistole. Sie konnte sie abschrekken, aber nicht für lange.

Die ein wenig höher gelegene Hütte des Holzschuhmachers fiel ihr ein. Sie mußte sie zu erreichen versuchen, solange sich die Wölfe nicht näher heranwagten und der erstaunlich blaue, durch die Kälte aufgeklarte

Himmel noch ein wenig Licht in das Dunkel unter den Bäumen sickern ließ. Sie setzte sich in Bewegung, im Bewußtsein der ihr folgenden lautlosen Wolfsschatten in den Büschen.

Wenn sie sich umdrehte, konnte sie ihre phosphoreszierenden Lichter erkennen. Ohne ihren Schritt zu verlangsamen, bückte sie sich, las Steine auf und warf sie in ihre Richtung, wie man es mit bissigen Hunden tut. Vor allem durfte sie nicht stolpern und fallen. Sie stieß einen Seufzer der Erleichterung aus, als sie endlich das rötlich schimmernde Fenster der Hütte unter den Bäumen erblickte. Sie mußte sich kräftig gegen die Tür stemmen, bevor sie nachgab und sich öffnete. Durch Zeichen erklärte Angélique dem Taubstummen, daß sie von Wölfen verfolgt würde und daß es nötig sei, sich tüchtig zu verbarrikadieren. Um den armen Tropf und seinen gleichfalls taubstummen Sohn zu beruhigen, die sie erschrokken anstarrten, legte sie ein Goldstück auf den Tisch, das letzte von denen, die ihr der Baron du Croissec kürzlich vorgeschossen hatte. Ein Schinken wäre ihnen in dieser Zeit der Not vermutlich gelegener gekommen. Die vom Saft des frischen Holzes geschwärzten Hände des Alten griffen jedoch gierig nach dem Goldstück und drehten es lange hin und her, bevor sie es in den Gürtel gleiten ließen.

Angélique setzte sich vor den Herd. Wenigstens war es warm hier. Der taubstumme Junge warf eine Handvoll Späne auf die Glut, und Angélique hielt Honorines kleine Füße näher an die Flamme, sie sanft reibend, um die Zirkulation des Blutes zu beleben. In der aufmunternden Wärme färbten sich die Wangen des Kindes wieder, und es begann an seinem Käse zu knabbern, während es mit dem an ihm gewohnten aufmerksamen Blick seine neue Umgebung musterte. Die in Trauben an den Dachbalken hängenden Holzschuhe erregten seine Aufmerksamkeit besonders. Angélique horchte immer wieder nach draußen, in der Hoffnung, die Musketenschüsse ihrer Begleiter zu hören, die, am Treffpunkt angelangt, begreifen würden, daß sie vor den Wölfen hatte fliehen müssen. Sie wollte dann auf die Schwelle der Hütte treten und mit einem Pistolenschuß antworten. Doch sie hörte nichts. Des Wartens müde, streckte sie sich schließlich mit Honorine auf dem dürftigen Lager aus, das der Holzschuhmacher ihr anwies. Das Bett aus Holzspänen war behaglicher, als sie gedacht hatte. Sie lehnte die ihr gereichte verdächtige Decke ab, nahm aber ein grobes Schaffell an.

Sie fühlte sich seltsam ruhig und vermochte sogar ein paar Stunden traumlos zu schlafen. Seit langer Zeit schon hatte sie aufgehört, sich mit Gedanken über ihre Vergangenheit zu beschweren, über das, was hätte sein können oder nicht hätte sein dürfen, und über die Fülle der dramatischen Geschehnisse, mit denen sie in ihrem verhältnismäßig kurzen Dasein schon fertiggeworden war. Sie war für diese Sorgen und Dramen selbst verantwortlich. Sie hatte gegen die Gesetze und alles, was man ihr sonst beigebracht hatte, leben wollen. Hatte ihr erster Mann das gleiche Verbrechen nicht teuer bezahlen müssen? Weit entfernt, daraus eine Lehre zu ziehen, war sie auf dem Wege des Widerstands gegen die herrschenden Mächte weitergegangen. Sie wunderte sich nicht mehr darüber, ihnen zum Opfer gefallen zu sein, wie sie es so lange getan hatte. Der Kampf ums Dasein war ihr zur zweiten Natur geworden, und aus der privilegierten, nach Gesetzen und Regeln geordneten Welt war sie in die der wilden Tiere hinabgestiegen, die täglich ihr Leben verteidigen und tausend Gefahren abwehren mußten.

Gegen Mitternacht erwachte sie und bemerkte den Holzschuhmacher, der durch das schmale Fenster spähte. Sie trat hinter ihn und entdeckte in der Lichtung unruhig umherstreichende Wölfe. Der größte von ihnen hob den spitzen Kopf und heulte mehrere Male. Die Ziege im Stall zerrte an ihrer Kette und blökte.

Angélique legte sich wieder neben Honorine nieder. Mit leichten Fingern ordnete sie die roten Löckchen, die in die Stirn der Kleinen fielen, und betrachtete das Gesicht der friedlich Schlummernden. Die Unheil kündende Bedeutung des heulenden Wolfs bestätigte die Ahnungen ihres Herzens. «Das ist der Anfang vom Ende», sagte sie sich.

Am Morgen hatte es geschneit. Eine leichte, pulvrige Schneedecke verhüllte die Umgebung, die ersten zagen Frühlingshoffnungen zunichte machend. Das geschundene Land weigerte sich, zum Leben zu erwachen. Vergebens suchte Angélique in der Hütte nach einem Stück Papier und einer Feder. Schließlich nahm sie einen Fetzen Tuch und schrieb mit einem Stück Holzkohle darauf. Mehr Geduld erforderte es, dem Sohn des Holzschuhmachers begreiflich zu machen, wo sich die Meierei der Fayets befand, zu der er sich begeben sollte.

Endlich schlurfte der Junge durch den Schnee davon, die Botschaft an die Brust drückend, durch die Angélique den Abbé de Lesdiguière über ihren Aufenthaltsort unterrichten wollte.

Erst am folgenden Tag kehrte er zurück. Durch Zeichen gab er ihr zu verstehen, daß er einen ihrer Begleiter getroffen habe und daß man sie am Stein der Feen erwarte, den er gut erkennbar auf die hölzerne Platte des Tischs zeichnete.

Warum waren sie nicht selbst hierher gekommen? Warum hatte der Abbé dem kleinen Taubstummen keinen Brief anvertraut? . . . Da sie dem Jungen keine weiteren Auskünfte entlocken konnte, entschloß sie sich, zu dem angegebenen Treffpunkt zu gehen. Es war gut möglich, daß sie aus Vorsicht den abgelegenen Ort gewählt hatten.

Sie machte sich also auf, während des Weges bedauernd, daß sie keine Männerkleidung trug, da ihre Röcke sie beim Marsch durch den Schnee behinderten.

Am Rande der Schlucht der Wölfe angelangt, zögerte sie angesichts der zusammengewehten Schneemengen. Der Umweg über den Kammpfad hätte sie allzu lange aufgehalten. So beschloß sie, die Schlucht zu durchqueren. Da Honorine ihr dabei im Wege sein würde, setzte sie das Kind ins Moos unter einen Baum, dessen dichtes Gezweig seine nächste Umgebung ziemlich trocken gehalten hatte, band es mit ihrem Gürtel an den Stamm und ermahnte es, artig zu sein. Der Abbé und Flipot würden bald kommen, um es zu holen. Honorine war daran gewöhnt, auf solche Weise irgendwo zurückgelassen zu werden. Mehr als einmal hatte sie so bei der Nachhut das Ende eines Gefechts oder eines Erkundungsstreifzugs abgewartet.

Angélique hatte bei der Durchquerung der Schlucht zahllose Hindernisse zu überwinden. Mehrmals stürzte sie und versank bis zur Taille im Schnee. Als sie die Höhe der anderen Seite erreicht hatte, glaubte sie zu ihrer Linken menschliche Gestalten sich bewegen zu sehen, und in der Annahme, daß es ihre Begleiter seien, wollte sie sie anrufen. Doch der Ruf erstickte in ihrer Kehle.

Soldaten traten aus dem Wald.

Sie hatten sie nicht entdeckt und folgten der Baumlinie auf der rechten Seite des Tals. Schwarz und mager, mit ihren schimmernden Helmen und Lanzen, die sich gegen den grauen Himmel abzeichneten, hatten sie etwas von der grausamen, heimtückischen Art der Wölfe.

Vor Schreck wie gelähmt, wartete Angélique auf ihr Verschwinden, um ihren Weg fortsetzen zu können. Woher kamen diese Soldaten? Was taten sie in dieser entlegenen Gegend des Waldes? Wen suchten sie? . . .

Langsamer als zuvor schleppte sie sich in Richtung des Steins der Feen weiter. Die Angst raubte ihr fast den Atem. Am Rande der Lichtung wußte sie, daß sie zu spät gekommen war. Gehängte hingen von den Ästen der Eichen rings um den Stein. Der erste, den sie erkannte, war Flipot . . .

Mein armer Flipot! Gestern noch so voll zäher Lebenskraft! Sie hatte ihn nicht vor seinem ihm bestimmten Schicksal bewahren können.

Dann erkannte sie alle, einen nach dem andern: den Abbé de Lesdiguière, Malbrant Schwertstreich, Martin Genêt, den Stallknecht Alain, den Baron du Croissec . . . Die Gehängten mit ihren vertrauten Gesichtern bevölkerten die Lichtung mit einer beinah lebendigen Gegenwart, und um ein weniges hätte sie mit ihnen gesprochen: «Da seid ihr endlich . . . meine Freunde . . .»

Sie mußte sich an einen Baum lehnen.

«Verflucht seist du, König von Frankreich», murmelte sie. «Verflucht seist du!»

Wie betäubt blieb sie stehen und vermochte ihren Augen nicht zu trauen. In welchen Hinterhalt waren sie gefallen? Wer hatte sie verraten? Die Soldaten eben? . . . Ohne Zweifel waren sie es, die diese grausige Hinrichtung vollzogen hatten.

Die wahnwitzige Hoffnung, daß sie noch nicht tot seien, daß sie wenigstens einen von ihnen wieder ins Leben zurückrufen könnte, ließ sie auf den Stein klettern und versuchen, den Abbé de Lesdiguière von seinem Strang zu lösen. Es gelang ihr, und der Körper glitt weich zu Boden. Trotz der Kälte war er noch nicht erstarrt. Neben ihm kniend forschte Angélique nach seinem Herzschlag, nach irgendeinem Lebenszeichen. Doch der Tod hatte sein Werk getan. Sie drückte ihn gegen ihr Herz und küßte seine reine Stirn.

«O mein Schutzengel! . . . Mein liebes Kind! . . . Ihr seid gestorben . . . gestorben für mich. Was wird ohne Euch aus mir werden?»

Voller Schmerz betrachtete sie seine starren, schönen Augen, die nichts mehr sahen. Sanft schloß sie seine Lider, schloß sie seinen angeschwollenen Mund . . .

Ein ferner, dünner Schrei, der in der frostigen Luft vibrierte, riß sie aus ihrer Versunkenheit. Honorine!

Angélique schüttelte die stumpfe Benommenheit ab, die über sie gekommen war, die vertrauten Toten mit einem letzten Blick umfangend. Sie mußte das Kind retten . . .

Honorine saß still unter dem Baum. Sie weinte nicht, aber ihre kleine Nase war rot wie eine Stechpalmenbeere. Sie bewegte ihre Ärmchen in allen Richtungen, um ihre Freude auszudrücken, als sie ihre Mutter bemerkte.

Diese band sie los und nahm sie in ihre Arme. In diesem Augenblick glaubte sie einen Blick auf sich ruhen zu fühlen, wandte sich um und entdeckte auf der anderen Seite der Schlucht der Wölfe einen Soldaten, der sie beobachtete . . .

Bei der ersten Bewegung Angéliques stieß der Mann einen gutturalen Schrei aus.

Es gelang ihr, die Böschung zu erklettern und sich in die Deckung der Bäume zu flüchten. Sie begann geradeaus zu marschieren, einem Pfad nach dem anderen folgend. Ihr schwerer, durchfeuchteter Rock schlug ihr hindernd um die Beine, doch sie ging schnell, von ihrer Angst vorangetrieben.

Von fern drang dumpfes Hundegebell zu ihr herüber. Hatten sich die Soldaten an ihre Verfolgung gemacht? Mit ihren Hunden? Sie atmete schwer, ihre Arme waren unter dem Gewicht des Kindes fühllos geworden.

Nun war jeder Zweifel ausgeschlossen: sie wurde verfolgt. Das Bellen kam näher, sie unterschied schon die anfeuernden Rufe der Soldaten. Offenbar hielten sie die Hunde noch an ihren Leinen. Der feuchte Schnee bewahrte ihre Spuren. Es nützte ihr nichts, mit der List des von seinen Jägern zum äußersten getriebenen Tieres nach links und rechts Haken zu schlagen; sie würden sie mühelos wiederfinden und sie unerbittlich einkreisen.

Die Dämmerung fiel ein. Der bleierne Himmel schien sich mit der Nacht herabzusenken. Angélique spürte auf ihren Wangen die leise Berührung der ersten Flocken, die um sie herum zu tanzen begannen. Dann fielen sie dichter, und bald schritt sie wie durch gleitende, undurchsichtige Vorhänge, die sie zu ersticken drohten. Aber der Schnee würde wenigstens ihre Spuren verwischen . . .

Tatsächlich schienen ihre Verfolger zurückzubleiben. Das Bellen der Hunde war nicht mehr zu hören. Auch sonst kein Laut. Sie bewegte sich in einer Grabesstille, die nur vom dichten, lautlosen Fallen des Schnees erfüllt war. Ihr nasses Gesicht war durch die Kälte wie gelähmt. Oftmals stieß sie hart gegen Bäume.

Endlich hielt sie inne. Die Nacht war nun vollständig hereingebrochen. Sie wußte nicht, wo sie sich befand. Der Schnee fiel sanft auf sie herab. Sie war versucht, sich niederzusetzen, wenn auch nur für einen Augenblick, aber dann würde sie nicht wieder aufstehen.

Das Kind rührte sich leicht in ihren Armen.

«Hab keine Angst», murmelte Angélique, ihre Lippen nur mit Mühe bewegend, «fürchte nichts, ich kenne den Wald, weißt du . . .»

Von neuem hörte sie das Kläffen der Hunde. Sie gaben nicht auf. Angélique setzte sich in Bewegung. Sie taumelte und hielt sich eben noch aufrecht. Der Boden war ihr unterm Fuß weggeglitten. Sie mußte sich am Rand einer Schlucht oder eines steilen Abhangs befinden. Sie spürte die Leere in einer neuen, von der Enge zwischen den Bäumen gelösten Weite der Nacht.

Als sie unbeweglich stehen blieb, drangen die erstickten Töne einer Glocke an ihr Ohr. Das rhythmische Anschlagen versprach ihr Asyl.

Von wilder Hoffnung erfüllt, begann sie vorsichtig den Abhang hinunterzuklettern, und bald erkannte sie, dunkler noch als die Nacht, die hohen Mauern der Abtei von Nieul. Sie zerrte an der Kette des Portals. Dem eisigen, ausweglosen Alptraum entronnen, fühlte sie sich im Schutz der Tornische bereits halb geborgen.

Eine Hand schob den Schieber des Gucklochs beiseite, eine Stimme sagte:

«Gelobt sei Gott! Was wünscht Ihr?»

«Ich habe mich mit meinem Kind im Wald verirrt. Gewährt mir Asyl.»

«Wir beherbergen keine Frauen in der Abtei. Wenn Ihr fünfzig Schritt weitergeht, findet Ihr ein Wirtshaus, in dem man Euch aufnehmen wird.»

«Nein . . . ich werde von Soldaten verfolgt. Nur Eure Mauern können mich schützen.»

«Geht zum Wirtshaus», wiederholte die Stimme.

Der Unsichtbare schien das Guckloch schließen zu wollen. Verzweifelt schrie sie auf:

«Ich bin die Schwester Eures Benefizianten Albert de Sancé de Monteloup. Öffnet mir, um Gottes willen . . . öffnet mir!»

Der Pförtner zögerte, dann schloß sich der Schieber. Gleich darauf hörte sie Schlüssel klirren und das Knirschen schwerer Riegel. Sie warf sich in den sich öffnenden Spalt wie ein menschliches Abbild des Unwetters, dessen Schneegewirbel hinter ihr zurückblieb.

Zwei kleine weißhaarige Mönche betrachteten sie mit verdutzten Mienen.

«Schließt diese Tür», flehte sie, «schließt sie fest und öffnet vor allem nicht, wenn Soldaten Einlaß begehren.»

Sie gehorchten, und Angélique atmetete auf, als der große, hölzerne Balken quer vor den Türflügeln lag.

«Haben wir recht verstanden, daß Ihr die Schwester des Benefizianten der Abtei, Monsieur de Sancés, seid?» fragte einer der Mönche.

«Ja, es ist wahr.»

«Wartet dort», sagte er, auf die Tür eines niedrigen Raums weisend, in dem eine große Kerze in einem kupfernen Wandleuchter brannte. Unter der steinernen Wölbung war es kaum weniger kalt als draußen.

Angélique zitterte vor Kälte und Erschöpfung an allen Gliedern. Ihre erstarrten Arme, mit denen sie die wimmernde Honorine umfing, spürte sie nicht mehr.

Endlich bemerkte sie die Gestalten zweier anderer Mönche, die sich vom Kloster her näherten. Einer von ihnen hielt eine Öllampe. Sie trugen die den Oberen vorbehaltenen weißen Kutten. Sie betraten den Raum und blieben vor ihr stehen. Der Jüngere trat noch näher heran, während er die Lampe hob, um das erbarmungswürdige Gesicht der Besucherin besser erkennen zu können.

«Ja, sie ist es», sagte er schließlich. «Es ist meine Schwester Angélique de Sancé . . .»

26

Die Glocke des Portals wurde stürmisch gezogen, und der Bruder Pförtner erschien, um zu melden, daß eine Schar bewaffneter Männer Einlaß in die Abtei begehre.

«Öffnet ihnen nicht», flehte Angélique, «sonst bin ich verloren. Ich bin es, die sie verfolgen.»

«Die Rebellin des Poitou», sagte Albert gedämpft.

Sie warf ihnen einen verstörten Blick zu. Die Unmenschlichkeit war ihr allzu vertraut geworden, als daß sie in diesen kalt blickenden Mönchen etwas anderes als Feinde hätte sehen können. Sie würden die Verfolgte ausliefern.

Sie sank auf die Knie, die Augen auf das marmorne Antlitz des Vaters Abbé geheftet, während ihre Lippen unablässig den alten Schrei des Mittelalters wiederholten, der so viele Jahrhunderte hindurch grausamen Menschenjagden auf der Schwelle der Kirchen ein Ende gesetzt hatte:

«Asyl! . . . Asyl!»

Er beruhigte sie mit einer Bewegung seiner Hand und entfernte sich gleich einem Phantom in seiner weißen Kutte in Richtung des Portals.

Einige Minuten später kam er zurück. Er hatte die Soldaten zum Wirtshaus geschickt. Durch die Verfolgung im Schnee erschöpft, wären sie nicht in der Lage gewesen, die befestigte Abtei zu stürmen, die so manchem Krieg widerstanden hatte. Ohne auf Durchsuchung zu bestehen, hatten sie sich entfernt, zumal ihnen der Bruder Pförtner ermunternd nachgerufen hatte, daß der Wirt ganze Fässer guten Charente-Wein habe, wie man ihn in diesen unruhigen Zeiten selten finde.

Von neuem herrschte im Innern des Klosters Schweigen. Angélique lag noch immer auf den Knien, wie ausgehöhlt von Müdigkeit. Es war Albert, der sich über sie neigte, um ihr das kleine, vor Kälte zitternde Wesen mit den lebhaften schwarzen Augen eines Waldtiers abzunehmen, das sie an sich drückte.

«Erhebt Euch, Madame.»

Der Vater Abbé reichte ihr die Hand. Eine magere Hand, die jedoch ungewöhnliche Kraft verriet. Sie raffte sich auf.

«Die Abtei kann Euch nur wenig Bequemlichkeiten bieten, Madame.»

Seine Stimme klang tief, eintönig und gleichsam körperlos, eine Stimme, die es gewohnt war zu psalmodieren.

«Ich wüßte Euch nur zwei einigermaßen behagliche Orte vorzuschlagen: die Küche, um Euch aufzufrischen, den Stall zum Schlafen.»

Bei der Erwähnung dieser bescheidenen Örtlichkeiten mußte ein Ausdruck des Entzückens in Angéliques froststarre Züge getreten sein, denn etwas, was einem leisen Lächeln ähnelte, huschte über das strenge Gesicht des Priors.

«Geht in Frieden», schloß er. «Euer Bruder wird Euch führen.»

Vor dem hochauflodernden Feuer der Küche rieb Angélique, aus deren schweren, durchnäßten Kleidern der Dampf aufstieg, die kleinen, eisigen Füße Honorines und ließ sie eine Schale warmer Milch trinken. Dann zog sie die Kleine aus und wickelte sie in eine angewärmte Decke. Die Laienbrüder in ihren schwarzen Kutten bedienten sie in dem von der Ordensregel vorgeschriebenen Schweigen. Man hörte nur das leise Klappen ihrer Sandalen und das Knacken des Feuers, in dessen Glut sie noch zwei dicke Reisigbündel geworfen hatten. Angéliques Kleidung war bald trocken, aber sie fühlte sich allzu sehr am Ende ihrer Kräfte, um noch Nahrung zu sich nehmen zu können.

Sie sank ins Heu und in den Schlaf wie in eine Ohnmacht. Es waren die Hände Albert de Sancés, die Honorine in eine Krippe betteten, eine ländliche, mit Heu und Stroh wohlgepolsterte Wiege. Bevor er sich entfernte, häufte er noch Heu um seine schlafende Schwester.

Draußen schneite es mit beharrlicher Sanftheit weiter. Ein weißer Mantel breitete sich über die Abtei, über den erstarrten Wald, ein weißes Leichentuch für die Gehängten am Stein der Feen . . .

27

Angélique erwachte in der Nacht. Ein Glöckchen läutete. Die Kühe bewegten sich schnaufend hinter den Bretterwänden ihrer Verschläge. Durch die von raunenden Stallgeräuschen erfüllte Stille drang von fern die monotone Melodie eines gregorianischen Gesangs.

Sie streckte die Hand aus und fuhr zusammen. Sie hatte etwas Heißes berührt. Sie brauchte einen Augenblick, um sich klarzumachen, daß es Honorines Stirn war. Im gelblichen Licht der Laterne, die sie vom Haken neben der Tür genommen hatte, beugte sie sich über das Kind, das mit gerötetem Gesicht im Stroh lag. Sein Atem ging schnell und kurz.

Während dreier Tage wich sie nicht vom Lager der Kleinen. Oft gesellte sich der Bruder Krankenpfleger zu ihr. Er hatte weißes Haar und Augen vom gleichen ausgeblaßten Veilchenblau wie die Blumen, die er im Wald für seine Arzneitränke sammelte.

«Wenn sie stirbt», sagte Angélique wild, «werde ich die Soldaten, die uns verfolgten, mit eigener Hand töten.»

«Nun, nun, Ihr würdet besser daran tun, zu Unserer Lieben Frau zu beten, die eine Mutter wie Ihr ist», antwortete der Bruder sanft.

Als sie eines Morgens erwachte, sah sie Honorine auf ihrem Lager sitzen und ernsthaft mit einer Kornähre spielen. Von ihrer Freude überwältigt, rief sie den Laienbruder, der am anderen Ende des Stalles seine Kühe melkte.

«Bruder Anselme! Kommt her und seht! . . . Ich glaube, sie ist wieder gesund!»

Der wohlbeleibte Bruder Anselme und die beiden Mönche, die ihm bei seiner Arbeit halfen, bildeten einen Kreis um Honorine. Sie war magerer geworden, Schatten umgaben ihre Augen, aber sie schien munter und guter Dinge. Sie nahm die Milch, die man ihr reichte, und die freudigen

Bekundungen ihrer Umgebung mit der Würde einer Königin entgegen, die die Aufregung ihrer Pagen nachsichtig übersieht.

«Der kleine Jesus wird uns nicht verlassen», meinte Bruder Anselme heiter. Sich an Angélique wendend, fügte er derb hinzu:

«Danket dem Herrn und lobt ihn, gottloses Weib! Seitdem Ihr hier seid, habe ich Euch nicht ein einziges Mal das Kreuz schlagen sehen.»

Albert de Sancé besuchte seine Schwester, in der Hand ein Kästchen aus rotem, mit goldenen Arabesken verziertem Leder. Angélique berührte es seltsam, daß die mönchische Kutte besser zu ihrem Bruder zu passen schien als die zarten Atlasgewebe, die er während seiner Höflingszeit getragen hatte. Jetzt erst fiel ihr auf, daß sein bleiches, schmales Gesicht schon immer zur Entsagung bestimmt gewesen war. Der um den rasierten Schädel verbliebene Haarkranz stand ihm besser als die Perücke. Die Falten der Kutte, die weiten Ärmel unterstrichen seine gemessenen Bewegungen, die sie früher zuweilen gereizt hatten.

Damals hatte er auf sie einen Eindruck ungesunder Listigkeit gemacht. Diese Listigkeit war zu Heiterkeit, zu Geduld geworden. Das kränkliche Aussehen seines blassen Teints, der unter den wohlgenährten Herren des Hofs besonders auffiel, war hier asketische Durchsichtigkeit.

«Erinnerst du dich noch an das, was ich dir so oft gesagt habe, Angélique?» fragte er. «Daß ich eines Tages die Abtei von Nieul haben würde? Wie du siehst, bin ich zum Ziel gekommen.»

Angesichts der hohen, mageren, von Geißelungen gezeichneten Gestalt, in der wenige den einstigen Günstling Monsieurs, des königlichen Bruders, wiedererkannt hätten, dachte sie bei sich:

«Mir scheint es eher, daß die Abtei von Nieul dich hat.»

Sie vermieden es, das Ereignis zu berühren, das eine so radikale Veränderung in das Leben des jungen Mannes gebracht hatte, die herzzerreißende Trauer, die ihn nach der Beerdigung seines Bruders Gontran laut schluchzend über die Waldwege getrieben hatte, ihn, den Günstling, den vom Hofleben Korrumpierten, während mit den Düften des blühenden Weißdorns seine Kindheit wieder in ihm erstanden war, jene blinde Flucht, die vor dem Tor der Abtei von Nieul jäh geendet hatte. Der kleine Albert de Sancé war oft in die Abtei gekommen, um dort Latein zu lernen. In diesen Stunden fleißigen Studiums hatte sich ihr Zauber in einen Winkel seines Herzens eingeschlichen wie ein unvergängliches, still verborgenes Heimweh, das auch die Vergnügungen des Palais Royal und Saint-Clouds niemals hatten auslöschen können.

An jenem Tag hatte er an der Kette der Torglocke gezogen, und das Portal hatte sich geöffnet . . .

«Man findet seltsame Dinge auf den Speichern der Abtei», sagte er zu Angélique. «Im Laufe der Jahrhunderte hat man sich hier nicht immer in

Kasteiung geübt. Spuren davon sind zurückgeblieben . . . Der Vater Abbé hat sich gedacht, daß du gewisse Dinge brauchen könntest. Er hat mich beauftragt, dir dies zu überreichen.»

Das geöffnete Lederkästchen zeigte Teile eines reichhaltigen Toilettennecessaires aus Schildpatt und Gold.

Allein geblieben, auf ihrem Heulager kauernd, machte sich Angélique daran, sorgfältig ihr Haar zu bürsten. In der einen Hand hielt sie einen runden Spiegel von der lichten Klarheit eines Sonnenflecks, in der anderen eine prachtvolle, schwere, doch sanft sich anfühlende Bürste. Über den Krippenrand gebeugt, forderte die entzückte Honorine eines der schimmernden Geräte für sich. Angélique reichte ihr eine kleinere Bürste und einen Schuhlöffel.

Welche weltliche, mystische Dame hatte wohl diese frivolen Gegenstände in diesen Mauern zurückgelassen?

Der einstige Prior der Abtei, dessen blaue Augen die Comtesse de Richeville hatten straucheln lassen, war ein Epikureer gewesen, gleichermaßen dem Studium von Bibeltexten wie weniger erhabenen Befriedigungen ergeben. Und Angélique glaubte in den dunklen Tiefen eines Kellers die Reste des hohen Baldachinbettes gesehen zu haben, das die Mönche damals aufzustellen pflegten, wenn ein Besuch der schönen Büßerin bevorstand.

Sein Nachfolger im Kloster hatte derlei liederliche Sitten ausgetrieben. Man erzählte sich von ihm, daß er hart und unduldsam sei.

Nichtsdestoweniger bat Angélique, von ihm empfangen zu werden, um ihm danken zu können. Sie hatte wieder menschliches Aussehen angenommen, und es mißfiel ihr nicht, dem Prior zu beweisen, daß sie nicht jene armselige, getretene Kreatur war, der er geholfen hatte, sich aus dem Staub zu erheben.

Ihre Kleidung, die sie gewaschen und gebügelt hatte, umhüllte sie ohne Eleganz, aber ihr nun wieder gepflegtes Haar, ihr einziger Schmuck, fiel frei auf ihre Schultern herab. Über den Spiegel geneigt, studierte sie ihr Bild mit einer Spur von Besorgnis. Was waren die langen Sonnenstreifen zwischen den warmen Tönen der Locken anderes als neue, seit kurzem aufgetauchte Strähnen weißen Haars? Sie waren weiß geworden, ohne vorher zu ergrauen. Sie war erst 33 Jahre alt, aber sie konnte schon den Tag voraussehen, an dem ihr glattes, noch mit den Reizen der Jugend geschmücktes Antlitz von einer weißen Aureole umgeben sein würde. Das Alter berührte sie mit seiner schneeigen Hand, und dennoch hatte sie nicht gelebt! Denn so lange das Herz einer Frau nicht erfüllt war, blieb ihr Dasein ein Warten . . .

Sie folgte dem Kreuzgang und betrat, nachdem sie eine Treppe erstiegen hatte, deren steinerne Stufen durch allzu viele Prozessionen ausgetreten waren, eine offene Galerie, die an die rings um einen Patio herumgebauten arabischen Häuser erinnerte. Durch die Öffnungen der von starken Pfeilern gestützten Rundbogen sah sie in den Hof, auf den Brunnen hinunter, aus dem Bruder Anselme Wasser schöpfte, von Honorine auf Schritt und Tritt begleitet.

Die Flure lagen verlassen. Das Rascheln ihrer Schritte rief ihr die hochmütige Comtesse de Richeville ins Gedächtnis zurück, wie sie in ihrer schwarzen Mantille an dem erstaunten Kind vorübergeschritten war.

Der Abbé erwartete sie in der geräumigen Bibliothek, von ihren unschätzbaren Reichtümern umgeben. Seltenste Inkunabeln aus den frühen Zeit der Buchdruckerkunst, Tausende von kostbar gebundenen Büchern in allen Größen schimmerten mit dem erloschenen Goldglanz ihrer Inschriften in den kalten, von jenem zarten Duft erfüllten Saal, den köstliches Leder, Pergament, Druckerschwärze und das Ebenholz der Lesepulte ausströmten, auf denen mächtige, farbig ausgemalte Meßbücher aufgeschlagen waren.

Er saß unter einem Kirchenfenster in einem gotischen Kapellenstuhl, und die starre Unbeweglichkeit dieser weißen Statue machte die intensive Belebtheit der Augen, die man zunächst für schwarz hielt und die sich dann als dunkel wie Stahl oder Bronze erwiesen, noch eindrucksvoller. Das Licht verlieh ihnen zuweilen den Glanz und die Klarheit alterslosen Silbers, wie sie die Augen vieler Asketen besitzen. Sein Haar war noch schwarz, die Haut jedoch spannte sich wie mumifiziert über die Knochen. Der Ausdruck seines fein geschnittenen, strengen Mundes ließ sie frösteln und versetzte sie in Abwehrstellung. Nachdem sie vor ihm niedergekniet war, erhob sie sich wieder und setzte sich auf einen für sie bereitgestellten Schemel. Die Hände in den langen Kuttenärmeln verborgen, beobachtete er sie mit äußerster Aufmerksamkeit, und sie sah sich gezwungen, als erste das Wort zu nehmen, um ein Schweigen zu brechen, das sie mit Mißbehagen erfüllte.

«Mein Vater, ich muß Euch tausendfach danken, daß Ihr mich aufgenommen habt. Wenn die Soldaten Hand an mich gelegt hätten, wäre ich verloren gewesen. Das Schicksal, das mich erwartete . . .»

Er unterbrach sie durch ein kurzes Nicken.

«Ich weiß. Auf Euren Kopf ist ein Preis gesetzt . . . Ihr seid die Rebellin des Poitou.»

Irgend etwas in seinem Ton reizte Angélique, und die verborgene Feindschaft, die sie für ihn empfand, ließ sich nicht mehr unterdrücken.

«Tadelt Ihr mich wegen meines Verhaltens?» fragte sie hochmütig. «Mit welchem Recht? Was könnt Ihr, der Ihr in der Geborgenheit dieses Klosters lebt, von den Stürmen der Welt und den Gründen wissen, die eine Frau dazu veranlassen können, die Waffen zu ergreifen, um ihre

Freiheit zu verteidigen?»

Sie bot ihm Trotz. Diesem Mann der Religion stünde es schlecht an, sie an die Pflicht der Frau zur Unterwerfung zu erinnern. Sie würde ihm die Forderungen des Königs ins Gesicht schleudern.

«Ich weiß genug davon», sagte er, «um in Euren Augen das Antlitz des Bösen zu erkennen.»

Ihr Lachen klang bitter.

«Derlei Redensarten hatte ich hier zu hören erwartet. Bald werdet Ihr sagen, ich sei vom Dämon besessen.»

«Gibt es in Eurem Herzen ein einziges Gefühl, das nicht Haß ist?»

Und da sie schwieg, fuhr er mit seiner monotonen und dennoch fesselnden Stimme fort:

«Der Böse ist der Haß . . . Der Böse ist derjenige, der die Liebe nicht mehr fühlt. Er ist das andere Gesicht, das der Liebe gegensätzliche, von ihr unberührte Gesicht: der Haß. Die giftige Blume, deren Samen er um sich streut. Die edlen Herzen sind ihm geneigter als andere. Wißt Ihr nicht, daß der Böse sich von Blut, Leid und Niederlagen nährt?»

Ein unerwarteter Ausdruck fast physischen Schmerzes verzerrte seine Züge, und mit unendlicher Trauer rief er aus:

«Ihr habt die Macht Eurer Schönheit über die Männer dazu benutzt, um sie in den Haß, ins Verbrechen und in die Revolte zu treiben! . . . Und dennoch nennt Ihr Euch Angélique . . . Tochter der Engel!»

In diesem Augenblick war es, daß sie ihn wiedererkannte.

«Bruder Jean! . . . Bruder Jean! Ihr wart es doch, der mich damals in den Schutz Eurer Zelle brachte? Oh, Ihr seid es. Ihr seid es gewiß. Ich erkenne Euch an Euren glänzenden Augen . . .»

Er nickte schweigend. Er sah das kleine Mädchen mit dem lichten Haarschopf wieder, der ein liebreizendes, unschuldiges Kindergesicht umrahmte, und doch war es schon raffiniert gewesen wie das einer Frau, und die Augen von der Farbe des Frühlings hatten ihn neugierig forschend betrachtet.

«Reines Kind», murmelte er, «und was ist nun aus Euch geworden?»

Etwas zerbrach im Herzen Angéliques.

«Man hat mir Böses angetan», stammelte sie. «Oh, wenn Ihr wüßtet, Bruder Jean, was mir das Leben angetan hat!»

Sein Blick glitt zu dem Kruzifix hinüber, das sich an der gegenüberliegenden Wand erhob.

«Was hat man Ihm nicht angetan? . . .»

In dieser Nacht vermochte sie nicht zu schlafen. Wie damals war der trügerische Schleier des Friedens der Abtei zerrissen, und die Gegenwart des Geistes der Finsternis war offenkundig geworden. Der dünne Ton der Glocke, die die nächtlichen Stunden anzeigte, die Gebete der Frühmesse erinnerten an den ewigen Kampf. Die Mönche wandelten mit ihren Lampen durch die Kreuzgänge zur Kapelle. «Betet, betet, o Mönche», dachte sie, «solange die Finsternis die schlafende Erde regiert.»

Der Geist des Bösen zeigte hier sein höhnisch verzerrtes Gesicht. Wenn sie die Augen schloß, war es ihr, als höre sie Blut rieseln. Sie streckte die Hand aus, um den Arm der schlummernden Honorine zu berühren. Nur der Schutzwall des Kindes schien ihr stark genug, um sie bis zum Ende der endlosen Nacht vor den Schrecken in ihrer Brust zu bewahren.

Erst im Morgengrauen, als die Hähne zu rufen begannen, sank sie in Schlaf.

Trotzdem gab sie sich nicht geschlagen. Von neuem verlangte sie den Vater Abbé zu sprechen.

«Was hätte ich ohne den Haß getan?» fragte sie ihn. «Hätte er mich nicht gestützt, wäre ich vor Verzweiflung gestorben, wäre ich zugrunde gegangen, dem Wahnsinn verfallen. Der Geist der Rache, der mich erfüllt, ist wie ein Panzer, der es mir erlaubt, am Leben zu bleiben und einen klaren Kopf zu behalten. Glaubt mir!»

«Ich zweifle nicht daran. Es gibt Stunden im Leben, in denen wir nur durch Hilfe des göttlichen Geistes, durch eine der unseren übergeordnete Kraft bestehen können. Der menschliche Geist ist so wenig widerstandsfähig. Im Glück mag er sich noch genügen, aber im Leid muß er sich zu Gott oder zum Dämon wenden . . . .»

«Ihr leugnet also nicht die Notwendigkeit des Gefühls, in das ich mich gestürzt habe?»

«Ich werde niemals die Macht und die geistige Kraft Luzifers leugnen. Ich kenne ihn zu gut.»

«Ah, Ihr verirrt Euch schon wieder in plumpe Verallgemeinerungen. Ihr versteht nichts von dem, was auf Erden geschieht.»

Sie ging vor ihm auf und ab, prachtvoll anzusehen mit ihrem dichten, auf die Schultern fallenden Haar, dem erhobenen Kinn, den blitzenden Augen, völlig unbewußt übrigens des Anblicks, den sie bot, ganz und gar von ihrem inneren Kampf in Anspruch genommen.

Unbeweglich und teilnahmslos wie eine Statue folgte ihr der Vater Abbé mit dem Blick, in dem allmählich bei ihrem ewigen Hin und Her ein feines, ironisches Licht aufglomm.

«Ihr werdet Euch vergeblich dagegen verteidigen, vom Dämon besessen zu sein, meine Tochter. Selbst unwissende Augen müssen erkennen, daß Euer stürmisches Benehmen allein schon ein paar Tropfen Weihwasser fordert.»

«Ihr macht mich rasend», erwiderte sie. «Ich bin voller Unrast, weil ich mich rechtfertigen möchte und es nicht mehr gewohnt war, über solche Fragen nachzudenken. Wer sagt Euch, daß meine Sühnung, die Ihr mir vorwerft und die mich dazu trieb, die Waffen gegen eine unerträgliche Tyrannei zu erheben, mit dem zerstörenden Bösen zu tun hat und nicht mit dem von Christus geforderten Geist der Gerechtigkeit?»

Er schien das Argument zu überdenken.

«Ihr seid kein leichter Gegner», gestand er zu. «Sprecht also . . . Erklärt Euch . . .»

Es verlangte sie danach zu sprechen, nachdem sie so lange geschwiegen hatte. Die Worte drängten sich über ihre Lippen, die Sätze stießen sich, abgehackt und wie unmittelbar aus ihrem Herzen gerissen, in einer Zusammenhanglosigkeit, die sie zur Verzweiflung brachte: der König, der Scheiterhaufen, die Frömmler, Colin Paturel und Monsieur de Breteuil, die Armen aus den Untergründen von Paris, ihr ermordetes Kind, die Protestanten, die Korruption, die Steuern . . .

Was konnte er diesem ungeordneten Wortschwall entnehmen? Nichts! Er würde ihr nur Predigten halten. Von Zeit zu Zeit warf sie ihr Haar zurück, das ihre Heftigkeit immer wieder ins Gesicht fallen ließ. Sie konnte nicht aufhören, hin und her zu gehen und zu sprechen. Manchmal legte sie beide Hände auf die Armlehne seines Stuhls, sich über ihn neigend, um ihm ihre Wahrheit besser versetzen zu können.

«Ihr werft mir das durch meine Befehle vergossene Blut vor. Aber ist das im Namen Gottes vergossene weniger rot?»

Er setzte ihrem wütenden Zorn ein steinernes Gesicht, einen plötzlich erloschenen, undurchdringlichen Blick entgegen.

«Ja, ich weiß, was Ihr denkt», fuhr sie fiebrig fort. «Das Blut der protestantischen Kinder, die man auf die Piken wirft, ist natürlich unrein. Die Wünsche des Königs dagegen sind heilig, die Leiden des Volkes sind gerecht und gerechtfertigt, ja sogar verdient. Sie hätten sich ja nur darum zu bemühen brauchen, adlig zur Welt zu kommen. Den Großen gehorchen, die Schwachen vernichten . . . so ist das Gesetz.»

Sie war buchstäblich vom vielen Sprechen erschöpft, ausgeleert, die Stirn in Schweiß gebadet . . .

Er erhob sich, ihr bedeutend, daß die Stunde der Vespergebete gekommen sei. Sie sah ihm nach, während er sich durch den Kreuzgang entfernte, die Hände in den Ärmeln verborgen, unter seiner Kapuze einer hohen Kerze gleich. Er hatte nichts verstanden. Er blieb eingeschlossen in seine hoheitsvolle Ruhe.

Indessen schlief Angélique in dieser Nacht besser, und als sie erwachte, fühlte sie sich wie von einem lastenden Gewicht erleichtert.

Der Vater Abbé ließ sie rufen. Wollte er ihr die Leviten lesen oder hielt er einen tröstenden Sermon für sie bereit? Sie war es zufrieden, mit ihm die Degen kreuzen zu können. Die Stirn wie zum Angriff gesenkt, trat sie ein und war verwundert, ihn in ein Gelächter ausbrechen zu sehen.

«Mir scheint, Ihr wollt Euch auf mich stürzen, Madame. Bin ich denn ein so gefährlicher Feind, daß die Rebellin des Poitou sich darauf vorbereitet, alle ihre Waffen gegen mich einzusetzen?»

«Nennt mich nicht mehr mit diesem Namen, ich bitte Euch», murmelte sie bedrückt.

«Ich glaubte, Ihr seid stolz auf ihn.»

Plötzlich sterbensmüde, wandte sie die Augen ab. Sie würde in dieser Auseinandersetzung nicht die Stärkere sein.

«Ich bedauere nichts», sagte sie. «Ich werde nie etwas von dem bedauern, was ich getan habe.»

«Aber Ihr fürchtet Euch vor Euch selbst.»

Angélique biß sich auf die Unterlippe.

«Ihr könnt nicht verstehen, was ich empfinde, Vater.»

«Möglich. Aber ich fühle Eure Qual, und ich sehe vor allem die düstere Aureole, die Euch umgibt.»

«Die Aureole?» murmelte sie träumerisch. «Die muselmanischen Heiligen sprachen davon . . . Ist sie so düster, Vater?»

«Ihr zittert schon bei dem Gedanken, Euch über Euch selbst zu neigen. Was fürchtet Ihr eigentlich zu sehen?»

Sie starrte ihn an. Seine wie Quecksilber glänzenden Augen durchdrangen sie bis auf den Grund ihrer Seele. Sie konnte ihren Blick nicht von ihnen lösen.

«Befreit Euch», drängte er, «sonst werdet Ihr Euren Lebensmut nie wiederfinden.»

«Lebensmut? Warum Lebensmut? Ich lege keinen Wert auf Lebensmut.»

Sie stand vor ihm, beide Hände an ihrer Kehle, als ob sie erstickte.

«Was sollte ich mit dem Leben anfangen? Ich spuck darauf, ich hasse es . . . es hat mir alles genommen, hat aus mir die Frau gemacht, vor der ich . . . ja, es ist wahr . . . Angst empfinde.»

Erschöpft ließ sie sich auf den Schemel sinken.

«Ihr könnt es nicht verstehen, aber ich stürbe gern.»

«Es ist nicht wahr. Ihr könnt Euch nicht nach dem Tode sehnen.»

«O doch, ich versichere es Euch.»

«Ihr seid nur müde. Aber die Sehnsucht nach dem Tode, die Lust am Tode steht nur denen offen, müßt Ihr wissen, die mit ihrem Leben – kurz oder lang – zufrieden sind, die es erfüllt, die es so gelebt haben, wie sie es zu leben wünschten. Kennt Ihr den Gesang des Greises Simeon? ‹Meine Augen haben den Erlöser der Welt erblickt, nun kann ich sterben.› Doch solange ein Wesen sich nicht verwirklicht hat, solange es fern von seinem Ziel irrt, solange es nur Niederlagen erlitten hat, kann es nicht den Tod herbeisehnen. Das Vergessen, den Schlaf, das Nichts, ja . . . Lebensmüdigkeit? Das ist nicht der Tod, der Schatz, den Gott uns mit unserem Sein anvertraut hat, das unaussprechliche Versprechen . . .»

Angélique dachte an den Abbé de Lesdiguière, an sein junges, erleuchtetes Gesicht. «O Tod, beeile dich!» hatte er gesagt. Sie dachte an Colin Paturel, der so oft den Henkern ausgeliefert gewesen war, und an das, was sie selbst durchlebt hatte, als man sie unter den grausamen Augen Moulay Ismaëls an die Säule fesselte. Damals wäre sie gern gestorben, sie hatte gespürt, daß sie der Herrlichkeit entgegengehen würde. Aber nicht heute.

«Ihr habt recht», sagte sie mit jähem Erschrecken. «Jetzt kann ich nicht sterben. Es wäre Verschleuderung.»

Er lachte.

«Ich liebe das Aufflammen Eurer Vitalität! Ja, Madame, Ihr müßt leben. Sterben in der Niederlage – wie lächerlich! Das Schlimmste . . .»

Sie kämpfte mit sich. Sie fürchtete, seinen dunklen, bannenden Augen zu begegnen, sobald sie den Blick hob.

«Ihr belauert mich wie eine Beute», murmelte sie.

«Ich möchte Euch befreit sehen, damit Ihr von neuem zu leben beginnt.»

«Befreit wovon?» rief sie aufgebracht aus.

«Von jenem tief in Euch vergrabenen Hemmnis, das Euch daran hindert, Freundschaft mit Euch selbst und dem Leben zu schließen.»

«Ich könnte niemals verzeihen.»

«Nicht das wird von Euch gefordert.»

Angélique war in einen inneren Kampf verstrickt. Er beobachtete ihr hastiges Atmen, und die Angst, die dieses schöne Gesicht verzerrte, quälte ihn.

Wie, warum, an welchem Tage würde sie vor ihm niederknien? Ihre Hände krallten sich in das grobe Tuch seiner weißen Kutte, und der Zwang, den sie sich auferlegte, weitete ihre klaren, lichten Augen.

«Hört mich an, Bruder Jean . . . Hört mich an . . . Wißt Ihr von dem Gemetzel auf dem Feld der Dragoner?»

Er neigte bejahend den Kopf.

«Ich bin es, die es befohlen hat.»

«Wir wissen es.»

«Das ist nicht alles. Hört . . . Sie brachten mir den Kopf Montadours, und ich . . . ich habe bei seinem Anblick ein schreckliches Vergnügen empfunden. Ich hätte gerne meine Hände in seinem Blut gewaschen.»

Der Geistliche schloß die Augen.

«Seit dieser Nacht», flüsterte Angélique, «habe ich Angst vor mir und vermeide es, mich über mich selbst zu neigen.»

«Die Verlockung des höllischen Abgrunds hat Euch gepackt. Wollt Ihr diese Erinnerung für immer auslöschen?»

«Von ganzem Herzen.»

Voller Hoffnung sah sie ihn an.

«Könnt Ihr sie löschen?»

«Habt Ihr denn den Glauben Eurer Kindheit völlig verloren, daß Ihr daran zweifelt?»

«Gott weiß es. Was nützte das Bekenntnis, das ich Euch im Beichtstuhl machen würde?»

«Ohne Bekenntnis und Reue vermöchte selbst Er es nicht, Eure Sünde zu vergeben. Darin besteht die menschliche Freiheit.»

Er hatte sie besiegt.

Nach der Absolution war ihr, als genese sie von einer Krankheit. Sie betrachtete ihre Hände, die offen vor ihr lagen.

«Wird das Blut an meinen Händen auch ausgelöscht werden?»

«Es handelt sich nicht darum, den Folgen Eurer Taten zu entgehen, sondern von neuem zu leben. Jahrelang seid Ihr nichts als Haß gewesen. Seid von nun an nur Liebe. Eure Genesung vollzieht sich um diesen Preis.»

Ihr Lachen klang ernüchtert.

«Dieses Programm gefällt mir nicht. Mein Kampf ist noch nicht zu Ende.»

«Es ist eine innere Haltung.»

Sie verspottete seine Bewegung, indem sie herausfordernd das Haar schüttelte.

«Was für Geschichten um einen abgeschnittenen Kopf! Moulay Ismaël opferte täglich zwei oder drei, um Gott angenehm zu sein. Ihr seht, daß es recht schwierig ist, das Gute oder Böse zu definieren, wenn man auf Reisen ist.»

Ihre Bemerkung schien den Vater Abbé zu amüsieren. Sein Lächeln war wie der Abglanz eines Sonnenstrahls auf Schnee. Es verwandelte die strenge, ernste Maske in ein freundliches Gesicht von erstaunlicher Jugendlichkeit.

In der Ruhe schien es wie in Stein geschnitten, eiskalt. Es wirkte, als ob nichts seine starre Strenge mildern könnte, und dennoch spielten über seine Züge im Laufe des Gesprächs leidenschaftliche Ausdrücke: Lachen, Schmerz, Zorn, Teilnahme. Wenn sie an ihn dachte, sah sie ihn ernst und undurchdringlich. In Wahrheit hatte er das beweglichste Gesicht der Welt, unaufhörlich jedem Eindruck hingegeben.

Anfangs hatte er sie so eingeschüchtert, daß sie lange brauchte, um diese Eigentümlichkeit zu bemerken und in der Wärme seines Lebens aufzutauen.

Auf den Scherz eingehend, den sie in Erinnerung an Moulay Ismaël gemacht hatte, sagte er:

«Das Böse ist das, was Ihr für Eure moralische Gesundheit als schädlich empfindet. Das Gute befriedigt Eure persönliche Neigung für Gerechtigkeit.»

«Nun ist es an mir, Euch zu fragen, Vater, ob Eure Erklärung nicht ein ganz klein wenig ketzerisch ist.»

«Ich erlaube sie mir nur denen gegenüber, die sie zu verstehen vermögen.»

«Habt Ihr so großes Vertrauen zu mir?»

Er betrachtete sie lange.

«Ja, denn Euer Schicksal ist nicht üblich. Ihr müßt Euch außerhalb gebahnter Wege bewähren.»

Er stellte ihr viele Fragen über den Islam. Was sie ihm von den muselmanischen Sitten, von dem intensiven, wilden Glauben berichtete, begeisterte ihn, und ohne Furcht enthüllte sie ihm ihre Bewunderung und das Heimweh, das sie zuweilen danach verspürte.

Sie durchblätterten Folianten, die zwischen kunstvollen Malereien die Geschichte der arabischen Invasionen und die Erläuterung der Botschaft Mohammeds durch die Kirchenväter enthielten. Es waren unvergeßliche, zeitlose Stunden, die Angélique vor den Lesepulten verbrachte, während er mit seinen mageren Händen die Seiten umwandte, Händen, die so schmal und durchscheinend waren, daß sie fast weiblich wirkten. Durch seine intensive Beschäftigung mit den Primitiven schien er deren blutlose Grazie angenommen zu haben.

Eines Nachmittags, während sie ihn erwartete, entdeckte Angélique in einer der Malereien ein Engelsgesicht mit grünen Augen, das ihr vertraut schien. Noch einige Male fand sie diesen Engel im Meßbuch wieder. Ein Engel mit traurigem oder funkelndem Blick, mit gesenkten Lidern unter der lichten Haarkrone, lächelnd oder ernst.

«Nicht wahr, Bruder Jean, als Novize der Abtei von Nieul habt Ihr einstmals dieses Buch ausgeschmückt?» fragte sie lächelnd, als der Vater Abbé eintrat.

Er betrachtete die Bilder und lächelte gleichfalls.

«Wie hätte ich das Kind der Nacht vergessen können, die Poesie, die von ihm ausging? Frische, Schönheit, Lebenslust, alle diese Schätze waren in ihm und verströmten sich durch seine Augen. Mir scheint, daß Gott es ins Kloster geschickt hatte, um mir die Schönheit Seiner Schöpfung ins Gedächtnis zu rufen.»

«Und jetzt bin ich alt, eine gefallene Sünderin.»

Der Vater Abbé lachte herzlich.

«Wo nehmt Ihr nur solche Dummheiten her? Wie kann ein so schöner Mund es wagen, so bittere Worte von sich zu geben? Ihr seid jung! Oh, wie jung Ihr seid!» wiederholte er mit einem feurigen Blick. «Ihr habt Euch, und das ist fast ein Wunder, die Überfülle des Lebens bewahrt. Gewiß, Ihr habt viel gelebt, und dennoch, ich versichere es Euch, liegt Euer wahres Leben noch vor Euch.»

«Ich habe weiße Haare.»

«Ein Schmuck mehr», sagte er in spöttischem Ton.

Und zum erstenmal seit langen Monaten wurde sie sich vor seinen auf sie gerichteten Augen ihrer selbst bewußt und glaubte, sich in ihnen zu sehen. Sie spürte die Kraft ihres Körpers, ihre in der Luft der Wälder, durch die Härte der Ritte gewachsene Widerstandsfähigkeit. Ihre Taille war nicht mehr so zart, ihre Schultern waren kräftiger, aber sie hatte die rosig überhauchte, goldwarme Hautfarbe der Poitevinerin wiedergefunden, und die Schatten um ihre Augen, diese Schatten, die von zahllosen Tränen sprachen, betonten das Pathos ihres Blicks und unterstrichen seinen Glanz.

Ihre äußere Erscheinung war ihr so gleichgültig geworden, daß es ihr fast peinlich war, sich so plötzlich neu zu entdecken, und daß sie mechanisch die Säume ihres Mantels über ihrer Brust zusammenzog.

«Ihr sucht mich vergeblich zu ermutigen», sagte sie, den Kopf schüttelnd. «Ihr könnt es nicht verstehen . . . Ich sehe aus, als ob ich lebte . . . Aber ich fühle mich wie hinter einem dichten Vorhang.»

«Man erholt sich nicht so schnell von einer schweren Krankheit.»

Mit seinem langsamen Schritt, der über die Fliesen zu gleiten schien, kehrte er zu seinem äbtlichen Chorstuhl zurück und musterte sie gedankenvoll, nachdem er sich gesetzt hatte.

«Aber die Genesung ist auf dem Weg. Welch ein Unterschied schon im Vergleich zu jenem Abend, an dem Ihr mit Eurem Kind in der Abtei Schutz suchtet. Seid geduldig. Wendet Euch zum Licht und nicht zur Finsternis, und Ihr werdet in Eurer Seele und Eurem Körper gesunden.»

Sie verwunderte sich:

«In meinem Körper? Ich bin nicht krank!»

«Ihr fürchtet und haßt den Mann. Das ist Eure Krankheit. Oder besser Eure Anomalie, von der man Euch heilen muß. Sie wird Eure Seele ersticken, denn Ihr seid für die Liebe geschaffen.»

Angéliques Verblüffung löste sich in einem jähen Zornausbruch.

«Wovon sprecht Ihr?» rief sie scharf. «In was mischt Ihr Euch? Was wißt Ihr von den Qualen einer Frau, die das Verlangen der Männer verfolgt? Von dem Grauen, das sie vor ihnen und vor sich selbst empfinden kann? Von allem, was die Liebe an Trug und Entartung einschließt? . . . Und seid ihr übrigens nicht die ersten, die das Gespenst der Wollust aufrichten und Buße fordern?»

Er lächelte, von ihrer Heftigkeit offenbar nicht berührt.

«Warum lächelt Ihr?»

«Weil ich, je länger ich Euch betrachte, um so deutlicher sehe, daß Ihr dafür geschaffen seid, in den Armen eines Mannes zu liegen.»

Die Vorstellung verwirrte und beruhigte sie zugleich.

Er fuhr heiter fort: «Ich spreche nicht im Plural. Ich sagte: *eines*

Mannes. Ihr seid zu sinnlich, um der Liebe zu entsagen. Sucht die Genesung für den, der kommen muß, der ...»

«Ja, für den Gatten, den die kluge Jungfrau mit ihrer Lampe in der Hand erwartet. Das paßt auf mich.»

Sie spürte einen jähen, durchdringenden Schmerz, während sie dachte: «Der Gatte! ... Ich habe ihn gekannt. Er erfüllte mich, aber man hat ihn aus meinen Armen gerissen.»

«Ihr müßt Eure Blicke in die Zukunft richten. Sucht den zu erkennen, der kommen wird. Und bereitet Euch darauf vor, ihn zu empfangen. Seid Ihr denn entschlossen, die Schande Eurer Sünden unaufhörlich in Eurer Seele zu bewahren? Nein. Bringt also auch für Euren Körper nicht mehr Stolz auf. Er ist weniger Wert. Ihr dürft die Erinnerung seiner Schmach nicht kultivieren. Nach dem Winter kehrt immer der Frühling wieder. Blut und Fleisch erneuern sich. Eure Gesundheit scheint gut ...»

Daß er es wagte, zu ihr so offen von dem geheimen Leid zu sprechen, das sie verzehrte, genierte und tröstete sie zugleich.

«Es wird nicht leicht sein», sagte sie. «Man merkt, daß Ihr nie in einer solchen Lage ...»

«Starrkopf! ... Lernt, Euch von dem abzuwenden, was Euch Böses getan hat. Seht, die Sonne scheint zum erstenmal seit vielen Tagen. Nehmt die Hand Eures Kindes, geht im Garten spazieren und denkt dabei über Eure Hoffnungen nach.»

Sie war sich durchaus nicht sicher, ob sie sich jene Zukunft wünschen sollte, die er ihr ausgemalt hatte.

Gab es auf der Welt einen Mann, der imstande war, sie von neuem zu zähmen? Die Wunde saß zu tief. Wenn sie jedoch dem Instinkt nachgrübelte, der sie veranlaßt hatte, ihr nach Trost dürstendes Herz dem Abbé von Nieul zu öffnen, mußte sie sich eingestehen, daß mancherlei in ihr nachzugeben begann. Er hatte sie mit der Geduld eines Vogelfängers zu sich gelockt. Aber der Zauber seiner männlichen, durch Bußübungen verzehrten Persönlichkeit hatte gleichfalls eine gewisse Rolle gespielt. Ja, er hatte recht. Wie sehr sie doch Frau geblieben war! ...

«Was ist in der Abtei mit mir geschehen?» fragte sie sich. «Manchmal ist mir, als hätte ich mich verloren, als schwebte ich in der Luft.»

«Ihr seid in etwas hineingeschleudert worden, was die Mathematiker den ‹Durchgang durchs Unendliche› nennen.»

«Was wollt Ihr damit sagen?»

«Wenn man die mathematischen Wissenschaften studiert, lernt man, daß nicht alle Lösungen eines Problems notwendigerweise berechenbar sind, das heißt, sich eine aus der anderen ableiten und durch ein positives Resultat ausdrücken lassen. Ein paar einfache Beispiele: wir wissen nicht, ob die Lösung einer mathematischen Gleichung plus oder minus ist. Andersherum gesagt: ob man gewonnen oder verloren hat. Schon das einfache Ausziehen der Quadratwurzel schafft ein philosophisches Problem von beträchtlicher, unberechenbarer Tragweite: Was kann die Wurzel einer negativen Zahl sein? Gegen den Schwindel, der uns angesichts der Unfaßbarkeit packt, sichern wir uns durch die Erklärung, daß sie imaginär oder eine trigonometrische Linie sei. Damit geben wir zu, daß wir nicht mehr wissen, was geschieht, denn es bedeutet, daß wir auf eine andere Ebene physischer Struktur übergegangen sind. Zur größeren Bequemlichkeit des Geistes wird man sagen, daß wir eine ‹Unterbrechung des Zusammenhangs› oder einen ‹Durchgang durchs Unendliche› passiert haben. Versteht Ihr mich?»

«Ich glaube zu verstehen. Ich verspüre selbst dieses vorübergehende Verschwinden des Problems.»

«Welch tiefer Abgrund ist dieses Unendliche schon im Bereich der reinen Mathematik. Aber auch in unserem täglichen Leben ist es allgegenwärtig. Sobald unser Geist keine klare Lösung mehr sieht, drängt sich der Durchgang durchs Unendliche oder Irrationelle oder Übersinnliche wie von selbst auf. Wir tauchen aus ihm auf, um wieder unserer gewöhnlichen Bahn zu folgen, aber die Lösung ist in der Tat schon gefunden worden.»

«Werde ich trotz allem wieder Fuß fassen können? So viele Widersprüche machen sich mein Dasein streitig.»

«Ihr gehört zu jenen Frauen, die den Kampf brauchen, um sich erfüllt zu fühlen und um – o ja, so etwas gibt es! – jung und schön zu bleiben. Wärt Ihr mit einem alltäglichen Leben zufrieden, eine Stickerei in den Händen, oder gar mit einer frivolen Existenz?»

«Ich weiß es nicht mehr. Manchmal war mir, als sei ich für ein einfaches, bäuerisches Glück geschaffen: einen Mann zum Lieben, Kinder um einen Tisch herum, für die ich Backwerk kneten würde . . . Alle Frauen bewahren dieses Bild in einem Winkel ihres Herzens, selbst die verkommensten, selbst die mondänsten. Und gleichfalls wie jede Frau hoffte ich, Reichtümer zu gewinnen, der Genüsse wegen, die sie verschaffen: Schmuck, Brokat, Pelze, die Bewunderung der Männer . . . Aber sehr schnell wurde mir klar, daß ich dabei weder glücklich war noch mich wohl fühlte. Es paßte nicht zu mir, während ich die Rolle, die ich während des Aufstands spielte, leidenschaftlich liebte. Ihr werdet mir sagen, es sei nicht Sache der Frau, Blut zu vergießen, es sei gegen die Natur. Aber ich liebe den Kampf. Ich würde lügen, wenn ich es zu verschleiern versuchte. Das Abenteuer, das Warten auf den Sieg, das Zusammenraffen zerstreuter Kräfte, um ihnen ein Ziel zu geben, ja, selbst die Unruhe, die Angst, die Hoffnung, eine verzweifelte Situation in letzter Minute zu retten – all das gefiel mir. Ich habe während der beiden hinter mir liegenden Jahre gelitten, aber ich habe mich nie gelangweilt.»

«Man sagt ja, daß es für den Mann – und mehr noch für die Frau – eine der wesentlichsten Voraussetzungen des Glückes sei, sich nicht zu langweilen.»

«Ihr nehmt also an meinen Geständnissen keinen Anstoß? Wie erklärt Ihr diese Widersprüche?»

«Ein menschliches Wesen ist vieler Dinge fähig. Sie bilden das Gewebe seines Lebens, in dem sich Böses und Gutes, Auflehnung und Unterwerfung, Sanftmut und Gewalt verknüpfen.»

Er murmelte: «Ein jegliches hat seine Zeit, und alles unter dem Himmel hat seine Stunde. Geborenwerden und sterben . . . vernichten und heilen . . . weinen und lachen, klagen und tanzen . . . herzen und ferne sein von Herzen . . . schweigen und reden, hassen und lieben . . .»

«Wer hat das gesagt?»

«Einer der großen Weisen der Bibel. Der Prediger Salomo.»

«Es hätte also nicht nur schmutzige und abscheuliche Dinge in meiner Auflehnung gegeben?»

«Gewiß nicht.»

Angéliques Antlitz leuchtete auf.

«Eure Nachsicht ist tröstlicher als Eure Strenge. Ihr seid anfangs hart zu mir gewesen . . .»

«Ich wollte Euch angst machen, um Euch vor dem Untergang zu bewahren. Ich wollte Euch auch zum Sprechen bringen, und ich beglückwünsche mich, daß es mir gelang. Das verriegelte Herz verdirbt.»

Das Kinn in die Hand gestützt, sann er lange nach, wie an ein schwer zu lösendes Problem verloren.

«Ihr müßt diese Erde verlassen», sagte er endlich.

«Wollt Ihr damit sagen, daß ich sterben muß?» schrie sie entsetzt auf.

«Nein, hundertmal nein, liebe Seele. Ihr, die Ihr das Leben selbst seid! . . . Ich wollte sagen: dieses Land verlassen, das Land Eurer Kindheit und auch . . . dieses Königreich, in dem ein Preis auf Euren Kopf gesetzt ist. Diese gequälte Welt verlassen, der es durch ihre noch junge christliche Kultur bisher nicht gelungen ist, sich aus dem ersten Konflikt zu lösen: Gott und Satan. Ihr seid nicht für solche mystischen Auseinandersetzungen geboren. Ihr seid der Natur zu nah. Eure Rechtlichkeit, Eure Neigung zum Ausgleich finden keine Befriedigung in extremen, in gewissem Grade antinatürlichen Gefühlen. Die Werte, die Euch wichtig sind, liegen auf einer anderen Ebene, und Ihr werdet darum immer mit denen, die Euch umgeben, uneins sein. Ihr seid ein wenig wie jene erste Frau, die Gott erschuf und die sich vor den Früchten des Gartens Eden aufs höchste verwunderte . . . Ihr müßt fort.»

«Wohin?»

«Ich weiß es nicht. Schafft eine neue, irdischere, duldsamere Welt . . .»

Er hob die Augen zum Fenster.
«Der Schnee ist verschwunden, die Sonne strahlt. Der Frühling ist gekommen. Habt Ihr es bemerkt?»
Das Blau des Himmels füllte den Ausschnitt des römischen Bogens, und auf dem Fensterbrett gurrten zwei Tauben.
«Ich habe Nachrichten eingezogen. Die Soldaten haben das Poitou verlassen. Das Land ist ruhig, wenn auch noch nicht befriedet. Ihr könnt ohne Schwierigkeiten durchs Moor Maillezais und von dort aus die Küste erreichen. Habt Ihr Komplicen, zu denen Ihr Euch gesellen könnt?»
«Wollt Ihr sagen, daß ich fortgehen muß?» hauchte sie.
«Die Zeit ist gekommen.»
Sie sah die feindselige Welt vor sich, die sie jenseits der Pforte der Abtei erwartete, in der sie sich einsam und von lauernden Blicken verfolgt mit ihrem Bastardkind in den Armen würde durchschlagen müssen.
Dicht vor ihm sank sie auf die Knie:
«Schickt mich nicht fort. Hier fühle ich mich wohl. Hier ist Gottes Asyl.»
«Die ganze Welt ist Gottes Asyl für diejenigen, die an seine Barmherzigkeit glauben.»
Sie schloß die Augen, und durch ihre langen Wimpern quollen Tränen, die glänzende Spuren über ihre Wangen zogen. Er sah sie vom schwarzen Hof des Unglücks umgeben. Sie war noch nicht außer Gefahr, aber die Gewißheit, daß der Sieg ihr gegeben würde, schien bereits durch. Er war es ihr schuldig, sie wieder in den Wind der Welt zurückzustoßen.
Er streckte den Arm aus, und sie fühlte auf ihrem Haar die unendlich sanfte Berührung seiner Asketenhand.
«Mut, liebe Seele. Gott segne Euch.»

Am folgenden Tag trat der Bruder Pförtner bei ihr ein. Wie sie es sich gewünscht hatte, war ihr ein Maultier gesattelt worden, das sie durch Vermittlung der Mönche von Maillezais zurückschicken würde. Er hatte das Tier mit zwei Körben beladen, die Nahrungsmittel und eine Decke enthielten. Angélique hüllte den Kopf ihrer Tochter sorgfältig in eine Kapuze. Wenn sie schon nicht die Farbe ihrer eigenen Augen verbergen konnte, wollte sie wenigstens die des Haars ihrer Tochter verstecken; sie wußte sehr wohl, daß sie ihren Verfolgern als Frau mit grünen Augen beschrieben worden war, die in ihren Armen ein rothaariges Kind trage. Es war ihr Pech, daß sich auch Honorine durch eine auffallende Besonderheit auszeichnete.
Die Hand schon auf dem Hals des Maultiers zögerte sie noch einen Moment. War es nicht möglich, ein letztes Mal vom Vater Abbé und ihrem Bruder Abschied zu nehmen?
Der Pförtner schüttelte den Kopf. Die Heilige Woche stand unmittel-

bar bevor. Das Kloster hatte sich schon gegen die Außenwelt verschlossen.

Wirklich lastete ein noch drückenderes Schweigen als gewöhnlich über der Abtei. Die geweihten Männer sammelten sich für die Wallfahrt der Tage vor Ostern. Die Frau mußte sich entfernen.

Etwas anderes noch riß sich aus dem Herzen Angéliques und blutete schmerzlich. Aber waren nicht auch dieses Leid und die Tatsache, daß sie es empfinden konnte, ein Zeichen ihrer Genesung?

Sie schwang sich auf das Tier, drückte Honorine an sich und ritt unter der Torwölbung hindurch.

Während sie den zum Wald führenden Pfad einschlug, vernahm sie das schwere Knarren des Portals, das sich hinter ihr schloß, und gleich darauf schlug eine Glocke drei helle Töne an.

Wie viele Türen hatten sich schon hinter ihr geschlossen, immer von neuem Auswege versperrend wie Treiber dem gejagten Wild! Jedesmal hatten sich die Möglichkeiten, ihrem Schicksal zu entrinnen, um ein weniges vermindert, und bald würde ihr nur noch ein einziger Weg übrigbleiben: der ihre. Welcher war es? Noch wußte sie es nicht. Sie konnte ihn nur ahnen, und sie begann zu begreifen, daß Katastrophen und unübersteigliche Hindernisse sie immer wieder von ihren eigenen Launen abgebracht und hart einem einzigen, noch unsichtbaren Ziel zugeführt hatten, das das ihre war.

Noch einmal, ein letztes Mal, durchquerte sie den Wald. Bei hellem Tage wagte sie es nicht, sich den Gefahren der Straße auszusetzen. Durch den Wald und die Sümpfe würde sie zur Abtei von Maillezais gelangen.

Als sie die Schlucht der Wölfe erreichte, stand die Sonne schon hoch am Himmel. Ihre Strahlen fielen in das Tal, und Angélique hielt an, als sei ihr ein unglaubliches Wunder begegnet.

Drei Wochen zuvor hatte sie sich gerade hier, von schneidender Kälte gepeinigt, durch den Schnee geschleppt, hatte sie in ihrem Fleisch die ganze Grausamkeit des harten Winters erlitten. Heute schien das Tal wie mit grünem Samt ausgeschlagen, der Bach, dessen Eis sie damals überquert hatte, hüpfte sprudelnd wie ein junges Zicklein, Veilchen schmückten den Saum des Waldes. Der Kuckuck stieß seinen leichtfertigen Ruf aus. Er kündigte laue Lüfte und das Aufblühen der Blumen an, er vollendete den Frühling.

Angéliques Blick feuchtete sich vor diesen Wundern. Auch Natur und Leben warteten also mit huldreichen Überraschungen auf. Aus einem langen und strengen Winter sproß mit verdoppelter Kraft der Reichtum der Blätter, Gräser und Blüten; aus einem widerwärtigen Verbrechen, aus namenlosem Entsetzen war diese Blüte der Anmut gewachsen, rundlich, weiß, von Flammen gekrönt, die sie in ihren Armen hielt: Honorine.

Die schwarzen Raben zogen nicht mehr ihre unheimlichen Runden über der Lichtung der Feen. Niemand wäre auf den Gedanken verfallen, daß der Tod je an diesem Ort umgegangen war.

Der Abbé de Lesdiguière, der Abbé von Nieul. Zwei Erzengel waren nötig gewesen, um sie aus dem Abgrund zu ziehen, in den sie gestürzt war. Diese beiden reinen Gestalten löschten die böse Erinnerung an den Mönch Becher.

Sie dachte, daß es richtig und notwendig für sie sei, bis zu diesem Tag gelebt zu haben . . .

Dritter Teil

La Rochelle

28

Am folgenden Tag gelangte sie nach Maillezais, der prächtigen, auf einer Insel inmitten toten Gewässers erbauten, von Weiden umstandenen Abtei. Des Nachts glaubte man noch das Anschlagen der Wellen zu hören, die im 12. Jahrhundert ihre Fundamente umspült hatten. Ihre Mauern hüteten das schläfrige, bukolische Dasein der Mönche, die ihre Tage damit verbrachten, Frösche und Aale zu fangen, mehr Zeit auf ihre Mittagsruhe als auf das Brevier verwandten und die Tradition Rabelais' bewahrten, der hier seinen «Gargantua» geschrieben hatte.

Nieul mit seiner Atmosphäre inbrünstiger Gläubigkeit war fern. Die Mönche fürchteten sich vor den Protestanten, denn in dieser Gegend bis zu Küste hinüber waren sie in der Überzahl.

Die Truppen des Königs stellten nach und nach die Ordnung wieder her. Durch den Abbé von Nieul empfohlen – «Ein allzu heiliger Mann», meinte der Prior von Maillezais seufzend –, fand Angélique gute Aufnahme, und nachdem sie eine Nacht in der Abtei verbracht hatte, gab man ihr einen Führer mit, der sie bis in die Gegend von Les Sables d'Olonne geleiten sollte.

Honorine auf dem Rücken schritt sie nun unter den Zweigen von Zwergeichen und Haselnußsträuchern einen aufgeweichten, sandigen Weg hinunter. Es hatte geregnet. Ein seltsamer Geschmack lag in der gereinigten Luft. Die regenfeuchten Blütenblätter eines wilden Rosenstocks streiften über ihre Hand.

Ein ungewohntes Geräusch war von jenseits der Hecke zu vernehmen.

Es war die letzte Etappe.

Das Geräusch verstärkte sich. Mit vorsichtigen Schritten, mißtrauisch und fasziniert zugleich, ging Angélique weiter und entdeckte endlich das Meer. Nicht mehr das blau-goldene Mittelmeer, sondern den Ozean, das Meer der Finsternis, das Grab von Atlantis . . .

Grau, blau und grün verschmolz er am Horizont mit den Nebeln des Himmels.

Ein paar Schritte noch, dann bemerkte sie den violetten, vom Netz der silbrig schimmernden Pfützen gemusterten Strand, die regelmäßig angelegten Salzteiche, die weißen Kegel aufgehäufter Salzkristalle, die die sinkende Sonne mit zarten, rosigen Lichtern überspielte.

Zur Linken erhob sich eine Hütte. Dort sollte Angélique mit Ponce-le-Palud zusammentreffen, dem protestantischen Salzschmuggler, der von der ersten Stunde an einer ihrer Parteigänger gewesen war.

Doch Ponce-le-Palud war am Abend zuvor gefangengenommen und unter der doppelten Anklage des Salzschmuggels und der Rebellion gegen den König hingerichtet worden.

Ihre letzten Kampfgenossen hielten sich in den dürftigen Wäldern der Küste versteckt, wo sie von Räubereien lebten. Angélique verhandelte mit ihnen über die Möglichkeit, sich nach der Bretagne einzuschiffen. Dort würde sie vielleicht einige Zeit im Verborgenen leben können. Einstweilen war es das Wichtigste, den Patrouillen zu entgehen.

Die dem König treu gebliebene oder sich ihm wieder zuwendende Küstenbevölkerung machte sich kein Gewissen daraus, die letzten Aufständischen zu verraten, um durch ihren Eifer ihre Begnadigung zu erkaufen. Besiegte haben keine Bundesgenossen. Bedrückt zwischen den bitter gewordenen Protestanten, denen das volle Ausmaß ihrer Niederlage und Not kein Geheimnis war, wuchs Angéliques Unruhe. Sie kannte nur noch ein Ziel. Sich einzuschiffen. Das Meer allein schien ihr Sicherheit zu verbürgen, bot sich als hilfsbereiter Komplice an.

Am dritten Tage stürzten abgezehrte, zerlumpte Männer in den Wald und meldeten schreiend, daß ein Zug Kaufleute sich nähere. Er komme aus Marans und transportiere Korn und Wein. Seit Monaten hatte man dergleichen nicht mehr gesehen. Die Verfolgten griffen alsbald nach ihren Waffen: Degen, Säbeln, Knüppeln. Pulver und Kugeln für ihre Musketen besaßen sie längst nicht mehr.

«Tut es nicht», bat Angélique. «Ihr werdet nur die Aufmerksamkeit der berittenen Gendarmen auf uns lenken. Wenn sie diesen Wald durchsuchen . . .»

«Wir müssen leben», brummte der Anführer.

Zwischen den spärlichen Bäumen waren schon die Glöckchen der Maultiere und das Knarren der Karrenräder zu hören. Gleich darauf erhob sich Geschrei, vermischt mit Waffengeklirr.

Angélique wußte nicht mehr, zu welchem Heiligen sie sich flüchten sollte. Und doch mußte sie verhindern, daß sich die geächteten Männern zu Banditenstreichen hinreißen ließen, die die Spürnasen der Polizei und die Soldaten zu ihren Schlupfwinkeln bringen würden. Unglücklicherweise kannte sie sie erst seit kurzem und hatte keinerlei Einfluß auf sie. Sie sprach nicht einmal ihren Dialekt. Hastig band sie Honorine an den Fuß eines Baums und lief zum Kampfort. Vielleicht konnte sie Menschenleben retten, sich mit den Kaufleuten verständigen . . .

Aber diese waren, statt sich ins Bockshorn jagen zu lassen, vom ersten Augenblick an entschlossen gewesen, sich mit allen Mitteln zu verteidigen. Sie besaßen Pistolen, deren sie sich, hinter ihren Karren verschanzt, bedienten. Zahlreiche Verwundete bedeckten schon die Straße.

Angélique schob sich neben den hinter einem Strauch knienden Anführer.

«Zieht Euch zurück», beschwor sie ihn.

«Dazu ist es jetzt zu spät. Wir brauchen ihre Waren und müssen ihnen ans Leben, damit sie nicht mehr reden können . . .»

Er sprang auf einen der Karren zu. Ein Pistolenschuß ließ ihn mitten im Lauf erstarren und zusammenbrechen. Ein Augenblick äußerster Verwirrung folgte. Die vier Kaufleute, die die Banditen entmutigt sahen, kamen aus ihrer Deckung hervor und machten sich an ihre Verfolgung. Ihre Knüppel mit einer Kraft gebrauchend, die man friedlichen Gewerbetreibenden nicht zugetraut hätte, verteilten sie nach allen Seiten Schläge, die Arme und Beine brachen und auf Schädeldecken dröhnten. Angélique erhielt einen heftigen Schlag in den Nacken. Betäubt, kaum noch fähig zu sehen, blieb ihr eben noch Zeit, den zu bemerken, der sie niedergeschlagen hatte: schwarz gekleidet – ohne Zweifel waren es Protestanten –, stämmig gebaut, klare, zornlose, aber entschlossene Augen. Saint-Honoré, der Kaufmann, mußte ihm ähneln. Ein zweiter Schlag, der sie an der Schläfe traf, ließ sie das Bewußtsein verlieren.

Mit einer fernen, furchtbaren Erinnerung kam sie wieder zu sich. Florimond befand sich in den Händen des Großen Coesre, und Cantor war von den Zigeunern gestohlen worden. Sie verfolgte sie mit der Polackin auf der schmutzigen Straße nach Charenton, nachdem sie aus dem fürchterlichen Gefängnis des Chatelet geflüchtet war. Sie öffnete die Augen.

Sie war im Gefängnis. Allein, auf einer Schütte feuchten, fauligen Strohs ausgesreckt.

Der Schock, den sie empfand, blieb jenseits aller Gefühle. Sie hatte nicht einmal mehr die Kraft, die unvorsichtigen Salzschmuggler, das unselige Schicksal, ihr eigenes Unglück zu verfluchen – nur noch wenige Stunden, und sie hätte sich einschiffen können, ihre Überfahrt zur bretonischen Küste war schon vereinbart. Sie versank in eine passive Träumerei, ohne sich zu fragen, in welches Nest man sie wohl geschleppt hatte. Les Sables oder Talmont? Noch ob man sie erkannt hatte und welche Straße auf sie warten mochte. Ihr Nacken schmerzte sie, und sie fühlte sich müde und krank.

So lag sie unbeweglich und kraftlos bis zu dem Augenblick, in dem sie heiß eingedanke durchfuhr und sie von ihrem elenden Lager hochtrieb: Honorine!

Ein Alptraum überfiel sie.

Was war nach dem unglückseligen Gefecht aus dem Kind geworden? Angélique hatte sie, an einen Baum gebunden, zurückgelassen. Hatten die mit heiler Haut davongekommenen Salzschmuggler sie bemerkt? Hatten sie sich ihrer angenommen? Hatten sie sie befreit? Und wenn sie von niemand entdeckt worden war? Wenn sich die Kleine noch immerdort befand, allein im Wald? . . . Die Lichtung lag ein Stück von der

Straße entfernt. Durfte sie hoffen, daß jemand ihr Geschrei hören würde? . . .

Angélique spürte, wie ihr der kalte Schweiß ausbrach. Der Abend sank; hinter dem Gitter des Kellerlochs kündigte rötliches Licht die Dämmerung an.

Sie trommelte an die Tür des Kellers, aber niemand rührte sich, niemand antwortete auf ihre Rufe. Sie kehrte zum Ausguck zurück und klammerte sich an die Gitterstäbe. Die Öffnung befand sich auf gleicher Höhe mit dem Erdboden. Ein ungewisses Geräusch verriet ihr, daß das Meer nicht weit sein konnte. Sie rief noch einmal: vergeblich. Die Nacht brach an, gleichgültig gegen die lebendig eingemauerten Gefangenen, die vor dem Morgen nichts von ihresgleichen erhoffen durften.

Für einige Momente, während derer sie schreiend wie eine Verdammte an den Wänden ihres engen Kerkers entlanggelaufen sein mußte, verlor sie jedes Gefühl für Zeit und Ort. Ein leichtes Geräusch brachte sie zur Vernunft zurück. Es war das Geräusch von Schritten draußen vor dem Fenster. Angélique warf sich von neuem gegen das kalte, rostige Metall der Gitterstäbe. Die Schritte näherten sich. Zwei Stiefel erschienen auf der anderen Seite der Maueröffnung.

«Um Gottes und Jesu willen, wer auch vorübergeht . . . bleibt stehen. Hört mich an», rief Angélique.

Die Stiefel verharrten unbeweglich.

«Nehmt meine Bitte mitfühlend auf.»

Niemand antwortete, aber die Stiefel rührten sich nicht.

«Mein Mädchen ist im Wald», begann sie erneut. «Sie ist verloren, wenn niemand ihr hilft. Sie wird vor Kälte und Hunger umkommen. Die Füchse werden sie zerfleischen . . . Habt Mitleid mit ihr.»

Sie mußte den Ort angeben, aber sie kannte sich in dieser Gegend nicht aus.

«. . . Nicht weit von der Straße, auf der Räuber einen Zug Kaufleute überfielen . . .»

War es gestern oder heute gewesen? Sie fragte es sich, von einem jähen Schwindel ergriffen.

«. . . Ein Pfad führt von der Straße ab . . . ein Grenzstein ist in der Nähe . . .» Sie erinnerte sich unversehens dieser Einzelheit. «Wenn Ihr in diesen Pfad einbiegt, werdet Ihr eine Lichtung finden . . . Dort habe ich sie an einen Baum gebunden . . . Mein Töchterchen ist noch nicht ganz zwei Jahre alt . . .»

Die Stiefel setzten sich in Bewegung. Der Passant nahm seinen Spaziergang wieder auf. Hatte er auf die wirren Sätze gehört, die aus dem Kerkerloch gedrungen waren? «Irgendeine angekettete Tollhäuslerin», würde er sich sagen. «Es gibt alle möglichen Frauen in den Gefängnissen . . .»

Sie erwachte aus unruhigem, ein Gefühl würgender Übelkeit zurücklassendem Schlaf, in dem sie unablässig das Weinen ihres Kindes gehört hatte, und sah einen Gefängniswärter und zwei bewaffnete Männer vor sich, die sie grob aufforderten, sich zu erheben und ihnen zu folgen.

Sie ließen sie eine steinerne Wendeltreppe hinaufsteigen und führten sie oben in einen Saal mit gewölbter Decke, dessen feuchte Wände von Salz zerfressen waren. Ein Kohlenbecken verbreitete laue Wärme. Es diente übrigens nicht nur dem Zweck, die an ein mittelalterliches Grabgewölbe gemahnende Temperatur zu mildern. Angélique begriff es, als sie die Umrisse eines robusten Mannes entdeckte, dessen scharlachrotes Trikot muskulöse Arme freiließ. Über das Becken gebeugt drehte er langsam und sorgfältig einen mit einem Holzgriff versehenen langen Eisenstiel in der Kohlenglut.

Unter einer Art Baldachin aus stark ausgeblaßtem blauem, mit Wappenlilien geschmücktem Tuch im Hintergrund des Raums unterhielt sich ein Richter in langem schwarzem Talar und gerollter Lockenperücke mit einem der Kaufleute, genauer gesagt demjenigen, der Angélique niedergeschlagen hatte.

Sie plauderten gemächlich und nahmen sich nicht die Mühe, ihr Gespräch zu unterbrechen, als die bewaffneten Männer, die Angélique hereingeführt hatten, sie vor dem Henker auf die Knie stießen, ihr den Mantel abnahmen und sich anschickten, ihr das Mieder von den Schultern zu streifen.

Angélique setzte sich erbittert zur Wehr. Aber kräftige Fäuste hielten sie fest, sie hörte, wie der Rücken ihres Kleides zerriß. Ein rotes Licht schien vor ihren Augen zu zittern, näherte sich, näherte sich noch mehr . . .

Sie heulte auf wie eine Besessene.

Geruch nach verbranntem Fleisch stieg ihr in die Nase. Sie war so beherrscht von dem Verlangen, den sie bändigenden Händen zu entrinnen, daß sie nichts fühlte. Erst als sie sie losließen, nahm sie die grausame Verletzung ihrer Schulter wahr.

«Tüchtig, mein Junge!» knurrte einer der Bewaffneten, sich an seinen Kameraden wendend. «Um die da ruhig zu halten, braucht's ein ganzes Regiment. Eine wahre Furie, möchte man sagen.»

Die Verbrennung strahlte ihren Schmerz in Angéliques Gehirn, in ihren linken Arm bis zu den Fingerspitzen aus. Sie lag noch auf den Knien und wimmerte schwach. Der Henker stellte das Folterinstument an seinen Platz zurück, einen langen Stiel, an dessen Ende man einen vom vielen Gebrauch geschwärzten Stempel der königlichen Lilie geschmiedet hatte.

Der Richter und der Kaufmann sprachen noch immer. Ihre Worte hallten ziemlich laut unter den steinernen Wölbungen wider.

«Ich teile Euern Pessimismus nicht», sagte der Richter. «Unsere Situation ist nach wie vor gefestigt, und es ist nicht wahr, daß der König den Untergang der Protestanten will. Im Gegenteil, er schätzt die Ehrlichkeit und Genügsamkeit unserer Glaubensgenossen. Hier in Sables, zum Beispiel, ist die Zahl der Katholiken so klein, daß drei reformierte Richter auf einen katholischen kommen. Und da der letztere sich ständig auf Entenjagd befindet, fällt es uns zumeist zu, die katholischen Streitigkeiten zu schlichten.»

«Was die Geschichte im Poitou nicht aus der Welt schafft. Ich versichere Euch, daß ich dort gewisse Dinge beobachten konnte, die mich einigermaßen beeindruckt haben . . .»

«Die Ereignisse im Poitou? . . . Eine einfache, wenn auch höchst bedauerliche Provokation, ich gebe es zu. Unsere Brüder haben sich einmal mehr für die ehrgeizigen Ziele der großen Herren wie der de La Morinière mißbrauchen lassen.»

Der Richter stieg die Stufen seines Podiums hinunter und näherte sich der knienden Angélique.

«Nun, meine Tochter, werdet Ihr aus dem, was Euch geschehen ist, eine Lehre ziehen? Mit Räubern und Schmugglern in den Wäldern herumzustreunen, ist nichts für eine Person von gutem Ruf. Von nun an werdet Ihr überall, wohin Ihr auch geht, der königlichen Justiz gehören. Ihr seid mit der Lilie gezeichnet worden. Jeder wird wissen, daß Ihr durch die Hände des Henkers gegangen und nicht unter die empfehlenswerten Personen zu zählen seid. Ich hoffe, daß dieser Umstand Euch geneigt machen wird, in Zukunft beim Handel mit Euren Reizen ein wenig mehr Vorsicht und Unterscheidung walten zu lassen . . .»

Sie hielt ihre Augen beharrlich gesenkt. Da sie nicht erkannt worden war, wollte sie ihnen auch keine Gelegenheit geben, sie genauer aufs Korn zu nehmen. Von allem, was er gesprochen hatte, war nur ein einziger Satz bis in ihr Begriffsvermögen gedrungen: «Ihr seid mit der Lilie gezeichnet worden.»

Sie fühlte das schimpfliche Zeichen, das aus ihr für immer eine Verstoßene machte, tief in ihr Fleisch eingegraben. Sie gesellte sich zur Schar der Frauen am Rande der Gesellschaft: der Freudenmädchen, Verbrecherinnen, Diebinnen . . .

Doch das belastete sie im Augenblick wenig. Alles war unwichtig mit Ausnahme der Notwendigkeit, so schnell wie möglich aus diesem Gefängnis herauszukommen und zu erfahren, was aus Honorine geworden war.

So ließ sie die endlosen Ermahnungen und Verwarnungen des Richters, die zuweilen einem pastoralen Sermon sehr ähnlich klangen, geduldig über sich ergehen und horchte erst bei seinen Schlußsätzen auf.

«Eingedenk dessen, daß ich Euch Nachsicht schulde, da Ihr zur reformierten Religion gehört, werde ich Euch nicht in diesen Mauern zurückhalten. Aber ich muß über das Heil Eurer Seele wachen und dafür sorgen, daß Ihr nicht von neuem in Eure Fehler verfallt. Ich kann nichts Besseres tun, als Euch einer Familie anzuvertrauen, deren erbauliches Beispiel Euch auf den Weg des Guten und zu Euren Pflichten gegen Gott zurückführen wird. Der hier anwesende Maître Gabriel Berne hat mir erklärt, daß er eine Dienstmagd für sein Haus und seine Kinder suche. Er ist bereit, Euch in seinen Dienst zu nehmen und so die von Christus empfohlene Vergebung der Sünden zu praktizieren. Erhebt Euch, zieht Euch an und folgt ihm.»

Angélique ließ es sich nicht zweimal sagen.

In der Gasse, in der sich Fischer, Muschelverkäuferinnen und Salinenarbeiter drängten, die mit ihren riesigen Rechen auf der Schulter vom Strand zurückkehrten, lauerte sie auf eine Gelegenheit, dem Kaufmann zu entkommen. Sie verdankte ihm zwar ihre Freiheit, hatte aber nicht die leiseste Absicht, ihm gefügig zu folgen, wie der Richter ihr eingeschärft hatte. Maître Gabriel schien ihre Gedanken zu erraten, denn er hielt sie fest am Arm. Sie erinnerte sich, daß er nicht lange fackelte, wenn es galt, seine kräftigen Fäuste zu gebrauchen, und daß er mit einem Knüppel umzugehen wußte. Obwohl friedlich wirkend, sah er nicht so aus, als ob gut Kirschen mit ihm zu essen sei.

Im Wirtshaus zum Schönen Salz zeigte er ihr ihre Kammer.

«Wir reisen morgen in aller Frühe weiter. Ich wohne in La Rochelle, aber ich habe unterwegs noch Kunden zu besuchen. Wir werden deshalb erst gegen Abend zu Hause sein. Inzwischen muß ich mich Eures guten Willens vergewissern, in meinem Dienst zu bleiben, denn ich habe dem Richter dafür gutgesagt, daß Ihr keinen Versuch machen werdet zu fliehen, um Euer unordentliches Leben wieder aufzunehmen.»

Er erwartete eine Antwort. Sie hätte ihren guten Willen beteuern und ihn über ihre Absichten beruhigen können. Doch vor seinem offenen, ehrlichen Blick vermochte sie es nicht. Im Gegenteil: von ihrem bösen Geist angetrieben, protestierte sie heftig.

«Rechnet nicht darauf. Nichts wird mich in Eurem Dienst zurückhalten können.»

«Auch nicht das hier?»

Er wies auf das Bett, das wie die Bauernbetten auf einer mit Schubfächern versehenen Lade hergerichtet war.

Sie verstand nicht.

«Geht näher heran», sagte er.

Er schien sich über sie lustig zu machen.

Sie machte zwei Schritte und blieb unbeweglich stehen. Auf dem Kopfkissen hatte sie einen roten Haarschopf entdeckt. Bis zum Kinn zugedeckt, einen Daumen im Mund, schlief Honorine friedlich.

Angélique glaubte zu träumen. Auch diese Vision fügte sich in den Reigen wahnwitziger Vorstellungen, in dem sie hilflos zappelte. Sie warf Maître Gabriel einen ungläubigen Blick zu. Dann senkten sich ihre Augen und hefteten sich auf die Stiefel des Kaufmanns.

«Ihr wart es also», flüsterte sie.

«Ja, ich war's. Gestern abend ging ich durch den Hof des Gefängnisses, wo ich den Richter besucht hatte, als eine Stimme mich zurückhielt. Eine Frau bat mich, ihr Kind zu retten. Ich nahm mein Pferd, und obwohl es mir nicht viel Spaß machte, zum Ort des Überfalls zurückzukehren, habe ich mich dorthin begeben. Ich hatte Glück und erreichte ihn noch vor Einbruch der Nacht. Ich fand das Kind am Fuß des Baums. Vom Weinen und Schreien erschöpft, war es eingeschlafen. Aber es fror nicht allzu sehr. Ich wickelte es in einen Mantel und brachte es her. Eine Dienerin hat sich auf meine Bitte seiner angenommen.»

Es schien Angélique, als sei ihr nie ein beglückenderes Gefühl der Erlösung zuteil geworden. Das ganze Leben würde von nun an einfach sein, jetzt, da diese schreckliche Last ihr vom Herzen genommen war. Also waren alle Wunder möglich, denn dieses eine Wunder hatte stattgefunden. Die Menschen waren gut, die Welt war schön . . .

«Seid gesegnet», sagte sie mit gebrochener Stimme. «Ich werde niemals vergessen, Maître Gabriel, was Ihr für mich und meine Tochter getan habt. Ihr könnt auf meine Ergebenheit zählen. Ich bin Eure Dienerin.»

29

Der Abend sank, als die zweiräderige Halbkutsche Maître Gabriel Bernes in La Rochelle einfuhr. Über den durchbrochenen Kirchtürmen und halb geschleiften Wällen, Erinnerungen an die stolzen, von Richelieu niedergerissenen Befestigungen, entfaltete sich der Himmel in einem intensiven, tiefen, vom Licht des Tages noch gesättigten Blau.

An den Straßenecken brannten schon die Lampen. Die Stadt machte einen sauberen, beruhigenden Eindruck. Weder Betrunkene noch Passanten mit Galgengesichtern. Die Leute schlenderten trotz der späten Stunde dahin, als hätten sie einen Spaziergang vor sich.

Maître Gabriel hielt zum erstenmal vor einem noch offenen Torweg an.

«Hier sind meine Lagerhäuser. Sie gehen zum Hafen hinaus. Aber ich ziehe es vor, meine Getreidesäcke weiter hinten, fern von neugierigen Blicken, abzuladen.»

Er dirigierte die Maultiere und die beiden Karren durch den Torweg, und nachdem er einigen herbeigeeilten Gehilfen seine Befehle erteilt hatte, stieg er wieder in die Kutsche.

Das Gefährt holperte hart über die runden Steine, mit denen die Gassen gepflastert waren und aus denen die Hufe des Pferdes hin und wieder Funken schlugen.

«Unser Viertel am Wall ist recht ruhig», erklärte der Kaufmann weiter, der zufrieden schien, bald in seinen eigenen vier Wänden zu sein. «Dabei sind wir kaum zwei Schritt von den Kais entfernt und . . .»

Er schien die Absicht zu haben, sich noch ausgedehnter über die Annehmlichkeiten auszulassen, gleichzeitig nahe dem Hafen und doch fern von seinem Gelärm zu wohnen, als sie hinter einer Biegung der Gasse auf unruhig sich bewegende Lichter und ein Durcheinander erregter Stimmen stießen, die im Widerspruch zu seinen Worten standen.

Ein lebhaftes Hin und Her von mit Hellebarden bewaffneten Gendarmen war zu beobachten, deren Fackeln rötliche Lichter auf die weiße Fassade eines hohen Gebäudes warfen, dessen Torflügel weit geöffnet waren.

«Häscher in *meinem* Hof?» murmelte Maître Gabriel. «Was geht da vor?»

Nichtsdestoweniger stieg er scheinbar unbewegt aus der Kutsche.

«Folgt mir mit Eurer Tochter. Es besteht keinerlei Anlaß, daß Ihr hierbleibt», meinte er, als er bemerkte, daß Angélique zögerte, sich zu zeigen. Sie hatte im Gegenteil mehrere und ausgezeichnete Anlässe, ihm nicht in diese Falle der Gendarmerie zu folgen. Doch auch auf die Gefahr hin, bemerkt zu werden, mußte sie sich ihrem neuen Herrn anschließen.

Die Gendarmen kreuzten ihre Hellebarden.

«Nachbarn sind nicht zugelassen. Wir haben Befehl, jede Ansammlung zu zerstreuen.»

«Ich komme nicht als Nachbar. Ich bin der Herr dieses Hauses.»

«Ah, gut! Das ist eine andere Sache.»

Nach Durchquerung des Hofs stieg Maître Gabriel ein paar Stufen hinauf und betrat einen durch schwere Tapisserien und Bilder verdunkelten Flur mit niedriger Decke. Ein sechsarmiger Leuchter verbreitete auf einer Konsole unruhiges Licht.

Ein kleiner Junge kam hastig, immer zwei Stufen auf einmal nehmend, die steinerne Treppe herunter.

«Schnell, Vater, kommt! Die Papisten wollen den Onkel zur Messe schleppen!»

«Er ist sechsundachtzig und kann nicht gehen. Es kann nur ein Scherz sein», erwiderte Maître Gabriel in beruhigendem Ton.

Die hohen Hacken seiner Stiefel mit bekümmerter Nonchalance auf die Fliesen setzend, näherte sich ihnen auf dem oberen Treppenabsatz ein elegant in kastanienfarbenen Samt gekleideter Herr, dessen Manschetten, Halsbinde und gleichfalls auffällig gepflegte Perücke seinen hohen Rang verrieten.

«Mein lieber Berne, es freut mich, Euch zu sehen. Ich war untröstlich, in Eurer Abwesenheit Zutritt zu Eurem Haus erzwingen zu müssen, aber es handelte sich um einen besonderen Fall . . .»

«Ich fühle mich durch Euren Besuch sehr geehrt, Herr Generalstatthalter», sagte der Kaufmann, indem er sich tief verneigte, «aber darf ich um Erklärungen bitten?»

«Ihr wißt, daß gemäß neuer Verordnungen, deren Anwendung wir uns nicht entziehen können, jeder zur sogenannten reformierten Religion gehörende Todkranke von einem katholischen Priester aufgesucht werden muß, um ihm die Möglichkeit zu geben, diese Welt befreit von seinen Ketzereien und des ewigen Heils gewiß zu verlassen. Als er vernahm, daß Euer Onkel, der Sieur Lazare Berne, im Sterben liegt, hielt es ein glaubenseifriger Kapuziner, der Vater Germain, für seine Pflicht, mit dem Pfarrer der zuständigen Gemeinde und von einem Gerichtsdiener begleitet, wie es die Formalitäten vorschreiben, zu ihm zu gehen. Da diese Herren von den Frauen Eures Hauses – ah, diese Frauen, mein armer Freund! – so unfreundlich empfangen wurden, daß sie zunächst ihre Mission nicht erfüllen konnten, bat man mich der allseits bekannten Freundschaft wegen, die ich für Euch empfinde, die Damen zu besänftigen; eine Aufgabe, zu deren Erfolg ich mich beglückwünsche, denn Euer bedauernswerter Onkel ist kurz vor seinem Hinscheiden . . .»

«Ist er tot?»

«Er hat nur noch wenige Augenblicke zu leben. Euer Onkel, sage ich, ist angesichts des Nahens der Ewigkeit endlich durch die Gnade erleuchtet worden und hat eingewilligt, die Sakramente zu empfangen.»

Plötzlich begann eine durchdringende, hysterische Mädchenstimme zu schreien:

«Nicht das! . . . Nicht das im Hause unserer Ahnen!»

Der Generalstatthalter selbst umschlang eine kleine, magere Gestalt, die sich auf ihn stürzte und ihm mit einer reichberingten Hand auf den Mund schlug.

«Ist das Eure Tochter, Maître Berne?» fragte er kalt. Gleich darauf stieß er einen Wutschrei aus. «Sie hat mich gebissen, die Dirne!»

Aus den Tiefen des Hauses erhob sich schrilles Getöse.

«Hu! Hu! Macht euch fort!»

Eine kleine, hexenhafte Alte tauchte aus dem Dunkel eines Korridors auf und begann, irgendwelche Wurfgeschosse zu schleudern. Angélique bemerkte, daß es sich um Zwiebeln handelte. Sie schienen der alten Hugenottin zufällig in die Hände geraten zu sein . . . Diener polterten mit ihren derben Schuhen über die Fliesen des Vestibüls.

Nur Maître Gabriel bewahrte kaltes Blut. In trockenem Ton befahl er seiner Tochter zu schweigen.

Währenddessen hatte der Generalstatthalter durch das Fenster ein Zeichen gegeben. Soldaten hasteten die Treppe herauf. Ihre Gegenwart besänftigte die Unruhe, und die Neugier trieb alle Welt vor dem Eingang eines Zimmers zusammen.

Zwischen den Kissen des Bettes unterschied Angélique undeutlich den Kopf eines Greises, der in der Tat in den letzten Zügen zu liegen, wenn nicht gar schon tot schien.

«Mein Sohn, ich bringe Euch den Leib unseres Herrn Jesus Christus», sagte der Priester, während er sich näherte.

Die Worte hatten eine überraschende Wirkung.

Der Greis öffnete plötzlich ein äußerst waches, lebendiges Auge und hob den Kopf, der auf einem langen, dürren Hals saß.

«Ich bezweifle, daß derlei in Eurer Macht steht.»

«Ihr habt eben noch zugestimmt . . .»

«Ich weiß nichts davon.»

«Die Bewegungen Eurer Lippen waren nicht anders zu deuten.»

«Ich hatte Durst, das ist alles. Aber erinnert Euch, Herr Pfarrer, ich habe während der Belagerung von La Rochelle gekochtes Leder und Distelsuppe gegessen. Und das nicht, um fünfzig Jahre später einen Glauben zu verleugnen, in dessen Namen dreiundzwanzigtausend von achtundzwanzigtausend Einwohnern meiner Stadt gestorben sind.»

«Ihr faselt!»

«Mag sein, aber Ihr werdet mich nicht dazu bringen, verkehrt zu faseln.»

«Ihr werdet sterben.»

«Was tut's!»

Mit einer seltsam gesprungenen, aber noch klaren Stimme rief er:

«Man bringe mir ein Glas guten Weins.»

Die Angehörigen des Hauses brachen in Gelächter aus. Der Onkel belebte sich wieder. Der entrüstete Kapuziner gebot Schweigen. Man mußte diese frechen Ketzer bestrafen. Eine kleine Kostprobe Gefängnis würde ihnen beibringen, sich wenigstens äußerlich, wenn auch nicht von Herzen, ehrerbietig zu geben. Eine besondere Behandlung war übrigens für diejenigen vorgesehen, die durch ihre Haltung einen Skandal provozierten.

In diesem Augenblick drang ein Geruch nach etwas Verbranntem in Angéliques Nase und veranlaßte sie, sich aus dieser Auseinandersetzung zurückzuziehen, die weder ihr noch sonst jemand Gutes bringen konnte, und sich in die Küche zu begeben.

Es war ein riesiger, warmer, behaglich möblierter Raum, der ihr auf den ersten Blick sympathisch war. Sie beeilte sich, Honorine in einem

Sessel nahe dem Herd abzusetzen, und entdeckte, als sie den Deckel eines Topfes hob, Kartoffeln, die sich bereits zu bräunen begannen, aber gerade noch vor dem endgültigen Verbrennen zu retten waren. Sie schüttete einen Suppenlöffel voll Wasser in den Kessel, dämpfte die Flammen und beschloß, nachdem sie sich umgesehen hatte, die Bestecke auf dem langen Mitteltisch auszulegen.

Der Streit würde sich allmählich beruhigen, und da sie die Dienstmagd war, fiel es ihr zu, die Mahlzeit vorzubereiten.

Die seltsame Szene bei ihrer Ankunft erfüllte sie noch immer mit peinlichster Bestürzung. Ein protestantisches Haus war vielleicht doch kein idealer Zufluchtsort für sie. Aber dieser Kaufmann hatte ihr gegenüber menschlich gehandelt. Er schien in bezug auf ihre Person keinerlei Verdacht zu hegen. Man würde ihre Spur verlieren. Wer würde sie schon in der Rolle der Dienstmagd eines hugenottischen Kaufmanns aus La Rochelle vermuten? Sie stieß die Tür eines dunklen, kühlen Nebenraums auf und fand, was sie suchte. Sorgfältig aufgereihte und etikettierte Lebensmittelvorräte.

«Wer ist die Frau? Eure Magd?» fragte die Stimme des Statthalters.

«Ja, Monseigneur.»

«Ist sie reformierten Glaubens?»

«Allerdings.»

«Und das Kind? . . . Ihre Tochter? Zweifellos ein Bastard. In diesem Fall muß sie in der katholischen Religion erzogen werden. Hat man sie taufen lassen?»

Angélique sortierte Äpfel. Sie hielt sich so, daß sie den Sprechenden den Rücken zuwendete. Ihr Herz schlug ihr bis zum Hals. Sie hörte Maître Gabriels Erwiderung, daß er diese Magd erst kürzlich eingestellt habe, daß er jedoch nicht verfehlen werde, sich über ihre Verhältnisse und die ihres Kindes zu informieren und sie über die gesetzlichen Erfordernisse zu unterrichten.

«Und Eure eigene Tochter, Monsieur Berne, wie alt ist sie?»

«Zwölf Jahre.»

«Richtig. Eine kürzlich erlassene Verordnung ermächtigt die im reformierten Glauben erzogenen Mädchen, mit zwölf Jahren die Religion zu wählen, der sie in Zukunft angehören wollen.»

«Ich vermute, daß meine Tochter schon gewählt hat», murmelte Maître Gabriel. «Ihr habt Euch eben davon überzeugen können.»

«Mein lieber Freund –» die Stimme des Statthalters klang frostig – «es betrübt mich, daß Ihr meine Hinweise in einem Geist aufnehmt, der mir – wie soll ich sagen? – ein wenig spöttisch, wenn nicht gar widersetzlich scheint. Bedauerlicherweise muß ich auf ihnen beharren. All das ist äußerst ernst. Und ich kann Euch nur einen Rat geben: Schwört ab . . . schwört ab, glaubt mir, bevor es zu spät ist. Ihr werdet Euch tausend

Unannehmlichkeiten ersparen.»

Angélique wäre froh gewesen, wenn Monsieur de Bardagne sich irgendwo anders hätte vernehmen lassen. Sie war es müde, ihnen den Rücken zuzuwenden und sich mit allerlei nutzlosen Dingen zu beschäftigen, um sich Haltung zu geben.

Endlich verklang die Stimme im Treppenhaus. Gleich darauf fiel die Haustür, dann das Hoftor geräuschvoll zu, der Lärm der Stiefel und Pferdehufe verhallte, und die Familienmitglieder erschienen nacheinander in der Küche und reihten sich um die Tafel. Die alte Dienstmagd Rebecca, diejenige, die die Zwiebeln geworfen hatte, trippelte wie eine Maus zum Herd und stieß einen Seufzer der Erleichterung aus, als sie feststellte, daß die von ihr im Fieber der Ereignisse so völlig vergessene Mahlzeit keinen Schaden gelitten hatte.

«Danke, meine Schöne», flüsterte sie Angélique zu. «Ohne Euch hätte unser Herr mir gewiß ganz hübsch die Leviten gelesen.»

Nachdem sie die Schüssel abgestellt hatte, blieb Rebecca am Ende des Tischs stehen, und der Pastor Beaucaire nahm das Wort zu einer kurzen Ansprache, einer Art Gebet, in der er den Segen des Herrn auf das einfache Mahl herabflehte. Jedermann setzte sich. Bedrückt und unsicher, was sie tun sollte, blieb Angélique am Herd. Maître Gabriel rief sie an:

«Angélique, nähert Euch und nehmt Platz. Unsere Dienstboten haben immer zur Familie gehört. Auch Eure Tochter ehrt uns durch ihre Gegenwart. Kindliche Unschuld lenkt den Segen Gottes auf ein Haus. Wir brauchen einen Stuhl, der zu ihrer Größe paßt.»

Der Martial genannte Knabe sprang auf und kehrte bald darauf mit einem hohen Stuhl zurück, den man offenbar auf den Dachboden verbannt hatte, seitdem der Jüngste, ein siebenjähriger Junge, seine ersten Kniehosen trug. Angélique setzte Honorine hinein, die einen olympischen Blick über die Versammlung schweifen ließ.

Im warmen Licht der Kerzen schien sie mit größter Aufmerksamkeit die aus dem Dunkel tauchenden Gesichter dieser Städter über ihren Kragen und makellosen Halsbinden zu studieren. Die Schatten verschluckten deren schwarze Kleidung. Die weißen Flügelhauben der Frauen wandten sich ihr raschelnd zu. Dann fiel ihr Blick auf den Pastor Beaucaire am anderen Ende des Tischs. Ein süßes Lächeln strahlte aus ihren dunklen Augen, und mit ausdrucksvoller Mimik gab sie einige Worte von sich, die man nicht recht verstand, über deren liebenswürdige Absicht es aber keinen Zweifel gab. Der Takt, mit dem sie ihre Neigung auf den Ehrengast in dieser kleinen Gesellschaft zu konzentrieren schien, entzückte alle Welt.

«Wie schön sie ist!» rief die junge Abigaël, die Tochter des Pastors, aus.

«Und wie reizend sie sich benimmt!» sagte Séverine.

«Ihr Haar ist wie das Kupfer der Kasserollen!» rief Martial.

Sie lachten bezaubert und glücklich, während Honorine fortfuhr, den Pfarrer mit frommer Bewunderung zu betrachten. Der alte Mann schien gerührt und sogar ein wenig geschmeichelt, der jungen Dame ein so ausschließliches Gefühl eingeflößt zu haben. Er bat darum, sie als erste zu bedienen.

«Die Kleinen sind Könige unter uns. Der Herr nahm sich ihrer mit Vorliebe an.»

Er sprach von dem Gleichnis des Kindes, das Jesus mitten unter die zweifelnden Erwachsenen gesetzt hatte, indem er zu ihnen sagte: «Wenn ihr nicht werdet wie dieses Kind, werdet ihr nicht ins Himmelreich kommen.»

Während er sprach, fanden die Gesichter zu ihrer Ernsthaftigkeit zurück, und der älteste Sohn des Hauses erhob sich und reichte die Speisen herum, wie es in den bürgerlichen Familien üblich war.

«Vater», sagte Séverine, die zwölfjährige Tochter, in leidenschaftlichem Ton, «was hättet Ihr getan, wenn man Onkel Lazare gezwungen hätte zu kommunizieren? Was hättet Ihr getan?»

«Man kann niemand zwingen zu kommunizieren, meine Tochter. Selbst die Papisten würden es als Sakrileg ansehen, als Gott gegenüber nicht gültig.»

«Aber wie hättet Ihr Euch verhalten, wenn sie es trotzdem getan hätten? Hättet Ihr sie getötet?»

Sie hatte schwarze, brennende Augen in einem kleinen, kreidigen Gesicht, dem die weiße, der bäuerlichen Haube ähnelnde Kappe einen ältlichen Ausdruck verlieh.

«Gewalttätigkeit, meine Tochter . . .» begann Maître Gabriel.

Ihr großer, unhübscher Mund verzerrte sich.

«Natürlich, Ihr hättet sie es tun lassen. Und unser Haus wäre entehrt.»

«Kinder können über derlei Dinge nicht richten!» donnerte Maître Gabriel, plötzlich von Zorn übermannt.

Er schien äußerlich ruhig, und man hätte ihn sich gern von jovialer, gutmütiger Natur vorgestellt. Doch gab es trotz seiner leicht fülligen Erscheinung und der Sanftheit seiner blauen Augen kaum einen Mann, zu dem diese Eigenschaft weniger gepaßt hätte. Im Umgang mit ihm sollte Angélique erfahren, daß die Bewohner La Rochelles unter einer dünnen materialistischen Schale die Härte des Eises verbargen. Blitzartig erinnerte sie sich der Knüppelschläge, mit denen er sie auf der Straße nach Les Sables d'Olonne bezwungen hatte. Geschaffen, um sich vor einer Schüssel voller Fettammern niederzulassen und ihre ganze kernige Vollkommenheit zu genießen, war er auch imstande, ohne sich überwinden zu müssen, wie der gute König Heinrich, der lange Zeit Gast La

Rochelles gewesen war, von einem Kanten Brot und einer Knoblauchzehe zu leben.

Als sich die Familie in ein anderes Zimmer zurückgezogen hatte, um dort die Bibel zu lesen, fühlte sich die mit der alten Rebecca allein gebliebene Angélique tief deprimiert.

«Ich weiß nicht, ob Euch diese Mahlzeit wirklich genügt», sagte sie, «aber mein Kind hat jedenfalls nicht genug gegessen. Selbst im tiefsten Wald ist sie stets besser genährt worden als in diesem Haus, dessen Bewohner wohlhabend, wenn nicht gar reich zu sein scheinen. Haben sich die Hungersnot und das Elend des Poitou etwa bis hierher verbreitet?»

«Was redet Ihr da!» rief die Alte entrüstet. «Wir aus La Rochelle sind die reichsten Leute aller Städte des Königreichs. Aber wir haben unsere Erfahrungen gemacht. Nach der Belagerung hättet Ihr hier nicht einmal ein Radieschen gefunden. Und wenn Ihr jetzt in die Lagerhäuser und auf die Kais geht . . . Wir quellen von Waren über, von Wein, Salz und Lebensmitteln.»

«Warum dann diese Knauserei?»

«Ah! Man sieht gleich, daß Ihr nicht von hier seid! Ihr müßt wissen, daß wir uns seit der Belagerung daran gewöhnt haben, einen Hering in vier Teile zu teilen und die Bataten zu zählen. Ihr hättet den Vater Monsieur Gabriels erleben müssen. Ah, was für ein prachtvoller Mann! Man hätte ihm Kieselsteine auftischen können, ohne daß es ihm aufgefallen wäre. Nur was den Wein anging, da war er schwierig. Die schönsten Weine der Charente liegen da unten in unserem Keller», fügte sie hinzu, mit einem ihrer Holzschuhe auf die Fliesen der Küche klopfend.

Während sie plauderte, hatte sie die Teller abgeräumt und begann nun, sie in einem mit heißem Wasser gefüllten Zuber abzuwaschen. Angélique sah ihr mit hängenden Armen zu. Als Dienstmagd war mit ihr nicht allzuviel Staat zu machen. Aber sie hatte Hunger. Sie fröstelte sogar, als ob sie krank würde. Die Brandwunde auf ihrer Schulter eiterte, und ihr Mieder klebte fest. Jede Bewegung erinnerte sie an den schimpflichen Augenblick, an den Schreck, an die Qualen der Angst, die erst so kurze Zeit zurücklagen, daß sie sie noch wie einen kalten Schatten fühlte.

Sie nahm Honorine in die Arme. Die Kleine verlangte nichts. Sie verlangte nie etwas. In den Armen ihrer Mutter geborgen zu sein, schien sie für alle Entbehrunge zu entschädigen. Sie war vielleicht wie diese Protestanten, die, um leben zu können, nur eine wesentliche Sache brauchten und sich aller übrigen zu entäußern vermochten. Wie sie eben dem Kind zugelächelt hatten . . . Dem verfluchten Kind! . . . Sollte sie in diesem Haus bleiben? . . . Sollte sie es verlassen? Wo bot sich ein neuer Zufluchtsort?

«Da ist dicke Milch und Brot für die Kleine», sagte die alte Magd, indem sie eine mächtige Portion auf eine Tischecke stellte.

«Aber wenn Eure Herrschaft . . .»

«Sie werden nichts sagen, schon gar nicht ihretwegen . . . Ich kenne sie. Hinterher könnt Ihr sie dort schlafen legen.»

Sie zeigte Angélique in einer Nische der Küche ein stattliches, hohes, mit Eiderdaunenkissen bedecktes Bett.

«Schlaft Ihr dort nicht für gewöhnlich?»

«Nein, ich habe einen Strohsack im Keller, dicht beim Warenlager. Ich schlafe da, um die Diebe verscheuchen zu können.»

Nachdem Angélique das Kind gesättigt und zu Bett gebracht hatte, kehrte sie zum Herd zurück. Sie wußte, daß sie in dieser Nacht nicht schlafen würde, und zog hundertmal die Gegenwart der offenbar recht geschwätzigen Rebecca vor, die ihr für ihre weitere Existenz in diesem Hause von Nutzen sein konnte. Die Alte stocherte ein wenig in den glühenden Kohlen herum.

«Setzt Euch dorthin, meine Schöne», sagte sie, auf einen Schemel ihr gegenüber weisend. «Wir werden zusammen eine Krabbe auskratzen und ein gutes kleines Weinchen von Saint-Martin-de-Ré dazu trinken. Das wird Euch den Kopf wieder zurechtsetzen.»

Die Krabbe, die sie aus einem Fischkasten in der Speisekammer zog, war groß wie ein Teller. Sie bewegte sich ein wenig und veränderte ihre Farbe von Violett zu Rosa und dann zu Rot. Rebecca drehte sie geschickt mit dem Schürhaken um. Dann brach sie sie mit geübtem Griff auseinander und reichte die Hälfte Angélique.

«Macht es wie ich. Haltet Euer Messer so. Vor allem: laßt nur die Schale zurück. An einer Krabbe ist alles gut.»

Das aus den Scheren gezogene dampfende Fleisch hatte den Geschmack des Meeres, so verschieden von dem der Erzeugnisse der Erde, daß es schien, als käme man durch ihn dem Heimweh nach fernen Horizonten nahe, der Poesie der Küsten.

«Kostet mir von diesem Wein», drängte Rebecca. «Er duftet nach Meergras.»

Sie hob den Kopf und lauschte besorgt nach draußen.

«Manchmal kommt Dame Anna noch mal her. Da würde sie wohl Augen machen . . .»

Doch das große Haus blieb still. Nach dem Gesang der Psalmen war alles zu Bett gegangen. Eine Öllampe wachte neben dem kranken Greis. Im Erdgeschoß führte Maître Gabriel seine Rechnungsbücher. In der Küche knisterte und knackte das Feuer. Und hinter den geschlossenen Fensterläden war ein raunendes Geräusch zu vernehmen: das Meer.

«Nein, Ihr seid gewiß keine von uns», begann die Alte wieder. «Mit den Augen, die Ihr habt, kommt Ihr vielleicht aus der Bretagne . . .»

«Nein, aus dem Poitou», sagte Angélique und bedauerte im nächsten

Augenblick, sich verraten zu haben.

Wann würde sie wohl lernen, die Welt als etwas Feindliches anzusehen, etwas, das mit Fallen gespickt war?

«Dort ist allerlei Schlimmes passiert», bemerkte Rebecca mit teilnehmender Miene. «Erzählt ein wenig.»

Ihre Augen glitzerten vor Neugier.

«Ah, ich merke schon», fuhr sie fort, als Angélique still blieb. «Ihr habt soviel gesehen, daß Ihr nicht davon zu sprechen wagt. Ihr seid wie die Jeanne oder die Madeleine, die Cousinen des Bäckers, oder wie die dicke Sarah aus dem Dorf Vernon, die beinah närrisch dadurch geworden ist. Macht kein solches Gesicht, ich habe nichts gesagt. Eßt lieber. Verlaßt Euch darauf, man wird mit allem fertig. Jede will die Unglücklichste sein, dabei gibt's immer eine andere, die Euch noch viel Schlimmeres erzählen kann. Sobald es einmal mit Krieg, Belagerungen und Hungersnot angefangen hat, ist nur eines zu erwarten: Unheil! Und es gibt keinen Grund, warum Ihr bei der Verteilung zu kurz kommen solltet. ‹Wenn der Fähnrich reitet, verlieren die Mädchen ihre Ehre›, sagt das Sprichwort. Ich habe die Belagerung erlebt, und meine drei Kinder sind Hungers gestorben. Wenn Ihr wollt, erzähle ich Euch davon . . .»

Betroffen durch ihren naiven Gedankengang dachte Angélique:

«Ja, aber ich, ich war die Marquise du Plessis-Bellière.»

Rebeccas hohe, spitz zulaufende Haube umrahmte ein runzliges Gesicht und lustige, von einem Gewirr von Fältchen umgebene Augen. Selbst wenn sie ernsthaft von tragischen Dingen sprach, behielt ihr Blick einn Schimmer spöttischer Heiterkeit.

«Ich», sagte Angélique, diesmal laut – und sie war selbst verwundert, sich zu hören –, «ich habe mein ermordetes Kind in den Armen gehalten.» Von einer plötzlichen Erregung gepackt, zitterte sie am ganzen Körper.

«Ich verstehe Euch, meine Schöne. Wenn man ein Kind verloren hat, lebt man in einer andern Welt. Man gleicht nicht mehr den übrigen. Wie gesagt, ich hab drei unschuldige Würmer während der Belagerung begraben müssen. Ja, ich habe die Belagerung durchgemacht. Ich war fünfundzwanzig Jahre alt und Mutter von drei Kindern. Das Älteste war sieben und ist zuerst gegangen. Ich dachte, es schliefe, und wollte es nichtwekken, weil ich mir sagte, daß es so weniger Hunger hätte. Aber als es sich gegen Abend noch immer nicht rührte, ist es mir komisch vorgekommen . . . Und als ich mich dann dem Bettchen näherte, hab ich allmählich verstandn. Es war schon seit dem Morgen tot, vor Hunger gestorben. Ich hab's Euch ja gesagt, Tochter – warum sollten die Kriege, die Belagerungen uns Glück bringen?»

«Aber warum habt Ihr nicht versucht, die Stadt zu verlassen?» warf Angélique unwillig ein. «War es nicht möglich?»

«Vor der Stadt lagen die Soldaten Monsieur de Richelieus. Und außerdem war's nicht ich, die entscheiden konnte, ob die Stadt besiegt war oder nicht. Jeden Tag erwarteten wir die Engländer. Aber die Engländer waren gekommen und wieder verschwunden, und Monsieur de Richelieu hatte inzwischen seinen Damm gebaut. Jeden Tag dachten wir, daß irgend etwas geschehen würde. Was, wußten wir nicht. Die Soldaten starben vor Hunger auf den Wällen. Mein Mann hatte nicht mehr die Kraft, seine Hellebarde zu halten, und ich sah, daß er sich gegen die Mauer stützte. Als er eines Abends nicht zurückkehrte, begriff ich. Er war auf dem Wall tot umgefallen, und sie hatten ihn im Massengrab verscharrt. Sie wagten es nicht, die Leichen einfach über die Mauer zu werfen, weil die königlichen Truppen sonst gesehen hätten, daß von der Garnison bald niemand mehr übrig war . . . Der Hunger, das ist etwas, was man weder beschreiben noch jemand verständlich machen kann, wenn er's nicht selbst erlebt hat . . . Vor allem, wenn er lange anhält . . . Jedesmal, wenn man auf die Straße geht, hofft man, irgend etwas zu finden . . . Überall sucht man, hinter jedem Prellstein, unter jeder Stufe, man sucht auf jeder Mauer, als ob es zwischen den Steinen etwas Eßbares geben könnte . . . ein Kraut. Welche Freude, als ich die Mäuse unter den Dielen sich rühren hörte! Stundenlang lauerte ich ihnen auf, und mein Ältester war sehr geschickt darin, sie zu erwischen. Ein flämischer Händler verkaufte sechs oder sieben Jahre alte Häute. Sie taten viel Gutes. Die Stadt hat achthundert davon gekauft und sie den Soldaten und den Einwohnern gegeben, die noch imstande waren, Waffen zu tragen. Aus ihrer Bouillon kochte man gute Gelees . . . ich hab's selbst gemacht – für die beiden Kinder, die mir blieben. Und noch immer passierte nichts, nur jeden Tag gab's ein wenig mehr Leid. In den Straßen sah man nur graue Skelette, in Tücher gewickelte Leichen, die man kaum noch zum Friedhof schleppte. Männer trugen ihre Frauen auf den Schultern wie ein Stück Speck . . . zwei Mädchen auf einer Bahre, der alte Vater . . . Die Mutter trug den Sohn im Arm wie zur Taufe . . .»

«Und warum seid Ihr nicht wirklich geflohen?»

«Draußen warteten die Soldaten des Königs. Die Männer hängten sie, mit den Frauen machten sie, was sie wollten. Die Kinder . . .? Kann man wissen, was sie mit ihnen angefangen hätten? Und dann – man konnte die Stadt einfach nicht verlassen. Es hätte bedeutet, daß sie besiegt gewesen wäre. Es gibt Dinge, die man nicht tun kann. Man hat keinen Schimmer, warum. Man mußte mit ihr Sterben oder . . . Ich weiß nicht mehr, wann mein zweiter gestorben ist. Ich weiß nur noch, daß mir der Jüngste geblieben war, als eine Abordnung vor König Ludwig XIII. niederkniete, um ihm die Schlüssel La Rochelles auf einem Kissen zu überreichen. Man schrie und stürzte zu den Toren, weil das Gerücht umging, daß Brotkarren kommen sollten. Und ich lief mit . . . das heißt, ich glaubte, daß ich lief, aber in Wirklichkeit hab ich mich wie die andern durch die Gassen geschleppt, wie die andern Gespenster, die sich nur aufrecht halten konnten, wenn sie sich gegen die Mauern stützten. Wahrhaftig, es waren alles Gespenster . . . Ich betrachtete den Kleinen, seine großen schwarzen Augen im mageren Gesichtchen, und sagte mir: ‹Es ist zu Ende, die Abordnung hat die Unterwerfung gebracht . . . Der König kommt in die Stadt und das Brot desgleichen! Es ist zu Ende, die Stadt ist besiegt! Aber dieser da bleibt dir. Dieser da wenigstens. Für diesen da ist die Unterwerfung noch zur rechten Zeit gekommen›, sagte ich mir. ‹Ein paar Tage noch, und du wärst eine Mutter mit leeren Armen gewesen. Gott sei gelobt!› Wißt Ihr, was dann geschehen ist?»

«Nein», sagte Angélique, ohne die schreckerfüllten Augen von ihr zu lassen, ohne daran zu denken, daß die Belagerung La Rochelles bereits 44 Jahre zurücklag.

«Nun, trinkt erst einmal einen Schluck, statt Euren Wein warm werden zu lassen – der Wein der Île de Ré muß nämlich hübsch kühl getrunken werden. An den Toren verteilten die Soldaten also Brotlaibe, die noch warm von den Öfen des Lagers waren. Sie hatten Befehl, sich zu den tapferen Rochellesern anständig zu benehmen. Und schließlich sind Soldaten, wenn man sie nicht gerade antreibt, auch nur Menschen wie die andern . . . Ich habe sogar welche gesehen, denen die Tränen in die Augen traten, als sie uns sahen . . . Ich aß also, ich aß, und der Kleine, der seinen Laib wie ein Eichhörnchen in beiden Händen hielt, konnte auch nicht genug kriegen . . . Und dann war er plötzlich tot. Weil er zuviel und zu schnell gegessen hatte . . . Der Kopf fiel ihm auf die Schulter, und es war aus. Ich brauchte ihn nur noch zu begraben, wie die andern . . . Und was denkt Ihr, was danach mit mir passiert ist? Gewiß, ich bin närrisch, beinah närrisch geworden. Aber laßt Euch eines wenigstens sagen, Tochter. Was einem auch geschieht, was man auch durchmacht – das Leben ist wie eine Spinne, die die zerrissenen Fäden wieder erneuert, schneller als man's glauben möchte. Man kann nichts dagegen tun.»

Sie unterbrach sich für einen Moment, und man hörte nur das Kratzen ihres geschäftigen Messers gegen die Schale der Krabbe.

«Was mich zuerst tröstete», nahm sie den Faden wieder auf, «war, daß ich genug zu essen hatte. Alle die Dinge in Reichweite zu haben, die einem so lange gefehlt hatten, verschaffte mir eine Art von Zufriedenheit, und während dieser Zeit vergaß ich. Und danach tröstete es mich, wenn ich das Meer betrachtete. Ich ging auf die Klippen und blieb dort lange Zeit. Ich hörte den Lärm der Hacken, die die Wälle und Türme La Rochelles, unserer stolzen Stadt, niederrissen. Aber das Meer war da, und niemand konnte es mir nehmen. Das tröstete mich, Tochter . . . Und dann liebt mich ein Mann. Er war ein Papist. Es gab jetzt viele von der Sorte in La Rochelle. Es kam einem vor, als ob sie wie Pilze aus dem

Pflaster wüchsen. Aber dieser konnte hübsche Liebesworte drechseln, und das war alles, was ich von ihm verlangte. Wir hätten geheiratet, aber was wären das für Umstände gewesen! Ich hätte mich vorher bekehren müssen, und das war nun wahrhaftig nicht nach meinem Geschmack. Er ist mit einem Schiff nach Saint-Malo gereist, wo er Verwandte und eine Erbschaft hatte. Ich habe ihn nicht wiedergesehen . . . Was liegt daran! Ich hatte ein Kind von ihm, einen Jungen . . . und schließlich mußte ich weiterleben, nicht wahr? Kinder geben einem Kraft.»

Als Rebecca ihren Bericht beendet hatte, erhob sie sich und schüttelte ihre Schürze aus, um die Splitter der Schale loszuwerden, die sich in ihr verfangen hatten. Dann lauschte sie von neuem aufmerksam.

«Nein, es ist nur das Meer, das man hört. Man möchte meinen, es ärgert sich. Tun wir einen Blick hinaus.»

In der Nische, in der sich das Bett erhob, öffnete sie ein mit Blei eingefaßtes Fenster und stieß den Laden zurück. Ein Windstoß trug den reichen Geruch der Algen und des Salzes herein. Das Getöse der sich an den Wällen brechenden Wogen zwang sie, ihre Stimme zu heben.

Wolken zogen rasch über den Himmel, sich in den seltsamen Nuancen geschmolzenen Bleis verfärbend, wenn sie am Mond vorüberglitten gleich vulkanischen Dämpfen, dahingleitenden tintigen Schärpen. Im Halbdunkel der unruhigen Nacht war allein die schwarze Masse der Wälle unbeweglich. Zur linken zeichnete sich ein von einer hohen, gotischen Pyramide gekrönter Turm ab, auf dessen Spitze eine Laterne brannte: Leuchtzeichen für die Schiffe auf den Meeresarmen zwischen Inseln und Küste. Der Umriß eines mit einer Hellebarde bewehrten Wachtpostens war zu erkennen. Der Soldat stemmte sich mit gebeugtem Rücken gegen den Wind. Nachdem er die Flamme neu angefacht hatte, die man zwischen den Spitzbogen ihres Laternentürmchens tanzen sah, stieg er die gewundene Treppe wieder hinunter, um sich ins Wachtzimmer zu flüchten.

Das Haus Maître Gabriels war von den Wällen nur durch ein schmales Gäßchen getrennt. Ein behender Junge hätte sich damit amüsieren können, von einem der Fenster aus auf den Wallgang zu springen. Rebecca erklärte Angélique, daß sie alle Soldaten kenne, die tagsüber und nachts am Laternenturm Wache hielten. Denn sie enthülste ihre Erbsen oder stopfte die Strümpfe des Haushalts am offenen Fenster, während sie gähnend vorbeigingen und zuweilen stehen blieben, um ein wenig zu plaudern. Sie war die erste, die von jeder Neuigkeit im Hafen erfuhr, da die Wachen des Laternenturms die Ankunft der aus Holland, Flandern, Spanien, England oder Amerika eintreffenden Salz- oder Weinflotten, jedes Kriegs- oder Handelsschiffes aus dem Ausland nach La Rochelle signalisieren mußten. Sobald sich zwischen den Inseln Oléron und Ré ein weißes Segel am Horizont zeigte, hob der Mann sein Horn zum Mund. Während der Einfahrt in den Hafen läutete lange eine Glocke. Und der Makler, Kaufleute und Reeder bemächtigte sich wachsende Aufregung. All dieser Schiffe wegen, die täglich das Leben der ganzen Welt auf seine Kais schütteten, langweilte man sich nie in La Rochelle.

Einstmals hatte man die Ankunft der Schiffe vom Saint-Nicolas-Turm aus signalisiert, aber seitdem er zur Hälfte geschleift war, fiel diese Ehre dem Laternenturm zu.

Für das Haus Maître Gabriels war es ein wahres Glück. Rebecca konnte mit Recht den Herrn loben, daß er sie auf der Suche nach einer Stellung hierhergeführt hatte.

Sie zog die Läden wieder zu, verschloß das Fenster, und die Stille kehrte zurück, nun tiefer noch, da sie dem Heulen des Sturms entrissen war. Angélique ließ ihre Zunge über die Lippen gleiten. Sie schmeckten frisch und salzig.

Sie bemerkte, daß Honorine erwacht war. Im Bett aufgerichtet, ähnelte sie mit ihrem leuchtenden, auf die schmalen nackten Schultern fallenden Haar einer kindlichen Sirene, die dem Ruf der Wogen lauscht. Ihre ins Ungewisse gerichteten Augen waren voll eines seltsamen Traums. Angélique bettete sie wieder zurecht und deckte sie zu. Sie erinnerte sich, daß Honorine das Zeichen Neptuns trug.

Der kleine siebenjährige Junge saß auf der untersten Stufe der Treppe, die zu den oberen Etagen führte.

Im Schatten verborgen hatte er offenbar gierig auf die Erzählungen der alten Dienerin gelauscht.

Mehrmals den Kopf schüttelnd, schlurfte Rebecca an ihm vorbei.

«Dies Kind hat seiner Mutter das Leben gekostet, als es zur Welt kam. Man liebt es nicht sehr . . .»

Murmelnd begann sie die Stufen hinabzusteigen.

«. . . Waisen, die leiden, Mütter, die weinen, das ist nun mal so . . . Der Tränenreigen wird sobald nicht aufhören, sage ich Euch . . .»

Die weiße Spitze ihrer Haube verlor sich in der Dunkelheit.

«Du mußt schlafen gehen», sagte Angélique zu dem kleinen Jungen.

Folgsam stand er auf.

Sein Gesicht wirkte kränklich. Die Nase lief. Das struppige Haar betonte sein elendes Aussehen noch mehr.

«Wie heißt du?» fragte sie.

Er antwortete nicht und machte sich daran, an der Wand entlangstreifend die Treppe hinaufzuklettern, wie eine ängstliche Ratte. Als er schon im nächsthöheren Stockwerk angelangt war, fiel ihr ein, daß er nicht um Licht gebeten hatte.

Sie lief ihm nach.

«Warte, Kleiner, du siehst ja nichts, du wirst noch fallen.»

Sie nahm seine Hand, eine kleine, kalte, zarte Patsche, und die Berührung versetzte ihrem Herz einen Stoß. Es hatte etwas mit dieser unendlich zärtlichen Geste zu tun, die seit langem vergessen gewesen war.

Er stieg noch immer, und sie folgte ihm. Er war wie ein kleiner, mysteriöser, kaum leibhaftiger Schatten, der sie mit sich zog. Er war es jetzt, so schien es, der sie bei der Hand genommen hatte.

«Schläfst du hier?»

Er nickte und sah diesmal zu ihr auf, als ob er nicht an ihre Gegenwart zu glauben vermöge. Man hatte im Speicher ein Bett aufgestellt, das eher ein dürftiges Lager war. Der Strohsack schien nicht oft geschüttelt worden zu sein, die Leintücher waren von zweifelhafter Sauberkeit, die Decken für die Jahreszeit ungenügend. Im Winter mußte es hier eisig sein. Im Ausschnitt einer runden Luke zeigte der Mond für einen Augenblick sein bleiches Gesicht und erhellte unter den sich kreuzenden schweren Balken des Dachs ein Durcheinander wunderlicher Gegenstände, Truhen und abgestellter Möbelstücke.

Unmittelbar gegenüber dem Bett stand sogar ein großer, gesprungener Spiegel.

«Gefällt's dir hier?» fragte sie das Kind. «Frierst du nicht? Hast du keine Angst? Sicherlich bewegt sich hier manchmal etwas.»

Sie fing seinen scheuen Blick auf.

«Gewiß gibt es hier Ratten», sagte sie sich. «Und er hat Angst.»

Sie begann ihn auszuziehen. Die mageren Schultern unter ihren Händen erinnerten sie an den zarten Körper Florimonds, als er noch klein gewesen war, die verschlossenen Lippen an die Cantors, der so wenig gesprochen, aber insgeheim gesungen hatte, die leise Trauer des Blicks an das Kind Charles-Henri, das von seiner Mutter träumte.

Er schien erstaunt, daß man ihm beim Auskleiden half. Er wollte selbst seine Kleidungsstücke ausziehen, faltete sie sorgfältig zusammen und legte sie auf einen Schemel. In seinem weißen Hemd kam er ihr noch magerer vor.

«Dieses Kind stirbt vor Hunger.»

Sie nahm ihn in ihre Arme und drückte ihn an sich. Tränen quollen aus ihren Augen, ohne daß sie ihrer achtete. Sie war immer eine schlechte Mutter gewesen. Wie ein Tier hatte sie sie gegen Kälte und Hunger verteidigt, weil sie ihre Jungen waren, aber die Erquickung des Herzens, die man empfand, wenn man sie an sich drückte, die Augen mit ihrem Anblick füllte, ihr Leben lebte, hatte sie weder gekannt noch gesucht. Die Wurzeln, die sie mit ihnen verband, hatte sie erst gespürt, als man sie ihr so grausam entrissen hatte. Die offene Wunde blutete noch immer, den Schmerz darüber verewigend, was hätte sein können und was sie versäumt hatte.

«Oh, meine Söhne! Meine Söhne!» Sie waren zu rasch gekommen. Sie waren ihr im Wege gewesen. Zuweilen hatte sie ihre Gegenwart, die sie zwang, sich von ihrem eigenen Schicksal abzuwenden und sich mit dem ihren zu beschäftigen, als störend empfunden. Sie war für die zarteren Glücksgefühle noch nicht reif gewesen. Eine Frau mußte sich erst voll entfalten, bevor sie Mutter werden konnte.

Sie brachte den kleinen Jungen zu Bett und lächelte ihm zu, um zu verhindern, daß er sich über ihre Tränen wunderte. Nachdem sie ihn geküßt hatte, stieg sie wieder hinab.

Vor dem Bett in der Küche schlüpfte sie aus ihrem Mieder und bürstete lange ihr Haar. Sie wollte nun nicht mehr fort. Das Haus am Wall, am Meer schien ihr voller Hoffnung. Es würde sie beschützen.

30

Am folgenden Tag übergab ihr Madame Anna nicht ohne Feierlichkeit und passende Worte eine in schwarzes Pergament gebundene Bibel.

«Mir ist aufgefallen, meine Tochter, daß Ihr bei den Antworten der Gebete stumm bleibt. Offenbar habt Ihr Euren Glauben lau werden lassen. Nehmt also das Buch der Bücher, aus dem jede gläubige Frau den ihrer Lage förderlichen Geist des Gehorsams, der Treue und Ergebenheit schöpfen kann.»

Alleingeblieben, machte sich Angélique, nachdem sie die Bibel unentschlossen in ihren Händen hin und her gewendet hatte, auf die Suche nach Maître Gabriel. Ein Kommis sagte ihr, daß er sich im Erdgeschoß, in den Magazinen aufhalte, wo er mit seinen Rechnungsbüchern beschäftigt sei.

Durch den Hof und über eine Stufe hinunter gelangte man zu zwei oder drei großen Räumen, in denen der Kaufmann seine kostbareren Produkte unterstellte, unter anderem Proben von Charente- und Branntweinen, die er in großen Posten nach Holland und England lieferte. Gerade verabschiedete sich ein englischer Kapitän, nachdem er eine Bestellung aufgegeben und zweifellos auch seinem Gaumen etwas zugute getan hatte. Branntweinduft schwebte in der Luft, Fliegen summten um die beiden gläsernen Humpen, die im Laufe der Verhandlung geleert worden waren.

Der englische Kapitän ging sehr steif an ihr vorbei, nahm sich aber die Mühe, seinen verwaschenen Filzhut vor Angélique zu ziehen und ein Kompliment über *the charming wife of Maître Gabriel* zu drechseln. Dieser verbesserte, ohne die Nase von seinem Buch zu heben:

«*Not my wife, servant . . .*»

«*Oh, yes*», sagte der Engländer und grüßte erneut mit entzückter Miene.

Angélique, die kein Englisch verstand, hatte dem Gespräch nicht folgen können und suchte es auch nicht zu deuten. Die Folgen ihres bevorstehenden Geständnisses beschäftigten sie zu sehr.

«Maître Gabriel», sagte sie, all ihren Mut zusammennehmend, «ich muß ein Mißverständnis aufklären. Ich hätte es schon früher tun sollen. Ich gehöre nicht zur reformierten Religion, wie Ihr und die Euren zu vermuten scheinen. Ich . . . ich bin katholisch.»

Der Kaufmann fuhr auf und schien verärgert.

«Warum habt Ihr Euch dann die Lilie einbrennen lassen?» rief er. «Ihr hättet Eure Konfession bekennen müssen. Dann hättet Ihr Euch diese schreckliche Marter erspart. Das Gesetz sagt es ausdrücklich: Jede irgendeines Delikts schuldige reformierte Frau muß mit der königlichen Lilie gezeichnet und gepeitscht werden. Dank dem unseren Glauben angehörenden Richter, den wir in Les Sables antrafen, konnte ich bewirken, daß man Euch die Peitsche erließ. Über den ersten Teil der Strafe konnte er sich jedoch nicht hinwegsetzen, da man Euch mit gefährlichen Banditen zusammen erwischte. Wißt Ihr, daß drei von ihnen gehängt und die übrigen zu den Galeeren verurteilt wurden?»

«Ich wußte es nicht. Arme Kerle!»

«Es scheint Euch nicht allzusehr zu berühren. Immerhin waren es Eure Kameraden . . .»

«Ich kannte sie kaum.»

Maître Gabriel machte eine überraschte Bewegung, die seine Rechnungen mit Tintenspritzern zierte.

«Warum habt Ihr das nicht rechtzeitig gesagt, Unglückselige?»

Er trocknete sorgfältig die Spritzer und wischte die Feder ab.

«Für eine Katholikin bedeutet das Zichen der Lilie, daß sie sich schimpflicher Vergehen schuldig bekannt hat: des Mordes, der Prostitution, des Diebstahls. Ihr riskiert, ins Gefängnis gesteckt oder in die Kolonien nach Kanada geschickt zu werden, wenn man Euch entdeckt. Warum habt Ihr nicht rechtzeitig gesprochen?»

Er musterte sie aufmerksam und fuhr gedämpft fort:

«Vielleicht legtet Ihr keinen Wert darauf, allzu viele Fragen beantworten zu müssen?»

«So ist es, Maître Gabriel. Ich legte keinen Wert darauf. In jenem Augenblick dachte ich nur an meine Tochter. Ich wußte noch nicht, daß Ihr sie gerettet hattet. Ich habe alles mit mir tun lassen, ohne daß ich recht wußte, was geschah . . . Jetzt ist es zu spät. Ich bin fürs Leben gezeichnet. Aber Ihr, Maître Gabriel, seid der einzige, der es weiß. Wenn Ihr mich nicht verratet . . .»

«Ich habe Euch bereits in mein Haus aufgenommen. Niemand wird

Eure Sicherheit antasten, solange Ihr Euch unter meinem Dach befindet. Das ist das alte Gesetz der Gastfreundschaft.»

«Ihr jagt mich also nicht fort?»

«Warum sollte ich Euch verjagen?»

«Ich will versuchen, Euer Vertrauen nicht zu enttäuschen, Maître Gabriel. Indessen . . . muß ich Euch gleich sagen . . .»

«Ich weiß, was Ihr mir sagen wollt», brummte er. «Daß Ihr nicht daran denkt, Euch zu bekehren. Nun, trotzdem hindert Euch nichts, die Bibel zu lesen. Öffnet sie jeden Tag auf irgendeiner Seite. Jedesmal werdet Ihr die Antwort finden, die Euch fehlt. Ihre Lektüre wird Euch ein vergessenes Land ins Gedächtnis zurückrufen und das Herz erheben.»

Er legte sie in ihre Hände zurück.

Sonne – südliche Sonne – erfüllte den Hof, in dessen Mitte sich eine Palme mit behaartem Stamm erhob und ihre spitz zulaufenden Wedel einem Himmel von durchsichtigem, klarem Blau entgegenstreckte. Längs der Mauer, nahe einer Bank, sah man einen Busch spanischen Flieders, eine Reihe Stockrosen, die so groß wie Kohlköpfe waren, und in antiken Krügen Büschel brauner und gelber Levkojen. In einer Ecke, unter einem mit Muscheln ausgelegten Bogen, murmelte ein Springbrunnen und vollendete die exotische Atmosphäre dieses halb wie ein Patio, halb wie ein Garten wirkenden Hofes. Über all dies schloß der hohe Torweg seine schützenden Flügel.

Angélique kehrte noch einmal zurück, um die auf dem Tisch stehengebliebenen Gläser zum Abwaschen in die Küche mitzunehmen.

«Entschuldigt, Maître Gabriel, daß ich Euch von neuem störe. Ist Madame Anna für das Haus verantwortlich? Wird sie mir Anweisungen geben?»

«Meine Tante hat noch niemals eine Kasserolle von einem Hut unterscheiden können», knurrte er. «Wenn sie sich einmischt, ist niemand geholfen. Außerdem langweilt es sie.»

«Wer soll also den Haushalt leiten?»

«Warum nicht Ihr?» fragte er, sie über seine Brillengläser hinweg betrachtend. «Ihr seht mir aus, als ob Ihr in diesen Dingen erfahren seid. Daß in der Schüssel etwas zu essen ist und kein Staub auf den Möbeln liegt, ist alles, was ich verlange. Für die notwendigen Einkäufe werdet Ihr von mir Geld erhalten. Hier, nehmt das.»

Er übergab ihr eine Börse. Häusliche Details schienen ihn wie die meisten Männer zu reizen. Trotzdem rief er sie zurück. «Denkt daran, ich verlange genaue Abrechnung. Könnt Ihr schreiben und rechnen?»

«Ja, Monsieur», erwiderte Angélique.

Als der Abend anbrach, und nachdem sie den Hausgenossen unter dem verdutzten Blick Tante Annas eine mit Speck versetzte Kohlsuppe, geröstete, mit Gewürzen eingeriebene, in Butter getränkte Fische, einen Apfelkuchen und Salate vorgesetzt, nachdem sie die Kupferkessel der Küche wieder auf Hochglanz gebracht, die schönen Möbel in den Zimmern abgestaubt und dem kleinen Laurier durch das Märchen vom Aschenbrödel ein Lächeln entlockt hatte, fühlte die erschöpfte, aber innerlich zufriedene Angélique, daß sie einen neuen Vertrag mit dem Leben eingegangen war. Brennende Fragen wie die, ob sie sich wohl endgültig den Nachforschungen des Königs hatte entziehen können, waren in den Hintergrund gerückt, und es schien ihr viel wichtiger, zu wissen, ob der kleine Junge in dieser Nacht friedlich schliefe.

Mehrmals schlich sie sich zum Speicher hinauf, um nach ihm zu sehen. Sie streichelte ihn, erzählte ihm Geschichten, zankte ein wenig mit ihm, aber jedesmal, wenn sie in der Hoffnung, ihn endlich eingeschlafen zu finden, auf Zehenspitzen zurückkam, saß er von neuem auf seinem Lager und beobachtete sein Abbild im Spiegel.

Beim viertenmal hielt sie nicht mehr an sich. Schon allzu lange, seit Jahren vielleicht, konnte der Kleine nur während kurzer Erschöpfungsminuten geschlafen haben, immer wieder auffahrend, um auf das Rascheln der Ratten zu lauschen, die beunruhigenden Formen zu betrachten, die das Durcheinander im Speicher schuf, an die Dinge zu denken, die er nicht verstand, die düsteren Psalmen, die man ihn singen ließ, die Worte, die man bei seinem Anblick sagte: Dieses Kind hat seiner Mutter das Leben gekostet . . .

Jede Nacht mußte zu einer endlosen Prüfung für ihn geworden sein, fern menschlicher Wärme und der vertrauten Umwelt, eine traurige, kalte Reise, deren Ende das durch die Luke fallende trübe Licht der Dämmerung anzeigte. Dann erst glitt er vielleicht in beruhigten Schlaf. Nicht für lange, denn Tante Anna weckte alle Welt spätestens um fünf.

Angélique öffnete einen Schrank, nahm ein paar Laken heraus und begab sich in ein kleines Zimmer, das sie entdeckt hatte. Niemand schien es zu bewohnen. Laurier würde dort vertrauensvoll schlafen, besänftigt durch die nahe Nachbarschaft der Küche, durch Onkel Lazare, dessen nächtlicher Husten ihn über die Gegenwart eines Menschen vergewissern würde, durch das Ticken der großen Standuhr im Treppenhaus. Außerdem würde ihm Angélique während der ersten Nächte ein Lämpchen lassen.

Sie machte mit geschwinden Griffen das Bett und schloß die Vorhänge halb, die aus schöner, durchwirkter Seide waren. Holländische Seide. Angélique vermochte den Wert all dessen, was es in diesem Hause gab, zu schätzen, mehr noch vielleicht als ihre Herrschaft, die diesen reichen Komfort zugleich zu suchen und zu verachten schien.

In der Küche nahm sie einen Bettwärmer von der Wand und füllte ihn rasch mit einigen glühenden Kohlen. Als sie zurückkehrte, bemerkte sie, daß eine zweite in den kleinen Raum führende Tür, die ihn mit dem Zimmer Maître Bernes verband, geöffnet worden war.

Der Hausherr stand auf der Schwelle, einen Finger zwischen den Seiten eines Gebetbuchs.

«Was treibt Ihr hier noch, Angélique? Mitternacht ist vorüber. Euer Dienst zwingt Euch nicht, bis zu so später Stunde aufzubleiben.»

Der höfliche Ton konnte eine gewisse Gereiztheit nicht verbergen. Wenn sich Maître Berne nach Erledigung seiner Abrechnungen in sein Zimmer zurückzog, um dort über den Heiligen Schriften zu grübeln, hatte er es gern, um sich herum die Stille des schlafenden, vom Hin und Her häuslicher Verrichtungen nicht in Unruhe versetzten Hauses zu wissen.

Angélique zog zu wiederholten Malen den Bettwärmer zwischen den frischen Laken hindurch.

«Verzeiht, Maître Gabriel. Ich werde mir Eure Mahnung merken und darauf achten, mich ihr zu fügen. Aber ich möchte dieses unbenutzte Bett für den kleinen Laurier herrichten, der im Speicher oben allzu schlecht untergebracht ist.»

Da sie ihm den Rücken kehrte, blieb ihr das zornige Aufleuchten in den grauen Augen des Kaufmanns verborgen, aber sie spürte es.

«Dieses Zimmer soll nicht benutzt werden. Es gehörte meiner verstorbenen Frau.»

Angélique wandte sich ihm zu. Trotz seiner Selbstbeherrschung war seine Erregung nicht zu übersehen.

«Ich verstehe», sagte sie sanft. «Aber ich habe kein anderes Zimmer für ihn gefunden.»

Maître Gabriel schien nach der Lösung eines schwer zu fassenden Problems zu suchen.

«Für ihn? Wen?»

«Laurier.»

«Warum wollt Ihr ihn hier einquartieren?»

«Er schläft oben im Speicher. Er hat Angst so ganz allein und findet keine Ruhe. Ich dachte mir, daß er hier besser aufgehoben wäre.»

«Was für eine Idee! Er muß sich abhärten. Ihr wollt einen Schwächling aus ihm machen. Als ich ein Kind war, habe ich auch auf diesem Speicher geschlafen.»

«Und Ihr habt Euch nicht vor den Ratten gefürchtet?»

«Natürlich. Aber ich habe mich daran gewöhnt.»

«Nun, er gewöhnt sich nicht daran. Er schläft da oben wenig oder gar nicht. Das ist einer der Gründe, warum er so mager und kränklich aussieht.»

«Er hat sich niemals beklagt.»

«Kinder beklagen sich selten, vor allem, wenn sich niemand die Mühe nimmt, ihnen zuzuhören», sagte Angélique trocken.

«Ein Junge muß hart werden. Ihr sprecht wie eine Frau.»

«Nein, wie eine Mutter», antwortete sie, ihn ernst betrachtend.

Sein Blick verschleierte sich. Er stieß einen tiefen Seufzer aus.

«Ich hatte mir geschworen, daß niemals jemand anders in diesem Bett ruhen würde, in dem sie ihren letzten Atemzug getan hat.»

«Die Beständigkeit Eures Gefühls macht Euch Ehre, Maître Gabriel. Aber glaubt Ihr nicht, daß sie sich für ihr Kind freuen würde?»

Der Kaufmann seufzte erneut.

«Ach, ich weiß es nicht», sagte er. «Ihr bringt das ganze Haus durcheinander. Ich glaubte, daß der Kleine mit seinem älteren Bruder zusammen schliefe. Es ist ja wahr, daß der Speicher . . . ich gebe zu, ich habe ihn in schlechter Erinnerung. Schön . . . macht, was Ihr wollt.»

Angélique kannte den Weg zum Dachboden zu gut, um erst eine Kerze holen zu müssen. Drei Stufen auf einmal nehmend lief sie hinauf.

«Ich nehme dich mit», sagte sie zu Laurier, der noch immer wach wie ein kleiner Nachtkauz auf seinem Lager hockte.

«Wohin wollt Ihr mich bringen?»

«Dorthin, wo du dich wohl fühlen wirst. Ganz in die Nähe deines Vaters . . .»

Sie trug ihn vorsichtig hinunter. Entzückt betrachtete Laurier das behagliche Zimmer, die Gestalt seines Vaters und sog den vertrauten Geruch der unteren Stockwerke ein. Von seinem Bett aus konnte er auf der anderen Seite des Treppenabsatzes den Widerschein des Feuers aus der großen Küche sehen. Die Verblüffung machte ihn gesprächig.

«Hier soll ich schlafen? Jede Nacht?»

«Ja, dein Vater meint, du seist jetzt groß genug für ein großes Bett.»

«Oh, danke, Vater.»

Angélique entfernte sich, um das Nachtlämpchen vorzubereiten. Als sie mit der Schale aus rotem Glas zurückkam, war Laurier eingeschlafen. Sein mageres Gesichtchen ruhte auf dem Kopfkissen. Er schien in dem mächtigen Bett wie verloren, aber ein Ausdruck unschuldigen Behagens verwandelte seine Züge.

Maître Gabriel sah nachdenklich auf ihn hinunter. Angélique beugte sich über das Kind, um sanft seine bleiche Stirn zu streicheln.

«Kleiner Mann!» murmelte sie zärtlich.

Sie hob die Augen zu dem Kaufmann.

«Seid mir nicht böse. Ich konnte es nicht ertragen, ihn unglücklich zu wissen.»

«Macht Euch keine Sorgen, Dame Angélique. Es ist schon alles gut so.»

Nach kurzem Zögern fügte er hinzu:

«Das heißt: nein. Während ich heute abend über den Schriften saß, habe ich mir Vorwürfe gemacht, weil ich mich gegen Euch nicht gerecht verhalten habe. Ich hätte Euch einen Vorschuß auf Eure Löhnung geben müssen.»

«Ihr seid nicht dazu verpflichtet, Maître Gabriel. Ich weiß, daß sich eine Dienstmagd erst einen Monat bei ihrer neuen Herrschaft bewähren muß, bevor sie ihren Lohn erhält.»

«Aber Ihr seid ohne den geringsten Besitz zu mir gekommen. Und in der Bibel steht: ‹Du sollst den armen und bedürftigen Söldner nicht unterdrücken, ob er nun einer deiner Brüder oder ein Fremder ist, der in deinem Land, innerhalb deiner Tore bleibt. Du wirst ihm den Lohn seiner Tagesarbeit vor dem Sinken der Sonne geben, denn er ist arm und bedarf seiner.› Ich habe deshalb beschlossen, Euch dies zu geben.»

Er reichte ihr eine Börse, die er aus einem der Schöße seines Rockes gezogen hatte.

«Allerdings ist es schon ein wenig nach Sonnenuntergang», fügte er hinzu.

Ein leiser Humor milderte zuweilen den Ernst und die Feierlichkeit seines Benehmens. In einer anderen Konfession, einer anderen Stadt geboren, dachte Angélique, hätte er ein geistreicher Epikureer sein können wie etwa der Chevalier de Méré.

«Ich fühle mich in Eurem Hause nicht unterdrückt, Maître Gabriel», sagte sie lächelnd. «Seid versichert, daß ich mich beim Ewigen nicht über Euch beschweren werde. Ich werde Eure Güte nie vergessen.»

Während sie sich entfernte, begann Angélique zu begreifen, warum sich zwischen ihr und dem Kaufmann sofort eine Art Vertrautheit, ein Einverständnis ergeben hatte, wie sie Menschen verbindet, die sich schon unter anderen Umständen begegnet sind. Jetzt war sie sicher, daß sie ihn irgendwo schon einmal getroffen hatte. Wo? Wann? Bei welcher Gelegenheit hatte er sich mit jenem ruhigen, hochherzigen Lächeln ihr zugeneigt, das manchmal sein kaltes, verschlossenes Gesicht erhellte?

31

Der Gedanke, daß Maître Gabriel ihr früher schon einmal begegnet sein müsse, plagte sie lange, bis sie ihn schließlich vergaß.

Des Abends, wenn Tante Anna und die Gäste sich nach dem Gebet zurückgezogen hatten, befand sich Maître Gabriel zuweilen noch in geselliger Stimmung. Er begab sich dann in sein Zimmer vor die Wand, an der seine Pfeifensammlung hing, und wählte eine lange holländische Pfeife, die er sorgsam mit Tabak stopfte. Darauf kehrte er in die Küche zurück, um sie an einem Stück glühender Kohle in Brand zu setzen.

Danach lehnte er sich an den Türrahmen und rauchte, während er mit halbgeschlossenen Augen durch den aufsteigenden Qualm über den vertrauten großen Raum blickte und das Hin und Her der Mägde, der Kinder und der beiden Hauskatzen verfolgte. An diesen Abenden wußten seine Kinder, daß er bester Laune war, und wagten es, ihm Fragen zu stellen und ihm von ihren Angelegenheiten zu erzählen. Seit einiger Zeit tat auch Laurier dabei mit. Er verwandelte sich, zeigte sich gewitzt und wehrte Martials Spöttereien ab.

Als er eines Abends auf Angéliques Knien saß und sie ihm sanft über das Haar strich, begegnete sie zwischen blauen Rauchspiralen dem nachdenklichen Blick des Kaufmanns. Sie kam dem Tadel, den sie kommen fühlte, zuvor.

«Ihr findet, daß ich ihn für einen Jungen zu sehr verwöhne? . . . Seht doch, wieviel kräftiger er geworden ist! Die Wangen sind schon viel rosiger. Kinder brauchen Zärtlichkeit, um zu wachsen, Maître Gabriel, wie die Blumen Wasser brauchen.»

«Ich leugne es nicht, Dame Angélique. Ich erkenne an, daß Ihr dabei seid, aus diesem Zwerg, dessen Anblick – ich gebe es zu – mir peinlich war, durch Eure Pflege ein schönes Kind zu machen . . . Ich habe durch Ungerechtigkeit, auch durch Unwissenheit gesündigt. Ich verstehe mich besser darauf, die Qualität eines guten Branntweins oder eines kanadischen Pelzes festzustellen, als herauszufinden, was einem Kind nutzen kann. Was mich verwundert ist lediglich, warum Ihr Eurem eigenen Kind gegenüber so wenig von dieser Zärtlichkeit Gebrauch macht . . . Ihr sorgt für sein Wohl, gewiß, aber ich habe nie gesehen, daß Ihr es geküßt, ihm zugelächelt oder daß Ihr es auch nur an Euch gedrückt hättet.»

«Ich? . . . Ich sollte das niemals getan haben?» rief Angélique, während sie bis zu den Haarwurzeln errötete.

Und sie betrachtete betroffen Honorine, die vor ihrem Teller Milchbrei saß.

Man hatte sie allein am Tisch zurückgelassen, weil sie sich nicht beeilte. Seit einiger Zeit brauchte sie Stunden zum Essen, den Löffel in der kleinen Faust, den Blick ins Leere gerichtet. Angélique hatte den Verlust ihres kräftigen Appetits dem Eingeschlossensein in den vier Wänden des Hauses zugeschrieben; das Kind war es bisher gewöhnt gewesen, im Freien zu leben. Konnte es sein, daß Honorine unter der Vernachlässigung durch ihre eigene Mutter litt? Was für Vergleiche stellte sie hinter ihren kleinen, wachen und glänzenden Augen an? Zuweilen hatte sie Zornausbrüche, die Angélique reizten. Diesen winzigen Willen zu entdecken und seine Hartnäckigkeit zu spüren, erstaunte und entrüstete sie. Sie verlor die Geduld. «Geh weg!» rief Honorine ihr zürnend zu. Angélique brachte sie dann zu Bett oder vertraute sie Rebecca an, für die die Kleine eine Schwäche hatte. Angélique hatte sich über Laurier geneigt. In ihm fand sie ihre kleinen Jungen, ihre wahren Kinder wieder. Honorine war noch nicht wirklich ihr Kind.

«Maître Gabriel hat recht», sagte sie sich. «Meine Tochter . . . ich habe sie in mein Leben aufgenommen, aber noch nicht in meine Liebe . . . Er kann es nicht wissen! . . . Es wäre unmöglich für mich. Wenn er wüßte, würde er verstehen . . .»

«Ihr habt Euch meinem Sohn angeschlossen», sagte Maître Gabriel mit der Andeutung eines Lächelns, «und ich habe mich Eurer Tochter angeschlossen. Ich werde niemals das kleine, verlassene Ding vergessen, das am Fuße des Baumes schlief und mir die Hände entgegenstreckte und seine ganze, traurige Geschichte vorplapperte, als ich es weckte.»

Angéliques Züge erstarrten. Ihr Ausdruck war so fassungslos, daß Maître Gabriel sich verwünschte, überhaupt davon gesprochen zu haben. Mit der Schamhaftigkeit der Männer, die Gefühlsäußerungen in Verlegenheit bringen, räusperte er sich, schien sich plötzlich einer dringlichen Angelegenheit zu erinnern und ging davon. Laurier folgte ihm. Maître Gabriel hatte ihm erlaubt, jeden Abend noch ein wenig zwischen den Waren des Magazins herumzustrolchen.

Angélique blieb mit Honorine allein. Sie durchlebte einen seltsamen Augenblick von höchster Bedeutung, und die Angst erstickte sie, als ob das, was sie nun tun oder nicht tun würde, über ihr künftiges Leben entschiede. Es war merkwürdig, daß die Ursache ihrer Bedrängnis dieses «kleine Ding» war, wie Maître Gabriel gesagt hatte, das mit einem Ausdruck hochmütiger Träumerei vor ihr saß. Sie glaubte, ihre Schwester Hortense vor sich zu sehen. Obwohl häßlich und boshaft hatte sie sich immer die Haltung einer Prinzessin gegeben. Kerzengrade aufgerichtet auf ihrem hohen Stühlchen, ganz und gar nicht geneigt, sich zu beklagen, ließ Honorine das entschwundene Bild wieder vor ihr erstehen. Dieselbe Haltung des Halses, dieselbe stolze Art, ihren Kopf zu tragen. Selbst als Kind war Hortense mager gewesen. Honorine dagegen war rund, kräftig gebaut, gut in Schuß. Aber in ihren Bewegungen, im Blick der gleichen schwarzen, weit auseinanderstehenden, forschenden Augen war die Verwandtschaft deutlich zu erkennen. Statt unangenehm betroffen darüber zu sein, fühlte sie sich erleichtert. Sie streckte die Arme nach Honorine aus.

«Komm!»

Aus ihren Träumen erwacht, betrachtete Honorine sie mit nachdenklicher Miene, dann verzog ein Lächeln ihren Mund.

«Nein», sagte sie, während sie von ihrem Stuhl glitt und sich unter dem Tisch versteckte.

«Komm. So komm doch!»

«Nein!»

Angélique mußte sie holen, mußte sie aus ihrem Versteck hervorziehen.

«Du bist schwer wie Blei.»

Mit fast schmerzlicher Intensität sah sie ihrer Tochter ins Gesicht.

«Du bist rothaarig, aber du bist schön . . . mein Kind! Ob ich's will oder nicht, ich war's, die dich zur Welt gebracht hat. Und nun bist du da. Mir verbunden selbst durch das Entsetzen, das ich empfand, als ich dich in mir spürte, durch unseren gemeinsamen Kampf ums nackte Leben, durch das unerbittliche, das blinde Geschick, das aus uns beiden Mutter und Tochter gemacht hat . . . Mein Herz!»

Angélique drückte ihre Lippen auf Honorines frische Wange. Ihr Duft rief ihr den des Waldes während jener unvergleichlichen Zeit des Aufstands ins Gedächtnis zurück. Er war in sie eingegangen, um die Härte ihres Hasses zu lösen. Neben den Gemetzeln und Hinterhalten hatte es immer Honorine und ihre kleinen weißen Füße gegeben, die sie vor den Flammen der Kamine erwärmte. Honorine, die ihre kühl prüfenden Augen in den Armen des Abbé de Lesdiguière geöffnet, Honorine, die im Winterwald nach Angélique gerufen und sie dem sie bannenden Entsetzen der Lichtung der Gehängten entrissen hatte.

Da war der Zwischenfall in der Grotte gewesen, in der sie ihren ersten Schrei ausstieß, das Knarren der «Drehlade», die sie in die Finsternis des Waisenhauses entführte. «Oh, alle die verlassenen Kinder auf den Schwellen der Türen, die von Monsieur Vincent aufgelesen wurden! Wie kann man ein Kind verlassen? Ja, ich habe meine eigene Tochter verlassen. Gesegnet sei die Vorsehung, die sie mir zurückgab. Gibt es einen bittereren Schmerz als den um ein verlorenes Kind? Wo bist du, Fleisch meines Fleisches? Wo irrst du, blind, die kleinen Hände tastend ausgestreckt, durch das Unbekannte, in das ich dich stürzte? Wie werde ich dich im Tode wiedererkennen? Werde ich überhaupt das Recht haben, dich in jener anderen Welt zu erkennen, ich, deine Mutter, die dich verstieß?»

Angélique zitterte und erwachte wie aus einem Traum. Sie war in der Küche Maître Gabriels in La Rochelle, sie hockte vor dem erlöschenden Feuer, und Honorine saß auf ihren Knien und drückte sich heftig gegen sie.

«Mein Leben!»

Die lange unterdrückte, fast ungekannte Flut der Liebe sprudelte mit der Kraft einer Quelle, die sich endlich den Finsternissen der Erde entringt, wehte wie gereinigte Luft.

«Ich wußte nicht, daß ich dich so sehr liebte . . . Und warum liebe ich dich?»

Warum? Ihr Verstand suchte und fand keinen Grund. Es blieb ihr nichts aus ihrem vergangenen Leben. Alles war in den Abgrund der

Schatten gestürzt. Die unschuldige Anmut Honorines, die strahlende Lebensfreude dieses runden Gesichtchens, die Glückseligkeit ihres Lächelns, als sie sich über sie geneigt hatte, um sie zu küssen, in der sie nun ihre ganze Welt sah, das beinah sinnliche Gefühl des Besitzens, das Angélique für sie empfand – «Du hast nur mich, ich habe nur dich» –, all das ließ die Gründe, die ihr als Vorwand gedient hatten, diese kleine Existenz zu hassen, wie hinter einem undurchdringlichen Vorhang verschwinden.

Wie rasch der Geist vergißt!

Der Körper vergißt weniger schnell. In ihren Alpträumen hörte Angélique zuweilen das Horn Isaac de Cambourgs, auch geschah es ihr, daß sie an den Gelenken ihrer Hände und Füße den Griff brutaler Hände spürte, die sie am Boden festhielten.

Doch wenn sie erwachte, sah sie auf der Mauer den Widerschein der auf der Spitze des Laternenturms brennenden Flamme tanzen, die die Schiffe in den Hafen geleitete. Honorine schlief neben ihr. Angélique betrachtete sie lange, und der Friede zog in sie ein, während sie diesen Schatz bestaunte, der ihr geblieben war und der ihr armseliges, zerstörtes Dasein rechtfertigte.

«Schlaf, kleines Herz, schlaf, mein Kind . . . du bist bei deiner Mutter. Fürchte nichts . . .»

32

Seitdem sie wußte, daß Angélique eine Papistin war, beobachtete Séverine sie mit heiligem Schrecken.

«Dieses Mädchen ist von der Gesellschaft vom Heiligen Sakrament bei uns eingeschmuggelt worden, um zu spionieren, ich bin dessen sicher», erklärte sie jedem, der ihr zuhörte.

Tante Anna stimmte zu: «Das ist gut möglich, mein armes Kind. Bitten wir den Herrn, uns vor ihren Schlichen zu bewahren.»

«Was für Klatschbasen!» dachte Angélique, deren Geduld auf eine harte Probe gestellt wurde.

Séverines Augen folgten ihr, um sie bei einer Unvorsichtigkeit zu ertappen. Sie hielt sich steif wie ihre Tante und brach zuweilen in spöttisches Gelächter aus.

> «Der gottlose Mensch, der falsche Mensch
> trägt die Falschheit im Munde»,

psalmodierte sie.

«Er zwinkert mit den Augen, spricht mit dem Fuß,
macht Zeichen mit den Fingern . . .

Nicht wahr, Tante?»

Auf diese Weise erfuhr Angélique, daß diese Damen ihr ein für ihre Lage allzu aufdringliches Wesen vorwarfen.

«Wenn du am Hofe des Königs gewesen wärst, Séverine», sagte sie ihr eines Tages, «wüßtest du, daß deine stocksteife Haltung und deine Hampelmannbewegungen als Zeichen schlechter Erziehung angesehen würden. Die Ungezwungenheit der Gesten muß gelernt sein.»

«Der Hof ist ein Ort der Verdammnis», erwiderte Séverine verdrossen. Nun war Angélique an der Reihe, hell aufzulachen. Das Mädchen verließ sie rot vor Zorn.

Séverine war indessen auch verletzlich. Wie alle Mädchen ihres Alters von kleinen Kindern angezogen, brannte sie darauf, von Honorine in Gnaden aufgenommen zu werden. Ungeschickt versuchte sie, sie in ihre Arme zu nehmen, folgte ihr auf Schritt und Tritt, wollte ihr zu essen geben, ihr beim Ankleiden helfen.

«Laß mich! Laß mich!» schrie Honorine mit der Entrüstung einer gekränkten Königin.

Angélique tat es leid, Séverine sich demütig entfernen zu sehen. Es fiel ihr schwer, ihren jähzornigen Sprößling zu liebenswürdigerem Benehmen zu veranlassen. Honorine hatte sehr ausgeprägte Vorlieben und Abneigungen. Im allgemeinen fanden alle Angehörigen des männlichen Geschlechts Gnade vor ihren Augen. Laurier gegenüber beobachtete sie die zärtlichste Ehrerbietung. Maître Gabriel war das Objekt einer respektvollen Bewunderung. Der Pastor Beaucaire erfreute sich auch weiterhin ihrer Gunst, so oft er sich blicken ließ. Aber ihr Idol war Martial. Er hatte ihr mit seinem Messer ein kleines, mit Schnitzereien geschmücktes Kästchen verfertigt, in dem sie ihre Schätze aufbewahrte: Knöpfe, Perlen, Kiesel, Hühnerfedern . . . Die Kleine hatte eine Manie ihrer Mutter geerbt. Wenn Angélique sie mit dem Kästchen unter dem einen, der kleinen Katze unter dem andern Arm einherspazieren sah, erinnerte sie sich der mit Perlmutt eingelegten kleinen Truhe, in der sie selbst einstmals die im Laufe ihres ruhelosen Lebens gesammelten Erinnerungen verwahrt hatte.

Die Beziehungen Honorines zum weiblichen Geschlecht waren komplizierter. Sobald Frauen das biblische Alter erreicht hatten, flößten sie ihr Gefühle liebevoller Zärtlichkeit ein. Rebecca und sämtliche Großmütter hatten ein Anrecht auf ihr Lächeln. Gegenüber Frauen mittleren Alters bewahrte das Kind betonte Gleichgültigkeit. Mit jungen Mädchen hatte Honorine nicht viel im Sinn, und ihre Altersgenossinnen, die sie unbewußt als Rivalinnen ansah, verfolgte sie mit ihrem Haß. Der kleinen, dreijährigen Ruth, der jüngsten Tochter des Advokaten Carrère, hätte sie fast die Augen ausgekratzt. Alles in allem brachte die rundliche, mit entschlossener Miene auf unsicheren Beinchen in ihren Röcken dahinschwankende Puppe Honorine nicht gerade wenig Leben ins Haus.

Oft stieß sie einen seltsamen Schrei aus, dessen besonderen Akzent Angélique herauszuhören gelernt hatte. Er bedeutete, daß Honorine unter dem sie einschließenden Zwang der Mauern des Hauses litt und das Meer sehen wollte. War sie am Strand, existierte nichts mehr für sie außer dem Spiel der Wellen und des Tangs und dem wundersamen Reich der Muscheln. In geschürzten, vom Wind geblähten Röcken einem Kürbis ähnlich, watete sie versunken durchs flache Wasser. Angélique folgte ihr, hier und da ein paar Worte mit den Miesmuschel-Pflückerinnen wechselnd.

Am Fuß der Wälle ließ die weichende Flut weite, felsige, mit Algen bedeckte Flächen zurück, in deren Tümpeln sich Krabben verbargen. Eine Schar Jungen tummelte sich dort mit den Möwen. Öfter als nötig befand sich unter ihnen der der Schulbank entflohene Martial. Er machte seinem Vater Sorgen. Er zeigte deutliche Befähigung zum Studium, zog es jedoch vor, mit der Bande seiner Freunde herumzustromern, zu der die intelligentesten Burschen des Viertels gehörten, darunter die beiden ältesten Söhne des Advokaten Carrère, Jean und Thomas, und Joseph, der Sohn des Arztes.

Maître Gabriel bedauerte es, daß der Junge nicht die strenge Disziplin einer höheren Schule kennenlernen sollte. Er hatte deshalb beschlossen, ihn nach Holland zu schicken, wo er sich wenigstens auf dem Gebiet des Handels solide Kenntnisse erwerben würde.

Angélique sah seinem Aufbruch betrübt entgegen. So manches an Martial erinnerte sie an ihren Sohn Florimond. Hinter seiner lächelnden Ungezwungenheit erkannte sie die Unruhe des Jünglings wieder, der sich auf ungewissem Boden voranbewegt und angesichts der Gesellschaft, in der ihm zu leben bestimmt ist, entdeckt, daß sein Platz schon außerhalb ihrer Grenzen ist. Diese schreckliche Entdeckung war es, die Florimond dazu getrieben hatte, seine Mutter zu verlassen, zu fliehen, einen Winkel der Erde zu suchen, wo er er selbst sein konnte und nicht mit dem doppelten Fluch seiner Eltern belastet war.

Auch Martial würde eines Tages fliehen wie alle diese jungen Burschen, die die unglaubliche Verblendung der Erwachsenen noch an diesem verdammten Ufer zurückhielt.

An diesem Tag hockten sie, dicht aneinandergedrängt, zusammen auf einem Felsen, so in Anspruch genommen von irgend etwas, daß sie ihre Annäherung nicht bemerkten. Der Wind spielte in ihren langen Haaren und zerrte an ihren über der Brust offenen Hemden. Angst packte sie bei dem Gedanken, daß die Maschine, die sie zermalmen würde, schon bereit stand, geduckt wie ein Untier im Herzen der Stadt selbst.

Martial las mit beteiligter Stimme:

«. . . Niemals ist es kalt auf den Inseln Amerikas. Das Eis ist unbekannt, und es wäre ein Wunder, dort welches zu sehen. Es gibt dort keine vier gleich langen und andererseits unterschiedlichen Jahreszeiten wie in Europa, sondern nur zwei. Die eine, von April bis November, ist die der häufigen Regenfälle, die andere die der Trockenheit . . . Doch ist die Erde immer mit angenehmem Grün bewachsen und fast zu jeder Zeit mit Blüten und Früchten geschmückt . . .»

«Gibt es dort drüben Weinreben?» unterbrach ein Junge mit strohfarbenem Haar. «Mein Vater ist nämlich ein Flüchtling von der Charente, ein Weinbauer. Und was sollten wir in einem Land tun, in dem es keine Reben gäbe?»

«Ja, es gibt dort Weinreben», versicherte Martial triumphierend. «Hört zu, wie es weitergeht . . . ‹Die Rebe gedeiht sehr gut auf diesen Inseln, und außer einer Art wilden Weins, der von Natur aus in den Wäldern wächst und schöne große Trauben trägt, sieht man vielerorts kultivierte Reben wie in Frankreich, die jedoch zweimal jährlich tragen, zuweilen sogar häufiger . . .›»

Der Geographieunterricht setzte sich mit der Beschreibung der Brotbäume, der Papayas, an deren Ästen melonenähnliche Früchte sprießen, der köstliche Pflanzenmilch enthaltenden Pilze fort. «Der Seifenbaum produziert eine flüssige Seife, die zum Waschen und Bleichen der Wäsche geeignet ist, die Flaschenkürbis-Pflanze erzeugt Gefäße und Utensilien für den Haushalt, die von Handwerkern nicht mehr hergestellt zu werden brauchen . . .»

«Und von welcher Farbe sind die Bewohner jener warmen Inseln? Rot, mit Federn, wie in Neu-Frankreich?»

Martial durchstöberte das kleine Buch und erklärte, daß er darüber keine näheren Angaben finden könne.

Einmütig wandten sie sich Angélique zu, die, mit Honorine auf den Knien, in ihrer Nähe saß.

«Wißt Ihr etwas über die Hautfarbe dieser Inselbewohner, Madame?»

«Ich nehme an, sie sind schwarz», meinte sie, «da man seit langem Sklaven aus Afrika auf diese Inseln bringt.»

«Aber die Karibier selbst sind keine Schwarzen», warf der junge Thomas Carrère ein, der gern den Erzählungen der Seeleute am Hafen zuhörte.

Martial setzte der Unterhaltung ein Ende:

«Wir brauchen ja nur diesen Pastor Rochefort zu fragen.»

«Den Pastor Rochefort, sagst du?»

Angélique war zusammengezuckt.

«Sprichst du von dem großen Reisenden, der ein Buch über die Inseln Amerikas geschrieben hat?»

«Das ich eben meinen Kameraden vorlese. Seht!»

Er zeigte ihr die vor kurzem erschienene, sauber gebundene Ausgabe und fügte gedämpft hinzu:

«Man riskiert fünfhundert Livres Strafe und Gefängnis dazu, wenn man sich im Besitz dieses Reiseberichts erwischen läßt, weil er den Protestanten Lust zum Auswandern machen könnte. Wir müssen also sehr aufpassen . . .»

Angélique wandte die Seiten um, die mit naiven, Bäume oder Tiere jener fernen Landstriche darstellenden Zeichnungen illustriert waren.

Aus dem Nichts ihrer Vergangenheit stieg von neuem eine vergessene Vision auf, für die sie nie eine Erklärung gefunden hatte und die dennoch vom Siegel des Schicksals geprägt schien: der Besuch jenes Pastors Rochefort in Monteloup, als sie ungefähr zehn Jahre alt gewesen war.

Jener düstere, einsame Reiter, nach langer Reise vom Ende der Welt während eines Gewittersturms eingetroffen, hatte von unbekannten, seltsamen Dingen gesprochen, von roten Männern mit Federn im Haar, von jungfräulichen Ländern, die von vorzeitlichen Ungeheuern bevölkert waren.

Damals jedoch – mehr als zwanzig Jahre waren inzwischen vergangen – hatte das Befremdende, Merkwürdige dieses Besuchs weder in seinem ungewöhnlichen Erscheinen noch in dem exotischen Charakter seiner Äußerungen gelegen. Nein, sein Besuch war der eines Boten des furchtbaren, fast unbegreiflichen Schicksals gewesen, gleich einem Rufer aus der Ferne. Diesem vom anderen Ende der Welt herüberklingenden Ruf hatte ihr ältester Bruder Josselin alsbald geantwortet. Er hatte seine Familie, sein Land verlassen, und niemand hatte jemals erfahren, was aus ihm geworden war.

«Aber jener Pastor Rochefort muß längst tot sein», sagte sie mit einer Stimme, die ihr schwach und unsicher schien.

«O nein! Er ist sehr alt, aber er reist noch immer.»

Der Junge fuhr leiser fort:

«Im Augenblick ist er in La Rochelle. Niemand darf erfahren, wer ihn verbirgt, sonst würde er sofort verhaftet. Interessiert es Euch, ihn zu sehen und zu hören, Madame?»

Und da sie ein bejahendes Zeichen machte, schob er ihr etwas in die Hand.

Es war ein rohes Stück Blei, in das eine Taube und darunter ein Kreuz eingedrückt waren.

«Mit dieser ‹Marke› könnt Ihr zu der Versammlung gehen, die in der Nähe des Dorfs Jouvex stattfinden wird», erklärte ihr Martial. «Dort werdet Ihr den Pastor Rochefort sehen und hören. Er wird dort sprechen, denn für ihn wird die Versammlung abgehalten. Mehr als zehntausend der Unseren werden kommen . . .»

33

Der Junge war über das Ziel hinausgeschossen, als er sich eingebildet hatte, daß die «Versammlung in der Einöde», zu der sich Angélique begab, zehntausend Gläubige vereinigen würde. Die Furcht hielt viele von ihnen fern, und die ausgetrocknete, von Deichen umschlossene Salzgrube vermochte ohnedies nur einige tausend Pilger zu fassen.

Die außer Betrieb gesetzte Salzgrube war ausgewählt worden, weil sie eine unübersehbare, enge Schlucht bildete, begrenzt von zwei felsigen Kämmen, die sie dem Blick jener entzogen, deren Weg durch die sumpfige Ebene um La Rochelle führte. Das Meer war nahe und übertönte das Gemurmel der Stimmen durch das Geräusch seiner Wellen. Man begrüßte sich beim Eintreffen und wählte sich einen Platz, während man flüchtige Bemerkungen tauschte.

Ein Halbkreis von Kalkfelsen bildete eine Art von Amphitheater um einen kleinen Tisch herum, vor dem der Prediger sprechen sollte.

«Das dort ist die Kanzel, und der andere, den sie eben bringen, ist der Tisch des Abendmahls», erklärte ihr Martial.

Er hatte darauf bestanden, sie zu begleiten, stolz darauf, sie angeworben zu haben. Gemeinsam mit ihm hatte sie in der Halbkutsche des Bäckers aus dem Viertel Platz genommen, dessen Sohn Anastase ebenfalls zu den Freunden des jungen Berne gehörte.

Tante Anna und Séverine, die mit dem Papierhändler, seiner Frau und seiner Tochter in einem anderen Gefährt eintrafen, fuhren erschrocken zusammen, als sie die «Papistin» gewahrten. Erregt sprachen sie auf Maître Gabriel ein, der sie zu Pferd eskortierte, ganz offensichtlich in der Absicht, ihm die in ihrer Anwesenheit liegenden Gefahren klarzumachen. Der Kaufmann zuckte nur mit den Schultern.

Eine Bewegung der Menge verbarg die kleine Gruppe. Man brachte eine mit weißer Leinwand bedeckte Zinnschüssel, in der man die Form eines Brotkuchens erriet, danach zwei Zinnkelche. Am Fuß des Tischs wurde ein gleichfalls durch ein Leintuch geschützter Steinkrug niedergesetzt.

Angélique hatte lange gezögert, bevor sie sich dazu entschlossen hatte, diese Versammlung zu besuchen. Sie riskierte schwere Strafen, wenn eine solche Sache ruchbar wurde. Aber hier riskierte alle Welt irgend etwas ; die einen hohe Geldbußen oder Gefängnis, die anderen sogar den Tod wie etwa jene Konvertierten, die sich unglücklich und beschämt zwischen ihren einstigen Glaubensgenossen hindurchwanden, da sie den Gewissensbissen nicht hatten widerstehen können, die sie seit ihrer Abschwörung quälten.

Alle diese Verfolgten waren schwarz oder dunkel gekleidet. Nur Monsieur Manigault, einer der bedeutendsten Reeder La Rochelles, erschien sehr würdig in einem Rock aus pflaumenfarbenem Samt, schwarzen Strümpfen und Schuhen mit Silberschnallen, gefolgt von seinem Neger Siriki. Jedermann fand ihn außerordentlich stattlich. Er hielt seinen Sohn Jérémie an der Hand, auf den er sehr stolz war, einen bezaubernden Jungen mit langen blonden Locken, den seine vier Schwestern und seine Mutter wie einen kleinen König umschmeichelten.

Die Familie des Advokaten Carrère war gleichfalls vollzählig zur Stelle. Die Fülle Madame Carrères kündigte eine elfte Mutterschaft an.

Einige echte Edelleute waren an ihren Degen zu erkennen. Sie hielten sich unter sich und plauderten miteinander.

«Platz, Platz für Madame de Rohan!»

Diener schleppten einen mit Gobelinstoff bespannten Sessel in die erste Reihe, in dem eine gebieterische alte Dame Platz nahm, eine der Klaue einer alten Eule ähnelnde Hand auf dem Silberknauf ihres Stockes.

Der Zustrom hatte nun seinen Höhepunkt erreicht, doch alles vollzog sich in größter Ordnung. Junge Leute gingen umher und präsentierten eine Leinwandtasche, in die man den zum Unterhalt der Prediger geforderten Beitrag warf. Der größte Teil der Gläubigen saß zwischen klebrigen Rückständen des Meersalzes auf der Erde. Die reicheren oder mit größerer Vorausssicht begabten hatten Kissen, Säcke, einige sogar Holzkohlenwärmer für die Füße mitgebracht, denn es war recht kühl und windig.

Auf der Heide standen, an dürftigen Tamarisken festgebunden oder von dienstwilligen Burschen bewacht, die Pferde, Esel und Maultiere der Anwesenden. Die Burschen dienten auch als Wachtposten für den Fall einer Annäherung der Dragoner des Königs. Die Karren und Kutschen erwarteten mit zum Himmel gerichteten Deichseln das Ende der Zeremonie. Eine Hymne wurde angestimmt und von der Menge in dumpfem, machtvollem Chor aufgenommen.

Drei schwarzgekleidete Gestalten mit großen, runden, gleichfalls schwarzen Hüten traten zu den beiden Tischen in der Mitte der Versammlung.

Eine von ihnen war der Pastor Beaucaire. Doch Angélique musterte gierig den größten und ältesten der Gruppe. Trotz des weißen Haars, das das gebräunte, faltige Gesicht umrahmte, erkannte sie den «schwarzen Mann», den sagenhaften Reisenden ihrer Kindheit. Sein vagabundierendes Leben, die Gefahren, die ihm auf seinen zahlreichen Pilgerfahrten begegnet waren, schienen seinen sehnigen, mageren Körper ungebeugt und kraftvoll erhalten zu haben.

Der dritte war ein stämmiger, untersetzter Geistlicher mit lebhaft gefärbtem Gesicht und lebendigem, gebieterischem Blick. Er war es, der mit kräftiger, weittragender Stimme das Wort nahm:

«Meine Brüder, dem Herrn hat es gefallen, mich aus meinen Ketten zu befreien, und es erfüllt mich mit tiefem Glück, von neuem unter euch meine Stimme erheben zu können. Meine Person hat keinerlei Bedeutung. Ich bin nur ein Diener Gottes, bedrückt von der Sorge um meine kleine Herde, das heißt, um euch alle, euch Reformierte von La Rochelle, die ihr trotz der täglich unnachsichtigeren Nachstellungen die Stimme des Heils zu vernehmen sucht . . .»

Angélique entnahm seiner Predigt, daß es sich um den Pastor Tavenay handelte, den Verantwortlichen für das Colloquium von La Rochelle, der Gesamtheit der protestantischen Kirchen der Stadt. Auch er war erst kürzlich aus dem Gefängnis entlassen worden, wo man ihn sechs Monate zurückgehalten hatte.

«Manche unter euch sind zu mir gekommen, um mich zu fragen: ‹Sollen wir zu den Waffen greifen, wie es unsere Väter einstmals taten?›, eine Frage, die sich vielleicht viele von euch insgeheim stellen, der gefährlichen Versuchung des Hasses erliegend, der selten ein so guter Ratgeber ist wie die Klugheit. Ich werde euch also zunächst meine eigene Meinung darüber sagen: Ich bin gegen die Gewalt. Fern sei es von mir, den Heroismus unserer Väter zu verkleinern, die den Schrecken der Belagerung von 1628 standzuhalten wußten, aber ist unsere Konfession aus dieser machtvollen, stolzen Revolte etwa gestärkt hervorgegangen? Nein! Es hätte nicht viel gefehlt, und kein einziger Hugenotte wäre mehr in La Rochelle gewesen, aus dessen Mauern unser Glaube für immer getilgt geblieben wäre.»

Pastor Tavenay sprach noch lange in dieser Weise. Er erinnerte an die nationale Synode, die im folgenden Jahr in Montélimar zusammentreten sollte und in deren Verlauf ein Memorandum über behördliche und sonstige Schikanen, deren Opfer die französischen Hugenotten waren, verfaßt werden würde, ein Memorandum, das man dem König zu eigenen Händen überreichen wollte. Er schloß mit einer letzten Mahnung, Vertrauen zu haben und Ruhe zu bewahren, indem er seinen eigenen Fall und den des Pastors Beaucaire als Beispiel anführte.

Die alte Herzogin de Rohan hatte während der langen Rede mehrfach ihre Ungeduld erkennen lassen. Sie schüttelte mißbilligend den Kopf und stieß ihren Stock auf den Boden. Die bürgerlichen Ermahnungen des Pastors schienen ihr nicht recht zu passen. Doch hielt sie sich wohl für zu alt, um noch die Rebellin zu spielen, und beschränkte sich schließlich darauf, ihr Mißfallen durch einen tiefen Seufzer zu äußern.

Beifälliges Gemurmel stieg von der Zuhörerschaft auf. Nur ein Mann erhob sich, ein Bauer mit breiten Schultern, der seinen Hut in beiden Händen drehte.

«Ich», sagte er, «ich bin aus der Gegend von Jarans in der Gâtine. Die Dragoner des Königs sind in unseren Ort gekommen. Sie haben Feuer an unseren Tempel gelegt. Und dann haben sie mir meine Schinken, meine Brote, meine beiden Kühe, meinen Esel und meine Frau genommen. Deshalb denke ich manchmal, wenn ich eine Hacke nehmen und sie alle umbringen könnte, würde es mich erleichtern . . .»

Die Reihenfolge, in der der arme Mann seine verlorenen Güter aufzählte, hatte hier und dort schnell ersticktes Gelächter hervorgerufen.

Der Bauer sah sich um. Sein Blick suchte zu verstehen.

«Sie haben meine Frau an den Haaren den Weg entlang geschleift . . . Was sie mit ihr gemacht haben, werd ich sobald nicht vergessen können . . . Hinterher haben sie sie in den Brunnen geworfen . . .»

Die Stimme verlor sich im ersten Aufbranden eines Psalms, in den die Tausende einfielen.

Danach begann Pastor Rochefort zu sprechen. Er rief den Getreuen den Bericht über den Auszug der Jugen aus Ägypten ins Gedächtnis zurück und wie die Juden, als sie sich von den Ägyptern verfolgt sahen, Moses angefleht hatten: «Laß uns den Ägyptern dienen. Denn es wäre uns besser, den Ägyptern zu dienen als in der Wüste zu sterben . . .» Aber der wige hatte seine Macht dadurch erwiesen, saß er die Heere Pharaos ertränkte, und die Juden hatten schließlich den Boden Kanaans erreicht. Vielmehr: sie hätten ihn erreicht, doch sie zweifelten an der Güte des Ewigen, der sie nur in die Wüste schickte, um sie einer schimpflichen Sklaverei zu entreißen, in der sie fürchten mußten, den Glauben ihrer Väter zu vergessen.

Tapfer stimmte der Pastor Rochefort den Gesang des Moses an:

«Ich will dem Herrn singen, denn er hat eine herrliche Tat getan,
Roß und Mann hat er ins Meer gestürzt.
Der Herr ist meine Stärke und mein Lobgesang
und ist mein Heil . . .»

Seine vom Alter leicht gebrochene Stimme war noch immer kräftig. Aber er sang fast allein. Die ermüdeten, fröstelnden Leute nahmen nur zögernd den Psalm auf, den sie übrigens kaum zu kennen schienen.

Aus der Fassung gebracht, hielt der alte Mann inne, warf einen betroffenen Blick auf die Zuhörerschaft und fuhr in drängendem Ton fort:

«Habt ihr den Sinn dieses Berichts nicht verstanden, meine Brüder? Das Licht der Kerze erlischt unter dem Scheffel. Wenn die Juden der Sklaverei anheimgefallen wären, hätten sie schließlich die ägyptischen

Götter angebetet. Das ist die Gefahr, die auf uns alle lauert. Man hat euch vor kurzem gefragt, ob ihr zu den Waffen greifen wollt, um euch zu verteidigen, oder ob ihr es vorzieht, euch in Ergebung den Verfolgungen zu unterwerfen, die euch zuteil werden. Ich habe das Wort ergriffen, um euch eine dritte Lösung vorzuschlagen: Auswandern! Neue, riesige Länder tun euch als Refugium ihre jungfräuliche Erde auf, die ihr zum Ruhme des Herrn zum Aufblühen bringen könnt, während sich eure Seelen in der unangefochtenen Ausübung eurer Religion entfalten . . .»

Seine Worte verloren sich im wachsenden Stimmendurcheinander der sich ausbreitenden Aufbruchsstimmung. Um Angélique herum hatten die Leute halblaut zu plaudern begonnen.

«Nun, wie steht's mit Eurem Farbengeschäft im Languedoc?»

«Wenn wir die Fische salzten wie in Portugal, könnten wir das Doppelte unseres Fangs verkaufen, glaubt Ihr nicht? . . . Aber das ist nun mal durch das Salzsteuergesetz verboten.»

«Für eine so große Versammlung wie diese hättest du schon deinen guten Rock anziehen können, Josias Merlut.»

«Bei diesem Schmutz! . . .»

Der Vorschlag des Pastors Rochefort schien offensichtlich niemand zu interessieren.

Das Rasseln einer Klapper, die ein junger Pfarrgehilfe schwenkte, schuf erneut Schweigen. Pastor Tavenay warf seinem Kollegen einen Blick zu, der «Ich hab's Euch ja gesagt» bedeuten mochte, und nahm das Wort.

Die Versammlung könne sich nicht auflösen, ohne daß man eine Abstimmung mit erhobener Hand vornehme, die klar darüber entscheiden würde, welchen Weg die Gläubigen La Rochelles in Zukunft einzuschlagen hatten.

Wer sei für bewaffneten Widerstand?

Niemand rührte sich.

Wer sei für Auswanderung?

«Ich! . . . Ich!» schrie ein Dutzend Jungen aus der ersten Reihe.

«Ich!» brüllte Martial, indem er sich neben Angélique aufrichtete.

Die entrüsteten Proteste der Eltern übertönten die jugendlichen Stimmen, und der Advokat Carrère gab dem ihm zunächst sitzenden seiner Söhne eine Ohrfeige.

Der Sieur Manigault stand auf, eine füllige, kraftvolle Gestalt vor dem schwärzlichen Hintergrund der andern, und hob die Hand, um den Aufruhr zu beschwichtigen.

«Herr Pastor», sagte er, sich mit Respekt an den alten, berühmten Reisenden wendend, «es ist für uns eine große Ehre gewesen, Euch zu hören, aber verwundert Euch nicht, wenn die Idee der Auswanderung in La Rochelle wenig Anklang findet.»

Er legte die Hand aufs Herz.

«La Rochelle . . . wir tragen es hier», sagte er mit Nachdruck. «Es ist unsere Zitadelle, die von unseren Vätern begründete Stadt, für die sie auch gestorben sind. Keiner von uns kann sie verlassen.»

«Wäre es besser, von Eurem Glauben zu lassen?» rief der alte Pastor mit zitternder Stimme.

«Davon ist keine Rede. La Rochelle gehört den Hugenotten. Es wird immer den Hugenotten gehören. Seine Seele ist aus der Reformation geboren. Die Seele einer Stadt läßt sich nicht ändern.»

Beifall klang auf. Manigault hatte vernünftig gesprochen. Er hatte mit seinen Worten mitten ins Herz der Rochelleser getroffen.

«Was vermag man schon gegen uns?» hörte man murmeln. «Wir sind es, die das Geld besitzen.»

«Das ist klar! Ohne uns würde alles zusammenbrechen.»

«Monsieur Colbert soll Reformierte angefordert haben, um seine Fabriken in Schwung zu bringen.»

Den Blick auf ein Stück des grauen, weißgetüpfelten Ozeans gerichtet, das man zwischen den Dünen sah, blieb Angélique nachdenklich sitzen.

Einige Schritte von ihr entfernt betrachtete auch der Pastor Rochefort das Meer. Sie hörte ihn murmeln:

«Sie haben Augen und sehen nicht. Sie haben Ohren und hören nicht . . .»

Was sah er, der Mann mit dem hellseherischen Blick? Zählte er in der sich entfernenden Herde schon die Märtyrer, die Abtrünnigen? . . . Alle waren sie verdammt!

Die Furcht, die für kurze Momente gewichen war, schlich sich von neuem in Angéliques Herz. Es gab nur eines: fort. Die Küste war nicht sicher. Die Flut würde weiter steigen und eines Tages auch sie und Honorine erreichen. Allein, würde sie sich aus Überdruß vielleicht erreichen lassen. Aber sie mußte Honorine retten. Schweiß perlte auf ihrer Stirn bei dem bloßen Gedanken, daß die Dragoner des Königs sich Honorines bemächtigen, sie unter unflätigem Gelächter quälen und durchs Fenster auf die Piken werfen könnten.

Eilig machte sie sich auf, um zu ihrer Tochter zurückzukehren.

Regen fiel. Pfützen auf dem Weg spiegelten den weißlich-blassen Himmel. Ein Reiter überholte sie und wandte sich im Sattel halb nach ihr um. Es war Maître Gabriel.

«Wollt Ihr aufsitzen, Dame Angélique?»

Sie verspürte einen seltsamen Schock. Sie sah sich auf einer aufgeweichten Straße in einer ganz ähnlichen Umgebung, ein Reiter wandte sich nach ihr um, sein Lächeln glich dem Maître Gabriels.

«Nein», hörte sie sich nach einem langen Augenblick sagen. «Ich bin nur Eure Magd, Maître Gabriel. Man würde klatschen.»

«Es ist wahr. Wir sind hier nicht auf der Straße nach Charenton nahe Paris.»

Der Schleier zerriß. Die Polackin war an ihrer Seite. Ihre Füße waren eisig wie heute.

Wie heute trug sie die Angst um ein bedrohtes Kind im Herzen: um den von den Zigeunern entführten Cantor. Reiter hatten haltgemacht. Einer von ihnen hatte sie hinter sich aufs Pferd genommen und nach Paris zurückgebracht. Es war ein junger Protestant gewesen, Sohn eines Kaufmanns aus La Rochelle.

«Erkennt Ihr mich jetzt?» fragte der Kaufmann.

«Ja, Ihr seid der Reiter, der mir vor Jahren an einem Winterabend geholfen hat.»

Wie erstarrt ging sie unter dem Regen dahin. Zwölf Jahre versanken. Die beiden Szenen waren einander gleich wie Zwillinge. Derselbe Hauch von Beklemmung, von unendlicher Einsamkeit haftete ihnen an. In ihre totale Verlassenheit brachten das Gesicht eines fremden Mannes, ein mitfühlendes Lächeln flüchtigen Trost.

Das war es vor allem, was sie zunächst an dieser Entdeckung frappierte: die Ähnlichkeit der beiden Situationen, zwischen denen die schwindelnden Gipfel der Ehre und des Reichtums am Hofe Frankreichs lagen.

«So ist es also notwendig gewesen», sagte sie sich, «daß du zweimal den höllischen Kreis durchlaufen mußtest, um zu verstehen . . . zu verstehen, daß für dich kein Platz in diesem Königreich ist, daß du fortgehen mußt . . . fort übers Meer.»

Mit einer Mischung aus Erleichterung und Demütigung fuhr sie in Gedanken an Maître Gabriel bei sich fort: «Glücklicherweise hat er mich nur in Not gekannt . . .» Er mußte die Erinnerung an eine Bettlerin der Vorstädte bewahrt haben und hatte sie nun als Straßenräuberin wiedergefunden. Weder das eine noch das andere war besonders vertrauenerweckend. Die Großherzigkeit, mit der er sie in sein Haus aufgenommen hatte, war darum nur noch bewundernswerter. Wie wenig paßte es zu der sonstigen Bedächtigkeit und Vorsicht seines Charakters!

«Warum habt Ihr es getan?» fragte sie plötzlich. «Ich meine, wie konntet Ihr soviel Vertrauen in mich setzen, daß Ihr mir Euer Haus auftatet?»

Er war ohne Mühe ihrem unausgesprochenen Gedankengang gefolgt und verstand den Sinn ihrer Frage.

«Ich blaube an den Wert gewisser Zeichen», antwortete er. «Als jenes Gesicht, das eines Winterabends gleichsam als bezauberndes und herzzerreißendes Symbol der großen, grausamen Stadt vor mir auftauchte, mich auch weiterhin durch die Jahre verfolgte, sagte ich mir schließlich, daß es einen anderen Sinn als den einer bloßen Erinnerung haben müsse, daß jene Begegnung so etwas wie eine Ankündigung, eine Warnung gewesen sei . . . wie der Glockenschlag des Totengeläuts, der in der Ewigkeit des Schicksals erklingt und dessen Echo sich verliert . . . Doch dann geschieht etwas und man erinnert sich, gewarnt worden zu sein . . . Als ich Euch im Verlauf jenes Überfalls wiedererkannte, war ich deshalb nicht allzu erstaunt. Es stand geschrieben. Ich konnte nicht anders, als mich Eurer und Eures Kindes anzunehmen. Ich spürte, daß es meine Pflicht war, alles zu tun, um Euch aus dem Gefängnis herauszuholen, bevor es zu spät war. Ich nutzte die Abwesenheit des katholischen Richters.»

Grübelnd fügte er hinzu:

«Warum habe ich diese Worte gesagt: bevor es zu spät war? . . . Es ist richtig, ich war überzeugt, daß die Zeit drängte, daß es sich für Euch um Stunden handelte. Mich verfolgte jenes Wort der Bibel: ‹Befreie die, die man zum Tode führt, rette die, die man morden will.› Ich spüre, daß Eure Gegenwart unter uns von unendlicher Bedeutung ist, aber welcher?»

«Ich glaube es zu wissen», sagte Angélique, auch sie bewegt und getrieben durch das ungewöhnliche Vertrauen, die kahle, vom Wind gepeitschte und nun verlassene Heide. «Sie bedeutet, daß ich Euch und die Euren eines Tages retten werde, wie Ihr mich gerettet habt . . .»

34

Jemand ging an ihr vorbei und sagte:

«Die Französin!»

Angélique drehte sich um. Ein Mann war stehengeblieben und starrte sie verblüfft an. Er trug einen Rock mit ausgeblaßten Goldstickereien, Schuhe mit roten Absätzen, deren Leder reichlich rissig schien, einen Hut mit trübselig hängender Feder. Er zwinkerte wie ein Käuzchen in der Sonne.

«Die Französin», wiederholte er, «die Französin mit den grünen Augen.»

Angélique verspürte gleichzeitig den Wunsch, zu fliehen und doch auch Näheres zu erfahren.

Mechanisch trat sie auf ihn zu. Er machte einen Sprung wie ein Eichhörnchen.

«Es gibt keinen Zweifel! Ihr seid es . . . Dieser Blick! Aber . . .»

Er musterte ihre bescheidene Kleidung samt der Haube, die ihr Haar verbarg.

«Aber . . . seid Ihr denn keine Marquise? Man hat es mir doch in Kandia versichert . . . und ich habe es geglaubt . . . Zum Teufel, ich habe sogar Eure Papiere gesehen! Was treibt Ihr denn hier in dieser seltsamen

Ausstaffierung?»

Endlich erkannte sie ihn, vor allem an seinem schlecht rasierten Kinn.

«Monsieur Rochat ... Ihr? ... Ist es möglich? Es ist Euch also gelungen, die Kolonien der Levante zu verlassen, wie Ihr es Euch wünschtet?»

«Und Euch ist es also geglückt, Moulay Ismaël zu entwischen! Das Gerücht ging um, daß er Euch zu Tode gefoltert hätte.»

«Wie Ihr seht, trifft es nicht zu.»

«Ich bin sehr glücklich darüber.»

«Ich auch! ... Ah, lieber Monsieur Rochat, welche Freude, Euch wiederzusehen!»

«Die Freude ist ganz auf meiner Seite, Madame.»

Sie drückten sich wärmstens die Hände. Niemals hätte Angélique geglaubt, daß die Wiederbegegnung mit dem albernen Kolonialbeamten sie in solchem Maße beglücken könnte. Es war, als ob sich die beiden einzigen Überlebenden eines versunkenen magischen Landes plötzlich an einer öden, armseligen Küste gegenüberständen.

Rochat brachte ihre beiderseitigen Gefühle ans Licht, indem er ausrief:

«Ah, endlich jemand von dort unten, mit dem man sprechen kann ... in diesem nördlichen Hafen ohne Geist, ohne Farben! Welcher Trost! Ich könnte jauchzen!»

Von neuem drückte er ihr die Hand, als wolle er sie zerbrechen. Dann verdüsterte sich sein Gesicht.

«Ihr seid also keine Marquise?»

«Pst!» machte sie und sah sich um. «Suchen wir uns einen ruhigen Ort, wo wir uns unterhalten können. Ich werde Euch alles erklären.»

Mit verächtlicher Grimasse bemerkte Rochat, daß er unglücklicherweise keinen Ort in La Rochelle kenne, wo man echten türkischen Kaffee trinken könne. Es gebe zwar die Taverne de la Nouvelle France, wo man ein Gebräu dieses Namens serviere, aber das sei nur «ihr» Kaffee von den Inseln. Er habe nichts mit den Bohnen der Ebenen Äthiopiens gemein, die man nach unumstößlichen Regeln röste und deren göttlichen Extrakt man im Orient trinke.

Nichtsdestoweniger begaben sie sich zu der fraglichen, recht erbärmlichen Taverne, die um diese Stunde glücklicherweise leer war, und setzten sich in eine Fensternische. Rochat lehnte den vorgeschlagenen Kaffee ab.

«Offen gesagt, ich kann ihn Euch nicht empfehlen. Lakritzensaft mit einem Absud von Eicheln vermischt, das ist es, was sie hier Kaffee nennen ...»

Sie einigten sich schließlich auf einen kleinen Charentewein, wie er hier überall in bester Qualität ausgeschenkt wurde, zu dem der Wirt eine reichhaltige Schale mit Meeresfrüchten und Muscheln lieferte.

«Das einzig Annehmbare in diesem trübseligen Land», meinte Rochat. «Schaltiere, Seeigel, Austern ... ich stopfe mich voll damit.»

Er warf einen enttäuschten Blick auf das Gewirr der Rahen und Taue, das den leuchtenden Himmel verdunkelte.

«Wie traurig das ist! Wo sind die Galeeren Maltas und ihre Banner, die Fahnen der christlichen Piraten, die kleinen Esel und ihre Orangenkörbe . . . Wo ist Simon Dausat und sein roter Bart!»

Angélique war versucht, ihn darauf aufmerksam zu machen, daß der Hafen weder so nördlich gelegen noch so farblos sei, wie er zu glauben schien.

«Habt Ihr Euch früher nicht darüber beklagt, im Orient festgehalten zu werden? Ihr träumtet nur von der Rückkehr in die Hauptstadt.»

«Ihr habt recht. Ich habe alles nur mögliche angestellt, um nach Frankreich zurückkehren zu können. Jetzt stelle ich alles nur mögliche an, um wieder nach dort unten zu kommen . . . In Paris habe ich mich nur gelangweilt. Immerhin gab es in der Nähe von Vieux Temple eine kleine Kneipe, in der man anständigen Kaffee bekam und gelegentlich ein paar Malteserritter, ein paar Türken treffen konnte . . . Man hat mich hierhergeschickt, um den Protestanten das Versicherungsmonopol zu entziehen. Ich habe die Gelegenheit genützt, um mit gewissen Kaufleuten in Kontakt zu kommen . . . Diese Rochelleser haben überall ihre Beziehungen. Einer von ihnen schickt mich jetzt nach Kandia. Dienstag reise ich ab», schloß er strahlend.

«Und die königliche Verwaltung?»

Rochat zuckte die Schultern. Er war Fatalist.

«Was wollt Ihr? Im Dasein jedes intelligenten Menschen kommt ein Augenblick, in dem er zu begreifen beginnt, daß man sich zum Narren macht, wenn man anderen dient, in diesem Fall dem Staat. Ich habe immer Begabung für Geschäfte gehabt. Die Stunde ist gekommen, mich ihrer zu bedienen. Wenn ich reich geworden bin, werde ich meine Familie nachkommen lassen.»

Ihn kurz vor der Abreise zu wissen, beruhigte die junge Frau sehr. Sie konnte offener sprechen.

«Versprecht mir, Monsieur, das, was ich Euch anvertrauen werde, geheim zu halten.»

Sie bestätigte ihm, daß sie wirklich die Marquise du Plessis-Bellière sei. Bei ihrer Rückkehr nach Frankreich habe sie beim König Anstoß erregt, der ihr grolle, weil sie trotz seines Verbots abgereist sei. In Ungnade gefallen, habe sie sich dem Ruin gegenübergesehen und sei nun gezwungen, ein sehr bescheidenes Leben zu führen.

«Schade! Schade!» murmelte Rochat. «Im Orient würde man so glänzende, aus dem Rahmen fallende Qualitäten wie die Euren nicht ungenützt verkommen lassen . . .»

Plötzlich beugte er sich vor.

«Wißt Ihr, daß *er* das Mittelmeer verlassen hat?»

«Wer?»

«Fragt man: Wer?, wenn man sich wie Ihr dort unten herumgetrieben hat? Der Rescator, natürlich!»

Und da sie ihn, ohne zu reagieren, nur anstarrte, fuhr er gereizt fort:

«Der Rescator! Jener maskierte Pirat, der Euch für fünfunddreißigtausend Piaster im Batistan von Kandia kaufte und dem Ihr den übelsten Streich gespielt habt, von dem man jemals in der Geschichte der Sklaverei hörte . . . Man möchte meinen, daß Ihr völlig vergessen habt, was Euch geschehen ist!»

Ihr Gesicht bekam wieder Farbe. Es war absurd, sich um eines Namens willen so zu erregen.

«Das Mittelmeer verlassen?» fragte sie. «War er nicht allmächtig dort? Weiß man wenigstens, warum?»

«Man erzählt sich, Euretwegen.»

«Meinetwegen!?»

Sie geriet von neuem in Verwirrung, und ihr Herz schlug unregelmäßig.

«Glaubte er, meine Flucht habe ihn in solchem Maße lächerlich gemacht, daß er sich den Spöttereien seiner Piratenkumpane nicht aussetzen wollte?»

«Nein, das ist es nicht . . . Obwohl seine marokkanischen Wachen, als er von Eurem Ausbruch erfuhr, einen verdammt schlechten Augenblick durchgemacht haben. Um ein Haar hätte er alle gehängt. Aber das liegt nun mal nicht in seiner Art. Schließlich hat er sich damit zufriedengegeben, sie als unfähige Schurken Moulay Ismaël zurückzuschicken. Ich möchte wetten, daß die armen Teufel es vorgezogen hätten, gehängt zu werden. Ah, Ihr könnt Euch rühmen, der Anlaß zu allerlei Tränen und Blut im Mittelmeer gewesen zu sein, Madame! Um dann in La Rochelle zu landen!»

«Aber warum meinetwegen?» beharrte Angélique.

«Das hat etwas mit Mezzo Morte, seinem schlimmsten Feind, zu tun. Erinnert Ihr Euch wenigstens Mezzo Mortes, des Admirals von Algier?»

«Es fiele mir schwer, ihn zu vergessen, da er mich ebenfalls gefangengehalten hat.»

«Nun, Mezzo Morte rühmte sich, mit Euch das Mittel in der Hand zu halten, mit dem er den Rescator für immer aus dem Mittelmeer vertreiben könne. Sobald er Euch in seinem Besitz hatte, schickte er einen Boten nach Kandia . . . Aber zuvor muß ich Euch noch von etwas anderem erzählen. Gleich nach Eurer Flucht – zwei oder drei Tage später, glaube ich – ließ mich der Rescator kommen.»

«Euch?»

«Ja, mich. Bin ich etwa eine so jämmerliche Persönlichkeit, daß ich nicht mit den großen Piratenfürsten verkehren könnte? Ob es Euch gefällt oder nicht, ich bin Seiner Herrlichkeit schon früher begegnet ... Er war einer der angenehmsten Menschen, mit denen man im Laufe seines Lebens zu tun haben kann, aber ich muß gestehen, daß seine seelische Verfassung diesmal recht gut mit seinem düsteren Äußeren in Einklang stand. Schon die Maske ist für seinen Gesprächspartner einigermaßen unerfreulich, aber wenn Euch durch ihre beiden schmalen Lederschlitze durchdringende, wütende Blicke treffen, würdet Ihr es vorziehen, woanders zu sein. Er hatte sich in sein Palais auf Mylos zurückgezogen. Was für eine prächtige Behausung, angefüllt mit seltenen Kostbarkeiten! Seine Schebecke war durch den Brand allzu hart mitgenommen worden, als daß er hätte daran denken können, Euch zu verfolgen. Übrigens herrschte auch ein heftiger Sturm, wenn ich mich recht erinnere. Kein einziges Schiff konnte die Reede verlassen ... Der Rescator hatte erfahren, daß ich Euch kannte. Er hat mich lange nach Euch ausgefragt ...»

«Nach mir?»

«Kein Wunder! Schließlich ist es nicht zum Lachen, wenn einem eine Sklavin entwischt, für die man fünfunddreißigtausend Piaster geblecht hat. Ich sagte ihm, was ich über Euch wußte. Daß Ihr eine große französische Dame seid und bei König Ludwig XIV. in Gunst steht, dazu unwahrscheinlich reich und Inhaberin des Amtes eines Konsuls von Kandia. Und daß ich Euch in den Händen d'Escrainvilles, meines alten Kumpans aus der Schule der orientalischen Sprachen in Konstantinopel, entdeckte. Ich erzählte ihm sogar, wie ich mich bemühte, die Malteserritter dazu zu bringen, Euch zu kaufen ... Ihr seid Zeugin, Madame, daß ich mein Bestes getan habe. Übrigens habe ich wirklich die fünfhundert Livres erhalten, die Ihr mir von Malta aus habt schicken lassen. Auf diese Weise hat man in Kandia erfahren, daß Ihr nicht im Sturm umgekommen seid, wie man allgemein vermutete.»

Rochat genehmigte sich einen Schluck Wein.

«Hm! Ich nehme an, Ihr werdet mir heute nicht mehr allzu böse sein, wenn Ihr erfahrt, daß ich es für richtig hielt, Monseigneur Le Rescator über diesen Punkt ins Bild zu setzen ... Schließlich hatte ich ihm gegenüber trotz allem Verpflichtungen. Er ist überaus großzügig, da ihn das Geld nichts kostet. Und überdies war er immerhin Euer Herr, und es ist durchaus normal, daß man einem Besitzer beisteht, seinen Besitz wiederzuerlangen ... Warum lächelt Ihr? ... Weil Ihr mich orientalischer als die Orientalen findet? Nun ja, ich habe ihn also orientiert. Als er sich jedoch nach Malta einschiffen wollte, erschien der Bote Mezzo Mortes ... Warum scheint Ihr plötzlich so niedergeschlagen?»

«Wenn Ihr den Ruf Mezzo Mortes kennt, müßte Euch klar sein, daß sein Name nicht eben angenehme Erinnerungen in mir weckt», antwortete Angélique, die immer mehr aus der Fassung geriet, ohne es hindern zu können.

«Der Rescator brach also nach Algier auf. Was sich dort tat, erfuhren wir nicht. Wenn ich sage ‹wir›, spreche ich von allem, was sich dort unten handelnd und räubernd herumtreibt – vom ganzen Mittelmeer sozusagen. Allmählich sickerten jedoch Einzelheiten durch. Es hat den Anschein, als ob Mezzo Morte eine Art von Erpressung spielt: entweder den Rescator niemals erfahren lassen, was aus Euch geworden sei, ihm Euren Aufenthaltsort im Austausch gegen den Schwur verraten, für immer aus dem Mittelmeer zu verschwinden und ihn, den Admiral von Algier, allein über dieses Gewässer regieren zu lassen . . . Viele sagten, es sei völlig unsinnig, anzunehmen, daß der Rescator seine unermeßliche Macht, sein noch unermeßlicheres Vermögen, seine einzigartige Situation als Geldhändler für eine einfache Sklavin, und sei sie noch so schön, aufs Spiel setzen würde . . . Aber man darf überzeugt sein, daß Mezzo Morte wußte, was er tat, denn der Rescator, der stolze, unbesiegbare Rescator, hat diese ungeheuerliche Demütigung auf sich genommen.»

«Er hat eingewilligt?» flüsterte Angélique atemlos.

«Ja!»

Die ein wenig kurzsichtigen Augen des einstigen Kolonialbeamten nahmen einen träumerischen Ausdruck an.

«Eine unverzeihliche Torheit . . . Kein Mensch ist daraus schlau geworden. Ihr müßt ihm mehr als Verlangen, Ihr müßt ihm Liebe eingeflößt haben. Kann man's wissen?»

Angélique hatte mit stockendem Atem zugehört.

«Und dann?»

«Dann? . . . Was soll ich Euch sagen? Zweifellos hat Mezzo Morte ihm gesagt, daß er Euch an den Sultan von Marokko verkauft habe, und vermutlich erfuhr der Rescator, dieser habe Euch umgebracht . . . Andere erzählten auch, daß es Euch gelungen sei, ihm zu entkommen, daß Ihr aber unterwegs gestorben seid. Ich sehe nun, daß weder die eine noch die andere Version zutrifft, da Ihr Euch recht lebendig im Königreich Frankreich aufhaltet.»

In seinen Augen glitzerte es auf.

«Was für eine hübsche Geschichte kann ich erzählen, wenn ich erst in Kandia bin! Niemand hat mit einer solchen Pointe gerechnet. Eine Frau entflieht dem Harem Moulay Ismaëls . . . eine Gefangene, die wieder den Boden Frankreichs erreicht! Ich werde der einzige sein, der davon berichten kann . . . ich habe Euch gesehen!»

«Habt Ihr mir nicht versprochen, unsere Begegnung geheimzuhalten, Monsieur?»

«Allerdings», murmelte Rochat enttäuscht.

Er verlor sich für einen Moment in mißmutige Überlegungen, während er sein Glas leerte. Er würde schon einen Weg finden, ohne La

Rochelle zu nennen noch sonst irgendwelche Details anzugeben.

«Der Rescator», schloß er, «hat also das Mittelmeer verlassen. Obwohl er Euch nicht zurückbekommen hat, war er es sich schuldig, das Mezzo Morte gegebene Versprechen zu erfüllen, da dieser das seine gehalten hatte. Wölfe unter sich halten auf Anstand. Aber zuvor hat er noch Mezzo Morte zum Duell gefordert. Der Admiral von Algier ist bis in eine Oase der Sahara geflüchtet, um ihm zu entgehen und das Lichten seiner Anker abzuwarten. Und der Rescator passierte die Meerenge von Gibraltar. Er ist auf den Atlantik entschwunden, und niemand weiß, was aus ihm geworden ist», endete Rochat mit Trauerstimme. «Was für eine düstere Geschichte! Es ist zum Verzweifeln!»

Angélique erhob sich.

«Ich muß gehen, Monsieur. Kann ich sicher sein, daß Ihr mich nicht verraten und zu niemand über unsere Begegnung sprechen werdet, wenigstens solange Ihr in Frankreich und in La Rochelle seid?»

«Ihr könnt dessen sicher sein», versprach er. «Mit wem sollte ich hier auch schon sprechen? Die Rochelleser sind kalt wie Marmor . . .»

Auf der Schwelle küßte er ihr die Hand. Er war kein Beamter mehr. Er begann ein neues Leben. Und seine bisher in eine zu enge Hülle gezwängte, unsichere, doch auf noch unbestimmte Weise poetische, abenteuerliche Persönlichkeit begann sich sacht zu entfalten.

«Schöne Gefangene mit den grünen Augen, möge der Gott der Winde Euer Schifflein weit von einem so trübseligen Geschick wie dem, das Ihr gegenwärtig erduldet, fortführen. Obwohl Eure Reize, die einstmals ganz Kandia blendeten, heute im Verborgenen blühen, läßt sich dennoch erkennen, daß sie solche Verdunkelung nicht verdienen. Wißt Ihr, was ich Euch wünsche? Daß der Rescator vor La Rochelle Anker wirft und Euch von neuem entführt.»

Sie hätte ihn für diese Worte umarmen mögen. Statt dessen protestierte sie schwach.

«Großer Gott, nein! Ich müßte fürchten, daß er mich den Verdruß allzu teuer bezahlen ließe, den ich ihm verursacht habe. Er muß mich verfluchen bis zum heutigen Tag . . .»

Um Zeit zu gewinnen, schlug sie den Weg über die Wälle ein. Man würde sich über ihre lange Abwesenheit bereits wundern. Die Abendsuppe würde nicht rechtzeitig fertig werden. Die Sonne war schon untergegangen, und der kalte Wind schnitt in ihre halbnackten Arme, denn sie war an diesem milden Herbstnachmittag ohne Mantel ausgegangen. Unter dem gelben, klaren Himmel hatte das Meer eine graue, stumpfe Tönung. Friedlich verliefen sich die Wogen auf dem mit Tang bedeckten Strand. Von Zeit zu Zeit brach sich eine stärkere Welle am Fuß der Mauern, und der Wind zerstäubte die Gischt.

Die Augen zum Horizont gerichtet, glaubte Angélique dort ein Schiff auftauchen zu sehen, wie schon so viele andere erschienen waren. «Er ist auf den Atlantik entschwunden . . .»

War es närrisch, wie ein junges Mädchen zu träumen, dessen Herz zu schlagen beginnt, weil ein mysteriöser Fürst der Meere sie erwählt hatte und bereit war, alles für sie zu opfern?

War sie denn keine um ihre Illusionen gebrachte Frau, hatte sie nicht schon genug gelebt? Hatte die Brutalität der Männer sie nicht für immer verwundet?

Wann wohl hörte die Phantasie der Frauen auf, in Herzensdingen sich ins Uferlose zu schwingen? Ihr Träumen vom Wunder, vom Unerreichbaren schien erst mit ihnen zu sterben.

«Es ist der Zauber dieser Geschichte, der mich fasziniert», dachte sie. Wie sollte sie die Sanftheit jenes schweren Mantels aus schwarzem Samt vergessen, der sie eingehüllt hatte, die tiefe, ein wenig geborstene Stimme?

«. . . Bei mir gibt es Rosen . . . Bei mir werdet Ihr schlafen . . .»

Sie war so in Gedanken versunken, daß sie gegen den Soldaten Anselme Camisot stieß, der ihr mit seiner Hellebarde den Weg versperrte.

«Da Ihr Euch auf meinem Territorium befindet, schöne Dame, schuldet Ihr mir einen Kuß.»

«Ich bitte Euch, Monsieur Camisot!» rief Angélique freundlich, doch entschieden.

«Ah, wie könnt ich mich nicht beugen, ich, ein armer Wachtposten, wenn die Königin mich darum bittet?»

Er trat beiseite, um sie passieren zu lassen. Auf seine Hellebarde gestützt, folgte er mit dem melancholischen Blick eines traurigen Hundes ihrer trotz des armseligen Kleides in fürstlicher Haltung sich entfernenden Erscheinung, aus tiefster Seele ihre runde Taille, die sanfte Linie der Schultern, den geraden Nacken und das dem Meer zugewandte weiße Profil bewundernd.

35

Eines Morgens fand man Onkel Lazare friedlich entschlafen in seinem Bett. Madame Anna und Abigaël kleideten ihn in ein Totenhemd und betteten ihn in weiße, prunkende Laken. Der Pastor Beaucaire war bereits mit seinem Neffen erschienen. Wenig später traf der Papierhändler ein, danach die Nachbarn in immer größerer Zahl. Um die Mitte des Vormittags wurde am Portal geläutet. Angélique lief hinunter, um zu öffnen, und ließ einen Herrn den Hof betreten, dessen strenges Äußere – schwarzer Überrock, weißer Spitzenkragen – ihr zunächst keinerlei Mißtrauen einflößte und der sich als Sieur Baumier, Präsident der königlichen Kommission für religiöse Angelegenheiten und Beigeordneter des Monsieur Nicolas de Bardagne, vorstellte.

Angélique hatte bereits von dieser Persönlichkeit sprechen hören. Sie biß sich auf die Lippen und wunderte sich nicht, hinter dem Besucher vier Bewaffnete zu entdecken, die nun gleichfalls in der unbekümmerten, selbstbewußten Art von Leuten eintraten, die sich auf der Seite des Stärkeren wissen, gefolgt von einem Individuum mit wenig einnehmender Miene, dessen Kasacke mit dem Wappen der Stadt geschmückt war: dem Schiff, auf dessen Segeln die königlichen Lilien prangten.

In einer den Umständen angepaßten Trauerhaltung wandte sich Baumier der Treppe zu, von dem Kommis und den vier beunruhigenden Gestalten in respektvollem Abstand gefolgt.

Bei ihrem Anblick erhob sich die kniende Versammlung, und in der dumpfen Luft des Zimmers wurde jähe Spannung spürbar.

Der Sieur Baumier entrollte ein Pergament und verlas es mit mürrischer Stimme:

«In Ansehung, daß der Sieur Berne Lazare, am Tage des 16. Mai konvertiert, in seine schuldhaften Irrtümer zurückfiel, sein ewiges Heil vernachlässigte, ein gefährliches Beispiel gab . . .» wurde er des Verbrechens der Rückfälligkeit beschuldigt und überführt, zu dessen Sühnung sein Leichnam vom Henker auf einer Leiter durch die Bezirke und Straßen der Stadt geschleift und auf den Schindanger geworfen würde. Überdies sei er dazu verurteilt, dreitausend Livres Buße an den König und hundert Livres Almosen zugunsten der armen Gefangenen des Gerichtsgefängnisses zu zahlen . . .

Maître Gabriel unterbrach ihn. Er war sehr bleich. Er hatte sich zwischen Baumier und das Bett gestellt, in dem als einziger der Versammlung der Tote einen heiteren, fast ein wenig ironischen Ausdruck bewahrte.

«Monsieur de Bardagne kann unmöglich eine solche Entscheidung getroffen haben. Er selbst ist Zeuge der Weigerung meines Onkels gewesen, und ich schlage vor, ihn zu holen.»

Baumier verzog sein Gesicht zu einer höhnischen Grimasse, während er das Pergament zusammenrollte.

«Gut», sagte er selbstsicher, «laßt ihn nur holen. Aber ich bleibe. Ich habe Zeit. Ich stehe im Dienst einer heiligen Sache, die es sich angelegen sein läßt, die Stadt von gefährlichen Verschwörern zu säubern. Denn es gibt eine Verschwörung der bösen Engel gegen die guten, wie es eine Verschwörung der schlechten Untertanen des Königs gegen seine Getreuen gibt, und in La Rochelle fällt manchmal beides zusammen.»

«Wollt Ihr uns etwa als Verräter am Königreich bezeichnen?» fragte der Schöffe Legoult, indem er sich mit verkniffenen Lippen und kampfeslustig hochgezogenen Augenbrauen näherte.

Maître Gabriel trat dazwischen.

«Wer wird Monsieur de Bardagne holen?» fragte er.

«Ich bleibe hier und meine Leute desgleichen», rief Baumier mit sardonischem Lächeln.

«Dann gehe ich», sagte Angélique.

Sie hatte schon ihren Mantel über die Schultern geworfen und hastete die Treppe hinunter.

«Lauft, lauft nur!» spottete Baumier.

Angélique durchquerte in höchster Eile die Stadt, durch die mit den runden Steinen gepflasterten, engen Gassen huschend. Im Wohnsitz Monsieur de Bardagnes sagte man ihr: «Im Justizpalast!» Im Justizpalast vermochte ihr ein Gerichtsdiener erst nach vielen vergeblichen Fragen Auskunft zu geben. Monsieur de Bardagne befinde sich auf Besuch bei dem großen Reeder Jean Manigault.

Wie von Flügeln des Windes getragen, machte sich Angélique von neuem auf den Weg. Was konnte sich während dieser Zeit nicht alles im Haus am Wall ereignen, das sie wie ein Pulverfaß mit mörderischen Leidenschaften geladen hinter sich gelassen hatte? Aus dem Zusammenprall der Spöttereien Baumiers, der Frechheit der Soldaten und des zornigen Unwillens der Protestanten mußten über kurz oder lang Funken sprühen. Und sie hatte Honorine dort vergessen! Welche Unvorsichtigkeit! Sie sah sich schon vor dem verlassenen, versiegelten Haus, dessen Bewohner man ins Gefängnis geschleppt hatte, niemand wußte, wohin . . .

Halbtot vor Angst gelangte sie endlich vor das prächtige Haus der Manigaults.

Monsieur de Bardagne speiste mit der Familie unter den nachgedunkelten Porträts einer ganzen Dynastie von Reedern aus La Rochelle. Im Zimmer duftete es nach gepfefferter Schokolade, die der Sklave Siriki aus einer silbernen Kanne einschenkte. Auf einer Porzellanschüssel in der Mitte des Tischs erhob sich ein wahres Gebirge exotischer Früchte – Ananas und Pampelmusen –, vermischt mit Trauben der Gegend. Angélique verschwendete an alle diese Herrlichkeiten keinen Blick. Atemlos stürzte sie zum Statthalter des Königs.

«Monsieur, ich bitte Euch, kommt schnell! Maître Gabriel Berne ruft Euch zu Hilfe. Ihr seid seine einzige Hoffnung.»

Monsieur de Bardagne erhob sich galant und sichtlich von der so jäh vor ihm aufgetauchten Erscheinung beeindruckt. Ohne ihr Wissen sprang von Angélique, die mit vom Lauf geröteten Wangen, glänzenden Augen und bebender Brust unter der schwarzen Korsage vor ihm stand, verwirrendes Fieber auf ihn über. Ihre Erregung, ihr flehender Ausdruck verbunden mit dem strahlendsten Blick der Welt konnten einen glühenden Anbeter des schwachen Geschlechts – und Nicolas de Bardagne war ein solcher – nicht ungerührt lassen.

«Beruhigt Euch, Madame, und erklärt Euch ohne Furcht», sagte er, den harten Glanz seiner grauen Augen mildernd und seine Stimme angenehm dämpfend. «Ihr seid mir zwar unbekannt, aber ich werde Euch darum nicht weniger wohlwollend anhören.»

Noch zur rechten Zeit fiel Angélique ihre Unterlassungssünde gegenüber Monsieur Manigault und seiner fülligen Gattin ein, und sie grüßte mit hastiger Reverenz. Dann berichtete sie mit abgehackten Worten von den letzten Ereignissen im Hause Maître Gabriel Bernes. Schreckliche Dinge bereiteten sich dort vor, hatten sich vielleicht gar schon ereignet . . . Mit Mühe unterdrückte sie ein Schluchzen.

«Nun, nun, beruhigt Euch», wiederholte Monsieur de Bardagne. Und die Manigaults zu Zeugen nehmend, fuhr er fort: «Warum gerät diese Frau nur in einen solchen Zustand? Die ganze Geschichte scheint mir so wenig auf sich zu haben, daß man keinen Hund damit hinterm Ofen hervorlocken könnte.»

«Es ist nun einmal die Art Maître Bernes, sich in schlechtes Licht zu setzen», bemerkte Madame Manigault säuerlich.

«Er kann doch seinen Onkel nicht auf einer Leiter durch die Straßen schleifen lassen, meine gute Jeanne!» protestierte der Reeder.

«Ich weiß nur, daß einzig und allein ihm derartige Ungelegenheiten passieren», antwortete die dicke Frau geziert.

Sie klatschte in die Hände.

«Meine Tochter, hüllt Euch in Eure Kapuzen aus schwarzem Samt und sorgt dafür, daß man Jérémie in seinen Tuchanzug steckt. Wir müssen uns zum armen Lazare begeben, um seinen Heimgang in die ewigen Gefilde mit unseren Gebeten zu begleiten.»

«Es stimmt allerdings, daß man mich nicht über seinen Tod unterrichtet hat», sagte Manigault, plötzlich wie verwandelt.

«Ich eile Euch voraus», erklärte Monsieur de Bardagne jovial. «Diese Dame ist zu ungeduldig, sich meiner Gegenwart zu versichern, als daß ich noch länger zögern könnte.»

Er ließ Angélique in seine Kutsche steigen, die ihn, von zwei Polizisten flankiert, erwartete.

«Mein Gott, hoffentlich kommen wir nicht zu spät», murmelte Angélique. «Weist den Kutscher an, schnell zu fahren, Monsieur.»

«Wie ungeduldig Ihr seid, mein liebes Kind. Ich möchte wetten, daß Ihr nicht aus La Rochelle stammt.»

«Ihr habt recht. Warum?»

«Weil Ihr Euch sonst schon an Geschichten dieser Art gewöhnt hättet, die, was auch immer Dame Jeanne sagt, in unserer Stadt recht häufig sind. Leider bin ich zuweilen zur Strenge gezwungen. Allzuviel Verstocktheit im Bösen verdient Strafe. Indessen gebe ich zu, daß Lazare Berne seinem durch vierundachtzig Jahre geheiligten Starrsinn die unverzeihliche Sünde der Verleugnung nicht hinzugefügt hat.»

«Ihr werdet also nicht zulassen, daß ihn dieser schreckliche kleine Biedermann durch den Schmutz zerren läßt?»

Der Statthalter des Königs lachte und zeigte dabei seine weißen, wohlgestalteten Zähne unter dem kastanienfarbenen Schnurrbart.

«Ist es Beaumier, den Ihr so beschreibt? Das paßt nicht schlecht auf ihn, muß ich gestehen.»

Ein leichter Schatten breitete sich über sein Gesicht.

«Ich bin mit ihm nicht immer über die Methoden einig ... Aber, verzeiht, mir scheint einerseits, daß ich Euch zum erstenmal entdecke, und andererseits kommt es mir vor, als habe ich Euch schon einmal gesehen. Wie konnte ich, wenn es so ist, nur den Namen einer so charmanten Dame vergessen!»

«Ich bin die Magd Maître Gabriel Bernes.»

Plötzlich erinnerte er sich:

«Ich hab's. Ich habe Euch an jenem berühmten Abend bei Maître Berne bemerkt, an dem mich die Kapuziner des Paulinerklosters am Kragen zum Lager des armen, angeblich im Sterben liegenden Lazare schleppten, um ihnen bei der Bekehrung beizustehen. Maître Gabriel kehrte eben von einer Reise zurück, und Ihr begleitetet ihn ...»

Er fügte streng hinzu:

«Ihr habt ein Kind, das nach dem Gesetz in der katholischen Religion erzogen werden muß.»

«Ich erinnere mich, daß Ihr sagtet, meine Tochter sei sicher ein Bastard», erklärte Angélique, die sich entschlossen hatte, lieber mit offenen Karten zu spielen, um Nachforschungen über ihre Person zu vermeiden. «Nun ja, Ihr hattet recht. Sie ist einer.»

Monsieur de Bardagne zuckte bei dieser Anwandlung von Offenheit zusammen.

«Verzeiht mir, wenn ich Euch verletzt habe, aber mein schwieriges Metier in dieser Stadt verpflichtet mich, mich vom Religionsstand des geringsten ihrer Bewohner zu überzeugen, und ...»

«So ist es eben», unterbrach ihn Angélique mit einem Achselzucken.

«Wenn man so schön ist wie Ihr», meinte der königliche Beamte mit nachsichtigem Lächeln, «versteht man, daß die Liebe ...»

Angélique schnitt ihm erneut das Wort ab.

«Ich möchte Euch nur davon in Kenntnis setzen, daß Ihr es weder nötig habt, Euch um die Taufe meines Kindes noch um seinen Katechismus zu kümmern, da es katholisch ist wie ich.»

Monsieur de Bardagne war bereits mit dem Gedanken umgegangen, daß diese junge Frau eine Konvertierte oder zumindest in einem katholischen Kloster erzogen worden sein müsse. Entzückt über seine feine Nase gratulierte er sich.

«Damit erklärt sich alles, denn ich ahnte schon ... aber wie habt Ihr es wagen können, bei Calvinisten eine Stellung anzunehmen. Das ist sehr ernst.»

Angélique hatte schon eine Antwort parat. Ein Gedanke war ihr gekommen, den sie indirekt den feindseligen Äußerungen Séverines verdankte.

«Monsieur», sagte sie, die Lider senkend, «mein Leben ist nicht immer sehr musterhaft gewesen. Ihr müßt es schon den Geständnissen entnommen haben, die ich Euch machte. Aber ich hatte das Glück, einer Person von großer Frömmigkeit zu begegnen, die ich Euch nicht nennen kann, obwohl sie hier lebt, und die mich von der Notwendigkeit überzeugte, meine Fehler wiedergutzumachen, und mir auch einen Weg dazu wies. So bin ich denn in den Dienst jener Familie Berne getreten, die alle Glaubenseifrigen eines Tages unter den Konvertierten La Rochelles sehen möchten.»

«Aber natürlich, Ihr könnt auf mich rechnen!»

Er fragte sich bereits, welche der Damen der Gesellschaft vom Heiligen Sakrament dieses Mädchen in frommer Spionagemission bei den Bernes eingeschmuggelt haben mochte. Madame de Berteville? ... Madame d'Armentieres? ... Was lag daran? Seine Neugier würde unbefriedigt bleiben. Die Gesetze der Gesellschaft sorgten für strengste Verschwiegenheit. Er wußte einiges davon, da er selbst zu ihr gehörte.

Schon hatte Angélique ihren Blick aus dem Fenster gewandt. Der Anblick der Straße am Wall erfüllte sie mit Unruhe.

«Es wäre furchtbar, Monsieur, wenn diese Leute sich während unserer Abwesenheit gegenseitig umgebracht hätten! Und ich habe meine kleine Tochter dort gelassen ...»

«Nun, nun, dramatisieren wir nicht.»

Sie war charmant, wenn sie so erblaßte, wenn ihre klaren Augen sich in der Erregung weiteten und einen rührenden, herzbewegenden Ausdruck bekamen. Man verlangte danach, sie in die Arme zu nehmen und ihr Beistand für immer zu schwören.

Er half ihr beim Aussteigen aus der Kutsche, indem er ihr ritterlich die Hand reichte.

Ludwig XIV. hatte seine Pairs gelehrt, sich zuvorkommend gegen die geringste Kammerfrau zu verhalten, und die untergeordnete Stellung dieser hier vergaß man gern.

Monsieur de Bardagne jubilierte innerlich. Seitdem er wußte, daß sie eine Dienstmagd war, fiel es ihm schwer, seine Freude zu unterdrücken.

Sie konnte gar nicht anders als von dem Umstand geschmeichelt sein, daß eine so mächtige Persönlichkeit wie der Generalstatthalter, der persönliche Vertreter des Königs in La Rochelle, ihr seine Aufmerksamkeit zuwandte. Endlich würde er nicht mehr gegen die gleichsam angeborene Prüderie der reformierten Frauen zu kämpfen haben, deren Zurückhaltung zu überwinden er vergebens versucht hatte. In dieser Beziehung hatte er jede Hoffnung aufgegeben, selbst die auf die ein wenig säuerliche, pikante Jenny, die älteste Tochter Maître Manigaults.

Beim Anblick dieser prachtvollen Frau konnte man kaum glauben, daß die Fehler, die sie bereute, zu denen gehörten, die er, Nicolas de Bardagne, mit Vergnügen zu vergeben bereit war, vor allem dann, wenn man sie zu seinen Gunsten beging.

Und dazu kam, daß die Gegenwart ihrer kleinen Bastardtochter sie in eine Lage brachte, von der er nur profitieren konnte.

Ein ausgezeichneter Handel, ein festlicher Tag für ihn!

Beim Betreten des Hofs stützte er ihren Arm. Angélique bemerkte es kaum. Übrigens hatte sie es nötig. Ihre Beine trugen sie nicht mehr.

«Seht», sagte Monsieur de Bardagne beruhigend, «alles hat sich beruhigt.»

Von der alten Rebecca bedient, tranken die vier Soldaten, der Kommis und der Sieur Baumier im Vestibül des Erdgeschosses Wein. Als Mann von Stand, der sich mit seinen Untergebenen nicht gemein machen kann, hielt sich Baumier ein wenig abseits.

Als er seines Vorgesetzten ansichtig wurde, erhob er sich und verneigte sich tief, schien aber durchaus nicht in Verlegenheit zu geraten.

«Hört Ihr?» fragte er mit einem resignierten Blick zur Decke.

Ein monotoner, düsterer Psalm, der aus dem Zimmer Lazare Bernes drang, besang den Tod und die Angst der Seele. Die Protestanten wachten um den bedrohten Leichnam, aus ihrer Gemeinsamkeit Trost und Stärkung schöpfend.

«Ihr seht», wiederholte Monsieur de Bardagne, zu Angélique gewandt, «habe ich's Euch nicht gesagt? In La Rochelle sind wir unter Leuten mit angenehmen Umgangsformen. Alles erledigt sich von selbst.»

Sie konnte den fernen Chor nicht ohne leises Erbeben hören. Sie würde nie aufhören, diese Melodien von den Lippen ihrer Diener und der um ihre Mutter gedrängten Cambourg-Kinder zu vernehmen, damals, als die Dragoner mit gezogenen Säbeln ins Schloß gedrungen waren . . .

Der Statthalter des Königs unterhielt sich halblaut mit dem Präsidenten der königlichen Kommission für religiöse Angelegenheiten.

«Ich fürchte sehr, daß Ihr bei diesem Unternehmen einem Mißverständnis erlegen seid, Monsieur Baumier. Es wird recht schwierig sein, den besagten Lazare Berne des Verbrechens der Rückfälligkeit zu beschuldigen, da er sich nie bekehrt hat.»

«Ihr habt mir versichert, daß Ihr mir freie Hand laßt, dergleichen Angelegenheiten nach meinem Dafürhalten zu behandeln und durchzuführen», protestierte Baumier steif.

«Gewiß, aber ich setzte auch das Vertrauen in Euch, daß Ihr Eure Anklagen auf das genaueste fundiert. Der geringste Irrtum in diesen delikaten Fragen bringt uns die schlimmsten Schwierigkeiten auf den Hals. Die Reformierten sind sehr empfindlich und neigen nur allzu sehr dazu, uns bösen Willen vorzuwerfen . . .»

Der Gesichtsausdruck des mit der Bekehrung der Protestanten betrauten Beamten ließ erkennen, daß ihm diese Bedenken absolut übertrieben schienen.

«Ihr macht zuviel Aufhebens von diesen Elenden, die nichts anderes als Deserteure des wahren Glaubens sind, Herr Generalstatthalter. Sie müssen mit der gleichen Härte behandelt werden wie auf dem Schlachtfeld dieses Verbrechens schuldig gewordene Soldaten.»

In diesem Augenblick erschien Monsieur Manigault, seinen Sohn Jérémie an der Hand führend und von seiner ganzen Frauenschar gefolgt.

Der Statthalter des Königs begleitete ihn nach oben. Ein Märtyrerlächeln um die messerschmalen Lippen, schloß Baumier sich ihnen an. Er war es gewöhnt, allen Ärger hinunterzuschlucken. Die Gewißheit, daß er nichtsdestoweniger geistig und dienstlich auf dem rechten Wege war, half ihm, derlei Demütigungen zu ertragen. Ohne mit der Wimper zu zucken, hörte er zu, wie Nicolas de Bardagne sich vor der Versammlung zerknirscht über das «Mißverständnis» verbreitete und Maître Gabriel sogar versicherte, daß ihm keine Schwierigkeiten wegen der Öffnung der Stadttore im Augenblick der Beerdigung gemacht würden.

Der Zwischenfall war also abgeschlossen.

Er wäre um ein Haar wieder aufgeflammt, als eine kleine, runde Gestalt mit einem apfelgrünen Mützchen sich dem Sieur Baumier näherte, drohend einen Stock schwang und rief:

«Du bist schlimm . . . sehr schlimm. Ich mach dich tot!»

Es war Honorine, die, von allen vergessen, entschlossen war, sich wieder in den Vordergrund zu spielen. Sie steuerte geradewegs auf den Verantwortlichen für die Störung des Familienlebens zu. Er war der Unruhestifter, der böse Geist in dieser verstört zusammengedrängten Menge. Ihn mußte man strafen. Sie hatte einige Zeit gebraucht, um ihren Knüppel aus dem Holzstoß zu ziehen. Baumier vermied mit knapper Not die Schläge, die sie mit ihren kleinen, kräftigen Armen austeilte. Monsieur de Bardagne erkannte Angéliques Töchterchen wieder und lachte.

«Da ist ja das charmante Kind!»

«Ah, findet Ihr?» knirschte der Präsident der königlichen Kommission. «Und Ihr laßt es zu, daß dieses Ketzerbalg mich beleidigt?»

«Wieder einer Eurer Irrtümer, mein Lieber. Diese Kleine ist durch unsere Heilige Mutter Kirche getauft, wie es sich gehört.»

Mit einem vertraulichen Zwinkern raunte er ihm zu:

«Kommt, Maître Baumier, ich werde Euch über das ins Bild setzen, was Eurer Kurzsichtigkeit entgeht . . .»

Angélique hatte ihre Tochter am Arm erwischt und sich, von Laurier unterstützt, mit ihr in die Küche geflüchtet. Honorine war krebsrot und von blindwütigem Zorn erfüllt. Sie glaubte, im Verlauf dieses Tages, an dem sich die Erwachsenen um sie nicht mehr gekümmert hatten als um die kleinen Katzen des Hauses, allzu lange Geduld geübt zu haben. Sie hatte ungestraft mit einem ganzen Zuber Wasser spielen, bei dem Versuch, ihre ausgehungerte Katze zu tränken, eine Schale Milch umstoßen und schließlich einen Marmeladetopf zur Hälfte ausschlecken können . . . Die Großen fuhren fort, sich mit starren Gesichtern zu betrachten und dumpf klingende Worte miteinander zu wechseln. Zuweilen hatten sie gesungen . . . Da ihre Mutter spurlos verschwunden war, hatte sie sich nach und nach immer beklommener gefühlt und sich schließlich den Erwachsenen genähert, um sie aus der Nähe zu beobachten. Sie war sofort gegen Baumier eingenommen gewesen, weil sie gesehen hatte, wie er eine Tabatiere aus seinem Rockschoß zog, sich zwei oder drei Prisen in die Nase stopfte und alsbald kräftig nieste. Dieses unpassende Verhalten war ihr im höchsten Maße abscheulich erschienen. Sie hatte sich entschlossen, diesem widerlichen Mann den Garaus zu machen.

«Ich will ihn tot machen», wiederholte sie energisch.

Angélique versuchte, sie festzuhalten, während sie ihr Augenmerk auf die Tatsache richtete, daß ihre Tochter bis zu den Haaren mit Marmelade beschmiert war. In diesem Moment begann der kleine Laurier sich zu übergeben. Es war die Aufregung. Er hatte um seinen Vater gezittert, ohne recht zu wissen, wer oder was ihn eigentlich bedrohte. Die Angst ließ ihn wieder so elend aussehen wie in den ersten Tagen. Angélique füllte den eisernen Kessel mit sauberem Wasser und hängte ihn über die Glut. Dann fachte sie das Feuer an. Sie würde die beiden waschen müssen.

Séverine trat in Begleitung Madame Annas in die Küche. Sie wiederholte aufgeregt:

«Und dann, Tante Anna? . . . Hätte man ihn durch die Straßen geschleift?»

«Ja, meine Tochter. Der Pöbel hätte das Recht gehabt, ihn zu beschimpfen, ihn anzuspucken und mit Unrat zu bewerfen.»

«Findet Ihr es richtig, dieses Schauspiel zu beschreiben, obwohl es nicht stattgefunden hat?» fragte Angélique unvermittelt.

Plötzlich wurde Séverine noch weißer und glitt von ihrem Stuhl. Angélique hatte eben noch Zeit, das Mädchen in ihren Armen aufzufangen und in ihr Zimmer zu tragen.

Nachdem sie ihr die Schuhe ausgezogen hatte, legte sie sie aufs Bett. Séverines Hände waren eisig.

Angélique kehrte in die Küche zurück, ergriff einen Behälter, in den sie etwas von dem Wasser goß, das eben zu kochen begann. Gleichzeitig bereitete sie einen Bettwärmer vor.

Tante Anna bemerkte in verkniffenem Ton, sie sei verwundert, Séverine so wenig tapfer zu sehen, da sie sich sonst doch so energisch, widerstandsfähig und ohne falsche Empfindlichkeit zeige.

«Und ich bin verwundert, daß Ihr Euch wundert», erwiderte Angélique. «Denn Ihr seid doch eine Frau, wie mir scheint, und es kann Euch nicht entgangen sein, daß Séverine zwölf Jahre alt ist und daß ein Mädchen in diesem Alter der Schonung bedarf.»

Madame Anna schien durch die Anspielung höchst unangenehm berührt; da sah man es wieder: den papistischen Frauen fehlte es von Grund auf an Schamgefühl.

Angélique richtete Séverine mit Hilfe eines zweiten Kopfkissens ein wenig auf und riet ihr, die Hände so lange in das warme Wasser zu tauchen, bis sie sich wieder besser fühle.

Sie verließ sie, um den Bettwärmer, ein Fläschchen Parfum und die kirschroten Samtbänder zu holen, die sie in der Rue des Merciers gekauft hatte.

Auf dem Bettrand sitzend, flocht sie mit geschickten Fingern das lange Haar des Kindes, das sie zuvor geteilt hatte, in zwei braune, mit den roten Bändern durchwirkte Zöpfe.

«So, jetzt wirst du dich besser ausruhen können.»

Sie tat ein paar Tropfen Parfum in das Wasser des Behälters und rieb Séverines Stirn und Schläfen mit der flachen Hand. Das Mädchen ließ alles mit sich geschehen, hin und her gerissen zwischen den Gewissensbissen über die Schwäche und dem Wohlsein, das sie nach ihrem peinlichen Unbehagen empfand.

«Tante Anna wird unzufrieden mit mir sein», murmelte sie.

«Warum?»

«Sie ist niemals krank. Sie sagt, daß man seinen Körper abtöten müsse.»

«Bah! Unser Körper übernimmt es schon selbst, uns abzutöten, ohne daß wir ihn dazu erziehen müßten», bemerkte Angélique lachend.

Das Gesicht Séverines auf dem Kopfkissen schien ihr plötzlich verändert. Die bläulichen Lider machten ihren Blick weich, und unter ihren unhübschen, noch kindlichen Zügen zeichnete sich das Gesicht einer Frau ab. In ihren Augen würden nächtliche Tiefen schlummern, und schon jetzt ließ sich erkennen, daß ihr zu großer Mund einen Ausdruck unbewußter Sinnlichkeit bekommen würde.

Séverine war hart, viel härter als ihre Brüder, aber auch sie würde dem Erbe der Frauen nicht entgehen. Auch sie würde eines Tages mit diesem Ausdruck der Unterwerfung in den Armen eines Mannes liegen. Auch sie würde sich vor der Liebe beugen.

Angélique sprach sanft zu ihr, um sie zu beruhigen, wie es einstmals ihre Mutter getan hatte. Doch Séverine gewann nach und nach ihre Farben wieder, und ihre Augen begannen zu blitzen. Sie hatte immer darunter gelitten, ein Mädchen zwischen ihren beiden Brüdern zu sein, Martial, den sie bewunderte, und Laurier, den sie beneidete, weil er ein Junge war.

«Ich will keine Frau sein», erklärte sie heftig. «Es ist ein schrecklicher, demütigender Zustand.»

«Was für eine Idee! Ich bin auch eine Frau! Sehe ich unglücklich aus?»

«Oh, Ihr . . . das ist nicht dasselbe», erklärte Séverine. «Erstens lacht Ihr immer . . . und dann seid Ihr schön.»

«Auch du wirst einmal sehr hübsch sein.»

«Ach, ich lege keinen Wert darauf. Tante Anna sagt, die Schönheit der Frauen führe die Männer in Versuchung und verleite sie zu Sünden, die dem Herrn ein Greuel sind.»

Auch diesmal konnte Angélique ihr Lachen nicht unterdrücken.

«Die Männer begehen ohnehin alle Sünden, die sie begehen wollen, glaube mir. Warum sollte die Schönheit der Frauen eine Falle sein statt einer Huldigung für den Schöpfer?»

«Eure Worte sind gefährlich», bemerkte Séverine im Tonfall Madame Annas.

Aber sie gähnte schon, und ihre Lider schlossen sich.

Angélique deckte sie zu und verließ sie, zufrieden über das glückliche Kinderlächeln, das, wie einstmals bei Laurier, im Schlaf um ihre Lippen spielte.

36

Ein paar Tage später schlich sich Martial bei Nacht auf ein holländisches Schiff. Doch das Schiff wurde auf der Höhe der Île de Ré von Fahrzeugen der königlichen Marine angehalten. Der junge Passagier wurde verhaftet, zum Land zurückgeschafft und im Fort Louis eingesperrt.

Die Neuigkeit schlug in La Rochelle wie ein Blitz ein.

Der Sohn Maître Bernes *im Gefängnis*! Eine der ehrenwertesten Familien der Stadt in unvorstellbarer Weise erniedrigt!

Maître Berne erbat sofort eine Audienz bei Monsieur de Bardagne, der ihn während des Vormittags nicht empfangen konnte. Doch gelang es ihm immerhin, den spottenden, unnachgiebigen Baumier zu sehen, von dem er sich zu Manigault begab, um den Fall mit ihm durchzusprechen. Der Tag verstrich mit allerlei Vorstößen, von denen man sich jedesmal eine günstige Entscheidung erhoffte. Abends kehrte Gabriel Berne bleich und so erschöpft zurück, daß Angélique es nicht wagte, ihn von einem Besuch des Unterdelegierten des königlichen Finanzpacht-Amts für das Gebiet der Charente zu unterrichten, der am Nachmittag gekommen war, um die zweite, dem Kaufmann in seiner Eigenschaft als Reformierter auferlegte Steuerrate einzutreiben. Ein Unglück kommt selten allein.

Maître Berne berichtete, daß er schließlich doch bei Nicolas de Bardagne gewesen sei, der sich jedoch zu seiner Enttäuschung sehr zurückhaltend gezeigt habe. Er versicherte, daß das Delikt der Flucht drakonisch bestraft werde. Hatte man nicht auf der Straße nach Genf verhaftete protestantische Reisende kurzerhand aufgeknüpft? Die Richtung nach Holland war nicht viel weniger verdächtig. Monsieur de Bardagne hatte in Anbetracht der besonderen gesellschaftlichen Stellung des Jungen um Zeit zum Überlegen gebeten. Er habe mehrfach wiederholt, daß er sehr, sehr ärgerlich sei.

Das Unheil warf seinen kalten Schatten über den Abend der Protestanten.

Der Empörung, der Scham folgte die Furcht. Der Advokat Carrère sprach mit Trauermiene davon, daß unter ähnlichen Umständen arretierte protestantische Kinder mit unbekanntem Ziel verschleppt worden seien und daß es heiße, man verwende sie auf den Galeeren des Königs. Selbst die Kräftigsten hielten es höchstens ein Jahr aus . . .

Während zweier Tage vernachlässigte Maître Gabriel völlig sein Geschäft, um von einer Stelle zur anderen zu laufen und zu versuchen, seinen Sohn freizubekommen oder wenigstens sehen zu können.

Am dritten Tag kehrte Séverine, die zu einem alten Fräulein des Viertels gegangen war, bei der sie Lautenunterricht nahm, nicht zum Mittagessen zurück. Sie erhielten die Nachricht, daß die Tochter Maître Bernes wegen «profanierender Handlungen» festgenommen und ins Kloster der Ursulinerinnen gebracht worden sei.

Im Haus verbreitete sich eine Alptraum-Atmosphäre.

Angélique konnte während der Nacht nicht schlafen.

Als der Morgen anbrach, überließ sie Laurier und Honorine der Aufsicht der alten Rebecca und begab sich zum Justizpalast, wo sie in festem Ton den Statthalter des Königs, den Grafen de Bardagne, zu sehen verlangte.

Das Gesicht des Statthalters hellte sich auf, als er sie eintreten sah. Er hatte bereits heimlich auf ihren Besuch gehofft. Er sagte es ihr.

«Hat Euch Euer Herr geschickt? Dann müßt Ihr wissen, daß der Fall sehr ernst ist und daß keine Möglichkeit besteht, etwas zu ändern.»

«Keineswegs, ich bin aus eigenem Antrieb gekommen.»

«Ich bin entzückt darüber. Ich habe von Eurer Intelligenz nichts anderes erwartet. Da sich die Ereignisse überstürzen, ist es unumgänglich, daß Ihr mir Eure Beobachtungen berichtet. Glaubt Ihr, daß Maître Berne nachgeben wird?»

«Nachgeben?»

«Ich meine, sich bekehren wird. Ich gestehe, daß es mich bei diesem Gedanken nicht mehr an meinem Platz hält. Ich habe hier einige Namen aufgeschrieben, die ich im Laufe eines ganzen Jahres geduldiger Beobachtung ausgewählt habe. Nicht mehr als zehn, aber ich weiß, daß die Pfeiler des Hugenottentums in La Rochelle von selbst einstürzen werden, wenn ich mit diesen zu einer Übereinkunft im Guten gelange . . .»

Es war sehr warm im Zimmer. In dem von heraldischen Greifen und verzierten Bogenrippen eingerahmten Kamin bullerte ein vom stürmischen Wind angefachtes Feuer. Angéliques Wangen nahmen rasch die Tönung reifender Pfirsiche an und lenkten die Gedanken Monsieur de Bardagnes in eine galantere Bahn.

«Zieht doch Euren Mantel aus . . . Wir sind hier vor den Unbilden des Wetters geschützt.»

Er selbst nahm den schweren Tuchmantel von Angéliques Schultern. Sie ließ es mechanisch geschehen, ganz und gar vom Umformulieren der Verteidigungsrede in Anspruch genommen, die sie in Gedanken vorbereitet hatte. Sie war als Bittstellerin hierhergekommen, entschlossen, wenn es nötig sein sollte, sich dem Statthalter des Königs zu Füßen zu werfen. Nun merkte sie, daß es ein schrecklicher Irrtum gewesen wäre. Denn er empfing sie als Mitarbeiterin, als Komplicin, als Helferin der Zwangsbekehrung.

«Bitte, setzt Euch», sagte der Vertreter des Königs.

Sie gehorchte, setzte sich mit der Zwanglosigkeit, die von langer gesellschaftlicher Übung herrührte. Sie war noch immer in ihre Gedanken verloren und bemerkte nicht, daß Bardagne sie mit den Augen verschlang. «Sie ist entschieden sehr schön», sagte er sich. Wenn sie eintrat, wenn man sie in ihrer weißen Haube und strengen Kleidung erscheinen sah, hielt man sie zuerst für das, was sie war: eine Magd. Doch schon nach einigen Augenblicken konnte man nicht anders als sie als Dame behandeln. Eine ruhige Sicherheit strahlte von ihr aus, eine Freiheit der Bewegungen und Worte, eine gediegene Zurückhaltung, verbunden mit einer sympathischen Einfachheit, die ihre Gesprächspartner aus ihrer Reserve lockten. Sie besaß wirklich faszinierenden Charme. Zweifellos hatte es etwas mit ihrer außerordentlichen Schönheit zu tun, oder . . .

War diese Frau nicht von einem Mysterium umgeben? . . . Der Graf blieb vor ihr stehen. Er konnte auf diese Weise im Ausschnitt des weißleinenen Busentuchs den Ansatz einer marmornen Brust betrachten, deren Rundungen die grobe Barchentkorsage nicht völlig zu verbergen mochte.

Diese Brust und der runde, feste, wie mit einem Goldschimmer bestäubte Hals verliehen ihr strahlende Gesundheit, eine Art bäuerlicher Robustheit, die mit dem feinen Schnitt ihrer Züge, ihrer noblen und, wenn sie nachsann, zuweilen ein wenig von Tragik überschatteten Modellierung kontrastierte.

Monsieur de Bardagne fühlte sich von diesem geschmeidigen Hals, von der sanften Kurve zur Schulter, deren weiche Glätte er ahnte, unwiderstehlich angezogen. Er brannte darauf, seine Lippen dort ruhen zu lassen. Seine Kehle war wie ausgetrocknet, und seine Hände fühlten sich feucht an.

Des lastenden Schweigens bewußt werdend, hob Angélique die Augen zu ihm, wandte sie aber vor dem unverhüllten Geständnis des auf ihr ruhenden männlichen Blicks schnell wieder ab.

«Nein», flehte er, «ich bitte Euch, senkt nicht die Lider. Welch seltene Farbe, dies lichte Grün, das man nur mit dem Smaragd vergleichen kann! Es zu verschleiern ist eine Sünde!»

«Ich würde es gern gegen eine andere Farbe tauschen», meinte Angélique gut gelaunt. «Es schafft mir zuviel Verdruß.»

«Mögt Ihr keine Komplimente? Man möchte meinen, daß Ihr Huldigungen fürchtet. Dabei sind sie von allen Frauen begehrt.»

«Von mir nicht, muß ich gestehen. Und ich bin Euch dankbar, Monsieur de Bardagne, daß Ihr es erraten habt.»

Der Statthalter des Königs nahm die Lektion mit zusammengepreßten Lippen hin. Er würde nichts erreichen, wenn er die Dinge überstürzte. Von neuem nahm er hinter seinem Schreibtisch Platz und bemühte sich um einen scherzhaften Ton.

«Hat Euch die tägliche Berührung mit der Reform in solchem Maße angesteckt, daß Ihr die aufrichtige Bewunderung, die Eure Schönheit mir abnötigt, nur mit Kummer entgegennehmt? Ist es nicht ganz natürlich, entzückt vor einer Blume, diesem Meisterwerk der Natur, anzuhalten, dessen leuchtende Farben zur Freude unserer Augen geschaffen sind?»

«Wir wissen nicht, was die Blumen darüber denken», erwiderte Angélique mit blassem Lächeln, «und ob unsere Bewunderung sie nicht zuweilen belästigt. Was habt Ihr mit den Kindern Maître Bernes vor, Herr Graf?»

«Ah, richtig! Wo waren wir stehengeblieben?» murmelte Bardagne, indem er sich über die Stirn strich.

Der Fall der Kinder Berne, der ihn seit drei Tagen am Schlafen hinderte, schien sich plötzlich aus seinem Gedächtnis verflüchtigt zu haben. Es war ein seltsames Phänomen. Niemals, nein, niemals noch hatte eine Frau die Macht besessen, durch ihren bloßen Anblick so jäh sinnliche Schwingungen bei ihm auszulösen, deren Heftigkeit ihn genierte. Als er sie damals in der Kutsche nach Hause begleitet hatte, war es ihm ganz ähnlich ergangen. Dann hatte sich die Erinnerung daran verwischt. Er hatte weiter mit einer Art träge-glücklicher Nachsicht an sie gedacht. Eines Tages, sehr bald, sagte er sich, sobald die Fülle der Geschäfte ihm ein wenig mehr Zeit ließe, würde er sich mit dieser schönen Dienstmagd befassen müssen. Aber nun, da sie kaum wieder aufgetaucht war, spürte er von neuem das Fieber und fühlte sich unpassenden Begierden ausgesetzt, ein Umstand, der ihn verwirrte, beunruhigte, ja fast demütigte ... In jedem Fall war es sehr aufregend. Diesmal würde Monsieur de Bardagne seinen Vorteil zu nützen wissen! Er hatte begriffen, daß man nicht zweimal in seinem Leben das Glück hatte, einer so anziehenden Frau zu begegnen. Unglücklicherweise war er gerade jetzt mit allerlei dringlichen Angelegenheiten überhäuft, waren diese zähen Reformierten zu bändigen, gab es eifersüchtige Kollegen, die mit Wonne jede Gelegenheit ergriffen, ihn der Schwäche zu beschuldigen, hohe Kirchenbeamte, denen die Listen der Bekehrten niemals lang genug waren ... Wie sollte man inmitten solcher Unannehmlichkeiten auch noch Zeit finden, der Venus zu opfern? Ah, niemand verstand es heute mehr zu leben! ... Als gewissenhafter und ehrgeiziger Mann bemühte er sich, wieder Fuß zu fassen.

«Wo waren wir stehengeblieben?» wiederholte er.

«Gehört mein Herr zu jenen Personen, die Ihr als Pfeiler des hugenottischen Widerstands betrachtet?»

«Und ob er dazu gehört!» rief Bardagne empört aus und hob die Arme gen Himmel. «Er ist einer der schlimmsten! Er wirkt im Schatten, aber auf schädlichere Art, als wenn er sich öffentlich zu predigen unterfinge. Er unterstützt die mit dem Interdikt belegten Pastoren, Flüchtlinge, was weiß ich. Ihr habt gewiß verdächtiges Kommen und Gehen beobachten können ...»

«Ich sehe Maître Gabriel über seinen Rechnungsbüchern sitzen und die Bibel lesen», meinte Angélique. «Er hat nichts von einem Verschwörer.»

Doch während sie noch sprach, stieg aus ihrem Gedächtnis eine ganze Reihe von Eindrücken auf, fremde Gesichter, heimliche Zusammenkünfte, die aus dem Hause Maître Bernes in das des Papierhändlers oder des Pastors Beaucaire hinüberwechselten, geflüsterte Gespräche, verstohlene Schritte in der Nacht ... Zum Glück schien ihre Unbefangenheit den Vertreter des Königs verwirrt zu haben.

«Das wundert mich ... oder paßt Ihr nicht genügend auf?»

Er schlug mit der Hand auf ein dickes Aktenstück.

«Denn ich habe hier Berichte, die keinen Zweifel an seinen gefährlichen und schädlichen Umtrieben lassen. Mehrmals habe ich ihn schon gewarnt. Er schien zu verstehen und hörte mir freundschaftlich zu. Er kam mir aufrichtig vor, aber die Flucht seines Sohnes hat mich grausam enttäuscht.»

«Der junge Martial reiste ab, um das Seilerhandwerk in Holland zu studieren.»

«Wie naiv Ihr seid! Sein Vater schickte ihn fort, weil er spürte, daß der junge Mann bereit war, sich zu bekehren, und er diese Bekehrung verhindern wollte.»

«Man hat es mir so gesagt», antwortete Angélique, die sich von Minute zu Minute bedrängter fühlte. «Und ich glaube, daß Ihr Euch vom Anschein täuschen laßt. Ich, die ich seit langen Monaten in dieser Familie lebe, kann Euch versichern, daß Monsieur Berne nur daran gelegen war, die Ausbildung seines Sohnes zu vervollkommnen. Ihr wißt ja, daß die Reformierten viel zu reisen pflegen.»

«Viel zuviel», sagte Monsieur de Bardagne trocken. «Es ist eine Gewohnheit, die sie lieber aufgeben sollten. Im übrigen sind die Anordnungen in diesem Punkt absolut eindeutig.»

«Ihr seid mir bisher viel liebenswürdiger und großzügiger vorgekommen.»

Der königliche Beamte geriet in Erregung.

«Was wollt Ihr damit sagen? . . . Ich mißbillige die Gewalt und . . .»

«Ich will damit sagen, daß mir diese inquisitorische Tätigkeit recht wenig in Einklang mit Eurem Charakter zu stehen scheint. Ich habe in Euch mehr einen der irdischen Befriedigungen zugewandten Menschen gesehen.»

Er lachte herzlich, im Grunde geschmeichelt. Sie war nicht so gleichgültig und kühl, wie sie sich den Anschein zu geben suchte.

«Verstehen wir uns recht», begann er wieder. «Wie jeder gute Christ versuche ich, mir meinen Himmel zu verdienen, aber ich gebe zu, daß mich die in Frage stehende Aufgabe vor allen Dingen ihrer weltlichen Seite wegen interessiert. Sich mit religiösen Angelegenheiten zu beschäftigen ist im Augenblick die schnellste Möglichkeit für einen Beamten voranzukommen. Andererseits habe ich die größte Hochachtung vor Monsieur Berne. Ich möchte ihm gern helfen, aber er beharrt auf seinen Irrtümern, er will nicht begreifen . . .»

«Was soll er begreifen?»

«Daß wir die Erziehung seiner beiden Kinder nur einer katholischen Familie anvertrauen können. Das Übel sitzt schon zu tief in diesen jungen Seelen.»

«Warum hat man seine Tochter Séverine verhaftet?»

«Weil es Zeit wird, daß sie sich für die Religion ihrer Wahl entscheidet.»

«Solche Maßnahmen zerstören die Autorität des Familienvaters, die Grundlage unserer Gesellschaft und des Landes.»

«Was tut das, wenn diese Autorität schädlich ist. Ich habe hier einen Bericht, der . . .»

Er zog ein zweites Aktenstück heran, stockte jedoch mitten in der Bewegung. «Aber . . . Ihr verteidigt sie ja!» rief er, indem er sie mißtrauisch betrachtete.

Angélique machte sich heftige Vorwürfe. Sie hatte sich ungeschickt verhalten. Sie hatte ihre persönliche Meinung allzusehr durchschimmern lassen. Sie fühlte sich nicht imstande, ihre Rolle so zu spielen, wie sie es früher getan hatte. Früher hätte sie Listen gebraucht und mit größter Leichtigkeit gelogen. Vielleicht lag es daran, daß sie sich damals die Dinge weniger zu Herzen genommen hatte.

Sie mußte um jeden Preis die Situation wieder in die Hand bekommen.

«Ich verteidige sie nicht. Ich möchte Euch nur beweisen, daß ich weiß, was in dieser Familie vorgeht. Und ich sehe, daß Ihr auf Grund irgendwelcher alberner Geschichten Eurer Dunkelmänner handelt, die sie pompös als ‹Berichte› ausgeben, während ich nicht einmal gefragt werde.»

«Ihr werdet nicht gefragt, weil Ihr nichts sagt. Gerade durch Euch hoffte ich zahlreiche und genaue Auskünfte zu erhalten. Aber ich wartete vergeblich.»

«Es gab nichts Interessantes mitzuteilen.»

«Dennoch habt Ihr Martial Berne fliehen lassen, ohne mich über sein Vorhaben, das Euch nicht entgangen sein kann, zu unterrichten.»

«Es handelte sich um keine Flucht, sondern um eine Reise.»

«Man hat Euch an der Nase herumgeführt.»

«Sagt nur noch, daß ich eine dumme Gans bin!»

Sie aufstehen und sich zum Verlassen des Zimmers anschicken zu sehen, schmetterte Monsieur de Bardagne nieder. Eilends umschritt er seinen Schreibtisch, um sie zurückzuhalten.

«Nun, wir werden uns doch nicht wegen solcher Kleinigkeiten streiten. Ihr habt meine Worte mißverstanden. In bin tief betrübt . . .»

Unter dem Vorwand, sie aufzuhalten, legte er seine Hände auf ihre Schultern und ließ sie die Arme entlanggleiten. Unter der Leinwand der Ärmel fühlte er das feste, sanfte Fleisch. Der leise Duft nach gesunder Weiblichkeit berauschte ihn. Angélique gab sich über die Natur ihrer Macht keinen Illusionen hin. Es war ihr unangenehm, aber sie sagte sich, daß es ihre Pflicht sei, daraus Nutzen zu ziehen, und löste sich von ihm mit aller nur möglichen Diplomatie.

«Ihr habt mich in der Tat verletzt.»

«Ich bin bekümmert und bereue.»

«Weil ich glaube, Euch sagen zu können, daß Ihr so, wie Ihr Maître

Berne behandelt, niemals zum Ziel kommen werdet. Ich habe ihn recht gut kennengelernt. Er wird sich sträuben und nur noch starrköpfiger werden. Während Eure Nachsicht und das hilfsbereite Entgegenkommen, das ihr ihm bezeigt, ihn Euren Argumenten zugänglich machen wird.»

«Wirklich?»

«Vielleicht.»

Der Statthalter des Königs geriet von neuem in Verwirrung. Diesem faszinierenden Hals, über den sein Blick glitt, so nahe, konnte es nicht anders mit ihm geschehen. Er verlangte danach, ihr Glauben, ihr blindes Vertrauen schenken zu können.

«Aber ich kann ihm schließlich doch nicht seine Kinder zurückgeben», ächzte er. «Das ist ganz unmöglich . . . Übrigens gestehe ich Euch gern ein, daß nur dieser verdammte Baumier dahintersteckt. Aber da die Prozedur nun einmal in Gang gesetzt, das Fluchtdelikt ans Licht gekommen und die Tochter verhaftet ist, kann ich nicht mehr zurück.»

«Was wollt Ihr mit ihnen machen?»

«Der Junge wird den Jesuiten anvertraut, das Mädchen den Nonnen.»

Und wir werden sie niemals wiedersehen, dachte Angélique bedrückt.

«Eben deshalb bin ich zu Euch gekommen, Herr Graf, um eine andere Lösung vorzuschlagen. Selbst Maître Berne könnte nichts dagegen einzuwenden haben. Er hat eine konvertierte Schwester, die mit einem Offizier der königlichen Marine verheiratet ist und auf der Île de Ré wohnt.»

«Ich weiß. Madame Demuris.»

«Die Kinder könnten doch ihr anvertraut werden. Man hat mir versichert, daß derlei üblich ist. Wenn sich die Notwendigkeit ergibt, ein reformiertes Kind seinen Eltern zu entziehen, sucht man nach der nächsten katholischen Verwandtschaft, um ihr die Erziehung zu übertragen. Es ist zugleich ein Akt der Menschlichkeit und der Vernunft.»

«Warum habe ich nur nicht schon selbst daran gedacht!» rief der Statthalter des Königs begeistert. «Das ist wirklich die vollkommene Lösung. Selbst Baumier wird nichts dagegen haben können, und Maître Berne wird mir, denke ich, dankbar sein. Ihr seid wundervoll. Eure Intelligenz kommt Eurer Schönheit gleich.»

«Dennoch, scheint mir, habt Ihr an ihr gezweifelt.»

«Was muß ich tun, um Eure Verzeihung zu erlangen?»

Vor Freude außer sich, erleichtert, entzückt über die Schätze, die er unaufhörlich in diesem erstaunlichen Geschöpf entdeckte, konnte Bardagne seinem Elan nicht widerstehen. Er nahm Angélique um die Taille und drückte seine Lippen auf ihren glatten Hals, dessen zarte Linien und graziöse Bewegungen ihn während der ganzen Unterhaltung immer von neuem berauscht hatten.

Angélique zuckte zusammen, als habe man sie verbrannt. Sie entzog sich so jäh seiner Umarmung, daß der arme Mann sie verdutzt anstarrte.

«Ist es möglich», stammelte er, «daß ich Euch in solchem Maße zuwider bin?»

Seine Augen drückten Bestürzung aus, seine Lippen zitterten. Obwohl nur kurz, hatte die Berührung genügt, um alle seine Hoffnungen zu bestätigen. Diese Frau war erregender als alle, die er jemals kennengelernt hatte. «Tod und Teufel!» dachte er. «Sollte sie ebenso prüde wie die übrigen calvinistischen Jungfern sein? Das wäre mein Pech!»

37

Angélique stützte sich auf den mit Mosaiken eingelegten Tisch und wußte nicht, wie sie sich verhalten sollte.

Er mißfiel ihr durchaus nicht. Er war galant. Er hatte schöne Augen, schöne Hände, erfahrene Lippen. Wer mochte wissen, ob sie nicht früher – in jenem «Früher», von dem sie, wie es ihr schien, nun durch ein schwarzes, unüberwindliches Gitter getrennt war – in Versuchung geraten wäre? Sie konnte nicht vergessen, daß sie nur eine einfache Dienstmagd und er der Vertreter des Königs in La Rochelle war, in der hierarchischen Ordnung also der mächtigste Mann der Stadt.

Glücklicherweise war er nicht dünkelhaft. Im Augenblick empfand er Angéliques Zurückweichen weniger als Beleidigung denn als schmerzlichen Schlag. Sie spürte, daß sie ihn trösten müsse.

«Ihr seid mir nicht zuwider», sagte sie. «Im Gegenteil. Ich gebe zu, daß ich Euch sehr liebenswert finde. Aber . . . wie soll ich's Euch erklären . . . ich habe meiner hochgestellten Beschützerin . . . jener Person, die ich nicht nennen kann . . . versprochen, ein sittsames Leben zu führen, um meine vergangenen Irrtümer zu büßen.»

«Die Pest soll diese Betschwestern holen!» schrie Nicolas de Bardagne. «Ich wette, sie ist häßlicher als die sieben Todsünden zusammen. Sie begreift nicht, daß eine so schöne Frau wie Ihr nicht das Leben einer Nonne führen kann.»

«Und wenn ich selbst den Wunsch hätte, tugendhaft zu bleiben, Herr Graf? . . . Gehört es zu Euren Aufgaben, mich in Versuchung zu führen?»

Monsieur de Bardagne seufzte tief auf. Das Abenteuer ließ sich viel schwieriger an, als er zunächst geglaubt hatte. Er beschloß, mit offenen Karten zu spielen.

«Meiner Ansicht nach ist dies die Aufgabe jedes normalen Mannes, wenn er sich in Eurer Gegenwart befindet», sagte er heiter. «Ich bin sicher, Ihr verfügt über genug Geist und . . . Erfahrung, um mich zu verstehen und mir zu verzeihen.»

Er streckte ihr beide Hände entgegen.

«Vergessen wir all das, Dame Angélique, und schließen wir Frieden.»

Es hätte ihr schlecht angestanden, die Versöhnung nicht anzunehmen. Er küßte leicht ihre Fingerspitzen, und sie verspürte eine recht weibliche Aufwallung von Widerstand und Scham bei dem Gedanken, daß die Hausarbeit ihre Hände verdorben und aufgerauht hatte.

Sie gestattete, daß er ihr den Mantel um die Schultern legte und sie zur Tür geleitete. Er neigte sich mit respektvoller Zärtlichkeit zu ihr.

«Erinnert Euch immer, Dame Angélique, daß Ihr einen Freund in mir habt, der bereit ist, Euch in allen Umständen zu helfen . . .»

Er umhüllte sie mit seinem Charme, und so lange hatte sich kein Mann ihr gegenüber so verhalten, daß sie sich in einen Aufruhr von Erinnerungen hineingezogen fühlte. So viele Männer hatten sich mit jenem glühenden Blick vor ihr geneigt. Sie erkannte ihr Verlangen, das immer dasselbe war, demütigend und gebieterisch zugleich.

Jenes anrührende Bitten der verschleierten Augen, der gebrochenen Stimme, jene zuvorkommende Sanftheit, hinter der sich wie in einem samtenen Handschuh die grausame Waffe der Besitzergreifung verbarg, die, wenn die Stunde gekommen war, den Bittenden zum Herrn, die unerreichbare Göttin zur Besiegten machte.

Angélique hätte nicht geglaubt, daß sie noch für die Feinheiten des ewigen Spiels empfänglich sein könnte. Es quälte sie und zog sie wiederum auch an wie ein durch besondere Umstände heraufbeschworenes vertrautes Klima.

Die Wangen brannten ihr, und ihre Stimme zitterte fast vor innerer Unruhe, während sie, durch sein Verhalten gleichzeitig aus der Fassung gebracht und bezaubert, sich von ihm verabschiedete.

Sie entfloh verwirrt, gleichgültig gegen die mörderischen Blicke der auf später vertrösteten anderen Besucher. Die Bänke im Vorzimmer hatten sich geleert. Manche waren, des Wartens müde, zum Mittagessen gegangen. Zwölf Uhr war längst vorüber. Von Windstößen geschüttelt, hatte Angélique auf der Straße alle Mühe, ihren Mantel zusammenzuhalten, und kam kaum voran. Der Himmel war erstaunlich blau. Der Sturm zerfetzte das winterliche Licht zu feinen Flämmchen, die knisternd aus der Tiefe der engen Gassen aufzuflackern schienen.

Angélique suchte sich ihren Weg, ohne des Kampfes gegen den entfesselten Sturm recht gewahr zu werden, so sehr war ihr Geist mit der hinter ihr liegenden Begegnung beschäftigt. Ein brodelndes Gefühl der Verwirrung überkam sie bei dem Gedanken an ihre Ungeschicklichkeit, an ihr linkisches Benehmen.

Ach, die Zeit war fern, in der sie den persischen Gesandten Bachtiari

Bey meisterlich umstrickt hatte, um ihn gefesselt, wie einen Bären, Ludwig XIV. zu Füßen zu legen. Das war damals hohe weibliche Strategie gewesen. Noch dazu, ohne im geringsten ihre Tugend antasten zu lassen! ... Während sie sich heute jämmerlich benommen hatte. Es gab kein anderes Wort dafür. Anstatt sich zu freuen, diesen Mann, von dem sie vieles erlangen konnte, vom Fieber ergriffen und in fünf Minuten blökend wie einen Ziegenbock zu sehen, hatte sie sich verkrampft ... Indem sie seine ein wenig zu dreisten Erklärungen mit der prüden Widerborstigkeit einer eben erst dem Kloster entsprungenen Jungfer aufnahm, hätte sie sich ihn für immer entfremden können. In ihrem Alter war das beinahe lächerlich! Damals hätte sie ihn durch ein Lächeln, ein pikantes Wortspiel zurechtgewiesen ...

Angélique, namenlose Dienstmagd, in Leinen und Barchent gekleidet, verloren in den Straßen La Rochelles, widmete der glanzvollen Frau, die sie noch vor einigen Jahren gewesen war und die so geschickt die Waffen ihres Geschlechts zu führen gewußt hatte, einen Augenblick achtungsvollen Gedenkens. Zwischen jenen Zeiten und der Gegenwart hatte es die Nacht von Plessis gegeben. Nach und nach hatte sie wieder Boden unter die Füße bekommen, war sie wieder aufgelebt. Das Dasein hatte sie von neuem vorangestoßen. Doch von der schwersten Verletzung würde sie, dessen war sie gewiß, niemals genesen. Es gab keinen Mann, der dieses Wunder in ihr zuwege bringen würde: die einstige Heiterkeit des Liebens neu zu beleben, das heiße Drängen ihres Körpers zu einem anderen Körper, das mysteriöse Aufblühen der Lust, die Verzückung des Erliegens.

«Er müßte schon ein Magier sein», dachte sie. Und mechanisch wandte sich ihr Blick dem schwarzen, aufgewühlten Meer zu, auf dem kein Segel zu erblicken war.

38

Monsieur de Bardagne hielt Wort. Und es war wie Balsam für Angéliques wundes Selbstbewußtsein, daß er sich trotz der Ungeschicklichkeiten, die sie sich vorwarf, beeilte, ihrem Rat zu folgen und ihr Genugtuung zu verschaffen. Schon am folgenden Tage wurden Martial und Séverine zu ihrer Tante auf die Île de Ré gebracht.

Angélique fehlte es nicht an Arbeit in ihrer kleinen Welt. Die Haushaltsgeschäfte ließen ihr kaum Zeit zur Überlegung.

Um die Wäsche zu spülen, ging sie zu einem Brunnen der Stadt, der größer war als der im Hof, und nahm auf diese Wege Honorine mit. Als sie eines Morgens eben die gewaschenen Wäschestücke in dem geflochtenen Korb aufgehäuft hatte, sah sie zu ihrer Überraschung ihre Tochter mit einem blinkenden Gegenstand spielen.

«Zeig mir das», sagte sie.

Durch Erfahrung mißtrauisch, verbarg Honorine den Gegenstand hinter ihrem Rücken, doch nicht schnell genug, um ihrer Mutter den Anblick einer sehr hübschen Kinderklapper aus ziseliertem Gold mit Elfenbeingriff, eines wahren Kleinods, zu entziehen.

«Wo hast du diese Klapper gefunden? Honorine, du darfst nichts behalten, was dir nicht gehört.»

Die Kleine ließ das Spielzeug nicht los.

«Der nette Herr da hat es mir gegeben.»

«Welcher nette Herr?»

«Da hinten», erwiderte Honorine mit einer unbestimmten Geste zum Hintergrund des Platzes.

Um eine Szene zu vermeiden, da die durchdringenden Schreie des Kindes die Schar der waschenden Gevatterinnen auf den Plan rufen mußte, ließ sie es dabei bewenden und nahm sich vor, die Angelegenheit ans Licht zu ziehen, sobald sie zu Hause sein würden. Sie griff nach dem Korb, nahm ihre Tochter bei der Hand und machte sich auf den Rückweg.

In einer engen, wenig begangenen Gasse trat ein Mann auf sie zu, den Mantelzipfel fallen lassend, mit dem er bis dahin sein Gesicht verborgen hatte. Sie stieß einen leisen Schrei aus, beruhigte sich aber, als sie den Statthalter des Königs, Nicolas de Bardagne, erkannte.

«Oh, Ihr habt mir Angst eingejagt!»

«Das tut mir leid.»

Seine galante Eskapade schien ihn zu erregen.

«Ich habe mich ohne Begleitung in dieses feindselige Viertel gewagt und möchte aus guten Gründen nicht erkannt werden.»

«Das ist der nette Herr», warf Honorine ein.

«Ja, ich habe mich durch ein Geschenk für dieses charmante Kind ankündigen wollen.»

Honorine betrachtete ihn mit bewundernden Augen. Wie sehr sie schon Frau war, durch eine goldene Kinderklapper erobert! . . .

«Ich kann es nicht annehmen», sagte Angélique. «Es ist zu wertvoll. Ich muß es Euch zurückgeben.»

«Ah, es ist nicht leicht, Euer Herz zu rühren», seufzte er. «Ich habe Tag und Nacht von Euch geträumt und versucht, mir Euch mit einem Ausdruck der Sanftheit und Hingabe vorzustellen. Aber kaum stehe ich vor Euch, richtet Ihr die Schranke Eures Blicks gegen mich auf . . . Darf ich Euch begleiten? Ich habe mein Pferd hier in der Nähe angepflockt.»

Sie machten sich langsamen Schrittes auf den Weg. Einmal mehr stellte Monsieur de Bardagne verzweifelt bei sich fest, daß diese Frau ihn durch einen unbekannten Zauber gefesselt hatte. Ein geduldiger Anbeter, solange er fern von ihr war, verlor er die Kontrolle über sich, sobald er sich in ihrer Nähe befand. Vielleicht war es ein anomales Phänomen, aber es war Tatsache. Er erkannte es an. Er nahm es hin. Er ergab sich ... Er fühlte sich imstande, bittend vor ihr in die Knie zu sinken.

Sie hatte schöne Arme, nun durch die Kälte des Wassers gerötet, in das sie sie getaucht hatte, kindliche Wimpern, einen königlichen Mund, dem das kaum merkliche Zittern und der besorgte Ausdruck nichts von seinem Adel nahm.

«Verzeiht mir, Herr Graf. Ihr seid eine bedeutende Persönlichkeit, und ich bin nur eine arme, alleinstehende Frau, für die niemand einsteht. Nehmt es mir nicht übel, wenn ich Euch sage, daß Ihr nichts von mir erwarten dürft. Ich ... es ist mir einfach unmöglich.»

«Aber warum?» ächzte er. «Habt Ihr nicht durchblicken lassen, daß ich Euch nicht unangenehm bin? Zweifelt Ihr an meiner Großzügigkeit? Es versteht sich von selbst, daß Ihr Eure untergeordnete Stellung aufgeben werdet. Ihr werdet die Behaglichkeit eines Hauses genießen, in dem ihr allein Herrin sein werdet, wenn Ihr es wünscht. Für alle Eure Bedürfnisse und die Eures Kindes wird gesorgt werden.»

«Schweigt», sagte sie hart. «Diese Fragen sind ohne Bedeutung.»

Er zwang sie zum Stehenbleiben, indem er sie gegen die Einfassung einer Tür drängte, um ihr ins Gesicht sehen zu können.

«Ihr werdet mich vielleicht für einen Narren halten. Aber ich muß Euch die Wahrheit sagen. Niemals hat mir eine Frau eine so verzehrende Leidenschaft eingeflößt wie die, die Euer Anblick in mir hat wachsen lassen. Ich bin 38 Jahre alt, und mein Leben, ich gestehe es Euch, ist nicht immer von beispielhafter Ehrsamkeit gewesen. Es war reich an Abenteuern, deren ich mich nicht rühmen kann. Aber seitdem ich Euch kenne, weiß ich, daß mir das widerfuhr, was jeder Mann zugleich fürchtet und wünscht: die Begegnung mit jener Frau, die die Macht hat, ihn zu fesseln, ihn durch ihre Zurückweisungen leiden zu lassen, durch ihre Bereitwilligkeit zu beglücken, deren Joch, deren Launen er zu ertragen bereit ist, um sie nicht zu verlieren ... Ich begreife nicht, was Euch diese besondere Macht über mich verleiht, aber es scheint mir nun, als habe ich vor Euch nichts gekannt. Alles war abgeschmackter, armseliger Zeitvertreib. Nur durch Euch kann ich erfahren, was Liebe bedeutet ...»

«Wenn er wüßte, welche anderen Lippen mir schon vor ihm ähnliche Worte sagten!» dachte sie. «Die des Königs ...»

«Könnt Ihr mir das verweigern?» beharrte er. «Es wäre das Leben, das Ihr mir verweigert.»

Die liebenswürdige, glatte Physiognomie des Gesellschaftsmenschen verhärtete sich. Die Augen, die einen finsteren Ausdruck angenommen hatten, musterten sie gierig. Er fragte sich, welche Farbe ihr Haar haben mochte, das sie unter einer strengen Leinenhaube verbarg: blond, kastanienfarben, rot wie das ihrer Tochter, braun vielleicht, wie der warme Schimmer ihres Teints vermuten ließ?

Ihre Lippen waren wie mit Perlmuttglanz überzogen. Sie erinnerten an die unaufdringliche Pracht der Muscheln.

In dem Zustand, in dem er sich befand, hätte er sie ohne Honorines Gegenwart, die ihn mit in die Luft gehobener Nase aufmerksam beobachtete, in seine Arme gezwungen und versucht, ihre Begierde zu wecken.

«Gehen wir», sagte sie, ihn artig zurückdrängend. «Ihr seid ein Narr, Herr Graf, und ich glaube nicht ein Wort von dem, was Ihr mir da erzählt. Gewiß habt Ihr viel glänzendere Frauen als mich gekannt, und es kommt mir fast so vor, als wolltet Ihr meine Naivität mißbrauchen.»

Nicolas de Bardagne folgte ihr, Leere im Herzen, sich all dessen bewußt, was in seiner Erklärung verrückt klingen mußte. Er selbst verwunderte sich darüber, aber er wiederholte es sich, daß an der Tatsache nicht zu rütteln war. Er liebte sie so, daß er den Kopf darüber verlor, daß er bereit war, sich zu kompromittieren, seine Karriere zu ruinieren. Sein Blick fiel auf das kleine Mädchen, das an der Hand seiner Mutter dahinstolperte, und ein anderer Gedanke kam ihm.

«Ich schwöre Euch», versicherte er, «falls Ihr ein Kind von mir haben werdet, es anzuerkennen und für seine Erziehung zu sorgen.»

Angélique zuckte zusammen. Kein Versprechen konnte sie stärker abkühlen als dieses. Es entging ihm nicht.

«Ich bin ein Tölpel», seufzte er.

Als sie vor dem Haus der Bernes anlangten, setzte Angélique ihren Korb ab und löste von ihrem Gürtel den Schlüssel, der die Seitenpforte öffnete. Der Statthalter des Königs folgte jede ihrer Bewegungen mit einem Gefühl geschärften Schmerzes, in den sich melancholisches Entzücken mischte. Sie war die Grazie selbst. Sie würde der Schmuck jedes Hauses sein.

«Eure Zurückhaltung macht mich närrisch. Wenn sie gespielt wäre, würde ich es gern auf mich nehmen, Euch davon zu kurieren. Aber sie scheint leider recht wirklich zu sein . . . Hört mich an, ich glaube . . . ja, ich glaube, daß ich so weit gehen werde, Euch zu heiraten.»

«Aber Ihr seid doch gewiß verheiratet!» rief sie aus.

«Nun, das ist es eben, worin Ihr Euch täuscht. Ich verheimliche Euch nicht, daß man mir seit meinem fünfzehnten Jahr alle möglichen Erbinnen in die Arme geworfen hat, aber es glückte mir immer, mich rechtzeitig zu retten, und ich war fest entschlossen, mein Leben in der Haut eines Junggesellen zu beschließen . . . Für Euch jedoch fühle ich mich fähig, die ehelichen Ketten auf mich zu nehmen. Wenn die Vorstellung eines Lebens außerhalb der göttlichen Gesetze der einzige Grund ist, der Euch von mir trennt, werde ich dieses Hindernis niederreißen.»

Er vollführte einen zeremoniellen Gruß, indem er sich leicht verbeugte.

«Dame Angélique, werdet Ihr mir die Ehre geben, mich als Euren Gatten anzunehmen?»

Wahrhaftig, er war entwaffnend.

Sie durfte sein Angebot nicht leicht nehmen, wenn sie es nicht riskieren wollte, ihn ernstlich zu beleidigen. So versicherte sie, daß sie fassungslos sei, daß sie niemals eine solche Ehre erhofft, aber keinen Zweifel daran habe, daß er, kaum in sein luxuriöses Palais zurückgekehrt, seinen wahnwitzigen Vorschlag bedauern werde, weshalb sie selbst ihn nicht annehmen könne. Das Hemmnis, das sie von ihm trenne, gehöre nicht zu denen, die man leicht beiseite schiebe, selbst dann nicht, wenn man den Preis dafür zu zahlen bereit sei.

«Versteht mich, Monsieur de Bardagne . . . es fällt mir schwer, Euch die Gründe für das zu erklären, was Ihr meine Fühllosigkeit nennt. Ich habe viel in meinem Leben gelitten . . . durch die Männer. Ihre Brutalität hat mich tief verletzt und mir für immer die Freude an der Liebe ausgetrieben . . . Ich fürchte sie und finde keinen Geschmack mehr an ihr.»

«Wenn es nur das ist!» rief er, wieder heiterer. «Was habt Ihr von mir zu fürchten? Ich kenne die Frauen und verstehe es, sie galant zu behandeln . . . Ich bin kein Schiffer vom Hafen . . . Ein Edelmann bittet Euch, ihn zu lieben, schöne Dame. Vertraut mir. Ich werde Euch schon besänftigen und das meinige dazu tun, Eure Ansichten über die Liebe und ihre Vergnüglichkeiten zu ändern.»

Angélique war es geglückt, die Pforte zu öffnen, Honorine hineinzuschieben und den Korb in den Hof zu stellen. Sie wünschte die Unterhaltung zu beenden.

«Versprecht mir, daß Ihr über meine Vorschläge nachdenken werdet», beharrte der Statthalter des Königs, sie am Arm zurückhaltend. «Ich stehe zu allen. Ihr werdet den auswählen, der Euch am besten gefällt . . .»

«Ich danke Euch, Herr Graf. Ich werde es mir überlegen.»

«Sagt mir wenigstens, von welcher Farbe Euer Haar ist!» bat er noch.

«Weiß», sagte sie und schlug ihm die Tür vor der Nase zu.

Angélique war von Maître Gabriel beauftragt worden, dem Reeder Jean Manigault eine Botschaft zu überbringen. Sie befand sich schon auf dem Rückweg durch ein an den Wällen entlangführendes Gäßchen, als sie zwei Männer bemerkte, die ihr folgten.

In ihre Gedanken versunken, hatte sie bis dahin nicht auf sie geachtet. Aber die verlassene Gasse, in die sie eingebogen war, ließ das Geräusch der sich immer im gleichen Abstand hinter ihr haltenden Schritte zu ihren Ohren dringen.

Sie warf einen Blick über ihre Schulter und bemerkte zwei Individuen, deren Aussehen ihr nicht gefiel. Es waren weder umherstreifende Matrosen noch Schiffer aus dem Hafen. Ihre bürgerliche Kleidung schien fast elegant, stach aber auffallend gegen die unrasierten, verschlagenen Physiognomien ab. Sie wirkten wie verkleidet.

Ein aus früheren Erfahrungen gewonnener Spürsinn ließ sie denken: «Polizisten», und sie beschleunigte ihren Gang. Alsbald näherten sich die Schritte, und einer der Männer rief sie an:

«He, Hübsche . . . lauft uns nicht davon!»

Sie ging noch schneller, doch sie hatten sie schon erreicht und rahmten sie auf beiden Seiten ein. Einer von ihnen packte ihren Arm.

«Ich bitte Euch, Messieurs, laßt mich!» sagte sie, sich losreißend.

«He, warum denn? Ihr seht nicht allzu lustig aus. Man könnte Euch doch ein wenig Gesellschaft leisten.»

Ihr tückisches Lächeln ließ sie das Schlimmste befürchten. Wenn sie genötigt war, die aufdringlichen Burschen zu ohrfeigen, machte sie sich auffälliger, als ihr lieb sein konnte. Waren es reiche Bürgersöhne, würden sie ihr Mißgeschick vielleicht hinnehmen. Aber ohne recht zu wissen warum, fürchtete sie, daß sich hinter ihrer eleganten Außenseite etwas Verhängnisvolles verstecken könnte.

Ihre Augen suchten längs der verschlossenen Häuserfronten nach Hilfe. Aber es war die Stunde nach der Mittagsmahlzeit, und La Rochelle pflegte nach der Gewohnheit der Mittelmeerländer die Fenster mit Läden zu verdunkeln. Die Sonne schien strahlend und warm für die Jahreszeit und lud zur Mittagsruhe ein. Niemand am Fenster, niemand auf der Türschwelle. Zum Glück befand sich Angélique nicht weit von den Lagerhäusern Maître Bernes.

Es war besser, sich in ihren Schutz zu flüchten, als den Versuch zu wagen, das noch ferne Haus zu erreichen, und auf dem Wege dorthin diese reichlich unerfreuliche Begleitung dulden zu müssen. Sie wußte, daß Maître Gabriel sich dort aufhielt, und war überzeugt, daß er die Burschen in ihre Schranken verweisen würde.

Sie fuhren fort, ihr Komplimente und abgeschmackte Albernheiten zu sagen. Vielleicht waren es doch nur leicht angetrunkene Müßiggänger auf der Suche nach irgendwelchen Vergnügungen.

Sie überquerte die Gasse und entdeckte zu ihrer Erleichterung am Ende einer langen, blinden Mauer die Einfahrt, vor der am Abend ihrer Ankunft in La Rochelle Maître Gabriel zum erstenmal angehalten hatte, um seine Kornkarren in den Hof zu dirigieren. Sie war nur noch wenige Schritte davon entfernt, als einer der Männer, der größere, der unter dem Tuch seines taubenblauen Rocks recht muskulös schien, ihre Hand ergriff und einen Arm um ihre Taille legte.

«Genug, meine Hübsche! Ihr werdet zwei netten Jungs wie uns, die nichts weiter möchten als ein Lächeln und ein schnuckliches Schmätzchen, doch kein schiefes Maul ziehen. Man hat uns erzählt, daß die Mädchen von La Rochelle den Fremden freundlich entgegenkämen. Beweist uns das!»

Während er sprach, beugte er sich über sie und versuchte, seinen Mund auf ihre Lippen zu pressen.

Sie warf sich zurück und gab ihm mit aller Kraft eine schallende Ohrfeige. Er ließ sie los und hielt seine schmerzende Wange. Sie machte einen Satz zur Tür, aber schon hatte sie der andere umschlungen. Ein böses, triumphierendes Lächeln verzog die Lippen des Geohrfeigten.

«Gib's ihr, Jeannot!» rief er. «Halt sie fest. Wir werden ihr ein bißchen die Röcke lüpfen . . . Was für ein Happen! Ein wahrer Glückstag ist das für uns!»

Gemeinsam gelang es ihnen, sie zu bändigen. Ein brutaler Fußtritt in die Kniekehlen ließ sie taumeln. Sie schrie auf. Schläge trafen ihren Mund. Grobe Hände rissen an den Schnürbändern ihrer Korsage. Sie glaubte ohnmächtig zu werden, doch sie faßte sich wieder und wehrte sich wie eine Rasende mit Fäusten und Zähnen.

Von neuem gelang es ihr zu entkommen, und verzweifelt lief sie der Einfahrt zu. Ein Stein ließ sie stolpern, sie stürzte auf die Knie, schleppte sich weiter. Sie schrie:

«Zu Hilfe, Maître Gabriel! . . . Zu Hilfe!»

Schon wieder waren sie über ihr. Sie schlug um sich wie in einem Alptraum, wie sie gegen die Dragoner Montadours gekämpft hatte, mit dem gleichen Gefühl der Ohnmacht, dem gleichen lähmenden Entsetzen.

Plötzlich schienen ihre Widersacher davonzufliegen. Einer von ihnen prallte gegen die Mauer, von einer schier unmenschlichen Kraft geschleudert. Seine Augen wurden glasig. Er schwankte und fiel, schlaff wie ein Hampelmann, über Angélique. Rotes Blut schoß stoßweise aus einer Schläfenwunde. Erschrocken bemühte sie sich, die Last von sich zu stoßen. Das Blut sprudelte wie eine Quelle. Es gelang ihr nicht, sich von dem Körper zu befreien, der mit der zähen Trägheit eines Leblosen über ihr lag, obwohl sie wie wahnwitzig gegen ihn ankämpfte. Endlich brachte sie es fertig, ihn beiseite zu schieben. Vor ihr hatte es der Mann im blauen Rock mit Maître Gabriel zu tun. Der Kaufmann war seinem Gegner an Kraft und Körperbau weit überlegen. Seine Fäuste schlugen hart auf ihn ein. Der Mann bat schon um Gnade. Zweimal war er zu Boden gegangen. Seine Kleidung war zerknittert und staubbedeckt, sein Gesicht bekam einen verstörten Ausdruck. Die Perücke war in den Rinnstein gefallen, und das zum Vorschein gekommene fettige, schmutzige Haar fiel ihm über die Augen.

«Genug!» stammelte er atemlos. «Hört auf! . . .»

Ein schwerer Schlag in den Magen ließ ihn taumeln. Mit schwindelndem Kopf lehnte er sich gegen die Mauer.

«Hört auf, sage ich . . . Laßt mich . . .»

Maître Gabriel näherte sich ihm langsam. Der andere schien in seinen Zügen etwas Furchtbares zu lesen, denn plötzlich weiteten sich seine Augen.

«Nein», sagte er mit erstickter Stimme. «Nein . . . Habt Mitleid!»

Ein weiterer Schlag schleuderte ihn auf die Knie.

«Nein . . . das dürft Ihr nicht! . . . Erbarmen!»

Der Kaufmann beugte sich unerbittlich über ihn. Er schlug noch einmal zu, dann umspannte er mit beiden Händen des anderen Kehle.

«Nein . . .» röchelte der Mann.

Seine fahlen, kraftlosen Hände versuchten sich zu heben und die knotigen, eisenharten Arme abzuwehren, die sich seiner bemächtigt hatten. Sie zuckten krampfhaft und fielen zurück. Unartikulierte Laute entquollen dem weit aufgerissenen Mund des Blauberockten.

Die Daumen Maître Gabriels bohrten sich in dieses Fleisch wie in Ton. Es schien, als ob sie sich nie mehr lösen würden.

Versteinert vor Schrecken starrte Angélique auf die Hände des Kaufmanns, deren Muskeln spielten, während sie den Hals gleich einer Zange immer enger umschlossen. Ein Röcheln stieg in die grausige Stille.

Angélique biß sich auf die Lippen, um nicht aufzuschreien. Es mußte ein Ende nehmen, und zwar schnell. Das Gesicht des Mannes färbte sich violett. Doch es nahm kein Ende . . .

Endlich verstummte das Röcheln. Mit zurückgebogenem Kopf und vorquellenden Augen lag der Elende auf den runden Steinen des Pflasters. Maître Berne musterte ihn aufmerksam, bevor er ihn losließ und sich langsam aufrichtete.

Seine klaren Augen wirkten seltsam durchsichtig in dem von der Anstrengung geröteten Gesicht. Er trat zu dem anderen Individuum, drehte es um, schüttelte es und ließ es wieder in die Blutlache zurückfallen. Dabei murmelte er:

«Er ist tot. Er muß gegen diesen Mauerhaken gefallen sein. Um so besser! Das erspart es mir, mit ihm Schluß zu machen . . . Dame Angélique . . .»

Er hob die Augen und hielt in der Bewegung inne, die ihn zu ihr geführt hätte. Eine unerklärliche Verwirrung überwältigte ihn. Die junge Frau hatte sich erhoben und stützte sich, am Ende ihrer Kräfte angelangt, gegen die Mauer, in der gleichen ergebenen Haltung, die vor kurzem der Mann im blauen Rock eingenommen hatte, als er blitzartig begriff, daß der Kaufmann ihn töten würde. Er erkannte sie nicht . . .

Nicht ganz.

Angéliques entsetzte Augen glitten von einem der beiden leblosen Körper zum anderen. Angesichts der Tragödie, die sich soeben hier abgespielt hatte und deren Ursache sie gewesen war, stieg die panische

Angst der Verfolgten wieder in ihr auf und durchdrang sie ganz, verwandelte den Ausdruck ihrer sonst ruhigen und stolzen Züge. Ihre Miene war die eines zu Tode erschreckten Kindes ...

Ganz an ihr Entsetzen verloren, bemerkte sie den Zustand nicht, in den sie die beiden Elenden versetzt hatten. Ihre Korsage war geöffnet, ihr Hemd zerrissen. Aus der verschobenen Haube fiel das Haar auf ihre Schultern und halbnackten Brüste. Von einem Streifen Sonnenlicht getroffen, gewannen die langen, blaßgoldenen Locken einen kostbaren Glanz, den ihre weiße Haut noch betonte, auf der das Blut Spuren zurückgelassen hatte. Blut, das nun schwarz zu werden begann, befleckte auch ihren Barchentrock ...

«Seid Ihr verletzt?»

Die Stimme des Kaufmanns klang leise und wie abwesend. Er sah nicht nur die Blutspuren auf ihrer Haut ... Gierige Finger hatten auf diesem perlmuttern, jäh enthüllten Fleisch ihre Eindrücke zurückgelassen. Hatten es vielleicht auch gemeine Lippen berührt? Bei diesem Gedanken fühlte der Kaufmann von neuem eine Woge mörderischen Wahnsinns in sich aufsteigen. Dieser Körper, an den zu denken er sich untersagte, wenn diese Frau mit ungezwungenen, graziösen Bewegungen in seinem Haus umherging, dieser Körper, der sich unter den schweren Falten der Röcke bewegte und dessen erregende Reize die starre Korsage umschloß, ihn hatten diese Schweine beschmutzen wollen.

Was er selbst nie gewagt hätte, nicht einmal in Gedanken, sie hatten es getan. Sie hatten sie entblößt, hatten ihre schönen, edel geformten Beine enthüllt, Beine, wie man sie nur an den Statuen der Göttinnen sah.

Niemals würde er den Anblick von der Schwelle der Einfahrt aus vergessen, als er auf dieses Bild der Gewalt und der Wollust gestoßen war: eine von zwei Strolchen überwältigte, schamlos zurechtgelegte Frau. Und *sie* war es gewesen! ...

«Ihr seid verletzt?»

So hart war seine Stimme, daß sie Angélique aus ihrer Benommenheit riß. Die kraftvolle, schwarzgekleidete Silhouette Maître Bernes schob sich zwischen sie und die blendende Sonne, zwischen sie und das Schrekkensbild.

Sie drängte sich an ihn, ihr Gesicht verbergend, in der Dunkelheit der Schulter Schutz und Vergessen suchend.

«Oh, Maître Gabriel! ... Ihr habt getötet ... Ihr habt zwei Menschen getötet ... meinetwegen ... Was wird geschehen? Was wird aus uns werden?»

Er schloß seine Arme um sie und preßte sie an sich.

«Weint nicht, Dame Angélique.»

«Ich weine nicht ... Ich fürchte mich vorm Weinen ...»

Aber die Tränen quollen ihr aus den Augen, ohne daß sie ihrer bewußt wurde, und feuchteten den Spitzenkragen ihres Beschützers. Mit ihren Händen, ihren Nägeln klammerte sie sich an ihn. Er beharrte:

«Ihr habt mir nicht geantwortet . . . Ihr habt mir nicht gesagt, ob Ihr verletzt seid.»

«Nein . . . ich glaube nicht.»

«Dieses Blut?»

«Es ist nicht das meine . . . es ist . . . von dem andern.»

Ihre Zähne begannen aufeinanderzuschlagen.

Die Hand des Kaufmanns streichelte das weiche Haar mit den Goldreflexen.

«Beruhigt Euch . . . meine Freundin, meine liebste Freundin . . .»

Er besänftigte sie wie ein Kind, und sie ergab sich seiner geduldigen Stimme und dem vergessenen, köstlichen Gefühl, von einem Mann beschützt zu werden.

Jemand hatte sich zwischen sie und die Gefahr gestellt, hatte sie verteidigt, hatte für sie getötet. Sie löste sich weinend aus ihrer Erstarrung, gegen den unverletzlichen Schutzwall gedrückt, der ihr – sie wußte es nicht, warum – die Schulter des Polizisten Desgray ins Gedächtnis zurückrief. Das schreckliche Erlebnis, durch das sie eben gegangen war, verwischte sich. Die Wellen von Abscheu und Angst, die sie durchliefen, ließen nach. Ihr überstürztes Atmen erstickte sie nicht mehr und begann einen normalen Rhythmus anzunehmen.

Plötzlich dachte sie: «Ich bin in den Armen eines Mannes, und ich fürchte mich nicht.» Es war wie die Ankündigung einer Genesung, die sie nicht mehr erhofft hatte.

Zu gleicher Zeit verspürte sie Scham. Sie fühlte die Nacktheit ihrer Haut unter den warmen Händen und wurde sich der Unordnung ihrer Kleidung bewußt.

Ihre Augen hoben sich verstohlen und begegneten dem Blick Maître Gabriels. Sein Ausdruck ließ sie erröten, und sie entwand sich ihm.

«Verzeiht», murmelte sie. «Ich war wie von Sinnen.»

Er ließ es zu, daß sie sich löste.

Mit fiebrigen Händen versuchte Angélique, Brust und Schultern mit den Fetzen ihrer Korsage zu bedecken. Durch ihre Verwirrung behindert, gelang es ihr nicht. Er war es, der ihr helfen mußte und den herabgeglittenen Träger, das abgerissene Bändchen fand. Sie errötete noch mehr.

«Regt Euch nicht auf. Diese Tiere haben Euch schrecklich zugerichtet», sagte er. «Mit diesen Fetzen werden wir zu keinem befriedigenden Ergebnis kommen. Es wird das beste sein, dieses Mieder in die Brennesseln zu werfen . . . Aber jetzt müssen wir uns beeilen . . .»

Seine Stimme wurde förmlich, und Angélique, die der Richtung seines Blicks folgte, entdeckte den Soldaten Anselme, den Wächter vom Laternenturm, der sie von der Höhe des Walls aus beobachtete.

Während nicht endender Minuten dehnte sich die stumme Spannung an beiden Enden des Gäßchens. Dann schien sich der Soldat entschlossen zu haben. Er setzte sich in Bewegung und stieg mit schweren Schritten die steinernen Stufen hinunter.

Seinen Wildschweinskopf unter dem stählernen Helm wiegend kam er auf sie zu. Das Hämmern seiner Stiefel und seiner Hellebarde auf den Pflastersteinen hallte laut durch die Gasse. Der Kaufmann betrachtete seine bloßen Hände, als frage er sich, ob sie noch Kraft genug hätten, diesen neuen, bewaffneten Feind niederzuzwingen.

«Gute Arbeit, Freund», brummte der Soldat mit seiner rauhen Stimme. «Ich hab von da oben aus das Ende mitangesehen. Ohne Euch zu schmeicheln, Maître Berne, Ihr habt tüchtige Fäuste . . .»

Mit dem Ende seiner Pike berührte er eine der beiden Leichen.

«Die beiden da kenn ich . . . Dreckskerle sind's. Baumier bezahlt sie dafür, daß sie Frauen und Töchter der Protestanten belästigen. Die Ehemänner oder Väter kommen dazwischen, es gibt Streit, und schon hat er die schönste Gelegenheit, ein paar Hugenotten mehr ins Gefängnis zu sperren . . . Mir schmeckt das nicht.»

Auf seine Waffe gestützt, in der Haltung, in der er gewöhnlich seine Gespräche zu führen pflegte, fuhr er fort:

«Was soll man anderes tun als abschwören, wenn man wie ich den Wippgalgen und die Ruten hinter sich hat? Ich bin ein armer Soldat, und man muß leben. Aber das ist noch lange kein Grund, meine Brüder von früher zu verraten. Macht schnell, laßt das Aas da verschwinden . . . Ich habe nichts gesehen.»

Er wandte ihnen den Rücken und kehrte mit schwerfälligen Schritten zu seinem Posten auf dem Wall zurück.

«Schaut in den Hof», befahl Maître Berne Angélique. «Ich möchte nicht, daß meine Gehilfen etwas davon erfahren. Wenn Ihr niemand seht, öffnet das Magazin zur Linken.»

Der Hof war glücklicherweise verlassen. Angélique riß die Tür des Schuppens auf, den er ihr angegeben hatte. Der scharfe Geruch der Salzlake benahm ihr den Atem.

Wieder bei Maître Berne angelangt, sah sie, daß er dem Erwürgten das Wams abgestreift und es dem anderen um den Kopf geschlungen hatte, um Blutspuren zu verhindern. Trotz dieser Vorsichtsmaßnahme bemerkten sie beim Transport des Leichnams mit Schrecken, daß ihre bespritzten Schuhe rote Flecke auf dem Pflaster des Hofs hinterließen. Sie legten die Leiche in den Schuppen und hasteten zurück, um die andere zu holen.

«Wir werden sie im Salz vergraben», murmelte der Kaufmann. «Es ist nicht das erste Mal. Es ist ein gutes Versteck. Das Salz konserviert sie, und wir können in Ruhe auf die beste Gelegenheit warten, sie verschwinden zu lassen.»

Er zog seinen schwarzen Tuchrock aus, ergriff eine Schaufel und wandte sich dem hohen, schneeigen Gebirge zu, das im Halbdunkel leuchtete.

Angélique half ihm, mit ihren Händen grabend. Ihre Eile, die beiden verzerrten, in einem scheußlichen Ausdruck erstarrten Gesichter verschwinden zu sehen, war so groß, daß sie die Kratzer der Salzkristalle auf ihrer zerschundenen Haut nicht spürte.

Die beiden Leichen wurden in die ausgeworfene Höhlung geschoben, die sie sorgfältig wieder zuschütteten. Angélique und der Kaufmann arbeiteten schweigend. Während er sich daran machte, die letzten Spuren zu beseitigen, die auf etwas Ungewöhnliches hätten hindeuten können, nahm Angélique einen Eimer, mit dem sie sich zum Brunnen begab. Mit einer Bürste bewaffnet unternahm sie es, das Pflaster zu reinigen. Zwei Gehilfen, die mit einer Ladung Fässer vom Hafen zurückkehrten, betraten den Hof durch die andere Pforte. Sie bemerkten sie aus der Ferne, ohne daß ihnen an der Tatsache, die Magd Maître Bernes den Hof aufwaschen zu sehen, irgend etwas auffiel. Sie erschien häufig in den Lagerhäusern, und obgleich sie sich im allgemeinen nur mit den Rechnungsbüchern beschäftigte, kam es doch vor, daß sie sich auch gröberen Arbeiten widmete. Zum Glück näherten sich die beiden Jungen nicht, da sie ihren Herrn in der Nähe wußten. Sie wären mit Recht erstaunt gewesen, sie gleichsam in Lumpen und mit aufgelöstem Haar vorzufinden.

Sie verschwanden in dem Schuppen, der dem Wein und Branntwein vorbehalten war.

Angélique kehrte noch einmal zur Gasse zurück. Fliegen begannen um die Blutlache zu summen. Der Rinnstein war bis zu dem zum Meer sich öffnenden Abflußkanal rot.

Glücklicherweise war noch niemand vorbeigekommen. Auf Knien, das Haar wirr in die Augen hängend, rieb sie immer von neuem die Steine ab und ruhte nicht eher, bis der letzte Schwung Wasser nur noch eine unbestimmte, rötliche Färbung aufwies, die keinen Verdacht erregen konnte.

Dann schloß sie aufatmend die Pforte, die Maître Gabriel eine Stunde zuvor fast aus den Angeln gerissen hatte, um ihr zu Hilfe zu eilen.

«Kommt in mein Büro», sagte der Kaufmann. «Alles ist in Ordnung. Ihr müßt Euch stärken.»

Angélique taumelte. Er legte einen Arm um ihre Taille und stützte sie, während er sie zu dem dämmerigen Raum führte, in dem er außer seinen Rechnungsbüchern und Waagschalen jeder Art und Größe kostbare Pelze aus Kanada, Stahlwaren aus England und Proben von Branntweinen der Charentes verwahrte.

Zur Vorsicht verriegelte er die Tür.

Angélique hatte sich auf eine Bank vor dem Tisch gleiten und den Kopf auf ihre Arme sinken lassen.

Maître Gabriel schob ihr ein Glas mit Branntwein zu.

«Trinkt, Dame Angélique ... Ihr habt es nötig.»

Und da sie sich nicht rührte, setzte er sich neben sie, zwang sie, den Kopf zu heben, und näherte das Glas ihren Lippen. Sie trank widerwillig ein paar Schlucke, hustete. Die Farbe kehrte in ihre Wangen zurück.

«Warum mußte das alles geschehen?» fragte sie, mit verstörter Miene um sich blickend. «Ich ging nach Hause ... sie folgten mir, holten mich schließlich ein ... Ich hoffte, bis hierher zu kommen, um Euch um Hilfe bitten zu können ... Sie wurden immer unverschämter ... und dann, plötzlich ...»

«Laßt das», sagte er. «Ihr habt nichts mehr zu fürchten. Sie sind tot.»

Ein heftiger Schauder überlief sie.

«Tot? Ist es nicht furchtbar? ... Überall Tote auf meinem Weg.»

«Es muß Tote geben», sagte Berne, dessen Augen ihren seltsamen Glanz behielten, barsch. «Der Tod ruft den Tod, das Verbrechen ruft das Verbrechen. In der Bibel steht geschrieben: ‹Du wirst Leben für Leben geben, Auge um Auge, Zahn um Zahn, Hand um Hand, Fuß um Fuß ...›»

Angélique schob sich aus der Bank. Sie erhob sich und wich vor ihm zurück, als habe sie einen Feind an ihrer Seite entdeckt.

«Ich hasse die Männer», sagte sie mit dumpfer Stimme, «ich hasse sie alle, und ich hasse mich selbst. Oh, ich möchte verschwinden. Ihr seht mich an, als ob ich närrisch sei. Ihr möchtet vielleicht, daß ich ruhig bin, aber ich habe genug davon, und ich werde nicht ruhig bleiben.»

«Wie jung und kindlich Ihr plötzlich ausseht! Ihr sprecht ganz und gar nicht mehr wie jene erfahrene Frau, die um mich zu sehen ich gewöhnt bin.»

«Ihr versteht mich nicht, Maître Berne ... Die Dämonen sind in mein Schloß eingedrungen, sie haben es in Brand gesteckt, haben meine Diener niedergemacht, meinen jüngsten Sohn ermordet, und mich, mich haben sie ... dieser Nacht wegen ist Honorine geboren worden ... versteht Ihr? ... Das Kind des Verbrechens und der Notzüchtigung ... Und Ihr wundert Euch, daß ich es nicht lieben kann!»

Anfangs schien er zu glauben, sie deliriere, doch jäh begriff er, daß sie auf vergangene Ereignisse anspielte.

«Laßt Eure Erinnerungen ruhen. Ihr habt sie vergessen.»

Auch er erhob sich nun, über die Bank hinwegsteigend. Angstvoll sah sie ihn sich nähern. Und zugleich wünschte sie, ihn bei sich zu haben, ganz dicht bei sich, um sich auf ihn stützen zu können und einmal mehr zu spüren, ob es wahr sei, daß das Wunder stattgefunden habe, ob es ihr von neuem gewährt sei, sich in den Armen eines Mannes glücklich zu fühlen.

«Eben hattet Ihr alles vergessen», murmelte er sanft, «vor kurzem noch . . . als Ihr Euch an mich lehntet . . .»

Er berührte sie. Seine Hände legten sich um ihre Taille, und da sie ihn nicht abwehrte, zog er sie an sich. Die Spannung, die sie in Bann hielt, ließ beide erzittern, und Angélique leistete keinen Widerstand.

Sie war kalt und gefühllos wie eine Jungfrau, der Gewalt angetan wird, aber die Neugier auf sich selbst blieb stärker. «Eben hatte ich keine Angst», sagte sie bei sich. «Es ist wahr . . . Doch was geschieht, wenn er mich jetzt küssen will?»

Das erregte Gesicht, das sich nun über sie beugte, stieß sie nicht ab. Es mißfiel ihr nicht, die Berührung dieses großen, kräftigen, von Verlangen besessenen Körpers zu spüren. Die Persönlichkeit dessen, der sie so an sich drückte, verschwamm. Sie vergaß seinen Namen und wer er war. Irgendein Mann hielt sie in seinen Armen, dessen ungestüme Forderung sie ohne Erschrecken erkannte.

Unaussprechliche Erleichterung überkam sie und ließ sie, an die breite Brust gepreßt, die Luft in langen, ruhigen Zügen einsaugen wie eine Ertrinkende, die wieder Atem schöpft. Also lebte sie noch!

Ihr Kopf sank weich zurück.

Durstige Lippen, die es noch nicht wagten, die ihren zu berühren, verloren sich in ihrem Haar. Sie begann die Zärtlichkeit der Hand zu spüren, die auf ihrer nackten Haut zitterte. Die Aufmerksamkeit, mit der sie sich von neuem entdeckte, absorbierte alle anderen Regungen.

Ein Wort genügte, dessen gefährliche Bedeutung nur sie verstehen konnten, um sie wieder zu sich kommen zu lassen.

«Salz . . . Salz!» schrie draußen die Stimme eines Gehilfen, der an die verschlossene Tür trommelte.

Angélique erstarrte, jäh ihrer Versunkenheit entrissen.

«Hört», flüsterte sie, «sie sprechen von Salz . . . Sie haben irgend etwas entdeckt.»

Sie lauschten reglos in die Stille. «Sollen wir Salz aufladen, Patron?» fragte die Stimme des Gehilfen hinter der Tür.

«Welches Salz?» brüllte Maître Gabriel und ließ sie los.

Er faßte sich rasch, warf einen schnellen Blick auf seine Kleidung und seinen Kragen, um sich ihres korrekten Sitzes zu vergewissern.

Der Kommis erklärte:

«Es ist wegen der Steuer. Sie wollen Salz und Wein mitnehmen.»

«Ich wette, es handelt sich um einen Streich Baumiers», knurrte der

Kaufmann.

Er öffnete die Tür. Ein von zwei Schreibern und vier bewaffneten Gendarmen begleiteter Beamter der Steuerbehörde hielt sich hinter dem bestürzten Kommis. Im Hintergrund waren zwei leere Karren zu sehen, die sie mitgebracht zu haben schienen, um die ausstehende Steuersumme in Naturalien aufzuladen.

«Ich habe meine Steuern schon bezahlt», erklärte Maître Gabriel. «Ich kann Euch die Quittung zeigen.»

«Gehört Ihr zur reformierten Religion?»

«In der Tat.»

«Dann habt Ihr nach dem neuen Dekret noch einmal den Gesamtbetrag der bereits gezahlten Steuern zu erlegen. Hier steht es geschrieben, wenn Ihr Euch überzeugen wollt», fügte er hinzu, ein Pergament vorweisend.

«Eine weitere Ungerechtigkeit, für die es nicht den geringsten Grund gibt.»

«Was wollt Ihr, Maître Berne! Eure bekehrten Glaubensgenossen sind für ein Jahr von der Kopfsteuer und für drei Jahre von der Gemeindesteuer befreit. Wir müssen den Verlust wohl oder übel woanders wieder ausgleichen. Den Halsstarrigen wie Euch kommt es zu, für die andern zu zahlen. Übrigens beläuft es sich für Euch nur auf zwölf Stückfässer Wein, hundertfünfzig Pfund gesalzenen Speck und zwölf Scheffel Salz. Für einen reichen Kaufmann wie Euch ist das nicht viel.»

Jedesmal wenn sie das Wort «Salz» vernahm, wurde Angélique bleich.

Der königliche Beamte musterte sie frech.

«Eure Gattin?» erkundigte er sich bei Maître Gabriel.

Der Kaufmann, der dabei war, das Pergament zu studieren, erwiderte nichts.

«Kommt, Messieurs», sagte er schließlich, indem er auf den Hof hinaustrat und die Richtung zu den Schuppen einschlug.

Angélique hörte, wie der Steuereinnehmer sich höhnisch lächelnd zu seinen Schreibern wandte:

«Diese Hugenotten möchten uns Lehren in guten Sitten beibringen . . . Das hindert sie nicht, es wie alle Welt mit Konkubinen zu treiben.»

39

Es folgten schreckliche Stunden, in deren Verlauf Angélique jeden Augenblick die Katastrophe erwartete.

Sie lauschte angstvoll auf die Geräusche im Hof. Schreie drangen zu ihr herüber.

Dann sah sie Maître Gabriel von zwei Gendarmen flankiert vorbeigehen. Unvermittelt beschloß sie, sich so zerzaust, wie sie war, davonzumachen, Honorine zu holen und irgendwohin zu fliehen, weit fort, immer weiter, bis sie erschöpft zusammenbräche.

Der Abmarsch des Steuereinnehmers und seiner Begleiter bewahrte sie vor diesem unüberlegten Entschluß. Die mit dem fiskalischen Proviant beladenen Karren holperten schwerfällig über das Pflaster. Die Torflügel schlossen sich hinter ihnen.

Staub tanzte in der safranfarbenen Luft der Dämmerung. Maître Berne kam über den Hof auf Angélique zu. Der Ausdruck seines Gesichts verriet seine Sorgen, aber er schien ruhig. Er schenkte sich dennoch ein Glas Branntwein ein. Es war nicht einfach für ihn gewesen, das neugierige Herumschnüffeln der Schreiber zu überwachen, seine Gehilfen zu veranlassen, das geforderte Salz von einer Seite des Haufens zu nehmen und nicht von der anderen und sich zugleich der argwöhnischen Aufmerksamkeit des Steuerbeamten zu entziehen.

«Ich habe Euch nicht helfen können», sagte Angélique. «Ich hätte mich verraten.»

Der Kaufmann machte eine müde Bewegung.

«Das geht auf das Konto Baumiers», wiederholte er. «Ich bin jetzt sicher, daß er es war, der Euch die beiden Strolche auf die Spur setzte . . . Der Besuch des Steuerbeamten sollte der Konstatierung des Streits und des Widerstands gegen die königliche Gewalt unmittelbar folgen. In ein paar Stunden werden sie sich zu fragen beginnen, was wir mit diesen beiden Halunken angefangen haben. Deshalb habe ich meine Gehilfen und die Packer fortgeschickt und das Lager für heute geschlossen. Wir können nicht länger damit warten, uns der Leichname zu entledigen.»

Er warf einen Blick zu dem vom Abendlicht erfüllten Ausschnitt der Tür.

«Es wird bald Nacht werden. Dann können wir handeln.»

Sie warteten in der Dämmerung, schweigend und ohne den Versuch zu machen, sich einander zu nähern.

Die unmittelbar drohende Gefahr hielt sie in Spannung und beschäftigte ihre Gedanken. Sie verharrten reglos wie bedrohte Tiere, die mit klopfenden Herzen auf dem Grund ihres Baus, ihrer letzten Zuflucht lauern.

Das kleine Stück Himmel im Türausschnitt färbte sich in den irisierenden Tönungen der Muscheln, und vom Hafen her vernahmen sie fernes Geräusch, den rhythmischen Atem des Meers.

Die Nacht brach kühl, blau und sanft herein.

«Es ist soweit», sagte der Kaufmann.

Sie betraten den Salzschuppen. Aus einem Nebengelaß zog Maître

Berne einen hölzernen Schlitten.

Erneut gruben sie gemeinsam in dem bitteren Salzschnee, der ihre Hände aufriß. Die Leichen wurden herausgehoben, auf den Schlitten gelegt und mit Kornsäcken und Pelzballen bedeckt.

Der Kaufmann ergriff die Deichsel. Sobald sie den Schuppen auf der Rückseite verlassen hatten, drehte er mehrmals den Schlüssel im Schloß.

«Niemand soll ihn betreten, bevor ich ihn noch einmal inspiziert habe.»

Er packte eine der Deichselstangen des Schlittens, Angélique die andere. Die Holzkufen glitten leicht und fast lautlos über die kleinen, runden Kiesel aus Kanada, mit denen die Straßen und Gassen der Stadt gepflastert waren. Dieses besondere Pflaster verdankte man einem sparsamen Bürgermeister, der auf solche Weise die Kieselladungen aus Saint-Laurent in Neu-Frankreich nutzte, die man einstmals den ohne Fracht zurückreisenden Schiffen als Ballast mitzugeben pflegte. Seitdem war man genötigt, Schlitten zu verwenden. Karren mit eisenbeschlagenen Rädern hätten einen höllischen Lärm verursacht. Angélique und ihr Begleiter hasteten mit ihrer unheimlichen Last wie Schatten dahin.

«Das ist die günstigste Stunde», raunte Maître Gabriel. «Die Lampen sind noch nicht angezündet, und in unserem Hugenottenviertel läßt man uns noch länger als die anderen warten, um uns zu bestrafen . . . Die Bosheit hat manchmal auch ihre Vorteile.»

Die Passanten, deren Weg sie kreuzten, kamen gar nicht auf die Idee, sich zu fragen, was Maître Berne und seine Magd da transportierten, denn man sah nicht weiter als in einem rußigen Ofenloch.

Der Kaufmann schien zu wissen, wohin er wollte. Immer von neuem bog er in schmale Gäßchen ein, deren verwirrendes Kreuz und Quer sie offenbar um belebtere Straßen herumführen sollte.

Angélique schien es, als seien sie schon seit Stunden unterwegs und war erstaunt, sich plötzlich nicht allzu weit von ihrem Haus vor der Toreinfahrt eines ihrer Nachbarn, des Papierhändlers Jonas Mercelot, wiederzufinden.

Ihr Herr hob dreimal den bronzenen Türklopfer. Der Papierhändler öffnete ihnen selbst.

Er war ein weißhaariger, liebenswürdiger, sehr gebildeter Mann, dem einstmals so gut wie alle Papiermühlen des Angoumois gehört hatten. Durch die Steuern und das Verbot, Spezialhandwerker seines eigenen Glaubens weiterzubeschäftigen, ruiniert, waren ihm nur sein schönes Haus in La Rochelle und ein kleiner Handel mit Kunstpapier geblieben, dessen Herstellungsgeheimnisse nur ihm bekannt waren.

«Ich habe da etwas für deinen Brunnen», sagte ihm Berne.

«Ausgezeichnet! Tretet ein, meine Freunde!»

Er half ihnen mit größter Bereitwilligkeit, den Schlitten in einen von frischem Apfelduft erfüllten Keller zu ziehen, und hielt, um den Weg zu beleuchten, die Laterne hoch.

Der Kaufmann lud die Pelze und Kornsäcke ab. Die mit Blut und Salz beschmierten Leichen wurden sichtbar, und der sanfte Papierhändler betrachtete sie, ohne Überraschung zu zeigen.

«Würde Dame Angélique uns den Gefallen erweisen, die Laterne zu halten? Ich werde dir beim Tragen helfen», sagte er nur mit seiner üblichen Höflichkeit.

Berne schüttelte den Kopf.

«Nein, es ist besser, wenn du uns führst. Sie kennt den Weg nicht.»

«Richtig.»

Einmal mehr mußte Angélique zwei starre Beine aufnehmen, die ihr so schwer wie Stein schienen. Ihre Arme schmerzten sie. Hinter dem Papierhändler stiegen sie drei steinerne Stufen hinunter, die in ein mit Papierstapeln, Lumpenballen und Säurebehältern vollgestopftes Magazin führten. Im Hintergrund rückte Maître Mercelot nicht ohne Mühe eine altmodische Handpresse beiseite, die ein schmales, wurmstichiges Pförtchen verbarg. Der Schlüssel dazu war in einer Vertiefung der Mauer versteckt. Das Pförtchen öffnete sich auf eine glücklicherweise ziemlich kurze Wendeltreppe.

Sie standen nun in einem großen, unterirdischen Saal, dessen niedrige, gewölbte Decke von starken romanischen Pfeilern getragen wurde. In seiner Mitte befand sich ein Brunnen. Jonas Mercelot schob den mit einem Vorhängeschloß versehenen Deckel beiseite, und das brausende Geräusch von anschlagenden und wieder zurückflutenden Wogen drang aus dem Schacht herauf.

«Dieser Brunnen steht mit dem Meer in Verbindung», erklärte Maître Berne Angélique.

Er mußte die Stimme heben, um sich verständlich zu machen:

«Was man hineinwirft, wird auf den Felsen zermalmt und von der Strömung fortgerissen.»

Wie aus seinem Gefängnis befreit, grollte und toste der Ozean in lang hinhaltendem Tumult, den das Echo zurückwarf.

In diesem an- und abschwellenden Getöse schienen die Bewegungen einem bösen Traum zu entstammen. Die Leichen, die man packte, die man über die Einfassung hob und in den Schlund der tosenden Finsternis warf, versanken, ohne daß ein Laut ihres Falls zu vernehmen gewesen wäre. Sie verschwanden wie aufgeschluckt, schienen sich spurlos aufzulösen.

Der schwere Deckel wurde wieder an seinen Platz gerückt, und der Lärm war nur noch gedämpft zu hören. Angélique stützte sich auf das Brunnengeländer und schloß die Augen. «Es ist nicht das erste Mal», hatte Maître Gabriel gesagt.

Dieses dumpfe Geräusch, das noch immer heraufdrang, war das heimliche La Rochelle, durchklungen von dem ihm verbündeten Meer und dem Gesang der Psalmen, die sich im 16. Jahrhundert aus seinen unterirdischen Kellern erhoben, in denen sich die ersten Anhänger der calvinistischen Sekte vereinigten. Es war das Echo des gnadenlosen Kampfes, den sich in diesen Mauern zwei unversöhnliche Widersacher geliefert hatten und der an Tagen der Verfolgung mit derselben Bitterkeit, denselben von beiden Seiten beschönigten Verbrechen wiederauflebte.

Wie konnte man jemals dem Blut, der Furcht entrinnen?

Honorine lag mit ausgebreiteten Armen auf dem Bauch, die Stirn gegen die kalten Fliesen gedrückt, wie ein kleines Tier, das ohne Hoffnung den Tod erwartet.

«Sie hat Euch den ganzen Tag gesucht», erklärte Abigaël. «Sie schien uns ängstlicher als gewöhnlich. Sie spähte unter die Möbel. Sie verlangte, daß wir die Fenster und Türen öffneten. Sie rief Euch nicht, aber zuweilen stieß sie einen Schrei aus, der uns weh tat.»

«Wir boten ihr Näschereien an. Sie wollte sie nicht.»

«Ich habe ihr mein Holzpferd gegeben», erklärte Laurier, «aber sie mochte nicht damit spielen.»

«Vielleicht ist sie krank?»

Mit sorgenvollen Mienen standen sie um das kleine Bündel herum, das ausgestreckt auf dem Boden lag. Ihre Betroffenheit wuchs noch, als sie den Zustand entdeckten, in dem sich Angélique ihnen darbot.

«Aber was ist Euch geschehen?» rief Tante Anna.

«Nichts Ernstliches.»

Sie hob ihre Tochter auf, drückte sie heftig an sich.

«Ich bin ja da, kleines Herz. Ich bin ja da.»

«Honorine hat gefühlt, daß ich mich in Gefahr befand», dachte sie. «Deshalb war sie unruhig.»

Honorine war in der Gefahr geboren. Ihr Instinkt ließ sie das lautlose Nahen des riesigen, düsteren Tieres erkennen. Sie mußte es immer spüren, geduckt hinter den viereckigen Scheiben der Fenster.

An den Hals ihrer Mutter geklammert, forderte sie gebieterisch, daß man die Holzläden vorlegte, um die Nacht auszuschließen. Jedermann beeilte sich, ihrem Verlangen nachzukommen; erst dann fand sie sich bereit, ihre Umklammerung zu lösen und zu lächeln. Ihre Mutter war da, und aus den Spiegelungen der Scheiben war das schwarze, grausame Antlitz des Unheils verschwunden.

Man setzte sie auf ihren Stuhl und brachte ihr ihren Grießbrei. Angélique entfernte sich, um ihr Kleid zu wechseln, eine Schürze aus gestärkter Leinwand umzubinden und ihr in Unordnung geratenes Haar unter einer neuen Haube zu bergen.

Maître Gabriel plauderte halblaut mit Pastor Beaucaire und dessen Neffen, ebenfalls Pastor und Flüchtling aus den Cevennen. Er war eines Tages aufgetaucht, einen kleine, vierjährigen Sohn Nathanaël an der Hand führend.

Auch das Kind war an diesem Abend da, und die beiden Zwillinge der Familie Carrère vervollständigten die häusliche Runde, denn die Nachbarn hatten der Geburt des elften wegen die zehn Kinder des armen Advokaten unter sich aufgeteilt.

Entzückt, der Mittelpunkt eines so zahlreichen Hofes zu sein, wurde Honorine gesprächig.

«Mama», fragte sie, als Angélique zurückkehrte, «wo ist der schöne Herr, der mir das goldene Spielzeug geschenkt hat?»

«Welcher schöne Herr?» forschte Maître Gabriel.

«Welches goldene Spielzeug?»erkundigte sich Tante Anna argwöhnisch.

Angélique hätte es lächerlich gefunden zu heucheln.

«Monsieur de Bardagne war so liebenswürdig, dem Kind ein Geschenk zu machen.»

Inmitten eines eisigen Schweigens beschäftigte sich Honorine damit, in ihren Brei mit dem Löffel Gräben zu ziehen. Sie war in tiefgründige Überlegungen versunken.

«Ich möchte so gern einen Vater haben wie ihn», sagte sie endlich mit enthusiastischem Lächeln.

Seit einiger Zeit suchte sie verzweifelt nach einem Vater für sich. Zuerst hatte sie ihr Auge auf den Pastor Beaucaire geworfen, aber dieser hatte sie schnöde enttäuscht. «Mein liebes Kind, ich liebe dich wie eine Tochter, aber ohne zu lügen könnte ich dir nicht sagen, daß ich dein Vater bin.»

Der Wasserträger, für den sie eine zarte Neigung empfand, lehnte eine solche Verantwortung gleichfalls rundweg ab.

Nun tastete sie offensichtlich die Möglichkeiten für Monsieur de Bardagne ab, aber der Augenblick schien schlecht gewählt.

Angélique zog es vor, sie in die Küchennische zu schaffen und zu Bett zu bringen.

Doch Honorine verfolgte ihren Gedankengang weiter:

«Ist er nicht mein Vater?»

«Nein, mein Liebstes.»

«Wo ist mein Vater denn?»

«Weit fort, sehr weit fort.»

«Auf dem Meer?»

«Ja, auf dem Meer.»

«Dann werde ich ein Schiff nehmen», sagte Honorine.

Ihre Lider schlossen sich über der Vision einer wundersamen Reise, und sie schlief ein, von ihren Gefühlsaufwallungen erschöpft.

Angélique beschäftigte sich mit der Abendmahlzeit. Sie mußte dem Einerlei ihrer täglichen Pflichten nachgehen, um ihre Angst beherrschen zu können. Sie hatte Monsieur de Bardagne seit seinem Heiratsantrag nicht wiedergesehen und ihm nur einen Brief geschickt, der ihn zur Geduld mahnte.

Jedermann setzte sich zu Tisch und schickte sich an, die dampfende Miesmuschelsuppe zu löffeln, als die Glocke des Portals anschlug.

Sie sahen sich im Licht der Kerzen mit gespannten Gesichtern an. Die Glocke ertönte ungeduldig von neuem. Maître Gabriel erhob sich.

«Ich werde gehen», sagte er. «Wenn wir nicht antworten, wird es verdächtig wirken.»

«Nein, ich gehe», warf Angélique ein.

«Schicken wir Rebecca.»

Aber Rebecca fürchtete sich, ohne zu wissen warum.

«Laßt mich gehen», beharrte Angélique, indem sie ihre Hand auf den Arm des Kaufmanns legte. «Daß Eure 'Magd öffnet, ist durchaus üblich. Ich werde erst durch das Guckloch sehen und Euch dann benachrichtigen.»

Durch das Guckloch erkundigte sich eine Stimme:

«Seid Ihr es, Dame Angélique? Ich möchte Euch sprechen.»

«Wer seid Ihr?»

«Erkennt Ihr mich nicht? Ich bin Nicolas de Bardagne, der Statthalter des Königs.»

«Ihr?»

Angélique fühlte sich schwach werden.

«Wozu kommt Ihr? . . . Um mich zu verhaften?»

«Euch verhaften?» wiederholte die Stimme erstickt. Der arme Mann brauchte einen Augenblick, um sich wieder zu fassen.

«Glaubt Ihr etwa, daß ich nur zu so etwas tauge? Planlos irgendwelche Leute zu verhaften? . . . Schönsten Dank für die Meinung, die Ihr von mir habt. Ich weiß, daß die Starrköpfe, mit denen Ihr umgeht, mich gern als eine Art Werwolf hinstellen, aber immerhin . . .»

«Ich habe Euch verletzt, Monsieur. Verzeiht mir. Seid Ihr allein?»

«Und ob ich allein bin! Gewiß, mein liebes Kind. Und maskiert noch dazu. Und in einen mauerfarbenen Mantel gehüllt. Ein Mann meines Ranges, der die Dummheit begeht, sich in galante Abenteuer einzulassen, zieht es vor, sich allein davonzuschleichen und möglichst wenig Aufsehen zu erregen. Wenn man mich entdeckt, habe ich mich für alle Zeiten der Lächerlichkeit preisgegeben. Aber ich muß Euch unbedingt sprechen. Es ist sehr ernst.»

«Was ist geschehen?»

«Wollt Ihr mich etwa reden lassen, ohne mir wenigstens den Schutz einer dunklen Hofecke anzubieten oder in dieses sehr wenig begangene und erfreulich finstere Gäßchen hinauszutreten? Führwahr, Dame Angélique, Ihr seid aus hartem Holz gemacht! Der Statthalter des Königs, Gouverneur von La Rochelle, begibt sich insgeheim zu Euch, um Euch von Eurem Herd fortzulenken und seine Huldigungen zu Füßen zu legen, und Ihr empfangt ihn wie einen Bettler!»

«Ich bin untröstlich, aber ob Ihr nun Statthalter des Königs seid oder nicht, Euer heimlicher Besuch setzt mich der Gefahr aus, meinen Ruf zu verlieren.»

«Ihr werdet mich mit Eurer Unzugänglichkeit noch rasend machen. In Wirklichkeit legt Ihr nicht den leisesten Wert darauf, mich zu sehen.»

«Unter den gegenwärtigen Umständen fühle ich mich wirklich bedrückt. Ihr wißt doch, wie delikat meine Situation unter diesen Leuten ist, denen ich dienen muß. Wenn man Verdacht schöpfte . . .»

«Ich bin eben deshalb hierhergekommen, um Euch aus diesem Ketzernest herauszuholen, in dem Ihr ernsthaften Gefahren ausgesetzt seid.»

«Was wollt Ihr damit sagen?»

«Öffnet diese Tür und Ihr werdet es erfahren.»

Angélique zögerte.

«Laßt mich zuerst Maître Berne benachrichtigen.»

«Das fehlte mir noch.»

«Ich werde Euch nicht nennen, aber ich muß eine Erklärung finden, um meine Abwesenheit, so kurz sie auch sein mag, zu rechtfertigen.»

«Gut. Aber beeilt Euch. Den Ton Eurer Stimme zu hören und den Duft Eures Atems zu verspüren, genügt schon, um mich vor Entzücken außer mich zu bringen.»

Angélique kehrte im gleichen Augenblick zum Haus zurück, in dem der unruhig gewordene Maître Berne die Stufen herabschritt.

«Wer hat geläutet?»

Sie klärte ihn rasch übr die Anwesenheit und das Anliegen des Statthalters auf. Die Augen des Kaufmanns bekamen den gleichen gefährlichen Ausdruck wie in der Sekunde, in der er sich entschlossen hatte, Baumiers Halunken zu erwürgen.

«Dieser Lump von einem Papisten! Ich werde ein deutliches Wörtchen mit ihm reden. Ich werde ihm beibringen, meine Mägde unter meinem eigenen Dach zu verführen.»

«Nein, mischt Euch nicht ein. Es scheint, daß er mir ernste Neuigkeiten mitteilen will.»

«Und welcher Art, glaubt Ihr, werden diese Neuigkeiten sein? Die Worte Eurer unschuldigen Tochter verraten mehr als genug. Jeder weiß, daß er ein Auge auf Euch geworfen hat und Euch in der Stadt als seine

Mätresse installieren möchte. Man erzählt es sich in ganz La Rochelle.»

Mit all ihrer Kraft hielt Angélique Maître Gabriel zurück, der sie wie einen Strohhalm hätte beiseite wischen können.

«Haltet Euch dennoch ruhig», beschwor sie ihn. «Monsieur de Bardagne hat nun einmal die Macht auf seiner Seite. Wir können es uns nicht erlauben, seine Unterstützung in einem Augenblick zu verschmähen, in dem unsere ohnehin prekäre Situation noch schwieriger geworden ist und Ihr den Strang riskiert.»

Mehr als ihre Worte zähmte ihre schmale Hand, die sein Handgelenk umklammerte, Gabriel Bernes Zorn.

«Wer weiß, was Ihr ihm schon zugestanden habt», grollte er trotzdem. «Bis jetzt habe ich Vertrauen zu Euch gehabt . . .»

Er unterbrach sich, weil er noch einmal den Augenblick durchlebte, in dem dieses Vertrauen erschüttert worden war. Verwirrt hatte er an die Monate häuslichen Friedens unter der Führung einer fleißigen, geschickten Dienstmagd gedacht, deren Gesten und Worte niemals den Verdacht der Koketterie in ihm hatten aufkommen lassen. Gott allein wußte, daß er sie streng auf ihre Pflichten verwiesen hätte. Aber sein anfangs höchst waches Mißtrauen war schließlich geschwunden.

Und dann war da jene getroffene Eva gewesen, die sich weinend in seine Arme geworfen hatte, jene leblose, in ihren Schmerz gebannte Frau, die er langsam an sich gezogen hatte. Wenn sie ihn damals zurückgestoßen hätte, wäre es ihm gelungen, sich rechtzeitig wieder in die Hand zu bekommen. Er war sich dessen sicher. Aber Angéliques Schwäche hatte in ihm den Dämon des Fleisches entfesselt, den er nicht ohne Mühe seit den qualvollen Tagen seiner Jugend in Schach hielt. Er hatte den Kopf verloren. Er hatte sein Gesicht in eine Flut seidigen Haars getaucht und seine Hand auf eine halbnackte Brust gelegt, deren wollüstige Wärme er noch jetzt auf der Haut zu spüren meinte.

Der Ausdruck seines Blicks veränderte sich.

Angélique lächelte traurig.

«Sagtet Ihr, *vorher* hättet Ihr mir vertraut? . . . Und jetzt . . . jetzt haltet Ihr mich aller Schändlichkeiten für fähig, weil ich mich in einem Moment der Verwirrung habe betören lassen? Von Euch! . . . Findet Ihr das nicht ungerecht?»

Niemals zuvor war ihm aufgefallen, wie sinnlich und weich ihre Stimme klingen konnte. Nur weil sie ganz leise zu ihm sprach, weil sie ihm nahe war in der Dunkelheit, weil er ihre Augen und Lippen schimmern sah. Ah, es war schmerzlich und mehr als reizvoll, hinter einem Gesicht, das man täglich sah, das Mysterium der Sinnlichkeit zu entdekken. Sprach sie so in ihren Liebesnächten? Haß gegen alle die Männer, die sie geliebt hatte, stieg glühend in ihm auf.

«Sollte ich Euch der schwärzesten Sünden verdächtigen, Maître Gabriel, nur weil auch Ihr es an Kaltblütigkeit habt fehlen lassen?»

Er senkte den Kopf wie ein Schuldbeladener. Und er war glücklich, es zu sein.

«Vergessen wir's, wenn Ihr wollt», sagte sie sanft. «Wir müssen es übrigens vergessen. Wir waren nicht wir selbst, weder Ihr noch ich . . . Ein furchtbarer Schock hatte uns aufgewühlt. Jetzt müssen wir werden, wie wir vorher waren.»

Aber sie wußte sehr gut, daß es unmöglich war. Zwischen ihnen würde es immer die sie zweifach verbindende Gemeinsamkeit im Verbrechen und im Augenblick der Hingabe geben.

Sie beharrte nichtsdestoweniger:

«Wir müssen all unsere Kräfte für unseren Kampf und unsere Rettung sammeln. Laßt mich mit Monsieur de Bardagne sprechen. Ich kann Euch versichern, daß ich ihm niemals etwas zugestanden habe.»

Er glaubte, sie mit leisem Spott hinzufügen zu hören:

«Weniger als Euch.»

«Es ist gut», sagte er. «Geht. Aber haltet Euch nicht lange auf.»

Angélique kehrte zu der kleinen Pforte zurück, hinter der Monsieur de Bardagne, Stellvertreter des Königs, vor Ungeduld von einem Fuß auf den andern trat.

Sie öffnete ihm und fühlte sich von zwei besitzgierigen Händen an den Armen gepackt.

«Da seid Ihr endlich! Ihr macht Euch über mich lustig. Was habt Ihr ihm erzählt?»

«Er ist argwöhnisch und . . .»

«Er ist Euer Liebhaber, nicht wahr? Es gibt keinen Zweifel . . . Ihr schenkt ihm jede Nacht, die Ihr mir verweigert.»

«Ihr beleidigt mich, Monsieur.»

«Wen wollt Ihr das Gegenteil glauben lassen: Er ist Witwer. Ihr lebt seit mehreren Monaten unter seinem Dach. Er sieht Euch unablässig gehen und kommen, sprechen, lachen, singen, was weiß ich! Es ist unmöglich, daß er nicht in Euch vernarrt ist. Es ist im höchsten Maße unerträglich und schlägt jeder Moral ins Gesicht. Es ist ein Skandal!»

«Meint Ihr, es sei weniger skandalös, hierherzukommen und mir in einer mondlosen Nacht den Hof zu machen?»

«Das ist nicht dasselbe. Ich . . . ich liebe Euch.»

Und er zog sie in einen Mauerwinkel, versuchte, sie an sich zu drücken. Die Nacht hinderte Angélique daran, seine Züge zu unterscheiden. Sie roch den Fliederduft des Puders, den er für sein Haar benutzte. Seine ganze Person strahlte Kultiviertheit und Sicherheit aus. Er war unter den Gerechten. Er hatte nichts zu fürchten. Er befand sich auf der anderen Seite der Schranke, hinter der die Verurteilten litten.

Bargen die Falten ihrer Kleidung nicht noch immer den bitteren Geruch von Salz und Blut?

Ihre aufgerissenen Hände taten ihr weh, und sie wagte es nicht, sie den seinen zu entziehen.

«Eure Gegenwart macht mich toll», murmelte Monsieur de Bardagne. «Mir scheint, wenn ich in dieser Finsternis wagemutiger wäre, würdet Ihr weniger grausam sein. Wollt Ihr mir nicht endlich einen Kuß erlauben?»

Seine Stimme klang demütig. Angélique glaubte sich nachgiebig zeigen zu müssen. Man brachte einen königlichen Beamten nicht in eine solche Lage, ohne wenigstens gelegentlich ein kleines Pflaster auf seine verletzte Eigenliebe zu legen.

Es war ein Tag der Erfahrungen. Zeigte sich die Natur, nachdem sie Angélique ihrer besten Waffen beraubt hatte, dazu bereit, ihr den Gebrauch in gewissem Ausmaß zurückzuerstatten?

«Nun, gut. Ich bin einverstanden. Küßt mich also», sagte sie in resigniertem, für ihn nicht eben schmeichelhaftem Ton.

Nicolas de Bardagne geriet trotzdem fast außer sich vor Freude.

«Geliebte!» stammelte er. «Endlich werdet Ihr mir gehören.»

«Wir haben von einem Kuß gesprochen, Monsieur.»

«Das Paradies! . . . Ich verspreche Euch, daß ich mich sehr respektvoll verhalten werde.»

Es kostete ihn Mühe, sein Versprechen zu halten. Der schwer errungene Sieg verlieh ihren Lippen, die er sich weniger verschlossen gewünscht hätte, all seine Süße. Doch er brachte es zuwege, sich taktvoll mit dem Gewährten zufriedenzugeben.

«Ah, wenn Ihr mir ausgeliefert wäret», seufzte er, während sie sich ihm entzog, «würde es mir schon gelingen, Euch aufzutauen.»

«Seid Ihr mit den Mitteilungen am Ende, die Ihr mir zu machen wünschtet, Monsieur? Ich fürchte, ich werde mich zurückziehen müssen.»

«Nein, ich bin noch nicht am Ende . . . Leider muß ich zu weniger erfreulichen Perspektiven zurückkehren. Meine Liebe, was mich veranlaßt hat, Euch heute abend aufzusuchen, ist, abgesehen von dem glühenden Wunsch, Euch wiederzusehen, der mit meinen Pflichten ganz und gar nicht in Einklang befindliche Drang, Euch vor dem zu warnen, was sich gegen Eure Person zusammenbraut. Euer weiteres Schicksal flößt mir Besorgnis ein. Ah, warum habt Ihr mich nur so behext! Ich habe die Hoffnung kennengelernt, danach die Angst, und nun wird mir auch noch der Schmerz zuteil. Denn Ihr habt mich belogen, Ihr habt mich wissentlich getäuscht.»

«Ich? . . . Ich verwahre mich dagegen.»

«Ihr habt mir gesagt, daß Ihr durch die bewußte Gesellschaft in diese

Stellung gebracht worden seid. Aber das ist nicht wahr. Baumier hat Euren Fall untersucht und ohne jeden Zweifel festgestellt, daß keine der Damen vom Heiligen Sakrament sich mit Euch abgegeben hat noch Euch überhaupt kennt.»

«Was nur beweist, daß Monsieur Baumier schlecht unterrichtet ist.»

«Nein!»

In der Stimme des Statthalters schwang ein unheilkündender Unterton.

«Es beweist, daß Ihr lügt. Denn die Ratte Baumier ist im Gegenteil sehr gut informiert. Er nimmt einen hohen Rang in der geheimen Gesellschaft ein, einen viel höheren als ich. Aus diesem Grunde sehe ich mich auch häufig gezwungen, ihn mit Vorsicht zu behandeln. Es mißfällt mir, ihn mit Euch beschäftigt zu sehen, aber ich kann es nicht hindern. Durch den Bericht eines meiner Spione erfuhr ich, daß er sich sehr bemüht, herauszufinden, wer Ihr eigentlich seid.»

Er näherte sich ihr noch mehr und flüsterte:

«Sagt mir, *wer seid Ihr*?»

Er versuchte sie wieder in seine Arme zu nehmen, aber sie machte sich steif, niedergeschmettert von dem, was sie gehört hatte.

«Wer ich bin? Eure Frage ist gegenstandslos. Ich bin nur eine einfache . . .»

«O nein! Ihr fahrt fort zu lügen. Haltet Ihr mich für einen Dummkopf? Im ganzen Königreich Frankreich gibt es keine *einfache* Dienstmagd, die einen so wohlformulierten, so schnell und sicher verfaßten Brief zu schreiben vermöchte wie den, den Ihr mir kürzlich habt überbringen lassen. Er hat mich zugleich betrübt und mit Freude erfüllt, vor allem aber hat er meinen Eindruck bestätigt, daß Ihr Eure wahre Identität unter einem angenommenen Namen und geborgten Kleidungsstücken verbergt. Vom ersten Augenblick an, in dem er Euch sah, hat Baumier den gleichen Verdacht gehegt . . . Ich höre, wie Euer Herz klopft . . . Ihr seid erschrocken. Könnte er Euch schaden, wenn er irgend etwas entdeckte? Seht, Ihr antwortet nicht . . . Warum vertraut Ihr mir nicht, mein Engel? Ich bin zu allem bereit, um Euch zu retten. Als erstes müßt Ihr diese trübseligen Hugenotten verlassen, mit denen zusammen zu leben Euch nachteilig ist. Wenn man sie verhaften wird und Euch bei ihnen findet, werdet Ihr den Nachforschungen der Polizisten nicht entgehen. Ihr dürft also in diesem Augenblick nicht mehr bei ihnen sein. Ich kann Euch und Eure Tochter auf eines meiner Besitztümer im Berry bringen. Später, wenn sich diese Religions-Auseinandersetzungen erst wieder beruhigt haben und Baumier sich mit anderen Dingen beschäftigt, bringe ich Euch nach La Rochelle zurück . . . als meine Frau natürlich.»

Da er fürchtete, daß sie das ganze Ausmaß seiner Ergebenheit nicht erfaßt habe, wiederholte er würdig: «Ich weiß nicht, wer Ihr seid, aber ich werde Euch trotzdem heiraten!»

Angélique fühlte sich nicht imstande, auch nur ein einziges Wort zu äußern. Die Enthüllungen, mit denen dieser Tag endete, versetzten sie in einen Zustand dumpfer Bestürzung. Er hielt sie noch einmal zurück, als sie sich schweigend zum Gehen wandte.

«Wohin wollt Ihr? Wahrhaftig, Ihr seid eine merkwürdige Frau. Ihr habt mir nicht einmal geantwortet. Werdet Ihr meinen Vorschlag überlegen?»

«Ja, ganz gewiß.»

«Ihr habt es mir schon einmal versprochen. Aber zögert nicht zu lange. Ich muß morgen für einige Tage nach Paris reisen, wohin ich zur Sitzung des königlichen Rats berufen wurde. Wenn Ihr gleich eingewilligt hättet, mir zu folgen, hätte ich Euch auf dem Weg im Berry abgesetzt.»

«Ich kann mich nicht so schnell entschließen.»

«Kann ich mich wenigstens darauf verlassen, daß Ihr mir nach meiner Rückkehr Eure Antwort gebt?»

«Ich werde es versuchen.»

«Sie *muß* positiv ausfallen! Baumier ist geschickt und überaus hartnäckig. Ich fürchte für Euch.»

Er versuchte sie noch einmal zu umarmen, aber sie entwand sich ihm und schloß die Pforte. Einen Augenblick blieb sie unbeweglich in der Dunkelheit des Hofes stehen, dann lief sie wie eine Gehetzte dem Hause zu.

Sie stieß auf Maître Gabriel, der sie am Arm festhielt.

«Was hat er Euch gesagt? Warum seid Ihr so lange geblieben? Er hat Euch überredet, mit ihm zu gehen, nicht wahr?»

Sie riß sich von ihm los, um zur Treppe zu flüchten. Doch er bekam sie wieder zu fassen und zwang sie mit hartem Griff stehenzubleiben.

«Antwortet!»

«Was soll ich Euch antworten? Ah, ihr alle seid verrückt! Ihr seid unvernünftiger als Kinder, ihr Männer. Und dennoch ist der Tod uns nah. Er belauert euch. Morgen schon wird er vielleicht kommen. Eure Feinde stellen schon die Fallen für euch auf. Sie werden über euch zuschnappen. Und woran denkt ihr? . . . Einen Rivalen mit eurer Eifersucht zu verfolgen, eine Frau zu umarmen . . .»

«Er hat Euch umarmt?»

«Und wenn er mich umarmt hätte, was läge daran! Morgen werden wir alle im Gefängnis sein, morgen werden wir weniger als Leichen sein, deren Namen man auf einen Stein über ihre Gruft geschrieben hat. Wir werden lebendig Eingemauerte in einem Gefängnis sein . . . Ihr wißt nicht, was ein Gefängnis ist. Ich weiß es.»

Sie entkam ihm von neuem.

Er mußte nach ihr greifen, sie mit seinen kräftigen Armen umfangen, um sie zu halten.

Das Öllämpchen auf dem Treppenabsatz warf ihr mattes Licht über sie, und in dem ungewissen Halbdunkel schien Angéliques Gesicht, dessen Erregung ihre Schönheit noch vervielfachte, wie aus einer übernatürlichen Welt hierher verschlagen zu sein. Er hielt ein irrendes Phantom in seinen Armen, menschlichen Augen nur sichtbar dank den Zauberkräften einer verwünschten Nacht. Schon war sie nicht mehr eine der ihren.

«Wohin lauft Ihr? Ihr werdet alle Welt närrisch machen.»

«Ich will meine Tochter und Laurier holen. Wir müssen fort.»

Er fragte sie nicht, wohin.

Er betrachtete sie, als ob er sie nicht genau sähe mit ihrem angespannten Ausdruck, ihren von Angst geweiteten Augen. Sie ähnelte jener Frau, der er mit seinem Knüppel auf der Straße nach Les Sables d'Olonne zu Leibe gegangen war und deren grüne Augen, bevor sie ihren Glanz verloren, ihn so schmerzlich angeblickt hatten. Sie ähnelte heute jener elenden, auf der schlammigen Straße nach Charenton aus einem Regenvorhang aufgetauchten Frau, die alles das symbolisierte, was es auf der Welt an geschändeter Schönheit, verhöhnter Unschuld, hartherzig verurteilter Ohnmacht gab, jener Frau, die so oft im Laufe der Jahre in seinen Träumen erschienen war, daß er sie schließlich die «Frau des Schicksals» genannt und sich angstvoll gefragt hatte, was sie ihm eines Tages zu sagen hätte, wenn der Klang ihrer Stimme zu ihm dränge. Denn er sah sie die Lippen bewegen, aber er hörte nicht, was sie zu ihm sprach.

Und an diesem Abend nun *sprach* sie zu ihm. Er hatte die unabänderlichen Worte gehört, die seit Jahren für ihn bestimmt waren: Wir müssen fort.

«Jetzt? Mitten in dieser schwarzen Nacht? Ihr seid es, die von Sinnen ist.»

«Glaubt Ihr, daß ich warten werde, bis die Dragoner des Königs hier eindringen, um uns zu massakrieren? Daß ich warten werde, bis Baumier mich verhaftet und der Justiz des Königs ausliefert? Daß ich warten werde, bis Laurier weinend in einem jener Karren davonfährt, die jeden Tag die Stadt verlassen und die hugenottischen Kinder fortschaffen, man weiß nicht, wohin? Ich habe genug Kinder weinen und schreien und um Hilfe rufen hören. Ich habe genug Gefängnisse und Gefängniswärter und getäuschte Hoffnungen und Ungerechtigkeiten kennengelernt. Es steht Euch frei, die gleichen Erfahrungen zu machen. Ich jedenfalls gehe mit den Kindern fort . . . Ich gehe aufs Meer.»

«Aufs Meer?»

«Jenseits des Meeres gibt es neue Länder, nicht wahr? Dort werden mich die Leute des Königs nicht erreichen können. Nur dort werde ich die Sonne wieder strahlen und die Blumen sprießen sehen. Selbst wenn ich nichts anderes besäße – das bliebe mir.»

«Ihr faselt, mein armes Kind.»

Weil er sich nicht erregte und seine Stimme voller Zärtlichkeit war, ließ Angéliques Spannung nach.

Sie fühlte sich unendlich müde, wie ausgeleert.

«Die Aufregungen dieses Tages haben Euch übel mitgespielt», begann er wieder. «Ihr seid am Ende.»

«Ja, ich bin am Ende», murmelte sie. «Wißt Ihr, daß dieser Zustand hellsichtig macht, Maître Gabriel? Ich bin nicht verrückt. Ich sehe nur, wo ich stehe: am Ende. Hinter mir nähert sich eine Koppel rasender Hunde. Vor mir breitet sich das Meer. Ich muß fort. Ich muß die Kinder retten. Ich muß meine Tochter retten. Ich kann die Vorstellung nicht ertragen, daß sie von mir getrennt wäre, gleichgültigen Menschen überlassen, verzweifelt nach mir rufend, ein von allen verleugnetes, einsames kleines Bastardkind . . . Versteht Ihr, warum ich nicht das Recht habe, mich fangen zu lassen? Nicht einmal das Recht zu sterben?»

Sich von neuem von ihm zu lösen versuchend, fügte sie hinzu:

«Laßt mich, laßt mich los. Ich muß zum Hafen.»

«Zum Hafen? Wozu?»

«Um mich einzuschiffen.»

«Glaubt Ihr, das sei so leicht? Wer wird Euch aufnehmen? Und wie wollt Ihr Eure Passage bezahlen?»

«Wenn es nötig ist, werde ich mich dem Kapitän eines Schiffs verkaufen.»

Er schüttelte sie wütend.

«Wie könnt Ihr es wagen, so skandalöse Worte auszusprechen?!»

«Sähet Ihr es lieber, wenn ich mich Monsieur de Bardagne verkaufte? Wenn ich mich schon einem Mann verkaufe, soll es der sein, der mich so weit wie möglich von hier fortbringt.»

«Ich untersage Euch, dergleichen zu tun, versteht Ihr? Ich untersage es Euch.»

«Ich werde vor nichts zurückscheuen, und ich werde fortgehen!»

Sie schrie, und das Echo ihrer Stimme hallte durch das alte Haus, von dessen gewirkten Tapeten sich die fahlen oder kräftig geröteten Reeder- und Kaufmannsgesichter in ihren hölzernen Rahmen abhoben. Niemals hatten diese Generationen jemand so schreien und so unziemliche Worte aussprechen hören.

Von oben war das Geräusch hastiger Schritte zu vernehmen, und der Pastor, Abigaël und Tante Anna beugten sich mit Kerzen über das Geländer.

«Einverstanden», sagte Maître Gabriel. «Ihr geht fort . . . aber wir gehen alle.»

«Alle?» wiederholte Angélique, die ihren Ohren nicht traute.

Der harte Gesichtsausdruck des Kaufmanns verriet seinen Schmerz und seine Entschlossenheit.

«Ja, wir gehen fort ... Wir werden das Haus unserer Väter, die Früchte unserer Arbeit, unsere Stadt verlassen ... Wir werden uns das Recht erobern, auf einer fremden Erde zu leben ... Zittert nicht, Dame Angélique, meine Liebe, meine Schöne ... Ihr habt recht. Der Boden versinkt unter unseren Schritten, und wir sind feige genug, unsere Kinder, die erst zu leben beginnen, in unseren Untergang hineinzuziehen. Vergeblich versuchen wir, uns blind zu machen. Heute habe ich in den Abgrund gesehen ... und ich wußte, daß ich Euch nicht verlieren wollte ... Wir gehen fort.»

40

Zwanzigmal am Tag blickte sie auf das Meer hinaus. Über den Wall hinweg sah sie bis in die Ferne seine grauen Wogen tanzen.

«Entführe mich! Entführe mich!» flüsterte sie.

Aber sie mußte warten. Sie hatte die Notwendigkeit dafür eingesehen. Zwei Tage waren verstrichen, seitdem Angélique gemeinsam mit Maître Berne die Leichen in den Brunnen des Papierhändlers Mercelot geworfen hatte.

Das Leben nahm nach außen hin seinen üblichen Lauf. Weder am Portal noch bei den Lagerhäusern hatte sich ein Polizist gezeigt. Man war versucht, zu glauben, daß nichts geschehen würde und daß es genügte, sich einzureden, daß auch nichts geschehen war. Daß das Dasein friedlich war, daß es nichts anderes zu tun gab, als den Fleischtopf über die Flamme zu hängen und an einem sonnigen Nachmittag nach Majoran duftendes Leinen zu bügeln.

Vergeblich bestand Honorine jeden Abend darauf, die hölzernen Läden vor den Fenstern zu schließen. Das Haus war deswegen nicht weniger bedroht. Man spürte, daß es ebenso wie seine Bewohner mit einem unsichtbaren Mal gezeichnet war. Die Stadt umschloß sie wie eine Falle. Denn der Hafen, das Vorzimmer der Freiheit, war der Tummelplatz einer kleinlichen Polizei. Die Schiffe wurden einer peinlich genauen Kontrolle unterworfen. Und um frei atmen zu können, genügte es nicht, mit entfalteten Segeln die Schwelle des Hafens zwischen dem Kettenturm und dem Saint-Nicolas-Turm zu überqueren, Richelieus Deich zu umsegeln und das Rund der weißen Klippen hinter sich zu lassen. Die Schiffe der königlichen Marine kreuzten vor der Île de Ré. Sie kreuzten dort, um die Flucht der Verdammten zu verhindern.

Die Kinder tanzten um den Palmbaum. Ihre schrillen Stimmen drangen bis zu Angélique, zusammen mit dem rhythmischen Klappern ihrer kleinen Holzschuhe auf dem Pflaster des Hofs.

Zum Miesmuschelfang
will ich nicht mehr gehn, Mama.
Die Jungs aus Marennes
nehmen mir meinen Korb, Mama.

Eine ganze Schar kleiner Nachbarkinder war es, die ihre zum Rat der Alten berufenen Eltern mitgebracht hatten.

Die gestickten Häubchen der kleinen Mädchen, die bunten Schürzen über den dicken, runden Röcken waren wie Blumen, die die Reihe der dunkelgekleideten Jungen unterbrachen.

Auf allen Schultern hüpften blonde, braune oder rote Locken, die Wangen waren rosig, die erhobenen Augen glänzten wie Sterne.

Alle Augenblicke ließ Angélique ihr Bügeleisen im Stich, um sich aus dem Fenster zu beugen und nach ihnen zu schauen.

«Jeden Augenblick», dachte sie, «kann die Einfahrt sich öffnen, können schwarzgekleidete Männer eintreten oder bewaffnete Soldaten, die die Kinder an den Händen nehmen und für immer fortbringen.»

Die Herren des Konsistoriums traten auf den Treppenabsatz hinaus. Ihre Frauen, die sich solange bei Tante Anna aufgehalten hatten, gesellten sich zu ihnen. Langsam stiegen sie die Treppe hinunter. Sie sprachen gedämpft wie im Hause eines Toten.

Bald darauf erschien Maître Gabriel in der Küche. Er zog einen Stuhl heran und setzte sich. Doch diesmal griff er nicht wie sonst nach seiner langen holländischen Pfeife, die ihm für gewöhnlich die Mußestunden verschönte.

Während er sprach, vermied er Angéliques Blick.

«Wir haben soeben entschieden, nach Santo Domingo zu gehen», sagte er. «Unsere Gruppe besteht aus etwa zehn Familien, von zwei Pastoren – Beaucaire und seinem Neffen – begleitet. Sie alle sind entschlossen, das Abenteuer zu wagen und ihr Glück auf fremder Erde zu suchen. Für einige wird es nicht eben leicht sein: der Papierhändler Mercelot, der Advokat Carrère wollen mit ihrer ganzen Brut die Reise mitmachen. Wie kann man sie auf den Inseln verwenden? Sogar bei den Fischern wie Gasserton und Malire habe ich Bedenken, ob sie dort drüben ihren Beruf wieder ausüben können. Denn man lebt dort vor allem von den Pflanzungen: Zuckerrohr, Tabak, Kakao.»

«Der Kakao interessiert mich», rief Angélique lebhaft. «Früher habe ich mich einmal mit der Schokoladefabrikation beschäftigt, und ich verstehe etwas von der Auswahl der Stauden.»

Sie träumte bereits. Sie sah sich frei, mit einem großen Strohhut, wie ihn einstmals ihre Mutter getragen hatte, eine smaragdene Pflanzung durcheilen, gefolgt von Laurier und Honorine, die saphir- und goldfarbene Schmetterlinge fingen.

Das Licht füllte ihre grünen Augen, als überfluteten sie schon die magischen Reflexe des Karibischen Meeres und der Palmen.

Maître Gabriel betrachtete sie heimlich mit melancholischem Blick. In nur wenigen Tagen hatte er gelernt, alle Nuancen einer Schönheit zu genießen, die zu würdigen er sich bisher untersagt hatte. Er machte sich heftige Vorwürfe, kehrte jedoch unaufhörlich zu diesem Gesicht zurück, auf dem das intensivste und dennoch geheimste Leben blühte. «Sie ist wie eine Fackel unter uns erschienen», sagte er sich. Sie erleuchtete, aber niemand wußte etwas von ihr. Heute bügelte sie mit Sorgfalt gestärkte Hauben. Die heißen Dämpfe, die von dem feuchten Linnen aufstiegen, röteten ihre Wangen. Flink und geschickt erledigte sie ihre Aufgabe, doch ihre großen Augen waren unergründliche Tiefen, und es war weniger das Verlangen als das Rätsel ihrer mysteriösen Vergangenheit, das ihn beunruhigte und dazu trieb, sie mit geschärfter Aufmerksamkeit zu studieren.

Die Äußerungen, die ihr zuweilen entschlüpften, machten im Geiste des Kaufmanns ihren Weg, und er bemühte sich, die einzelnen Bruchstücke, so verschieden sie auch waren, zusammenzusetzen. Hatte sie nicht gesagt, sie habe sich mit Kakaogeschäften befaßt? Unter welchen Umständen? Ihre kommerzielle Tüchtigkeit, besonders in allem, was das Meer betraf, war ihm nicht entgangen. Aber wo gab es eine Verbindung zwischen der, die er wie einen Engel des Elends im grauen Schlamm des Weges nach Charenton hatte auftauchen sehen, und jener anderen, die ihm mit verstörter Miene zugerufen hatte: «Sie sind in mein Schloß eingedrungen, sie haben meine Diener umgebracht . . .»?

«Eine Abenteurerin!» sagte Madame Manigault kategorisch, indem sie den Finger an ihre Nasenspitze legte. «Meine Witterung hat mich noch niemals getäuscht.»

Angélique begegnete dem durchdringenden Blick ihres Beschützers und lächelte ihm ein wenig bedrückt zu. In stummem Einverständnis hatten sie beschlossen, zu «vergessen» und den Anschein ihrer ungestörten guten Beziehungen bis zur Abreise aufrechtzuerhalten. Sie war ihm dankbar dafür, daß es gelang. Die harte hugenottische Erziehung hatte Maître Gabriel daran gewöhnt, seine Leidenschaften zu beherrschen. Von Natur aus aufbrausend und sinnlich war es ihm gelungen, sich durch Gebet und Willenskraft zu jener umsichtigen, ruhigen und einer asketischen Lebensweise fähigen Persönlichkeit zu entwickeln, die alle Welt in La Rochelle schätzte und sogar ein wenig fürchtete. Das Resultat dieser Umformung war dauerhaft. Er würde die Konsequenzen der Krise, die ihn erschütterte, in der Stunde der Gefahr nicht auf die anderen abwälzen. Er war vernünftig genug, zu erkennen, daß sie, falls man den Dingen ihren Lauf ließ, sich wie eine von Panik ergriffene Schafsherde ins

Unglück stürzen würde.

Dank ihm und seinem beherrschten Gesicht war wieder so etwas wie Friede ins Haus gekommen. Angéliques Nerven beruhigten sich. Die moralische Kraft des Kaufmanns strahlte auf sie über und ließ sie ihre Angst ertragen. Doch zuweilen breitete sich auch zwischen ihnen lastendes Schweigen.

«Wie werden wir fortgehen?» fragte sie.

Die Züge des Kaufmanns hellten sich auf.

«Stellt Euch vor, es grenzt an ein Wunder, wie ihr Papisten sagt. Der Reeder Jean Manigault, bisher ein Feind aller Pläne, La Rochelle zu verlassen, hat sich plötzlich dazu entschlossen, zu uns zu stoßen. Ein kürzliches Mißgeschick hat ihn seine Meinung ändern lassen: sein Sohn Jérémie wurde ihm entführt, als er die Unvorsichtigkeit beging, einer vorbeiziehenden Prozession zuzusehen. ‹Man› hat darin den Wunsch nach Bekehrung gesehen, und da der Kleine das siebente Jahr schon überschritten hat, brachte man ihn ins Haus der Pauliner. Es hat Manigault ein Vermögen gekostet, ihn dort wieder herauszuholen. Doch diese Befreiung ist nur vorübergehend. So reich er ist, zittert Manigault dennoch um sein Kind. Also will er fort. Sein Entschluß wird unser Unternehmen erleichtern. In Santo Domingo besitzt er schon zahlreiche Faktoreien, und wir werden deshalb mit einem seiner eigenen Schiffe reisen können. Sein Plan, der mir gut scheint, läuft darauf hinaus, eines seiner Handelsschiffe abzuwarten, das bald aus Afrika eintreffen wird. Vor Antritt ihrer neuen Fahrt zu den Inseln werden die Sklaven, die es mit sich führt, vorübergehend in den Lagerhäusern am Kai untergebracht. Manigault wird sie auf der für die Behörden bestimmten Passagierliste eintragen lassen. Aber im letzten Moment werden wir den Platz der Sklaven einnehmen. Wenn zwischen dem Augenblick, in dem wir vom Kai ablegen, und der Überquerung der äußeren Hafenlinie kein weiterer Besuch an Bord kommt, werden wir uns als gerettet betrachten können.»

«Aber die Sklaven!»

«Sie werden in den verschlossenen Lagerhäusern zurückbleiben, und man wird dafür Sorge tragen, sie mit Medikamenten zu betäuben, um zu verhüten, daß ihre Anwesenheit allzu früh ruchbar wird.»

«Der große Verlust Monsieur Manigaults besteht also darin, auf den Gewinn einer kostbaren Ladung zu verzichten», meinte Angélique, die zu praktischen Gedankengängen zurückfand.

«Wir werden noch auf allerlei andere Dinge verzichten müssen», antwortete Berne nachdenklich. «Aber Manigault ist durchaus nicht derjenige, der am meisten zu bemitleiden wäre. Er rechnet, seine Geschäfte durch seinen Nachfolger hier fortführen zu können. Er wird eben nur in Santo Domingo und nicht mehr in La Rochelle sein. Das Geschäft bleibt dasselbe. Er hat sich schon seiner Rückendeckung versichert. Ich selbst habe ein wenig Geld in Holland und England placiert. Darüber hinaus werden wir die Tage, die uns bleiben, dazu nützen, den größten Teil unserer Güter in Talersäcke zu verwandeln. Sie brauchen wenig Platz auf einem Schiff.»

«Werden diese Geschäfte nicht Verdacht erregen?»

«Wir werden vorsichtig vorgehen. Die Katholiken, mit denen wir es zu tun haben, wissen, daß die Protestanten zum Verkauf ihrer Güter gezwungen sind, um der doppelten Besteuerung nachkommen zu können.»

Angélique stellte die Frage, die ihr auf den Lippen brannte.

«Wann werden wir uns einschiffen?»

«In zwei oder drei Wochen.»

«Drei Wochen!» rief sie aus. «O Gott, wie lange das noch ist!»

Der Kaufmann erbebte und schien von einem jähen Groll gegen sie erfaßt.

«Es scheint mir sehr kurz, wenn es sich darum handelt, die eigenen Wurzeln aus dem Land seiner Väter zu reißen», sagte er dumpf.

Er schlug mit der Faust auf den Tisch.

«Verflucht seien die, die uns dazu zwingen!»

Sie hätte ihn gern um Verzeihung gebeten, aber aus Furcht, ihn noch mehr zu reizen, sagte sie nichts.

Sie selbst, die schon alles verloren hatte, begriff nur schwer, was die Protestanten an ihr klägliches, durch Verbote und Ungerechtigkeiten ersticktes Leben hier fesselte.

Aber wie der Bauer selbst dem undankbaren Boden verbunden ist, um dessen Früchte er ringt, und ohne Neid das ihm fremde fruchtbare Tal betrachtet, klammerten sich die Protestanten noch immer an ihr gefährdetes Geschick. Der bloße Gedanke an jene amerikanischen Inseln, jene Sonne, jene Freiheit, die man ihnen versprach, machte sie traurig.

Die Gewohnheit, sich inmitten eines aufgewühlten Meers zu behaupten, ein Hindernis nach dem andern zu bezwingen, sich abzuschirmen, hatte aus ihnen eine allen Stürmen widerstehende, hartnäckig an ihren Besitz sich klammernde Rasse gemacht. Seit zwei Jahrhunderten schon war die Verfolgung ihre Lebenssphäre. Ihre Stadt und deren Umgebung zu verlassen, schien ihnen nun viel unerträglicher als der geheime, unerbittliche Kampf, an den sie gewöhnt waren.

Nicht mehr unter dem immergrünen Himmel La Rochelles zu leben! Zu denken, daß ihre Kinder die vertraute, von den Gerüchen des Meeres erfüllte Luft nicht mehr atmen, ihre Füße nicht mehr in die Spuren ihrer Väter setzen würden!

Generationen kleiner Rochelleser waren barfüßig über den Sand des Strandes gelaufen, hatten Muscheln mit ihren Taschenmessern aufspringen lassen, hatten Austern geöffnet und im Schatten des Laternenturms deren frisches, bitteres Wasser getrunken, während die Flut in den Hafen zurückströmte und hier und da die hohen weißen Segel der großen Kauffahrteischiffe tanzen ließ.

All das zu verlassen . . .

«Drei Wochen sind kurz», seufzte der Kaufmann, «und dennoch weiß auch ich, daß die Gefahr drängt. Aber wir müssen versuchen, alle Chancen auf unsere Seite zu bringen, und deshalb sind diese drei Wochen des Wartens durchaus das Risiko, das wir eingehen, wert. Denn in längstens drei Wochen wird die holländische Handelsflotte La Rochelle anlaufen. Ihr wißt wie ich, daß diese Leute nicht gern einzeln segeln, wie die Franzosen es tun. Sie schließen sich zusammen, und zweimal jährlich verlassen unter dem Schutz von Kriegsgaleeren wahre Flotten von Handelsschiffen Amsterdam oder Antwerpen. Nun ist Manigault in Holland versichert, was ihm gewisse Vorteile verschafft, unter anderem den, sich diesen Konvois anschließen und von ihrem Schutz profitieren zu können. Wir müssen also die Ankunft der Flotte abwarten, zumal sie im Hafen Unruhe und Unordnung schaffen wird, die unser Vorhaben begünstigen. Wenn wir inmitten dieser Herde die Segel hissen, werden wir ganz zwangsläufig der Kontrolle der königlichen Marine entgehen, die wahrhaftig viel zu tun hätte, wenn sie alle Welt ausfragen wollte. Auf diese Weise werden wir um die Prüfungen des letzten Augenblicks herumkommen. Sobald wir einmal den Hafen hinter uns haben – und ich wette, daß sich die Zivildelegierten der Admiralität an diesem Tage nicht kleinlich zeigen werden –, sind wir vor ihren Nachstellungen sicher.»

Angélique nickte zustimmend. Der Plan schien ihr vernünftig und geschickt. Dennoch ließ sie die Furcht nicht los. Die Wochen des Aufschubs schienen sich ihr endlos hinzuziehen. Was mochte inzwischen der Sire Baumier im Schatten anzetteln? Er war nicht der Mann, der seine Beute fahren ließ. Würde er nicht von der Abwesenheit Nicolas de Bardagnes profitieren, um Entscheidungen zu treffen, von denen er wußte, daß sie sein Vorgesetzter nicht guthieß? . . .

Ein Schraubstock umklammerte Angéliques Herz, doch sie hob mutig den Kopf.

«Möge Gott Euch hören, Maître Gabriel.»

41

Der Küstenweg schlängelte sich durch trockenes, salzverkrustetes Gras. Er folgte der vielfach gekrümmten Uferlinie und führte von La Rochelle an steilen Einschnitten, Buchten und zackigen Felsvorsprüngen vorbei zu dem kleinen Weiler La Palice unmittelbar gegenüber der Île de Ré.

Grauer Sand machte das Vorankommen schwierig. Angélique kam nur langsam vorwärts.

Sie beunruhigte sich nicht darüber. Sie hatte genug Zeit vor sich, und obwohl sie es vorgezogen hätte, die Mission, mit der man sie betraut hatte, rasch zu Ende zu führen, begann sie diesen unvorhergesehenen Spaziergang zu genießen.

Honorine trottete unermüdlich an ihrer Seite. Seit dem Tag der Ermordung der beiden Polizeispitzel wollte Angélique sie nicht mehr zurücklassen, wenn sie fortging. Übrigens verließ sie nur noch selten das Haus. Nur mit Widerwillen betrat sie die Straße. Überall sah sie verdächtige Gestalten, und immer glaubte sie, in den Augen der Passanten ein rätselhaftes Ausweichen zu lesen. Das Netz um sie zog sich zusammen; sie war dessen sicher.

Die Stunden, die Tage verstrichen ruhig, aber Angélique schienen sie wie der Sand, der unter festen Fundamenten ins Gleiten kommt. Der Sand würde weiter und weiter gleiten, und plötzlich würde alles zusammenstürzen.

Um sie herum betätigten sich die Verschworenen der Flucht mit einer Emsigkeit, die ebenso bemerkenswert war wie die Verschwiegenheit, die ihre Aktivität umgab. Im Viertel hatte sich scheinbar nichts geändert. Man hätte niemand beschuldigen können, sein Gepäck zum Aufbruch vorzubereiten. Trotzdem gelangten jede Nacht mysteriöse Ballen zum Hafen. Die wunderlichsten Schätze fanden ihren Platz im Bauch der *Sainte-Marie*, des kürzlich von den afrikanischen Küsten eingelaufenen Sklavenschiffes. Ob arm oder reich, jeder packte zusammen, was ihm am meisten am Herzen lag. Zwar wollte man fort, aber deswegen hatte man noch lange nicht die Absicht, ohne eine bestimmte Steppdecke aus gelbem Satin zu schlafen noch in einem anderen eisernen Topf zu kochen als dem, der schon der Zubereitung so vieler nahrhafter Mahlzeiten gedient hatte.

Der Reeder Manigault hatte lange Auseinandersetzungen mit seiner Frau, die darauf bestand, die prachtvolle Fayencen-Sammlung mitzunehmen, die der Stolz ihrer Anrichte war und die ein namhafter, einstmals nach La Rochelle geflüchteter Hugenotte, Bernard Palissy, geschaffen hatte. Der Reeder tobte, gestand schließlich hier eine Schüssel, dort eine Suppenterrine zu, wollte aber seinerseits nicht auf seine Tabaksdosen aus ziseliertem Gold verzichten.

In den Lagerhäusern am Hafen mischte sich der Tiergeruch der schwarzen Sklaven von der Guineaküste, die sich über die Leiden des Exils durch den Gesang wehmütiger Klagelieder hinwegtrösteten, mit den Düften der Vanille, des Pfeffers und Ingwers. In den Eingeweiden der *Sainte-Marie* prüften Schmiede die Ketten, die zum Sklaventransport zu den Inseln dienen sollten. Nichts ließ vermuten, daß Passagiere ganz anderer Art deren Plätze einnehmen würden.

Der Gedanke, während der Fahrt im Sklavendeck hausen zu müssen, berührte Tante Anna überaus peinlich.

«Man wird dort nicht atmen können», behauptete sie. «Und alle Kinder werden an Skorbut sterben.»

Mehrmals täglich sortierte sie die Bücher, die unbedingt mitgenommen werden mußten: die Bibel, eine mathematische, eine astronomische Abhandlung . . . Der Stapel war noch immer zu hoch, und das alte Fräulein seufzte.

Angélique hatte in dem kleinen Laden eines Levantiners einen Vorrat Feigen und getrockneter Trauben für die Kinder gekauft. Von Savary wußte sie, daß sie den Ausbruch des Skorbuts zu verhindern vermochten: jenes von Blutungen des Zahnfleischs begleiteten Aufschwellen des ganzen Körpers, das gewöhnlich tödlich verlief.

Jedermann beschäftigte sich mit seinen Vorbereitungen. Jeder war überzeugt, daß alles gut vonstatten gehen würde. Und wirklich ließ sich auch alles gut an. Angélique schwankte zwischen festem Vertrauen und heimlicher Unruhe. Ihr Instinkt konnte sie nicht täuschen, und sie witterte bereits Bedrohungen, die noch keine Gestalt angenommen hatten. Aber wie sollte man sie erkennen? War etwa die Tatsache als gefährliches Zeichen zu werten, daß Monsieur de Bardagne nicht von seiner Reise zur Hauptstadt zurückkehrte, oder jene andere, seltsamere, daß das Verschwinden der beiden zur Polizei gehörenden Männer weder Kommentare noch Nachforschungen in der Stadt ausgelöst hatte? . . . Verbarg sich hinter dem kürzlichen Beschluß des Polizeipräfekten, die Stadttore Tag und Nacht geschlossen zu halten und alle, die hinaus oder hinein wollten, mit größter Sorgfalt zu prüfen, eine Maßnahme zur engeren Überwachung der Hugenotten, oder mußte man im Gegenteil den Vorwand als stichhaltig ansehen: daß nämlich, wie behauptet wurde, Piraten die Küste unsicher machten? Zwar hatte man nicht wie im Mittelmeer bewaffnete Überfälle zu fürchten, aber die braven Kaufleute wußten sehr wohl, was sonst von ihnen zu erwarten war. Die Piraten warfen in der Umgebung Anker, mischten sich in der Stadt unter die Passanten, boten die Früchte ihrer Raubzüge zu konkurrenzlosen Preisen an, ohne die auf Einfuhr und Verkauf ihrer Waren lastenden Steuern bezahlen zu müssen. Es gab immer Händler, die sich in der Hoffnung auf einen ansehnlichen, steuerfreien Gewinn bereitfanden, mit ihnen halbpart zu machen. Traf es zu, daß in den letzten Tagen verdächtige Individuen beobachtet worden waren, die Pelzwerk aus Kanada feilgeboten hatten? War nur ihretwegen ein ganzes Dragoner-Regiment in die Stadt beordert worden? Was auch immer daran sein mochte – die Tore waren von nun an geschlossen und wurden streng überwacht.

Aus diesem Grund war Angélique beauftragt worden, Martial und Séverine von der Île de Ré abzuholen. Früher wäre es Maître Gabriels Aufgabe gewesen, seine beiden ältesten Kinder zu gegebener Stunde zurückzuschaffen, aber den Protestanten gelang es nur noch unter größten Schwierigkeiten, die Stadt zu verlassen. Man notierte ihre Namen, befragte sie lange, zählte sie und unterwarf sie bei der Rückkehr der gleichen Prozedur.

Andererseits drängte die Zeit. Die heimliche Abfahrt stand unmittelbar bevor. Die holländische Flotte war bereits angekündigt.

Wie oft hatte Angélique sich nicht schon aus dem Fenster gebeugt und Anselme Camisot drüben auf dem Wall gefragt:

«Sind die Holländer schon in Sicht?»

Der Wächter des Laternenturms schüttelte verneinend den dicken Kopf.

«Noch nicht. Warum so ungeduldig, Dame Angélique? Solltet Ihr einen Anbeter unter ihnen haben?»

Schon ging das Gerücht um, daß sie in Brest Anker geworfen hätten. In zwei bis drei Tagen mußten sie hier sein. Am Horizont würden ihre Segel aufblühen. In ein paar Stunden würde das Meer weiß und voller Bewegung sein wie ein Strand voller Vögel. Derbe Burschen mit rauhen, kehligen Stimmen, deren Hautfarbe an die rosige Tönung des Schinkens erinnerte, würden den Hafen überfluten.

Und eine Handvoll gejagter Männer, Frauen und Kinder würden sich in einer dunklen Nacht hastig an Bord eines Schiffes schleichen, Schatten nur, flüsternde Stimmen, Weinen der kleinen Kinder, die man durch sanftes Wiegen zu beruhigen suchte . . .

Sie entflohen der Stadt, ihrer Stadt, der Stadt ihrer Väter. In dieser Nacht würde das stolze protestantische La Rochelle die Früchte seiner Niederlage ernten . . .

Unten im Schiffsbauch würden sie angstvoll die Abfahrt erwarten, auf die von fern her dringenden Befehle, den Schritten über ihren Köpfen lauschend. Die Schiffsplanken würden knarren. Sie würden spüren, wie das Schiff sich zu regen begann, wie die Bewegung der See sich allmählich zu ungebrochenem Wogen wandelte. Später käme der Augenblick, in dem sie endlich ohne Gefahr aus dem übelriechenden Sklavenraum an Deck klettern könnten. Das Meer um sie herum wäre verlassen, und sie würden am leeren Horizont das Bild ihrer Freiheit erkennen.

Tief sog Angélique die mit dem Geruch des Salzes und des bitteren Wermuts gesättigte Luft in ihre Lungen. Die kleinen dunkelgelben Blüten sprossen in den Tälern zwischen den Dünen. Honorine pflückte sie eifrig.

«Beeil dich, Liebling», sagte Angélique.

«Ich bin müde.»

«Dann werde ich dich eben tragen.»

Sie kniete nieder, und das Kind kletterte auf ihren Rücken.

Es tat ihr wohl, sich im Gehen gegen den Wind zu stemmen und dabei die Last dieses leichten Bündels zu spüren. Honorines zerzaustes, seidiges Haar streichelte ihr die Wangen. Sie hörte das Mädchen lustig lachen. Sie liebte das von tausend Geräuschen – dem des Windes, der Brandung auf dem Geröll am Fuß der Klippe, der Vogelschreie, die sich aus den Binsen erhoben – erfüllte Schweigen der Heide. Angélique stellte fest – und sie war überzeugt, Honorine teile ihre Meinung –, daß sie beide nicht für die Stadt geschaffen waren. Außerhalb der Wälle fanden sie unversehens die Umgebung wieder, in der sie sich zu Hause fühlten: die Heide, den weiten Horizont und die Anziehungskraft dessen, was sich jenseits von ihm wie ein Versprechen verbarg. Dieses Land lag flach, ohne Wälder, nackt unter dem ungreifbaren Schleier eines grünlichen Nebels, der an diesem Tage die aus Dünen, Mooren und dürftigen Feldern bestehende Ebene ins Unendliche dehnte. Zur Rechten war in der Ferne eine Ansammlung elender Hütten zu sehen: der Weiler Saint-Maurice.

Auf der Seite des Meeres erhob sich von Richelieus Deich noch immer der von Muscheln umkleidete Steinhaufen, flankiert von kreuzweise verbundenen Balkenstümpfen, die faulend in der Strömung versanken.

Angélique warf nur einen zerstreuten Blick hinüber. Vor ihr öffnete sich das Meer von Pertuis, die Enge zwischen den Inseln von Oléron und Ré, noch vom Land umfangen, doch schon durchtränkt von der Grenzenlosigkeit des Ozeans.

Honorines kleine Arme klammerten sich fester um ihren Hals.

«Freust du dich?» fragte sie ihre Mutter mit der nachsichtigen Sanftmut, die verzogenen Kindern vorbehalten ist.

«Ja, ich freue mich», erwiderte Angélique.

Und es war wahr. Die Zeit der Befreiung war nahe. Aus dem Anblick dieser noch wilden, von den Menschen und ihren Leidenschaften unabhängigen Landschaft gewann sie die Sicherheit, daß das Meer sie nicht im Stich lassen würde. Eine neue Seite ihres Lebens würde aufgeschlagen werden.

Welche Beschwernisse sich auch auftürmen mochten, sie würde dieses Leben mit einem neuen Herzen bestehen, befreit von einem Druck, der ihr ganzes Dasein belastet hatte. Auf dieser alten Erde ließ sie nichts als ein kleines Grab am Rand des Forstes von Nieul nahe einem weißen, zerstörten Schloß zurück. Und als einzige Habe nahm sie ihre Tochter mit, das ihr ans Herz gewachsene Kind, ihre Freundin.

Nur noch einige Stunden, und sie würde in jene Zone der Ruhe eintreten, in der die vom Sturm erschöpften Vögel sich wie berauscht von sanften Winden dahintragen lassen.

Das Glück war nahe.

«Sing mir ein Lied, wenn du dich freust», schloß Honorine.

Angélique lachte auf. Ihre Tochter würde immer die guten Gelegenheiten beim Schopf ergreifen.

Sie begann Florimonds Lieblingslied zu trällern, das Lied von der grünen Mühle. Es ging darin um eine grün umrankte Mühle, einen Teufel, der sie sich aneignen wollte, und den Eigentümer, der sich dagegen wehrte. Die Geschichte war lang.

Während sie sang, entfernte sich Angélique vom Rande der Klippen. Sie mußte nun ein Stück der Heide durchqueren, um wieder auf den Karrenweg zu stoßen, auf dem sie den kleinen Hafen La Palice erreichen würde, dessen erste Hütten schon in der Ferne sichtbar waren.

«Schau doch, dort drüben!» rief Honorine. «Ich sehe den Teufel von der grünen Mühle.»

Ihre Mutter wandte mechanisch den Kopf, um mit dem Blick der Richtung des ausgestreckten kleinen Fingers zu folgen, und was sie sah, verschlug ihr den Atem.

Fast genau an der Stelle, wo sie sich hätten befinden müssen, wenn sie nicht vom Uferweg abgewichen wären, tauchte eine Gestalt auf. Angélique war schon zu weit entfernt, um die Gesichtszüge der Erscheinung erkennen zu können. Was sie sah, war ein hagerer, hochgewachsener, düster gekleideter Mann, in einen weiten schwarzen Mantel gehüllt, in dem sich der Wind verfing.

Es war Mephisto!

Im selben Augenblick trieben dichtere Schwaden jenes den Ausblick verschleiernden Nebels vom Meer her über die Küste, und Angélique fand sich inmitten einer traumhaften Unwirklichkeit, in der allein der schwarze Flügel des weiten Mantels unheimlich lebendig schien.

Es schien ihr, als habe sie aufgehört zu leben, oder zumindest, als habe ihr Geist sie jäh verlassen, um sich in jenes Land zu begeben, in dem die ungewissen Phantasievorstellungen Gestalt annehmen, wo der Traum greifbar wird, während sich die Konturen der Wirklichkeit verwischen.

So mußte es sein, wenn man wahnsinnig wurde.

So oft hatte sie an den scherzenden Wunsch des Sieur Rochat gedacht – «Ich wünschte, daß der Rescator vor La Rochelle Anker würfe!» –, und nun *sah* sie ihn vor sich. Sie lebte inmitten des in allen Einzelheiten von ihren Wunschvorstellungen geschaffenen Bildes.

Sie glaubte, den Verstand zu verlieren. Sie hatte Angst.

Dann glitt der feuchte Atem des Nebels vorüber. Die Farben des Meeres nahmen von neuem ihren lebhaften Glanz an. Alles wurde wieder klar, scharf, deutlich umrissen, und selbst La Rochelle wurde in der Ferne sichtbar, weiß und gezackt wie eine Krone aus purem Silber.

Der seltsame Mann hob den Arm. Er näherte seinen Augen ein lang ausgezogenes Fernrohr und beobachtete die Stadt. Er hatte jetzt menschliche Substanz bekommen, und wenn seine tintig-schwarze Gegenwart am lichtüberströmten Klippenrand auch nach wie vor beunruhigend blieb, wirkte sie doch weder gespenstisch noch diabolisch.

Fest auf seinen in Lederstiefeln steckenden Beinen stehend, nahm er sich zur Beobachtung Zeit. Dann ließ er das Fernrohr sinken und schien anderen, noch unsichtbaren Personen unten auf dem Strand Zeichen zu geben.

Angélique fand aus ihrer Benommenheit zum Bewußtsein der Situation zurück. Er würde sich umdrehen und die mitten in ihrer Bewegung erstarrte Frau bemerken. Warum war sie plötzlich so überzeugt, daß dieser Mann und diejenigen, die ihn begleiteten, keinen Wert darauf legten, beobachtet oder gar erkannt zu werden?

Sie sah sich um und lief eilig zu einem Tamariskengebüsch, hinter dem sie sich mit ihrer Tochter versteckte. In der sandigen Senkung ausgestreckt, vermochte sie nur wenig von dem zu sehen, was sich weiter vorn zutrug. Zwei Männer waren zu dem ersten gestoßen. Sie sprachen miteinander.

Dann verschwanden sie.

Sie hätte glauben können, geträumt zu haben, wenn nicht die gedämpften Laute menschlicher Stimmen und unregelmäßige, dumpfe Schläge an ihr Ohr gedrungen wären, die vom Hammer eines Zimmermanns hätten herrühren können.

Ein Windstoß trug ihr den scharfen, unverwechselbaren Geruch geschmolzenen Pechs zu. Über den Rand der Klippen, die an dieser Stelle eine ins Land einschneidende Bucht bildeten, erhob sich ein wenig Rauch.

«Rühr dich nicht», sagte Angélique zu Honorine.

Doch Honorine dachte gar nicht daran, sich zu rühren. Sich in eine Bodensenke zu ducken wie ein auf der Lauer liegendes junges Kaninchen entsprach ihrer ungezähmten Natur und schien sie an die frühen Tage ihrer Kindheit zu erinnern.

Angélique schlich sich kriechend durch das Gras bis zum Rand.

Mitten in der Bucht entdeckte sie einen ankernden Dreimaster, der weder Wimpel noch Flagge trug. Ziemlich tief im Wasser liegend und verhältnismäßig groß, konnte er ebensogut ein Holländer wie ein Engländer, aber gewiß kein Franzose sein, und in keinem Fall gehörte er zur Flotte der Rochelleser Kabeljaufischer. Deren Fahrzeuge überschritten nie hundertachtzig Tonnen, und das Fahrzeug dort unten mußte wenigstens zweihundertfünfzig messen.

Was hatte ein Handelsfahrzeug in dieser eine Meile von La Rochelle entfernten und zum Ankern kaum geeigneten Bucht zu schaffen, denn es war bekannt, daß die steilen, aber niedrigen Klippen wenig Schutz boten und daß der Grund schlammig und ziemlich flach war. Nur Fischerbarken flüchteten sich gelegentlich hierher.

War es denn überhaupt ein Handelsschiff? Angéliques Augen hatten sich im Mittelmeer darin geübt, gewisse Markierungen zu erkennen. Sie war sich jetzt sicher, daß das Schiff ein untergezogenes doppeltes Deck mit einer Batterie Kanonen besaß und daß die verkleideten, selbst auf nahe Entfernung fast unsichtbaren Stückpforten, wenn es nötig war, beim Öffnen die schwarzen Mündungen eines guten Dutzends Geschütze enthüllen würden.

Die scheinbar harmlosen Säcke, die an Deck dicht an der besonders breiten und hohen Bordwand aufgetürmt waren, schienen Feldschlangen zu verbergen. Die Anwesenheit eines Wachtpostens in ihrer Nähe war verräterisch genug.

Andere mit Planen bedeckte Haufen bestanden offensichtlich aus jenen langen Holzstangen, jenen Bootshaken und Strickleitern, deren man sich auf See bedient, um den Angriff eines anderen Schiffes abzuwehren – oder selbst einen Angriff zu führen.

Eine Barke löste sich vom Schiff und steuerte dem Ufer zu. Angélique verlor sie aus dem Blick, als sie anlegte.

Vorsichtig schob sie sich weiter vor und hob vorsichtig den Kopf.

Die Stimmen klangen jetzt lauter zu ihr herauf; trotzdem vermochte sie nicht zu unterscheiden, in welcher Sprache sie sich unterhielten. Unter sich bemerkte sie über einem im Geröll brennenden Feuer einen großen Kessel, in dem schwedisches Pech, auch Teer genannt, das zum Ausbessern der Schiffe diente, leise vor sich hin brodelte. Kleine Tonnen waren dicht daneben aufgereiht. Matrosen, von denen sie nur die Schultern und die struppigen oder mit leinenen Mützen bedeckten Köpfe sah, tauchten Wergsträhnen in den Teer und legten sie nebeneinander in Körbe, die offenbar darauf warteten, in die Barke verladen zu werden.

Deren Besatzung war zumindest seltsam. Jeder der vier Männer, die sie bildeten, entstammte einer anderen Rasse, und sie schienen sich zusammengetan zu haben, um im Verlauf eines nautischen Festes ein Ballett der vier Weltteile aufzuführen. Einer von ihnen, mager und flink, hatte den gebräunten Teint und die großen Augen der mittelmeerischen Rassen: ein Sizilianer oder Grieche, vielleicht auch Malteser. Ein anderer, stämmig wie ein Bär unter seiner Pelzmütze, schien sich in seinem steifen Kasack und seinen Stiefeln aus Seehundsfell nicht rühren zu können. Der dritte war braun wie ein Pfefferkuchen und hatte leicht schräge Augen. Die Muskeln seiner mächtigen, nackten Arme traten hervor, während er ohne sichtbare Anstrengung eine Tonne von respektabler Größe, die Teerstücke enthielt, auf seinen Kopf hob – zweifellos ein Türke. Der letzte, ein hochmütiger, gigantischer Maure, dachte nicht daran, an den groben Verrichtungen der anderen teilzunehmen, und begnügte sich damit, mit der Muskete im Arm die Umgebung zu überwachen.

«Die Piraten! . . .»

Der Vorwand, den der Polizeipräfekt zum Anlaß genommen hatte, die Stadttore zu schließen, traf also zu. Die angeblich beobachteten Piraten existierten also wirklich. Ihre Kühnheit übertraf alle Vorstellungen: nur ein paar Kabellängen trennten sie vom Fort Saint-Louis in La Rochelle, und nicht viel weiter war es nach Saint-Martin de Ré, dem Liegeplatz des königlichen Geschwaders.

Die Segel waren so gegeit, daß sie sehr schnell gesetzt werden konnten: ein Zeichen dafür, daß es sich um ein auf der Lauer liegendes, beim geringsten Alarm segelfertiges Schiff handelte. Es mutete merkwürdig an, daß es sich unter solchen Bedingungen zum Kalfatern anschickte. Zweifellos sollte es oberflächliche Beobachter irreführen, die von der Küste oder von Bord eines kreuzenden Schiffes aus das Treiben des Dreimasters verfolgen mochten.

Das aus geringer Entfernung kommende Geräusch die Klippe hinabpolternden Gerölls ließ sie sich dichter an den Boden schmiegen. Einigermaßen überraschendes und unerwartetes Grunzen wurde hörbar, gefolgt von durchdringenden, schrillen Schreien, die unheilvoll hätten anmuten können, wenn sie nicht von zwei stämmigen Schweinen ausgestoßen worden wären, die von ihren Besitzern, Bauern aus dem Weiler Saint-Maurice, mit einiger Mühe zum Strand hinunter getrieben wurden. Der Matrose mit der Pelzmütze ging ihnen entgegen und begann die Preise auszuhandeln. Offenbar vertrugen sich die Bauern mit dem in ihrer Nachbarschaft ankernden Piratenschiff recht gut. Nichtsdestoweniger handelte es sich um eine Schiffsladung zu allem bereiter Abenteurer. Diese Piraten waren durchaus wirklich. Sie sah sie, hörte sie, berührte sie fast. Nur der Mann im schwarzen Mantel schien nicht wirklich, konnte es einfach nicht sein. Es war unmöglich, daß *er* leibhaftig gekommen sein sollte, um vor La Rochelle Anker zu werfen. Gerade er! . . . Warum er? . . . Sie hatte geträumt. Übrigens war er nicht mehr zu sehen. Abgesehen von dem reglos stehenden Wachtposten schien das Schiff verlassen. Sanft wiegte es die Dünung, und das Licht glänzte auf dem vergoldeten Schnitzwerk des Heckaufbaus, der durch seine Ansehnlichkeit und seinen Prunk frappierte. Seine Verzierungen wären auch durch eine königliche Galeere nicht in den Schatten gestellt worden, und Angélique glückte es, zwischen ihnen einen in goldenen Lettern geschriebenen seltsamen Namen zu entziffern: *Gouldsboro.*

Der leichte Druck einer kleinen Hand auf ihrem Arm brachte sie zu sich.

Honorine, der die Zeit offenbar lang geworden war, hatte sich mit der

Vorsicht eines Kätzchens zu ihr geschlichen.

Ihr Anblick machte Angélique begreiflich, daß sie nicht hierbleiben konnten.

Was würde mit ihnen geschehen, wenn die Piraten sie überraschten? Die Freibeuter der Meere standen nicht gerade in dem Ruf, zarte Seelen zu sein. Der Gefahr, in der sie schwebten, entsprechend, würden sie sich unerbittlich zeigen. Und wenn ihr Anführer wirklich jener Rescator war, den sie vorhin erkannt zu haben glaubte, hatte sie durch ihre Gefangennahme schon gar nichts zu gewinnen . . .

Sich unter unendlichen Vorsichtsmaßnahmen von Düne zu Düne schleichend, gelang es ihnen, sich von der Küste zu entfernen. Als sie endlich den Karrenweg erreichte, nahm sie Honorine wieder auf den Rücken und hastete La Palice zu. Atemlos betrat sie das Gasthaus, in dem die Fischer ihr Glas Wein zu trinken pflegten, nachdem sie ihre Netze zum Trocknen ausgespannt hatten.

«Man möchte meinen, Ihr hättet den Teufel gesehen», sagte die Wirtin, indem sie einen Krug Wein von der Île de Ré vor sie hinstellte.

«Ja doch, wir haben ihn gesehen!» stimmte Honorine eifrig zu.

«Munter, die Kleine», meinte die Frau lachend.

Angélique bat um Milch und eine Schnitte für ihre Tochter und um eine warme Brühe für sich. Den Wein lehnte sie trotz des Drängens ihrer freundlichen Gastgeberin ab, da er sie allzu müde gemacht hätte. Sie durfte nicht vergessen, daß sie hierhergekommen war, um Martial und Séverine abzuholen.

Zwei Stunden später betrat sie den Boden der kleinen Inselstadt Saint-Martin, in der es von den goldverbrämten blauen und roten Uniformröcken der königlichen Offiziere nur so wimmelte.

Sie fragte nach dem Weg und fand schließlich ohne Schwierigkeiten das Haus Madame Demuris', der Schwester Maître Bernes. Noch bleich und ein wenig abwesend war Angélique für die ihr zugefallene Rolle gut gerüstet. Maître Gabriel Berne sei plötzlich schwer erkrankt, fühle sein Ende nahe und wolle seine Kinder vorher noch einmal sehen.

Seine Schwester hatte nicht das Herz, sie zurückzuhalten. Übrigens zeigte sie sich durch die Nachricht tief erschüttert. Sie war keine böse Frau. Sie hatte sich bekehren lassen, weil sie Ehrgeiz und genug Intelligenz besaß, um zu begreifen, daß sie als Angehörige der reformierten Religion in diesen Zeiten nur Schimpf und Verdruß erfahren würde. Jünger als Maître Gabriel hatte sie unter dem Bruch mit dem von ihr bewunderten Bruder sehr gelitten. In Gedanken ausschließlich mit seinem bevorstehenden Tod beschäftigt, schluchzte sie und ließ die beiden Ältesten, mit deren Erziehung sie durch den Statthalter des Königs beauftragt worden war, gehen, völlig vergessend, daß sie ohne besondere Erlaubnis ihre Behausung nicht verlassen durften.

Der Patron der Barke, die sie zum Festland zurückbrachte, betrachtete besorgt den Himmel, der sich mit düsteren Wolken überzog. Ein Sturm war im Anzug. Das Boot begann auf den allmählich höher werdenden, schwärzlichen, von weißen Schaumstreifen durchzogenen Wogen zu tanzen, und als sie landeten, fiel der Wind mit Böen sprühenden Regens über sie her. Angélique gelang es, einen mit einer Plane überdeckten Karren zu mieten. Auch ohne das Unwetter hätte sie es nicht gewagt, zu Fuß durch die Heide zurückzugehen. Der Kutscher, ein Hugenotte, war erfreut, den Kindern Maître Bernes einen Dienst erweisen zu können.

Die Fahrt dauerte nicht lange. Ehe sie sich's versahen, waren sie unter den Wällen La Rochelles in der Nähe des Saint-Nicolas-Tors angelangt. Ein Posten in einem Überwurf aus geölter Leinwand bewachte es. Er warf ihnen kaum einen Blick zu und ließ den Bauernkarren ohne Anstände passieren. Angélique beglückwünschte sich bereits zu dem Sturm, der es ihnen erlaubte, sich so leicht aus der Affäre zu ziehen, als zwei Polizisten aus der Wachstube traten.

Sie stellten sich vor das Pferd, um es anzuhalten, und warfen sodann einen Blick ins Innere des Karrens.

«Das ist sie», sagte einer von ihnen.

Angélique erkannte denjenigen wieder, der sie nach ihrem Namen und ihren Verhältnissen befragt hatte, als sie am Vormittag beim Verlassen der Stadt hier vorbeigekommen war.

«Seid Ihr Dame Angélique, Magd bei Maître Gabriel Berne, wohnhaft an der Ecke der Rue Sous-les-Murs und des Buttermarktes?»

«Ja, das bin ich.»

Die beiden Männer beratschlagten miteinander. Dann schwang sich einer von ihnen auf den Sitz neben dem Kutscher.

«Wir haben Order bekommen, Euch zum Justizpalast zu bringen, sobald Ihr zurückkehrt.»

42

Der Hugenotte, der den Karren lenkte, wechselte die Farbe. Für einen Angehörigen der reformierten Religion war es nicht gut, sich in Gesellschaft von Personen zu befinden, die zum Justizpalast gebracht werden mußten.

Gezwungenermaßen schlug er jedoch die bezeichnete Richtung ein. Als sie vor der langen, mittelalterlichen Fassade des Gebäudes, deren in Speiröhren auslaufende Dachrinnen wahre Wasserfluten auf das Pflaster sprudelten, den Fuß auf die Erde setzte, glaubte Angélique noch immer, daß man mit ihr über die Piraten sprechen wolle. Dann sagte sie sich, daß

Nicolas de Bardagne zurückgekehrt sein müsse und eine Gelegenheit suche, sich ihr zu nähern.

Indessen ließ man sie nicht die im Hintergrund des Hofs unter vergoldetem Deckengetäfel zum ersten Stock führende große Treppe hinaufsteigen, die sie schon kannte.

Zusammen mit den drei Kindern schob man sie zu den von einer vorgebauten Arkade verdüsterten Amtszimmern. Die Kerzen waren bereits angezündet. Inmitten eines Wusts von Papieren, Tintenfässern und Federkielen arbeiteten Schreiber. Andere hockten auf Schemeln in den Fensternischen und schienen nichts anderes zu tun zu haben, als sich die Fingernägel zu schneiden.

Der Raum war von einem muffigen Geruch nach Schweiß und Staub, durchmischt jedoch von den militärischen Dünsten nach Tabak und Stiefelleder, erfüllt, der beunruhigende Erinnerungen in Angélique weckte. Ein Polizeigeruch. Ein Mann erhob sich, musterte die junge Frau mit der unverschämten Gelassenheit der Polizeispitzel und öffnete eine Tür hinter sich.

«Tritt dort ein», sagte er und stieß sie voran.

Dabei löste er ihre Hand von der Honorines.

«Die Kinder bleiben hier.»

«Aber sie können doch mit mir kommen», protestierte Angélique.

«Unmöglich! Monsieur Baumier will dich verhören.»

Angélique begegnete den Blicken Martials und Séverines. Ihre Lippen waren halb geöffnet, sie atmeten stoßweise. Sie glaubte, die schnellen, angstvollen Schläge ihrer Herzen zu hören. Sie waren schon einmal hier gewesen, damals, als man sie verhaftet hatte. Es drängte sie, ihnen zuzurufen: «Vor allem – schweigt!», denn sie hatte die Unvorsichtigkeit begangen, ihnen während der Überfahrt von der Île de Ré nach La Palice halblaut von der bevorstehenden Abreise nach den amerikanischen Inseln zu erzählen.

Doch sie konnte es ihnen nur mittelbar zu verstehen geben.

«Achtet auf Honorine. Macht ihr begreiflich, daß sie artig sein, *daß man hier vor allem den Mund halten muß . . .*»

Die letzten Worte verloren sich im Geschrei Honorines, die wütend darüber war, von ihrer Mutter getrennt zu werden. Die Tür schloß sich, und Angélique blieb voller Angst inmitten des Zimmers stehen, in das man sie geschoben hatte. Sie horchte auf das Gezeter ihrer Tochter, in das sich die mürrischen Stimmen von zweifellos wohlmeinenden Männern mischten, die sie zu beruhigen suchten. Das Geschrei wurde leiser. Man schien das Kind zu entfernen. Sie vernahm das Geräusch sich schließender Türen, dann wurde es still.

«Tretet näher. Setzt Euch.»

Angélique fuhr zusammen. Die Anwesenheit des Sieur Baumier hinter seinem Schreibtisch war ihr entgangen. Er wies auf einen Schemel ihm gegenüber.

«Nehmt Platz, Dame Angélique.»

Es schien ihr, als betone er ihren Namen auf undefinierbare Weise. Er vermied es, sie anzusehen, während sie sich setzte, blätterte in einem Aktenstück, kratzte sich den Kopf und glättete sein spärliches Haar.

Tabakreste hingen an seiner Nase. Mehrmals brummte er «Gut ... gut ...», schloß das Aktenstück wieder und ließ sich gegen die hohe, mit abgenutztem Stoff bespannte Lehne seines Sessels zurücksinken.

Baumier hatte eng aneinandergerückte Augen, jenen verdeckten, ein wenig schielenden, von starrem Glanz jäh belebten Blick, den man bei Untersuchungsrichtern findet. So wenig Nicolas de Bardagne für die Aufgabe bestimmt war, der er sich gewidmet hatte, so sehr war dieser Mann in der ihm zugefallenen Funktion an seinem Platz.

Angélique spürte es: sie würde kämpfen müssen. Das Schweigen zwischen ihnen dehnte sich zäh. Es gehörte zur Taktik Baumiers, diejenigen, die er zu verhören hatte, auf solche Weise einzuschüchtern, aber in diesem Fall nutzte Angélique die Zeit, um ihre Kräfte zu sammeln. Sie wußte nicht, auf welchen empfindlichen Punkt er zunächst seinen Angriff richten würde. Vielleicht wußte Baumier es auch noch nicht. Während er scharf nachdachte, leckte er sich die schmalen Lippen, was ihm den Ausdruck eines grausamen Fuchses verlieh.

Endlich entschloß er sich und beugte sich mit süßlicher Miene vor.

«Verratet mir's, meine Schöne, was habt Ihr mit den Leichen gemacht?»

«Den Leichen?» wiederholte Angélique erstaunt.

«Spielt nicht die Unschuldige. Ihr wärt nicht so betroffen, wenn Ihr nicht genau verstündet, worauf es ankommt. Ihr erinnert Euch gar nicht gern daran, nicht wahr? Diese Leichen, die Ihr wegschleppen mußtet ... verstecken ... he?»

Es glückte ihr, die Maske höflicher Verblüffung zu bewahren.

Baumier wurde ungeduldig.

«Verlieren wir nicht unnütz Zeit. Ihr werdet ohnehin nicht darum herumkommen zu gestehen. Diese Leichen ... diese Männer ... Ihr kennt sie doch. Einer von ihnen trug einen blauen Rock.»

Er schlug mit der flachen Hand auf den Tisch. «Wollt Ihr etwa behaupten, daß Euch letzten Monat kein mit einem blauen Rock bekleideter Mann auf der Straße ansprach und auch galante Vorschläge machte?»

«Verzeiht, Monsieur –» es gelang ihr, ein leeres Lächeln anzudeuten – «aber ich verstehe nichts von dem, was Ihr mir da sagt. Bitte, erregt Euch nicht.»

Der Präsident der königlichen Kommission für religiöse Angelegenheiten lief rot an und preßte die Lippen zusammen.

«Ihr erinnert Euch nicht dieser beiden Männer? . . . Im April, am 3. dieses Monats, um es genau zu sagen, in der ersten Nachmittagsstunde . . . Ihr kehrtet von einem Gang zu den Magazinen Manigaults am Hafen zurück . . . Diese Männer folgten Euch durch die Rue de la Perche, die Rue de la Soura . . . Nun, meldet sich Euer Gedächtnis noch immer nicht?»

Er dosierte Ironie und Überredung.

Da sie nicht ahnte, in welchem Punkt er sie möglicherweise überführen konnte, murmelte sie:

«Es ist möglich.»

«Ah, wir machen Fortschritte», erklärte er befriedigt.

Von neuem setzte er sich in seinem Sessel zurecht, während er sie wie eine Beute betrachtete, die ihm nicht entgehen konnte.

«Erzählt mir davon.»

Angélique nahm sich zusammen. Sich durch die diabolische Selbstsicherheit ihres Gesprächspartners einschüchtern zu lassen, wäre der kürzeste Weg zu ihrem Untergang; von einem Eingeständnis zum andern würde sie sich immer tiefer verstricken.

«Was soll ich da erzählen», sagte sie in bewußt vulgär klingendem, barschem Ton. «Männer, die mich auf der Straße ansprechen, gibt's mehr als genug, wie Ihr Euch vorstellen könnt. La Rochelles Ruf wird, ganz nebenbei gesagt, immer schlechter. Aber ich habe, weiß Gott, anderes zu tun, als über diese traurigen Erscheinungen Buch zu führen und mir zu merken, ob sie einen blauen oder roten Rock auf dem Leibe tragen.»

Baumier wischte mit einer Geste ihren Protest beiseite.

«Ich bin sicher, daß Ihr Euch an diese recht gut erinnert. Wie wär's, wenn Ihr Euch ein wenig Mühe gebt. Sie sind Euch gefolgt und . . . dann?»

«Monsieur», sagte sie bissig, «da Ihr mir so oft erzählt, daß sie mir gefolgt seien, möchte ich annehmen, daß ich sie danach auf die Reise geschickt habe.»

«Und Ihr habt Euren Weg forgesetzt?»

«Zweifellos.»

«Am 3. April seid Ihr also von Monsieur Manigault geradewegs zum Hause Maître Bernes in der Rue Sous-les-Murs zurückgekehrt?»

Sie spürte die Falle und tat, als ob sie angestrengt nachdenke.

«Am 3. April, sagt Ihr? . . . Kann sein, daß ich an diesem Tag nicht direkt zurückgekehrt bin, sondern zuerst zu den Lagerhäusern meines Herrn ging, wie so oft, wenn ich ihm eine Botschaft Monsieur Manigaults zu überbringen hatte.»

Baumier schien mit ihrer Antwort zufrieden. Ein Lächeln verzog seine Lippen und zeigte seine gelblichen Zähne.

«Ihr könnt von Glück sagen, daß Ihr Euch endlich Eurer Wege an diesem Tag erinnert. Hättet Ihr das Gegenteil behauptet, wäre Eure Unglaubwürdigkeit ans Licht gekommen. Ihr müßt nämlich wissen, daß ich selbst die in Frage stehenden galanten Herren auf Eure Spur gesetzt habe. Von einer Wirtschaft am Hafen aus, in der ich mich befand, als Ihr Manigault verließet, habe ich sie Euch folgen sehen. Ein anderer meiner Leute erwartete Euch mit zwei Polizisten in der Rue Sous-les-Murs, in der Nähe der Behausung Maître Bernes. Dieser Mann bezeugt nun, daß Ihr an jenem Tag nicht zurückgekehrt seid. Er hat weder Euch noch die beiden vorgeblichen Galane gesehen, mit denen er zusammenarbeiten sollte. Und diese beiden . . . *sind bis heute verschwunden geblieben.*»

«So!» machte Angélique, als habe sie die tragische Bedeutung dieser Bemerkung nicht begriffen, die der Präsident mit unheilkündend gedämpfter Stimme von sich gegeben hatte.

«Hört endlich auf, die Unschuldige zu spielen!» schrie er, erneut auf den Tisch schlagend.

Er knirschte mit den Zähnen vor Wut.

«Ihr wißt sehr wohl, warum sie nicht wieder aufgetaucht sind. Weil man sie umgebracht hat. Und ich weiß auch, *wer.* Um Eurem schwachen Gedächtnis nachzuhelfen, werde ich Euch erzählen, wie es sich zugetragen hat. Als Ihr die Lagerhäuser Eures sogenannten Herrn erreichtet, führten meine Leute ihre Weisung aus – eine Weisung, der sie nur zu gern nachkamen, wie ich nun sehe! – und suchten von Euch eine kleine Belohnung zu erlangen. Maître Berne und seine Gehilfen kamen dazu. Es gab eine Auseinandersetzung, meine beiden Leute sind der Übermacht und den Schlägen erlegen. Was ich wissen möchte, ist, wie Ihr sie habt verschwinden lassen.»

Mit viel Geschick hatte Angélique es fertiggebracht, während seines Berichts ihren Augen einen immer erschrockeneren Ausdruck zu geben. Baumiers Version hinkte in einem Punkt, dem der Teilnahme der Gehilfen, was bewies, daß er seiner Sache nicht völlig sicher war.

«Großer Gott!» rief sie, ihre Naivität übertreibend. «Was Ihr mir da erzählt, ist ja schrecklich! Ich traue meinen Ohren nicht! Ihr beschuldigt meinen Herrn, ein Mörder zu sein?»

«Ja, ein Mörder!» bestätigte Baumier grimmig.

«Aber das ist unmöglich, Monsieur! Er ist ein sehr frommer Mensch. Er liest alle Tage die Bibel.»

«Das beweist nichts, im Gegenteil. Diese Ketzer sind zu allem fähig. Ich werde dafür bezahlt, um es zu wissen, glaubt mir.»

Die Entrüstung und gespielte Arglosigkeit Angéliques schien dennoch seine Überzeugung ins Wanken gebracht zu haben.

Sie fuhr beharrlich fort:

«Er würde keiner Fliege etwas antun. Er ist ein sehr ruhiger, sehr sanfter Mensch.»

Der Inquisitor lächelte auf unangenehme Art.

«Ich zweifle nicht, daß Ihr solche Eigenschaften zu schätzen wißt, meine Schöne.»

«Mein Herr hat niemals . . .»

«Euer Herr! Euer Herr!» knurrte er. «Kehren wir nicht die Rollen um. Er ist viel weniger Euer Herr, als Ihr, seine Mätresse, es wahrhaben wollt.»

Angélique nahm sich die Zeit, eine beleidigte Miene aufzusetzen, bevor sie die Karte ausspielte, die sie von Anfang an in Reserve hielt, die einzige vielleicht, die ihr aus ihrer üblen Lage heraushelfen konnte. Die grobe Anspielung Baumiers gab ihr endlich Anlaß dazu.

«Monsieur», sagte sie mit Würde, indem sie die Augen senkte, «es ist Euch sicher nicht unbekannt, daß Monsieur de Bardagne mir die Ehre erwiesen hat, mich trotz meines einfachen Standes zu bemerken. Ich bezweifle, daß ihm die zweideutigen und beleidigenden Anklagen gefallen werden, die Ihr gegen mich richtet.»

Er schien nicht übermäßig beeindruckt. Im Gegenteil: er lächelte sein süßliches Lächeln und machte eine Bewegung, die Angélique mit dumpfem Schrecken erfüllte. Er nahm einen Gänsekiel aus dem Schreibzeug und begann ihn träumerisch zwischen seinen Fingern zu drehen. Diese Bewegung weckte in ihr bis zur Übelkeit die Erinnerung an die Angst vor den Verhören, denen sie einstmals der schreckliche Polizist François Desgray unterworfen hatte. Während er sich insgeheim darauf vorbereitete, sie an den Pranger zu nageln, hatte er gleichfalls die Gewohnheit gezeigt, mit einem Federkiel zu spielen.

Angélique vermochte ihren Blick nicht von der mechanischen Bewegung des groben, von Tabak geschwärzten Daumens abzuwenden.

«Richtig», bemerkte Baumier mit erkünstelter Sanftheit, «ich vergaß, Euch zu sagen, daß Monsieur de Bardagne nicht nach La Rochelle zurückkehren wird. Man ist höheren Orts der Ansicht, daß er es bei der ihm anvertrauten Aufgabe an der nötigen Energie hat mangeln lassen.»

Ein verächtlicher Ausdruck spielte um seine Lippen.

«Zahlen wurden gebraucht, keine Versprechungen. Nun, unter seiner allzu nachsichtigen Verwaltung hat die Arroganz der Hugenotten nur zugenommen, und es ist nicht zu leugnen, daß die wenigen Bekehrungen, die während dieser Zeitspanne erzielt werden konnten, einzig und allein meinem, geben wir es zu, schlecht belohnten Eifer zu verdanken sind.»

Er legte beide Hände offen vor sich hin und fuhr fort, plötzlich familiär, fast gutmütig:

«Die Situation ist also klar, meine Kleine. Kein Monsieur de Bardagne, der Euch schützen und sich in Eure Netze einspinnen lassen wird. Von nun an werdet Ihr Euch mit mir gutstellen müssen. Ich wette . . . ja, ja, daß wir zwei uns verstehen werden.»

Angélique vermochte das Zittern ihrer Lippen nicht zu unterdrücken.

«Er wird nicht zurückkehren . . .» murmelte sie, ehrlich niedergeschlagen.

«Nein . . . Aber – bah! – wenn dieser Liebhaber Euch auch beträchtliche Vorteile bot, wie ich zugeben muß, bleibt Maître Berne für Euch doch nichts weniger als ein sicherer Wert, eine solide Investition. Ihr habt recht gehabt, Euren Enterhaken nach diesem reichen Witwer auszuwerfen . . .»

«Ich erlaube Euch nicht, Monsieur . . .»

«Und ich erlaube Euch nicht, Euch noch länger auf meine Kosten lustig zu machen, schmutzige, kleine Heuchlerin!» brüllte Baumier, zur Abwechslung seinen heiligen Zorn vorkehrend. «Wie? . . . Ihr wärt nicht seine Mätresse? . . . Was habt Ihr dann an jenem berühmten 3. April in Maître Bernes Büro gemacht, als der Steuerbeamte Grommaire zur Beitreibung erschien? . . . *Er hat Euch gesehen!* . . . Eure Korsage war geöffnet, Eure Brust halb entblößt und Euer Haar hing wirr auf die Schultern . . . Und er mußte wer weiß wie lange klopfen, bevor sich dieser calvinistische Lüstling zum Öffnen entschloß . . . Und Ihr habt die Stirn, mir ins Gesicht zu sagen, daß Ihr nicht seine Mätresse seid? . . . Eine Lügnerin, eine Intrigantin, das seid Ihr!»

Er hielt atemlos inne, befriedigt, die Wangen seines Opfers von einem brennenden Rot überflutet zu sehen.

Angélique verwünschte sich dafür, nicht imstande gewesen zu sein, diese Röte zurückzuhalten. Wie konnte sie es ableugnen? . . . Der Steuerbeamte hatte dank dem Dämmerlicht im Magazin wenigstens nicht bemerkt, daß ihre Kleidung zerrissen und mit Blut befleckt gewesen war. Es war nur das halbe Übel, wenn er die Unordnung ihrer Erscheinung frivolem Zeitvertreib zuschrieb. Aber selbst den nachsichtigsten Augen mußte die Situation eindeutig scheinen.

«Ah, nun seid Ihr schon weniger stolz», warf ihr Peiniger ein.

Er triumphierte, daß es ihm geglückt war, sie zum Senken ihrer Lider zu zwingen. Die Frechheit dieser Frauen überstieg jede Vorstellungskraft. Um ein weniges brachten sie einen dazu, zu glauben, vom rechten Weg abgeirrt zu sein.

«Nun? Was habt Ihr mir zu sagen?»

«Monsieur, man hat gelegentlich schwache Stunden . . .»

Baumiers Augen wurden schmal, und seine Züge nahmen einen übertrieben freundlichen und zugleich boshaften Ausdruck an.

«Oh, gewiß! . . . Schwache Stunden, wenn man eine Frau wie Ihr seid, die die Blicke der Männer auf sich zieht und weiß, daß sie an jedem Finger einen haben kann . . . Ich würde fast sagen, es ist Euer Beruf. Das

Gegenteil würde mich verwundern. Und daß Ihr Euer Auge auf diesen Berne werft, ist schließlich Eure Angelegenheit. Aber Ihr habt mich über diesen Punkt in unverschämter Weise belogen, und wenn Ihr nicht von mir überführt worden wäret, hättet Ihr weiterhin entrüstet Eure beleidigte Tugend verteidigt. Wenn man in einem Punkt auf solche Art lügt, kann man auch in allen anderen lügen. Ich kenne Euch jetzt, meine Schöne. Ich habe Euer Maß genommen. Ihr seid sehr stark, aber ich werde stärker als Ihr sein.»

Angélique begann sich in einer ausweglosen Lage gefangen zu fühlen. Dieser kleine, von Weihrauch und Papierstaub gebeizte Mann war besonders durchtrieben, oder hatte etwa sie ihre Geistesgegenwart von früher eingebüßt? Er jagte ihr größeren Schrecken ein als Desgray. Zwischen ihr und Desgray hatte es immer – selbst an jenem Tag, an dem er ihr die Finger zurückgebogen hatte, um sie zum Eingeständnis ihrer Teilnahme an einer Einbruchsaffäre zu zwingen – ein besonderes Fluidum gegeben, die fleischliche Anziehungskraft, die selbst ihrer wildesten Auseinandersetzung einen erregenden Beigeschmack verliehen hatte.

Aber beim bloßen Gedanken, ihre Reize ins Spiel bringen zu müssen, um die Bösartigkeit dieses übelriechenden Nagetiers zu beschwichtigen, glaubte sie vor Ekel in Ohnmacht zu sinken. Das überstieg bei weitem ihre Kräfte, ganz abgesehen davon, daß jeder Versuch in dieser Richtung bei Baumier unter Umständen fehlschlagen konnte. Er war, nur eine Stufe tiefer, von derselben Art wie die Solignacs. Seine Wonnegefühle fand er in der Befriedigung, erbarmungslose Pflichten zu erfüllen, im Schauspiel eines hoffnungslos in die Enge getriebenen, um Gnade winselnden Wesens, in flehenden Blicken, in dem Gefühl der Macht, die darin bestand, mit einem einzigen Federstrich ein ganzes Leben vernichten zu können.

Er hatte mit einer Geste äußersten Behagens, wie man sie vornehmlich bei den Wohlbeleibten findet, die Hände auf seinem mageren Bauch gefaltet. Bei ihm indes betonte sie eher noch die dünnblütige Magerkeit und ließ ihn einer alten Jungfer ähneln.

«Nun, meine Hübsche, seien wir gute Freunde. Warum habt Ihr Euch von diesen Ketzern locken lassen? Zu anderen Zeiten hätte dieser Berne mit seinen Talern gewisse Vorteile bieten können, ich bestreite es nicht. Aber Ihr seid schlau genug, um zu begreifen, daß heutigentags das Vermögen eines Reformierten weniger beständig ist als der Wind. Wenigstens solange er sich nicht bekehren läßt. Das wäre dann eine andere Sache. Wenn Ihr pfiffig wärt, hättet Ihr schon längst Gabriel Berne und seine Familie zum Bekehren veranlaßt. Ihr hättet in jeder Hinsicht gewonnen, während Ihr jetzt gehörig in der Tinte sitzt: als Komplicin eines Mörders, als Beteiligte an hugenottische Verrätereien geht Ihr des Vorteils verlustig, Katholikin zu sein. Man kann Euch anklagen, ihrer sträflichen Konfession zu huldigen, und das ist eine ernste Sache.»

Er konsultierte von neuem einen Zettel.

«Der Pfarrer der Eurem Dienstort zunächst liegenden Gemeinde Saint-Marceau behauptet, daß er Euch weder jemals am Gottesdienst habe teilnehmen sehen noch Euch die Beichte abgenommen habe. Was bedeutet das? Daß Ihr Euch vom katholischen Glauben gelöst habt?»

«Nein, gewiß nicht!» antwortete Angélique mit einem Elan, der den unverkennbaren Vorzug hatte, aufrichtig zu sein.

Baumier spürte es und zögerte enttäuscht. Die Dinge entwickelten sich nicht ganz so, wie er wollte. Er genehmigte sich eine Prise, schnupfte, nieste geräuschvoll, ohne sich zu entschuldigen, und schneuzte sich lange mit widerlicher Sorgfalt.

Angélique konnte nicht umhin, sich des Augenblicks zu erinnern, in dem Honorine mit gerötetem Gesicht unter der grünen Mütze und vor Abscheu blitzenden Augen aufgetaucht war, ihren Knüppel gegen Baumier schwenkend und mit schrillem Stimmchen rufend: «Ich mach dich tot!»

Ihr Herz füllte sich mit Zuneigung für das kleine, unbezähmbare Geschöpf, das sich bereits wie sie gegen alles erhob, was ihr niedrig und hassenswert erschien.

Sie mußte hier heraus, mußte Honorine wiederfinden und die wenigen Stunden durchstehen, die sie noch von ihrer Flucht trennten.

«Und das hier?» fragte Baumier. «Was haltet Ihr davon?»

Er reichte ihr ein paar Blätter. Sie enthielten eine Liste von Namen. Die Gabriel Bernes und seiner Familie, die der Mercelots, Carrères, Manigaults und einiger anderer. Angélique las sie zweimal hintereinander, neugierig zunächst, dann beunruhigt. Sie warf einen fragenden Blick auf ihr Gegenüber.

«Alle diese Leute da werden morgen verhaftet werden», sagte er mit einem breiten Lächeln. Und plötzlich zustoßend:

«Weil sie sich aus dem Staub machen wollten!»

Nun erkannte Angélique die Liste wieder. Es war eine Abschrift jener anderen, die, von Manigault aufgestellt, die Namen der heimlichen Passagiere der *Saint-Marie* enthielt. Alle waren sie aufgeführt, bis hinunter zum kleinen Raphaël, dem Letztgeborenen der Carrères, der zum «Bastard durch Verordnung» erklärt worden war, weil die Pastoren nicht mehr wie früher als Standesbeamte mit dem Recht der Geburtenregistrierung anerkannt wurden.

Auch ihr eigener Name war nach denen der Familie Berne eingetragen: Dame Angélique, Magd.

«Die *Sainte-Maire* wird nicht in See stechen», begann Baumier wieder. «Schon jetzt ist sie striktester Bewachung unterworfen.»

Die verschiedensten Ausflüchte und Verhaltensmöglichkeiten schossen blitzartig durch Angéliques Geist, und sie verwarf sie eine nach der anderen. Ihr überreizter Spürsinn zeigte ihr alsbald, auf welche Weise es Baumier gelingen würde, jede Ausrede wiederum gegen sie ins Feld zu führen. Er wußte vieles. Er wußte alles. Doch sie würde schon einen Stein finden, der ihn ins Stolpern brächte. Alles war besser als das Schweigen, das, je länger es andauerte, sich immer mehr zum Geständnis auswuchs.

«Aus dem Staub machen?» wiederholte sie. «Warum?»

«Alle diese Hugenotten versuchen, ihr Vermögen zu retten, indem sie lieber bei den Feinden Frankreichs Zuflucht suchen, als sich dem König zu unterwerfen.»

«Ich habe niemals etwas davon gehört . . . Und warum sollte ich auf dieser Liste stehen? Ich brauche mich weder zu bekehren noch habe ich ein Vermögen zu retten.»

«Ihr könntet fürchten, in La Rochelle zu bleiben. Immerhin seid Ihr die Komplicin eines Mörders.»

«Oh, Monsieur!» rief Angélique in gespieltem Erschrecken aus. «Ich flehe Euch an, wiederholt diese Beschuldigung nicht. Ich schwöre Euch, daß sie falsch ist. Ich könnte Euch den Beweis dafür liefern.»

«Ihr wißt also etwas?»

«Ja, ja.»

Angélique verbarg ihr Gesicht in ihrem Taschentuch.

«Ich werde Euch die ganze Wahrheit gestehen, Monsieur.»

«Bravo!» schrie Baumier, dessen Züge ein triumphierendes Leuchten erhellte. «Sprecht, mein Kind. Ich höre.»

«Dieser . . . diese Männer, die Ihr mir an jenem 3. April, wie Ihr sagt, hinterhergeschickt habt . . . ich . . . ich muß gestehen, daß ich mich ihrer sehr gut erinnere.»

«Ich habe nicht daran gezweifelt.»

«Vor allem diesen Burschen im blauen Rock. Wie soll ich's Euch erklären, Monsieur . . . ich habe mich geschämt. Aber in Wirklichkeit ist mein Herr im Gegensatz zu dem, was Ihr Euch zusammengereimt habt, ein sehr strenger Mann, und das Leben in seinem Haus bietet wenig Zerstreuungen. Ich bin ein armes Mädchen, das für ihr Kind zu sorgen hat, und ich willigte ein, bei diesem Hugenotten zu dienen, weil er mir guten Lohn bot. Aber er ist sehr nachsichtig. Man muß arbeiten, arbeiten und die Bibel lesen, das ist alles. Als mich jener liebenswürdige junge Mann in der Rue de la Perche ansprach, lauschte ich seinen Worten mit Vergnügen. Seid nicht böse, Monsieur.»

«Warum sollte ich böse sein?» knurrte Baumier. «Es beweist nur, daß er etwas von dem Metier, für das ich ihn bezahlte, verstand. Und dann?»

«Dann haben wir unseren Weg in angenehmster Unterhaltung fortgesetzt, und als wir an meinem Ziel, den Lagerhäusern Maître Bernes, ankamen, glaubte ich ihm zu verstehen gegeben zu haben . . . daß ich ihn später gern wiedersehen würde . . . unter intimeren Umständen. Ich erinnere mich, daß er mit seinem Kameraden sprach und dabei irgend etwas sagte wie: ‹Die alte Krabbe hat uns für diese Angelegenheit ganz hübsch die Taschen gefüllt . . .›»

«Die alte Krabbe?» unterbrach Baumier entrüstet.

«Ich weiß nicht, von wem er sprach, Monsieur. Das heißt, jetzt vermute ich fast, daß es vielleicht . . . um Euch ging.»

«Fahrt fort!» zischte er wütend.

«Wenn es mir recht im Gedächtnis geblieben ist, sprachen sie darüber, daß sie Geld zu ihrer Verfügung hätten.»

Sie wagte sich sehr weit vor, denn das war ein Detail, von dem sie nichts wußte. Aber sie konnte immerhin vermuten, daß die gedrillten Verführer, die der Präsident der königlichen Kommission auf das Pflaster La Rochelles schickte, mit genügend Geldmitteln ausgerüstet sein mußten, um die Schönen zu blenden.

Ihre Schlußfolgerung traf ins Schwarze, denn er rührte keine Wimper. Angélique faßte Mut.

«Er fuhr fort: ‹Wenn wir's schon mal mit einer Lustigen zu tun haben, die uns nicht mit der Hand im Gesicht herumfährt, sollten wir uns unsere Chance nicht durch die Finger gehen lassen. Wart auf mich in der Taverne von Saint-Nicolas und laß dir auf Rechnung des Alten ein Maß geben. Hinterher werden wir uns schon was austüfteln.›»

«Was wollte er damit sagen?» erkundigte sich Baumier, der vor unterdrückter Wut zu dampfen schien.

«Ich weiß nicht, Monsieur . . . Ich gestehe Euch, daß ich anderes im Kopf hatte. Er war ein so liebenswürdiger Bursche. Man muß zugeben, daß Ihr Eure Leute gut auswählt. Er war sehr keck. Nicht, daß er mir mißfallen hätte. Mein Dasein bei diesem Hugenotten ist recht wenig unterhaltsam, wie ich Euch schon erklärte, und ich hatte seit langem nicht mehr von gewissen . . . Vergnügungen gekostet. Die Gasse lag verlassen . . .»

Sie erschrak vor sich selbst, weil sie aus dem Stegreif eine so gemeine Geschichte erfand, aber viel wichtiger war, daß Baumier anzubeißen schien. Er beugte sich interessiert vor, und seine Teilnahme regte Angéliques Phantasie nur noch mehr an.

«Unser Pech war nur, daß mein Herr, Maître Berne, uns überraschte. Er ist sehr aufbrausend und geriet bei unserem Anblick in großen Zorn. Außerdem ist er sehr stark, und mein neuer Freund war kaum in der Lage, sich gegen ihn zur Wehr zu setzen. Deshalb hat er sich auch schleunigst davongemacht, was das Vernünftigste war, so, wie die Dinge lagen, nicht wahr?»

«Die Pest soll über diese Laffen kommen! Warum hatten sie sich getrennt? Wenn ich sie zu zweit losschicke, hat das schon seine Gründe.»

«Was mich betrifft, zerrte mich mein Herr in sein Büro, um mich auszuschelten. Er war sehr zornig, wie ich Euch sagte . . .»

«Eifersucht!»

«Vielleicht», meinte Angélique mit einer koketten Bewegung. «Sicher ist jedenfalls, daß er mir den Stock zu kosten geben wollte, als Monsieur Grommaire dazwischenkam und mir die Strafe ersparte.»

Baumier rückte auf seinem Sessel unruhig hin und her. Es war offensichtlich, daß die neue Darstellung der Ereignisse seine Vorstellungen verwirrte.

«Ist das alles?»

«Nein, das ist noch nicht alles», murmelte Angélique, indem sie von neuem den Kopf senkte.

«Was noch?»

«Dieser Bursche im blauen Rock . . . ich . . . ich habe ihn wiedergesehen.»

«Wo? Wann?»

«Am selben Abend. Wir hatten eben noch Zeit gehabt, uns ein Rendezvous an den Wällen zu geben. Und am Tag darauf auch . . .»

Sie tastete sich vorsichtig vorwärts. Würde der Versuch, die Wahrhaftigkeit ihres Berichts zu untermauern, womöglich das zerbrechliche Gebäude ihrer Lügen zum Einsturz bringen?

«Und dann hab ich ihn nicht mehr wiedergesehen. Ich nahm an, daß er die Stadt verließ . . . Er hat so etwas angedeutet. Trotzdem war ich enttäuscht.»

Baumier bewegte in bitterer Ernüchterung die Schultern.

«Alle sind sie gleich! Man schindet sich, um ihnen einen Beruf beizubringen, man macht sie mit ihrer Aufgabe vertraut, man überträgt ihnen Missionen von größter Wichtigkeit, und sie kneifen bei der ersten Gelegenheit aus, um anderswo ihr Glück zu suchen. Immerhin, von Justin Médard hätte ich derlei nicht erwartet. Wem soll man noch trauen!»

Angélique ließ ihm nicht die Zeit, sich allzu sehr über das unerklärliche Verhalten des unglückseligen Justin Médard zu wundern, der seine Ergebenheit für eine gerechte Sache und seine unerschrockene berufliche Gewissenhaftigkeit mit der jähen Verwandlung in Krabbenfutter hatte bezahlen müssen. Sie flehte:

«Da ich Euch nun alles gestanden habe, Monsieur, werdet Ihr doch hoffentlich nicht allzu hart mit mir umgehen. Ich verspreche Euch, daß ich diese Hugenotten gleich morgen verlassen werde. Es schafft mir zuviel Verdruß, bei ihnen zu sein. Das Maß ist voll! Ich weiß zwar noch nicht, wohin ich gehen könnte, aber ich verspreche Euch, daß ich mit ihnen Schluß machen werde.»

«Keineswegs, meine Hübsche, Ihr werdet nicht mit ihnen Schluß machen», protestierte er. «Im Gegenteil, Ihr müßt bei ihnen bleiben und mich über alles, was dort vor sich geht, auf dem laufenden halten. Habt Ihr etwas von der geplanten Flucht auf der *Sainte-Marie* gewußt? Ihr steht auch auf der Liste.»

«Wie sollte ich? Ich weiß nicht, um was es sich handelt, Monsieur. Wenn mein Herr den Plan gefaßt hätte abzureisen, hätte er mir sicher etwas davon gesagt oder wenigstens doch gewisse Vorbereitungen getroffen.»

«Ihr habt nichts bemerkt?»

«Nein.»

Sie sah ihn so naiv wie nur möglich an. Baumiers Finger spielten mit der verräterischen Liste.

«Und dennoch scheinen meine Informationen zutreffend.»

«Wenn die, die sie Euch liefern, ihr Geld ebenso leicht verdienen wie Euer Justin Médard . . .» kicherte Angélique.

«Schweigt!» brüllte Baumier. «Weil ich Euch nachsichtig angehört habe, hebt Ihr schon wieder die Nase. Unverschämte! Freches Weib! Ihr verdientet, daß ich Euch bei den Reuigen Mädchen einsperren ließe, denn Ihr seid nichts anderes als ein Flittchen der schlimmsten Art . . . Aber wenn Ihr wirklich dergleichen seid, werdet Ihr mir draußen nützlicher als drinnen sein.»

Wieder beruhigt musterte er sie mit träumerischer Aufmerksamkeit.

«Wenn Ihr wirklich dergleichen seid», wiederholte er gedämpft.

Er erhob sich und kam um den Tisch herum.

Angélique fragte sich angstvoll, welchen Überlegungen er wohl nachhing. Es war zu hoffen, daß er im Austausch für ihre Befreiung keinen Kuß von ihr verlangte. Aber er wandte sich in seinem trippelnden Gang zur Tür.

«Monsieur, Monsieur», bat sie mit gefalteten Händen, «sagt mir, daß Ihr mich freilassen und mir meine Tochter zurückgeben werdet. Ich habe nichts Böses getan.»

«Ja, ich glaube, daß ich Euch freilassen werde», erklärte er mit olympischer Herablassung. «Wenigstens für diesmal . . . Nur noch eine kleine Prüfung . . . und Ihr werdet frei sein.»

Er ging hinaus.

Wenn sie nicht so aufs äußerste angespannt gewesen wäre, hätte sie den beunruhigenden Ton seiner Stimme herausgehört, als er gesagt hatte: «Nur noch eine kleine Prüfung . . .» Aber sie dachte lediglich erleichtert an sein Versprechen: «Ich werde Euch freilassen.» Einen Moment lang war ihr die Situation verzweifelt erschienen. Wenn man ihr nur mit Honorine auch die Berne-Kinder zurückgab!

Ihre Schultern senkten sich. Sie schloß die Augen, und Tränen der

Schwäche liefen über ihre Wangen.

Dann öffnete sich die Tür von neuem und jemand betrat den Raum.

Es war der Polizist François Desgray.

43

Ihn dort zu sehen mit seinem kräftigen Kinn, dem zwingenden Blick seiner braunen Augen, den massiven, in einen um die Knopflöcher diskret mit goldener Litze besetzten Rock aus maronenbraunem Tuch gezwängten Schultern, dem elegant geschlungenen Halstuch, den hohen Absätzen und allem anderen, was an seiner Person nach Hauptstadt «roch» – nach Paris, seinen Equipagen und blauen Nächten –, war ein so überraschendes Ereignis, daß sich Angélique nicht sofort klar darüber wurde, in welcher Weise das Auftauchen dieses Gespenstes aus ihrer Vergangenheit sich auf ihre Lage auswirken mußte.

Die Enthüllung der Identität der Marquise du Plessis-Bellière, der Rebellin des Poitou, ihre Verhaftung im Namen des Königs, das Gefängnis, der Richterspruch, Honorine ins Nichts geschleudert, für sie verloren wie Florimond, die Flucht nach den Inseln vereitelt . . .

Ihr gelähmtes Hirn war nicht in der Lage, über den Schock dieser Begegnung hinauszudenken. Sie erkannte ihn wieder. Sie war sogar auf unbestimmte Weise zufrieden, ihn wiederzusehen. Desgray! Es lag so weit zurück . . . und nun war er ihr so nah!

Er verbeugte sich, als ob er sie gestern verlassen hätte.

«Ich grüße Euch, Madame. Wie geht es Euch?»

Seine Stimme ließ sie erzittern. Sie trug das ferne Echo ihrer Streitgespräche in sich, der Augenblicke des Hasses und der Furcht, die sie seinetwegen erfahren, der Momente heißen, brutalen Liebesgenusses, die er ihr auferlegt hatte.

Sie folgte ihm mit den Augen, während er den Raum durchquerte und sich vor dem Schreibtisch Baumiers niederließ. Er trug keine Perücke, was das vertraute Bild früherer Zeiten hervorhob und ihm trotz der im Laufe der Jahre immer stärker betonten Härte seiner Züge das Gesicht des armen, unbekümmerten Studenten zurückgab, den sie in jenen Tagen gekannt hatte, als er noch nicht der Polizei beigetreten war. Im Gegensatz dazu waren ihr seine gewählte Kleidung und seine sicheren Bewegungen, war ihr die Art, in der er sich als Mann zeigte, der es gewöhnt war, schwere Verantwortungen zu tragen, fremd.

Seine Züge waren wie in Stein gemeißelt. In den Augenwinkeln würden sich die tief eingegrabenen Zeichen der Ironie nicht mehr verwischen, und die Kerben zu beiden Seiten seines Mundes verliehen ihm einen halb weichen, halb bitteren Zug. Doch er widmete ihr alsbald den liebenswürdigen Glanz seines alten Lächelns.

«Nun, meine liebe Marquise der Engel, es stand also im Buch des Schicksals geschrieben, daß wir uns trotz der Hast, mit der Ihr mich bei unserer letzten Begegnung floht, wiedersehen würden. Wann war das noch? . . . Es muß ziemlich lange her sein . . . vier . . . nein, fünf Jahre! . . . Schon! Wie die Zeit vergeht. Für manche ist sie überaus fruchtbar in puncto Ereignissen, für Euch, zum Beispiel. Euch nicht ruhig halten zu können, ist ein Teil Eures besonderen Genies. Für mich? . . . Oh, was wollt Ihr, das Leben ist gewiß erheblich friedlicher, wenn Ihr nicht plötzlich in ihm erscheint. Ich erledige die laufenden Angelegenheiten, alles, was mir so vor die Finger kommt. Kürzlich verhaftete ich eine Eurer Nachbarinnen . . . die Marquise de Brinvilliers. Ich weiß nicht, ob Ihr Euch erinnert. Sie wohnte ein paar Straßen von Eurem Hôtel du Beautreillis entfernt. Sie hat ihre ganze Familie vergiftet, zuzüglich einiger zehn Personen. Seit Jahren bin ich ihr schon auf der Spur, und Ihr habt mir schließlich dabei geholfen, sie zu überführen. Ja doch! Jene unschätzbaren Informationen, die ich gelegentlich eines von Euren guten Freunden aus dem Hof der Wunder verübten Einbruchs zart aus Euch herausquetschte, boten mir den fehlenden Fingerzeig. Erinnert Ihr Euch nicht mehr? . . . Nun, es ist auch wahrhaftig allzu viel seitdem geschehen. Ah, meine Liebe, man geht zur Zeit in Paris mit Gift verschwenderisch um. Ich stecke bis über die Ohren in Arbeit. Auch in Versailles wird vergiftet. Dort sind die Nachforschungen erheblich delikater . . . Aber ich sehe, daß Euch solches Geschwätz nicht mehr recht zu fesseln vermag. Sprechen wir also von etwas anderem.

Man hat mich beauftragt, Euch zu finden und in sicheres Gewahrsam zu nehmen. Man bürdet mir immer die unerfreulichsten Pflichten auf. Die Rebellin des Poitou in Gewahrsam nehmen! Wie unbequem! Überdies ist es nicht meine Spezialität, in einer Provinz wie der Euren herumzustreifen . . . Armselige Provinz», murmelte er, «ausgeblutet, verwüstet, mit Menschen wie Tiere, deren Mund sich verriegelte, sobald man nur Euren Namen aussprach! . . . Ich habe meine Nachforschungen aufgegeben und dem Zufall vertrauen müssen . . . Dieser Schnüffler Baumier hat diese Rolle gespielt und mir schließlich auf die Sprünge geholfen. Er war nach Paris gekommen, um über irgendwelche Religions-Angelegenheiten zu berichten und gleichzeitig Erkundigungen über eine Frau einzuziehen, die . . . über eine Frau, von der . . . Was hat mir nur die Idee eingegeben, daß Ihr diese Frau sein könntet? Ich weiß es nicht. Und nachdem ich mich noch mit dem liebenswürdigen Gouverneur La Rochelles, Monsieur de Bardagne, unterhielt, schwanden meine letzten Zweifel. Ich bin also in aller Hast mit der Post hierhergekommen, um Euch wiederzusehen, meine Liebste. Ihr seid es wirklich. Meine

Mission ist erfüllt.

Wißt Ihr, daß Ihr Euch verjüngt habt? . . . Aber ja, es fiel mir im selben Augenblick auf, in dem ich mich in Eurer Gegenwart fand. Liegt es an dieser einfachen kleinen Haube, die mir die Magd Meister Bourgeauds ins Gedächtnis zurückruft, aus jenen entlegenen Zeiten, als ich noch von Suresnes aus die Taverne zur Roten Maske aufzusuchen pflegte, um ein Glas Weißwein zu trinken? Später hat mich Euer neues Gesicht, das mit Juwelen überladene Antlitz der Favoritin des Königs, heftig enttäuscht. Glaubt mir, ich begann in ihm bereits die Zeichen zu erkennen, die die Gesichter meiner Giftmörderinnen tragen: Gier, Ehrgeiz, Angst, Rachsucht. Das ist nun vorbei. Ihr habt wieder die aufrichtigen, arglosen Augen, die Euch als junge Frau auszeichneten . . . und etwas mehr: die schwere Erfahrung. Was hat Euch nur von alldem reingewaschen? Was hat Euch Eure glatten, reinen Wangen zurückgegeben? Eure dunkel glänzenden, verzehrenden Augen, die um Hilfe rufen?

Als ich eben hier eintrat, sagte ich mir: ‹Mein Gott, wie jung sie ist!› Eine angenehme Überraschung, ich gebe es zu, nach fünf Jahren der Trennung. War es vielleicht wegen der Tränen auf Euren Wangen? . . .

War es diese alte Ratte Baumier, die Euch zum Weinen brachte, meine Liebe? Warum? Was habt Ihr wieder einmal angestellt, daß Ihr zwischen die schmutzigen Finger der Polizei geraten seid? . . . Wann werdet Ihr es lernen, klug zu sein? . . . Wollt Ihr mir nicht endlich antworten? Eure Augen sind gewiß beredt, wie sie es immer gewesen sind, aber das genügt mir nicht. Ich möchte den Klang Eurer Stimme hören.»

Er beugte sich vor, sehr ernst, unverwandt ihren Blick festhaltend. Sie blieb stumm, unfähig, ein Wort zu formulieren. Aus der Tiefe ihrer Verzweiflung erhob sich ein Ruf:

«Desgray, mein Freund Desgray, zu Hilfe!»

Aber kein Laut drang über ihre Lippen.

Desgray schwieg. Lange betrachtete er sie. Zug um Zug, Einzelheit nach Einzelheit, mußte er wieder Besitz von diesem Gesicht nehmen, von einer menschlichen Gestalt, die allzu oft seine Träume beunruhigt hatte.

Er war auf alles gefaßt gewesen: sie heruntergekommen, gealtert, arrogant, verbittert, haßvoll vorzufinden, aber nicht auf soviel ruhigen, gefaßten Schmerz, auf den stummen, herzzerreißenden Anruf ihrer grünen Augen, die ihm klarer und lichter als früher erschienen.

«Ich wußte dich schön», dachte er, «aber du bist noch viel schöner! Durch welches Wunder?»

Ein echter Respekt für diese Frau bemächtigte sich seiner, die ein solches Kunststück zuwege gebracht hatte: sich ihre geistige Integrität zu erhalten trotz schrecklicher Jahre, Krieg, Niederlage, trotz einer Existenz, die nur die eines gejagten, ewig in Gefahr befindlichen Tieres gewesen sein konnte.

Wieder beugte er sich vor und wurde ernst.

«Madame, was kann ich tun, um Euch zu helfen?»

Angélique erbebte heftig, als habe man sie aus einem hypnotischen Schlaf geweckt.

«*Mir helfen?* Ihr wollt es auf Euch nehmen, mir zu helfen, Desgray?»

«Was habe ich anderes getan als Euch zu helfen, seitdem ich Euch kenne? Ja, selbst als ich Euch in Marseille zu verhaften suchte, geschah es nur, um Euch zu helfen. Was hätte ich nicht darum gegeben, verhindern zu können, daß Ihr Euch in jenes unglückselige Abenteuer einließt, das Ihr so teuer habt bezahlen müssen!»

«Aber . . . habt Ihr nicht Befehl, mich zu verhaften?»

«Sicher . . . eher zweimal als einmal. Doch ich werde es nicht tun.»

Er schüttelte den Kopf.

«Weil es diesmal . . . schrecklich für Euch würde. Ihr könntet nicht mehr entkommen. Ich wäre gezwungen, Euch mit gebundenen Füßen und Händen auszuliefern, mein Lämmchen. Und ich weiß nicht einmal, in welchem Maße Euer Leben dabei auf dem Spiel steht. Mit Eurer Freiheit wäre es in jedem Falle vorbei. Ihr würdet das Tageslicht nie mehr wiedersehen.»

«Ihr riskiert Eure Karriere, Desgray.»

«Es ist nicht eben geschickt von Euch, mich gerade in dem Augenblick, in dem ich Euch meine Unterstützung anbiete, daran zu erinnern. Ich kann es mir nicht vorstellen, daß man Euch für den Rest Eures Lebens einsperrt, Euch, die Ihr für die Weite geschaffen seid . . . Apropos, ist es wahr, daß Ihr mit dreißig Protestanten zu Schiff fliehen wollt?»

Nachlässig durchblätterte er die Liste der Passagiere der *Sainte-Marie*. Sie sah die Namen tanzen: Manigault, Berne, Carrère, Mercelot . . . Die Vornamen: Martial, Séverine, Laurier, Rebecca, Jérémie, Abigaël, Raphaël . . . Sie zögerte eine letzte Sekunde.

Ein Polizist kennt hundert Arten, ein Geständnis hervorzulocken. Hatte die muntere Stimme Desgrays, hatten seine von zärtlichen Untertönen begleiteten spöttelnden Äußerungen etwas anderes zum Ziel gehabt, als ihr Mißtrauen einzuschläfern und sie im Guten zur Preisgabe ihres Geheimnisses zu überreden? Mit einem Wort: konnte sie ihre Freunde ausliefern, die, die sie um jeden Preis hatte schützen wollen? Ihre Lippen zitterten. Sie setzte alles aufs Spiel:

«Ja, es ist wahr», sagte sie.

Desgray ließ sich gegen die Lehne zurücksinken und stieß einen merkwürdigen kleinen Seufzer aus.

«Gut», sagte er. «Ihr habt nicht an mir gezweifelt. Wäret Ihr mir anders gekommen, hätte ich Euch vielleicht verhaftet. Es ist seltsam in unserem Metier. Mit dem Alter wird man zugleich härter und sentimentaler, grausamer und zärtlicher. Man verzichtet auf alles, abgesehen von einigen kleinen Dingen, die nicht mit Gold aufzuwiegen sind. Und je mehr Zeit verstreicht, desto kostbarer scheinen sie. Eure Freundschaft gehörte zu ihnen. Ich erlaube mir, meine Liebe, Euch diese im allgemeinen wenig zu meiner Art passenden Konfidenzen zu machen, weil ich weiß, daß ich Euch nie wiedersehen werde, wenn ich Euch diesmal freigebe.»

«Ihr werdet mich freigeben?»

«Ja. Aber das scheint mir nicht ausreichend, um Euch zu schützen, denn Ihr befindet Euch wieder einmal in einer äußerst üblen Lage. Weshalb habt Ihr Euch nicht früher nach den Inseln eingeschifft? Es wäre die beste Lösung gewesen. Ich hätte Euch niemals wiedergesehen, was mich sehr erleichtert hätte. Jetzt hat mich die Begegnung mit Euch in größte Unruhe versetzt. Dieser Baumier ist Euch zuvorgekommen. Eure Komplicen werden unverzüglich verhaftet werden. Ihr Schiff steht bereits unter Bewachung. In diesem Punkt kann ich nichts für Euch tun ... Was für eine Idee überhaupt, Euch unter diese Ketzer zu mischen, während Ihr doch hundert gute Gründe habt, Euch so unauffällig wie nur möglich durchs Dasein zu schleichen. Man beschäftigt sich heutzutage allzu viel mit ihnen, als daß ihre Häuser Euch sicheren Schutz zu bieten vermöchten. Ganz abgesehen davon, daß sie wahrhaftig nicht reizvoll sind. Kaltblüter, die nicht einmal richtig lieben können ... Ihr enttäuscht mich!»

«Sagtet Ihr, daß man sie verhaften wird?» fragte Angélique, die nur das gehört hatte. «Wann?»

«Morgen früh.»

«Morgen früh», wiederholte sie erbleichend.

Noch wußte keiner von ihnen davon.

Morgen früh würden schwarzgekleidete Männer, Polizeibüttel, in den von spanischem Flieder und Levkojen überblühten Hof eindringen, in dem die Kinder um die Palme tanzten. Sie würden diese Kinder an den Händen packen und für immer fortbringen. Sie würden Ketten um Maître Bernes Handgelenke legen. Sie würden die alte Rebecca und die ehrenwerte Tante Anna, die protestierend ihre Bibel und die mathematischen Bücher an ihren mageren Busen drücken würde, grob herumstoßen. Aber man würde ihr die Bücher entreißen und sie in den Rinnstein werfen ...

Und überall in den Gassen des Viertels unter den Wällen würde man Frauen in weißen Hauben sehen, gebeugt unter hastig geknüpften Bündeln, mit Ketten gefesselte Männer, schwer bewaffnete Soldaten, gefolgt von zu Tode erschrockenen kleinen Kindern, die sie einem dunklen Schicksal entgegenführten.

«Desgray, Ihr sagtet, daß Ihr mir helfen wollt . . .»

«Und Ihr, Ihr würdet davon profitieren, um diese Leute zu warnen . . . Nichts davon, mein Herzchen. Schluß mit den Dummheiten! Ich lasse Euch äußerstenfalls die Zeit, unter meiner Aufsicht Euren Putz zusammenzuraffen, und danach nehme ich Euch aus diesem gefährlichen Kreislauf heraus, in den Ihr Euch dummerweise habt hineinziehen lassen. Ihr vergeßt zu schnell, daß auch Ihr eine Galgenkandidatin seid und daß Euch auch die papistische Religionszugehörigkeit nicht davor bewahren würde, wenn jemand anders als ich Euch zum Objekt einer kleinen, gründlichen Untersuchung machte.»

«Hört mich an, Desgray.»

«Nein.»

«Vierundzwanzig Stunden . . . Ich bitte Euch um vierundzwanzig Stunden Aufschub. Bewirkt durch Euren Einfluß, daß ihre Verhaftung bis übermorgen oder wenigstens morgen abend aufgeschoben wird.»

«Beim Satan, Ihr seid toll!» schrie Desgray, von Zorn übermannt. «Ihr werdet immer anspruchsvoller. Ich habe schon alle Mühe, Euren Kopf zu retten, auf den ein Preis von fünfhundert Livres gesetzt ist, und das genügt Euch nicht einmal.»

«Vierundzwanzig Stunden, Desgray . . . Ich verspreche Euch, daß ich mit ihnen fliehen werde.»

«Ihr wollt mir einreden, daß es Euch vor morgen abend gelingen könnte, rund fünfzig Personen der drohenden Verhaftung zu entziehen und weit genug fortzuschaffen, so daß Baumier sie nicht mehr erwischen kann?»

«Ja, es wird mir gelingen . . .»

Desgray studierte sie einen Augenblick schweigend.

«Was bedeutet dieser Stern, der in Euren Augen aufglänzt?» sagte er, plötzlich sanft. «Oh, ich erkenne ihn wieder! Nichts wird Euch ändern, Marquise der Engel. Also gut, es sei. Ich werde Euch und ihnen den Aufschub geben, um den Ihr mich bittet. Dieses Lächelns wegen, das Euer Gesicht erhellte, als Ihr sagtet: ‹Es wird mir gelingen.›»

Und da sie sich schon erhob, hielt er sie mit einer Geste zurück.

«Aber denkt daran: vierundzwanzig Stunden. Nicht mehr. Selbst wenn ich's wollte, könnte ich ihn nicht verlängern. Man bringt mir hier Respekt entgegen, weil ich die rechte Hand Monsieur de La Reynies, des Polizeipräfekten des Königreichs, bin. Doch ich bin eines besonderen Falles wegen hierhergekommen, des Euren, und habe mich in die Angelegenheiten der Provinz nicht einzumischen. Baumier wird über meine Intervention in der Angelegenheit der Verhaftung ‹seiner› Protestanten gewiß nicht erbaut sein. Trotzdem werde ich einen Vorwand finden, die Durchführung bis morgen abend aufzuschieben. Länger nicht. Er ist gerissen. Er weiß, daß die holländische Flotte in La Rochelle eintreffen wird. Das Durcheinander, das sich dabei ergeben muß, wäre denen, auf die er es seit langem abgesehen hat, allzu günstig. Vor Ankunft der Flotte müssen sie sich hinter Schloß und Riegel befinden.»

«Ich habe verstanden.»

«Geht hier hinaus», sagte er, indem er ihren Ellbogen berührte, um sie zu einer anderen Pforte hinter dem Schreibtisch zu führen. «Ich lege keinen Wert darauf, daß man Euch verschwinden sieht. So lassen sich neugierige Fragen am besten vermeiden.»

Angélique blieb jäh stehen.

«Und die Kinder? Ich kann ohne sie nicht gehen.»

«Ihr könnt darauf wetten, daß ich sie schon zu Euch zurückgeschickt habe», brummte er. «Diese kleine rote Teufelin, die, wie es scheint, Eure Tochter ist, hat uns mit ihrem Geplärr die Ohren gefoltert. Ich sagte dem Ältesten: ‹Verduftet zu eurem Vater, sprecht mit niemand und erwartet die Rückkehr Dame Angéliques.› Das war, während Baumier Euch verhörte. Aber ich wußte, daß ich noch an die Reihe kommen würde.»

«O Desgray», murmelte sie, «wie gut Ihr seid!»

Er hatte sie einen engen, düsteren Flur entlanggeführt und öffnete nun eine Tür.

Draußen war die Nacht schon hereingebrochen. Ganz nah sprudelte eine Dachrinne Wasserfluten aufs Pflaster. Doch es regnete nicht mehr. Nur ein feuchter, trunkener Wind fuhr in heftigen Stößen durch die Gasse.

Desgray blieb auf der Schwelle stehen. Er nahm Angélique in seine Arme, auf seine Art, ungeniert und unwiderstehlich, jeden Widerstand lähmend.

«Ich liebe Euch», sagte er. «Jetzt kann ich's Euch gestehen, denn es hat keine Bedeutung mehr.»

Ihr zurückgeworfener Nacken lag in der Beuge seines harten Arms, und sie fühlte sich ein wenig schwach werden, nicht seiner Nähe wegen, sondern weil sie, von der Nacht und dem Wind ergriffen, aufgehört hatte, ihn zu sehen und zu spüren. Er trat in die Unwirklichkeit zurück. In ihrem tiefsten Innern zählte allein das ungeduldige Verlangen des gefangenen Vogels, dem Käfig zu entkommen und für immer zu entfliehen.

Er begriff, daß seine Arme einen abwesenden Körper umfingen, einen schon fernen Geist. Für diese verfolgte Frau war er, der lebendige, wirkliche oder sich doch wirklich glaubende Mann nichts als ein Geist der Vergangenheit, der sie in seine Gruft hinabzuziehen suchte. Sie floh ihrem Schicksal zu, in dem es für ihn keinen Platz mehr gab.

«Geschaffen für die Weite», dachte er, «für die Freiheit . . .»

Über ihre Lippen gebeugt, berührte er sie nicht.

«Adieu, Marquise der Engel», murmelte er.

Sehr sanft entließ er sie aus seinen Armen. Sie löste sich von ihm, lief einige Schritte, schien sich eines Besseren zu besinnen. Offenbar wandte sie sich ihm zu. Er sah sie schon nicht mehr. Er hörte ihre Stimme: «Adieu, mein Freund Desgray . . . Ich danke, danke Euch.»

Angélique lief durch die nächtlichen Gassen. Der Wind trug ihren Lippen einen feuchten Salzgeschmack zu. So mußte Lots Weib durch das bedrohte Sodom gelaufen sein, während sich über der Stadt schon die tödlichen Partikelchen sammelten, die sie vernichten würden.

Atemlos erreichte sie das Haus.

Sie waren alle da: die Kinder, Maître Gabriel, die alte Rebecca und Tante Anna, Abigaël, der alte und der junge Pastor.

Sie warfen sich in ihre Arme, umringten sie, bedrängten sie mit Fragen.

«Sprecht», forderte der Kaufmann. «Man hat Euch verhaftet. Warum? Was hat sich ereignet?»

«Nichts Ernstliches.»

Selbst Tante Anna wiederholte mit meckernder Stimme: «Ihr habt uns schreckliche Angst eingejagt. Wir fürchteten schon, man hätte Euch ins Gefängnis geworfen.»

«Es ist nichts.»

Sie bemühte sich zu lächeln, um sie zu beruhigen. Denn da sie sie nun alle um sich hatte, war sie sicher, daß ihr Vorhaben glücken und daß es ihr gelingen würde, sie zu retten. Sie brachten sie bis zur Küche, wo sie sich setzen mußte. Rebecca stellte ein Glas Wein vor sie hin. Wollte sie diesen, oder zog sie einen andern vor? Rebecca schlug vor, mehrere Flaschen zu öffnen. Ohnehin würde man nicht alle diese schönen Reserven aufs Schiff bringen können.

«Das Schiff?» fragte Maître Gabriel. «Hat man Euch deswegen zurückgehalten. Haben sie Wind davon bekommen?»

«Es ist nichts Ernstes.»

«Ihr wiederholt ständig, daß es nichts Ernstes sei, aber Ihr seid bleich wie ein Leintuch. Was gibt es also? Sprecht. Sollen wir Manigault benachrichtigen?»

Sie machten es ihr schwer, sie hinters Licht zu führen. Er legte seine Hand auf Angéliques Schulter.

«Ich war schon im Begriff, zum Justizpalast zu laufen.»

«Damit hättet Ihr einen großen Fehler begangen, Maître Gabriel. Ich habe Gewißheit darüber erlangt, daß diese Herren einen Verdacht hegen, aber noch keine Beweise haben. Bis sie sie finden, werden wir längst davon sein. Ich nehme an, daß Martial und Séverine nichts ausgeplaudert haben.»

«Man hat uns nichts gefragt», sagte Martial. «Glücklicherweise! Ein großer Herr kam sofort zu uns, nahm Honorine auf den Arm, damit sie nicht mehr weinen sollte, und sagte uns dann: ‹Geht nach Hause zurück, Dame Angélique wird euch folgen.› Die andern sahen so aus, als ob es ihnen nicht recht sei, aber er brachte uns trotzdem auf die Straße.»

«Ich glaube, er war aus Paris», ließ sich Séverine mit glänzenden Augen vernehmen. «Die andern hatten Respekt vor ihm.»

Angélique bestätigte es:

«Dieser Herr ist in der Tat ein Freund von mir und hat mir versprochen, daß wir diese Nacht ruhig schlafen können.»

«Ihr habt Freunde bei der Pariser Polizei, Dame Angélique?» fragte Maître Gabriel aufbrausend.

Angélique fuhr sich mit der Hand über die Stirn.

«Ja. Es ist ein Zufall, aber es ist so. Und Ihr seht, daß derlei recht nützlich sein kann. Ich verspreche Euch, daß ich Euch morgen alles erzählen werde. Aber heute bin ich müde, und ich glaube, daß die Kinder zu Bett gebracht werden müßten.»

Als sie sich zurückzogen, bat sie Abigaël, noch zu bleiben. «Ich muß mit Euch reden.»

Sie warteten, bis die Stille sich auf das große Haus herabgesenkt hatte und Honorine eingeschlafen war. Angélique öffnete im Winkel der Küchennische eine Truhe und zog ihren wärmsten Mantel heraus, desgleichen ein Wolltuch, das sie über ihre Haube legte und energisch unter ihrem Kinn verknotete.

«Ich habe Maître Berne nichts von meinem Plan erzählen wollen», sagte sie zu Abigaël, «weil er mich sicher daran gehindert hätte, ihn auszuführen. Aber ich bin die einzige, die handeln kann. Indessen ist es nötig, daß Ihr davon wißt.»

Und in atemloser Hast enthüllte sie ihr alles.

Man hatte sie verraten. Wer? Vielleicht ein Schreiber Manigaults. Vielleicht einer der ihren . . . Was tat es im Grunde? Wichtig war allein, daß Baumier von allem wußte. Er kannte ihre Namen. Seine Spitzel und Polizeibüttel überwachten sie, überwachten die Lagerhäuser, die *Sainte-Marie*. Die Häuser aller waren schon gezeichnet. Der schwarze Engel des Unheils hatte seine unsichtbare Hand auf die Dächer der schönen Wohnungen und bescheidenen Kramläden des Viertels unter den Wällen gelegt. Morgen würde man kommen, um alle zu verhaften.

Abigaël hörte schweigend zu. Mehr als je ähnelte sie mit ihrem von der weißen Haube eingerahmten länglichen und sanften Gesicht, von dem sich die blassen Brauen kaum abhoben, einer flämischen Madonna. Sie blieb ruhig. Sie besaß Seelenstärke genug, um sich dem, was kommen mußte, zu fügen, aber es fiel ihr leicht, dachte Angélique, weil Abigaël nicht wußte, was Unglück war. Sie wußte nicht, was es hieß, im Gefängnis zu vegetieren, wie Wild gejagt zu werden, keinen Stein zu besitzen, um sein Haupt zu betten, vergebens bei seinesgleichen um Hilfe zu flehen.

«Eine Chance bleibt uns», versicherte sie. «Ich will sie zu nützen versuchen. Deshalb muß ich heute abend noch fort.»

Abigaël erbebte.

«Heute abend? In diesem Sturm? Hört . . .»

Der Wind rüttelte an den Fensterläden und Scheiben. Es hatte wieder zu regnen begonnen, und das Geräusch des Gusses vermischte sich mit dem dumpfen Brausen des Meeres.

«Die Stunden sind gezählt», sagte Angélique. «Wenn wir uns morgen abend nicht eingeschifft haben, sind wir verloren.»

«*Eingeschifft?* Wie wäre das möglich? Ihr sagt doch selbst, daß der Hafen bewacht wird. Und bei diesem Wetter würde ohnehin keines der Schiffe in See gehen.»

«Würde ein einziges nicht genügen?» fragte Angélique starrköpfig. «Wir müssen die Chance nützen, die letzte. Haltet Euch bereit, Abigaël. Ich möchte, daß Ihr während meiner Abwesenheit das Gepäck eines jeden vorbereitet. Nur sehr wenig: Kleidungsstücke zum Wechseln, etwas Wäsche.»

«Wann werdet Ihr zurückkommen?»

«Ich weiß es nicht. Bei Morgengrauen vielleicht. Aber haltet Euch bereit . . . Ich werde ohne Zweifel die Nachricht bringen, daß das Schiff nur auf euch wartet, um in See zu gehen, und daß wir uns beeilen müssen.»

Schon an der Tür hielt sie noch einmal inne, wie von einem neuen Gedanken gepackt:

«Falls ich nicht zurückkommen sollte, Abigaël . . . was auch geschieht, versucht, meine Tochter Honorine zu beschützen. Aber wie dumm ich bin! . . . Ich *muß* zurückkommen. Es kann nicht anders sein!»

Abigaël trat zu ihr und legte ihr den Arm um die Schultern.

«Was werdet Ihr tun, Angélique?»

«Etwas ganz Einfaches nur. Ich werde einen Schiffskapitän aufsuchen, den ich kenne, und ihn bitten, uns alle mitzunehmen.»

Das junge Mädchen drückte sie fest an sich, und als es die Augen hob, war Angélique von dem Leuchten auf ihrem Antlitz betroffen.

Eine naive Vision aus ihrer Kindheit mischte sich in den Trost, den die unerwartete Entdeckung dieser Freundschaft ihr bereitete. Als sie noch klein gewesen und der Sturm pfeifend über das Moor von Monteloup gebraust war, hatte sie sich eingebildet, von den schützenden Armen der Jungfrau Maria umfangen zu sein, und ihre Furcht war gewichen. Sie lehnte ihre Stirn gegen Abigaëls Schulter. Diese sagte gedämpft:

«Warum wollt Ihr uns alle mitnehmen? Ihr vervielfacht nur Eure Schwierigkeiten. Ihr hättet Euch allein retten können, Angélique. Ich spüre es . . .»

«Nein. Ich hätte es nicht gekonnt», erwiderte Angélique, den Kopf schüttelnd. «Es wäre über meine Kräfte gegangen. Ihr könnt es nicht verstehen, meine sanfte Abigaël, aber ich weiß, daß ich weder das vergossene Blut zu sühnen noch mich von den Irrtümern meines Lebens loszukaufen vermöchte, wenn ich nicht alles einsetzte, um euch alle zu retten.»

Sie schloß fast heiter:

«Es wird heute abend geschehen oder nie. Deshalb *muß* es mir gelingen.»

Abigaël begleitete sie bis zum großen Portal. Ein jäher Windstoß blies die Kerze aus. Die beiden jungen Frauen umarmten sich, ohne einander zu sehen, und Angélique glitt dicht an den Mauern entlang den Wällen zu, um den Windstößen weniger Widerstand zu bieten. Sie hörte nicht mehr, daß sich die Tür hinter ihr schloß.

Während sie sich zu ihrem Ziel durchkämpfen würde, würde Abigaël wachen wie eine brennende Lampe. Sie würde nicht allein sein.

Fast auf Knien glückte es ihr, die triefenden Stufen zu erklimmen, die zum Wallgang hinaufführten. Oben umgab sie das wahnwitzige Brausen des Meeres. Sie hörte die mächtigen Rammbock-Stöße der entfesselten Wogen gegen die Fundamente dröhnen. Die Brandung spritzte hoch auf, alles überschwemmend und die Steinplatten mit einer Schaumschicht überziehend. Sie war schon durchnäßt, als sie die Wachtstube des Laternenturms erreichte.

Einen Moment blieb sie im Schutz eines Strebepfeilers, um wieder zu Atem zu kommen, dann hob sie sich auf die Zehenspitzen und spähte durch eine Luke ins Innere. Sie sah den Soldaten Anselme Camisot trübselig neben einem Kohlenbecken sitzen, dessen Glut rötliche Reflexe auf sein schlecht rasiertes Vollmondsgesicht warf.

Glücklicherweise kannte Angélique die tief eingewurzelte Schüchternheit ihres Anbeters, denn es hätte kaum einen beunruhigerenden Anblick geben können als den des einsamen Soldaten hinter den gekreuzten Gitterstäben, über dessen gesenktem Kopf sich die Deckenwölbungen der mittelalterlichen Rüstkammer in der Düsternis verloren.

Aber sie hatte auch keine Wahl! Sie klopfte gegen die Scheibe.

Der Soldat sah endlich auf, und sein Gesicht drückte tiefste Verblüffung aus, als er die vom Gott der Stürme in dieser Nacht gesandte Erscheinung entdeckte. Er rieb sich mehrmals die Augen, sprang sodann auf, geriet mit seinen Füßen und der Hellebarde durcheinander, stieß gegen seinen auf der Erde liegenden Helm, was alle Echos des Turms zu wecken schien, und gelangte schließlich zur Tür, deren Riegel er zurückschob.

Angélique glitt hinein und streifte erleichtert die vom Wasser schwer gewordene Kapuze zurück.

«Ihr, Dame Angélique?» fragte Anselme Camisot außer Atem, als ob er gelaufen wäre. «Ihr? . . . Bei mir?»

Dieses «Bei mir», das den unheimlichen runden Raum, die Strohschütte auf der Erde und die bescheidene, aus Meergarnelen und Schwarzbrot bestehende Mahlzeit des Wachtpostens bezeichnete, war rührend.

«Messire Camisot, ich bin gekommen, um Euch um einen großen Dienst zu bitten. Es ist unbedingt nötig, daß Ihr mir die kleine Winkelpforte öffnet, denn ich muß die Stadt verlassen.»

Der Soldat überdachte ihr Begehren, und die Enttäuschung machte ihn streng.

«Unbedingt nötig . . . ich muß . . . Nichts sonst? Aber das ist *verboten,* meine Schöne.»

«Darum wende ich mich auch an Euch. Es ist der einzig mögliche Weg. Ich weiß, daß Ihr die Schlüssel habt.»

Die gorillahafte Stirn des armen Camisot runzelte sich mehr und mehr.

«Wenn Ihr Euch mit einem Liebhaber treffen wollt, zählt nicht auf mich. Ich bin Hüter der Moral wie alles anderen auch.»

Angélique zuckte mit den Schultern.

«Glaubt Ihr, daß es das rechte Wetter ist, um einen Liebhaber am Strand zu treffen?»

Der Soldat horchte auf das Prasseln des Regens und das Heulen des Windes, der im Turm umging wie ein ganzes Regiment Gespenster.

«Nein», sagte er dann. «Selbst hier ist es besser als draußen. Aber was dann? Warum wollt Ihr die Stadt verlassen?»

Zwar hatte sie keine Lüge bereit, aber sie brauchte nicht lange nach einer zu suchen.

«Ich muß jemand eine Botschaft bringen, der sich im Weiler Saint-Maurice versteckt . . . einem, dem die Todesstrafe droht . . . einem Pastor.»

«Verstehe», brummte Camisot. «Aber wenn Ihr fortfahrt, Euch in solche Geschichten zu mengen, werdet Ihr Euch bald im Gefängnis wiederfinden. Und ich riskiere dabei nicht mehr das Wippen, sondern den Strang.»

«Niemand wird darüber reden . . . Als ich versprach, diese Botschaft zu überbringen, dachte ich sofort an Euch. Ich habe niemand etwas von meiner Absicht gesagt, aber an wen könnte ich mich mit dem gleichen Vertrauen wenden, wenn Ihr Euch weigert?»

Sanft legte sie ihre Hand auf die große, haarige Pratze und hob flehend ihren Blick zu ihm. Der arme Anselme Camisot geriet völlig außer Fassung. Wenn er ihr auch bei ihren bisherigen Begegnungen wie jeder rechte Spaßvogel, der etwas auf sich hielt, gelegentlich im Vorübergehen ein galantes Scherzwort zugerufen hatte, hätte er doch nie zu hoffen gewagt, daß sie ihm, gerade ihm, eines Tages ins Gesicht sehen würde, noch dazu auf solche Art. Er rieb sich das Kinn, seines struppigen Bartes und seiner Häßlichkeit bewußt, die schon immer das Gelächter der Frauen erregt hatte.

«Ich wäre Euch sehr dankbar, Messire Camisot», beharrte Angélique. «Sehr, sehr dankbar . . .»

Die Vorstellungsfähigkeit des Soldaten ging nicht über einen Kuß hinaus, aber der bloße Gedanke, daß diese bewunderungswürdigen Lippen sich ihm gnädig zeigen könnten, ihm, dem Bedauernswertesten der Garnison, genügte, um ihn den Kopf verlieren zu lassen. Seine Kameraden sprachen oft über die Kälte der schönen Magd der Bernes. Wenn sie eines Tages erführen, daß er, Anselme, der Häßliche, der Türkenkopf, erlangt hatte, was selbst der geckenhafteste unter ihnen für unmöglich hielt! Ah, es wäre sogar ein Grund, eine Kerze in eine papistische Kirche zu pflanzen. Man konnte nicht wissen, wozu es gut war. Die Erwägung, was die allernächste Zukunft möglicherweise für ihn bereithielt, erschreckte ihn schon im voraus.

Mit verstörtem Gesichtsausdruck stammelte er:

«Eh, nun . . . gut! Schließlich tue ich damit niemand unrecht, nicht wahr? Ich bin Herr über die Wälle, und wenn man sich nicht mal für eine Frau wie Euch in Unkosten stürzen sollte, für wen dann?»

Er nahm seinen Schlüsselbund vom Haken.

«Wenn Ihr zurückkommt . . . werdet Ihr einen kleinen Augenblick . . . bei mir bleiben?»

«Ja, ich werde bleiben», sagte sie, zu allen Konzessionen bereit.

Und sie schenkte ihm ein Lächeln, weil sie dachte, daß dieser arme Teufel wirklich ein braver Kerl sei, der nicht wie die meisten anderen zumindest auf einem Vorschuß auf die Belohnung bestand. Anselme Camisot überlegte indessen, daß ihm genug Zeit bleiben würde, um sich vor seinem Küraß als Spiegelersatz zu rasieren und aus den unterirdischen Verliesen des Turms gewisse nur ihm bekannte Schätze heraufzuholen: ein Tönnchen Weißwein, einen Schinken . . . Es würde ein großes Fest werden.

Angélique zitterte vor Ungeduld, während sie den Raum verließen und sie ihm zu einem Winkel der Wälle folgte, in dem sich ein Ausfalltor befand, das bei früheren Belagerungen einer Gruppe von Bogenschützen die Möglichkeit geboten hatte, die Angreifer unversehens mit ihren Pfeilen zu spicken. Im Tor selbst öffnete sich ein hölzernes Pförtchen auf eine schmale Treppe, die in die Dünen hinunterführte. Angélique überschritt die Schwelle und begann, die glitschigen Stufen hinabzusteigen, zwanzigmal in Gefahr, sich den Hals zu brechen. Der Soldat beleuchtete ihren Weg von oben, aber der Wind blies mehrmals die Laterne aus, und die junge Frau wartete, bis das Licht wieder aufleuchtete, fest an die Mauer gedrückt, von der der wütende Sturm sie losreißen zu wollen schien, um sie ins Dunkel zu stürzen.

Endlich spürte sie durchweichten, schlammigen Boden unter ihren Füßen.

Sie befand sich außerhalb der Stadt.

Inmitten des entfesselten Tobens der Wellen, die auf dem Geröll des Strandes zerschellten, fahndete sie nach dem Küstenweg und schlug ihn ein. Sie vermochte ihn nur durch die Berührung des Sandes zu unterscheiden. Zuweilen geriet sie zwischen Strauchwerk oder lief gegen einen Tamariskenbusch. Dann tastete sie sich mit dem Fuß zur nackten Erde des Pfades zurück. Niemals, so schien es ihr, hatte sie eine so tiefe Finsternis durchwandert.

Nirgends ein Licht, das sie in diesem dunklen Ozean hätte leiten können. Kalter Regen rieselte in steter Gleichmäßigkeit auf sie herab. Ihre nassen Wimpern verklebten sich. Zuweilen schritt sie mit geschlossenen Lidern voran. Zu ihrer Linken ahnte sie den offenen Abgrund der steilen Klippen. Der geringste Fehltritt konnte sie straucheln lassen. Zerschmettert würde sie am Fuße der Kalksteinmauer landen.

Nach und nach nahm ihre Angst so zu, daß sie keinen Schritt mehr voran zu tun wagte. Auf allen vieren kroch sie weiter, mit Händen und Knien im Schlamm des Weges tappend, den der Regen in ein Rinnsal verwandelte. Sie kam kaum vorwärts. Um ihrer Furcht zu entrinnen, entschloß sie sich endlich, am Klippenrand abzusteigen und auf dem Strand weiterzugehen. Sie würde dort gleichfalls zu ihrem Ziel gelangen, doch ohne einen Sturz riskieren zu müssen. An einer Besonderheit, die sie bemerkt hatte, als sie mit Honorine hier vorbeigegangen war – einem hölzernen Kreuz, an dem sie sich eben gestoßen hatte –, wurde ihr klar, wo sie sich befand. Nicht weit entfernt bot eine Rampe aus übereinandergetürmten Felsen die Möglichkeit, den Strand zu erreichen.

Sie entdeckte das Plateau und begann es hinabzuklettern. Doch ein unterspülter Erdklumpen gab nach, sie glitt mit einer Lawine von Felsbrocken in die Tiefe und fand sich geschunden, aber unverletzt ein Stück weiter unten wieder. Ihre Hände schienen zu bluten, und ihr Kleid war über den Knien zerrissen. Glücklicherweise hatte sie sich nicht einmal etwas verrenkt. Sie raffte sich also auf und machte sich wieder auf den Weg. Um nicht abzuirren, tastete sie sich an der Klippenwand entlang.

Nun war es das Meer, das sie geifernd behinderte. Nachdem sich ihre Augen an die Dunkelheit gewöhnt hatten, vermochte Angélique die weißen Wellenkämme und langen Schaumzungen zu unterscheiden, die auf sie zuschossen. Es war ein Ansturm fahler, drohender Formen, die sie mit höllischem Getöse umzingelten. Einige überschlugen sich in größerer Entfernung, andere schienen im Gegenteil keine Begrenzung ihres Elans zu kennen und glitten mit der geschmeidigen Wildheit von Schlangen bis dicht an ihre Füße heran. Eine der sich nähernden Wogen schien ihr so hoch, daß sie sich entsetzt gegen die Felswand preßte, als wollte sie sich in sie eingraben.

Wenige Schritte von ihr entfernt brach die Woge in brodelndem Aufruhr zusammen. Sie spürte, wie das kalte Wasser zuerst ihre Knöchel, dann ihre Knie umspülte. Die nächste würde bis zu ihrem Gürtel reichen und sie mit sich hinaustragen.

Zurückströmend war der Sog des Wassers so stark, daß es sie zu Fall brachte. Sie klammerte sich fest, wo sie nur konnte.

«Ich muß wieder hinauf», sagte sie sich.

Aber wie sollte sie einen Ausweg aus dieser Falle finden? Sie begann zu laufen, um der Gefahr, dem Galopp der aufgehetzten Wogen zu entfliehen. Ihre Füße glitten ab, verletzten sich im Geröll. An einigen Stellen wich der Strand gefährlich bis in die Nähe der Klippen zurück.

Sie hatte nun nur noch einen Gedanken: die Heide oben wieder zu erreichen. Die Flut war offenbar im Begriff zu steigen. Wenn sie unten blieb, würde sie ohne Zweifel ertrinken. Ihre Hände tasteten Halt suchend an der Klippe entlang. Nachdem sie sich noch eine Weile weitergeschleppt hatte, entdeckte sie eine kleine Bucht, in der zuweilen Barken zu ankern schienen, und in der Tiefe ihrer Biegung den steilen Pfad, den die Fischer benutzten. Sie kletterte nach oben, mit jedem Schritt um ein weniges dem infernalischen Kessel entrinnend.

Als sie den Rand der Klippe erreicht hatte, ließ sie sich erschöpft zu Boden sinken und blieb, die Wange gegen die feuchte Erde gepreßt, eine Weile liegen.

Diese Reise ans Ende der Nacht konnte nicht weit von dem entfernt sein, was man nach dem Tode empfand: ein endloses, qualvolles Suchen in einem unbekannten Land.

Osman Ferradji, der große schwarze Magier, hatte es so ausgedrückt:

«Man wird sich nicht immer des Todes bewußt. Manche finden sich, ohne zu wissen, warum, inmitten unbekannter Finsternisse und müssen sich ihren Weg suchen, nur durch das im Laufe ihrer irdischen Erfahrungen erworbene Licht geführt. Haben sie auf Erden nichts erworben, verirren sie sich in der Welt der Geister von neuem . . . So sagen es die Weisen des Orients.»

Osman Ferradji! Sie sah ihn vor sich, schwarz wie die Nacht, und er sprach zu ihr: «Warum bist du vor diesem Menschen geflohen? . . . Dein Schicksal und das seine kreuzen sich immer wieder.»

Angélique stützte sich mit ihren Händen auf. «Wenn dein Schicksal das meine kreuzen muß», stieß sie zwischen den Zähnen hervor, «dann muß es mir glücken.»

Der Zufall allein hatte den Rescator nicht an dieses Gestade führen können. Gewiß bedeutete es etwas. Es bedeutete, daß Angélique ihm begegnen mußte. Trotz des Sturmes, des Meeres, der Nacht würde sie also zu ihm gelangen. Eine außerordentlich gegenwärtige, rauhe Stimme flüsterte an ihrem Ohr: «Bei mir werdet Ihr schlafen. Bei mir gibt es Rosen.» Und der Zauber Kandias und jenes unerklärlichen Augenblicks, in dem sie an der Seite des maskierten Mannes, der sie soeben gekauft hatte, die Lust verspürte, für immer bei ihm zu bleiben, kehrte zu ihr zurück.

Angélique raffte sich auf.

Sie stellte fest, daß es aufgehört hatte zu regnen. Doch der Wind schien dafür noch an Wucht gewonnen zu haben. Er packte sie an den Schultern, stieß sie vorwärts, warf sich ihr sodann von vorn entgegen, und sie mußte sich Schritt für Schritt ihren Weg erkämpfen, wie von einer menschlichen Kraft zurückgehalten.

Wenige Augenblicke später überfiel sie die Furcht, die falsche Richtung eingeschlagen zu haben. Sie drehte sich wie eine Marionette um sich selbst und vermochte sich plötzlich nicht mehr zurechtzufinden. Aber der Himmel begann an einigen Stellen lichter zu werden, und unversehens entdeckte sie im Osten die rötliche Flamme des Laternenturms. Auf der anderen Seite schimmerte ein zweites, kleineres Licht auf der äußersten Spitze der Île de Ré.

Angélique fand zu ihrer klaren Überlegung zurück. Sie erriet die vom Wind gepeitschte, aber von den Nebeln befreite Ebene um sich. Sie konnte schneller gehen. Als sie in der Nähe der Bucht ankam, in der sie nachmittags das ankernde Schiff gesehen hatte, verlangsamte sie ihre Schritte.

«Und wenn er in See gegangen ist?» fragte sie sich plötzlich.

Dann faßte sie von neuem Hoffnung. So viele dramatische Dinge hatten sich in den letzten Stunden ereignet – die Rückkehr der Kinder, ihre Verhaftung, das Verhör Baumiers, die Begegnung mit Desgray –, daß sie unter dem Eindruck stand, Tage durchlebt zu haben. Als sie die Piraten bemerkt hatte, waren sie mit den Vorbereitungen zum Kalfatern beschäftigt gewesen. Das bedeutete, daß am Schiff Reparaturen vorzunehmen waren und daß sie unmöglich mitten in der Nacht vor dem wachsenden Sturm hatten flüchten können.

Überdies tauchte nun auch ein stärkeres Licht auf, das wie ein großer Stern über ihr zu schweben schien. Sie begriff, daß es die an der Mastspitze der *Gouldsboro* schwankende Laterne war.

Trotz ihres Wunsches, möglichst wenig aufzufallen, zogen es die Piraten offenbar vor, klar zu sehen, denn die Bucht, in die sie sich geflüchtet hatten, war kaum geschützt, und das Schiff zerrte heftig an seinen Ankerketten. Auf Deck waren die Umrisse der Wachtposten zu erkennen, die sich so gut es ging gegen das Unwetter schützten.

Angélique verharrte eine ganze Weile beobachtend am Rand der Klippe.

Selbst unsichtbar, betrachtete sie das vom ungewissen Licht der schwankenden Laterne überhuschte Schiff – ein wahres Gespensterschiff – mit seinen gegen den Wind an den Masten festgezurrten Segeln, das im schäumenden Kochen der anstürmenden Flut wie auf dem Grunde des Kessels einer Zauberin schaukelte.

Vor kurzem noch, als sie La Rochelle verlassen hatte, war es ihr einfach erschienen, sich auf den Weg zu machen und zu diesem Ort wie zu dem Hafen zu laufen, in dem die einzig noch verbleibende Hilfe auf sie wartete.

Jetzt erst wurde ihr der Wahnwitz ihres Unternehmens klar: sich freiwillig in die Gewalt dieser Gesetzlosen zu begeben, sich dem gefährlichen Piraten zu nähern, den sie beleidigt und lächerlich gemacht hatte, ihn in einer Angelegenheit um Hilfe zu bitten, die nicht nur schwierig, sondern für ihn auch ohne Gewinn war! . . . Unsinnig das eine wie das andere und ohne Aussicht, zu etwas anderem als zu einer Katastrophe zu führen. Aber auch in ihrem Rücken drängte die unausweichliche Katastrophe. Und sie hatte sich schon zu weit vorgewagt.

Unter ihr tanzte ein zweites Licht, der Schein eines im Schutz der Klippenhöhle angezündeten Feuers, neben dem Matrosen Wache hielten.

Dieselbe Hand, vielleicht die Osman Ferradjis, die Angélique schon zuvor aus ihrer Apathie gerissen hatte, stieß sie von neuem voran. «Geh! Geh! Dort ist dein Schicksal . . .»

Hoffnung und Schrecken teilten sich in ihr Herz. Aber sie zögerte nicht länger, und da sie nun auf den Pfad stieß, den wenige Stunden vorher die Fischer von Saint-Maurice und ihre Tiere benutzt hatten, begann sie ihn vorsichtig hinabzusteigen.

Sie erreichte den Strand. Ihre Füße versanken in dem perlmuttern schimmernden Kies, der aus Millionen zerbrochener Muscheln bestand. Mit Mühe bewegte sie sich vorwärts.

Von hinten packten sie Hände um die Taille, an den Handgelenken und verurteilten sie zur Unbeweglichkeit. Eine trübe Laterne wurde ihr vors Gesicht gehalten. Die sie umgebenden Piraten sprachen in einer ihr unbekannten Mundart. Sie unterschied ihre braunen Gesichter unter blutroten Tüchern, ihre kräftigen Zähne und das Funkeln der goldenen Ringe, die einige von ihnen im Ohrläppchen trugen.

Dann schrie sie auf, einen Namen ihnen in die Gesichter schleudernd, hinter dem sie sich wie hinter einem Schild verbarg:

«Der Rescator! . . . Ich will ihn sprechen, Euren Anführer . . . Monsieur le Rescator!»

44

Sie wartete, an die Holzwand gelehnt, um dem heftigen Schwanken des Schiffes besser widerstehen zu können.

Die Wächter vom Strand hatten sie in eine türkische Barke steigen lassen, die die Wellen wie eine Nußschale hin und her warfen, und es war ihr nicht recht klar, dank welcher Kraft es ihr schließlich gelungen war, sich in der tintigen Nacht an der schaukelnden Strickleiter an Deck zu zihen.

Jetzt war sie an ihrem Ziel angelangt. Man hatte sie in eine Art Kombüse geschoben, zweifellos das Reich des Kochs, denn sie war von Schwaden Fettgeruchs durchzogen.

Zwei Männer bewachten sie. Ein dritter trat ein, der unter seinem durchweichten Federhut eine Maske trug und dessen untersetzte, stämmige Gestalt sie alsbald erkannte.

«Seid Ihr der Kapitän Jason?»

Sie sah ihn auf Deck des königlichen Flaggschiffs *La Royale* vor sich. Kapitän Jason, der erste Offizier des schrecklichen Rescator, erteilte dem Herzog de Vivonne, Großadmiral der Flotte König Ludwigs XIV., seine Befehle. Heute wirkte er weit weniger prächtig, aber er bewahrte sich noch immer das sichere Auftreten des Stellvertreters eines Herrn, dessen Willen sich letzten Endes doch als der stärkere erwies.

«Woher kennt Ihr mich?» fragte er nach einem Moment der Überraschung.

Durch die Schlitze der Maske musterte sein argwöhnischer Blick die durchnäßte, zerzauste und zerlumpte Bäuerin, die man ihm präsentierte.

«Ich bin Euch in Kandia begegnet», antwortete sie.

Sein Mienenspiel drückte Erstaunen aus. Allem Anschein nach erkannte er sie nicht.

«Sagt Eurem Herrn, Monseigneur le Rescator, ich sei . . . jene Frau, die er vor vier Jahren in Kandia für fünfunddreißigtausend Piaster gekauft hat . . . in der Nacht des Brandes.»

Kapitän Jason sprang buchstäblich bis zur Decke. Staunend starrte er sie noch immer an. Dann stieß er einige englische Flüche aus. Schließlich befahl er den beiden Matrosen in einer Erregung, die bei diesem ruhig scheinenden Mann ungewöhnlich wirkte, die Gefangene aufs sorgfältigste zu bewachen, schoß aus der Tür, und gleich darauf hörte sie ihn über die Deckplanken poltern.

Die beiden Männer glaubten sich verpflichtet, Angélique an den Armen zu packen, obwohl es auch ohne solche Vorsichtsmaßnahmen unmöglich gewesen wäre zu entkommen. Sie befand sich nun im Rachen des Wolfes.

Die Wirkung ihrer Erklärung erfüllte sie mit Unruhe. Ohne jeden

Zweifel hatte man sie nicht vergessen. Sie würde in kurzem vor dem Rescator stehen. Gleich einer Woge überschwemmten sie ihre Erinnerungen. Das vom jäh aufblitzenden Schein der blauen Rakete erhellte Kandia, Kandia in Flammen, die *Hermes* des Piraten d'Escrainville, die sich brennend vom dunklen Nachthimmel abhob wie ein Monument aus reinem Gold, während die Masten in einer Funkengarbe zusammenstürzten. Der Rescator inmitten der Rauchwolken, die sich aus seiner Schebecke erhoben, und der alte Zauberer Savary, der im Bug der Barke herumgetanzt war und gerufen hatte: «Das ist das griechische Feuer! Das ist das griechische Feuer!»

Krampfhaft zog sie ihren nassen Mantel um sich zusammen, der wie Blei auf ihren müden Schultern lastete. In der Feuernacht von Kandia hatten sich zwei Schicksalswege getroffen, hatten sich wieder voneinander entfernt und begegneten sich nun gegen alle Logik, selbst gegen den Willen der Götter, erneut in dieser Nacht an einem anderen Punkt der Erde. War es das, was Osman Ferradji auf der Plattform des Mozagrel-Turms in den Gestirnen gelesen hatte? . . .

Das Geräusch von Schritten drang von draußen herein. Angélique straffte sich, bereit, *ihm* gegenüberzutreten. Aber es war nur Kapitän Jason, der auf der Schwelle erschien. Mit einer barschen Bewegung wies er die Matrosen an, ihm mit Angélique zu folgen. Während sie über einen Laufsteg gestoßen wurde, spürte sie wieder den schneidenden Atem des Windes, umfing sie das nahe Brausen der Fluten. Man ließ sie die Stufen einer kurzen Holztreppe hinaufsteigen.

Hinter den Scheiben des Heckaufbaus schimmerten rote Lichter. Sie beschworen die Erinnerung an jene still brennenden, diabolischen Flämmchen herauf, die unter den Retorten der Alchimisten, der Satansdiener, leuchteten. Warum durchkreuzte ein solcher Gedanke Angélique, während man sie, von einer heulenden Bö umtost, ins Innere schob? Vielleicht dachte sie daran, daß man den Herrn dieses Raums, den Rescator, auch den Magier des Mittelmeers nannte . . .

Im ersten Augenblick schien es ihr, als habe sie ein Beet von Moos und Blumen betreten, und während man die Tür hinter ihr schloß, wurde sie sich der wohltuenden Wärme des Raums bewußt. Nach den eisigen Duschen des Regens und dem peitschenden Sturm bereitetesie ihr fast Unbehagen. Sie mußte all ihre Willenskräfte zu Hilfe nehmen, um stehen zu bleiben und nicht in Ohnmacht zu sinken.

Allmählich erholte sie sich. Ihre Augen gewöhnten sich an das helle Licht. Vor ihr stand ein Mann, der den Salon mit seiner Gegenwart zu füllen schien.

Es war der Mann, den sie am Klippenrand gesehen hatte, es war der Rescator. Seine Größe überraschte sie. Er stieß fast an die niedrige Decke.

Auch erinnerte sie sich nicht, daß seine Erscheinung so eindrucksvoll gewesen war. Da sie ihn in seiner ungezwungenen, katzenhaften Art nur zwischen den Orientalen des Batistans von Kandia gesehen hatte, war er ihr nie so hart vorgekommen. Er schien ihr kantig aus schwarzem Felsgestein ausgehauen zu sein, mit mächtigen Schultern, die Taille von einem breiten Gürtel aus Leder und Stahl umschnürt, an dem in Halftern zwei verzierte Pistolen hingen, die straffen Muskeln der Schenkel durch eine eng anliegende Lederhose betont. Seine Haltung – die Beine gespreizt, um dem Rollen des Schiffs zu widerstehen, die Hände auf dem Rücken zusammengelegt – war die eines Richters. Kalt, beobachtend, mißtrauisch.

Er verhielt sich abwartend. Er schien nur wenig Ähnlichkeit mit dem Fürsten des Mittelmeers zu besitzen.

Allein an dem schmalen Kopf, umwunden von einem auf spanische Art geknüpften Tuch aus dunklem Satin, der unmenschlichen Ledermaske mit der herausgearbeiteten Nase, dem schwarzen, gelockten Bart, der dies düstere Gesicht verlängerte, und in dem durch die Schlitze der Maske funkelnden unerträglichen Blick, erkannte sie ihn wieder.

Er war es, der Rescator, doch geprägt von einem härteren Zauber, dem des Ozeans, und während sie lange Zeit von dieser rätselhaften Persönlichkeit wie von einem der Helden aus «Tausend und eine Nacht» geträumt hatte, entdeckte sie nun, daß sie vor einem *Piraten* stand.

Zwei venezianische Laternen mit rotgoldenen Scheiben rahmten ihn ein und trugen wenig dazu bei, die Unheimlichkeit seines Anblicks zu mildern.

Eine besonders ungestüme Woge ließ Angélique schwanken und schleuderte sie gegen die Tür, an der sie sich festklammern mußte, um nicht zu fallen. In diesem Augenblick kam Leben in die schwarze Statue. Die Schultern hoben sich in einem krampfhaften Zucken. Der Kopf beugte sich zurück.

Und sie bemerkte, daß den Rescator ein Anfall des ihm eigenen erstickten Gelächters schüttelte, das in einem dumpfen Husten endete.

«Die Französin aus Kandia!» rief er aus.

Die rauhe, verschleierte Stimme, in der zuweilen knirschende Zwischentöne aufklangen, hatte auf Angélique genau dieselbe Wirkung wie früher. Sie rief ein herzzerreißendes, schmerzliches Gefühl hervor. Etwas Unerträgliches und zugleich doch auch wieder das Verlangen, sie von neuem zu hören!

Sie sah ihn mit langsamen Schritten auf sich zukommen; seine Zähne eine weiße Spur im schwarzen Bart.

Sein Lachen verletzte sie mehr, als es Beschimpfungen vermocht hätten.

«Warum lacht Ihr», fragte sie mit tonloser Stimme.

«Weil mich das Phänomen Eurer Verwandlung beschäftigt, die aus der schönsten Gefangenen des Mittelmeers, für die ich ein Vermögen bezahlte, eine Frau machte, für die hundert Piaster noch zuviel wären.»

45

Er hätte nicht verächtlicher, nicht unverschämter sein können. Angélique sah sich, wie sie wirklich war: durchnäßt, abgerissen, in der düsteren Kleidung einer Frau des Volkes, das Gesicht fleckig unter dem schwarzen, triefenden Kopftuch, Haarsträhnen, die an ihren Schläfen klebten – eine Hexe. Weit entfernt davon, sich einschüchtern zu lassen, verlieh ihr diese neue Attacke plötzlich die Kraft zu reagieren.

«Oh, wirklich!» sagte sie sarkastisch. «Um so besser. Dann werdet Ihr den schlimmen Streich, den ich Euch in Kandia spielte, nicht mehr bedauern – falls Ihr es jemals getan habt.»

Gegen die Tür gelehnt, betrachtete sie mit gesenkter Stirn und blitzenden Augen den maskierten Mann und stellte fest, daß er ihr keine Angst einflößte. Sie hatte beschlossen, daß er sie retten müsse, da er und sein Schiff ihre einzige und letzte Chance waren. Also mußte sie ihn umgarnen, mußte sie sein Mitgefühl zu wecken suchen. Er schien ihr unerreichbar und verschlossen, schrecklich fern, nicht wirklich, eine Erscheinung auf halbem Wege zwischen Alptraum und Wachtraum. Ihr Eindruck vertiefte sich noch während des folgenden Schweigens.

Sie wünschte, daß er von neuem spräche. Der Klang seiner Stimme würde ihr helfen, sich dem Zwang seines magnetischen Blicks zu entziehen.

«Es fehlt Euch nicht an Kühnheit, da Ihr mich an jene Dinge erinnert», sagte er endlich. «Wie ist es Euch gelungen, mich zu finden?»

«Ich bemerkte Euch vor kurzem, als ich durch die Heide ging. Ihr standet am Rand der Klippe und beobachtetet die Stadt.»

Sie sah ihn erbeben, wie in einem wunden Punkt berührt.

«Zweifellos macht sich das Schicksal über uns lustig», rief er. «Wieder einmal seid Ihr nicht weit von mir entfernt gewesen, und ich habe Euch nicht gesehen.»

«Ich versteckte mich in den Gebüschen.»

«Ich hätte Euch dennoch sehen müssen», erklärte er in einer Art von Zorn. «Welches Genie hilft Euch, zu erscheinen und zu verschwinden, mir zwischen den Fingern zu entwischen?» Er begann auf und ab zu gehen. Sie zog die Bewegung seiner feindseligen Reglosigkeit vor.

«Ich werde meine Leute zu ihrer Art, Wache zu halten, nicht gerade beglückwünschen», nahm er das Gespräch wieder auf. «Habt Ihr zu irgend jemand von Eurer Beobachtung, von unserer Anwesenheit hier gesprochen?»

Sie schüttelte verneinend den Kopf.

«Da habt Ihr Glück gehabt . . . Als Ihr mich also bemerktet, seid Ihr wieder einmal geflüchtet, um Euch sodann um Mitternacht bei mir vorzustellen . . . Warum? Warum seid Ihr gekommen?»

«Um Euch zu bitten, Personen an Bord Eures Schiffs zu nehmen, die La Rochelle spätestens morgen abend verlassen haben müssen und sich zu den amerikanischen Inseln begeben wollen.»

«Passagiere?»

Der Rescator wandte sich ihr zu. Er bewegte sich trotz des ununterbrochenen Wogens der See mit außerordentlicher Sicherheit. Angélique erinnerte sich seiner Silhouette auf dem Bugspriet der Schebecke, als er das Tau geworfen hatte, das die Galeere *Dauphine* retten sollte. Während sie hier stand, gegenwärtig in diesem Salon, fuhr ein Teil ihres Geistes fort, der Vergangenheit entrissene Bilder zu wecken. Es war wie eine heimliche, unterirdische Suche, deren Zielpunkt immer nur dieser schwarze, faszinierende Mann war. Wie damals, als er sich ihr im Verkaufssaal des Batistans zum erstenmal genähert hatte, forderte er unversehens alle ihre Kräfte, beanspruchte er ihre ungeteilte Aufmerksamkeit.

Die vertraulichen Einflüsterungen der jungen griechischen Sklavin Ellis flatterten durch ihre Erinnerung wie Schmetterlinge: «Alle Frauen! . . . Er verführt sie alle . . . keine vermag sich ihm zu entziehen, meine Freundin . . .» Trotzdem hörte sie deutlich ihre eigene Stimme antworten:

«Ja, Passagiere. Sie werden Euch gut bezahlen.»

«Welcher Art mögen wohl diese eigentümlichen Passagiere sein, die Bedürfnis nach einem Korsarenschiff verspüren? Sicherlich, um aus La Rochelle zu fliehen . . .»

«Fliehen ist das richtige Wort, Monseigneur. Es handelt sich um Familien, die der reformierten Religion angehören. Der König von Frankreich duldet keine Ketzer mehr in seinem Königreich. Diejenigen, die nicht bereit sind, sich zu bekehren, haben keine andere Wahl, als ihre Heimat zu verlassen, wenn sie dem Gefängnis entgehen wollen. Aber die Küsten werden überwacht, und es ist schwierig, heimlich aus den Häfen zu gelangen.»

«Familien, sagtet Ihr? Sind auch Frauen dabei?»

«Ja, ja . . .»

«Und Kinder?»

«Ja . . . Kinder vor allem», erwiderte Angélique mit klangloser Stimme.

Sie sah sie mit ihren rosigen Wangen und ihren Augen voller Sterne um die Palme tanzen. Es war, als hörte sie hinter dem Tosen des Sturms das rhythmische Klappen ihrer kleinen Holzpantinen.

Aber sie wußte auch, daß ihr Eingeständnis so gut wie sicher seine Weigerung hervorrufen würde. Der Kapitän eines Frachtschiffs nimmt nur widerwillig Passagiere an Bord. Und Frauen und Kinder betrachtet er als Ware, die ihm nur Unannehmlichkeiten auf den Hals ziehen kann. Das beklagt sich, das stirbt, die Männer an Bord schlagen sich wegen der Frauen . . .

Angélique hatte lange genug in einem Hafen wie La Rochelle gelebt, um die Vermessenheit ihrer Bitte zu begreifen. Wie konnte sie es wagen, mit einem Piraten über den Advokaten Carrère und seine elf Kinder zu sprechen? . . . Ihre Sicherheit schwand.

«Es wird immer schöner», spottete der Rescator.

Seine Stimme färbte sich ironisch:

«Und wie hoch beziffert sich dieses höchst uninteressante Kontingent von Psalmensängern, mit dem Ihr meinen Schiffsraum vollstopfen wollt?»

«Es sind fast . . . vierzig Personen.»

Sie ließ beinah ein Dutzend unter den Tisch fallen.

«Wie? . . . Ihr scheint zu scherzen, meine Schöne. Es wäre besser, wenn Ihr den Scherz nicht weitertreibt. Aber da ist etwas, was mich neugierig macht. Infolge welch seltsamer Zusammenhänge interessiert sich die Marquise du Plessis-Bellière – denn diesen Titel führtet Ihr doch, als ich Euch kaufte? – plötzlich für eine Handvoll bleicher calvinistischer Spitzköpfe? Sollte jemand aus Eurer Familie darunter sein? Ein Liebhaber? . . . obwohl mir einer von dieser Sorte nicht eben inspirierend für eine ehemalige Odaliske zu sein scheint. Oder, wer weiß, vielleicht habt Ihr unter diesen Ketzern sogar einen neuen Gatten auserwählt, denn wenn ich mich recht erinnere, steht Ihr in dem Ruf, in dieser Hinsicht einen starken Konsum zu haben.»

Seine boshafte Ironie schien ihr eine seltsame Neugier zu verbergen.

«Nichts von alldem», sagte sie.

«Warum dann?»

Wie konnte sie ihm erklären, daß ihr nichts anderes als das Heil ihrer protestantischen Freunde am Herzen lag? In den Augen eines gewiß recht ruchlosen Piraten, der noch dazu, wie sie hatte erzählen hören, spanischer Herkunft war, mußte ein solcher Grund unverzeihlich sein. In letzterem Fall käme zu seiner Ruchlosigkeit noch die Unduldsamkeit seiner Rasse.

Es war etwas Beunruhigendes in der Tatsache, daß er über manche Einzelheiten ihres Lebens auf dem laufenden zu sein schien. Er wußte zweifellos viel über sie. Gewiß, das Mittelmeer kolportierte Neuigkeiten mit einer Genauigkeit, die sich selten auf einem Fehler ertappen ließen, wenn sie auch oft genug übertrieben waren.

Er beharrte ironisch:

«Ihr seid mit einem der Ketzer verheiratet, nicht wahr? Wahrhaftig, Ihr seid tief gesunken.»

Angélique schüttelte den Kopf. Die niederträchtigen, von Bösartigkeit nicht freien Anspielungen berührten sie nicht. Ihre ganze Sorge galt der unglückseligen Wendung, die die Verhandlung genommen hatte. Wo sollte sie die Argumente hernehmen, die ihn überzeugen konnten?

«Unter ihnen sind Reeder, die auf den amerikanischen Inseln Vermögen besitzen. Sie könnten Euch entschädigen, wenn Ihr ihnen das Leben rettet.»

Mit einer Handbewegung wischte er ihren Vorschlag beiseite.

«Was sie mir auch anbieten würden, es könnte das Ärgernis ihrer Anwesenheit nicht ausgleichen. Für vierzig zusätzliche Personen habe ich keinen Platz an Bord. Ich weiß nicht einmal, ob ich unseren Ankerplatz verlassen und ohne Schwierigkeiten die Meerenge hinter mich bringen kann, da die verdammte königliche Flotte dort draußen umherstreift. Außerdem befinden sich die amerikanischen Inseln nicht auf meiner Route.»

«Wenn Ihr sie nicht aufnehmt, werden sie morgen abend alle im Gefängnis sein.»

«Bah! Das ist das Schicksal vieler in diesem charmanten Königreich.»

«Man soll von solchen Dingen nicht leichtfertig reden, Monsieur», sagte sie, in ihrer Verzweiflung die Hände faltend. «Wenn Ihr wüßtet, was es heißt, im Gefängnis zu sein . . .»

«Und wer sagt Euch, daß ich es nicht weiß?»

Sie überlegte, daß er, der außerhalb des Gesetzes lebte, in der Tat in seiner Heimat Verurteilung und Ausstoßung kennengelernt haben mußte. Für welches Verbrechen? . . .

«In dieser Zeit werden so viele Leute ins Gefängnis gesteckt, gehen so viele Leben verloren! Einpaar mehr oder weniger, was bedeutet das schon! . . . Nur die Meere sind noch frei und ein paar jungfräuliche Landstriche Amerikas . . . Aber Ihr habt die Frage, die ich Euch stellte, nicht beantwortet. Aus welchem Grund interessiert sich die Marquise du Plessis für diese Ketzer?» Sein Ton war gebieterisch.

«Weil ich nicht will, daß sie ins Gefängnis kommen.»

«Große Gefühle also? Bei einer Frau Eurer Moral glaube ich nicht recht daran.»

«Oh, glaubt, was Ihr wollt», murmelte Angélique, am Ende ihrer Kraft angelangt. «Es gibt keinen anderen Grund. Ich will, daß Ihr sie *alle* rettet!»

Den ganzen Abgrund, der das Herz der Frauen von dem der Männer trennt, durchmaß sie an diesem Tage. Nach Baumier Desgray und der Rescator! Selbstbewußte, von ihrer Macht erfüllte Männer, gleichgültig gegen die Tränen der Frauen und das Schluchzen gepeinigter Kinder. Baumier hätte sich darüber belustigt. Desgray hatte sich nur bereit gefunden, sie zu schonen, weil er sie noch immer liebte. Da sie in den Augen des Rescators alles Verführerische verloren hatte, würde er ihr nichts mehr zugestehen.

Im übrigen hatte er sich von ihr abgewandt und auf einem breiten orientalischen Diwan niedergelassen. Seine Haltung drückte äußerste Langeweile, wenn nicht völlige Gleichgültigkeit aus. Er streckte seine langen, in Stiefeln steckenden Beine vor sich über den Teppich.

«Wahrhaftig, die Narrheiten der Frauen sind mannigfaltig, aber ich muß gestehen, daß Ihr bei weitem das übliche Maß überschreitet. Rekapitulieren wir: als ich Euch das letzte Mal begegnete, seid Ihr mir davongelaufen, nicht ohne mir als Erinnerung meine in Flammen stehende Schebecke und fünfunddreißigtausend Piaster Schulden zurückzulassen; vier Jahre später findet Ihr es ganz natürlich, zu mir zu kommen, ohne irgendwelche Bestrafung zu befürchten, um mich zu bitten, Euch und vierzig Eurer Freunde an Bord zu nehmen und ihnen zur Flucht zu verhelfen. Gebt zu, daß Eure Forderung jedes Verständnis übersteigt!»

Er stieß die auf einem niedrigen Tischchen neben dem Diwan stehende Sanduhr an und drehte sie um. Dank einem schweren Bronzefuß, der es auf seinem Platz hielt, schien das Instrument durch die Bewegungen des Schiffs nicht beeinflußt zu werden. Der Sand begann zu rieseln, ein winziger, schneller Sturzbach, der Angéliques Augen in seinen Bann schlug. Die Stunden verrannen, die Nacht verstrich . . .

«Schließen wir ab», sagte der Rescator. «Ich bin weder an Eurer Transportgeschichte noch an Euch selbst interessiert. Da Ihr aber die Unvorsichtigkeit begangen habt, Euch in die Hände eines Herrn zu geben, der es sich hundertmal geschworen hat, Euch für die Unannehmlichkeiten, die Ihr ihm verursacht habt, teuer bezahlen zu lassen, werde ich Euch trotzdem an Bord behalten . . . In Amerika stehen die Frauen weniger hoch im Kurs als im Mittelmeer, aber es wird mir durch Euren Verkauf vielleicht gelingen, einiges von dem Schaden wiedergutzumachen.»

Trotz der Wärme im Raum fühlte sich Angélique von einer eisigen Kälte bis ins Herz durchdrungen. Ihre durchnäßten Kleidungsstücke klebten an ihrem Körper, aber im Eifer des Gesprächs hatte sie bisher nicht darauf geachtet.

Jetzt zitterte sie vor Kälte.

«Euer Zynismus beeindruckt mich nicht», sagte sie mit heiser werdender Stimme. «Ich weiß, daß . . .»

Ein heftiger Hustenanfall schüttelte sie und ließ sie nicht weitersprechen. Das vollendete das Bild ihrer Vernichtung . . . Zu ihrem jämmerlichen Äußeren fügte sich der Anblick einer kränklichen Frau, die nach Atem rang.

In diesem Moment fand er angesichts ihrer Niederlage zu einer Geste, die sie nicht erwartet hatte. Er trat zu ihr, legte seine Hand unter ihr Kinn und zwang sie, den Kopf zu heben.

«Das kommt davon, wenn man in einer Sturmnacht an der Küste hinter einem Piraten herläuft», murmelte er.

Die Maske näherte sich ihrem Gesicht. Es war ein erstaunlicher Kontrast: das harte, kalte Leder und das Funkeln brennender Augen, die ihre Willenskräfte lähmten.

«Was haltet Ihr von einer Tasse guten Kaffees, Madame?»

Angélique begann sich unversehens besser zu fühlen.

«Kaffee? Echten türkischen Kaffee?»

«Ja, türkischen Kaffee, wie man ihn in Kandia trinkt . . . Aber entledigt Euch zuvor dieses mit Wasser vollgesogenen Umhangs. Ihr habt meine Teppiche unter Wasser gesetzt.»

Um sich herum sah sie den samtweichen orientalischen Bodenbelag, auf dem man zwischen Blüten wie auf Moos zu gehen glaubte, in einem erbärmlichen Zustand.

Der Rescator nahm ihr den Umhang ab und warf ihn in eine Ecke, als wäre es ein Bündel Lumpen. Von der Lehne eines Sessels nahm er seinen eigenen Mantel.

«Einen schuldet Ihr mir bereits, den Ihr ohne Gewissensbisse in der Nacht des Brandes mitgenommen habt. Ah, niemals sah man den Rescator mehr der Lächerlichkeit preisgegeben . . .»

Und es war wie in jener Nacht im Orient: zwei warme Hände auf ihren Schultern und um sie die schützenden Falten des duftenden samtenen Mantels . . . Sie noch immer an sich drückend, führte er sie zum Diwan. Als sie sich gesetzt hatte, begab er sich in den Hintergrund des Salons, und sie vernahm von draußen den Ton einer Glocke. Der Sturm beruhigte sich offenbar, denn die Bewegungen des Schiffs wurden weniger heftig.

Der Sand des schönen Instruments zum Messen der Zeit fuhr fort zu rieseln, schimmernd im orangenen Licht der venezianischen Laternen.

Angélique entfloh der Wirklichkeit. Sie befand sich in der Höhle des Zauberers . . .

Auf das Glockenzeichen hin war ein Mann eingetreten, ein barfüßiger Maure in kurzem Burnus über roten Matrosenhosen. Mit den geschmeidigen Bewegungen seiner Rasse kniete er nieder und schob einen niedrigen Tisch zum Diwan, auf den er ein silberverziertes Kästchen aus Korduanleder stellte. Klappte man die beiden Seitenwände herunter, verwandelten sie sich in Präsentierplatten, auf denen alle zur Bereitung und zum Kosten des Kaffees notwendigen Utensilien in schönster Ordnung befestigt waren:

Der silberne Samowar, das Tablett aus massivem Gold mit zwei Tassen aus chinesischem Porzellan, ein mit geeistem Wasser gefülltes chinesisches Kännchen und eine Schale mit Kandiszucker.

Der Maure verschwand und kehrte gleich darauf mit einem Kessel kochenden Wassers zurück. Mit großer Sorgfalt und ohne einen Trpfen zu verschütten, bereitete er das orientalische Getränk, dessen Duft Angélique durchdrang und ein fast kindliches Vergnügen in ihr weckte. Ihre Wangen erhielten plötzlich ihre Farbe wieder, als sie ihre Hand nach dem silbernen Becher ausstreckte, in dem die chinesische Tasse ruhte. Neben ihr sitzend, beobachtete sie der Rescator mit rätselhaftem Blick, während sie nach muselmanischem Ritus mit zwei Fingern die winzige Tasse ergriff, einen Tropfen Eiswasser hineinfallen ließ, um das Sinken des Satzes zu beschleunigen, und sie schließlich an die Lippen führte.

«Man sieht, daß Ihr Gast im Harem Moulay Ismaëls gewesen seid», sagte er. «Welche Meisterschaft! Man könnte Euch für eine Muselmanin halten. Trotz Eurer augenblicklichen Lage habt Ihr Euch ein paar gute Sitten bewahrt, an denen man Euch wiedererkennt.»

Der Maure hatte sich zurückgezogen.

Angélique stellte die Tasse in ihre Hülle zurück, die sie davor bewahrte umzustürzen, und der Rescator beugte sich vor, um sie von neuem zu bedienen. Dabei bemerkte er Blutspuren am Rand des silbernen Bechers.

«Woher dieses Blut? Seid Ihr verletzt?»

Angélique sah auf ihre zerschundenen Handflächen.

«Ich spürte nichts. Es ist vor kurzem auf den Klippenfelsen geschehen . . . Bah! Auf den Pfaden des Rifs war es schlimmer.»

«Eure Flucht? . . . Wißt Ihr, daß Ihr die einzige christliche Sklavin seid, der ein solcher Streich geglückt ist? Ich glaubte lange, daß Eure Knochen auf irgendwelchen Fährten der Wüste bleichten.»

Vor Angéliques weitgeöffneten Augen wurde die grausame Odyssee von neuem lebendig.

«Ist es wahr . . . daß Ihr nach Miquenez gekommen seid, um mich zu holen?» fragte sie.

«Es stimmt. Übrigens war es nicht schwer, Euch zu folgen. Ihr hattet ein Gemetzel hinter Euch gelassen.»

Der Maskierte murmelte mit zweideutigem Lächeln:

«Dort, wo die Französin mit den grünen Augen vorüberzieht, bleiben nur Schutt und Leichen zurück.»

«Ist das ein neues Sprichwort im Mittelmeer?»

«Ja, etwas dergleichen.»

Bedrückt sah Angélique auf das Blut an ihren Händen . . .

Er stellte eine weitere Frage:

«Ihr seid zu zehnt aus Miquenez geflüchtet. Wie viele davon haben Ceuta erreicht?»

«Zwei.»

«Wer war der andere?»

«Colin Paturel, der König der Gefangenen.»

Wieder begann Angst in ihr aufzusteigen. Eine ungreifbare, nicht zu bestimmende Gefahr . . .

Um sie zu bannen, bemühte sie sich, von neuem dem Blick des Maskierten zu begegnen.

«Wir haben viele gemeinsame Erinnerungen», sagte sie leise.

Er lachte auf seine jähe, heisere Art, die sie erschreckte.

«Viel zu viele. Mehr als Ihr meint.»

Plötzlich reichte er ihr sein Taschentuch.

«Wischt Eure Hände ab.»

Sie gehorchte mechanisch. Der bisher betäubte Schmerz begann spürbar zu werden. Das Salz brannte in den Wunden.

«Ich wollte über den Strand gehen, um mich nicht zu verirren.»

Sie erzählte, daß sie auch diesmal angesichts der steigenden Flut geglaubt habe, ihre letzte Stunde sei gekommen. Sie frage sich, durch welches Wunder es ihr gelungen sei, an den steil abfallenden Klippen emporzuklettern.

«Der Tod schien mich schon in seinen Krallen zu haben . . . Aber schließlich habe ich Euch doch wiedergefunden.»

In Angéliques Stimme schwang bei diesem letzten Satz ein Ton träumerischer Weichheit. Übrigens sprach sie ihn aus, ohne sich seiner Bedeutung bewußt zu sein. «. . . habe ich Euch doch wiedergefunden.»

In dem geheimnisvollen Licht sah sie nur sein schwarzes, unbewegliches Gesicht. Dort endeten alle ihre Träume.

Einen Augenblick lang schien es Angélique, daß sie sich an die breite Brust des Mannes werfen, daß sie ihr Gesicht in den Falten seines samtenen Rockes bergen müsse.

Dieser Samt war nicht schwarz, wie sie geglaubt hatte, sondern dunkelgrün wie das Moos der Bäume. Sie betrachtete ihn und dachte: Wie gut täte es, sich in ihm zu bergen!

Der Rescator streckte die Hand aus. Er berührte ihre Wange, ihr Kinn; unerklärlicherweise waren ihm, dessen durchdringenden Augen nichts verborgen blieb, die sanften Bewegungen des Blinden eigen, der ihm unsichtbare Züge zu erkennen sucht.

Dann löste er mit einem Finger langsam das armselige kleine Halstuch, das noch immer um Angéliques Haar geknüpft war, und warf es beiseite. Das angeklatschte, durch das Meerwasser dunkler getönte Haar fiel auf die Schultern der jungen Frau herab. Die weißen Strähnen zogen lichte

Streifen hindurch. Angélique hätte sie gern vor ihm verborgen.

«Warum war Euch so sehr daran gelegen, mich wiederzufinden?» fragte der Rescator.

«Weil Ihr der einzige seid, der uns retten kann.»

«Ah, Ihr denkt also immer noch an diese Leute!» rief er, sichtlich verärgert, aus.

«Wie könnte ich sie vergessen?»

Ihre Augen kehrten zu dem flinken Sturzbach der Sanduhr zurück. In regelmäßigen Zwischenräumen lief der obere Behälter des Instruments leer, und der Rescator drehte es mit einer mechanischen Bewegung um.

In La Rochelle schlief Honorine in dem großen Bauernbett in der Küchennische, aber die heitere Ruhe des Kindes, die Angélique so oft mit Entzücken betrachtet hatte, war gestört. Sie wälzte sich unruhig herum und weinte im Schlaf. Heute hatten sie wieder bedrohliche Gesichter umringt, und sie hatte die Angst ihrer Mutter gespürt. Abigaël wachte bei ihr, für Angélique betend, die Hände gefaltet. Auch Laurier war vielleicht wach wie damals, al er noch auf dem Speicher geschlafen hatte. Er lauschte auf das unaufhörliche Hin und Her seines Vaters im benachbarten Zimmer.

«Wie könnte ich sie vergessen? Ihr habt mir eben gesagt, daß hinter mir nur Schutt zurückbliebe . . . Helft mir also, wenigstens diese zu retten, ein paar Überreste.»

«Diese Leute, diese Hugenotten . . . was tun sie? Ich meine, was üben sie als Beruf aus?»

Er stellte die Fragen in barschem Ton, während er nervös seinen Bart zupfte. Dieses Zeichen der Verlegenheit bei einem Mann, den sie bei so mancher Gelegenheit immer als Herr seiner selbst gesehen hatte, verriet ihr, daß die Partie unerklärlicherweise gewonnen war.

Ihr Gesicht erhellte sich.

«Triumphiert nicht», sagte er ihr. «Selbst wenn es so aussieht, als gäbe ich in dieser Sache Euren Bitten nach, werdet Ihr nichts dabei gewinnen.»

«Was tut's? Wenn Ihr einwilligt, sie an Bord zu nehmen und sie so dem Gefängnis und dem Tod zu entziehen, was hat da alles andere zu bedeuten? Ich werde hundertmal dafür zahlen.»

«Worte! Ihr kennt den Preis noch nicht, den ich Euch auferlegen werde. Euer Vertrauen in mich grenzt an Naivität. Ich bin ein Pirat der Meere, und Ihr könnt darüber nachdenken, ob mein Beruf etwa darin besteht, Menschenleben zu retten, oder nicht vielmehr darin, sie zu vernichten. Frauen wie Ihr sollten sich nur in die Angelegenheiten der Liebe mischen.»

«Aber es ist eine Angelegenheit der Liebe.»

«Ah, philosophiert nicht», rief er, «oder ich nehme Euch nur auf mein Schiff, um Euch auf offener See zu ertränken! In Kandia wart Ihr weniger gesprächig und dafür weitaus amüsanter. Antwortet auf meine Frage: welche Art Leute außer frommen Frauen – die schlimmste Art – und plärrenden Würmern soll ich Eurem Verlangen entsprechend aufnehmen?»

«Unter ihnen ist einer der größten Reeder von La Rochelle, Monsieur Manigault, außerdem Kaufleute, die sich mit Überseehandel befassen. Sie besitzen auf den Inseln . . .»

«Sind auch Handwerker darunter?»

«Ein Zimmermann und sein Lehrling.»

«Das ist schon besser.»

«Ein Bäcker, zwei Fischer. Es sind ehemalige Seeleute, die eine kleine Flottille organisiert haben, um den Fischmarkt von La Rochelle zu beliefern. Sie hoffen, ihr Handwerk auf den Inseln wieder betreiben zu können. Weiter gehören dazu Monsieur Mercelot, der Papierfabrikant, Maître Jonas, der Uhrmacher . . .»

«Nutzlose!»

«Maître Carrère, der Advokat.»

«Es wird immer schlimmer.»

«Ein Arzt . . .»

«Das genügt . . . Nehmen wir sie also an Bord, da Ihr sie nun einmal retten wollt . . . *alle.* Niemals bin ich einer so anspruchsvollen Frau begegnet wie Euch. Und nun, teure Marquise, könnt Ihr mir einen Plan unterbreiten, der es erlaubt, Eure Laune erfolgreich durchzuführen? Ich habe keineswegs die Absicht, mich ewig in diesem Krabbenloch aufzuhalten, in das zu kriechen ich dumm genug war. Ich hatte mir vorgenommen, bei Morgengrauen in See zu gehen. Ich werde längstens bis zur nächsten Flut kurz vor Mittag warten.»

«Wir werden pünktlich auf der Klippe sein.»

46

Der Soldat Anselme Camisot, der ei en Teil der Nacht hinter der Pforte im Winkel damit verbracht hatte, sich an kühnen Hoffnungen und paradiesischen Visionen zu wärmen, fuhr zusammen, als er ein leises Kratzen an der Holzfüllung der Tür vernahm. Seine Erwartungen begannen zu schwinden wie die Flamme einer verbrauchten Kerze, denn die Nacht ging zu Ende, und die Dämmerung zog herauf.

Er hatte Mühe, seinen in der Kälte taub gewordenen, ungefügen Körper zu bewegen.

«Seid Ihr es, Dame Angélique?» flüsterte er.

«Ich bin's.»

Er drehte den im Schloß knirschenden Schlüssel, und Angélique glitt in die Türöffnung.

«Ihr seid lange ausgeblieben», seufzte der Soldat.

Im gleichen Augenblick schloß sich der Schraubstock eines stählernen Arms um seine Kehle, während ein Stoß in die Nierengegend ihn das Gleichgewicht verlieren ließ. Ein starker, mit geübter Hand zum Nacken geführter Schlag beförderte ihn zur weiteren Betrachtung seiner idyllischen Bilder ins Land der Träume.

«Armer Mann», murmelte Angélique, den knochigen, geknebelten und gefesselten Körper Anselme Camisots betrachtend.

«War nicht anders zu machen, Madame», sagte einer der Seeleute, die sie begleiteten. Es waren ihrer drei.

Der Rescator hatte sie unter seiner Mannschaft zu ihrer Bewachung ausgewählt. «Wir haben den Auftrag, Euch um keinen Preis zu verlassen und Euch tot oder lebendig zurückzubringen!»

Im Hof des Berneschen Hauses fiel der Schein von Maître Gabriels Laterne auf Angélique und den nachtdunklen, mit Silber besetzten Mantel sowie auf die sie umgebenden Gestalten dreier Matrosen mit verwegenen Galgengesichtern. Die drei deponierten ein stattliches Bündel auf dem Pflaster, in welchem der Kaufmann den wohlverschnürten Wächter des Laternenturms erkannte.

«Ich kann Euch berichten», sagte Angélique schnell, «daß ich einen Schiffskapitän gefunden habe, der bereit ist, uns alle aufzunehmen. Er geht in wenigen Stunden in See. Diese Leute hier sollen mich begleiten, während ich die andern benachrichtige. Ihr müßt ihnen Kleidungsstücke leihen, damit sie nicht auffallen. Es handelt sich um ein ausländisches Korsarenschiff . . .»

Schamhaft verschleierte sie die wirkliche Identität des Piraten, der weder irgendeinem Souverän anhing noch eine andere Flagge führte als den berühmten schwarzen Wimpel der Seeräuber.

«Es liegt in einer Bucht nahe dem Dorf Saint-Maurice vor Anker. Dort müssen wir uns sammeln. Jede Familie wird sich mit eigenen Mitteln und getrennt dorthin begeben. Was Euch und Eure Familie betrifft, Maître Berne, schlage ich vor, daß Ihr die Stadt durch die kleine Ausfallpforte am Fuß des Laternenturms verlaßt. Sie ist noch drei Stunden unbewacht, denn die Ablösung wird nicht vor sieben Uhr morgens erfolgen. Wenn wir uns beeilen, können auch andere Familien diesen Weg benutzen.»

Maître Gabriel war klug genug, keine Fragen zu stellen. Abigaël hatte mit ihm gesprochen. Er wußte, daß alles verloren wäre, wenn er nicht jede Möglichkeit ergriffe, die es ihm erlaubte, schnellstens die Stadt zu verlassen und das Meer zu gewinnen. In der noch dunklen, von Nebelschwaden diesigen Nacht begannen schon die ersten Stunden des Tages zu verrinnen, der entweder ihren Auszug oder ihr Ende in den Kerkern des Königs sehen würde.

Er wies einen Kellerraum an, in dem man den geknebelten Soldaten einschloß, und stieg sodann hinter Angélique die Treppe hinauf, wobei er erklärte, daß er die Kinder und Tante Anna wecken würde.

Später würde er sich um die seltsamen Leibwächter mit den gebräunten Gesichtern unter ihren verdächtigen Pelzmützen, die Angélique begleiteten, und um die Vorgänge kümmern, denen sie ihre Verwandlung in eine ihm fremde Frau verdankte, die ihm Befehle erteilte.

Er begriff dunkel, daß der Ernst der Stunde Angélique daran hinderte, weiterhin eine Rolle zu spielen, die sich mit ihrer wahren Persönlichkeit nicht deckte. Die rasch voranschreitende Dämmerung zwang sie in ihre Wirklichkeit zurück. Sie hatte mit der Kaltblütigkeit und Uneigennützigkeit der großen Adligen von einst die Sorge für sie alle übernommen, und die einzige Art, ihre Bemühungen und Opfer nicht scheitern zu lassen, war die, ihr sofort und in allem zu gehorchen.

Abigaël hatte ihr schmales Gepäck vorbereitet, wie Angélique es ihr empfohlen hatte. Der Pastor Beaucaire war bereits mit seinem Neffen erschienen. Der kleine Nathanaël setzte seinen Schlaf neben Honorine fort.

«Ich werde sie aufstehen und sich ankleiden lassen», sagte Abigaël, ohne weitere Fragen zu stellen. «Inzwischen könnt Ihr Euch in diesem Zuber mit heißem Wasser aufwärmen, den ich für Euch vorbereitet habe, und danach trockene Kleidungsstücke überziehen.»

«Ihr seid ein Engel», sagte Angélique, die ohne eine Sekunde zu verlieren die Tür der Küche schloß. Dann glitt sie hinter den Wandschirm, hinter den das junge Mädchen den Zuber geschoben hatte, warf den Mantel des Rescators und danach die durchnäßten Kleider auf die Fliesen und erbebte vor Wohlbehagen, als sie in das dampfende Wasser tauchte.

Ohne diese Erfrischung hätte sie trotz der Anspannung, die sie aufrecht hielt, kaum durchzuhalten vermocht. Und ihre Aufgabe war noch nicht beendet.

Sie hörte Abigaël sanft die Kinder wecken, indem sie ihnen von einem wundervollen Land voller Blumen und Näschereien erzählte, in das sie nun reisen würden. Das junge Mädchen verstand es, die Kleinen, ohne sie zu erschrecken, ohne ihnen die Beklemmung dieser nächtlichen Stunden mitzuteilen, in denen jede Sekunde schwer wie Blei wog, aus ihrem Schlummer zu lösen.

«Wie ich Euch bewundere, Abigaël», sagte Angélique hinter dem Wandschirm. «Ihr laßt Euch durch nichts aus Eurer Ruhe bringen.»

«Das ist das wenigste, was ich für Euch tun kann, Angélique», antwortete sie so gelassen, als ob sie bei der abendlichen Spinngesellschaft Wollfäden drehe. «Aber woher kommt Ihr? Ihr seid wie verwandelt.»

«Ich?»

Angéliques Blick fiel in den an der Wand angebrachten hohen Spiegel aus poliertem Stahl, vor dem sie zuweilen zerstreut und eilig ihr Haar geordnet und den Sitz ihrer Haube geprüft hatte, und sie sah sich nackt.

Wie im Aufleuchten eines Blitzes erkannte sie ihre weiße Gestalt, das Bild einer kraftvollen, gut gewachsenen Frau mit straffen, hoch angesetzten Brüsten, langem Rücken, wohlgeformten Beinen, «den schönsten Beinen von Versailles», gezeichnet von dem roten Mal jener Narbe, die ihr Colin Paturel beigebracht hatte, um sie vor dem Schlangenbiß zu retten, damals im Rif.

Ein vergessener Körper! . . .

Die verletzende Stimme klang ihr wieder in den Ohren. «Eine Frau, für die hundert Piaster noch zuviel wären.»

Sie zuckte spöttisch mit den Schultern:

«Was will er noch? Um so schlimmer für ihn.»

Sie schlüpfte in das trockene Hemd, das Abigaël in Reichweite über einen Schemel gebreitet hatte.

Mit herausfordernder Gebärde schüttelte sie ihr Haar, das seine sonnenfunkelnde Aureole entfaltete.

«Wie ist es nur zu erklären? Er ist mein schlimmster Feind . . . und mein bester Freund . . .»

Er hatte sie zuweilen boshaft und zynisch behandelt. Er verspottete sie. Er hatte ihre unerträgliche Angst, die Angst der gejagten Frau, nicht ernst genommen. «Und nun, teure Marquise, habt Ihr einen Plan, der es erlaubt, Eure Kapricen erfolgreich durchzuführen?» Als ob das Verlangen, Menschenleben zu retten, nichts anderes als eine unpassende, törichte Laune wäre! Aber er willigte ein, sie an Bord zu nehmen. Der Gesetzlose war bereit, das Wagnis einzugehen, das ein zuverlässiger, mit Vorräten reichlich versorgter und in Geleitschutz segelnder Kapitän weit von sich gewiesen hätte.

Was bedeuteten da schon zynische Worte? Angéliques Empfindlichkeit war seit geraumer Zeit stumpf geworden. Das Unglück hatte ihr Rückgrat, ihren Stolz geschmeidig gemacht. Die Taten allein zählten für sie.

Überraschenderweise hatte er selbst sie in dem Augenblick darauf gestoßen, in dem sie sein Schiff verließ.

«Ihr habt einen schauderhaften Charakter, meine Liebe, das ist sicher, und dennoch habt Ihr Euch über meinen Mangel an Höflichkeit Euch gegenüber nicht beklagt.»

«Oh, es gibt soviel wichtigere Dinge! Rettet uns, und Ihr könnt mich behandeln, wie es Euch gefällt.»

«Keine Bange, ich werde daran denken.»

Angélique unterdrückte ihre Lachlust. Abigaël hätte es nicht verstanden. Aber was sie aufrechthielt war diese Gegnerschaft zweier Widersacher, die sich gleichwertig wußten und sich keine Antwort schuldig blieben.

Sie trat hinter dem Wandschirm hervor, während sie noch die Schnürbänder ihres Rocks knüpfte, schob das Haar zusammen, barg es unter einer frischen Haube und hüllte sich in den samtenen Mantel.

«Ich bin bereit.»

«Wir sind alle bereit.»

Angélique warf einen Blick auf die Uhr. Noch keine halbe Stunde war seit ihrer Rückkehr verstrichen. Die Zeit nahm elastische Maße an.

In doppelte Röcke und ihren Kapuzenmantel gebündelt, schien Honorine im Stehen zu schlafen. Angélique nahm die kleine, schlummerschwere Gestalt in ihre Arme.

Rebecca näherte sich, um den Zuber zu leeren. Angélique hielt sie zurück. Die Zeit drängte. Trotzdem wollte die alte Magd noch das Haus aufräumen. Was getan werden mußte, war das Löschen der Glut im Kamin. Maître Gabriel war es, der sie mit dem Fuß austrat.

Unten im Hof beriet Maître Gabriel, was sie mit dem im Keller gebunden liegenden Soldaten anfangen sollten. Ihn in einem Haus zurückzulassen, in das keiner der Bewohner zurückkehren würde, bedeutete, ihn vielleicht einem grausamen Schicksal zu überantworten. Anselme Camisot hatte ihnen gute Dienste geleistet. Einen Augenblick schwankten sie. Schließlich erklärte Angélique, selbst wenn ihre Flucht zunächst unbemerkt bliebe, würden doch abends Bewaffnete das Domizil der Bernes umstellen, um die Familie zu verhaften. Da sie das Haus verlassen vorfänden, würden sie es durchsuchen und den Soldaten befreien, falls dieser sich bis dahin nicht selbst seiner Fesseln entledigt hätte.

«Es ist gut. Gehen wir», sagte Maître Berne.

Die Nacht begann sich zu lichten, als sie die Schwelle überschritten und das schwere Tor sich hinter ihnen schloß.

Im dichten Nebel erreichten sie den Fuß der Wälle und bald darauf die kleine Ausfallpforte. Angélique legte Honorine in Abigaëls Arme.

«Ich kann Euch nicht weiter begleiten. Ich muß die anderen noch benachrichtigen. Seht zu, daß Ihr nach Saint-Maurice gelangt. Wenn alle dort versammelt sein werden, brechen wir zu dem Ort auf, an dem wir uns einschiffen müssen. Die Fischer des Weilers dürfen von Euren Absichten nichts erfahren. Erzählt ihnen, daß Ihr gekommen seid, um einen Glaubensgenossen in der Heide zu begraben.»

«Kennst du den Weg, Martial?» fragte Maître Gabriel seinen Sohn. «Führe die Frauen bis zum Weiler. Ich muß bei Dame Angélique bleiben.»

«Nein», protestierte diese.

«Glaubt Ihr, daß ich Euch mit diesen verdächtigen Ausländern allein lassen werde?»

Angélique gelang es, ihn davon zu überzeugen, daß er seine Familie begleiten müsse. Sie fürchte nichts, sie fühle sich vor Zudringlichkeiten sicher, sie wolle vor allem so bald als möglich außerhalb der Mauern wieder zu ihnen stoßen. Dies sei nur die erste Etappe.

«Ein Mann wie Ihr wird vonnöten sein, um die Familien zu beruhigen, die ich zum Dorf schicken werde. Sie werden ihre Häuser verlassen müssen, ohne viel Zeit zum Überlegen zu haben. Aber es kann sein, daß sie in Panik geraten, sobald sie den Treffpunkt erreicht haben.»

Als die kleine Schar, die aus den Bernes, den beiden Pastoren, Abigaël und Honorine bestand, endlich verschwunden war, übernahm Angélique umsichtig und entschlossen die Aufgabe des Schäferhundes, der seine Herde zusammentreibt.

Weder die Mercelots, die die Nachricht mit Ruhe aufnahmen, noch ihre Tochter Bertille bestanden auf weiteren Erklärungen. Angélique sagte ihnen, daß sie sofort aufbrechen müßten, wenn sie nicht abends im Gefängnis schlafen wollten. Rasch kleideten sie sich an. Maître Mercelot nahm ein Buch unter den Arm, an dem er seit langen Jahren arbeitete. Es war auf feinstem Papier geschrieben, das das Wappen des Königs als Wasserzeichen trug, und betitelte sich «Annalen der den Bewohnern La Rochelles in den Jahren des Heils von 1663 bis 1676 auferlegten Verfolgungen und Opfer».

Es war sein Lebenswerk.

Bertille erkundigte sich, was mit ihrem Gut geschehen solle, das man bereits auf die *Sainte-Marie* gebracht habe.

«Wir werden uns später damit befassen.»

Die Familie Mercelot schlug den Weg zu den Wällen ein, während sich Angélique aufmachte, um den Uhrmacher zu wecken.

Ein wenig später läutete sie bei den Carrères. Dieser mit elf Kindern gesegnete Advokat ohne Prozesse repräsentierte das, was der Rescator als nutzlosestes Zubehör seiner Ladung bezeichnet hatte. Doch gerade er war es, der die meisten Einwendungen erhob. Fortgehen? Jetzt? Aber warum? Weil man sie verhaften würde? Woher wußte sie das? Man habe es ihr gesagt? Wer habe es gesagt? Könne sie mit Beweisen aufwarten? ... Angélique lehnte jede Diskussion ab, ging von Zimmer zu Zimmer und weckte die Familie. Zum Glück boten die von ihrer Mutter bewundernswert erzogenen Kinder keinerlei Schwierigkeiten. Die größeren halfen den jüngeren beim Ankleiden, diese ordneten ihre kleine persönliche Habe. In wenigen Minuten waren alle bereit, die Zimmer aufgeräumt, die Betten gemacht. Maître Carrère war in Hemd und Nachtmütze noch dabei, Beweise für seine bevorstehende Verhaftung zu fordern, als ihn seine Nachkommenschaft bereits von Kopf bis Fuß reisefertig im Vestibül erwartete.

«Wir wollen fortgehen, Vater», sagte der Älteste, ein Junge von sechzehn Jahren. «Wir wollen nicht ins Gefängnis. Die Söhne des Uhrmachers sind weggeschleppt worden und nie zurückgekehrt.»

«Komm nur, Matthieu», drängte seine Frau. «Da wir uns nun einmal entschlossen haben, La Rochelle zu verlassen, ist es einerlei, ob heute oder später.»

Sie legte ihren Letztgeborenen in Angéliques Arme, um ihrem Gatten die Kniehosen reichen zu können. Nachdem sie ihm gut zugeredet und ihn wie ein Kind angekleidet hatte, machte sie kurzen Prozeß und schob ihn hinaus.

«Meine Tabaksdose», ächzte er.

«Hier ist sie.»

Der Nebel begann durchsichtig zu werden. Der steigende Tag durchdrang ihn mit seinem Licht. Schon begann man das Erwachen der Stadt zu spüren.

Angélique und die ihr auf Schritt und Tritt folgenden Matrosen geleiteten die Familie des Advokaten zur Ausfallpforte.

Während sie einen nach dem anderen auf dem Küstenpfad im Nebel verschwinden sah, empfand Angélique unsagbare Erleichterung.

Noch drei oder vier Familien waren zu benachrichtigen, dazu die Manigaults, die in einem entfernteren Viertel wohnten.

Ein Glockenspiel perlte durch die Dämmerung, und fast gleichzeitig erhoben durch den Nebel erstickte rhythmische Glockentöne den Ruf des Angelus. Das Erwachen der Stadt wurde spürbarer. Handwerker schlugen die Läden vor ihren Buden zurück.

Mit der Familie des Bäckers der Walltreppe zustrebend, blieb Angélique plötzlich stehen und horchte.

Vom Wallgang herunter drang das Geräusch eiliger Schritte. Männerstimmen riefen sich etwas zu. Dann beugte sich etwas Scharlachrotes oben über den Rand der Bastion. Der Nebel war noch zu dicht, als daß der Soldat die Flüchtlinge unten in der Gasse hätte bemerken können. Sie zogen sich lautlos zurück und beratschlagten im Schutz der Wölbung eines benachbarten Haustors.

«Die Ablösung ist eingetroffen, und sie haben das Verschwinden des Wächters entdeckt», sagte Angélique. «Wahrscheinlich haben sie ihn im Verdacht, durch die Pforte entwischt zu sein. Aber in jedem Fall werden sie sie verriegeln oder einen Posten davor stellen.»

Die Sicht wurde mit jedem Augenblick klarer und ließ bereits die stattliche Zahl der oben versammelten Uniformen erkennen.

«Die Rotröcke, die Dragoner», murmelte der Bäcker. «Warum solche Machtentfaltung?»

«Vielleicht wegen der Ankunft der holländischen Flotte.»

Die Frau des Bäckers begann zu weinen.

«Da haben wir unser Pech! Wenn du dich ein bißchen mehr beeilt hättest, Antoine, hätten wir noch passieren können. Wie sollen wir jetzt aus der Stadt kommen?»

«Natürlich durch eines der Stadttore», beruhigte sie Angélique. «Man wird eben dabei sein, sie zu öffnen.»

Sie setzte ihnen auseinander, daß sie nicht mehr Aufmerksamkeit erregen würden als andere Handwerker oder Kaufleute, die sich in den ersten Tagesstunden nach La Palice oder zur Île de Ré begaben.

«Die Stadt befindet sich nicht im Belagerungszustand, und die Polizei läßt uns noch einen Tag Ruhe. Ihr werdet mit euren Brotkörben durchgehen, als ob ihr irgendwo etwas zu liefern hättet. Wenn man euch fragt, nennt ihr eure Namen.»

Sie brachte es zuwege, ihnen erneut ein Gefühl der Sicherheit zu vermitteln, und sie entfernten sich zwischen den ersten Passanten. Meister Romain hatte sich mit einem tüchtigen Vorrat seines letzten Ofenschubs ausgerüstet. Man würde auf diese Weise wenigstens etwas zu beißen haben, bis man die erste Ration Schiffszwieback erhalten würde.

In den Augen derer, die ihn vorbeigehen sahen, war er an diesem Morgen nicht mehr und nicht weniger als ein Bäcker aus La Rochelle unter seinen Mitbürgern, und dennoch fühlte er sich schon als Exilierter, während er und die Seinen schweren Herzens und noch betäubt von der Überstürzung des Aufbruchs dem Saint-Nicolas-Tor zuschritten.

Angélique fand die Manigaults bei Tisch in ihrem prächtig ausgestatteten Speisezimmer und Siriki damit beschäftigt, ihnen heißen, duftenden Kakao einzuschenken.

Sie war zumindest ebenso außer Atem wie an dem Tag, an dem sie zum erstenmal zu ihnen gekommen war, um Monsieur de Bardagne zu holen.

Denn die Sonne stand bereits hoch. Nach dem nächtlichen Sturm kündigte sich ein strahlender Tag an. Der Nebel hatte sich fast völlig aufgelöst. Die Stadt summte vor Leben. Die Nacht entzog ihnen ihren Beistand. Sie mußten den Gefahren nun bei Tageslicht trotzen.

So kurz zusammengefaßt wie möglich teilte ihnen Angélique die letzten Ereignisse mit. Ihr Fluchtplan war entdeckt, ihre Arretierung stand unmittelbar bevor, ein einziger Ausweg blieb: sich sofort auf ein Schiff zu begeben, das bereit war, sie an Bord zu nehmen, und in der Umgebung La Rochelles ankerte. Die Schwierigkeit war, aus der Stadt herauszukommen, ohne Verdacht zu erregen. Die Manigaults waren sehr bekannt, und man hatte zweifellos ihretwegen schon gewisse Befehle erteilt. Es war unbedingt erforderlich, getrennt und unter falschem Namen die Tore zu passieren. Einmal außerhalb der Stadt würde man sich im Weiler Saint-Maurice treffen . . .

Maître Manigault, seine Frau, seine vier Töchter, sein kleines Söhnchen und sein Schwiegersohn schienen wie zu Stein erstarrt, in der gleichen Bewegung, in der sie bei ihrem Frühstück unterbrochen worden waren.

«Sie ist verrückt, dieses Mädchen!» zeterte Madame Manigault. «Wie? So, wie wir sind, sollen wir nach Amerika reisen? Und alles stehen und liegen lassen?»

«Wie nennt sich das in Frage stehende Schiff?» erkundigte sich der Reeder streng.

«Die . . . *Gouldsboro.*»

«Kenn ich nicht. Gehören diese Männer, die Euch begleiten, zu ihrer Mannschaft?»

«Ja, Monsieur.»

«Nach ihren Visagen zu schließen scheint es ein wenig empfehlenswertes, wenn nicht gar verdächtiges Schiff zu sein.»

«So ist es, aber sein Kapitän ist bereit, andere Verdächtige, uns nämlich, an Bord zu nehmen. Um so schlimmer für Euch, wenn Ihr diesen da die Galgenvogelgesichter der Büttel Baumiers vorzieht, die Euch heute abend verhaften und ins Gefängnis werfen werden.»

«Aus dem Gefängnis kommt man auch wieder heraus. Ich habe Beziehungen.»

«Nein, Monsieur Manigault, diesmal werdet Ihr nicht wieder herauskommen.»

Einer der Matrosen, die sie begleiteten, berührte sie am Arm.

«Madame», sagte er in gebrochenem Französisch, «der Chef hat uns befohlen, uns bei Tagesanbruch aus der Stadt zu verkrümeln. Wir müssen uns beeilen.»

Angélique wäre angesichts dieser Familie, die friedlich um ihren reich besetzten Tisch saß und es sich schmecken ließ, als ob der Himmel nicht jeden Augenblick über ihr einstürzen könne, am liebsten aus der Haut gefahren. Manigault zurückzulassen, bedeutete, auf einen erfahrenen Kaufmann zu verzichten, mit dessen Reichtum es kein anderer der kleinen Gemeinschaft aufnehmen konnte. Sie hatte dem Rescator versprochen, daß man ihn belohnen würde. Und vor allem war da dieses schöne, blonde Kind, der kleine Jérémie, der soviel Ähnlichkeit mit Charles-Henri aufwies.

«Um so schlimmer für Euch und Euren Sohn», sagte sie. «Ich bedaure nur, mein Leben aufs Spiel gesetzt zu haben, weil ich Euch benachrichtigen wollte. Wenn ich nicht bis hierher hätte laufen müssen, wäre ich jetzt zweifellos schon in Saint-Maurice. Jede Minute, die verstreicht, verringert unsere Chancen. Ihr hattet Euch schon entschlossen, fortzugehen, nun wollt Ihr nicht. Ihr wartet auf das Wunder, das Euch erlauben würde, alles zu behalten: Eure Stellung, Euer Geld, Euren Glauben, Eure Stadt. Ihr, die Ihr die Schriften lest, hättet Euch erinnern müssen, daß den in Ägypten gefangenen Juden befohlen war, das Passahlamm stehend, mit gegürteten Lenden, den Stecken in der Hand, zum Aufbruch bereit, zu essen, auf daß sie fliehen konnten, sobald das Zeichen gegeben war . . . bevor Pharao sich eines andern besann.»

Der Reeder Manigault starrte sie an. Sein Gesicht rötete sich und verlor gleich darauf alle Farbe.

«Bevor der Pharao sich eines andern besann», murmelte er. «Ich hatte in dieser Nacht einen Traum. Alle Bedrohungen, die uns umringen, nahmen Gestalt an. Ich wußte, daß eine riesige Schlange mich und die Meinen ersticken würde. Sie kroch immer näher, und ihr Kopf . . . ihr Kopf war der . . .»

Er unterbrach sich, stand mit noch immer starrem Blick auf, und nachdem er sich bedächtig den Mund mit seiner Serviette gewischt hatte, legte er sie neben die halb mit Kakao gefüllte Tasse.

«Komm, Jérémie», sagte er und nahm die Hand seines Sohns.

«Wohin geht Ihr?» rief Madame Manigault.

«Zum Schiff.»

«Ihr werdet doch nicht den albernen Geschichten dieses Mädchens glauben!»

«Ich glaube an sie, weil ich weiß, daß sie wahr sind. Schon seit mehreren Tagen habe ich den Verdacht, daß wir verraten worden sind.» Er wandte sich an den alten Neger. «Hole mir Mantel und Hut, desgleichen für Jérémie.»

«Nehmt Gold mit», flüsterte ihm Angélique zu. «Alles, was Ihr in Euren Taschen forttragen könnt.»

Madame Manigault erging sich in Klagen:

«Er verliert wahrhaftig den Kopf! Was soll aus uns werden, meine Töchter?»

Die jungen Mädchen sahen ratlos von ihrem Vater zu ihrer Mutter.

Der Offizier, Schwiegersohn des Reeders, erhob sich gleichfalls.

«Komm, Jenny», sagte er, seine junge Frau bei den Schultern nehmend. Er betrachtete sie mit ernster Zärtlichkeit. «Wir müssen fort.»

«Wie denn? Jetzt?» stammelte sie bestürzt.

Schon die Aussicht auf die Fahrt mit der *Sainte-Marie* hatte sie in Schrecken versetzt, denn sie erwartete ein Kind.

«Du hattest doch schon ein wenig Gepäck für den Aufbruch vorbereitet. Nimm es. Der Augenblick ist gekommen.»

«Ich habe auch einen Reisesack», sagte Manigault. «Er ist ziemlich umfangreich, aber Siriki wird ihn tragen.»

«Siriki darf uns nicht folgen», riet Angélique mit leiser Stimme. «Allzu viele in der Stadt wissen, daß er Euer Neger ist. Man wird Euch sofort bemerken. Ihr werdet überwacht.»

«Siriki zurücklassen?» protestierte der Reeder. «Das ist ganz unmöglich. Wer wird sich um ihn kümmern?»

«Euer Teilhaber, Sieur Thomas, der nach Eurer Abreise Eure Geschäfte wahrnehmen und sich mit Euch in Verbindung setzen soll, sobald Ihr auf den Inseln angelangt seid.»

«Mein Teilhaber? . . . Gerade er ist es, der uns verraten hat. Jetzt bin ich dessen sicher. Zweifellos träumt er davon, sich alles anzueignen.»

Er fügte düster hinzu:

«Der Kopf der Schlange, die ich in meinem Traum sah, war der seine.»

Im Vestibül streifte sein bitterer Blick die festgefügten und verzierten Deckenwölbungen. Verglaste Türen öffneten sich auf die Alleen eines großen Gartens, andere auf den Hof mit der unvermeidlichen Palme.

Manigault ergriff Jérémies Hand und überquerte den Hof. Einer der Matrosen folgte ihm mit seinem Reisesack.

«Wohin geht Ihr?» kreischte Madame Manigault. «Ich bin noch längst nicht fertig. Ich muß noch einige Schüsseln der Sammlung einpacken, die kostbarsten . . .»

«Packt ein, was Ihr wollt, Sarah, und stoßt zu uns, wann Ihr könnt, aber beeilt Euch wenigstens diesmal», antwortete der Reeder mit der weisen Miene eines Philosophen.

Das junge Ehepaar folgte ihm. Eine seiner Töchter lief hinter ihm her und erreichte ihn, als er eben die Straße betreten wollte.

«Vater, ich will mit Euch gehen.»

«Komm, Deborah!»

Neben Jérémie war sie sein Liebling.

Er hatte die Kraft, die Schwelle zu überschreiten und in die Straße einzubiegen, ohne den Kopf zu wenden.

In der Nähe des Saint-Nicolas-Tors beschloß die aus dem Reeder, seinem Sohn und seiner Tochter, seinem Schwiegersohn und dessen Frau sowie aus Angélique und den drei Matrosen bestehende Gruppe, sich zu trennen. Joseph Garret, der Offizier, passierte als erster mit Jenny und Jérémie, ihm folgte Manigault, von den drei Seeleuten umgeben. Auf die Fragen, die ihnen gestellt wurden, antwortete einer der Matrosen des Piratenschiffs in englischer Sprache. Es traf sich, daß der Posten kein Sterbenswörtchen davon verstand, aber wußte, daß ein englisches Schiff seit dem vorhergehenden Tag im Hafen lag. Mit einer Geste, die bedeuten sollte, daß er sehr wohl begriffen habe, gab er den sich offenbar auf einem Spaziergang befindlichen Ausländern den Weg frei. Zwei Schöne aus der Gegend – Angélique und Deborah – schienen sie zu begleiten. Sobald ihnen die Genehmigung erteilt worden war, durchschritten sie sichtbar frohgemut das Tor, ohne sich die Mühe zu machen, Namen und bürgerliche Stellung zu nennen, und die Soldaten wagten es nicht, sie zurückzurufen.

Die Gruppe entfernte sich, von nachsichtigen Blicken gefolgt.

«Das Schwerste haben wir hinter uns», raunte Angélique Manigault zu. «Man hat Euch nicht erkannt.»

Sie reihten sich einer hinter den andern, um schneller voranzukommen. Der Wind blies lebhaft. Blendend weiße, an den Rändern fedrig zerfaserte Wolken segelten rasch über ihnen dahin. Die dunkel wirkende Reede schien sich vom zornigen Aufruhr der Nacht noch nicht erholt zu haben.

«Und unsere Mutter?» fragte Deborah. «Meine Schwestern?»

«Sie werden uns folgen oder auch nicht . . .»

Der Blick ging weit über die Ebene, schon tauchten die Hütten von Saint-Maurice auf.

«Da seid Ihr endlich!» riefen ihnen die Flüchtlinge entgegen.

Sie traten aus den Häusern, an deren Herdfeuern sie gewartet hatten. Maître Berne hatte es nicht leicht gehabt, sie zur Geduld zu mahnen und ihr Vertrauen zu erhalten.

Man hatte ihnen von einem Schiff erzählt? Wo war es? Jeder wurde sich bewußt, daß er irgend etwas Wichtiges vergessen hatte.

«Raphaëls Schal!»

«Meine Börse. Sie enthielt noch fünf Livres!»

Dank Gabriel Bernes Eingreifen war die Ruhe dennoch einigermaßen bewahrt worden. Man hatte den Kindern frische Milch zu trinken gegeben, dann hatte der Pastor Beaucaire Gebete angestimmt, und die rauhen Bewohner von Saint-Maurice hatten sich zu ihnen gesellt, da sie trotz des Namens ihres Dorfes allesamt Hugenotten waren.

Außer Madame Manigault und ihren beiden ältesten Töchtern fehlte niemand mehr.

«Gehen wir trotzdem», entschied einer der Matrosen der *Gouldsboro*, der französisch mit seltsamem Akzent sprach und auf den Namen Nicolas Perrot hörte. «Die Flut wird bald zu steigen beginnen. Fangen wir immerhin schon an, die Passagiere einzuschiffen. Einer meiner Kameraden wird hier bleiben, um die Verspäteten zu erwarten und zum Ankerplatz zu führen.»

Man rief die Kinder zusammen, die, ganz und gar wach und entzückt von der unvorhergesehenen Landpartie, allerlei Spiele veranstaltet hatten.

Nach Familien geordnet schlugen sie den von dem französisch sprechenden Matrosen bezeichneten Weg ein, als ein aus der Heide herüberdringender Ruf sie von neuem am Boden festwurzelte.

Eine Art orangene, von Gebüsch zu Gebüsch hüpfende Flamme näherte sich in unglaublicher Geschwindigkeit. Schließlich erkannten sie den alten Neger Siriki, der, wie eine Antilope fliehend, in seiner goldbetreßten Livree aus amarantfarbenem Satin auf sie zukam.

«Mein Herr! Wo ist mein Herr?»

«Ah, mein Sohn!» rief Manigault, den alten Sklaven ans Herz drükkend.

Siriki hatte seine hochhackigen Schuhe abgestreift, um sich rascher fortbewegen zu können. Er drehte seinen von schneeiger Leinwand umwundenen Kopf nach allen Seiten und schüttelte seine Goldringe.

«Du wirst nicht gehen ohne mich, Herr! Ohne dich ich sterben.»

«Was haben die Wachen gesagt, als sie dich passieren ließen?» fragte Angélique.

«Wachen? . . . Nichts sagen. Ich nur lief, immer nur lief!»

Und seine weißen Zähne zeigend, brach er in schallendes Gelächter aus.

«Schnell! Beeilen wir uns», befahl Angélique, indem sie ihre Begleiter auf dem Pfad voranstieß.

Sie hatte Honorine an die Hand genommen. Die vordersten Gruppen hatten schon die Heide betreten. Bis zu den ersten Dünen nahe dem Meer war die Landschaft flach und ohne Deckung. Die Ebene schien unendlich, nackt. La Rochelle mit seinen Türmen und Wällen war noch ganz klar zu erkennen. Angélique fühlte ihre Unruhe wachsen. Der seinem Herrn gefolgte Sklave Siriki mußte Verdacht erregt haben.

«Kommt», sagte sie zu den Manigaults. «Jetzt dürfen wir keinen Augenblick mehr verlieren.»

Doch sie zögerten. Der Reeder schwankte offensichtlich zwischen der Versuchung, sich endlich im guten von seinem Hausdrachen befreit zu sehen, der ihm seit fünfundzwanzig Jahren das Dasein sauer machte, und dem Verdruß, seine Frau und seine beiden Töchter zurücklassen zu müssen.

«Sie wird sich schon aus der Affäre ziehen», ermutigte er sich. «Sie wäre sogar imstande, meinen treulosen Teilhaber zu bändigen. Wenn man sie aber ins Gefängnis würfe, die arme Sarah, die das gute Leben so liebt . . . Sie würde zugrunde gehen.»

Auf dem Weg war das Geräusch holpernder Räder zu vernehmen, und gleich darauf erschien Madame Manigault schwitzend und atemlos, wie ein Esel an die Deichsel eines Karrens gespannt, in dem sich in wildem Durcheinander Teppiche, Brokatstoffe, Kleidungsstücke, Truhen und natürlich das berühmte Geschirr Bernard Palissys häufte, an dem ihr Herz vor allem hing. Ihre beiden Töchter und eine Magd stießen die Räder voran.

Die Anstrengung hatte ihr nicht den Rest gegeben, im Gegenteil. Denn kaum daß sie ihren Gatten bemerkt hatte, brach sie in Beschimpfungen und Vorwürfe aus.

«Jetzt seid Ihr an der Reihe!» ächzte sie, indem sie die Deichsel ihrem Schwiegersohn überließ. «Und du Faulenzer», rief sie Siriki zu, «hättest du nicht auf mich warten können, anstatt dich wie eine Schwalbe davonzumachen?»

«Habt Ihr das Saint-Nicolas-Tor mit diesem Fuhrwerk passiert?» fragte Manigault, rot vor Zorn.

«Und warum nicht?»

«Haben sie nichts zu Euch gesagt?»

«Doch. Sie haben mir allerlei gesagt. Aber ich habe diesen Lümmeln das Maul gestopft. Den möcht ich sehen, der mich daran hindern will, meiner Wege zu gehen!»

«Da Ihr nun hier seid, haltet uns nicht auf. Uns bleibt nicht mehr viel Zeit», drängte Angélique aufgebracht.

Die dicke Frau hatte bei der Durchfahrt durch das Saint-Nicolas-Tor sicherlich einen Skandal verursacht. In dieser Aufmachung, zu Fuß, wie eine Zigeunerin einen Karren hinter sich her ziehend! In ihrem Zorn mochte sie durchaus fähig gewesen sein, ihnen zuzuschreien, daß sie fortginge, daß sie sich einschiffen und niemals zurückkehren würde, daß sie von La Rochelle und allen seinen Einwohnern genug habe. Zudem war es auch noch ein Thema, das sie liebte, denn sie stammte aus Angoulême und hatte sich niemals daran gewöhnt, in einer Hafenstadt zu leben.

Honorine in ihren Armen schlug Angélique den Klippenweg ein. Von Zeit zu Zeit drehte sie sich um und drängte die Manigaults, die gemeinsam den Karren zogen und unablässig dabei stritten, zur Eile.

Danach wandte sie ihren Blick der Stadt zu.

Lang hingestreckt, blendend weiß über flachem grauem Land, ähnelte La Rochelle mehr denn je einer Krone mit tausend Kleinodien. Doch vermochte sich Angélique der Freude an diesem Anblick nicht hinzugeben. Ein Staubwölkchen beunruhigte sie, das sich am Fuß der Wälle in der Nähe des Saint-Nicolas-Tors zu bilden schien.

Sie beschleunigte ihren Schritt und gesellte sich zur Familie des Bäckers.

«Die Manigaults haben natürlich einen Karren genommen», sagte die Frau mürrisch. «Wenn ich das gewußt hätte, hätte ich unseren Handwagen beladen.»

«Die Manigaults können mit ihrem Karren unseren Untergang heraufbeschwören», erwiderte Angélique trocken.

Sie lief an der Kolonne der Flüchtlinge entlang, bis sie Maître Berne erreichte.

«Schaut dort hinüber! Was seht Ihr?» fragte sie atemlos.

Der Kaufmann, der Laurier an der Hand hielt, folgte mit dem Blick der Richtung, die sie ihm bezeichnete, ohne sein schnelles Tempo zu verlangsamen.

«Ich sehe Staub, der von einer Gruppe von Reitern aufsteigt», antwortete er.

Nach einem Augenblick intensiver Beobachtung fügte er hinzu:

«Reiter in roten Uniformen. Sie kommen gerade auf uns zu.»

Der Matrose, der an der Spitze der Kolonne marschierte, hatte sie gleichfalls bemerkt. Zwei Kinder unter jeden Arm nehmend, begann er zu laufen. Dabei rief er den ihm Folgenden zu, sich in den Dünen zu verbergen.

Angélique kehrte zurück, um die Manigaults anzufeuern.

«Schnell, beeilt Euch! Laßt Euren Karren zurück! Die Dragoner sind hinter uns her.»

Nun liefen alle, durch den grundlosen Sand des Weges behindert. Die Röcke der Frauen verfingen sich an den Zweigen der Stechginsterbüsche. Schon begann man das dumpfe Getrappel der galoppierenden Pferde zu vernehmen.

«Schnell! Schnell! Laßt Euren Karren, um Himmels willen!»

Manigault riß seine Frau von der Deichsel los. Sie wehrte sich, suchte sie von neuem zu packen und kreischte wütend, als er sie rücksichtslos voranstieß.

Angélique hatte Jérémies Hand ergriffen, der zum Unterschied zu seinen Eltern flink wie eine Elfe war und, von der Angst vorwärtsgetrieben, mit der ganzen Kraft seiner kleinen Beine lief. Joseph stützte die erschöpfte Jenny. «Ich kann nicht mehr», stöhnte sie.

Als die Dragoner die Flüchtlinge entdeckten, stießen sie wilde Schreie aus. Man hatte ihnen gesagt, daß sie fliehende Hugenotten zu verfolgen hätten. Es war nur eine Vermutung gewesen, aber nun sahen sie sie vor sich, über die Heide verstreut, wie toll gewordene Hasen dem Meer zustürzend. Teufel, dieses Gezücht von Ketzern würde ihnen, den «gestiefelten Missionaren», nicht entrinnen! Sie hatten schon andere aufgespießt, im Poitou und in den Cevennen.

Sie rissen die Säbel aus den Scheiden und setzten auf Befehl des Leutnants zum Angriff an.

Im Vorbeireiten stieß ein Säbel in den verlassenen Karren der Manigaults und warf ihn um. Die Stoffe entfalteten sich, die schönen Fayencen zerbrachen klirrend unter den Hufen der Pferde.

Angélique hörte sie herangaloppieren.

«Diesmal sind wir verloren», sagte sie sich.

Der wahnwitzige Lauf erinnerte sie an jenen anderen mit Colin Paturel in den Mauern Ceutas. Jérémie stolperte, sie zog ihn am Arm mit sich fort, schließlich gelang es ihr, ihn wieder auf die Füße zu stellen. Dicht an ihrem Ohr stieß Honorine betäubende Schreie aus. Sie lachte, über die wilde Jagd entzückt . . . Angélique erreichte die Dünen. Im Schutz der ersten Sandwelle warf sie sich nieder.

Ein unsicherer Schutz!

Die Dragoner waren nur noch einige Pferdelängen entfernt. Unmittelbar vor sich hatten sie die beiden Manigaults und Joseph und Jenny, die die Nachhut bildeten.

Plötzlich, als sie bereits die mörderischen Klingen auf sie niedersausen zu sehen glaubte, vernahm Angélique den scharfen Knall mehrerer Musketenschüsse. Pulvergeruch stieg ihr beißend in die Nase. Rauchschwaden zogen über sie hinweg.

Von irgendwoher war die Stimme Nicolas Perrots zu vernehmen:

«Bleibt nicht da! Zieht Euch vorsichtig zum Rand der Klippe zurück! Man wird Euch helfen, auf den Strand zu gelangen!»

Eine Hand berührte sie an der Schulter. Es war der dunkelfarbige Matrose, der offenbar den Befehl erhalten hatte, bei ihr zu bleiben, was auch kommen mochte. Seltsamerweise wurde ihr nun klar, zu welcher Rasse er gehörte, während sie sich am Vortag vergeblich den Kopf darüber zerbrochen hatte.

«Natürlich, ein Malteser!»

Ein wenig zur augenblicklichen Lage passender Gedanke. Er machte ihr ein Zeichen, daß auch sie sich kriechend zurückziehen sollte.

Angélique hob leicht den Kopf über den unter dem Wind sich beugenden Strandhafer. Sie bemerkte inmitten des Rauchs die wiehernden Pferd und auf der Erde reglose rote Uniformen.

In ihrer Verfolgung durch das Musketenfeuer aufgehalten, waren die Dragoner hinter den kümmerlichen Dünen verschwunden und sammelten sich in einiger Entfernung von neuem.

Angéliques Herz füllte sich mit Jubel. Er hatte daran gedacht, daß man sie verfolgen könnte! Er hatte seine bewaffneten Piraten hinter jeder Bodenwelle versteckt, um den Zugang zum Einschiffungsort zu verteidigen.

Langsam begann sie zurückzukriechen, die Kleinen ermunternd, ihr zu folgen . . . Wenn sie sich umwandte, sah sie bereits die Mastspitzen des in der Bucht mit entfalteten Segeln wartenden Schiffs. Der zum Strand hinunterführende Pfad war nahe.

«Ihr seid nicht verletzt, Dame Angélique?»

Maître Berne glitt neben sie. Er hielt eine Pistole in der Hand.

«Warum seid Ihr zurückgeblieben?»

«Dieser Narren wegen», antwortete sie mit einer verdrossenen Geste zu den Manigaults.

Diese krochen schwerfällig durch den weichen Sand heran.

«Ich bin verletzt! Ich bin verletzt!» stöhnte Madame Manigault.

Es mochte wahr sein. Sie stützte sich mit ihrem ganzen Gewicht gegen ihren Gatten, der sie mit sich zog und dabei wie ein Korsar fluchte.

«Wo ist Laurier?» fragte Angélique.

«Die Matrosen sind schon dabei, die Kinder in die Schaluppe zu tragen. Aber ich war Euretwegen unruhig. Ich bin wieder heraufgestiegen. Gott sei gelobt! Der Kapitän dieses Schiffs hat daran gedacht, uns Deckung zu geben! . . . Er ist unten am Strand und leitet das Einschiffen.»

«Er ist da!» wiederholte Angélique. «Ist er nicht ein außerordentlicher Mensch?»

«Da habt Ihr recht! Ein Maskierter, soviel ich gesehen habe, Anführer einer Bande von Freibeutern!»

Wieder rollte eine Salve Musketenschüsse über die Dünen. Die zurückgewichenen Dragoner hatten einen neuen Angriff versucht, der wiederum im Feuer zusammenbrach.

Einzelne warfen sich jedoch von ihren Pferden und begannen gleichfalls, den Dünen zuzukriechen, um ihre Gegner im Kampf Mann gegen Mann zu überwältigen.

Die auf den Klippen verteilten Matrosen der *Gouldsboro* zogen sich nun zurück, um den Anschluß an die ihren nicht zu verlieren.

Solange sie auf dem Klippenrand blieben und die Einschiffung der protestantischen Flüchtlinge deckten, würde es den Dragonern schwerfallen, sich zu nähern. Sobald jedoch der letzte der Schützen auf dem Strand angelangt wäre, könnten die Soldaten des Königs sie von der Höhe der Felsen aus ungestört unter Feuer nehmen.

Schon holten sie zu einem Umgehungsmanöver aus, und die Klippen rings um die Bucht bevölkerten sich mit roten Uniformen. Glücklicherweise war die Mehrzahl der Dragoner nicht mit Musketen, sondern mit Pistolen und Säbeln bewaffnet. Auf einen Befehl des Leutnants versuchten zwei der Rasendsten, direkt auf den Strand hinunterzuspringen. Aber sie brachen sich beim Aufprall die Beine, und ihr Schmerzgeheul dämpfte den Kampfeseifer ihrer Kameraden so nachdrücklich, daß sie nicht weiter auf diesem taktischen Einfall bestanden.

Der einzig mögliche Zugang blieb weiterhin unter der Kontrolle der Mannschaft der *Gouldsboro*. Andere Matrosen ließen die Kinder und Frauen von Hand zu Hand gehen und stopften sie in die Schaluppe, die alsbald dem noch vor Anker liegenden Schiff zuruderte. Die Rahen waren mit Matrosen besetzt, die mit Tauen in den Händen bereitstanden, die Segel völlig schießen zu lassen und für das Absegeln parat zu halten.

Langsam zogen sich Maître Gabriel und Angélique, die Honorine an der Hand hielt, zurück. Der Malteser hatte Jérémie übernommen. Ebenfalls kriechend und sich duckend, vollzogen die Musketenschützen des Piratenschiffs ihren Rückzug.

Die Stimme des Leutnants schallte herüber: «Keine Angst, Dragoner! Sobald die Banditen unten sind, werden wir sie nach unserem Belieben abknallen können . . . Ihr dort drüben, feuert auf die Schaluppe!»

Er wandte sich an die Soldaten, denen es weiter zur Rechten geglückt war, die Kante der Klippenwand zu erreichen. Sie waren zu weit entfernt, um die Flüchtlinge und Piraten aufs Korn nehmen zu können, solange diese im Schutz der überhängenden Felsen blieben. Doch sobald die Schaluppe vom Ufer abstieß, um dem Schiff zuzusteuern, bot sie trotz ihrer Entfernung guten Schützen ein erreichbares Ziel.

Kugeln begannen rings um das Boot ins Wasser zu spritzen, und aus der Schar der Frauen und Kinder, die zusammengepfercht darin saßen, erhoben sich Schreckensschreie. Trotz der Proteste der Besatzung erhob sich Pastor Beaucaire. Mitten im Tumult stimmte seine geborstene Altmännerstimme ein geistliches Lied an.

Die Matrosen in der Schaluppe beeilten sich, aus der gefährlichen Zone herauszukommen. Diesmal glückte es ihnen, ohne daß jemand an Bord verwundet worden wäre. Aber sie mußten noch einmal zurück, um die an Land Gebliebenen zu holen.

Die Dragoner würden inzwischen Zeit genug haben, sich auf ihr Ziel einzuschießen.

«Sie können uns nicht entwischen! Mut! Das nächste Mal werden wir sie uns kaufen!» brüllte der Leutnant. «Bereitet Euch vor, Dragoner!»

Das Schnappen der Musketenhähne war zu hören, das Klappern der Ladestöcke, mit denen die Läufe gereinigt wurden, und das der Pulverhörner, die gegen die Ketten schlugen, an denen sie hingen.

Ermutigt durch den nahen Erfolg stürzten ein paar Soldaten vor, um sich derjenigen zu bemächtigen, die noch auf dem Klippenrand geblieben waren.

Angélique begann sich eben auf den steil abwärtsführenden Pfad zurückzuziehen, als sie das schnurrbärtige Gesicht eines Dragoners vor sich auftauchen sah, der schon den Säbel erhoben hatte. Gabriel Berne warf sich vor sie, schoß, und der Mann brach zusammen. Doch in einer letzten konvulsivischen Bewegung hatte er zugeschlagen. Der Kaufmann taumelte, an Schläfe und Schulter verwundet. Er wäre über die Klippe hinuntergestürzt, wenn Angélique ihn nicht im letzten Augenblick gehalten hätte. Durch das Gewicht des großen, leblosen Körpers gezogen, drohte sie ihrerseits in den Abgrund zu rutschen. Das Gesicht vom Pulverdampf geschwärzt, kam ihr einer der Matrosen der *Gouldsboro* zu Hilfe. Den Schwerverletzten mit sich ziehend, geleitete er sie so gut es ging den Ziegenpfad hinab.

Vom Strand rief eine Stimme einen Befehl in englischer Sprache. Zweifellos war es ein Rückzugsbefehl, denn die letzten Piraten, die sich noch zwischen den Dünen verborgen gehalten hatten, sprangen wie Affen zum Klippenrand und kletterten hastig das schmale Felsband hinab, um sich mit ihren Kameraden zu vereinigen.

«Der Weg ist frei! Ihnen nach!» schrien die Dragoner, sich zum Angriff sammelnd.

In einer kleinen Lawine aus Gesteinsschutt erreichte Angélique den Strand. Während des Abstiegs hatte sie versucht, den blutenden Kopf Maître Bernes zu stützen.

«Er ist tot! Er ist tot! Oh, mein armer Freund! Er darf nicht tot sein!»

Zwei Hände packten sie um die Taille und zwangen sie, sich umzudrehen. Der Rescator stand vor ihr.

«Da seid Ihr endlich! Natürlich als letzte! Unverbesserlich, wie Ihr nun einmal seid!»

Sie hätte schwören mögen, daß er unter seiner Maske lachte. Als ob der Augenblick nicht schmerzlich genug gewesen wäre, als ob er selbst und seine Matrosen sich nicht in verzweifelter Lage auf einem Strand befänden, dem sich die Schaluppe angesichts der Dragoner über ihren Köpfen nicht nähern konnten, als ob nicht schon zahlreiche Verletzte das Geröll des Ufers mit ihrem Blut befleckten, als ob ihre letzte Stunde nicht kurz bevorstände . . .

Er lachte und preßte sie an sich, als ob er sie liebte, sie, die in Kandia gekaufte Sklavin, mit einer wilden, durch die Kränkungen und Schwierigkeiten, die sie ihm bereitet hatte, noch gesteigerten Leidenschaft.

Doch Angélique, von einer neuen, bedrängenden Sorge überwältigt, wehrte sich gegen seine Umarmung und wandte den Kopf verzweifelt nach allen Seiten.

«Honorine! Wo ist Honorine? . . . Ich ließ sie los, um Maître Berne zu halten, als er verwundet wurde . . . sie muß dort oben geblieben sein!»

Sie wollte sich losreißen, um hinaufzulaufen. Er hielt sie mit eiserner Faust zurück.

«Wohin wollt Ihr? . . . Bleibt hier, Unglückliche! Die Kanonen werden schießen. Nur Brei wird von Euch übrigbleiben.»

In der Flanke der *Gouldsboro* öffneten sich die maskierten Stückpforten und enthüllten die schwarzen Mündungen von zehn Kanonen.

Der rauhe Schrei eines getroffenen Tieres stieg aus Angéliques Kehle. Sie hatte Honorines grünes Mützchen auf der Klippe entdeckt. Das kleine Mädchen befand sich dem Absturz gefährlich nahe. Im allgemeinen Tumult waren ihre Schreie nicht zu vernehmen, aber es war ersichtlich, daß sie vor Schreck dort oben brüllte, winzig gegen das Blau des Himmels, eingezwängt zwischen den sich nähernden Dragonern und dem Rand des Felsens, auf dessen Grund sie ihre Mutter bemerkte.

«Meine Tochter!» schrie Angelique außer sich. «Mein Kind! Rettet sie! Sie werden sie töten! Sie wird abstürzen!»

Unerbittlich hinderte sie die stählerne Hand, sich loszureißen.

«Laßt mich! Es ist meine Tochter, mein Kind! Honorine! . . . Honorine!»

«Bleibt hier! Rührt Euch nicht. Ich werde sie holen.»

Vor Entsetzen gelähmt sah sie den Rescator der Steilwand zuspringen und mit überraschender Behendigkeit den abschüssigen Pfad hinaufklettern. Einer der Soldaten des Königs war bei dem Kind angelangt. Die Pistole des Rescators entlud sich mitten in dessen Gesicht, während er mit der anderen Hand das Kind wie ein Bündel packte. Der getroffene Dragoner schwankte, stürzte vornüber und prallte mit dumpfem Geräusch wenige Schritte von Angélique entfernt auf die Felsen.

Gleichzeitig hatten die Kanonen der *Gouldsboro* mit ohrenbetäubendem Krachen eine Salve abgefeuert.

Angélique glaubte den Rescator und Honorine unter dem herniederprasselnden Regen von Erdklumpen und Gesteinssplittern für immer begraben. Allmählich unterschied sie jedoch die Gestalt des Piraten, der aus dem von Staub und Rauch gebildeten Dunstschleier auftauchte.

«Da habt Ihr Eure Tochter. Laßt sie nicht wieder los.»

«Ist sie verletzt?»

«Ich glaube nicht. Und nun zum Boot.»

Die Verwirrung nutzend, die die Salve bei den Dragonern hervorgerufen hatte, war die Schaluppe zum Ufer zurückgekehrt. Die letzten der Matrosen der *Gouldsboro* trugen die leblosen Körper Maître Bernes und eines der ihren, der gleichfalls verwundet worden war, durchs flache Wasser hinüber. Auch Angélique wurde ohne Umschweife hineingestoßen und erhielt die Anweisung, sich auf dem Boden des Bootes auszustrecken.

«Eine weitere Fahrt ist unmöglich», sagte die Stimme des Rescators. «Keiner darf diesmal zurückbleiben.»

Er selbst betrat das Boot als letzter mit einer theatralischen Geste zu den weißen Mauern der Klippen hinüberdeutend:

«Adieu, ihr wenig gastlichen Gestade!»

Aufrecht am Heck der Barke stehend, bot er ein ausgezeichnetes Ziel.

Zum Glück dachten die Soldaten, demoralisiert durch die unvorhergesehene und mit zahlreichen Verlusten verbundene Kanonade, nicht mehr daran zu schießen. Ihr Leutnant war ernstlich verletzt worden. Der Adjutant brüllte einander widersprechende Befehle, die das Echo bis zu den Flüchtlingen hinübertrug.

«Jemand galoppiere zum Fort Louis und bitte um Feuerunterstützung!»

«Verständigt die Flotte von Saint-Martin-de-Ré und das Fort auf der Landspitze von Sablonceaux . . .

«Diese Banditen dürfen nicht entkommen!»

Mit lauten Kettengerassel hob sich der Anker der *Gouldsboro.* Gleichzeitig lockerten die Marsgäste die Segel, die der Wind alsbald prall füllte. Von der Brücke kamen die Befehle Kapitän Jansons, die so ruhig erteilt wurden, als ob er unter den Blicken der Müßiggänger feierlich im Hafen ablegte. Flink liefen die Matrosen die Rahen entlang und kletterten an den Masten empor, hier und da ein Tau oder eine Schote anziehend . . .

Das Schiff erbebte, bereit zur Fahrt.

Indessen hatte die überladene, vom Gewicht ihrer menschlichen Fracht tief ins Wasser gedrückte Schaluppe das Schiff umrudert. Sie war nun vor jedem Angriff sicher, und die Übernahme ihrer Besatzung konnte ohne jede Störung vonstatten gehen, während die *Gouldsboro* langsam aus der Bucht zu gleiten begann.

Ein Matrose nahm Honorine auf den Arm, um mit ihr die Strickleiter hinaufzuklettern. Er trug ein schwarzes Pflaster über einem Auge und rief Angélique das wenig einnehmende Gesicht Corianos, des zweiten Offiziers d'Escrainvilles, ins Gedächtnis zurück. Wie auch immer hatte er offensichtlich Honorines Herz gewonnen, denn sie schmiegte sich an ihn und sagte kein Wort, während er sie nach oben brachte.

Der Transport der Verwundeten erwies sich dafür als um so schwieriger und gefahrvoller.

Endlich befanden sich alle an Bord, und die Barke konnte hochgehißt und an der Reling festgezurrt werden. Alle diese Manöver wurden ohne Überstürzung und dennoch mit beispielloser Schnelligkeit durchgeführt.

Das sichere Deck unter ihren Füßen fühlend, hob Angélique die Augen.

Die Klippen, von deren Höhe ihnen die roten Dragoner mit den Fäusten drohten, wichen bereits zurück. Unwiderstehlich von der Brise vorwärtsgetrieben verließ die *Gouldsboro* ihren Schlupfwinkel und glitt in die Meerenge zwischen den Inseln hinaus.

Zur Linken entfaltete La Rochelle seine Wasserfront. Über dem Meer in der Sonne funkelnd, schien es sehr nah mit seinen geschleiften, doch noch immer majestätischen Türmen: Saint-Nicolas, dem Kettenturm, dem Laternenturm. Das Schiff nahm Kurs in diese Richtung.

47

Der Rescator hatte als letzter den Fuß auf Deck gesetzt. Mit einem raschen Rundblick prüfte er die Lage. Nicolas Perrot, der neben ihm stand, nickte mit dem Kopf.

«Der Wind kommt von Norden! . . . Schlecht für uns . . .»

«Teufel!»

Selbst Angélique konnte feststellen, daß der Wind sie auf die Stadt zu trieb. Auf der Brücke schrie sich Kapitän Jason die Lungen aus, um einige Segel zu hissen und andere reffen zu lassen, Maßnahmen, durch die er den Kurs verändern und sein Fahrzeug dem Kanal von La Palice näher zu bringen hoffte.

Ein Matrose trat auf den Rescator zu und reichte ihm das Fernrohr. Der Pirat hob die Hand zu seiner Maske, als ob er sie abnehmen wolle. Er besann sich jedoch eines anderen und sah sich kurz um.

«Die Verwundeten und Passagiere in den Schiffsraum! Nur die Mannschaft bleibt auf Deck!»

Er hob das Fernrohr, beobachtete einige Augenblicke Küste und See und die Bemühungen der *Gouldsboro,* sich trotz des Gegenwindes vom Land zu lösen.

«Nein, nicht Ihr», fuhr er fort, ohne sich umzuwenden.

Ohne Zweifel hatte er die Bewegung gespürt, mit der Angélique sich anschickte, fügsam der Gruppe der Flüchtlinge zu folgen, die durch eine Luke ins Schiffsinnere hinabstieg.

Der Rescator ließ das Fernrohr sinken und wandte sich der jungen Frau zu. Er musterte sie.

Sie stand vor ihm, das Gesicht noch immer von der Erregung der letzten Stunde gezeichnet, ihre Tochter fest an sich drückend. Der Wind zauste Honorines Haar und verwandelte es in glühende Flammen.

«Eure Tochter», sagte er mit seiner dumpfen Stimme. «Es ist wahr . . . Sie ähnelt Euch. Welcher dieser Hugenotten, die wir soeben an Bord genommen haben, ist ihr Vater?»

War es der rechte Augenblick, solche Fragen zu stellen?

Angélique schien es, als ob die Stadt sich näherte. Es fehlte nicht viel, und man hätte die Neugierigen in den Fenstern und auf den Wällen bemerken können, die zusammenliefen, um das verzweifelte Manöver dieses unbekannten Schiffes zu beobachten.

«Ihr Vater», sagte sie, ihn wie einen Wahnwitzigen anstarrend. «Stellt Euch vor, es ist Gott Neptun selbst . . . Ja, man hat es mir gesagt. Und nun achtet lieber darauf, wo wir uns befinden. Wir werden das Fort Louis in Schußweite passieren. Wenn die Garnison benachrichtigt worden ist, sind wir verloren.»

«Das könnte sehr gut möglich sein, meine Liebe.»

Der *Gouldsboro* war es nicht geglückt, das Kap zu umsegeln. Sie blieb weiterhin in Sicht La Rochelles und des mit Zinnen besetzten Forts, in dem man eine verdächtige Bewegung bemerken konnte.

«Ihr! . . . Kommt mit mir!» befahl der Rescator barsch, indem er Angélique ein Zeichen gab, ihm zu folgen.

Mit großen Schritten überquerte er das Deck, erstieg die Treppe zur hinteren Schanze, danach die zur Deckskajüte.

«Geht in Deckung, Madame», sagte Nicolas Perrot, der Mann mit der Pelzmütze, indem er Angélique zu den Räumen des Rescators unter der

Deckskajüte wies.

Mit einem Lächeln fügte er hinzu:

«Unser Chef nimmt selbst das Ruder. Also werden wir entwischen.»

Dieses Vertrauen in die Geschicklichkeit desjenigen, der das Schiff führte, schien von der ganzen Mannschaft geteilt zu werden. Unter den Männern herrschte die größte Ruhe. Ein paar in die Toppen und Wanten gekletterten Burschen riefen einander sogar Scherzworte zu, den spöttischen Gleichmut dessen imitierend, der sie gelehrt hatte, allen Gefahren mit lächelnder Gefaßtheit entgegenzusehen.

«Aber das Fort Louis wird schießen», stieß Angélique mit tonloser Stimme hervor.

«Das ist sogar sehr wahrscheinlich», stimmte Perrot, der bei ihr blieb und offenbar mit ihrer Bewachung betraut war, in seinem merkwürdig akzentuierten Französisch zu.

Plötzlich dröhnte durch das Sprachrohr des Kapitäns Jason über ihren Köpfen eine Flut von Befehlen, die für die Leute in den Wanten bestimmt waren. Im luftigen Gewirr der Taue, Rahen und Segel entwickelte sich alsbald eine fieberhafte Tätigkeit, und menschliche Silhouetten bewegten sich mit affenartiger Behendigkeit in schwindelerregender Höhe von einem Haltepunkt zum andern.

Im gleichen Augenblick, in dem die Rauchfahnen brennender Pfeile über dem Fort Louis aufstiegen, schwangen die Segel der *Gouldsboro* herum.

Das Fahrzeug rührte sich kaum noch und schien angesichts des Forts und der auf es gerichteten Kanonen unbeweglich verharren zu wollen.

«Werft den Anker!»

Unmittelbar darauf war das Rasseln der fallenden Kette und danach das Aufspritzen des Wassers zu vernehmen, das der Aufschlag des Ankers verursacht hatte.

Angélique warf ihrem Begleiter einen verständnislosen, beunruhigten Blick zu.

«Will der Rescator verhandeln?» fragte sie, von Panik ergriffen.

Er schüttelte den schweren Bärenschädel.

«Ist nicht seine Art», brummte er. «Sieht eher so aus, als ob er meint, beim Pottfischfang in der Mündung des Saint-Laurent zu sein.»

Der Anker stieß auf Grund. Das Schiff lag still und drehte sich nur sacht in die Windrichtung.

Vom Land herüber drang das Donnern der auf Befehl zugleich abgefeuerten Kanonen des Forts. Doch im selben Moment schwang das Ziel unter dem Druck eines jähen Steuereinschlags geschmeidig um die Achse seines festsitzenden Ankers. Der Kugelschwarm pfiff dicht an ihm vorbei und wühlte die Stelle, an der die *Gouldsboro* noch drei Sekunden zuvor ihre Flanke dargeboten hatte, weißschäumend auf.

Wie ein geschickter Duellant war sie dem tödlichen Stoß ausgewichen.

Doch die Vernichtung war nur aufgeschoben. Bevor der Anker wieder heraufgeholt werden könnte, würde die zweite Salve ihr Ziel nicht verfehlen.

Kaum hatte Angélique diese Überlegung zu Ende geführt, als das Sprachrohr ertönte:

«Kappt den Anker!»

Wie durch Zauberei stand ein Amboß auf der vorderen Schanze bereit, und drei kraftvoll geführte Hammerschläge genügten, um die Kette zu sprengen.

«Volle Segel! . . . Kurs Nord-Ost!»

Das befreite Schiff beugte sich unter dem Druck des aufkommenden Windes. Die durch die Schnelligkeit des Manövers überrumpelten Kanoniere des Forts zielten vergeblich. Die Kugeln streiften zwar fast ihr Ziel, die Einschläge ließen es schwanken und überschütteten es mit aufspritzender Gischt, doch unbeschädigt setzte es seinen Weg fort.

«Hip, hip, hurra!» schrie Nicolas Perrot.

Vielstimmig wurde der Schrei von der Mannschaft aufgenommen.

«Zehn ‹Bälle› hätten uns die Schweinehunde in die Eingeweide gejagt, wenn unser Chef nicht der beste Skipper aller Meere wäre», erklärte Perrot. «Wir wären sonst längst baden gegangen. Mein Wort drauf! . . . Habt Ihr ihn am Steuer gesehen? . . . Kehrt jetzt lieber in den Salon zurück, Madame. Wir sind aus diesem Wespennest noch nicht heraus.»

«Nein, ich will bis zum Schluß hierbleiben, bis ich das offene Meer vor mir sehe.»

«Nach Eurem Belieben, Madame! Manche ziehen es vor, dem Tod ins Gesicht zu sehen. Und schließlich ist es nicht die schlechteste Art, denn manchmal macht es ihm angst, und er weicht zurück.»

Angélique begann so etwas wie Freundschaft für diesen Trapper vom fernen Saint-Laurent zu verspüren. Trotz seiner Fellmütze und seiner von Tätowierungen blauen Arme sah er nicht eigentlich wie ein glaubens- und gesetzloser Freibeuter aus.

Nach dem Akrobatenstückchen, mit dem sie sich den Salven des Forts Louis entzogen hatten, richtete sich die *Gouldsboro* wieder auf und schien zu schnauben wie ein Schlachtroß, das sich des bevorstehenden Kampfes bewußt wird. Ein leichtes Drehen des Windes nach Westen erlaubte dem Schiff, seinen Kurs fortzusetzen. Alle seine Segel waren gesetzt, es schien wie mit Leinwand bedeckt, um von der flüchtigen Huld seines Feindes, des Nordwinds, zu profitieren, und entfernte sich rasch von La Rochelle. Es gelang ihm sogar, das die Bucht beherrschende Kap zu passieren.

Um auf offene See zu gelangen, mußte es noch eine der engen Durchfahrten zwischen den Inseln hinter sich bringen. Der starke Wind aus Nord-West, der an diesem Tag blies, verlegte ihm den Zugang zur Enge von Antioche im Süden zwischen den Inseln von Ré, Aix und Oléron. Um aber die bretonische Enge, die schmalste und geschützteste Wasserstraße zwischen dem Kontinent und der Nordküste der Île de Ré zu erreichen, mußte es noch den Kanal zwischen La Palice und der Landspitze von Sablonceaux durchqueren.

Der Rescator schien sich für diese letztere Möglichkeit entschlossen zu haben. Das Sprachrohr Kapitän Jasons erscholl:

«He! Ihr da oben! Geit die oberen Segel auf! Laßt Bugsprietsegel, Briggsegel und Stagsegel schießen!»

Mit entfalteten Untersegeln glitt die *Gouldsboro* in die Durchfahrt zwischen den beiden Vorgebirgen.

Angélique atmete kaum. Sie wußte, wie gefährlich der flache, von unsichtbaren Felsen durchzogene Kanal war, von dem die Matrosen im Hafen nur mit Besorgnis sprachen. Der in kurzen Stößen kommende Wind, der kleine, harte, heftige Wellen gegen die Schiffsflanke trieb, drohte, die *Gouldsboro* jeden Augenblick aus dem schmalen Fahrwasser zu drängen, außerhalb dessen ein Schiff von größerer Tonnage jämmerlich Schiffbruch erleiden mußte.

«Habt Ihr diese Durchfahrt schon einmal passiert?» erkundigte sie sich bei ihrem Bewacher.

«Nein, wir sind von Süden gekommen.»

«Dann braucht Ihr einen Lotsen. Unter meinen Freunden ist der Fischer Le Gall. Er kennt alle Fallen des Kanals.»

«Gute Idee!» rief der Mann mit der Pelzmütze. Er lief davon, um den beiden Kapitänen die Nachricht zu bringen.

Gleich darauf erschien Le Gall, von einem Matrosen geleitet. Angélique konnte ihrem Verlangen nicht widerstehen, ihm in die Deckskajüte zu folgen.

Noch immer maskiert stand der Rescator am Ruder. Alle Geisteskräfte aufs äußerste angespannt, suchte er am leisesten Zittern des Schiffs, an dem winzigsten Anzeichen, das auf Untiefen schließen ließ, die schwierige Durchfahrt zu erkennen. Er wechselte einige Worte mit dem Schiffer, dann überließ er ihm seinen Platz.

Angélique verhielt sich so still wie möglich und veranlaßte auch Honorine dazu.

Das kleine Mädchen schien zu begreifen, daß die Brücke eines Schiffs in der Stunde der Gefahr kein Platz für Frauen und Kinder war, aber um nichts auf der Welt hätte es woanders sein mögen.

Die *Gouldsboro* glitt mit größerer Sicherheit vorwärts.

«Und wenn uns nun das Fort von Grand Sablonceaux beschießt?» fragte Le Gall, indem er einen Blick zur äußersten Spitze der Île de Ré hinüberwarf, auf der die Umrisse der Festung zu erkennen waren.

«Wie's Gott gefällt», antwortete der Rescator.

Der Horizont verlor seine durchsichtige Klarheit. Mit der Hitze des aufsteigenden Tages erhob sich goldener Dunst, der die Ufer verschleierte.

Eine Stimme drang vom Mastkorb herunter:

«Kriegsschiff voraus! Mit Kurs auf uns!»

Kapitän Jason stieß einen Fluch aus. Seine Stimme klang entmutigt.

«Wir sitzen im Loch wie die Ratten!»

«Damit war zu rechnen», sagte der Rescator, als spräche er von der natürlichsten Sache der Welt. «Gebt Befehl, die Geschwindigkeit zu verringern . . .»

«Warum?»

«Um mir den Vorteil der Überlegung zu gönnen.»

Das Kriegsschiff, das bis dahin außerhalb ihres Gesichtsfeldes geblieben war, erschien hinter der Landspitze von Sablonceaux. Seine entfalteten Segel hoben sich kreidig weiß vom diesigen Himmel ab. Da es den Wind im Rücken hatte, kam es rasch voran.

Der Rescator legte eine Hand auf die Schulter Corentin Le Galls.

«Die Flut beginnt zu fallen. Sagt, Monsieur, wenn die Durchfahrt bereits für uns schwierig wird, ist sie dann nicht unendlich gefährlicher für einen Gegner von größerer Tonnage, der sich auf uns zubewegt?»

Angéliques Blick fiel auf die Hand, die locker die Schulter des Seemanns umspannte. Eine zugleich muskulöse und rassige Hand, an deren Ringfinger ein schwerer Reif aus verziertem Silber saß. Sie fühlte sich erbleichen.

Sie *kannte* diese nackte Hand mit dem kraftvollen und doch zarten Gelenk. Wo hatte sie sie schon einmal gesehen? Zweifellos in Kandia, wo er den Handschuh abgestreift hatte, um sie zu einem Diwan zu führen. Aber es war nicht nur das. Sie erkannte sie wie etwas unendlich Vertrautes wieder, und es schien ihr, als ob das Nahen ihrer letzten Stunde ihre Sinne verwirre. Jenes Schicksal, das Osman Ferradji in den Sternen gelesen hatte – sollte sie sich in dramatischer Verkürzung seiner bewußt werden, während der Tod sich ihr näherte?

Doch gleichzeitig wußte sie auch, daß sie nicht sterben würde. Weil der Rescator es war, der ihr Geschick in seiner Hand hielt. Dieser rätselhaften Persönlichkeit haftete etwas von der Unverletzlichkeit des antiken Helden an. Mit kindlicher, närrischer Unbedingtheit glaubte sie daran, und bisher hatte sie sich in diesem unglaublichen Unternehmen nicht darin getäuscht.

Das Gesicht des Lotsen hellte sich auf.

«Wahrhaftig!» rief er aus. «Ihr habt tausendmal recht, Monsieur! Sie müssen verteufelt darauf aus sein, Euch zu erwischen, wenn sie sich um diese Stunde bis in den Kanal vorwagen. Bestimmt haben sie einen unserer guten Lotsen an Bord, aber ihre Position ist kitzlig.»

«Wir werden sie noch kitzliger für sie machen . . . Und außerdem werden sie uns als Schild dienen, für den Fall, daß sich das Fort einmischen sollte. Ich werde sie zwingen, sich zwischen ihm und uns zu placieren . . . Vorwärts! Bereitet Euch zum Kampf vor!»

Und während sich die Marsgäste in die Takelung stürzten, spritzte der Rest der Mannschaft aus der Back, wo er sich bis dahin aufgehalten hatte, Beile und Entersäbel wurden verteilt, und die Planen, die die Feldschlangen verbargen, wurden abgezogen.

Jeder hastete auf seinen Posten.

Mit Musketen bewaffnete Matrosen kletterten in die Körbe der drei Masten und hißten Kästen mit Granaten hinauf, die dazu bestimmt waren, aufs feindliche Deck geworfen zu werden.

«Sand auf die Decks?» fragte der zweite Offizier.

«Ich glaube nicht, daß es soweit kommen wird», erwiderte der Rescator, das Auge fest ans Fernrohr gepreßt.

Und er wiederholte, unter seiner Maske ironisch lächelnd: «Sand auf die Decks . . . Pah!» Angélique erinnerte sich dieser letzten, äußersten Vorbereitung aus dem Mittelmeer. Man bestreute die Deckplanken mit Sand, um zu verhindern, daß die nackten Füße der überlebenden Kämpfer im verströmten Blut ausglitten.

«Sie werden kentern, bevor sie uns einen einzigen Enterhaken zuwerfen können», setzte der Pirat achselzuckend hinzu.

Er schien seiner Sache so sicher, daß während der folgenden Minuten, in denen sich die beiden Schiffe unausweichlich einander näherten, die Spannung nachließ. Übrigens war sehr schnell festzustellen, daß sich das Kriegsschiff in einer üblen Lage befand. Infolge des Gewichts seiner vierzig Kanonen und der Unklugheit, alle Segel zu setzen, vermochte es kaum seinen Kurs zu halten. Die Wellen trieben es gegen das Ufer.

«Und wenn es uns beschießt?» fragte Le Gall.

«Dieses Monstrum? . . . Es sitzt viel zu tief in der Tinte, um sich in Schußposition zu manövrieren. Und wir kehren ihm außerdem den Bugspriet zu. Das Ziel ist zu klein.»

Unerschrocken bewegte sich die *Gouldsboro* weiter voran. Das Kriegsschiff kämpfte mehr und mehr, um sich flott zu halten. Unwiderstehlich gegen die Felsen gedrängt, neigte es sich plötzlich, und ein dumpfes Krachen drang herüber.

«Gekentert!» schrie die Besatzung der Deckskajüte der *Gouldsboro*.

Die Matrosen schwenkten ihre Mützen und brachen in wildes Freudengeheul aus.

«Nehmen wir uns in acht, daß es uns nicht ebenso geht», empfahl der Rescator. «Das Meer fällt gefährlich.»

Und er schickte Leute mit Meßruten zur Back.

Seinen Kurs verfolgend, glitt das Piratenschiff an seinem ohnmächtigen Gegner vorbei, von dem Beschimpfungen und Flüche zu ihnen herüberschallten.

«Schicken wir ihnen eine Salve?» fragte Kapitän Jason. «Wir sind in guter Position.»

«Nein! Es hat keinen Sinn, allzu böse Erinnerungen hinter uns zu lassen. Ganz abgesehen davon, daß wir uns noch nicht aus der Affäre gezogen haben.»

Auch Angélique dachte daran, daß andere Schiffe auftauchen und ihnen den Weg verlegen könnten. Aber es glückte ihnen, den Kanal ohne Gefährdung zu passieren und in die bretonische Enge einzulaufen.

Le Gall straffte sich, die Hände auf der Ruderpinne.

«Das Schwierigste liegt hinter uns, Monsieur. Ich würde vorschlagen, alle Segel zu setzen und der Nordküste bis zum Ausgang, der Spitze von Grouin du Gou, zu folgen.»

«Einverstanden.»

Das Manövrieren wurde leichter. Die Enge bot ihnen Schutz, und der Wind, dessen Heftigkeit nachgelassen hatte und der aus günstigerer Richtung blies, machte sich zu ihrem Verbündeten. Der leichte Dunst erlaubte es, die in weiter Kurve sich hinziehende Küstenlinie des Landes und die schneeige Kante der Salzteiche zu erkennen.

Doch auf der anderen Seite lag Saint-Martin-de-Ré, und bald lösten sich dort drüben die Schiffe der königlichen Flotte wie Gebilde eines Traums und steuerten ihnen, eines nach dem andern, entgegen. Die Meute begab sich auf die Jagd.

In gespanntem Schweigen beobachteten sie ihr Vorrücken.

«So nahe dem Ziel», murmelte Le Gall. «Wir sind schon an der Spitze von Arçay vorüber.»

«Setzen wir soviel Leinwand wie möglich! Der Wind hat sich leicht gedreht. Er hilft uns.»

«Ihnen auch.»

«Aber wir haben Vorsprung.»

Kurze Sätze, die dazu dienten, die Lage zu klären, die Chancen zu wägen und nicht die geringste ungenutzt zu lassen.

Nachdem die vordersten Schiffe der Flotte mit beunruhigender Schnelligkeit größer geworden waren, schienen sie nun ihre Distanz zu bewahren. Die *Gouldsboro* befand sich noch außerhalb der Schußweite ihrer Kanonen.

Von neuem legte der Rescator eine Hand auf die Schulter des Rochellesers.

«Sehen wir zu, daß wir auf offene See gelangen, Freund. Auf die Ehre des Rescators verspreche ich Euch, daß wir draußen so vor den Wind gehen werden, daß keines der Schiffe Seiner Majestät uns einholen wird.»

«Wir werden hinausgelangen, Monsieur», antwortete der Lotse, von der Zuversicht angesteckt.

Die Augen unverwandt auf die Wasserstraße vor ihm gerichtet, suchte er die leisesten Strömungen, die geringste Brise zu nutzen, um dem Schiff, das er führte, alle Möglichkeiten seiner Schnelligkeit zu verleihen. Ah, wie er dieses Gewässer kannte, wo er so oft singend seine Netze ausgeworfen und seine Hummernkörbe hochgezogen hatte, mit Liebe die klaren, vergoldeten Linien des Wassers, des Festlands und der Inseln um sich betrachtend, die die vertraute Landschaft seines Daseins bildeten! Von bretonischer Herkunft, war seine Familie vor drei Generationen in La Rochelle ansässig geworden, was sein Hugenottentum erklärte und die Hartnäckigkeit, mit der er seinem Glauben anhing wie ein katholischer Bretone dem seinen. Er dachte in dieser Stunde daran, daß er heute diese Landschaft seines Glücks durchfuhr, um sie zu fliehen, daß sich im Bauch dieses verfolgten Schiffs seine Frau und seine Kinder befanden und daß es schrecklich wäre, hier zu sterben, versenkt durch die Geschosse des Königs von Frankreich angesichts dieser Inseln und dieser Stadt.

Ihn quälte nicht so sehr die Furcht vor dem Tode, dem er so oft im Laufe seiner Fahrten ins Gesicht gesehen hatte, als die Pein des Verrats.

«Oh, Herr, sieh, was wir in deinem Namen zu leiden haben! Warum? . . . Warum?»

Angélique warf einen Blick zurück. Die Segel der Verfolger wuchsen von neuem hinter ihnen auf. Doch schon schien die Bewegung der See, schienen die schaumigen Kämme der Wogen die Nähe des offenen Meeres anzukündigen. Die Küste wich zurück, schrumpfte zu einem schmalen Streifen. Der Wind hinterließ einen bitteren Geschmack und wurde rauher. Der verschleierte Horizont ließ eine größere Weite ahnen.

Das Meer! . . . Aber war es nicht zu spät? . . .

Sie betrachtete den Rescator und bemerkte, daß auch er sie durch die Schlitze seiner Maske fixierte.

Sie nahm an, daß er ihr befehlen würde zu gehen, da ihr Platz nicht auf der Brücke sei, daß er sie mit der Ironie, die er so gut gegen sie zu spitzen wußte, verjagen würde.

Doch er sagte nichts. Das Gefühl stieg in ihr auf, daß er sie so ansah, weil die Dinge eine schlimme Wendung nahmen und der Augenblick von unheilvoller Bedeutung sei. Sie, die bisher Vertrauen bewahrt hatte, verspürte Furcht.

«Ist es zu spät?» fragte sie.

In diesem Moment reckte sich Honorine in ihren Armen auf und wies zum Horizont.

«Da!» rief sie mit freudiger Miene. «Viele Vögel!»
Die Vögel . . . waren Schiffe. Sie tauchten über den Horizont und versperrten die Ausfahrt aus der Bucht.
Nach einigen Augenblicken schon schien ihre Zahl unendlich. Eingekreist zwischen ihre Annäherung und die Phalanx der königlichen Flotte, ähnelte die *Gouldsboro* einem in die Enge getriebenen, von allen Seiten umringten Wild, das nicht einmal mehr die Möglichkeit hat, sich den zu seiner Vernichtung versammelten Feinden entgegenzustellen.
Die auf ihren Gefechtsposten verharrenden Matrosen stießen ungläubige und bestürzte Rufe aus. Diesmal war die Übermacht zu groß. Sie würden kämpfen, aber nicht siegen, und alle Fluchtwege waren ihnen versperrt. Doch fast zugleich ließ der Rescator einen Ausruf hören und brach in wildes Gelächter aus. Er vermochte nicht zu sprechen, so sehr überwältigte ihn das Lachen, das schließlich in einem Hustenanfall erstickte.
«Er ist toll geworden», sagte sich Angélique versteinert.
Endlich gelang es dem Piraten, zu Atem zu kommen:
«Die Holländer!»
Die allgemeine Bestürzung verwandelte sich in einen Freudentaumel.
«Hißt die englische Handelsflagge am Großmast!» brüllte Kapitän Jason auf englisch in sein Sprachrohr.
Er wiederholte den Befehl in französischer Sprache.
Im Winde knatternd stiegen die Flaggen hoch: die mit dem roten Kreuz über einem weißen Andreaskreuz auf blauem Grund am Großmast und am Heck die rote, die in einer Ecke das gleiche dreifarbige Kreuzemblem trug.
Hart mitgenommen durch den Sturm der vergangenen Nacht glitten die schwerfälligen Handelsschiffe mit feierlicher Langsamkeit in die bretonische Enge. Zwei mächtige Linienschiffe liefen ihnen mit ihren fünf Masten, drei Batteriedecks und zweiundsiebzig Kanonen voraus. Ihnen folgte ein Schwarm von rund vierhundert Kauffahrern aller Tonnagen, deren kleinster aber noch dreihundert Tonnen überstieg. Diese dickbauchige Flotte wurde von zwanzig Kriegsfahrzeugen eingerahmt, die jedoch den Vergleich mit den großen Dreideckern nicht aushielten.
Die *Gouldsboro* schmuggelte sich mit der Behendigkeit eines Hasen, der sich im dichten Unterholz eines Waldes verliert, in ihre Reihen. Nach wenigen Augenblicken befanden sich an die zehn Schiffe der riesigen Flotte zwischen ihr und ihren Verfolgern. Den Offizieren Seiner Majestät war es unmöglich, auch nur den kleinsten Kanonenschuß abzufeuern, ohne ehrliche Handelsleute zu treffen, die sich anschickten, in französischen Gewässern zu ankern.
So waren sie gezwungen, auf die Bestrafung des kühnen Piraten zu verzichten, der sie an der Nase herumgeführt hatte.

An der veränderten Bewegung der See erkannten die im Zwischendeck eingeschlossenen Flüchtlinge, daß sie das offene Meer erreicht hatten. Endlose Stunden hindurch hatten sie auf die Geräusche gelauscht, hatten sie den knirschenden Kampf des Schiffs gegen den ungünstigen Wind verfolgt. Das Manöver vor dem Fort Louis hatte sie im dumpfen Gedröhn der Kanonen durcheinandergeworfen, und sie hatten ihre letzte Stunde nahe geglaubt. Dann folgte die langsame, schleppende Fahrt durch den Kanal, die jäh hereinbrechenden, unheimlichen Augenblicke der Stille, die lärmenden Kampfvorbereitungen, das Gelaufe der nackten Füße über ihren Köpfen, das Warten. Stunden des Betens, dazwischen kurze Worte, um die Angst zu vertreiben oder die unruhig werdenden Kinder zu besänftigen . . .

Und wie in der Arche «gab es kein Fenster, und sie sollten nicht wissen, was draußen geschah».

Dann begann das Schiff in langen, regelmäßigen, ruhigen Bewegungen zu rollen. Und sie hatten den Druck der endlich ohne Zwang gerichteten, geblähten, gespannten Segel gespürt, und der befreiende Elan, der den Schiffsrumpf durchdrang, ließ die Planken erzittern, als sei er ein flinkfüßiges Vollblut, dem man die Zügel nachläßt.

Und Le Gall erschien auf der Schwelle, erschöpft, mit einem zugleich triumphierenden und verzweifelten Ausdruck in seinen blauen, keltischen Augen.

«Wir sind ihnen entkommen», sagte er. «Wir sind auf dem Meer. Wir sind gerettet!»

Ein qualvoller Schmerz zerriß aller Herzen.

Adieu, La Rochelle, unsere Stadt! Adieu, unsere Heimat! Adieu, unser König! . . .

Sie fielen auf die Knie, die Augen voller Tränen.

«Die Küste ist noch sichtbar», sagte der Rescator, während er sich Angélique näherte und sie hart durch die Schlitze seiner Maske fixierte. «Dreht Ihr Euch nicht um, einen letzten Blick auf diese Gestade zu werden, die Ihr für immer verlaßt, Madame?»

Angélique schüttelte den Kopf.

«Nein», sagte sie.

«Ihr seid wenig gefühlvoll für eine Frau. Es muß schlimm sein, von Euch gehaßt zu werden. Ihr laßt also kein Bedauern dort drüben zurück, keine Erinnerung, kein teures Wesen?»

Ein totes Kind, dachte sie, ein kleines Grab am Waldrand von Nieul . . . Das ist alles.

«Ich nehme alles mit, was mir teuer ist», erklärte sie, Honorine an ihr Herz drückend. «Meinen einzigen Schatz.»

Und wie jedesmal, wenn sie sich der unmerklich bohrenden Neugier des Rescators unversehens bewußt wurde, hatte sie den Eindruck, als würde sie beobachtet, als bedrohe sie die seltsame Teilnahme, die er ihr entgegenbrachte.

Unermeßliche Müdigkeit sank auf ihre Schultern. Es war die Last der Stunden, die sie eben durchlebt hatte, es war die Last ihres ganzen Lebens in einem Augenblick, in dem das Schicksal eine Pforte hinter ihr schloß, die sich nicht mehr öffnen würde. Sie fühlte den Schmerz ihrer erstarrten Arme, mit denen sie – sie wußte nicht, wie lange – Honorine an sich gedrückt hatte.

«Ich bin müde», sagte sie mit kaum hörbarer Stimme. «Oh, so müde. Ich möchte schlafen . . .»

Angélique wußte nicht mehr, was zwischen jenem Augenblick, in dem sie diese Worte gesprochen hatte, und jenem anderen, in dem sie im purpurnen Licht des Sonnenuntergangs erwachte, geschehen war. Ihr Gesichtsfeld war erfüllt von einer rubinfarbenen Sonne, die sich wie eine riesige Laterne vom glanzlos-silbernen Hintergrund des Meeres und des Himmels abhob.

Sie berührte den Horizont, wurde mit bestürzender Schnelligkeit von ihm verschlungen, ließ während eines kurzen Moments noch ein rosiges, die Abendröte überstrahlendes Leuchten zurück, das nach und nach verblaßte.

Um sich fühlte Angélique die Bewegung des Schiffs, jenes rhythmische, unaufhörliche Schwanken, das sie um einige Jahre ins Mittelmeer zurückversetzte. Damals, selbst während ihrer Gefangenschaft auf der *Hermes*, war es zuweilen geschehen, daß ein Gefühl von Unendlichkeit ihr Herz anschwellen ließ und ihre leidenschaftliche Seele mit Zufriedenheit erfüllte. Das waren die Erinnerungen, die sie an diese Reise, während derer sie tausend Tode erlitten hatte, mit einer Art von Schmerz und Entzücken denken ließen.

An diesem Abend würde sie das Meer wiederfinden. Durch das verglaste Fenster der Kajüte bot ihr die Dämmerung ihren kurz aufflammenden Brand, danach das feierliche Mysterium des dunkelnden Abends, des Vorspiels der Nacht.

Sie vernahm die Brandung der Wellen gegen den Schiffsrumpf und dazwischen das trockene Knattern der Segel und das Äolslied der Brise in den Tauen.

Sich aufrichtend, blieb sie auf dem Rand des orientalischen Diwans sitzen, auf den man sie gebettet hatte, stützte die Arme auf, der Kopf leer, gedankenlos, doch mit der geschärften Wahrnehmungsfähigkeit des Glücks, das sie überflutete. Sie war frei.

Honorine schlief an ihrer Seite, dem Schlummer hingegeben, eine pausbäckige Rose, deren Färbung der letzte schwindende Sonnenschimmer noch vertiefte.

Mit unendlicher Zärtlichkeit beugte sich Angélique über sie.

«Ich nehme dich mit, mein Schätzchen», murmelte sie. «Fleisch meines Fleisches, Herz meines Herzens . . .»

Die übermenschliche Freude wurde fast schmerzhaft. Ein alter Traum wurde Wirklichkeit.

Sie fuhr übers Meer, einem neuen Leben entgegen.

Ihre Lungen füllten sich mit salziger Luft. Ihre Augen verschleierten sich, ihr schwindelte in der Trunkenheit eines Gefühls, das keinen Namen kannte. Ein ekstatisches Lächeln umspielte ihre Lippen.

Dort, allein im dunkelnden Licht des endenden Tages, bot Angélique dem Ozean wie einem wiedergefundenen Geliebten ihr Gesicht, das erwartungsvolle, hingegebene Antlitz einer Liebenden . . .

Angélique-Romane
bei Blanvalet:

Angélique
800 Seiten.

Angélique und der König
534 Seiten.

Unbezähmbare Angélique
553 Seiten.

Angélique, die Rebellin
502 Seiten.

Angélique und ihre Liebe
501 Seiten.

Angélique und Joffrey
526 Seiten.

Angélique und die Versuchung
517 Seiten.

Angélique und die Dämonin
515 Seiten.

Angélique und die Verschwörung
415 Seiten.

Angélique, die Siegerin
760 Seiten.

Blanvalet

Anne Golon

Angélique

rororo

Angélique 1. u. 2. Teil [1883 u. 1884]
Angélique und der König [1904]
Unbezähmbare Angélique [1963]
Angélique die Rebellin [1999]
Angélique und ihre Liebe [4018]
Angélique und Joffrey [4041]
Angélique und die Versuchung [4076]
Angélique und die Dämonin [4108]

Von verführerischer Schönheit und seltsam schillerndem Wesen führt Angélique im lebenstrunkenen Paris Ludwigs XIV. ihren tapferen Kampf gegen zahllose Verlockungen und Gefahren.
Ein Leseabenteuer von bezwingender Farbigkeit – der spektakulärste Bucherfolg unseres Jahrhunderts.

868/5

Lesefutter

John Barth
Der Tabakhändler (5621)

Barbara von Bellingen
Die Tochter des Feuers (5478)

Eberhard Cyran
Der König (5638)

Fanny Deschamps
Deutsch von Uli Aumüller und Grete Osterwald.
Jeanne in den Gärten
528 Seiten. Gebunden und als rororo 5700
Jeanne über den Meeren
560 Seiten. Gebunden und als rororo 5876

Robert S. Elegant
Deutsch von Margaret Carroux.
Die Dynastie
790 Seiten. Gebunden und als rororo 5000
Mandschu
607 Seiten. Gebunden und als rororo 5484
Mandarin
720 Seiten. Gebunden und als rororo 5760

Pauline Gedge
Die Herrin vom Nil
Deutsch von Ulla H. de Herrera.
540 Seiten. Gebunden und als rororo 5360
Pharao
Deutsch von Margaret Carroux und Ulla H. de Herrera.
576 Seiten. Gebunden
(Wunderlich Verlag)

rororo

C 2271/2

Lesefutter

Charlotte Link
Die schöne Helena (5490)
Wenn die Liebe nicht endet
512 Seiten. Gebunden
(Wunderlich Verlag)

Graham Masterton
Jungfernfahrt
Deutsch von Mechthild Sandberg.
576 Seiten. Gebunden
(Wunderlich Verlag)

Margaret Mitchell
Vom Winde verweht (1027)

Josef Nyáry
Ich, Aras habe erlebt . . . (5420)

Diane Pearson
Deutsch von Margaret Carroux.
Csárdás
607 Seiten. Gebunden und als
rororo 5601
Der Sommer der Barschinskys
512 Seiten. Gebunden
(Wunderlich Verlag)

Mario Puzo
Der Pate (1442)
Mamma Lucia (1528)

Irving Stone
Vincent van Gogh (1099)

Nancy Zaroulis
Und sie nannten das Dunkel licht
rororo 5467

rororo

C 2271/2 a